Knaur

Von Maeve Binchy sind außerdem erschienen:

Silberhochzeit (Band 62011 und 60227)
Irische Freundschaften (Band 60225)
Im Kreis der Freunde (Band 60226 und 71101)
Echo vergangener Tage (Band 60228)
Jeden Freitagabend (Band 60229 und 62006)
Die Straßen von London (Band 60236)
Sommerleuchten (Band 60238)
Der grüne See (Band 60773)
Miss Martins größter Wunsch (Band 60535)

Über die Autorin:

Maeve Binchy wurde in Dublin geboren, studierte Geschichte und wurde Lehrerin. 1969 ging sie als Kolumnistin zur *Irish Times.* Sie hat zahlreiche Romane, Kurzgeschichten und Theaterstücke geschrieben. Ihre Romane wurden in England, in den USA und in Deutschland zu Bestsellern.

Maeve Binchy

UNTER DER BLUTBUCHE

Roman

Aus dem Englischen von
Katharina Foers,
Gerlinde Schermer-Rauwolf
und Robert Weiß,
Kollektiv Druck-Reif

Knaur

Die englische Originalausgabe erschien unter dem Titel
»The Copper Beech« bei Orion, London

Vollständige Taschenbuchausgabe September 1998
Droemersche Verlagsanstalt Th. Knaur Nachf., München
Dieser Titel erschien bereits unter den Bandnummern 60541 und 60224.

Umschlaggestaltung: Agentur Zero, München
Umschlagillustration: Andrea Schmidt, München
Satz: Ventura Publisher im Verlag
Druck und Bindung: Ebner Ulm
Printed in Germany
ISBN 3-426-62026-X

5 4 3 2 1

Für Gordon,
der mein Leben schön und
glücklich gemacht hat,
in Dankbarkeit und Liebe.

Die Schule von Shancarrig

Father Gunn wußte, daß seine Haushälterin, Mrs. Kennedy, es viel besser gemacht hätte als er. Mrs. Kennedy hätte in der Tat *alles* viel besser gemacht, auch besser die Beichte abgenommen, die Sünden vergeben, das *Tantum ergo* beim Segen gesungen und die Toten beerdigt. Zudem besaß Mrs. Kennedy die angemessene äußere Erscheinung: groß und steif wie der Bischof und nicht klein und rundlich wie Father Gunn. Ihrem seelenvollen Blick nach zu schließen, kannte sie das Elend der Welt.

Father Gunn hingegen war fast immer glücklich in Shancarrig, diesem friedlichen kleinen Dorf mitten in Irland. Bekannt war der Ort den meisten Leuten nur wegen des riesigen Felsbrockens, der hoch oben auf einem Hügel über dem Barnawald thronte. Früher einmal hatte es großes Rätselraten um diesen Felsen gegeben. War er einst Teil von etwas Größerem gewesen? War er von geologischem Interesse? Doch die angereisten Experten kamen zu dem Schluß, daß er möglicherweise zu einem Gebäude gehört hatte, dessen Spuren allerdings längst von

Wind und Wetter der Jahrhunderte ausgelöscht waren. Der Fels wurde in keinem Geschichtsbuch erwähnt. Und so blieb er einfach, was er war: ein großer Stein. Und weil Carrig das gälische Wort für Fels ist, wurde der Ort nach ihm benannt – Shancarrig, alter Fels.

Das Leben an der Erlöserkirche von Shancarrig war recht angenehm. Der Pfarrer, Monsignor O'Toole, war ein liebenswürdiger, älterer Herr von schwacher Gesundheit, der seinem Kaplan freie Hand ließ. Father Gunn wünschte sich, er könnte mehr für seine Gemeindemitglieder tun, damit sie nicht mehr am Bahnsteig ihren Söhnen und Töchtern nachzuwinken brauchten, die nach England oder Amerika auswanderten. Er wünschte sich, es gäbe weniger feuchte Katen, in denen die Tuberkulose grassierte, so daß auf dem Friedhof viel zu viele Menschen lagen, die eigentlich zu jung zum Sterben gewesen waren. Er wünschte sich, die Frauen müßten nicht so viele Kinder gebären, daß es sie an den Rand ihrer Kräfte brachte, Kinder, für die es oft kaum etwas zu beißen gab. Doch er wußte, daß alle jungen Männer, die mit ihm zusammen das Priesterseminar besucht hatten und in ähnlichen Gemeinden tätig waren, die gleichen Wünsche hegten. Und er hielt sich nicht für einen Mann, der die Welt verändern konnte. Er sah auch nicht danach aus. Father Gunns Augen ähnelten zwei verhutzelten Rosinen in einem Rosinenbrötchen.

Es hatte auch einmal einen Mr. Kennedy gegeben, lange vor Father Gunns Zeit. Aber er war an einer Lungenentzündung gestorben. Jedes Jahr wurde an seinem Todestag eine Messe gelesen, und jedes Jahr schaffte es Mrs. Kennedy, ihrem traurigen Gesicht einen noch bekümmerteren Ausdruck zu verleihen – eine fast unglaubliche Leistung. Doch auch jetzt sah sie finster drein, obwohl der Todestag ihres verstorbenen Gatten noch lange nicht bevorstand. Und schuld daran war die Schule von Shancarrig.

Da es sich immerhin um den Besuch des Bischofs handelte, hatte Mrs. Kennedy fest damit gerechnet, daß sie als Pfarrhaushälterin für alles zuständig sein würde. Sie wolle sich ja nicht aufdrängen, wiederholte sie immer wieder, aber war sich Father Gunn darüber im klaren, was er da tat? Sollten wirklich die Lehrer – als Laien! – dort oben im Schulhaus zusammen mit ihren Schülern die Gestaltung des Festakts übernehmen?

»Sie sind nicht an Bischöfe gewöhnt«, sagte Mrs. Kennedy und vermittelte damit den Eindruck, als pflege sie Frühstück, Mittagessen und Tee in Gesellschaft geistlicher Würdenträger einzunehmen.

Doch Father Gunn war hart geblieben. Anlaß war die

Schulweihe durch den Bischof, eine der unzähligen Zeremonien, die in diesem Heiligen Jahr stattfanden. Doch diesmal sollten Kinder und Lehrer einbezogen werden. Es war keine Feier der Pfarrei.
»Aber Monsignor O'Toole hat die Leitung«, protestierte Mrs. Kennedy. Der gebrechliche alte Pfarrer spielte im Gemeindeleben nur eine unbedeutende Rolle; im Grunde wurde alles von dem energischen, umtriebigen Kaplan erledigt.
Natürlich wäre es in vielerlei Hinsicht wesentlich einfacher gewesen, Mrs. Kennedy die Organisation zu übertragen. Sie hätte das Räderwerk in Gang gesetzt und dafür gesorgt, daß die verzierten Biskuitkuchen, die mächtigen Torten und die großen Teekannen aufgetischt wurden, die bei einer Gemeindefeier nicht fehlen durften. Aber Father Gunn hatte nicht nachgegeben. Der Festakt galt der Schule, und deshalb sollte ihn auch die Schule ausrichten.
Beim Gedanken daran, welche Mißbilligung Mrs. Kennedy mit Hut, Handschuhen und verkniffenem Gesichtsausdruck ausstrahlen würde, betete er zu Gott, daß alles gutgehen möge. Er bat ihn, dem jungen Lehrerehepaar Jim und Nora Kelly die richtigen Ideen für eine angemessene Feier einzugeben. Und ihnen die Kraft zu verleihen, die Horde junger Wilder, die sie unterrichteten, einigermaßen im Zaum zu halten.

Schließlich hatte ja auch Gott ein Interesse an der Sache; es war wichtig, dem Heiligen Jahr in der Gemeinde Bedeutung zu geben. Gott mußte etwas daran liegen, daß die Feier ein Erfolg wurde, und das nicht nur, um den Bischof zu beeindrucken. Die Kinder sollten sich später an ihre Schule erinnern und an die Werte, die ihnen dort vermittelt worden waren. Father Gunn mochte die Schule, dieses kleine Steinhaus unter der riesigen Blutbuche. Er besuchte sie gern und beobachtete mit Freude, wie sich die kleinen Köpfe emsig über die Schreibhefte beugten. »Müßiggang ist aller Laster Anfang«, malten sie in Schönschrift. »Wißt ihr, was das heißt?« hatte er einmal gefragt.

»Das wissen wir nicht, Father. Wir müssen es nur abschreiben«, erklärte eins der Kinder eifrig.

Sie gaben sich wirklich Mühe, die Kinder von Shancarrig – das wußte er aus ihren Beichten. Die schlimmste Sünde – er durfte nicht vergessen, dafür eine schwere Buße aufzuerlegen – war, »am Laster mitflitzen«. Soweit Father Gunn verstand, hängte man sich dabei hinten an das Fahrzeug und ließ sich mitziehen, ohne daß der Fahrer es merkte. Verständlicherweise handelte man sich damit den Zorn und die Mißbilligung von Eltern und Passanten ein, und demzufolge mußte Father Gunn dem in dieser Untat schlummernden Bösen mit einem zehnfachen Rosenkranz begegnen – einer Strafe, die für kindliche Sünden sonst eigentlich nie ausgesprochen wurde. Doch davon abgesehen, waren es wirklich brave Kinder. Sie würden der Schule und Shancarrig alle Ehre machen, wenn der Bischof kam, nicht wahr? Die Kinder sprachen seit Schuljahresbeginn von nichts anderem. Immer wieder hatten die Lehrer betont, welche Ehre ihnen zuteil wurde, denn normalerweise besuchte der Bischof so kleine Schulen wie die ihre nicht. Sie würden Gelegenheit bekommen, ihn hier zu sehen, anders als viele andere Kinder der Diözese, die ihn erst bei ihrer Firmung in der Stadt zu Gesicht kriegten.

Tagelang wurde das Gebäude aufgeräumt und geputzt. Die Fensterrahmen waren frisch gestrichen, ebenso die Tür. Den Fahrradschuppen erkannte man kaum wieder, so ordentlich sah er aus. Und die Klassenzimmer waren blitzblank gebohnert. Vielleicht würde Seine Exzellenz ja einen Rundgang durch die Schule machen – man mußte auf alles vorbereitet sein.

Unter der Blutbuche im Mittelpunkt des Schulhofs sollten lange Zeichentische aufgestellt werden, mit sauberen weißen Laken als Tischtüchern; Mrs. Barton, die Schneiderin, hatte sie mit hübschen Borten eingefaßt, so daß sie gar nicht mehr an Laken erinnerten. Sträuße aus Flieder und den wunderschönen purpurfarbenen Orchideen, die im Juni wild im Barnawald wuchsen, sollten in großen Blumenvasen arrangiert werden.

Auf einem separaten Tisch mit einer guten weißen Tischdecke würde das Weihwasser stehen; so konnte Seine Exzellenz mit dem silbernen Weihwedel das Wasser versprengen und die Schule noch einmal Gott weihen. Die Kinder würden »Wir glauben an den einen Gott« singen und, da Fronleichnam bevorstand, auch »Gottheit, tief verborgen«. Sie übten es Tag für Tag; inzwischen saß jede Silbe.

Ob es den Kindern erlaubt war, am eigentlichen Fest teilzunehmen, blieb allerdings unklar. Ein paar ganz besonders mutige hatten nachgefragt, doch waren die Antworten stets unbefriedigend ausgefallen.

»Wir werden sehen«, sagte Mrs. Kelly.

»Ihr denkt doch immer nur daran, wie ihr euch den Bauch vollschlagen könnt«, meinte Mr. Kelly.

Die Aussichten waren alles andere als vielversprechend.

Denn obwohl alles auf dem Schulgelände stattfinden sollte, standen bestimmt nicht die Schüler im Mittelpunkt, sondern die Gemeinde.

Natürlich sollten auch die Kinder nicht zu kurz kommen, das war klar. Aber erst, wenn die Erwachsenen ordentlich bewirtet worden waren. Womöglich blieben dann nur dünn bestrichene Butterbrote übrig,

oder die trockenen Kekse, während die mit Zuckerguß und Schokoladenglasur schon alle weg waren. Das Fest wurde von allen Bürgern des Dorfs gemeinsam ausgerichtet, deshalb wußte auch jedes Kind über einen bestimmten Teil der Vorbereitungen Bescheid. Fast jeder Haushalt trug etwas bei.
»Es gibt Götterspeise mit Sahne und Erdbeeren drauf«, berichtete Nessa Ryan.
»Und das für Erwachsene!« Eddie Barton fand das nicht richtig.
»Na ja. Meine Mutter macht die Götterspeise und bringt die Sahne. Mrs. Kelly hat gesagt, man soll sie erst oben in der Schule schlagen und die Dekoration in letzter Minute draufmachen, damit sie nicht verläuft.«
»Und Schokoladenkuchen gibt's. Zwei ganze Schokoladenkuchen«, ergänzte Leo Murphy.
Es kam allen sehr ungerecht vor, daß die ganze Pracht für den Bischof und die Geistlichen und die große Schar aller möglicher Erwachsener reserviert sein sollte. Außerdem hatte man den Kindern mehr oder weniger drastisch eingeschärft, sich ihnen gegenüber ordentlich zu benehmen.
Sergeant Keane würde anwesend sein, hatte man ihnen gesagt – als würde er sie höchstpersönlich ins städtische Gefängnis stecken, wenn ihnen auch nur ein falsches Wort rausrutschte.

»Sie *müssen* uns aber etwas abgeben«, meinte Maura Brennan. »Das wäre sonst wirklich ungerecht.«
Zufällig hörte Father Gunn, was sie sagte, und staunte über ihre Arglosigkeit. Daß ein Kind wie Maura, deren Vater Paudie jeden erreichbaren Penny versoff, noch an Gerechtigkeit glaubte, war rührend.
»Es wird bestimmt etwas für dich und deine Freunde übrigbleiben, Maura«, sagte er in der Hoffnung, sie damit zu beruhigen. Aber Maura wurde knallrot. Es war schlimm, wenn ein Priester mitbekam, daß man bei einem heiligen Fest vor allem ans Essen dachte. Verlegen senkte sie den Kopf, so daß ihr die Haare ins Gesicht fielen.
Aber Father Gunn plagten andere Sorgen.
Der Bischof war ein schlanker, ruhiger Mann. Er bewegte sich nicht vorwärts wie andere Menschen – er schwebte. Unter seiner langen Soutane oder seinen prächtigen Meßgewändern hätte er ebensogut Räder anstelle von Füßen haben können. Und er hatte bereits kundgetan, daß es ihm lieber war, zu Fuß vom Bahnhof zur Schule zu gehen, als dorthin zu fahren. An einem kühlen Tag war das für jemanden, der schwebte, sicher gut und schön. Aber an einem heißen Tag war es weniger angenehm, und außerdem würde der Bischof auf diese Weise die Schandflecken von Shancarrig zu Gesicht bekommen.

Beispielsweise Johnny Finns Pub. Zwar hatte Johnny versprochen, aus Rücksicht auf das große Ereignis die Türen zu schließen, aber er wollte auf keinen Fall zusperren und seine Kunden hinauskomplimentieren.

»Sie werden grölen. Und unziemliche Reden führen«, hatte Father Gunn zu bedenken gegeben.

»Stellen Sie sich vor, wie sie sich erst auf der Straße benehmen würden, Father.« Der Wirt ließ sich nicht erweichen.

Inzwischen war so viel über den Tag geredet und so viel Aufhebens um die Schar der Gäste gemacht worden, daß die Kinder immer unruhiger wurden.

»Es ist nicht sicher, ob wir überhaupt was von der Götterspeise und der Sahne abkriegen«, meinte Niall Hayes.

»Keiner hat was von zusätzlichen Schüsseln, Tellern oder Besteck gesagt.«

»Und wenn Leute wie Nellie Dunne drauf losgelassen werden, dann ist sowieso alles ratzeputz weg.« Nessa Ryan kaute besorgt auf der Unterlippe.

»Wir bedienen uns einfach selbst«, schlug Foxy Dunne vor.

Alle starrten ihn mit aufgerissenen Augen an. Es war bestimmt alles genau abgezählt – man würde sie

umbringen, wenn etwas fehlte, Foxy mußte verrückt sein!
»Mir wird schon was einfallen«, versprach er.

Father Gunn schlief die Tage vor der großen Feier nicht besonders gut. Was für ein Glück, daß er nichts von Foxys Plänen ahnte!
Mrs. Kennedy hatte ihm mitgeteilt, daß sie für alle Fälle ein paar Notrationen in der Pfarrküche bereithielt. Nur für alle Fälle. Das hatte sie mehrmals wiederholt.
Doch Father Gunn tat ihr nicht den Gefallen nachzufragen, für welche Fälle. Er wußte es nur zu genau. Sie meinte den Fall, daß sich das törichte Vertrauen, mit dem er die Laien da oben in dem kleinen Schulhaus einen bedeutenden religiösen Festakt ausrichten ließ, als ungerechtfertigt erwies. Voll tiefer Sorge schüttelte sie den Kopf und kleidete sich, dem Anlaß zu Ehren, vom Scheitel bis zur Sohle ganz in Schwarz.
In einem dreitägigen freiwilligen Arbeitseinsatz hatte man versucht, den Bahnhof zu verschönern. Die Eisenbahngesellschaft CIE hatte keine Mittel dafür genehmigt, und der Stationsvorsteher Jack Kerr wollte partout nicht dulden, daß sich eine Gruppe von Amateurmalern ans Werk machte. Seine Dienstanweisung sah nicht vor, daß man leichtfertig mit

öffentlichem Eigentum umging und es womöglich in allen Regenbogenfarben bepinselte. »Und wenn wir es grau streichen?« hatte Father Gunn gebettelt. Nein. Auch davon wollte Jack Kerr nichts wissen. Und er war zutiefst gekränkt, als man anfing, direkt unter seiner Nase Unkraut zu jäten und Löwenzahn auszureißen.

»Der Bischof liebt Blumen«, erklärte Father Gunn traurig.

»Dann soll er doch welche mitbringen, die zu seiner Kutte passen«, meinte Mattie, der Briefträger. Er war der einzige Mann in Shancarrig, der die Dreistigkeit besaß, öffentlich zu verkünden, daß er nicht an Gott glaube und deshalb auch nicht so heuchlerisch sei, zur Messe oder gar zur Kommunion zu gehen.

»Mattie, jetzt ist nicht der richtige Zeitpunkt, mich in eine theologische Auseinandersetzung zu verwickeln«, beschwor ihn Father Gunn.

»Verschieben wir's, bis Sie sich wieder besser fühlen, Father.« Wie immer war Mattie ausgesprochen höflich, aber für Father Gunns Geschmack allzu herablassend.

Doch Mattie hatte ein weiches Herz: Er schleppte Erdballen mit Blumen aus dem Barnawald herbei und pflanzte sie in die Beete um den Bahnhof. »Sagt Jack, sie sind durchs Umgraben gewachsen«, schlug

er vor. Zu Recht hielt er den Stationsvorsteher für ziemlich unbedarft, was Natur und Gartenarbeit anging.
»Hier ist doch alles völlig in Ordnung«, hörte man Jack Kerr brummen, als alle auf den Zug des Bischofs warteten. Er schaute sich um und bemerkte keinerlei Veränderung an seinem neugestalteten Bahnhof.
Würdevoll entstieg der Bischof dem Zug. Er hat ja ein Hohlkreuz, dachte Father Gunn traurig. Doch er unterhielt sich interessiert und angelegentlich mit jedermann. Er strahlte großes Wohlwollen aus und hatte die Situation stets im Griff. Außerdem behielt er jeden Namen, im Gegensatz zu Father Gunn, der schon wieder vergessen hatte, wie die beiden wichtigtuerischen Geistlichen hießen, die den Bischof begleiteten.

Einige der kleineren Kinder in den kurzen weißen Chorhemden der Ministranten standen bereit, um die Prozession durch den Ort anzuführen.
Die Sonne brannte unerbittlich vom Himmel. Father Gunn hatte vergeblich um einen dieser verregneten Sommertage gebetet, die sie kürzlich erst gehabt hatten. Denn selbst das wäre besser gewesen als diese drückende Hitze.
Der Bischof schien sich für alles zu interessieren,

was er sah. Die Teilnehmer der Prozession traten aus dem Bahnhof und schritten die enge Straße entlang zur Ortsmitte. An der Erlöserkirche unterbrachen sie den Marsch, damit Seine Exzellenz auf den Altarstufen ein stilles Gebet sprechen konnte. Dann ging es weiter, an der Bushaltestelle und den Läden vorbei, an Ryan's Hotel für Handlungsreisende und am Terrace, wo der Arzt, der Rechtsanwalt und andere bedeutende Bürger wohnten.

Wenn ein Haus ordentlich aussah, schien der Bischof beifällig zu nicken; aber runzelte er nicht die Stirn, als sie an den ärmlichen Katen vorbeikamen? Oder spielte sich das alles nur in Father Gunns Einbildung ab? Vielleicht bemerkte Seine Exzellenz gar nichts von der Umgebung und war ganz in seine Gebete vertieft. Doch während sie so dahinschritten, war Father Gunn der abgestandene Geruch des dreckigen Grane-Flusses nur allzu gegenwärtig. Und als sie die Brücke überquerten, entdeckte er aus den Augenwinkeln ein paar Gesichter hinter dem Fenster der Kneipe von Johnny Finn, der bekannt war für seine erstklassigen Drinks. Father Gunn schickte ein Stoßgebet zum Himmel, daß niemand auf die Idee kam, das Fenster zu öffnen.

Mattie, der Briefträger, saß seelenruhig auf einem umgekippten Faß an der Straße. Er war einer der

wenigen Schaulustigen, denn fast alle anderen Dorfbewohner warteten oben an der Schule.
Der Bischof streckte die Hand aus, als wolle er ihm seinen Ring zum Kuß bieten.
Mattie neigte leicht den Kopf und tippte an seine Mütze – nicht beleidigend, aber auch nicht gerade ehrerbietig. Falls der Bischof durchschaute, was los war, so äußerte er sich jedenfalls nicht dazu. Er lächelte nach links und rechts; sein schmales aristokratisches Gesicht war anscheinend immun gegen die Hitze. Father Gunns Gesicht hingegen war puterrot und schweißüberströmt.
Das erste, was man von der Schule sah, war die riesige alte Buche, eine Blutbuche, die dem Pausenhof Schatten spendete. Dann kam das kleine steinerne Schulhaus aus der Zeit um die Jahrhundertwende in Sicht. Die Weihezeremonie war von diesen bürokratischen Geistlichen, die den Bischof regelrecht zu umschwärmen schienen, im voraus bis aufs i-Tüpfelchen ausgetüftelt und mehrmals überprüft worden. Sie hatten jedes einzelne Wort unter die Lupe genommen, ob Father Gunn auch nichts Ketzerisches oder Gotteslästerliches zu Papier gebracht hatte. Sinn und Zweck des Ganzen war es doch, die Schule und damit die Zukunft all der jungen Menschen, die jetzt und in nachfolgenden Generationen hier unterrichtet wurden, in diesem Heiligen Jahr

Gott zu weihen. Father Gunn verstand nicht, warum man damit ein dogmatisches Minenfeld betrat. Er versuchte doch lediglich, die Gemeinde im richtigen Maß einzubeziehen und sie erkennen zu lassen, daß die Kinder ihre Hoffnung und ihre Zukunft waren.
Nahezu drei Monate lang war das Ereignis von der Kanzel herab angekündigt worden. Dabei wurde stets der Hoffnung Ausdruck verliehen, daß das ganze Dorf bei Andacht und Weihe anwesend sein würde. Die Gebete, Lobgesänge und eine kurze Predigt sollten insgesamt fünfundvierzig Minuten dauern, die anschließende Teegesellschaft eine Stunde.
Schon während sie den Hügel hinaufstapften, sah Father Gunn, daß alles bereit war.
Nahezu zweihundert Menschen, alle im Sonntagsstaat, warteten im Schulhof. Manche Männer lehnten an der Schulhausmauer, die Frauen standen schwatzend beieinander. Als die kleine Prozession ankam, machten sie Platz, um sie durchzulassen, und der Bischof konnte die Kinder von Shancarrig in Augenschein nehmen.
Sie waren alle sauber geschrubbt und ordentlich gekleidet – Father Gunn hatte heute morgen bereits einen Kontrollgang gemacht. Kein Härchen lag am falschen Platz, niemand war barfuß, man konnte keine Rotznase entdecken. Selbst die Brennans und die Dunnes sahen respektabel aus. Alle achtundvier-

zig Kinder standen – in sechs Achterreihen – vor ihrer Schule; die hinteren auf Bänken, damit man sie auch sehen konnte. Wie kleine Engel, dachte Father Gunn. Es war immer wieder erstaunlich, was Seife, Waschlappen und Haarbürste ausrichten konnten.

Father Gunn entspannte sich ein wenig; sie waren jetzt fast am Ziel. Nur noch ein paar Minuten, und die Zeremonie konnte beginnen. Es würde bestimmt alles gutgehen.

Die Schule sah großartig aus. Nicht einmal Mrs. Kennedy kann daran etwas auszusetzen haben, ging es Father Gunn durch den Kopf. Und unter dem ausladenden Schatten der Blutbuche standen die festlich geschmückten Tische.

Das Lehrerehepaar hatte die Kinder wunderschön gruppiert und sehr viel Wert auf ein gepflegtes Erscheinungsbild gelegt. Father Gunn wurde es leichter ums Herz. Eine entzückendere Bande würde der Bischof nirgendwo in der Diözese finden.

Die Zeremonie lief wie am Schnürchen. Der Rollstuhl von Monsignor O'Toole, dem alten, gebrechlichen Pfarrer, wurde diskret nach vorne geschoben. Und auch wenn die Töne nicht alle ganz rein waren, sang man im großen und ganzen richtig, und es waren keine groben Dissonanzen zu hören.

Fast war die Zeit zum Tee gekommen – zur eindrucksvollsten Teegesellschaft, die Shancarrig je erlebt hatte. Sämtliche Eßwaren wurden im Innern der Schule aufbewahrt, geschützt vor der Hitze und den Fliegen. Und als der letzte Choral verklang, verschwanden Mr. und Mrs. Kelly im Haus.

Etwas an Mrs. Kennedys verkniffenem Gesichtsausdruck bewog Father Gunn, ebenfalls hineinzugehen und zu helfen. Er hätte es nicht ertragen, wenn eine Platte mit belegten Broten zu Boden gefallen oder die Sahne von einer Biskuitrolle gerutscht wäre. Auf Zehenspitzen betrat er das Gebäude – und sah sich einem Bild des Entsetzens gegenüber. Mr. und Mrs. Kelly und Mrs. Barton, die ihre Hilfe beim Heraustragen der Tabletts angeboten hatte, standen wie angewurzelt da, und auf ihren Gesichtern spiegelte sich tiefe Bestürzung.

»Was ist los?« brachte Father Gunn mühsam heraus.

»Sämtliche Rosinenkuchen!« Um ihren Worten Nachdruck zu verleihen, hielt Mrs. Kelly einen Kuchen hoch, der von oben aussah wie ein wunderbar gelungener Teekuchen mit Zuckerguß. Von unten allerdings bewiesen Bißspuren, daß er ausgehöhlt worden war.

»Und die Schokoladentorte!« keuchte Una Barton, die weiß war wie ein Laken. Die Vorderseite der großen Torte sah sehr lecker aus, doch hinten hielt sie nur noch ein Stück Rinde in Form. Mindestens ein Drittel fehlte.

»Bei den Apfelkuchen ist es das gleiche!« Jetzt konnte Mrs. Kelly die Tränen nicht mehr zurückhalten. »Das waren bestimmt ein paar von den Kindern!«

»Dieser Foxy Dunne und seine Bande! Ich hätte es wissen müssen. Verdammt, ich hätte es wirklich und wahrhaftig wissen müssen!« Jim Kellys Gesicht verzerrte sich vor Wut.

»Aber wie sind sie hereingekommen?«

»Der kleine Mistkerl hat angeboten, beim Stühletragen zu helfen. Er hat seine ganze Bande mitgeschleppt. Ich habe noch gesagt: ›Die Kuchen sind genau abgezählt.‹ Und ich hab sie auch nachgezählt, als die Blagen wieder abmarschiert sind, verflucht noch mal.«

»Nimm in Anwesenheit von Father Gunn nicht solche Worte in den Mund«, ermahnte ihn Nora Kelly.

»Ich finde, die Situation verlangt geradezu danach«, erwiderte Father Gunn grimmig.

»Wenn sie einfach nur ein halbes Dutzend aufgegessen hätten. Aber so haben sie alles ruiniert.«

»Vielleicht hätte ich das mit dem Abzählen nicht so betonen sollen.« Jim Kellys breites Gesicht sah zutiefst bekümmert aus.

»Alles kaputt«, jammerte Mrs. Barton. »Nichts mehr

zu retten.« Ihre hohe, hysterische Stimme brachte Father Gunn wieder zur Besinnung.
»Aber natürlich ist noch was zu retten, Mrs. Barton. Sie bringen jetzt die Teekannen hinaus. Rufen Sie Mrs. Kennedy, damit sie Ihnen hilft. Sie versteht es glänzend, Tee auszuschenken, und freut sich bestimmt, wenn man sie darum bittet. Dann sagen Sie Conor Ryan vom Hotel, daß er die Limonade ausschenken soll. Und Dr. Jims soll bitte möglichst schnell zu mir kommen.«
Sein Ton war so bestimmt, daß Mrs. Barton im Handumdrehen zur Tür hinaus war. Durch das kleine Fenster sah Father Gunn, wie sie Tee auszuschenken begann, und Conor Ryan war glücklich, etwas zu tun zu haben, was er aus dem Effeff beherrschte. Er goß Zitronenlimonade in die Gläser.
Der Doktor eilte herein, voller Sorge, daß jemand krank sein könnte.
»Wir brauchen Ihre chirurgischen Fähigkeiten, Doktor. Nehmen Sie ein Messer, ich nehme auch eins, und dann schneiden wir diese Kuchen auf und bringen jeweils eine kleine Auswahl davon nach draußen!«
»Warum um alles in der Welt wollen Sie das tun, Father Gunn?« fragte der Arzt.
»Weil diese kleinen Teufel, die zu Unrecht als unschuldige Kinder bezeichnet werden, ihre Zähne in

die Kuchen geschlagen und den größten Teil davon verschlungen haben.«

Triumphierend trugen sie schließlich die Teller mit den Kuchenstücken hinaus.
»Es ist noch genug da«, strahlte Father Gunn, während er die Köstlichkeiten verteilte. Da die meisten Gäste nicht gewagt hätten, so beherzt zuzugreifen, waren sie angenehm überrascht, und niemand beschwerte sich.
Zwischen zusammengebissenen Zähnen erkundigte sich Father Gunn bei Mr. Kelly nach den Namen der mutmaßlichen Übeltäter. Immer wieder sagte er sie leise vor sich hin wie jemand, der sich die Namen von Stammesfürsten einzuprägen versucht, die Not und Verzweiflung über seine Vorfahren gebracht haben. Während er lächelnd die Anwesenden bediente und hin und her wieselte, sagte er sie auf wie eine Litanei: »Leo Murphy, Eddie Barton, Niall Hayes, Maura Brennan, Nessa Ryan und der verflixte Foxy Dunne.«
Da sah er, daß auch Mattie, der Briefträger, zu der Versammlung gestoßen war und sich gefährlich nah beim Bischof aufhielt.
»Ah, zu Gast beim Opium des Volkes, um sich den Bauch vollzuschlagen?« begrüßte er ihn spöttisch.
»Das war aber nicht sehr freundlich, Vater«, entgeg-

nete Mattie, der bereits einen halben Teller Kuchen verputzt hatte.
»Wenn Sie es wagen, auch nur ein einziges Wort mit dem Bischof zu wechseln, egal worüber, werden Sie in dieser Gemeinde nie wieder einen Brief austragen«, drohte Father Gunn.

Die Feier ging dem Ende entgegen. Bald war es Zeit, sich wieder zum Bahnhof zu begeben.
Doch dieses Mal würde man die Strecke mit dem Auto zurücklegen. Dr. Jims und Mr. Hayes, der Rechtsanwalt, würden den Bischof chauffieren und auch die beiden Geistlichen, deren Namen niemand kannte.
Inzwischen trommelte Father Gunn die Missetäter im Schulgebäude zusammen. »Korrigiert mich, wenn ich bei der Identifizierung der schändlichsten Gestalten, die mir je untergekommen sind, geirrt habe«, dröhnte er mit unheilvoller Stimme.
Ihre schuldbewußten Gesichter zeigten ihm, daß man ihn offenbar weitgehend korrekt unterrichtet hatte.
»Nun?« donnerte er.
»Niall war nicht dabei«, piepste Leo Murphy, eine kleine, drahtige Zehnjährige mit rotem Schopf. Sie wohnte im Glen, dem großen Haus auf dem Hügel, und hätte jeden Tag Kuchen essen können.

»Aber sie haben mir was abgegeben«, gestand Niall Hayes.
»Mr. Kelly hat große Hände. Er hat seine Absicht kundgetan, euch damit einem nach dem anderen den Kopf abzureißen. Ich habe ihm versprochen, zuerst den Vatikan zu fragen, aber meiner Meinung nach würde er dafür bestimmt die Absolution bekommen. Wenn nicht sogar einen *Orden!*« brüllte Father Gunn. Die Kinder wichen ängstlich zurück. »Trotzdem habe ich Mr. Kelly geraten, die Zeit des Heiligen Vaters nicht mit Dingen wie Dispensen und Ablässen zu verschwenden und die Sache lieber mir zu überlassen. Ich habe ihm gesagt, daß ihr euch geradezu darum reißt, jeden einzelnen Teller, jedes Glas, jede Tasse und jede Platte abzuwaschen. Als einen bescheidenen Versuch zur Wiedergutmachung. Und daß ihr auch das kleinste Stückchen Abfall, das auf dem Schulhof herumliegt, aufsammeln werdet. Und daß ihr euch bei Mr. und Mrs. Kelly zum Rapport meldet, wenn ihr fertig seid.«
Entsetzt sahen sie sich an. Das würde ewig dauern. Eigentlich hätten das die Frauen der Gemeinde erledigen sollen.
»Aber was ist mit Leuten wie Mrs. Kennedy? Wollen die denn nicht …?« begann Foxy.
»Nein, die wollen nicht. Leute wie Mrs. Kennedy

sind hoch erfreut zu hören, daß ihr euch freiwillig gemeldet habt. Weil solche Leute nämlich nicht in eure rabenschwarzen Seelen sehen können.«
Beklommenes Schweigen.
»Dieser Tag wird allen im Gedächtnis bleiben, das verspreche ich euch. Wenn eure sonstigen Missetaten längst in Vergessenheit geraten sind – an diese wird man sich ewig erinnern. Der heutige Junitag des Jahres 1950 wird in die Geschichtsbücher eingehen.« Er sah, wie sich die Gesichter von Eddie Barton und Maura Brennan bedrohlich verzogen; er durfte ihnen keinen zu großen Schrecken einjagen.
»Aber genug jetzt. Ihr werdet euch in die Ehrenwache einreihen, um dem Bischof auf Wiedersehen zu sagen, und ihm zum Abschied zuwinken. Ihr Heuchler, die ihr alles getan habt, um den Besuch Seiner Exzellenz zu verderben und zu einer Katastrophe zu machen. Und jetzt *raus mit euch.*« Er funkelte sie an.
»Auf der Stelle!«
Draußen waren der Bischof und seine Begleiter dabei, sich zu verabschieden. Huldvoll ging Seine Exzellenz von einem zum anderen, fand für jeden ein dankbares und lobendes Wort und betonte immer wieder, welch bezaubernden Landstrich von Irland die Bürger von Shancarrig ihre Heimat nennen durften. Es tue wohl, von Zeit zu Zeit hinaus in die wunderschöne, von Gott geschaffene Natur zu fah-

ren und nicht immer im Bischofspalast einer Stadt zu sitzen, meinte er.
»Was für ein prachtvoller Baum, der uns heute solch erquickenden Schatten gespendet hat.« Bei diesen Worten sah er in die Blutbuche hinauf, als wolle er ihr danken; dabei hätte dieser Mann offensichtlich stundenlang in der Sahara stehen können, ohne das Klima irgendwie unangenehm zu finden. Im Grunde wäre es an dem schweißgebadeten Father Gunn gewesen, dem Blätterdach zu danken.
»Und was bedeuten all die Inschriften an dem Stamm?« erkundigte er sich mit wohlwollendem Interesse. Father Gunn merkte, wie die Kellys die Luft anhielten. Denn in diesen Baum ritzten die Kinder ihre Initialen, mit pfeildurchbohrten Herzen und Vermerken, wer in wen verliebt war. Viel zu weltlich, zu unanständig, zu vulgär, als daß ein Bischof es gutheißen konnte! Wahrscheinlich sogar ein Hinweis auf Vandalismus.
Aber nein.
Der Bischof schien wunderbarerweise Gefallen daran zu finden! »Es ist gut, daß die Kinder ein Zeugnis ihrer Anwesenheit hinterlassen, bevor sie von hier fortgehen«, erläuterte er der Gruppe, die sich um ihn geschart hatte, um keins seiner Abschiedsworte zu verpassen. »So wie dieser Baum seit Jahrzehnten, wenn nicht sogar seit Jahrhunderten hier steht, wird

es immer eine Schule in Shancarrig geben, die den Geist der Kinder erhellt, bevor sie in die Welt hinausziehen.«

Er warf einen letzten nachdenklichen Blick auf das kleine steinerne Schulhaus und den großen Baum, als der Wagen bereits den Hügel hinunter in Richtung Bahnhof rollte.

Auch Father Gunn, der in den zweiten Wagen stieg, um die Verabschiedung am Bahnhof vorzunehmen, wandte sich um und sah zurück, doch er richtete seinen Blick auf die kleinen Missetäter. Und da er ein weiches Herz hatte und der Tag trotz allem gelungen war, lächelte er ein wenig. Sie trauten ihren Augen nicht.

Maddy

Als Madeleine Ross zur Taufe in die Kirche von Shancarrig gebracht wurde, trug sie ein altes Taufkleid, das schon ihrer Großmutter gehört hatte. Soviel Spitze hatte man in der Erlöserkirche selten gesehen – zu Hause, in der elf Meilen entfernten, efeuüberwucherten protestantischen Pfarrkirche St. Matthew's wäre der Anblick sicher weniger ungewohnt gewesen. Aber man schrieb das Jahr 1932, in dem der Eucharistiekongreß in Irland stattfand. Der katholische Eifer erlebte seine Blütezeit, und man erwartete geradezu, daß ein Baby, das getauft werden sollte, in feinste Spitze gehüllt war.

Der alte Priester meinte einem Bekannten gegenüber, diesem kleinen Mädchen werde es in seinem Leben sicher nie an etwas fehlen, denn es wurde in eine intakte, wohlhabende Familie hineingeboren.

Doch Gemeindepfarrer sind eben nicht allwissend. Madeleines Vater starb, als sie acht Jahre alt war. Er fiel im Krieg. Ihr einziger Bruder wanderte nach Rhodesien aus, zu einem Onkel, der dort eine Farm besaß, die so groß war wie die ganze Provinz Munster.

Als Maddy Ross im Jahre 1950 achtzehn Jahre alt wurde, fehlte ihrem Leben eine ganze Menge: Zum Beispiel hatte sie keinerlei Zukunftspläne. Und hätte sie welche gehabt, hätte sie sie nicht verwirklichen können.

Ihre Mutter kam allein nicht zurecht, und Maddys Bruder war fort – also mußte sie zu Hause bleiben.

Außerdem spürte Maddy allmählich in sich die Sehnsucht nach einem Freund aufkeimen – nach einem Mann –, aber es war fast unmöglich, in Shancarrig einen zu finden.

Das Problem war nicht einmal so sehr, daß Maddy ihrer Herkunft nach für das Dorf eine Nummer zu groß gewesen wäre. Die Familie Ross gehörte nicht zu den reichen Landbesitzern – zu den angesehenen und vornehmen Leuten. Sonst hätte Maddy ja in den entsprechenden Kreisen verkehren können und dort vielleicht auch junge Männer kennengelernt.

Aber das Problem war, daß sie – gesellschaftlich gesehen – zwischen allen Stühlen saß.

Maddy und ihre Mutter waren einerseits zu wohlhabend und andererseits nicht wohlhabend genug, um in den Raster der kleinstädtischen Sozialstruktur zu passen. Deshalb war es noch ein Glück für Maddy,

daß sie sich selbst genügte, denn kaum jemand kam auf sie zu und wollte sich mit ihr anfreunden.
Vielleicht war sie auch durch die Umstände so geworden.
Doch im Dorf erinnerte man sich daran, wie sie schon als Kind ganz allein im Barnawald Arme voller Glockenblumen gepflückt oder seltsam geformte Steine aus der Nähe des großen Felsens nach Hause gebracht hatte.
Die Familie Ross besaß ein kleines Haus am Ufer des Flusses Grane, nicht bei den schäbigen Katen, sondern näher am Barnawald, der am Hang zum alten Felsen lag. Man konnte von diesem Haus in alle Richtungen interessante Spaziergänge unternehmen ob man der Seitenstraße in Richtung Schule folgte oder an den Katen vorbei zur Brücke und weiter ins Zentrum ging, wo sich das Terrace, Ryan's Hotel für Handlungsreisende und die Geschäfte befanden.
Aber Maddys Lieblingsspaziergang führte sie in den Wald, der sich in jeder Jahreszeit so sehr veränderte, daß man das Gefühl hatte, man sei plötzlich ganz woanders. Am meisten liebte sie ihn im Herbst, wenn sich alles golden färbte und der Boden ein einziger Blätterteppich war.
Man konnte sich vorstellen, die Bäume seien Menschen, gütige, große Menschen, die einen mit ihren Ästen umarmten, oder daß zwischen den Wurzeln

winzige Zwerge lebten, Wesen, die mit menschlichem Auge nicht zu erkennen waren.

Maddy erzählte Geschichten, halb in dem Wunsch, es möge jemand zuhören, halb für sich selbst – Geschichten, in denen sie im Herbst goldene und rote Äste fand und bemerkte, daß eine alte Frau sie durch die Bäume beobachtete, oder in denen Kinder barfuß bei dem großen Felsen, von dem aus man den Ort überblicken konnte, spielten und wegrannten, sobald sich jemand näherte.

Es waren harmlose Geschichten, Geschichten über Phantasiefreundschaften, wie sie alle Kinder erzählen. Niemand achtete darauf, insbesondere da sie aufhörten, als Maddy mit elf Jahren ins Internat kam. An der Schule von Shancarrig herrschte ein zu rauher Umgangston für die kleine Madeleine Ross. Man schickte sie auf eine Klosterschule in der übernächsten Grafschaft.

Dann sah man sie heranwachsen; ihr langes, blondes Haar fiel in zwei Zöpfen über den Rücken, und als sie ungefähr siebzehn war, wurden die Zöpfe um den Kopf geschlungen.

Sie war schlank und geschmeidig wie ihre Mutter, hatte aber seltsam farblose Augen. Hätten die Augen Farbe und Lebendigkeit besessen, wäre Maddy schön gewesen. Doch so wirkte sie wie eine graue Maus, fast, als wäre sie gar keine richtige Person.

Und wenn jemand in Shancarrig sich näher mit ihr befaßt hätte, so wäre er wohl zu dem Schluß gekommen, daß sie ein willensschwaches, unselbständiges Mädchen war.
Eine vitalere junge Frau hätte vielleicht den Entschluß gefaßt, sich Arbeit und Freunde selbst zu suchen. So vielschichtig die gesellschaftliche Struktur von Shancarrig auch sein mochte – Maddy Ross hätte trotzdem ein paar Freunde finden müssen.
Natürlich gab es Cousins, Tanten und Onkel, zu denen Maddy und ihre Mutter Kontakt hielten. Sie besuchten Verwandte in vier Grafschaften, alle vom mütterlichen Zweig. Die Angehörigen ihres Vaters lebten in England.
Aber zu Hause war und blieb sie eine Außenseiterin. Auch an dem Tag, an dem die Schule eingeweiht wurde, dem Tag, an dem der Bischof kam.
Maddy Ross stand mit ihrem Sonnenhut aus Stroh, der ihre helle Haut schützen sollte, wie immer ein wenig abseits. Sie beobachtete, wie Father Gunn mit krummem Rücken den Hügel zur Schule hinaufging. Sie beobachtete den alten Monsignor O'Toole in seinem Rollstuhl. Aber sie mischte sich nicht unter die übrigen Bürger von Shancarrig, die alle darauf warteten, daß die Prozession eintraf: die Kellys mit ihrer hübschen kleinen Nichte Maria, alle todschick angezogen. Nora Kelly hätte einen Hut

tragen sollen wie Maddy, nicht dieses unmögliche Spitzentuch, das überhaupt keinen Schutz bot und hier, im ländlichen Teil Irlands, reichlich fehl am Platz wirkte.

Aber es wäre schön gewesen, irgendwo hinzuzugehören, wie die Kellys. Sie hatten diese Schule zu ihrer eigenen gemacht, obwohl sie nicht aus dem Dorf stammten, und jetzt standen sie im Mittelpunkt der Gemeinde, während Maddy, die ihr ganzes Leben hier verbracht hatte, eine Existenz am Rande führte.

Sie nahm ihren Kuchenteller entgegen – aus irgendeinem Grund wurde jedem eine Auswahl Kuchenstücke auf einem Teller serviert, statt daß man sich aussuchen konnte, was man wollte.

Mrs. Kelly musterte Maddy nachdenklich.

»Ich glaube, wir könnten ein wenig Hilfe gebrauchen«, sagte sie. Maddy war erstaunt. »Unmöglich, ich bin froh, wenn ich meinen eigenen Teller schaffe«, sagte sie und blickte dabei auf ihre Kuchenportion hinunter.

»Nein, ich meine, in der Schule. Ich dachte an eine Hilfslehrerin«, erklärte Mrs. Kelly geduldig, als spräche sie mit einer Fünfjährigen.

»Oh, Entschuldigung.«

»Nun, meinen Sie, wir sollten mit Ihrer Mutter darüber sprechen?«

Maddy fragte sich, ob die Hitze allen so zu schaffen machte, daß sie etwas wunderlich wurden.
»Ich … ich weiß nicht, ob sie dazu noch in der Lage ist … vielleicht kann sie gar nicht mehr unterrichten«, erklärte sie freundlich.
»Ich dachte eigentlich an Sie, Miss Ross.«
»Ach so. Natürlich. Nun ja …«, stammelte Maddy.
Wieder einmal wurde deutlich, wie ziellos ihr Leben verlief. Sie hatte keinerlei konkrete Zukunftspläne.
In diesem Jahr wurde viel über Reisen nach Rom gesprochen. Schließlich war es ein Heiliges Jahr, etwas Besonderes. Tante Peggy war in Rom gewesen; es gab unzählige Erinnerungsfotos, und die Geschichten wiederholten sich endlos – genau wie die Klagen, daß es dort keinen guten, starken Tee gab.
Aber Maddys Mutter konnte sich ja nicht einmal entscheiden, ob es Erdbeermarmelade oder Stachelbeermarmelade zum Tee geben sollte. Wie hätte sie sich dann dazu durchringen sollen, nach Rom zu fahren? Der Herbst kam, die Abende wurden kühler, und alle waren einhellig der Meinung, daß man sich leicht eine Erkältung holen konnte.
Da war es vielleicht ganz gut, daß sich Maddy und ihre Mutter nicht um Pässe und Fahrkarten bemüht hatten. Und – wie Mutter gern sagte – man konnte Gott genauso in Shancarrig lieben wie in irgendeiner italienischen Stadt.

Zuerst war Maddy Ross enttäuscht, daß aus dem vieldiskutierten Vorhaben nichts zu werden schien. Aber dann dachte sie einfach nicht mehr daran. Sie war geübt darin, Enttäuschungen zu verdrängen, denn sie hatte bis zum Alter von achtzehn Jahren schon einige erlebt.

Maddys beste Schulfreundin, Kathleen White, hatte es nicht einmal für nötig befunden, ihr mitzuteilen, daß sie ins Kloster gehen und Nonne werden wollte. Alle anderen in der Schule hatten es vor ihr gewußt. Maddy hatte vor Erregung gezittert, als sie Kathleen schließlich darauf ansprach.

Doch Kathleen war unnatürlich ruhig geblieben.

»Ich habe es dir nicht erzählt, weil du auf alles so übertrieben reagierst«, sagte sie einfach. »Entweder hättest du gleich ebenfalls ins Kloster gehen wollen, oder du hättest ein Drama daraus gemacht. Ich möchte eben Nonne werden, weiter nichts.«

Nach einer Weile rang sich Maddy dazu durch, Kathleen zu verzeihen. Schließlich war es keine leichte Entscheidung, seiner Berufung zu folgen. Kathleen hatte sicher anderes zu tun gehabt, als sich mit der Verletzlichkeit ihrer Freundin zu befassen. Maddy schrieb ihr lange Briefe, in denen sie ihr Verständnis kundtat und über die Hingabe an ein gottgeweihtes Leben philosophierte. Kathleen antwortete nur ein einziges Mal, kurz und bündig: In

zwei Monaten würde sie im Kloster Postulantin werden. Dann dürfe sie weder schreiben noch Briefe bekommen. Vielleicht sei es besser, sich jetzt schon darauf einzustellen und erst gar keine intensive Korrespondenz anzufangen.
Und in diesem Sommer hatte es noch andere Enttäuschungen gegeben. Maddy hatte sich für eine Tanzveranstaltung im Tennisclub hübsch gemacht und merkte bald, daß ein junger Mann ihr bewundernde Blicke zuwarf. Er tanzte länger mit ihr als alle anderen. Und er sorgte besonders aufmerksam dafür, daß sie immer ein Glas Fruchtpunsch in der Hand hielt. Eine Weile saßen sie in der Hollywoodschaukel und plauderten über alles mögliche. Aber weiter passierte nichts. Maddy hatte zwar ganz unauffällig einfließen lassen, wo sie wohnte, und sogar zweimal unter einem Vorwand bei ihm vorbeigeschaut, aber er tat, als hätte er sie nie gesehen.
Auf ihren langen, einsamen Spaziergängen zu dem alten Felsen auf den baumbestandenen Hügel überkam Maddy manchmal das Gefühl, daß sie irgend etwas falsch machte. Es war alles so anders als das, was Mädchen in Filmen passierte.
Maddy hatte sich nie Illusionen darüber gemacht, daß sie auf die Universität gehen konnte; dafür reichte das Geld nicht. Sie fand das eigentlich nicht weiter schlimm, zumal sie keineswegs den brennenden

Wunsch hegte, Professorin, Ärztin oder Anwältin zu werden. Aber sie konnte sich auch sonst für nichts begeistern. Andere Mädchen hatten eine Ausbildung als Krankenschwester angefangen, manche hatten die Sekretärinnenschule besucht und arbeiteten jetzt bei einer Bank oder einer Versicherung. Wieder andere wurden Röntgenassistentinnen oder Krankengymnastinnen.

Maddy, das Mädchen mit den langen blonden Haaren und dem Lächeln, das sich nur ganz langsam über ihr Gesicht ausbreitete, wenn es einmal angefangen hatte, hoffte, daß sich früher oder später doch noch etwas ergeben würde.

Vielleicht am Ende der Ferien.

Mrs. Kelly hatte den Vorschlag ernst gemeint, den sie Maddy an jenem heißen Sommertag unterbreitet hatte. In der ersten Septemberwoche kamen Mr. und Mrs. Kelly, das Lehrerehepaar, um mit Maddys Mutter zu sprechen.

Shancarrigs kleines, steinernes Schulhaus lag ein wenig außerhalb des Ortes, angeblich, um den Bauernkindern den Weg dorthin zu erleichtern. Mr. und Mrs. Kelly waren auf Father Gunns Betreiben als frischverheiratetes Paar an die Schule gekommen. Ihre Vorgänger hatten sich unter ungeklärten Umständen aus dem Staub gemacht. Maddy hatte Gerüchte gehört, sie hätten getrunken und seien deshalb entlassen worden, doch wie gewöhnlich kannte sie nur die geglättete Version ihrer Mutter. Mrs. Ross nannte derart heikle Dinge nie beim Namen.

Mr. und Mrs. Kelly waren ein außergewöhnliches Paar. Er war kräftig gebaut und sah aus wie ein naiver Bauernjunge. Sie hingegen war zierlich, mit einem strengen Gesicht, dessen Mund sich oft mißbilligend zusammenzog.

Maddy Ross hatte sich schon oft überlegt, was den kräftigen, einfachen, gutmütigen Mr. Kelly wohl an seiner Frau faszinierte. Die beiden waren etwa zehn Jahre älter als Maddy.

Ob Mrs. Kelly sich vielleicht erst einmal umgesehen und sich dann für den Lehrer entschieden hatte, weil sie keinen besseren finden konnte? Jedenfalls wirkte sie fast immer unzufrieden. Selbst als die Kellys jetzt unangemeldet bei Maddys Mutter erschienen, gewann man sofort den Eindruck, sie wollten sich über etwas beschweren.

Maddy fand es ganz normal, daß sich die beiden mit ihrer Mutter unterhalten wollten und nicht mit ihr. Schließlich hatte Mrs. Ross bei der Entscheidung ein Wörtchen mitzureden. Vielleicht glaubte sie ja, ihre Tochter sei zu etwas Höherem bestimmt, als in der Schule von Shancarrig zu unterrichten. Es war bes-

ser, erst einmal ihre Meinung zu hören, bevor man einen direkten Vorstoß wagte.
Aber Maddys Mutter war begeistert von der Idee. »Es ist uns einfach in den Schoß gefallen«, erzählte sie den Verwandten, die am nächsten Tag zum Abendessen kamen.
»Aber braucht Madeleine denn keine Ausbildung, um als Lehrerin zu arbeiten?« fragten die Verwandten.
»Unsinn«, erwiderte Maddys Mutter. »Was braucht man für eine Ausbildung, um den kleinen Brennans und den kleinen Dunnes Manieren beizubringen?«
Das klang einleuchtend, obwohl Maddy natürlich keine Aussichten auf echtes berufliches Vorankommen hatte, wie die Töchter der Verwandten dies anstrebten: Eine von ihnen arbeitete bei einer Bank, die andere besuchte einen hochspezialisierten Sekretärinnenkurs, in dem sogar Wirtschaftsfranzösisch gelehrt wurde und der sie zu allen möglichen Stellungen überall auf der Welt befähigen würde.
Zu ihrer eigenen Überraschung machte die Arbeit Maddy großen Spaß.
Sie brüllte nicht wie Mr. Kelly und hatte auch nicht die selbstbewußte, feste Stimme seiner Frau. Maddy sprach sanft und beinahe zögernd, aber die Kinder hörten auf sie. Selbst mit den frechen Brennan-Kin-

dern, deren Vater Paudie Brennan ein Trunkenbold und Tagedieb war, kam sie gut zurecht. Und die Dunnes mit ihren marmeladenverschmierten Gesichtern ließen sich von ihr lammfromm den Mund abwischen, bevor der Unterricht begann.

In dem kleinen Schulhaus gab es drei Klassenzimmer: eines für Mrs. Kellys Klasse, eine für die von Mr. Kelly, und im größten unterrichtete Maddy Ross. In dieser sogenannten »Gemischten Klasse« schickte sie die Jüngsten auf ihre erste bescheidene Bildungsreise. Natürlich gab es ein paar, die es zu weit höherer Bildung bringen würden als Maddy selbst. Die Hayes-Mädchen zum Beispiel, deren Vater Rechtsanwalt war, würden wahrscheinlich einen aussichtsreichen Beruf ergreifen, ebenso die kleine Nuala Ryan aus dem Hotel. Andererseits lag es auf der Hand, daß für die Dunnes und Brennans keinerlei Hoffnung auf Weiterbildung bestand, wenn sie die Dorfschule einmal verlassen hatten. Sie würden auswandern oder in die Stadt gehen und dort jede Arbeit annehmen, die man Vierzehnjährigen anbot.

Aber mit fünf Jahren sahen sie alle gleich aus. Außer der unterschiedlichen Kleidung gab es nichts, woran man erkennen konnte, wer genug Geld hatte, um weiterzukommen, und wer nicht. Bevor sie in der Schule anfing, hatte Maddy Ross die Kinder ihres Heimatortes kaum wahrgenommen. Jetzt wußte sie alles über sie; sie kannte die, die oft weinten und wegen jeder Kleinigkeit in Panik gerieten, diejenigen, die glaubten, sie hätten über alles zu bestimmen, die Kinder, die riesige Pausenbrote anschleppten, und die, die überhaupt nichts mitbrachten. Es gab Kinder, die an ihr hingen und ihr alles über sich und ihre Familien erzählten, und andere, aus denen nichts herauszukriegen war.

Sie hatte nicht geahnt, daß es ihr soviel Freude machen würde zu beobachten, wie ein Kind auf einmal selbständig die Wörter eines einfachen Satzes entzifferte und laut vorlas, oder zuzusehen, wie ein Mädchen, das seinen Bleistift zu einem Stummel abgekaut hatte, plötzlich begriff, wie man eine lange Liste von Zahlen addiert oder subtrahiert. Es war jeden Tag aufs neue ein Vergnügen, mit dem Zeigestock auf bestimmte Orte der großen Irlandkarte zu deuten und zu hören, wie die Kinder im Chor die Namen aufsagten.

»Wie heißen die wichtigsten Städte der Grafschaft Cavan? Richtig. Jetzt alle zusammen. Cavan, Cootehill, Virginia …«, erklang dann der Singsang.

Es gab zwei Toiletten, eine für die Mädchen und eine für die Jungen. Hier roch es nach Sagrotan, das der Hausmeister abends, sobald die Kinder weg waren, reichlich versprühte.

Die Schule wäre ein freudloser Ort gewesen, wenn

sich darüber nicht die riesige Blutbuche erhoben hätte, die das kleine Gebäude unter ihre schützenden Fittiche zu nehmen schien. Maddy fühlte sich unter diesem Baum genauso geborgen wie als Kind im Barnawald. Seine wechselnde Farbe, das Fallen und Wiederkehren des Laubs markierten den Wechsel der Jahreszeiten.

Die Tage vergingen wie im Fluge, und einer glich dem anderen. Zur Auflockerung des Unterrichts malte Madeleine Ross auf Pappe große Schautafeln. Sie brachte Bilder der Blumen, die sie im Barnawald gesammelt hatte; manchmal preßte sie die Blumen auch und schrieb die Namen darunter. So saßen die Kinder von Shancarrig auf ihren kleinen hölzernen Schulbänken und wiederholten die Namen von Farn, Fingerhut, Himmelschlüssel, Primel und Efeu. Sie studierten Gemälde von St. Patrick, St. Bridgid und St. Colmcille und sagten auch deren Namen im Chor auf.

Maddy sorgte dafür, daß ihre Schüler die Heiligen ebenso gut kannten wie die Blumen.

Für Father Gunn nahmen die Heiligen natürlich eine wichtigere Stellung ein. Der Kaplan war ein sehr freundlicher Mann mit einer kleinen runden Brille, hinter deren Gläsern seine Augen wie durch den Boden einer Limonadenflasche funkelten. Da es zu seinen Aufgaben gehörte, die Schule zu inspizieren, kam er häufig zu Besuch – schließlich hatte er über den Glauben und die Moral der zukünftigen Gemeindemitglieder von Shancarrig zu wachen. Aber Father Gunn liebte auch Blumen und Bäume, und er war der jungen Hilfslehrerin gegenüber immer zuvorkommend und hilfsbereit.

Maddy fragte sich, wie alt er wohl war. Bei Priestern und Nonnen war das immer schwer zu sagen. Eines Tages jedoch erzählte er es ihr: Er war im Jahr 1921 geboren, an dem Tag, als der Staatsvertrag unterzeichnet wurde.

»Ich bin so alt wie unser Staat«, erklärte er stolz. »Ich hoffe, er und ich werden ewig leben.«

»Schön, Sie das sagen zu hören.« Maddy arrangierte gerade ein paar Fundstücke aus der Natur auf dem Fensterbrett. »Es zeigt, daß Sie das Leben lieben. Meine Mutter sagt immer, daß sie es gar nicht erwarten kann, endlich Flügel zu bekommen.«

»Flügel?« Der Priester war verblüfft.

»Das ist ihre Art zu sagen, daß sie gerne bei Gott im Himmel sein möchte. Sie spricht sehr oft davon.«

Einen Moment war Father Gunn sprachlos. »Es ist natürlich bewundernswert, diese Welt nur als Abglanz der Seligkeit zu betrachten, die Unser Himmlischer Vater für uns bereithält, aber ...«

»Aber Mutter ist gerade erst fünfzig. Vielleicht noch

ein bißchen zu früh, um daran zu denken, oder?« ergänzte Maddy.
Er nickte dankbar. »Ich bin ja selbst nicht mehr der Jüngste. Vielleicht sollte ich allmählich auch anfangen, daran zu denken.« Seine Stimme hatte einen scherzhaften Unterton. »Aber ich habe so viel zu tun, daß ich mich einfach nicht alt fühle.«
»Sie müßten jemanden anstellen, der Ihnen zur Hand geht«, meinte Maddy und wiederholte damit nur, was alle in Shancarrig sagten. Der Pfarrer war inzwischen so altersschwach, daß Father Gunn alles allein machen mußte. Die Gemeinde brauchte unbedingt einen zweiten Kaplan.
Auch die Haushälterin des Priesters war keine große Hilfe. Mrs. Kennedy hatte ein Gesicht wie drei Tage Regenwetter. Sie kleidete sich meist ganz in Schwarz, immer noch in Trauer um ihren Mann, der vor langer Zeit verstorben war – in Shancarrig erinnerte sich kaum mehr jemand an ihn. Von einer guten Pfarrhaushälterin wurde allgemein erwartet, daß sie freundlich und hilfsbereit war und gleichzeitig die Aufgaben einer Mutter, eines Mädchens für alles und einer Freundin übernahm. Zweifellos wurde Mrs. Kennedy keiner dieser Rollen gerecht. Sie schien regelrecht verbittert darüber, daß man nicht ihr die Verantwortung für die Gemeinde übertragen hatte. Wenn jemand seine Hilfe bei der Gemeinde-

arbeit anbot, schnaubte sie nur verächtlich. Es war allein Father Gunns Freundlichkeit zu verdanken, daß überhaupt noch jemand zu helfen bereit war – und es entstanden genug Probleme dadurch, daß Monsignor O'Toole kaum je in Erscheinung trat, aber dafür Mrs. Kennedy allzuoft.

Dann traf die Nachricht ein, daß tatsächlich ein neuer Priester nach Shancarrig kommen sollte. Jemand hatte es aus sicherer Quelle in Dublin. Angeblich war er ein sehr netter Mensch.

Etwa sechs Monate später, im Frühjahr 1952, traf der neue Kaplan ein. Father Barry war ein blasser junger Mann und hatte weiße Hände mit langen, schmalen Fingern, dünne, blonde Haare und tiefblaue Augen. Gemessenen Schrittes, mit leise schwingender Soutane ging er durch Shancarrig – nicht betriebsam und oft hektisch wie Father Gunn, der sich in seinem Priestergewand immer unbehaglich zu fühlen schien.

Wenn Father Barry die Messe las, schien ein Sonnenstrahl über sein bleiches Gesicht zu streifen, was ihn noch vergeistigter wirken ließ. Die Menschen von Shancarrig liebten Father Barry, und insgeheim spürte Maddy Ross oft Mitleid mit Father Gunn, denn auf einmal stand er im Schatten seines jungen Kollegen.

Es war ja nicht Father Gunns Schuld, daß er rund und stämmig war. Er war genauso freundlich und einfühlsam im Umgang mit Alten und Kranken, genauso verständnisvoll bei der Beichte, genauso engagiert in der Schularbeit. Und doch mußte sie sich eingestehen, daß Father Barry eine Heiterkeit ausstrahlte, die dem ersten Kaplan vollkommen fehlte. Wenn Father Barry in ihr Klassenzimmer kam, sprach er nicht nur trocken über die Aufgaben der Mission und darüber, wie wichtig es war, für die Missionsstationen Briefmarken und Silberpapier zu sammeln. Nein, er erzählte von Bergdörfern in Peru, wo die Menschen sich nach dem Wort Gottes sehnten, wo es nur einen kleinen Fluß gab, der in der Trockenzeit vollkommen austrocknete, so daß die Dorfbewohner viele Kilometer über die dürre Steppe laufen mußten, um für Alte und Kinder Wasser zu holen.

So ließen sich Maddy und die »Gemischte Klasse« aus dem engen, feuchten Schulhaus von Shancarrig weit fort auf einen anderen Kontinent entführen. Da saßen dann die Brennans mit ihren löchrigen Schuhen und ihren zerrissenen Kleidern, mit den blauen Flecken, die die Fäuste ihres betrunkenen Vaters hinterlassen hatten, und fühlten sich traumhaft reich im Vergleich zu den Menschen im Tausende von Meilen entfernten Vieja Piedra.

Das Dorf trug sogar den gleichen Namen wie ihr eigenes. Er bedeutete »alter Fels«. Und die Bewohner jenes Dorfs auf der anderen Seite des Erdballs brauchten ihre Hilfe.

Father Barry weckte in den Kindern eine Begeisterung, wie sie die Schule bis dahin nicht erlebt hatte. Und das nicht nur in der Klasse von Maddy Ross. Selbst unter dem gestrengen Blick von Mrs. Kelly, von der man eigentlich erwartet hätte, daß sie die Ansicht vertrat, man solle sich erst einmal um die eigenen Angelegenheiten kümmern, ehe man im Ausland Hilfe leistete, wurden ansehnliche Summen gespendet. Und auch der streitbare Mr. Kelly fand vor seiner Klasse Worte, die auf ihre eigene Art beinahe wie ein Echo dessen klangen, was der junge Priester sagte.
»Na, komm schon, Jeremiah O'Connor. Wenn du es nicht schaffst, wenigstens einen Schilling für die armen Leute von Vieja Piedra zu sammeln, hast du einen Tritt in den Hintern verdient, der dich bis nach Barna und wieder zurück befördert.« Bei der Sonntagspredigt schloß Father Barry oft seine tiefblauen Augen und sprach davon, wie glücklich seine Gemeinde sich preisen konnte, in der grünen, fruchtbaren Gegend um Shancarrig zu leben. Auch wenn in der Kirche lauter niesende und hustende Leute

saßen, deren Jacken von den drei Meilen Fußmarsch über Straßen und Felder durchnäßt waren, erschien ihnen bei Father Barrys Worten ihre Heimat im Vergleich zu dem gleichnamigen Ort in Peru wie ein Paradies.

Manche von ihnen fragten sich, wie es Gott in seiner Güte überhaupt zulassen konnte, daß es den Menschen in jenem Teil der Welt so schlecht ging, wo sie doch alles darum gegeben hätten, eine Kirche und einen Priester zu bekommen.

Wann immer dieses Thema zur Sprache gebracht wurde, hatte Father Barry eine Antwort bereit: Er sagte, Gott wolle die Nächstenliebe der Menschen auf die Probe stellen. Es sei keine Kunst, Gott, den Vater im Himmel, zu lieben, versicherte Father Barry jedem, der es hören wollte. Schwieriger sei es, Menschen in einem viele Meilen entfernten Dorf zu lieben und ihnen wie Brüder und Schwestern zu begegnen.

Maddy und ihre Mutter sprachen oft über Father Barry und seine vergeistigte Ausstrahlung. Dies war ein Thema, bei dem sie einer Meinung waren, und deshalb unterhielten sie sich oft über ihn. Themen, über die sie uneins waren, gab es mehr als genug.

So überlegte Maddy beispielsweise, ob es nicht doch

eine Möglichkeit gab, zu Josephs Hochzeit nach Rhodesien zu reisen. Ihr Bruder heiratete dort ein Mädchen aus einer schottischen Familie in Bulawayo, und von seiner Familie würde niemand anwesend sein. Er hatte zwar Geld geschickt, und die Hochzeit fand in den Schulferien statt, aber Mrs. Ross behauptete, sie sei nicht reisefähig. Dr. Jims dagegen hielt Maddys Mutter für kerngesund und durchaus in der Lage, die Reise zu machen – die Seereise könnte ihrer Gesundheit sogar zuträglich sein.

Father Gunn war der Ansicht, Familienbande seien in der gegenwärtigen Zeit besonders wichtig und Mrs. Ross solle die Strapazen dafür auf sich nehmen. Major und Mrs. Murphy, die im Glen wohnten – dem großen Haus mit den schmiedeeisernen Zäunen und den wunderschönen Gewächshäusern –, meinten, es sei eine einmalige Gelegenheit. Und Mr. Hayes, der Rechtsanwalt, sagte, wenn er die Wahl hätte, würde er sofort hinfahren.

Aber Maddys Mutter ließ sich nicht umstimmen. Es sei reine Verschwendung, erklärte sie, so viel Geld dafür auszugeben, daß eine alte Frau wie sie diese große Reise unternahm. Sie würde bald Flügel bekommen, dann konnte sie genug sehen und kennenlernen.

Maddy ärgerte sich immer mehr über diese Haltung

ihrer Mutter. Die Flügelgeschichte schien auf alles zu passen. Ob Maddy nun einen neuen Mantel wollte, einen Ausflug nach Dublin oder eine Dauerwelle für ihr dünnes, glattes Haar – immer seufzte ihre Mutter und sagte, wenn sie erst dahingeschieden sei, hätte Maddy jede Menge Zeit und Geld für solche Sachen.

Mrs. Ross war Anfang Fünfzig und mindestens so robust wie andere Leute ihres Alters in Shancarrig, obwohl sie immer einen gebrechlichen Eindruck machte. Maddy erledigte die ganze Hausarbeit, denn bis ihre Mutter Flügel bekam, wurde kein Geld ausgegeben für Luxus, wozu für sie beispielsweise auch die Anstellung eines Dienstmädchens zählte. Maddys eigener Verdienst als Hilfslehrerin war so gering, daß er praktisch nicht ins Gewicht fiel.

Sie war dreiundzwanzig und voll innerer Unruhe.

Der einzige Mensch in Shancarrig, der das verstehen konnte, war Father Barry. Er war dreiunddreißig und ähnlich ruhelos. Weil er zuviel über Vieja Piedra gepredigt hatte, war er vom Bischof höchstpersönlich zur Ordnung gerufen worden. Diese Ungerechtigkeit machte ihm schwer zu schaffen. Monsignor O'Toole war senil und hatte keine Ahnung, was von der Kanzel gepredigt wurde. Also mußte Father Gunn sich hinter seinem Rücken über ihn beschwert

haben. Aber Father Gunn war ein Kaplan wie Barry selbst und konnte ihm nichts befehlen.
Father Brian Barry streifte durch den Barnawald und schlug im Vorübergehen ärgerlich nach den Büschen, die ihm den Weg verstellten. Woher nahmen solche kleinlichen und eifersüchtigen Menschen das Recht, Gottes Werk zu behindern? Sterbende, hilfsbedürftige Brüder und Schwestern waren in Not!
Hätte Brian Barrys Gesundheit es erlaubt, wäre er selbst Missionar geworden. Er hätte unter den Menschen von Vieja Piedra gelebt wie sein Freund aus dem Seminar, Cormac Flynn. Cormac berichtete ihm in seinen Briefen aus erster Hand über die Arbeit, die dort getan werden mußte.
Eines der Fenster der Erlöserkirche war den Angehörigen der Familie Hayes gewidmet, die bereits bei ihrem himmlischen Vater weilten. In dieser Familie hatte es viele Priester gegeben. Auf dem Fenster waren die Worte zu lesen: *Die Ernte ist groß, aber der Arbeiter sind wenige.* Da stand es, in Buntglas gesetzt, in ihrer eigenen Kirche, und der senile Gemeindepfarrer und der selbstsüchtige, selbstgefällige Father Gunn waren zu blind, um es zu sehen.
Auf einem dieser haßerfüllten Spaziergänge stieß Father Barry auf Miss Ross, die Hilfslehrerin. Sie saß auf einem Baumstamm und grübelte über einem Brief. Er atmete tief durch, um ruhig zu werden,

bevor er sie ansprach. Sie war ein sanftes Mädchen, und er wollte nicht, daß sie etwas merkte von seinem Haß und seinem Zorn, von dem Kampf um die Rettung der menschlichen Seele und all den Hindernissen, die es dabei zu überwinden galt. Sie hob erstaunt den Blick, rutschte aber auf ihrem Baumstamm ein Stock zur Seite, damit er sich setzen konnte.

»Ist es nicht schön hier? An einem solchen Ort kann man eine Lösung für die eigenen Probleme finden, glaube ich.«

Er griff in seine Soutane, um Zigaretten aus der Tasche zu holen, und setzte sich wortlos neben sie. Irgendwie schien sie sein Bedürfnis nach Stille zu begreifen. Sie saß da, die Knie mit den Armen umschlungen, und sah vor sich hin, während sich das sommerliche Nachmittagslicht zwischen den Ebereschen und Birken des Barnawalds hindurchstahl. Ein Eichhörnchen kam und starrte sie an, blickte forschend von einem zum anderen, bevor es wieder davonhüpfte.

Sie begannen zu lachen. Jetzt, da die Spannung und das Schweigen gebrochen waren, fiel es ihnen ganz leicht, miteinander zu sprechen.

»Als kleiner Junge habe ich nie ein Eichhörnchen gesehen«, sagte Father Barry. »Nur in Bilderbüchern. Und weil da auf der gleichen Seite eine Giraffe abgebildet war, glaubte ich, ein Eichhörnchen sei genauso groß. Ich hatte schreckliche Angst, einem zu begegnen.«

»Wann ist das dann passiert?«

»Erst im Seminar ... da sagte jemand, er habe ein Eichhörnchen gesehen, und ich drängte alle, sich zu verstecken ... sie hielten mich für verrückt.«

»Ach, das ist doch gar nichts«, meinte sie ermutigend. »Ich habe geglaubt, in einem Guerillakrieg würden Gorillas losgeschickt, damit sie anstelle von Menschen gegeneinander kämpfen.«

»Das sagen Sie nur, um mich zu trösten«, neckte er sie.

»Kein bißchen. Haben alle Sie ausgelacht, oder hat es einer von ihnen verstanden?«

»Ich hatte einen Freund, Cormac. Er hat es verstanden. Er hat alles verstanden.«

»Father Cormac in Peru?«

»Ja. Er verstand wirklich alles. Aber wie kann ich ihm erklären, was jetzt vor sich geht?«

Die Schatten wurden länger, und sie saßen immer noch im Barnawald und redeten. Brian Barry erzählte von den Seelenqualen, die ihm seine Arbeit oft verursachte, und von den Schuldgefühlen, die ihn heimsuchten, weil die Menschen aus jenem entlegenen Bergdorf doch seine Hilfe brauchten. Aber wie konnte er das mit der Gehorsamspflicht vereinbaren, die ihm gegenüber seinen Vorgesetzten auferlegt war? Maddy Ross erzählte von ihrem Bruder Joseph, der Geld geschickt hatte und fest davon ausging, daß seine Mutter und seine Schwester am glücklichsten Tag seines Lebens bei ihm sein würden.

»Wie soll ich es ihm sagen?« fragte Maddy.

»Wie soll ich Cormac sagen, daß aus Shancarrig keine Hilfe mehr kommen wird?« fragte Father Barry.

An diesem Tag begann ihre gegenseitige Abhängigkeit – das Wissen, daß der andere den Druck, die Qual und die Unentschlossenheit als einziger nachempfinden konnte. Allein der Gedanke, von jemand anderem verstanden zu werden, machte ihnen Mut. Maddy Ross sah sich plötzlich in der Lage, ihrem Bruder Joseph zu schreiben, daß sie mit Freude seine Einladung zu der Hochzeit annehme, sich ihre Mutter jedoch für die Reise nicht stark genug fühle. Zwar sprach die Mutter daraufhin nicht mehr mit ihr und schmollte, aber Maddy ließ sich nicht beirren. Sie stellte eine einfache Reisegarderobe zusammen und buchte eine Schiffspassage.

Irgendwann gab ihre Mutter nach und begann sich ebenfalls für die Reise zu interessieren. Sie ging zwar nicht so weit, daß sie mitfahren wollte, aber immerhin war das drückende Schweigen gebrochen; die Gewitterwolken hatten sich verzogen.

Auch Father Barry wurde mutig. Er sprach persönlich mit Father Gunn und erklärte, er akzeptiere die Richtlinien der Diözese, daß keine besondere Betonung auf der Missionsarbeit im allgemeinen oder im besonderen liegen dürfe. Themen wie die gegenseitige Toleranz und christliche Nächstenliebe im eigenen Land sowie die Ergebenheit gegenüber der Muttergottes müßten natürlich stets im Vordergrund stehen.

Doch er schlug vor, er könne in seiner Freizeit Wohltätigkeitsbasare für Vieja Piedra organisieren. Dagegen habe doch sicher niemand etwas einzuwenden. Worauf Father Gunn mit einem Seufzer der Erleichterung erklärte, daß dagegen tatsächlich nichts einzuwenden sei.

Im Sommer 1955 wünschten Maddy Ross und Brian Barry einander Glück – für ihre Reise nach Afrika und für seinen Einsatz, Geld zu sammeln, damit Cormac Flynn seine Bemühungen fortsetzen konnte. Wenn sie sich im Herbst wiedertrafen, würden sie sich alles erzählen.

»Wir werden uns im Wald bei den Rieseneichhörnchen treffen«, sagte Father Barry.

»Und nach den Gorillasoldaten Ausschau halten«, lachte Maddy Ross.

Beide freuten sich schon beim Abschied auf das Wiedersehen.

Als sie sich wieder trafen, hatten sich beide sehr verändert. Das merkten sie schon bei der ersten flüchtigen Begegnung an der Kirchentür nach der Zehn-Uhr-Messe. Father Barry ordnete gerade die von der Catholic Truth Society herausgegebenen Blättchen, die in einem Ständer zum Verkauf ausgestellt sein sollten, aber immer schlampig herumlagen, wenn er vorbeikam. Das Problem war, daß sich zwar alle für »Der Teufel bei Tanzveranstaltungen« und »Das Beieinandersein« interessierten, aber niemand eins der Büchlein kaufen wollte. So wurden sie von vorn bis hinten durchgeblättert und danach willkürlich zurückgestellt.
Barry sah Madeleine mit ihrer Mutter herauskommen. Mrs. Ross blieb lange Zeit am Weihwasserbecken stehen und bekreuzigte sich, als erteilte sie vom päpstlichen Balkon in Rom aus den Segen *urbi et orbi.*
»Gut, daß Sie wieder da sind. War es schön?« Er lächelte sie an.
»Nein. Es lief alles ganz anders als geplant.«
Sie sahen einander an. Beide waren überrascht, wie heftig der andere gesprochen hatte. Father Barry sah zu Mrs. Ross hinüber, die immer noch zu weit entfernt stand, um sie hören zu können.
»Barnawald«, sagte er. Seine Augen waren groß und dunkel.

»Um vier Uhr«, ergänzte Maddy.
So hatte sie sich nicht mehr gefühlt, seit ihr in der Turnstunde an der Sprossenwand alles Blut in den Kopf geschossen war und sie sich plötzlich ganz schwach und schwindlig gefühlt hatte.
Als sie sich dabei ertappte, wie sie überlegte, welche Bluse sie anziehen sollte, rief sie sich scharf zur Ordnung. Er ist Priester, sagte sie sich. Aber trotzdem zog sie die gestreifte Bluse an, in der sie nicht so blaß und farblos wirkte.
Als ihre Mutter fragte, wohin sie gehe, sagte Maddy, sie wolle im Barnawald Buchenzweige mit besonders schönen Blättern sammeln, die sie mit Glyzerin frisch halten konnte, um im Winter damit das Haus zu schmücken.
»Ich versuche, die allerschönsten zu finden«, erklärte sie. »Es kann ein bißchen länger dauern.«
Sie fand Father Barry auf ihrem Baumstamm sitzend, den Kopf in die Hände gestützt. Er berichtete über den Sommer, in dem alle seine Pläne für Vieja Piedra vereitelt worden waren – nicht von Father Gunn, der pflichtschuldigst zu dem Wohltätigkeitsbasar, der Whistrunde und dem Ratespiel gekommen war, sondern weil es einfach an Interesse mangelte. Da er nicht mehr von der Kanzel herab vom Elend dieser armen Menschen predigen durfte, fand er auch keinen rechten Zugang zur Gemeinde mehr. Er

sah besorgt aus, und Maddy hatte das Gefühl, daß er noch mehr auf dem Herzen hatte, was er ihr aber nicht sagen wollte. Sie drängte ihn nicht dazu. Irgendwann würde er es schon erzählen. Dann erkundigte er sich nach ihr: Hatte sich ihr Bruder Joseph gefreut, sie zu sehen?

»Ja und nein.« Die Verlobte ihres Bruders war Presbyterianerin und hatte nur Joseph zuliebe eingewilligt, in einer katholischen Kirche zu heiraten. Da nun seine Mutter nicht zur Hochzeit gekommen war, hatte Joseph beschlossen, Caitriona die fremde Prozedur zu ersparen, denn schließlich war in den Augen Gottes doch jeder christliche Gottesdienst gleichwertig.

Maddy hatte also die lange Reise nach Afrika unternommen, nur um mit ansehen zu müssen, wie ihr Bruder eine Todsünde beging. Es hatte endlose Streitereien und Tränen auf beiden Seiten gegeben. Joseph sagte, daß zwischen ihnen keine echten Familienbande existierten, da sie sich ja kaum kannten. Maddy wollte wissen, warum er ihr dann die Reise bezahlt hatte.

»Um den Leuten zu zeigen, daß ich nicht allein in der Welt stehe«, hatte er geantwortet.

O ja, Maddy hatte an der Zeremonie teilgenommen und gelächelt und war nett zu den anderen Gästen gewesen. Sie hatte ihrer Mutter von alledem nichts erzählt. Es hatte sie viel Mühe gekostet, den Priester Father McPherson zu nennen und nicht Mr. McPherson – so hieß der presbyterianische Geistliche, der das junge Paar in einer glühendheißen Kirche unter wolkenlosem Himmel getraut hatte; eine Kirche ohne Tabernakel und ohne einen echten Gott.

Sie gingen zusammen die Zweige sammeln, die sie suchte. Dabei erzählte sie ihm von der Ausrede, die sie ihrer Mutter gegenüber gebraucht hatte, um in den Wald gehen zu können. Dann hätte sie das Gesagte am liebsten wieder zurückgenommen – womöglich fand er es seltsam, daß sie für etwas Harmloses wie das Treffen mit einem Freund eine Ausrede suchte.

Aber merkwürdigerweise nahm er den Faden auf.

»Ich habe auch eine Ausrede erfunden, für Father Gunn und Mrs. Kennedy. Ich habe ihnen erzählt, daß ich ein paar Gemeindemitglieder besuchen will, die Dunnes und die Brennans. Beide sind mit Sicherheit nicht zu Hause, zumindest ist es unwahrscheinlich, daß sie mich hereinbitten.«

Sie sahen einander an und rasch in eine andere Richtung.

Ein bißchen zu hastig erklärte sie ihm, wie man Blüten und Blätter frisch hielt und daß sie am schönsten aussahen, wenn man nur wenige Zweige in eine Vase mit schmaler Öffnung stellte.

Ebenso hastig nickte er und gab zu verstehen, daß er den chemischen Vorgang vollkommen durchschaute. Dann meinte er, die Gemeindebesuche seien eine ebenso lästige Pflicht für den Priester wie für die Leute selbst – jeder fürchtete sie –, und es wäre doch viel schöner, an einem Ort zu leben, wo die Menschen einen wirklich brauchten, statt sich darum zu sorgen, ob die Tischdecke sauber war und ob sie einem ein Stück Kuchen anbieten konnten. Seine Miene war bitter und traurig, als er sprach, und Maddy fühlte so heftiges Mitgefühl in sich aufsteigen, daß sie ihn sacht am Arm berührte.

»Sie tun hier doch viel Gutes. Wenn Sie wüßten, wie sehr Sie unser aller Leben beeinflussen.«

Zu ihrem Schrecken füllten sich seine Augen mit Tränen.

»Oh, Madeleine«, rief er. »Oh, mein Gott, ich bin so einsam. Ich kann mit niemandem reden, ich habe keine Freunde. Niemand hört mir zu.«

»Pssst, pssst.« Sie sprach wie mit einem Kind. »Ich bin Ihre Freundin. Ich höre Ihnen zu.«

Er umarmte sie und legte den Kopf an ihre Schulter. Sie spürte seine Arme um ihre Taille und die Nähe seines Körpers, der von Schluchzen geschüttelt wurde.

»Es tut mir leid. Ich bin so dumm«, weinte er.

»Nein. Nein, das sind Sie nicht. Sie sind gut. Sie

fühlen mit den Menschen. Sie wären nicht Sie, wenn Sie nicht so einfühlsam wären«, beruhigte sie ihn und streichelte seinen Kopf und seinen Nacken. Sie spürte seine Tränen in ihrem Gesicht, als er den Kopf hob und zu einer Entschuldigung ansetzte.

»Pssst, pssst«, sagte sie wieder. Sie hielt ihn in den Armen, bis seine Tränen versiegten. Dann holte sie ihr Taschentuch heraus, ein kleines weißes mit einer blauen Blume in der Ecke, und reichte es ihm.

Wortlos gingen sie zu ihrem Baumstamm zurück. Er schneuzte sich kräftig.

»Ich fühle mich entsetzlich. Eigentlich sollte ich stark und mutig sein und Ihnen, Madeleine, Dinge sagen, die Ihnen über die Geschichte mit Ihrem Bruder hinweghelfen, statt zu flennen wie ein kleines Kind.«

»Aber nein, Sie geben mir doch Mut und Kraft, wirklich, Father Barry …«

Er unterbrach sie heftig. »Hören Sie, wenn ich schon in Ihren Armen weine, dann müssen Sie mich wenigstens Brian nennen.« Sie willigte sofort ein. »Ja, Brian, aber Sie müssen mir glauben, daß Sie mir wirklich geholfen haben. Ich hatte geglaubt, ich sei zu nichts nütze, eine Enttäuschung für meine Mutter, keine Stütze für meinen Bruder …«

»Aber Sie müssen doch Freunde haben. Gerade Sie, so großzügig und freigebig, wie Sie sind. Sie sind

nicht strikten Regeln und dem Gehorsamkeitsgebot unterworfen wie ich.«
»Ich habe keine Freunde«, erwiderte Madeleine Ross schlicht.

An diesem Nachmittag hatten sie nicht die Zeit, einander all die Dinge zu erzählen, die sie noch auf dem Herzen hatten – zum Beispiel, daß Brian einen Brief von seinem Freund Cormac Flynn aus Peru erhalten hatte, in dem er schrieb, er solle die Sache mit Vieja Piedra um Himmels willen nicht so verbissen sehen; es sei nur ein kleiner Fleck auf der Weltkugel – Brian sei nicht Tausende von Meilen entfernt mit der Verantwortung geboren, diesen Ort zu retten.
Dieser Brief hatte Brian Barry mehr verletzt, als er in Worte fassen konnte. Aber nachdem er es Maddy erzählt hatte und sie mit ihrer Geschichte über Kathleen White herausrückte – die ihre Freundin Maddy gebeten hatte, sich in ihren Briefen zurückzuhalten –, war es für sie eine weitere Gemeinsamkeit, die sie verband.
Maddy erfuhr einiges über Barrys Kindheit – seine Mutter, die sich immer gewünscht hatte, einer ihrer Söhne möge Priester werden, dann aber einen Monat vor seiner Weihe gestorben war und seinen Segen nie empfangen hatte.

Er hörte von Maddys Leben mit einer Mutter, die zunehmend wunderlich wurde und sich in eine Phantasiewelt zurückzog, eine Welt, in der ihre Verwandten wohlhabend und von edler Geburt waren, in der alle möglichen Feinheiten beachtet werden mußten: das Tragen von Handschuhen, der Besitz einer Kutsche mit Pferden – jedenfalls in früheren Zeiten –, Besuche mit Visitenkarten. Nichts davon entspreche der Realität, betonte Maddy, aber Dr. Jims meine, es sei harmlos. Viele Frauen mittleren Alters litten an Größenwahn, und Mrs. Ross' Phantasien waren nicht schlimmer als die vieler anderer Leute.

Sie mußten dafür sorgen, daß ihre Treffen heimlich abliefen. So blieb Maddy zum Beispiel länger in der Schule und dekorierte die Fensterbretter neu. Dann kam Father Barry mit irgendeiner Nachricht für die Kellys vorbei und entdeckte Maddy zufällig im Klassenzimmer. Die Tür stand offen. Er setzte sich aufs Lehrerpult und ließ die Beine baumeln. Wenn Mrs. Kelly hereinschaute und mit besorgtem Blick die Lage taxierte, konnte sie nichts Unschickliches erkennen.

Aber wenn sie zusammen, geschützt vor den Blicken der Dorfbewohner, durch den Barnawald spazierten, so gingen sie dicht nebeneinander. Manchmal blieben sie gleichzeitig stehen, und Maddy lehnte den Kopf an seine Schulter und schmiegte sich an ihn, während sie die Rinde von einem Baum schälten oder ein zwischen den Zweigen verborgenes Vogelnest beobachteten.

Nacht für Nacht lag Maddy in ihrem schmalen Bett und dachte an den Tag im Wald zurück, an dem er in ihren Armen geweint hatte. Sie rief sich ins Gedächtnis, wie er gezittert und wie sie sein Herz an ihrem gespürt hatte. Sie erinnerte sich an seinen Geruch – nach Weingummi und Gold-Flake-Tabak und Knight's-Castile-Seife. Sie fühlte wieder, wie sein Haar ihren Hals berührt hatte, wie ihre Wangen von seinen Tränen benetzt worden waren. Es war, als sähe sie immer wieder die gleiche Sequenz aus einem Film.

Maddy fragte sich, ob er jemals daran zurückdachte, hielt das aber für dumm und allzu romantisch. Und für Father Barry … für Brian … wäre es vielleicht sogar eine Sünde.

Dank diesem neuen Mittelpunkt in ihrem Leben leistete Maddy Ross mehr denn je zuvor. Sie konnte sich kaum mehr an die Tage erinnern, als die Zeit ihr lang geworden war und bleiern auf ihr gelastet hatte. Jetzt reichten die Tage der Woche nicht, um all das zu tun, was getan werden mußte. Seit einer Weile arbeitete Maura Brennan für sie, ein ernstes, armes Kind, das gern mit der Hand über die Möbel strich;

Maura erledigte die Bügelarbeit, und das hatte sich bewährt. An einem anderen Tag kam Eddie Barton und kümmerte sich um den Garten.
Eddie war ein lustiger Kerl von etwa vierzehn Jahren, der sich für Pflanzen und die Natur interessierte. Oft wollte er sich mit Maddy über die verschiedenen Dinge unterhalten, die in ihrem Garten wuchsen.
»Wofür gibst du das Geld aus?« fragte sie ihn eines Tages. Er wurde rot. »Ach, ist ja auch egal. Es ist schließlich dein Geld, und du kannst damit machen, was du willst.«
»Briefmarken«, gestand er kleinlaut.
»Das ist schön. Hast du eine große Sammlung?«
»Nein. Um sie auf Briefe zu kleben. Father Barry hat gesagt, wir sollten uns Brieffreunde in Übersee suchen«, erklärte er.
Es war wundervoll, wieviel Gutes Father Barry bewirkte. Man stelle sich vor, daß ein Junge wie Eddie mit seinem Bürstenschnitt, ein Junge, der normalerweise Fußball gespielt oder Sprüche an die Hauswände geschmiert hätte, jetzt einen katholischen Brieffreund in Übersee besaß. An diesem Tag gab ihm Maddy ein bißchen mehr Geld.
»Schreib ihm über Shancarrig und wie gut wir es hier haben.«
»Mach ich schon«, erwiderte Eddie trocken. »Das erzähl ich alles ganz genau.«

Als Eddie einmal Grippe bekam und seine Mutter ihn nicht aus dem Haus ließ, erbot sich Foxy Dunne, Eddies Arbeit zu übernehmen.

»Ich hab gehört, daß Sie sehr gut zahlen, Miss Ross«, bemerkte er unverfroren.

»Soviel, wie ich Eddie gebe, kriegst du nicht – du kannst ja nicht einmal die Blumen vom Unkraut unterscheiden.« Auch Maddy war fröhlich und gut gelaunt.

»Aber Sie sind doch Lehrerin, Miss Ross. In einer Minute könnten Sie mir alles erklären.«

»Aber nur, bis Eddie zurückkommt«, willigte sie ein. Als Eddie wieder gesund war und die Arbeit wieder aufnahm, kam er wutentbrannt zu Maddy, weil Foxy den Garten entweiht hatte. Inzwischen machte Foxy sich bereits bei verschiedenen anderen Kleinigkeiten nützlich: Er reparierte Türen, wechselte an einem Nebengebäude die Schlösser aus. Maddys Mutter sah es nicht gern, daß einer der Dunnes ins Haus kam, denn sie befürchtete, er wolle es nur auskundschaften, damit er oder einer seiner Brüder bei Gelegenheit einmal ein Ding drehen konnten. »Ach, Mutter! Man darf sie nicht alle über einen Kamm scheren!« rief Maddy entrüstet.

»Du bist ja fast so weltfremd wie Father Barry«, erwiderte Mrs. Ross.

Früher einmal hatte es in Shancarrig eine Theatergruppe gegeben, die jedoch schon seit einiger Zeit nicht mehr aktiv war. Wie üblich steckte eine dunkle Geschichte dahinter. Sie bezog sich auf einen ehemaligen Lehrer, der angeblich bei einer Vorstellung so betrunken gewesen war, daß sich etwas sehr Unangenehmes abgespielt hatte. Nellie Dunne sagte immer, sie könnte ein paar Geschichten über die Schauspielerei in Shancarrig zum besten geben, wenn sie nur wollte. Denn hier wurde ja in jeder Hinsicht Theater gespielt, fügte sie manchmal hinzu. Doch obgleich sie es immer wieder androhte, erzählte sie niemandem ein Sterbenswörtchen darüber, und was auch immer geschehen sein mochte, es hatte sich lange vor Father Gunns Ankunft in Shancarrig zugetragen. Und daß Monsignor O'Toole sich daran erinnerte, war unwahrscheinlich.

Maddy fand, daß die Mitglieder der Gruppe inzwischen genügend Abstand gewonnen hatten, um neu anzufangen. Sie war überrascht und erfreut über das Echo, mit dem ihr Vorschlag aufgenommen wurde: Eddie Bartons Mutter bot an, bei den Kostümen zu helfen, und es war immer gut, wenn eine Person mit Sachverstand dafür sorgte, daß das Ganze nicht aussah wie eine Scharade beim Kindergeburtstag. Biddy, die im Glen als Dienstmädchen arbeitete, sagte, falls eine Steptänzerin gebraucht werde, stehe sie jederzeit gern zur Verfügung. In ihrer Stellung sei tänzerisches Können nicht gefragt, aber sie wolle nicht einrosten. Sowohl Brian als auch Liam Dunne aus dem Haushaltswarenladen erklärten sich bereit mitzuspielen, und Carrie, die sich um Dr. Jim's kleinen Jungen kümmerte, wollte sich am liebsten an einer kleinen Rolle versuchen, die nicht zuviel Text hatte. Sergeant Keane und seine Frau meinten begeistert, auf diese Gelegenheit hätten sie schon lange gewartet, und der Sergeant schüttelte Maddy dankbar die Hand.

So rief Maddy also die Theatergruppe von Shancarrig ins Leben, deren Mitglieder sich sehr über das Interesse freuten, das Father Barry stets für ihre Aufführungen zeigte. Niemand fand es auch nur andeutungsweise seltsam, daß sich der vergeistigt wirkende junge Priester mit dem traurigen Gesicht von ganzem Herzen für alles engagierte, was dem Wohle der Gemeinde diente. Natürlich ging der Erlös an die Missionsstationen in Südamerika. Und alle waren sich einig, daß es auch ganz in Ordnung war, wenn sich Father Barry hinter Father Gunns Rücken ein wenig über ihn lustig machte. Der gute Father Gunn hatte zwar viele Qualitäten, aber er war unfähig, eine Seite der Bühne von der anderen zu unterschieden, während Father Barry für fast alles Talent zeigte. Er konnte ein Bühnenbild entwerfen, das

Licht einrichten und vor allem Regie führen. Er brachte die Leute von Shancarrig dazu, alles von *Pygmalion* bis *Drama at Inish* zu spielen, und die Weihnachtskonzerte genossen bald einen legendären Ruf.

Nur Maddy wußte, daß er nicht mit ganzem Herzen bei der Sache war.

Nur sie kannte ihn, wie er wirklich war, den Menschen, der seine Traurigkeit verbarg. Bald ertappte sie sich dabei, daß sie dauernd an ihn dachte und sich seine Reaktion auf alles mögliche vorstellte, was sie tat – selbst auf die unbedeutendsten Kleinigkeiten. Wenn sie ihrer Klasse die Geschichte von der Flucht nach Ägypten erzählte, malte sie sich aus, wie er an der Tür lehnte und sie zustimmend anlächelte. Manchmal lächelte sie zurück, als wäre er wirklich da. Dann sahen sich die Kinder um, ob jemand hereingekommen war.

Zu Hause, wenn sie das Abendessen für ihre Mutter zubereitete, verzierte sie den Teller mit feingeschnittenen Tomatenscheiben oder gehacktem Ei und frischer Petersilie. Ihrer Mutter fiel es kaum auf, aber Maddy sah vor ihrem geistigen Auge, wie Brian Barry darauf reagieren würde. Sie legte ihm lobende Worte in den Mund und sprach sie sich leise vor.

Sie fand ihre Beziehung zu ihm viel befriedigender als alle sonstigen Beziehungen in ihrer Umgebung.

Mr. und Mrs. Kellys Ehe war längst zu einer starren Routine geworden. Die arme Maura Brennan hatte einen Hallodri von einem Barmann geheiratet und mußte jetzt ihr mongoloides Kind allein großziehen. Major Murphy im Glen führte eine sehr seltsame Ehe. Die Murphys verließen nie ihre vier Wände. Überall anders wären sie als Einsiedler verschrien gewesen, hier aber bewunderte man ihre isolierte Lebensführung, denn das Glen galt als das vornehmste Haus am Ort.

Madeleine Ross beneidete keinen von ihnen. Niemand in ihrem Bekanntenkreis erfuhr eine so edle, reine Liebe von einem Mann, der ganz und gar auf sie vertraute und der ohne sie für seine Berufung verloren gewesen wäre.

Und dann kam ihr eines Abends, als sie es am wenigsten erwartete, ein seltsamer Gedanke. Es war eine jener schlaflosen Nächte, in denen der Mond sogar durch zugezogene Vorhänge sein gespenstisches Licht verbreitete, so daß man sie am besten gleich offen ließ.

Maddy sah eine Gestalt auf den Wald zugehen. Zunächst glaubte sie, es sei Brian, und war schon im Begriff, sich etwas überzuziehen und ihm zu folgen. Doch im letzten Moment erkannte sie, daß es Major Murphy war. Man konnte die beiden leicht verwechseln: großgewachsene Männer in dunkler Kleidung.

Aber Brian schlief sicher schon im Pfarrhaus, oder, was wahrscheinlicher war, er schlief nicht, sah vielleicht zum gleichen Mond empor und empfand die gleiche Unruhe wie sie.

In diesem Moment begriff Maddy, daß es besser war, wenn Father Barry Shancarrig verließ.

Es war unter seiner Würde, daß er weiter Teller mit belegten Broten herumreichte, alte Gardinen neu aufhängte, einen unmusikalischen Chor anfeuerte und Bischöfe und andere Geistliche, die zu Besuch kamen, begrüßte. Jeder Mensch hatte nur ein Leben zu leben. Und aus diesem Leben mußte er das Beste machen – indem er den Menschen von Vieja Piedra half. Der Gedanke, daß jeder Mensch nur ein einziges Leben hatte, beschäftigte sie die ganze Nacht. An Schlaf war nicht mehr zu denken. Sie saß da, hielt sich an einer Teetasse fest und erinnerte sich an ihren Bruder Joseph, der damals, als sie zu seiner Hochzeit nach Rhodesien gefahren war, genau darüber gesprochen hatte: daß es für jeden Menschen nur einen Weg ab, das Leben zu leben.

Und Joseph, der die gleiche Erziehung genossen hatte wie sie und von den gleichen Eltern abstammte, war fähig gewesen, seinen Traum zu verwirklichen. Joseph und Caitriona Ross hatten drüben in Afrika Kinder bekommen. Manchmal schickten sie Fotos von ihnen, auf denen sie vor ihrem großen weißen

Haus mit den Säulen an der Eingangstür standen. Maddy hatte ihrer Mutter nie gebeichtet, daß diese Kinder keine Katholiken und vielleicht nicht einmal richtig getauft waren. Sie und Brian waren der Meinung gewesen, daß es unnötig war, einen ohnehin verwirrten Geist mit einer solchen Information weiter zu verwirren. Aber wenn Joseph Ross nur ein Leben hatte, so galt für Maddy Ross und Brian Barry das gleiche. Warum sollte Father Barry also nicht fortgehen nach Südamerika? Nach einer angemessenen Zeitspanne könnte Maddy nachkommen und bei ihm sein.

Während sie in dieser Nacht im Haus hin und her lief, sagte sie sich immer wieder, daß sich zwischen ihnen nichts ändern mußte. Sie würden dort genau wie hier gute Freunde sein und die Arbeit tun, für die sie über Land und Wasser gekommen waren. Brian konnte Priester bleiben. Einmal Priester, immer Priester. Er würde sein Gelübde nicht brechen müssen, er würde lediglich Form und Inhalt seiner Berufung ändern.

Doch als die Morgenröte über dem Barnawald aufzog, gestand sich Maddy Ross ein, was sie bisher nicht hatte wahrhaben wollen. Sie gab zu, daß sie sich Brian Barry zum Geliebten und Ehemann wünschte. Sie wollte, daß er das Priesteramt aufgab. Wenn er aus den Gelübden, die er Rom geleistet hatte, entlassen wurde – um so besser. Aber wenn nicht, so wollte Maddy ihn trotzdem. Unter allen Umständen.

Es lag eine seltsame Freiheit in dieser Erkenntnis. Sie hatte fast das Gefühl, auf Wolken zu schweben, und gleichzeitig blickte sie der Realität fest ins Auge. Als sie ihrer Mutter das Frühstückstablett brachte, phantasierte sie sich nicht zurecht, was Brian gesagt hätte, wenn er daneben gestanden und zugesehen hätte. Es kam ihr vor, als wäre sie aus dem Reich der Schatten in die wirkliche Welt getreten.

Sie konnte es kaum erwarten, Barry zu treffen. Kein Tag war ihr je länger erschienen. Und Mrs. Kelly hatte sich noch nie so eingehend nach Maddys Tun und Lassen erkundigt wie heute.

Warum sie in verschiedenen Sprachen Begrüßungen an die Wandtafel geschrieben habe? Spanisch. Und Französisch auch. Genügte es nicht, wenn diese begriffsstutzigen Kinder Englisch und Irisch lernten, wie es Vorschrift war, ohne sie damit zu belasten, wie man in Sprachen, die sie niemals je benutzen würden, »Guten Tag« und »Guten Abend« sagte?

Maddy sah sie ruhig an. Normalerweise hätte sie vor ihrem geistigen Auge gesehen, wie Brian an der Tafel stand und ihr zu ihrer Geduld und Ausdauer gratulierte, und dann sie beide, wie sie im Barnawald

spazierengingen und riefen: »Buenos dias Vieja Piedra, wir kommen dir zu Hilfe.«
Aber heute sah sie keine schemenhafte Gestalt. Sie sah nur die kleine, nervöse Mrs. Kelly, die in ihrem braun und gelb gestreiften Kleid einer Wespe glich. Aber Maddy Ross war heute wie verwandelt.
»Ich schreibe Sätze in fremden Sprachen an die Tafel, Mrs. Kelly, weil diese Kinder – auch wenn Sie und das Erziehungsministerium es nicht glauben – vielleicht sehr wohl in Länder gehen werden, wo sie sie brauchen können. Und ich werde sie jeden Tag an die Tafel schreiben, bis die Kinder ein bißchen selbstbewußter sind, statt sich demütig damit abzufinden, daß sie in Shancarrig bleiben und bis ans Ende ihrer Tage ihre Mützen ziehen und auf irisch und englisch ›Guten Morgen‹ sagen müssen.«
Mrs. Kellys Gesicht wurde abwechselnd rot und weiß.
»Nichts dergleichen werden Sie tun, Miss Ross. Nicht im Rahmen Ihres Stundenplans.«
»Ich hatte gar nicht die Absicht, dies während der Unterrichtszeit zu tun, Mrs. Kelly.« Maddy lächelte, aber das Lächeln war nicht so freundlich gemeint, wie es aussah. »Ich bin in der glücklichen Lage, das Interesse der Kinder auch außerhalb der Schulstunden fesseln zu können. Dafür brauche ich keine Schulglocke. Sie werden es vor oder nach

dem Unterricht lernen. Das ist ganz selbstverständlich.«

Maddy hatte das Gefühl, riesig groß zu sein. Als schwebe sie hoch über dem kleinen steinernen Schulhaus und dem Dorf. Sie konnte das leise Geräusch der langsam tickenden Uhr kaum ertragen, konnte es kaum erwarten, zu Brian zu gehen und ihm von ihrem neuen Mut, ihrer Hoffnung und ihrer Erkenntnis zu erzählen, daß es nur einen Weg gab, das eigene Leben wirklich zu leben.

Sie traf ihn bei der Theaterprobe, unter den neugierigen Blicken der Dorfbewohner.

»Wie geht es Ihrer Mutter heute, Miss Ross?« fragte er. Das gehörte zu ihrem Code. Sie hatten ihn nie abgesprochen, er hatte sich einfach ergeben, wie sich ab heute so vieles ergeben würde.

»Es geht ihr gut, Father. Und natürlich fragt sie immer nach Ihnen.«

»Vielleicht schaue ich heute abend vorbei, wenn Sie glauben, das würde sie freuen.«

»Ganz sicher, Father. Ich werde es ihr erzählen. Ich selbst gehe aus, aber meine Mutter wird sich sehr freuen, wenn Sie kommen, das tun wir doch alle.«

Ihre Augen glitzerten schelmisch. Sie glaubte, auf Brian Barrys Gesicht die Andeutung eines Stirnrunzelns wahrzunehmen, aber es war sofort wieder verschwunden.

Maddy Ross verließ die Probe und konnte sich vorstellen, daß die Leute sie für eine pflichtbewußte Tochter hielten, die jetzt nach Hause ging und ein kleines Tablett mit Erfrischungen vorbereitete, die ihre Mutter später dem Priester anbieten konnte. Und wie sie so mit brennenden Wangen heimwärts schritt, dachte sie bei sich, daß sie tatsächlich ihr Leben lang eine gute Tochter gewesen war, die nahezu dreißig Jahre, die sie in diesem kleinen Ort gelebt hatte. Und wenn sie es recht bedachte, war sie auch zu dem Priester gut gewesen. Gut für ihn, und eine gute Freundin.

Niemand konnte ihr vorwerfen, daß sie jetzt ihr Leben in die eigenen Hände nehmen wollte.

Dann saß sie im Wald auf dem Baumstamm und wartete. Leise kam Brian Barry über die laubbedeckten Waldwege zu ihr. Sein Lächeln wirkte müde. Ihm mußte heute irgend etwas Unangenehmes passiert sein, sie kannte ihn so gut, keine noch so kleine Veränderung, kein Zucken in seinem Gesicht entgingen ihr.

»Ich komme spät. Ich mußte Ihrer Mutter einen Besuch machen«, erklärte er entschuldigend.

»Warum um alles in der Welt? Sie wußten doch, daß ich damit nicht …«

»Ich weiß, aber Father Gunn hat mir gerade heute früh gesagt, daß ich Sie nicht so oft treffen sollte.«

»Wie bitte?«

Brian Barry war nervös und gereizt. »Oh, er hat es natürlich sehr nett gesagt, nicht vorwurfsvoll, nicht so, daß man daran Anstoß nehmen könnte ...«

»Aber ich nehme selbstverständlich Anstoß daran«, unterbrach Maddy mit Nachdruck. »Wie kann er es wagen, auch nur anzudeuten, daß zwischen uns etwas Unschickliches vorgefallen sei? Wie kann er es wagen!«

»Nein, er hat nichts angedeutet. Es lag ihm viel daran, daß ich es nicht so auffasse.« Father Barry ging hin und her, während er sprach – erregt und bemüht, Maddy klarzumachen, daß Father Gunn keine Anschuldigungen erhoben hatte, sondern andere Motive hinter seinem Rat standen. Er wollte Brian vor Menschen, die ihm übel wollten, und vor böswilligem Gerede bewahren. In einem kleinen Dorf, wo es selten echte Neuigkeiten gab, über die man sich austauschen konnte, war der Legendenbildung Tür und Tor geöffnet. Es sei besser für Father Barry, wenn er nicht so augenfällig den gleichen Interessen nachging wie Maddy, und beide sollten versuchen, auch andere Freunde zu finden.

»Und was haben Sie darauf geantwortet, Brian?« In Maddys hellen Augen tanzten Lichtfünkchen.

»Ich habe ihm gesagt, daß er eine sehr schlechte Meinung von den Menschen hat, wenn er glaubt, daß sie einer so tiefen und reinen Freundschaft unlautere Motive unterstellen würden.«

Aber man merkte, daß Brian Barry mit seiner Antwort selbst nicht zufrieden war. Er sah verwirrt und verlegen aus. Nie hatte sie ihn mehr geliebt. »Es tut mir leid, Maddy. Etwas Besseres ist mir nicht eingefallen.« Er hatte sie nie zuvor Maddy genannt, sondern immer Madeleine, wie ihre Mutter es tat.

Sie rückte näher zu ihm hinüber und legte ihm die Arme um den Hals. Er roch noch nach Zigarettenrauch, nahm jetzt aber Imperial-Leather-Seife und hatte keine Weingummis gegessen. Nein, stellte Maddy fest, ihre Mutter hatte ihm Schokoladenkuchen angeboten.

»Es war sehr gut«, flüsterte sie.

Brian Barry sah sie erschrocken an und machte eine Bewegung, als wollte er aufspringen.

»Was war sehr gut?« fragte er mit großen, flackernden Augen.

»Was Sie gesagt haben. Es ist eine reine Freundschaft und eine reine Liebe ...«

»Ja ... hmm ...« Er hatte nicht die Arme gehoben, um sie zu umfassen.

Sie rückte noch näher und preßte sich an ihn. »Brian, umarmen Sie mich. Bitte, umarmen Sie mich.«

»Ich kann nicht, Maddy. Ich kann nicht. Ich bin Priester.«

»Vor Jahren, als Sie keinen Freund hatten, habe ich Sie in die Arme genommen. Umarmen Sie mich jetzt, wo ich keinen Freund habe und man versucht, Sie mir wegzunehmen.« Ihre Augen füllten sich mit Tränen.
»Nein, nein, nein.« Er streichelte sie beruhigend, wie sie ihn vor so langer Zeit gestreichelt hatte. Dabei drückte er ihren Kopf an seine Schulter und tröstete sie: »Es geht nicht ums Wegnehmen … es ist nur … na, Sie wissen schon, was.«
Sie schmiegte sich noch enger an ihn. Wieder konnte sie sein Herz schlagen hören – wie oft hatte sie an das erste Mal zurückgedacht! Als er sich anschickte, sie wieder loszulassen, begann sie von neuem zu schluchzen. Brian war so ungeschickt und gleichzeitig so zärtlich! Maddy wußte, daß er der Mann ihres Lebens war und daß sie die Gelegenheit beim Schopf packen mußte.
»Ich liebe Sie so sehr, Brian«, flüsterte sie.
Keine Antwort. Sie versuchte es anders.
»Brian, Sie sind der einzige Mensch, der mich versteht, der weiß, was ich hier auf der Welt wirklich tun will, und ich glaube, ich bin der einzige Mensch, der weiß, was gut für Sie ist.« Sie schluckte schwer zwischen den Worten, damit er nicht glaubte, der Sturm sei vorüber und sie brauche keinen Trost mehr. In den sieben Jahren, seit sie sich zum ersten

Mal im Wald getroffen hatten, hatte sich viel verändert. Als er ihr nun ein Taschentuch reichte, war es aus Papier, als er sich neben sie auf den Stamm setzte, um zu rauchen, war es keine krümelige alte Gold Flake, sondern eine Filterzigarette.

»Sie haben mir von allen Menschen auf der Welt am meisten geholfen. Das meine ich ernst.« Seine Stimme klang aufrichtig. Er meinte, was er sagte. Maddy konnte beinahe sehen, wie er in Gedanken all die Leute durchging, die ihm geholfen hatten: seine Mutter, wahrscheinlich irgendein freundlicher Superior im Seminar. Sie stand auf seiner jämmerlichen kleinen Liste ganz oben. Weiter nichts. Warum war sie nicht seine große Liebe? Sie würde sehr behutsam vorgehen müssen.

»Ich habe das Beste für Sie gewollt, seit ich Sie kennengelernt habe«, sagte sie einfach.

»Und ich für Sie. Wirklich.«

Das stimmt wahrscheinlich, dachte Maddy. So wie er auch das Beste für die Leute von Vieja Piedra wollte – er wollte es tief im Herzen, war aber nicht in der Lage, diesen Wunsch in die Tat umzusetzen.

»Sie müssen hingehen«, sagte sie.

»Wohin?«

»Nach Peru. Zu Father Cormac.«

Er sah sie an, als hätte sie vorgeschlagen, auf den

Mond zu fliegen. »Wie könnte ich, Maddy? Das würde man mir nie erlauben.«

»Fragen Sie nicht lange. Gehen Sie einfach. Wie oft haben Sie mir gesagt, daß Gott sich nicht um die menschliche Hackordnung oder um Vorschriften schert. Unser Herr hat auch nicht um Erlaubnis gefragt, wenn er einen Menschen heilen wollte.«

Doch seine Zweifel waren längst nicht ausgeräumt. Maddy erhob sich und ging neben ihm auf und ab. Mit aller Überzeugungskraft, die sie aufbringen konnte, erklärte sie ihm, warum er gehen *mußte*. Sie wiederholte Brians eigene Gedanken und Erkenntnisse über das kleine südamerikanische Dorf, wo die Menschen vergeblich auf Hilfe warteten und Tag für Tag zu den Bergen emporblickten in der Hoffnung, daß ein Diener Gottes komme – nicht nur zu einem kurzen Besuch, sondern um bei ihnen zu bleiben und ihnen die Sakramente zu bringen. Sie sah, wie seine Augen zu leuchten begannen; der Zauber begann zu wirken.

»Aber wovon soll ich die Reise bezahlen?« fragte er.

»Sie können das Geld aus der Kollekte nehmen.« Für Maddy war das ganz einfach.

»Das kann ich nicht tun. Das Geld ist für Vieja Piedra bestimmt.«

»Aber dorthin würden Sie ja gehen! Sammeln wir

nicht genau aus diesem Grund Geld – damit die Menschen dort jemanden bekommen, der ihnen hilft?«

»Nein, das wäre nicht richtig. Ich konnte noch nie glauben, daß der Zweck die Mittel heiligt. Wir haben oft darüber diskutiert, erinnern Sie sich?« Tatsächlich hatten sie darüber gesprochen, hier im Wald, in Maddys Klassenzimmer, bei einer Tasse Kaffee nach der Theaterprobe.

Sie sah ihn an – er war erhitzt und außer sich angesichts dieses neuerlichen moralischen Dilemmas, während ihm die Tatsache, daß er sie in den Armen gehalten und ihren Herzschlag gespürt hatte, ihr Haar an seinem Gesicht, ihre Wimpern an seinen Wangen, ganz kalt zu lassen schien. War er ein normaler Mann, oder unterdrückte er diese Seite seiner selbst so gründlich, daß sie nicht mehr zum Tragen kam? Sie mußte es wissen.

»Und wenn Sie gehen, können Sie mir alles schreiben … bis ich nachkomme.«

Seine dunklen Augen weiteten sich vor Verblüffung.

»Sie wollen nachkommen, Maddy? Das können Sie doch nicht! Sie können diese weite Reise nicht machen, und Sie können auch nicht mit mir zusammensein. Ich bin Priester.«

»Wir haben nur ein Leben«, sagte sie ruhig.

»Und ich habe meines dem Priesteramt geweiht. Sie

wissen, daß ich diese Entscheidung nicht rückgängig machen kann. Sie läßt sich nicht ändern.«

»Sie können, wenn Sie wollen. Genauso, wie man an einen anderen Ort ziehen kann.« Etwas an der direkten, einfachen Art, in der sie mit ihm sprach, schien ihm angst zu machen. Dies war nicht die überspannte Maddy Ross, die er kannte, sondern eine ernsthafte junge Frau, die sich etwas in den Kopf gesetzt hatte.

»Setzen Sie sich, Maddy«, sagte er – viel zu ruhig. Dann kauerte er sich vor sie und nahm ihre beiden Hände. »Wenn ich Ihnen je das Gefühl vermittelt habe, ich könnte den Priesterstand aufgeben, so muß ich den Rest meiner Tage versuchen, dieses schreckliche Mißverständnis wiedergutzumachen ...« Sein Gesicht war tief besorgt, und er forschte in ihren Augen nach einer Antwort. »Maddy, ich werde immer Priester bleiben. Das ist das einzige, was mir im Leben etwas bedeutet. Ich bin meinen Mitmenschen gegenüber selbstsüchtig und ungeduldig und viel zu anspruchsvoll gewesen, ich bin nicht so einfühlsam und großmütig wie Father Gunn, aber ich glaube fest daran, daß Gott mich auserwählt und berufen hat.«

»Sie glauben aber auch, daß die Menschen von Vieja Piedra Sie rufen.«

»Ja, das tue ich. Wenn ich eine Möglichkeit sehen

würde, würde ich hingehen. Sie haben mir den Mut dazu gegeben. Aber das Geld, das die Leute von Shancarrig gespendet haben, werde ich nicht anrühren. Es ist nicht gesammelt worden, damit sich der Priester auf und davon macht.«

Während sie sprachen, war der Mond aufgegangen. Ganz in der Nähe sahen sie einen Dachs, aber keinem von beiden schien das erwähnenswert. Brian Barry erklärte Madeleine Ross, daß er sein geistliches Amt nie aufgeben würde. Es gab nur wenige Gewißheiten in seinem Leben, aber dies war eine davon. Vergeblich sagte Maddy ihm, daß das priesterliche Zölibat erst lange nach Christus eingeführt worden sei, daß es sich dabei eher um eine engstirnige bürokratische Detailfrage handle als um einen idealistischen Verfassungsgrundsatz. Die ersten Apostel hatten Frauen und Kinder gehabt.

»Kinder.« Sie streichelte seine Hand, während sie das Wort aussprach.

Er entzog ihr seine Hände und stand auf. Über dieses Thema wollte er nicht einmal nachdenken. Es war das Opfer, das er Gott brachte, das einzige, was Gott von ihm als Priester verlangte: daß er auf das Glück verzichtete, eine Frau und Kinder zu haben und sie zu lieben. Nicht, daß dieser Verzicht ihm schwerfiel – er hatte ja nie etwas anderes kennengelernt; und jetzt ging er bereits auf die Vierzig zu, da zog

man so etwas ohnehin nicht mehr in Erwägung, selbst wenn man kein Priester war.
»Viele Männer um die Vierzig heiraten noch«, sagte Maddy.
»Priester nicht.«
»Alles ist möglich. Alles.«
»Ich will *das* nicht.«
»Aber Sie lieben mich doch, Brian. Sie werden doch nicht bis ans Ende Ihrer Tage katzbuckeln wollen, nur weil Father Gunn Sie warnt, weil Mrs. Kennedy Ihnen nachspioniert oder weil Sie als Kind ein Versprechen gegeben haben … als Sie noch gar nicht wußten, was Liebe ist.«
»Ich weiß es eigentlich immer noch nicht.«
»Doch, Sie wissen es.«
Er schüttelte den Kopf, aber Maddy konnte nicht länger an sich halten. Sie zog ihn an sich und küßte ihn mitten auf den Mund. Sie drängte sich in seine Arme und öffnete ihren Mund dem seinen. Dann fühlte sie, wie seine Arme sich fester um sie schlossen … Jetzt streichelte er sie ebenfalls und berührte, als sie sich ein wenig aus seiner Umklammerung löste, ganz zart ihre Brüste. Sie blinzelte zwischen den Lidern hindurch und sah, daß auch seine Augen geschlossen waren.
Eine Weile standen sie so umschlungen. Schließlich löste er sich von ihr.

Bevor sie sprachen, sahen sie sich lange in die Augen. »Du hast mir alles gegeben, Maddy Ross«, sagte er.
»Ich habe noch nicht einmal damit angefangen, dir etwas zu geben«, erwiderte sie.
»Doch, das hast du, glaub mir. Du hast mir soviel Mut gegeben, soviel Glauben. Ohne dich wäre ich ein Nichts. Du hast mir den Mut gegeben fortzugehen. Jetzt mußt du mir noch etwas geben … meine Freiheit.«
Sie starrte ihn ungläubig an. »Du umarmst mich auf diese Weise und bittest mich dann, nie wieder in deine Nähe zu kommen?«
»Das ist es, worum ich dich bitte. Ich *bitte* dich, Maddy. Denn das ist mein einziger Halt. Das einzige, was ich sicher weiß: daß ich ein Diener Gottes bin. Du darfst mir diese Gewißheit nicht nehmen, sonst werden all die anderen Dinge, die du mir gegeben hast, zusammenstürzen wie ein Kartenhaus.«
Dieser Mann war ihr bester Freund gewesen, eine verwandte Seele. Und jetzt sollte sie ihm erlauben, ja, ihn dazu ermutigen, für immer aus ihrem Leben zu verschwinden, fortzugehen von Shancarrig in ein Dorf, von dem sie beide in all den Jahren geträumt, für das sie gebetet und gespart hatten.
Eine solch ungeheuerliche Selbstsucht konnte nicht Teil von Gottes Plan sein. Das konnte nicht zur

Verwirklichung ihrer Lebensträume gehören. Maddy sah Brian Barry an, vollkommen verwirrt. Alles lief falsch, ganz fürchterlich falsch.

Father Barry sah, wie sie zitterte, aber er ließ sich nicht beirren und sagte sehr sanft: »Seit ich nach Shancarrig gekommen bin und auch vorher schon habe ich immer wieder die Erfahrung gemacht, daß Frauen stärker sind als Männer. Allein in unserem Dorf könnte man eine ganze Liste von Beispielen zusammenstellen. Und ich weiß darüber mehr als du, weil ich ihnen die Beichte abnehme. Ich stehe an ihrem Totenbett, wenn sie sich Gedanken machen – nicht über ihre eigenen Schmerzen, sondern darüber, wie ein Ehemann allein zurechtkommen wird oder ob ein Sohn womöglich in schlechte Gesellschaft gerät. Ich bin dagewesen, wenn ihre Kinder bei der Geburt gestorben sind, wenn sie einen Mann zu Grabe getragen haben, der nicht nur ihr Ehemann war, sondern auch ihren Lebensunterhalt sicherte. Frauen sind sehr stark. Kannst du stark sein und mich mit deinem Segen gehen lassen?«

Sie blickte ihn stumm an. Kein Wort kam über ihre Lippen, die Gefühle, die in ihr aufwallten, blieben ihr im Hals stecken. Aber sie mußte ihm doch erklären, daß er sich nicht an diese längst überholten, veralteten Regeln gebunden fühlen durfte, an diese leeren Schwüre, die zu einer anderen Zeit von einer anderen Person geleistet worden waren. Brian Barry war jetzt ein anderer, er war mit sich im reinen, er war ein Mann, der lieben und geben konnte. Aber sie sagte nichts davon. Was vielleicht ganz gut war, denn er sah sie an, und das dunkle Blau seiner Augen wirkte hart.

»Ich möchte mit deinem Segen gehen, denn ich werde auf jeden Fall gehen.«

Sie trafen sich in Shancarrig nur noch, wenn andere Leute dabei waren.

Es gab keine Spaziergänge im Wald, keine Besuche im Klassenzimmer mehr. Bei den Theaterproben müsse man auf die freundliche Unterstützung von Father Barry verzichten, erklärte man der Theatergruppe. Man habe ihn angewiesen, kürzerzutreten. Das war vielleicht das schlimmste, hier vermißte Maddy ihn am meisten. Sie hatten gemeinsam mit der Arbeit an diesen Stücken begonnen, und Maddy wußte nicht, wie sie es schaffen sollte, allein weiterzumachen. Ja, sie befürchtete sogar, die ganze Gruppe würde ohne ihn auseinanderbrechen.

Doch die Theatergruppe von Shancarrig hatte auch ohne Father Barry weiterhin Erfolg. In mancher Hinsicht gab ihnen sein Weggang sogar eine größere Freiheit. Mehr Komödien wurden einstudiert. Man hatte nie gewagt, ein allzu leichtes Stück vorzuschlagen, als Father Barry noch dabei war – er war so edel, ein so gefühlvoller Mensch, daß man in seiner Gegenwart nicht respektlos erscheinen wollte.

In diesen Wochen, die Maddy endlos vorkamen, beschloß die Gruppe, an einem irlandweiten Wettbewerb für humoristische Einakter teilzunehmen.

»Armer Father Barry. Ihm hätte das bestimmt gefallen«, sagte Biddy aus dem Glen, die in dem Stück eine tanzende Waschfrau spielen sollte.

»Ach was«, erwiderte Sergeant Keanes Frau. »Wenn er noch dabei wäre, hätten wir eine Tragödie aufgeführt. Ich wünsche Father Barry wirklich nur das Beste, und ich hoffe auch, daß es ihm bald bessergeht.«

Es ging das Gerücht, er habe einen Schatten auf der Lunge. Ja, es stimmte, er hatte diese blasse Gesichtsfarbe und gelegentlich rote Flecken auf den Wangen – das konnte Tb bedeuten. Aber das Sanatorium war wunderschön, und bisher wußte man ja auch nichts Genaues.

Maddy merkte, daß er ihrem Blick nicht auswich. Er war vollkommen mit sich im reinen, und er war ihr dankbar, daß sie in jener Nacht im Barnawald nur genickt hatte und dann fortgegangen war, ohne noch ein Wort zu sagen.

Er glaubte, sie hätte eingesehen, daß dies der einzig gangbare Weg war.

Die Tage schleppten sich dahin, während Maddy darauf wartete, daß er abreiste. Es dauerte drei volle Monate, bis sie hörte, womit sie bereits gerechnet hatte. Father Gunn hatte sie bei einem seiner üblichen Besuche in der Schule freundlich gefragt, ob sie abends im Pfarrhaus vorbeikommen könne. Nichts an seinem Gesicht hatte darauf hingedeutet, was er ihr sagen wollte.

Als sie eintraf, sah sie zu ihrem Schrecken Brian auf einem der Stühle sitzen. Father Gunn bot ihr den Platz neben ihm an.

»Maddy, wissen Sie schon, daß Father Barry nach Peru geht?«

»Ich wußte, daß er sich das gewünscht hat.« Sie wählte ihre Worte mit Bedacht, lächelte Brian aber an. Sein Gesicht wirkte lebhaft und glücklich. »Sie meinen, es ist alles geregelt? Sie haben die offizielle Erlaubnis zu gehen?«

»Ich verlasse Shancarrig mit dem Segen von allen«, sagte Brian, und in seiner Stimme lagen Liebe und Dankbarkeit.

»Der Bischof ist sehr entgegenkommend, und angesichts dieses missionarischen Eifers wäre es schwer gewesen, Father Barry nicht ziehen zu lassen«, sagte Father Gunn.

Hinter den dicken Brillengläsern waren Father Gunns Augen immer schwer zu erkennen, aber jetzt wirkten sie rätselhafter denn je. Maddy überlegte, ob Father Gunn dem Bischof wohl erklärt hatte, daß Vieja Piedra einer anderen Alternative bei weitem vorzuziehen war, denn immerhin ging Barry allein und im Auftrag der Kirche.

»Ich hoffe, es wird so lohnend für Sie sein, wie wir beide das immer geglaubt haben.« Maddys Stimme zitterte ein wenig.

»Ich möchte Ihnen danken, Maddy, für all Ihre Hilfe und Ermutigung. Father Gunn ist in allem so klug und verständnisvoll gewesen. Als ich den Wunsch äußerte, Sie sollten als erste erfahren, daß endlich alle Hindernisse aus dem Weg geräumt sind, bestand er darauf, Sie hierher einzuladen.«

Maddy sah Father Gunn an. Sie wußte genau, warum sie ins Pfarrhaus eingeladen worden war. Es ging darum, einen tränenreichen Abschied oder anderweitige Gefühlsausbrüche im Barnawald oder sonstwo, wo sie mit Brian allein gewesen wäre, zu vermeiden.

»Das ist sehr nett von Ihnen, Father«, sagte sie sehr kühl zu dem kleinen rundlichen Priester.

»Aber nein. Ich muß noch rasch ein paar Papiere holen und lasse Sie beide ein paar Minuten allein.« Er eilte aus dem Raum.

Brian rührte sich nicht. »Ich verdanke das alles Ihnen, Maddy«, sagte er.

»Werden Sie schreiben?« fragte sie mit belegter Stimme.
»Ich werde an alle schreiben, einen allgemeinen Antwortbrief auf die wunderbaren Spendenaktionen, die Sie für mich durchführen werden.« Er sah sie an mit seinem gewinnenden Lächeln. So würde er auch die armen Peruaner in dem trockenen Tal in Peru anlächeln, wo man seine Hilfe brauchte. Maddy sagte nichts.
Zum ersten Mal seit sieben Jahren saßen sie schweigend nebeneinander, und sie wünschten sich, daß Father Gunn seine Papiere bald fand und ins Wohnzimmer des Pfarrhauses zurückkam. Die Wohnzimmertür hatte er offengelassen.

Es folgten endlose Abschiedsszenen. Father Barry wollte sich nichts schenken lassen – er brauchte kein Abschiedsgeschenk, um sich an Shancarrig, die wunderbaren Menschen hier und die herrliche Zeit zu erinnern, die er mit ihnen verbracht hatte. Er versprach, er werde sich alle Mühe geben, den gleichnamigen Ort auf der anderen Seite des Globus angemessen zu beschreiben.
Als sich alle am Bahnhof versammelten, um ihm Lebewohl zu wünschten, weinte er. Maddy stand ganz hinten in der Menge. Sie wollte sich vergewissern, daß er wirklich abreiste. Sie wollte es mit

eigenen Augen sehen. Er winkte mit der einen Hand und verbarg mit der anderen seine Tränen. Maddy hörte, wie Dr. Jims und Mr. Hayes sagten, daß der Priester immer schon ein sehr gefühlvoller und sensibler junger Mann gewesen sei. Hoffentlich vertrug er die Hitze da drüben.

Die Zeit verging, aber es war wie mit einem sommerlichen Garten, nachdem die Sonne untergegangen ist – obgleich es noch hell ist, mag man sich nicht hinaussetzen. Immer neue Kinder kamen in Maddys Klasse, entwuchsen ihr und rutschten auf zu Mrs. Kelly. Weiterhin lernten sie in ihrer Freizeit, wie man *bonjour* und *buenos dias* sagt, auch wenn Maddy Ross mit Mrs. Kelly hart darum kämpfen mußte. In diesem Punkt war sie nicht bereit nachzugeben.

Man sammelte weiter Spenden, aber Irland veränderte sich in den sechziger Jahren. Zuerst einmal war da das Fernsehen: Die Menschen erfuhren, daß auch in anderen Teilen der Welt Hunger und Elend herrschten. Plötzlich war Vieja Piedra nicht mehr der einzige Ort, der Hilfe brauchte. Manchmal fielen die Spenden sehr mager aus, die auf das Konto von Brian Barry bei einem Postamt in einer etwa sechzig Meilen von Vieja Piedra entfernten Bergstadt überwiesen wurden.

Dennoch waren Barrys Briefe immer herzlich und voller Dankbarkeit. Er berichtete vom Bau der Kirche: Das kleine Gebäude sehe aus wie ein Schuppen mit einem Kreuz auf dem Dach. Aber Father Barry war unendlich stolz darauf. Er schickte Fotos von der Kirche, unscharfe Schnappschüsse aus verschiedenen Blickwinkeln.

Immer wieder erwähnte Father Barry die großzügige Hilfe der Viatores Christi, christlicher Laien, die in jeder Hinsicht ebenso engagiert wie die Geistlichen waren.

Maddy hörte zu, wenn die Briefe vorgelesen wurden, und sie fragte sich, warum Brian Barry nicht Laienmissionar geworden war. An seinem Traum und seiner Hoffnung hätte dies nichts geändert, doch er hätte das Zölibatsgelübde nicht einhalten müssen. Aber sie tröstete sich: Wäre er nicht Priester geworden, hätte es ihn vielleicht nie nach Shancarrig verschlagen, sie hätte ihn nicht kennengelernt und nie ihren Lebenstraum entdeckt.

Fünf Jahre waren inzwischen vergangen, die Maddy allein im Barnawald spazierengegangen war; die Theatergruppe von Shancarrig hatte fünf Weihnachtskonzerte aufgeführt, es hatten fünf Basare stattgefunden, außerdem Whistrunden, Käferrennen und Schatzsuchen. Fünf Jahre mit Tombolas, Bingospielen und Haussammlungen. Und dann, eines Tages, rief Brian Barry sie an.

»Ich habe mir gedacht, daß Sie um diese Zeit aus der Schule zurückkommen.« Es klang, als riefe er von der nächsten Straßenecke an. Unmöglich, daß er aus Peru telefonierte!

»Ich bin in Dublin«, sagte er.

Ihr Herz machte einen Sprung. Irgend etwas war geschehen. Warum hatte er sich nicht über Father Gunn mit ihr in Verbindung gesetzt?

»Ich möchte Sie treffen. Niemand weiß, daß ich hier bin.«

»Brian.« Ihre Stimme war nur ein Flüstern.

»Erzählen Sie niemandem etwas. Kommen Sie einfach morgen her.«

»Aber warum? Was ist passiert?«

»Das erzähle ich Ihnen morgen.«

»Morgen? Ich soll den weiten Weg nach Dublin machen, einfach so?«

»Ich bin den ganzen Weg von Peru gekommen.«

»Stimmt etwas nicht? Sind Sie in Schwierigkeiten?«

»Nein, nein. Ach Maddy, es tut gut, mit Ihnen zu sprechen.«

»Ich habe fünf Jahre nicht mit Ihnen gesprochen, Brian. Sie müssen mir sagen, warum Sie hergekommen sind. Werden Sie das Priesteramt aufgeben?«

»Bitte, Maddy, vertrauen Sie mir. Ich möchte es Ihnen persönlich sagen. Darum bin ich zurückgekommen. Nehmen Sie doch den Frühzug, ja? Ich hole Sie am Bahnhof ab.«

»Brian?«

»Ich warte am Bahnsteig.« Er legte auf.

Sie mußte im Hotel einen Scheck einlösen. Wie immer konnte Mrs. Ryan ihre Neugier kaum bändigen. Doch Maddy erzählte ihr nichts. Sie war durcheinander, und sie wußte, daß sie in dieser Nacht keinen Schlaf finden würde.

Fünf Jahre lang hatte sie jede Nacht sieben Stunden geschlafen.

Aber heute tat sie kein Auge zu, gleichgültig, wie erschöpft sie am nächsten Morgen aussah. Maddy wußte, daß es gar keinen Sinn hatte, sich ins Bett zu legen.

Statt dessen ging sie ihre gesamte Garderobe durch. Schließlich wählte sie eine cremefarbene Bluse und einen blauen Rock. Um den Hals trug sie einen hellblauen Wollschal. Darin sah sie zwar nicht mädchenhaft, aber doch noch jugendlich aus. Nicht wie eine in die Jahre gekommene Lehrerin, die über ihrer Liebe zu einem fernen Priester grau geworden war.

Maddy lächelte. Immerhin hatte sie sich ihren Sinn für Humor bewahrt. Was auch immer er ihr sagen wollte, das würde ihm gefallen.

Er wirkte selbst mit fünfundvierzig noch jungenhaft. Sein Mantelkragen war hochgeschlagen, so daß sie nicht erkennen konnte, ob er einen Priesterkragen trug, aber sie hatte sich sowieso vorgenommen, das nicht zu interpretieren. In den Missionsstationen trugen die Geistlichen kein Priestergewand und waren genauso Priester wie sonst.

Er sah sie und rannte ihr entgegen. Sie umarmten sich wie Bruder und Schwester, die sich lange nicht gesehen haben, wie alte Freunde, die sich unfreiwillig trennen mußten – was auf sie ja auch zutraf. Sie schob ihn von sich weg, um sein Gesicht sehen zu können, aber er hielt sie fest. Es ist unmöglich, jemanden zu küssen, der einen in seiner Umarmung beinahe erstickt.

Die Menge auf dem Bahnsteig hatte sich zerstreut. Er wurde wieder vorsichtiger.

»In dem Zug war niemand von zu Hause, oder?«

»Wo ist zu Hause? In all Ihren Briefen sagen Sie, es sei Vieja Piedra.«

»So ist es auch.« Zufrieden, daß sie nicht beobachtet wurden, hakte er sie unter, und sie gingen in ein nahe gelegenes Hotel. Der Salon war klein und dunkel, der Kaffee stark und heiß. Und Maddy Ross sollte nie vergessen, wie ihr das Getränk den Gaumen verbrühte, als Brian ihr erzählte, daß er aus dem Priesteramt ausscheiden und Deirdre, eine der freiwilligen Helferinnen, heiraten werde. Der Kaffee fühlte sich in ihrem Mund an wie rotglühender Teer. Dieses Gefühl verging auch nicht, als sie nickte und zuhörte und sich ein Lächeln abrang, während er ihr Geschichten von Reife und Verständnis und Liebe erzählte und von der Nichtigkeit von Schwüren, die in einem jugendlichen Alter geleistet werden, noch bevor ein Junge zum Mann geworden ist, und von einem liebenden Gott, der die Menschen nicht dazu zwingen will, daß sie bedeutungslose Gelübde einhalten.

Und sie hörte, daß vieles noch offen war. Deirdre und Brian hatten festgestellt, daß es ein langwieriger Prozeß war, bis man wieder Laie wurde, daß dieser Weg sehr schmerzhaft sein konnte und daß die Beziehung der Wartenden oft an den Schwierigkeiten zerbrach.

Aber in Südamerika hatte der Klerus die grundlegenden Werte erkannt. Dort kam man gleich zum Wesentlichen und wußte, daß es richtig war, einer Beziehung den Segen zu geben, die Gott ohne Vorbehalte gutheißen würde. Wie war doch der Ausdruck, den Maddy selbst vor so vielen Jahren gebraucht hatte? Es hatte damit zu tun, daß man sich eher an die großen Ideale der Verfassung halten sollte, statt sich um engstirnige, bürokratische Detailfragen zu kümmern.

Und alles verdankte er Maddy. Er hatte Deirdre immer wieder von ihr erzählt, und sie sandte ihr herzliche Grüße. Wenn Maddy ihm nicht gezeigt hätte, wie mutig er war und daß er sein Herz der Welt öffnen und lieben konnte, wäre alles vielleicht ganz anders gekommen.

»Haben Sie mich je geliebt?« fragte Maddy.

»Natürlich liebe ich Sie. Ich liebe Sie von ganzem Herzen. Nichts wird unsere Liebe je zerstören, weder meine Heirat mit Deirdre noch Ihre Heirat mit wem auch immer. Vielleicht haben Sie schon jemanden im Sinn?« erkundigte er sich schelmisch, sogar ein bißchen verspielt. Ihr gefiel das gar nicht, und sie hätte ihn gern aus dieser Stimmung herausgeholt.

»Nein. Keine Pläne bisher.«

»Sie sollten es sich aber überlegen, Maddy.« Sein neckischer Ton war verschwunden, jetzt klang er ernsthaft und liebevoll. »Sie sollten heiraten und Kinder bekommen. Das ist die wahre Bestimmung der Frau.«

»Und werden Sie und Deirdre Kinder haben?« Sie versuchte, heiter und freundlich zu klingen. Allzuleicht schlich sich ein spöttischer Unterton ein, denn sie hatte den Verdacht, daß Deirdre bereits schwanger war.

»Kann schon sein«, antwortete er – was hieß, daß Maddy recht hatte.

Er würde Vieja Piedra verlassen und mit seiner zukünftigen Frau in einen Ort weiter unten an der peruanischen Küste ziehen. Er würde in einer Stadt unterrichten; auch dort gab es genug zu tun, und sie hatten einen eingeborenen Geistlichen gefunden, einen Peruaner, der sich um das Tal von Vieja Piedra kümmern würde. Brian redete wie ein Wasserfall. Father Gunn würde nichts davon erfahren. Die Spendenaktionen würden in einer veränderten Form weitergeführt. Aber eigentlich würde niemand etwas erfahren. In der heutigen Welt war es nicht mehr nötig, große Erklärungen abzugehen. Es ging darum, das Gute, das sich einem bot, anzunehmen und dadurch noch mehr Gutes in die Welt zu bringen. Es ging darum, seine Träume zu verwirklichen, wenn sich die Gelegenheit bot.

Der einzige Mensch, dem er das alles sagen *mußte*, war Maddy. Darum hatte er Deirdres Ersparnisse genommen und war zurückgekommen. Er mußte es Maddy persönlich sagen und ihr dafür danken, daß sie ihn auf diese Straße des Glücks gebracht hatte; ein Brief hätte nicht genügt.

»Und hatte Deirdre keine Angst, daß Sie vielleicht nicht zurückkommen, wenn Sie Ihre alte Liebe wiedertreffen?« Maddy sagte diese Worte leichthin, obwohl ihr die Frage todernst war.

Aber Brian beeilte sich, ihre Sorge zu zerstreuen.

»O mein Gott, nein. Deirdre weiß, daß wir uns nie wirklich geliebt haben. Es war das tastende Suchen von Kindern, es waren tiefe Gespräche über den Sinn des Lebens, es war Teil des Erwachsenwerdens – für mich ein sehr wichtiger Teil.«
Brian legte großen Wert darauf, daß Maddy dies genau verstand.

Der Zug zurück nach Shancarrig fuhr in fünfzehn Minuten. Maddy meinte, es wäre wohl besser, wenn sie ihn nahm.
»Sie können doch jetzt nicht einfach gehen. Sie sind doch erst seit einer Stunde hier.« Er war zutiefst bestürzt.
»Aber Sie haben mir alles gesagt.«
»Nein, ich habe Ihnen eigentlich bisher gar nichts gesagt. Ich habe gerade erst angefangen.«
»Ich muß zurück, Brian. Ich müßte es sowieso, egal, was Sie mir gesagt hätten. Meiner Mutter geht es nicht gut.«
»Das wußte ich nicht.«
»Natürlich nicht. Sie wissen vieles nicht, zum Beispiel daß Mrs. Murphy gestorben ist und daß Maura Brennan ihren armen Sohn in jedes Haus von Shancarrig mitschleppt, wenn sie dort die Böden schrubbt und die Wäsche wäscht. Es gibt vieles, was Sie nicht wissen.«

»Niemand hat mir davon erzählt. Sie haben es mir auch nicht gesagt. Sie haben überhaupt nie geschrieben.«
»Das hat man mir befohlen. Erinnern Sie sich nicht daran?«
»Nicht befohlen, nur empfohlen.«
»Für Sie war das damals das gleiche.«
»Wenn Ihr Wunsch, mir zu schreiben, stark genug gewesen wäre, hätten Sie es auch getan«, sagte er, den Kopf zur Seite geneigt, jetzt wieder in neckendem Ton.
Er weigerte sich immer noch zu glauben, daß sie tatsächlich mit dem nächsten Zug zurückfahren wollte, aber sie ging nicht weiter darauf ein. Er war fest davon ausgegangen, sie werde den ganzen Tag, wenn nicht gar das Wochenende mit ihm in Dublin verbringen. Was konnte er jetzt tun? Keiner von seinen Verwandten sollte erfahren, daß er zurück war.
»War es ein Fehler von mir zurückzukommen, um es Ihnen zu erzählen?« Jetzt benahm er sich wieder wie ein Kind, verwirrt und unsicher.
Maddy reagierte sehr freundlich. Sie konnte es sich leisten. Sie hatte ein ganzes Leben vor sich, in dem es wenig nachzudenken gab. Höchstens über die Frage, warum der einzige Versuch, ihr Leben zu leben, fehlgeschlagen war. Sie nahm seine Hand.

»Nein, Sie haben richtig gehandelt«, log sie ihm ins Gesicht. »Sagen Sie Deirdre, daß ich Ihnen beiden alles Gute wünsche. Sagen Sie ihr, daß ich mit übervollem Herzen den Zug zurück nach Shancarrig bestiegen habe.«

Das war das einzige Hochzeitsgeschenk, daß sie ihm machen konnte.

Und sie hielt die Tränen zurück, bis der Zug um die Kurve bog und sie seine Hand nicht mehr sah, die ihr eifrig zum Abschied winkte.

Maura

Als Maura schließlich in die Schule kam, war in der Brennan-Familie auch der letzte Funken von Begeisterung für Bildung erloschen. Mauras Mutter hatte die Nase voll davon, die Familie anläßlich von Mai-Prozessionen und Bischofsbesuchen immer wieder entsprechend einzukleiden. Ganz zu schweigen von all den Erstkommunionen und Firmungen. Man hatte Mrs. Brennan sagen hören, die Schule von Shancarrig denke wohl, sie sei eine vornehme Privatschule für höhere Söhne und Tochter von Gutsbesitzern und nicht die öffentliche Schule, die sie seit jeher war, und das aus gutem Grund.
Auch von ihrem Vater erhielt die kleine Maura wenig Unterstützung. Paudie Brennan hielt die Schule und alles, was damit zusammenhing, für Weiberkram – damit verschwendete ein Mann nicht seine Zeit. Und da Paudie Brennan nicht zu den Männern zählte, die regelmäßig einer Arbeit nachgingen, konnte man von ihm auch nicht erwarten, daß er sich finanziell und anderweitig am Werdegang seiner neun Kinder beteiligte, und Maura kam auch noch

ziemlich am Schluß. Paudie Brennan hatte den Kopf voll mit anderen Dingen: Das Dach leckte, weil ein Dutzend Schindeln fehlte, außerdem stand er bei Johnny Finn, bekannt für seine erstklassigen Drinks, in der Kreide. Wie sollte er also die Zeit finden, sich Gedanken um die kleine Maura und um Bücherweisheit zu machen?
Maura hatte auch gar kein größeres Interesse erwartet. In der Schule wurde gelernt, zu Hause wurde gestritten. Die älteren Brüder und Schwestern – die ganz großen – waren nach England ausgewandert, kaum daß sie siebzehn oder achtzehn geworden waren. Wenn sie im Urlaub heimkamen, herrschte zunächst eitel Sonnenschein. Doch nach einem Tag war alle Freundlichkeit aufgebraucht, und man brüllte sich wieder an, als ob die heimgekehrte Schwester oder der heimgekehrte Bruder ein ganz gewöhnliches Familienmitglied wäre und kein Gast.
Eines Tages, das wußte Maura, würde sie zu Hause die Älteste sein – und nur sie und Geraldine würden noch daheim wohnen. Aber Maura würde nicht nach England gehen, um wie Margaret in einer Schuhfabrik zu arbeiten oder in einem Fischgeschäft wie Deirdre. Nein, sie wollte in Shancarrig bleiben. Sie würde auch nicht heiraten, sondern so leben wie Miss Ross, die sehr alt war und tun und lassen konnte, was ihr gefiel. Nicht einmal, wenn

sie die ganze Nacht lang aufblieb, schnauzte sie einer an oder versetzte ihr gar eine Ohrfeige. Natürlich war Miss Ross Lehrerin und scheffelte haufenweise Geld, aber Maura würde eben sparen, sobald sie anfing zu arbeiten, und das Geld aufs Postamt bringen, bis sie sich ein Haus leisten und damit die Freiheit erkaufen konnte, erst um zwei Uhr morgens ins Bett zu gehen, wenn sie Lust dazu hatte.

Maura Brennan blieb oft länger in der Schule, um mit Miss Ross zu plaudern und mehr über ihre luxuriöse Lebensweise in dem kleinen Haus mit den Fliederbüschen und den hohen Stockrosen zu erfahren. Sie stellte endlose Fragen über ihren Hund und ihre Katze. Im Gegensatz zu allen anderen in der Schule wußte Maura, wie sie hießen und wie alt sie waren. Und immer hoffte sie, daß Miss Ross eines Tages noch das eine oder andere über ihr Leben verraten würde. Miss Ross war von ihrem Interesse überrascht. Denn das Kind war ansonsten keineswegs besonders aufgeweckt. Selbst wenn man in Betracht zog, daß ihr Vater ein Raufbold und ihre Mutter eine verschüchterte, ungebildete Frau war, mußte man Maura zu den schwachen Schülern zählen. Sogar die Jüngste der kinderreichen Brennan-Sippe, die ewig erkältete Geraldine, der immer die Haare in die Augen hingen, war weniger schwer von

Begriff. Trotzdem war es Maura, die auf Miss Ross wartete und Ausreden erfand, um unbedeutende kleine Unterhaltungen mit ihr zu führen.

Eines Tages erwähnte Miss Ross, wie ungern sie bügelte.

»Ich bügle für mein Leben gern«, sagte Maura. »Wirklich. Ich würde es den ganzen Tag lang tun, aber unser Bügeleisen ist kaputt, und mein Pa will nichts für die Reparatur rausrücken.«

»Was gefällt dir denn daran?« Miss Ross klang wirklich interessiert.

»Die Art, wie die Hand hin und her gleitet … eine Art Musik … und die Sachen werden hübsch und glatt, und alles riecht gut und sauber«, antwortete Maura.

»So, wie du es beschreibst, klingt es tatsächlich großartig. Schade, daß du nicht kommen und meine Sachen bügeln kannst.«

»Natürlich kann ich das«, sagte Maura.

Sie war zu diesem Zeitpunkt elf Jahre alt, ein stämmiges Mädchen mit hoher Stirn und klaren Augen, die Haare mit einer braunen Spange zurückgesteckt. In einer anderen Familie, an einem anderen Ort hätte sie vielleicht bessere Zukunftsaussichten gehabt, eine Möglichkeit bekommen, etwas aus ihrem Leben zu machen.

»Nein, Maura, das geht nicht, Kind. Ich möchte

nicht, daß die anderen Kinder denken, du würdest nur zur Bügelhilfe taugen. Erniedrige dich nicht, solange du nicht mußt.«

»Aber wie kann mich das erniedrigen?« fragte Maura Brennan arglos – sie empfand es nicht als entwürdigend, einer Lehrerin im Haushalt zu helfen. »Die anderen ... die brauchen es ja nicht zu wissen, Miss Ross.«

»Aber sie werden es herauskriegen. Du kennst doch dieses Dorf.«

»Sie wissen eine Menge nicht, zum Beispiel, daß meine Schwester Margaret in Northampton ein Baby hat. Geraldine und ich sind Tante, Miss Ross. Stellen Sie sich das mal vor!« Maura hatte dieses Familiengeheimnis, ohne nachzudenken, ausgeplaudert, denn sie war überzeugt, daß Miss Ross einen solchen Leckerbissen bestimmt nicht weitertratschte. Sie erzählte es mit derselben Einfalt, mit der sie vom Bügeln gesprochen hatte.

»Einmal pro Woche, und ich werde dich anständig bezahlen«, willigte Miss Ross schließlich ein.

»Danke, Miss Ross, ich werde es aufs Postamt bringen.« Das war für Maura Brennan der Anfang. Sie schärfte der kleinen Geraldine ein, keinem ein Sterbenswörtchen zu verraten.

»Warum muß es unser Geheimnis bleiben?« fragte Geraldine.

»Ich weiß auch nicht«, antwortete Maura aufrichtig.
»Aber es muß so sein.«
Deshalb antwortete Geraldine, wenn sich Mrs. Brennan ausnahmsweise einmal erkundigte, warum Maura noch in der Schule war, daß sie es nicht wüßte. Sie fand es albern, wie ihre Schwester immer so am Rockzipfel von Miss Ross hing. Denn Maura kam dadurch mit dem Lernen nicht etwa besser zurecht. Sie blieb genauso langsam und mußte ständig jemanden um Hilfe bitten: Leo Murphy oder Nessa Ryan, Mädchen aus bedeutenden Familien, die in großen Häusern wohnten. Geraldine hätte gewußt, daß es sich nicht gehörte, mit solchen Leuten zu verkehren. Maura war nicht nur in der Schule ein wenig beschränkt.

Als Maura bei ihr mit dem Bügeln anfing, gab ihr Miss Ross nicht nur das Geld, sondern schenkte ihr auch eine Puppe. Sie hatte gesehen, wie Maura sie bewundert und sogar ihr zerknittertes rosafarbenes Kleid gebügelt hatte, und Miss Ross meinte, daß jemand, der sich so um eine Puppe kümmere, sie auch haben sollte. Geraldine gegenüber behauptete Maura immer, sie sei nur eine Leihgabe. Miss Ross habe sie ihr geliehen, bis sie heiratete und Kinder bekam.
»Miss Ross ist bestimmt schon hundert. Sie wird nie heiraten und Kinder haben«, maulte Geraldine.

»Kinder kriegen kann man in jedem Alter. Sieh doch nur Mammy an und die heilige Elisabeth.«
Bei der heiligen Elisabeth war sich Geraldine nicht ganz sicher, aber was ihre Mutter anging, da wußte sie Bescheid. »Mammy hat angefangen, sie zu kriegen, und dann konnte sie nicht mehr damit aufhören. Ich hab gehört, wie sie mit Mrs. Barton darüber geredet hat. Doch nach mir hat es dann plötzlich aufgehört.« Geraldine war neun, sie kannte sich aus. Maura wünschte sich manchmal, sie könnte sich einer Sache ebenso sicher sein.
Die Puppe saß auf einem Regal im Schlafzimmer der beiden Mädchen. Ihr Gesicht und ihre kleinen Hände waren aus Porzellan. Wenn Geraldine nicht in der Nähe war und sie auslachen konnte, nahm Maura die Puppe in den Arm, redete begütigend auf sie ein und versicherte ihr, daß sie sehr geliebt wurde. Manchmal schenkte Miss Ross Maura auch Sachen zum Anziehen: einen hübschen bunten Gürtel, einen Schal mit einer Bommel.
»Das habe ich in der Schule nie getragen, Maura, niemand weiß, daß die Sachen von mir sind.«
»Aber macht es denn was, wenn es einer weiß?« Wieder wurde die Frage so schlicht und arglos gestellt, daß es Miss Ross beinahe die Sprache verschlug.
»Wenn ich dir doch nur beim Lernen helfen könnte,

Maura. Ich würde es wirklich gern tun, aber du bist mit deinen Gedanken immer woanders.«

Maura wollte sie beruhigen. »Das macht doch nichts, Miss Ross. Es hat nun mal keinen Sinn, meinem Kopf Sachen einzutrichtern, die nicht reinpassen. Und wozu soll ich addieren oder Gedichte auswendig hersagen? Damit kann ich später sowieso nichts anfangen.«

»Was wird dann aus dir werden, wenn du in England bist wie Deirdre und Margaret und keine Ausbildung hast?«

»Nein, nein, ich bleibe hier. Ich werde ein Haus haben wie das hier und es genauso führen wie Sie; es soll immer hübsch und sauber und ordentlich sein, mit bemaltem Porzellan auf der Anrichte, und überall soll es nach Lavendelpolitur riechen.«

»Der Mann ist ein Glückspilz, für den du das alles tun willst.«

»Ich werde nicht heiraten, Miss Ross.« Das zählte zu den wenigen Dingen, die Maura je mit Bestimmtheit vertrat.

Auch ihre Schwester Geraldine glaubte ihr in diesem Punkt.

»Warum machst du dann nicht Nägel mit Köpfen und wirst Nonne?« wollte sie wissen. »Wenn du so sicher bist, daß du keinen Mann haben willst, bist du dann in einem Kloster nicht besser dran? Du singst ein paar Choräle und kriegst dafür drei Mahlzeiten am Tag.«

»Ich kann auch in meinem eigenen Haus beten. Ich werde ein Herz-Jesu-Licht auf einem kleinen Holzregal haben und ein Bild von Maria, der Maienkönigin, auf einem kleinen runden Tisch mit einer blauen Tischdecke und einer Vase voll Blumen.«

Was sie nicht sagte, war, daß sie auch einen Stuhl für die Puppe kaufen würde.

Geraldine zuckte die Achseln. Sie war jetzt zwölf und sehr viel erwachsener als ihre vierzehnjährige Schwester, die dieses Jahr die Schule beenden würde. Geraldines Firmung stand in Kürze bevor, und sie und ihre Mutter hatten es geschafft, Paudie Brennan mit Jammern und Schmeicheln das Geld für ein wunderschönes Firmkleid aus der Tasche zu ziehen. Es war das erste Kleidungsstück, das je für die Firmung eines seiner neun Kinder neu gekauft wurde. Jetzt hing es an der Zimmertür, und Geraldine hatte es bestimmt schon ein dutzendmal anprobiert. Außerdem hatte Maura Geraldine überredet, sich die Haare aus dem Gesicht zu kämmen.

Geraldine würde an ihrem Firmungstag einfach umwerfend aussehen. Sie hatte ihren Brüdern und Schwestern in England geschrieben und sie von dem bevorstehenden Ereignis in Kenntnis gesetzt. Diese hatten den Wink verstanden und ihr teils einen

Pfundschein, teils eine Zehnshillingnote geschickt, zusammen mit ein paar krakeligen Glückwünschen. Maura hatte bei ihrer Firmung nichts dergleichen getan und blickte jetzt voller Neid auf die eintreffenden Reichtümer. Um so viel Geld zusammenzukriegen, mußte sie bei Miss Ross eine Menge bügeln.

Doch drei Tage vor der Firmung nahm Paudie Brennan an einem gewaltigen Saufgelage teil; und da er knapp bei Kasse war, entschied er, daß es Gott wahrscheinlich wenig kümmerte, ob junge Christenmenschen herausgeputzt waren, wenn sie das Sakrament der Firmung empfingen, oder nicht. Also brachte er das neue Kleid zum Pfandleiher in die Stadt und erlöste dafür die Summe von zwei Pfund. Heillose Bestürzung war die Folge. Und mitten in all dem Geschrei, den Tränen und den Vorwürfen, die hin und her geschleudert wurden, erkannte Maura, daß nichts dabei herauskommen würde. Nur Kränkungen und Gekeife, Enttäuschung und erneute Beschuldigungen. Es war keine Rede davon, daß einer das Kleid für Geraldine zurückholen sollte, eine solche Summe ließ sich nicht einfach herbeizaubern. Schon für den Kauf hatte man Schulden gemacht. Und jetzt gab es keine Quellen mehr, die man hätte anzapfen können.

»Ich werde es für dich besorgen«, sagte Maura zu Geraldine, die mit roten Augen, einem hysterischen

Anfall nahe, auf dem Bett lag und über die Ungerechtigkeit des Lebens und die Gemeinheit ihres Vaters zeterte.

»Wie willst du das anfangen? Sei doch nicht blöd.«

»Ich hab genug gespart. Schnapp dir einfach den Pfandschein von ihm. Wir werden mit dem Bus fahren, aber du darfst nie, nie ein Sterbenswörtchen davon verraten.«

»Aber was sollen sie denken, wo wir das Geld herhaben? Sie behaupten bestimmt, wir hätten es gestohlen.« Geraldine konnte nicht glauben, daß es wirklich eine Möglichkeit gab, ihr Kleid zurückzuholen.

»Nach dem, was er selbst angestellt hat, wird Pa sich hüten, überhaupt etwas zu sagen«, erwiderte Maura.

Am großen Tag war Paudie Brennan anläßlich des Besuchs beim Bischof ordentlich angezogen und rasiert. Sein Hals steckte in einem anständigen Hemdkragen. Es war ein sonniger Tag, und als sich die Kinder von Shancarrig vor der Kathedrale der Stadt für das Gruppenfoto aufstellten, sagten die Leute, daß sie ihrer Schule alle Ehre machten. Vor allem die prächtig herausgeputzte Geraldine zog mit ihrem schimmernden blonden Haar und dem weißen Spitzenkleid viele Blicke auf sich.

»Sie haben das Kind wirklich bildschön zurechtgemacht. Sie können stolz sein«, sagte Mrs. Ryan von Ryan's Hotel. Ihre Tochter Catherine machte bei weitem nicht soviel her. Man konnte unschwer erkennen, daß sie verblüfft und auch verärgert darüber war, daß diese junge Brennan-Göre, Tochter eines bekannten Faulpelzes und Trunkenbolds, die anderen ausstach.

»Man tut halt, was man kann, Mrs. Ryan, ähm, Ma'am«, antwortete Mauras Mutter. Maura spürte einen Stich im Herzen. Wenn es nach ihrer Mutter gegangen wäre, hätte Geraldine jetzt in irgendeinem schäbigen, abgelegten Kleid da vorne gestanden, das man einer Familie abgebettelt hatte, die es nicht mehr brauchte. Ihr Vater hatte sich mit keiner Silbe entschuldigt; und Geraldine hatte mit keinem Wort erwähnt, daß sie das Geld zurückzahlen wollte. Es hatte weder Fragen noch eine andere Form von Interesse gegeben.

Es wollte auch niemand wissen, was Maura eigentlich vorhatte, wenn sie in ein paar Wochen aus der Schule kam. Sie würde nicht in die Klosterschule in der Stadt gehen wie Leo Murphy und Nessa Ryan. Es war auch nicht vorgesehen, daß sie die Berufsschule besuchte, denn sie war nun mal nicht gescheit genug, um in einem Laden oder einem Friseursalon eine Lehrstelle zu bekommen.

Maura würde als Dienstmädchen arbeiten; die einzige Frage war nur, wo – und selbst darum, so wurde

ihr jetzt klar, mußte sie sich ganz alleine kümmern, wie um alles andere. Maura hätte gern eine Stellung in einem Haus gehabt, wo sie auch wohnen konnte. In einem großen, prächtigen Haus mit schönen Möbeln. Wie im Glen, bei Leo Murphy.
Sie beschloß, dort vorzusprechen und sich zu erkundigen, ob eine Stelle frei war. Denn es wäre Leo gegenüber nicht anständig, sie in der Schule zu fragen und womöglich in Verlegenheit zu bringen, falls die Antwort nein lautete. Vielleicht konnte sie auch in der Küche von Ryan's Hotel für Handlungsreisende arbeiten oder als Zimmermädchen. Was ihr allerdings weniger gefallen würde. Denn dort gab es keine schönen Dinge zum Anfassen und Polieren.
»Denkst du an deine eigene Firmung zurück, Maura?« erkundigte sich Father Gunn aus Shancarrig, der neben ihr stand.
»Nein, eigentlich nicht, Father, tut mir leid. Ich habe überlegt, wo ich arbeiten könnte.«
»Kommst du denn auch schon aus der Schule?« Er war ein freundlicher Mann mit sehr dicken Brillengläsern, durch die er noch geistesabwesender und weltfremder wirkte, als er war. Er konnte es fast nicht glauben, daß schon wieder eine aus der Paudie-Brennan-Sippe fällig für das Auswandererschiff war.

»Ja, Father. Ich bin schon fast fünfzehn«, antwortete Maura stolz. Father Gunn musterte sie. Sie war ein liebes Mädchen mit einem offenen Gesicht. Nicht hübsch wie die, die heute gefirmt wurde, aber dennoch ein erfreulicher Anblick. Er hoffte, sie würde sich kein Kind anhängen lassen wie ihre ältere Schwester in Northampton. In einer kleinen Gemeinde blieb einem Geistlichen kaum ein Geheimnis verborgen.

»Du brauchst wahrscheinlich ein Empfehlungsschreiben«, seufzte er und dachte an die vielen jungen Menschen, deren Ehrlichkeit und Anstand er unbekannten englischen Arbeitgebern gegenüber schon gepriesen hatte.

»Ach, ich glaube, in Shancarrig kennt mich jeder«, antwortete sie. »Ich suche eine Stellung als Dienstmädchen, Father. Falls Sie was hören – ich kann ziemlich gut putzen.«

»Ich werde sehen, was ich tun kann, Maura«, versprach er. Dann wandte er sich ab. Ihm wurde plötzlich schwer ums Herz.

Zuerst ging Maura zur Hintertür des Glen und wartete geduldig, während die Hunde um sie herumsprangen und die Neuigkeit ihrer Ankunft herausbellten. Aber niemand kam, um nachzusehen, was sie wollte. Dabei hatte sie zwei Leute im vorderen

Zimmer sitzen sehen. Die mußten sie gehört haben! Nachdem sie gründlich darüber nachgedacht hatte, ging sie zur Vordertür, wo Leo, groß und selbstbewußt, gerade die Treppe herunterstürmte. »Maura! Was um alles in der Welt suchst du denn hier?«
»Ich wollte mich erkundigen, ob deine Eltern vielleicht jemanden für die Hausarbeit brauchen, Leo«, antwortete Maura dem Mädchen, das in der Schule acht Jahre neben ihr gesessen hatte.
»Arbeit?« Leo schien überrascht.
»Na ja, ich muß irgendwo eine Stellung finden, und das ist ein großes Haus, deshalb ...«
»Nein, Maura.«
»Aber ich weiß, wie man Böden schrubbt ...«
»Wir haben doch Biddy.«
»Ich kann's so gut wie Biddy, aber ich würde ihr natürlich bloß helfen.«
Leo war in der Schule immer nett zu ihr gewesen. Maura verstand nicht, warum sie jetzt so barsch reagierte. »Nein, das geht nicht. Du kannst nicht hierherkommen und hinter mir herräumen.«
»Ich muß sowieso hinter jemandem herräumen. Ist dann deine Familie nicht so gut wie jede andere? Laß mich wenigstens fragen, Leo.« Sie sagte nicht, daß das Haus ihrer Meinung nach einen Großputz dringend nötig hatte. Sie bettelte auch nicht. Sie hatte schon immer schnell erkannt, wann eine Sache aus-

sichtslos war. Und ein Blick in Leo Murphys Gesicht sagte ihr, daß es hier so war.

»Na gut«, meinte sie freundlich. »Ich wollte nur mal fragen.«

Sie wußte, daß Leo mit den Hunden an der Tür stand, während sie die Auffahrt hinunterging. Maura hätte gern wenigstens die Möglichkeit gehabt, mit den Murphys zu reden, statt von ihrer ehemaligen Schulfreundin abgewimmelt zu werden. Aber Leo vermittelte den Eindruck, daß sie es war, die in diesem Haus die Entscheidungen traf. Maura wäre vielleicht ohnehin nicht eingestellt worden, wenn Leo dagegen war.

Man stelle sich nur vor, mit nicht ganz fünfzehn Jahren bereits solche Entscheidungen zu treffen! Aber war es bei ihr nicht das gleiche? Im Haus der Brennans wurde kaum eine Entscheidung getroffen, für die nicht Maura verantwortlich war.

Dann ging Maura zu Mrs. Hayes. Mr. Hayes war Rechtsanwalt, und so war seine Familie sehr wohlhabend. Sie hatten ein großes Haus, das mit wildem Wein überwuchert war, und in ihrem Salon stand ein hübsches Klavier. Das wußte Maura, weil sie mit Niall Hayes zur Schule gegangen war. Er war ein netter Junge. Einmal hatte er ihr erzählt, wie sehr er die Klavierstunden haßte, die er auf Wunsch seiner Mutter zweimal die Woche bekam; und Maura hatte ihm erzählt, wie sehr sie es haßte, am Samstag und Sonntag in den Pub zu gehen und ihrem Vater zu sagen, daß sein Essen auf dem Tisch stand. Irgendwie verband sie das.

Aber Mrs. Hayes sagte Maura, daß sie kein junges Mädchen haben wolle, sondern eine ältere Person mit Erfahrung.

Also fragte sie Mrs. Barton, Eddie Bartons Mutter, die als Schneiderin arbeitete. Doch Mrs. Barton seufzte, es sei schon schwer genug, für sich und Eddie das tägliche Brot zu verdienen, auch ohne noch ein paar Shilling für ein Mädchen abzuzweigen, das sich einen Spaß daraus machte, mit einer Scheuerbürste auf dem Boden herumzufuhrwerken. Sie sagte es sehr nett, aber das änderte nichts an den Tatsachen.

Dr. Jims meinte, er habe ja nicht nur Carrie, die sich um seinen kleinen Sohn kümmere, sondern auch Maisie, die sicher noch ein paar Jährchen vor sich hatte. Jetzt hing alles von ihrer Bewerbung bei Ryan's Hotel ab. Maura hatte sie bis zuletzt aufgeschoben, weil Mrs. Ryan als sehr resolut galt. Sie war eine Frau, mit der man es sich leicht verderben konnte.

Aber Mrs. Ryan gab Maura eine Stellung als Zimmermädchen. Sie sagte, sie hoffe, daß Maura sich wohl fühlen werde. Allerdings wolle sie gleich von

Anfang an drei Dinge klarstellen: Maura habe nicht mit Nessa zu schwatzen, nur weil sie sich aus der Schule kannten; Maura müsse im Haus wohnen, denn Mrs. Ryan war dagegen, daß sie jeden Abend zu den Katen zurückging; und zuletzt das Wichtigste: Wenn man sie je beim Schäkern oder zu freimütigen Umgang mit einem der Gäste erwische, würde das sofort mit Father Gunn besprochen, und dann müsse Maura Shancarrig auf der Stelle verlassen.
Es paßte Maura gut, daß sie nicht daheim wohnen sollte. Ihr Vater wurde in letzter Zeit immer schwieriger, und Geraldine hatte ständig Freundinnen zu Besuch, mit denen sie in ihrem gemeinsamen Zimmer saß und kicherte. Es würde schön sein, ein eigenes Zimmer zu haben, natürlich nur ein kleines, kahl wie die Zelle einer Nonne, aber immerhin einen Platz für sich allein.

Maura trat die Stelle sofort an. An ihren freien Nachmittagen bügelte sie weiterhin für Miss Ross und polierte, schweigend in der Küche sitzend, Mrs. Hayes' Silber. Wenn Niall in den Ferien aus dem Internat nach Hause kam, wechselte sie kein Wort mit ihm. Niemand wäre auf den Gedanken gekommen, daß sie einmal Schulkameraden oder gar Freunde gewesen waren. Und wenn Niall sie im Haus sah, nahm auch er keine Notiz von ihr.

Nicht einmal, als die Jahre verstrichen und Maura Brennan eine schmale Taille bekam und auch sonst reizvoller wurde. Wenn man von Natur aus kräftig gebaut ist und fad aussieht, glaubt man nicht, daß sich das je ändert. Maura wußte zwar, daß ihre Schwester Geraldine hübsch war, aber sie war deshalb nie eifersüchtig gewesen. Sie freute sich, daß Geraldine in der Sägemühle Arbeit gefunden hatte, wo man im Büro jemanden haben wollte, der freundlich war und strahlend lächeln konnte. Maura hielt sich nicht für vom Glück benachteiligt, weil sie stämmig war und hinter den Kulissen in einem Hotel Betten aufschüttelte.

Ja, sie war so an ihr unauffälliges, rundliches Äußeres gewöhnt, daß sie gar nicht merkte, wie sie sich veränderte und ausgesprochen attraktiv wurde.

Aber die Männer, die in Ryan's Hotel für Handlungsreisende abstiegen, merkten es. Und Maura mußte mehr als einmal deutlich werden, zu einem scharfen Ton und unverblümten Worten greifen, wenn einer von ihnen eine zweite Decke verlangte oder sich über irgendeinen angeblichen Mangel in seinem Zimmer beschwerte, nur um ihr nebenbei den Po zu tätscheln.

Als sie achtzehn wurde, schlug Mrs. Ryan ihrem Mann vor, Maura an der Bar arbeiten zu lassen. Sie hätte das Zeug, Gäste anzulocken. Doch zu ihrer Überraschung lehnte Maura ab. Sie wollte lieber weiter das tun, was sie bisher getan hatte – sie tue sich schwer mit Zahlen. Und sie würde eine Menge schicker Kleider brauchen, wenn sie im Blickpunkt der Öffentlichkeit stand. Beim Bettenmachen und in der Küche sei ihr wohler.

»Nun, dann bedien wenigstens an den Tischen«, schlug Mrs. Ryan vor. Aber nein, wenn man mit ihrer Arbeit zufrieden war, wollte sie sich lieber weiterhin im Hintergrund halten.

Breda Ryan nahm es achselzuckend zur Kenntnis. Sie hatten es Maura leichter machen wollen – einem Mädchen aus den Katen, der armen Kleinen von Paudie Brennan den Aufstieg ermöglichen –, und diese schlug das Angebot einfach aus. Mrs. Ryan hatte schon immer vermutet, wenn man den gesamten Reichtum der Welt einziehen und neu aufteilen würde und jeder den gleichen Anteil bekäme, würde man fünf Jahre später feststellen, daß genau die gleichen Leute Vermögen und Macht besaßen wie vorher, während die anderen hilflos und ohne einen Penny dastanden. In einer sich rapide verändernden Welt fand sie diesen Gedanken sehr tröstlich.

Maura hatte kein Interesse an einem Wechsel, weil ihr Leben genau so war, wie es ihr gefiel. Sie bekam drei anständige Mahlzeiten am Tag. Sie hatte im

Hotel sogar eine Auswahl zwischen verschiedenen Gerichten, was in einem Privathaushalt nicht der Fall gewesen wäre. Ihrem Vater und ihrer Mutter gegenüber konnte sie immer geltend machen, daß sie im Hotel Tag und Nacht gebraucht wurde. Als Bardame oder Serviermädchen hätte man vielleicht erwartet, daß sie wieder daheim wohnen würde. Und sie wollte nichts tun, was ihre Ersparnisse schmälern und ihre Zukunftspläne gefährden konnte.
Wenn sie Kinder beaufsichtigte und mit ihnen spazierenging, schlug sie immer den gleichen Weg ein. Sie ging an den Häusern vorbei und dachte daran, welches davon sie kaufen würde, wenn sie das Geld beisammen hatte. Da gab es das kleine Pförtnerhaus, das zum Glen gehörte. Es stand leer. Zwar war es früher bewohnt gewesen, doch jetzt überwucherte der Efeu bereits die Fenster. Das war ihre erste Wahl. Dann gab es noch das kleine Haus in der Nähe von Miss Ross' Häuschen. Es war hellgrau getüncht, aber Maura wollte es rosa anstreichen und Blumenkästen mit roten Geranien links und rechts der Eingangstür anbringen.

Zeit, um mit Freunden zu plaudern, blieb kaum. Nicht, wenn man so eisern sparte wie Maura. Sie ging auch nicht tanzen, denn das kostete Geld, viel Geld. Zuerst einmal mußte man sich etwas zum

Anziehen kaufen, dann mußte man die Busfahrt in die Stadt bezahlen, den Eintritt in den Tanzsaal und die Getränke. Im Nu wären ihre Ersparnisse aufgebraucht gewesen.

Bis zu dem Zeitpunkt, als ihre kleine Schwester Geraldine Shancarrig verlassen und zu ihren anderen Schwestern nach England gehen wollte, war Maura nicht ein einziges Mal tanzen gewesen.

»Komm doch mit, zu meinem Abschied«, hatte Geraldine gedrängt.

»Ich habe nichts anzuziehen.«

Die Schwestern waren all die Jahre, die Maura im Hotel und Geraldine im Büro der Sägemühle gearbeitet hatten, miteinander befreundet geblieben.

»Aber ich habe genug«, hatte Geraldine erwidert.

Das stimmte. In das Zimmer, das sie sich früher geteilt hatten, hätte jetzt kein zweites Bett mehr gepaßt, so viele Kleider lagen herum. Maura staunte.

»Du mußt jeden Penny, den du verdient hast, für Anziehsachen ausgegeben haben«, meinte sie.

»Ach, sei nicht so geizig, Maura. Es gibt nichts Schlimmeres als geizige Frauen«, hatte Geraldine erwidert.

War sie geizig? Das wäre für Maura ein Schreck gewesen, aber sie glaubte es eigentlich nicht. Jede Woche gab sie ihrer Mutter ein Pfund von ihrem Verdienst ab; und wenn sie nach Hause zum Tee ging, brachte sie immer einen Kuchen oder ein halbes Pfund Schinken mit. Und sie hatte Geraldine das Geld fürs Kino geschenkt, solange sie zurückdenken konnte. Sie achtete lediglich darauf, nichts für sich zu verschwenden.

Aber vielleicht war auch das eine Art Geiz.

Sie befühlte die Kleider. Ein grüngelbes Kleid aus changierendem Seidentaft, ein Rock aus rotem Kordsamt, ein Kleid aus schwarzem Satin mit kleinen Straßsteinchen an den Schultern. Es war wie in Aladins Schatzhöhle.

»Haben alle deine Freundinnen solche Kleider?« fragte Maura.

»Catherine Ryan vom Hotel, wo du arbeitest, hat andere. Du weißt schon, so schick geschnittene, die perfekt sitzen und einen regelrecht umhauen. Manche haben so was haufenweise. Wir tauschen ab und zu. Welches willst du haben?«

Maura Brennan wählte das schwarze Satinkleid mit der Straßverzierung und machte sich auf zum Tanz in die große Stadt. In der Damentoilette begutachtete sie sich im Spiegel. Und sie fand, daß sie recht hübsch aussah. Es war zwar schwer zu sagen, was jungen Männern gefiel, aber sie ging eigentlich davon aus, daß man sie zum Tanzen auffordern und nicht als Mauerblümchen in der Ecke stehenlassen würde.

Der erste Mann, der sie aufforderte, war Gerry O'Sullivan, der neue Barkeeper aus Ryan's Hotel.
»Du bist doch nicht etwa das gleiche Mädchen, das ich manchmal hinten in der Hotelküche sehe?« fragte er und streckte ihr die Arme entgegen.
Der Abend verging wie im Fluge. Sie ließen keinen Tanz aus: Samba, Tango, Rock'n'Roll oder die altmodischen Walzer. Maura war völlig verblüfft, als es Zeit für die Nationalhymne war.
»Ich muß meine Schwester und ihre Freundinnen suchen«, sagte sie.
»Och, laß mich nicht stehen. Ich hab mir extra einen Wagen gepumpt«, meinte er.
Gerry O'Sullivan war ein sehr gut aussehender junger Mann, schlank und dunkel. Er hatte schwarze Haare und immer ein Lachen auf den Lippen. Doch sein Angebot war unannehmbar. Die Mädchen hatten zusammengelegt und jede fünf Shilling für die Hin- und Rückfahrt in einem großen Lieferwagen gezahlt.
»Ich sehe dich doch morgen im Hotel«, wollte sie ihn aufmuntern. Aber das tröstete ihn nicht.
»Morgen ist das was anderes, da siehst du wieder aus wie eine Vogelscheuche und leerst die Nachttöpfe«, grummelte er und ging.
Auf dem Heimweg sagte Maura kaum ein Wort.

Geraldines Freundinnen ließen eine Flasche Apfelwein herumgehen, aber sie lehnte ab. Gerry hatte recht: Sie war tatsächlich so angezogen und tat auch, was er gesagt hatte – um ihren Lebensunterhalt zu verdienen.

»Ich schreib dir aus England«, versprach Geraldine. Maura wußte, daß sie das nicht tun würde, genausowenig wie ihre anderen Geschwister.

Als Gerry O'Sullivan Maura ein paar Tage später allein sah, sprach er sie an.

»Ich hab das nur gesagt, weil ich so schrecklich gern noch mit dir zusammensein wollte. Ich hab ein loses Mundwerk, es tut mir leid.« Er sah so gut aus, und er wirkte ehrlich betroffen. Mauras Gesicht hellte sich auf.

»Hat mir nichts ausgemacht«, behauptete sie.

»Du hättest mir aber böse sein müssen. Hör mal, willst du nicht wieder mal tanzen gehen, am Freitag? Ich bring dich hin und wieder zurück. Bitte!« Sie zögerte, denn diesmal hatte sie wirklich nichts anzuziehen. Geraldine hatte ihre Garderobe mit nach England genommen. »Ich werde mich auch den ganzen Abend lang nicht danebenbenehmen«, versprach er mit einem Grinsen. »Und außerdem spielt Mick Delahunty's Show Band, die danach eine ganze Weile nicht mehr hier in der Gegend ist.«

Sie entschied, daß sie das Geld für ein Ausgehkleid von ihren Ersparnissen abzwacken konnte. Die Woche darauf kaufte sie noch eins, dazu Schuhe und eine hübsche Tasche. Wenn sie so weitermachte, ermahnte sie sich, würde sie nie zu einem Haus kommen. Doch eine andere Stimme in ihr hielt dagegen, daß man schließlich nur einmal lebte.
Gerry O'Sullivan schmeichelte ihr, sie sei das hübscheste Mädchen im ganzen Tanzsaal.
»Mach dich nicht lustig über mich«, entgegnete Maura.
»Ich werd's dir beweisen«, meinte Gerry empört. »Ich tanze jetzt nicht mit dir und sehe zu, wie sie sich um dich reißen ...« Bevor Maura etwas erwidern konnte, hatte er sich eins der freien Mädchen geschnappt und tanzte mit ihr davon.
Mit roten Backen trat Maura unsicher zur Seite, doch schon streckten sich ihr aus drei Richtungen Arme und Gesichter entgegen und baten um einen Tanz. Verwirrt lachte sie und nahm den Nächstbesten. Gerry hatte recht. Sie war tatsächlich ein Mädchen, mit dem die Männer gerne tanzten.
»Was hab ich dir gesagt?« flüsterte er ihr später auf dem Rücksitz des Wagens ins Ohr. Der Gedanke, daß andere Männer Maura haben wollten und nicht kriegen konnten, schien ihn zu erregen. Sein Ziel, sie zu besitzen, war in greifbare Nähe gerückt. Ihre

Einwände halfen nichts, und im Grunde wollte sich Maura auch gar nicht wehren.
»Nicht im Wagen, bitte«, flüsterte sie.
»Du hast recht«, meinte er vergnügt. Zu vergnügt eigentlich. Und zog aus seiner Tasche einen Hotelzimmerschlüssel.
»Zimmer elf«, sagte er triumphierend. »Es ist leer. Solange wir kein Licht anmachen, wird uns niemand bemerken.« Voll Vertrauen blickte ihn Maura an.
»Aber ist das denn wirklich in Ordnung?« flüsterte sie.
»Ich werde dich nicht im Stich lassen«, versprach Gerry O'Sullivan.
Sie wußte, daß er die Wahrheit sagte. Und sie erfuhr die Bestätigung dafür, als sie ihm fünf Monate später, nach vielen wunderbaren Zusammenkünften in Zimmer elf und auch in Zimmer zwei, mitteilte, daß sie schwanger war.
»Wir werden heiraten«, sagte er.
Father Gunn war mit ihnen einer Meinung, daß die Hochzeit so schnell wie möglich über die Bühne gehen sollte. Sein Gesichtsausdruck schien kundzutun, daß es bei ihnen auch nicht besser oder schlechter war als in vielen anderen Fällen, in denen er die Trauung ohne Aufschub vorgenommen hatte. Und zumindest war in diesem Fall etwas für ein Haus

angespart, worauf man sonst oft nicht einmal hoffen durfte. Father Gunn sprach mit Miss Ross darüber. »Es hätte schlimmer kommen können, denke ich«, sagte er.

»Sie wird sich in einem armseligen Haus nie wohl fühlen. Sie wollte immer weit weg von den Katen. Ja, sie wollte einmal hoch hinaus«, erwiderte die Lehrerin.

»Nun denn, sie sollte froh sein, daß der Bursche sie heiratet und sie ein Dach über den Kopf kriegt. Das Kind wird ihr die Flausen schon austreiben.« Father Gunn wußte, daß er wie ein strenger alter Pfarrer aus der Zeit vor dreißig Jahren klang, aber er ärgerte sich trotz allem über die Geschichte und hatte keine Lust, sich Märchen über Leute anzuhören, die hoch hinauswollten.

Maura beschloß, bis zum Tag vor ihrer Hochzeit zu arbeiten.

Sie blickte Mrs. Ryan geradewegs in die Augen und überhörte sämtliche Andeutungen, daß sie sich in ihrem Zustand nicht überanstrengen dürfe. Sie sagte, daß sie jeden Penny brauche, den sie verdienen konnte.

Mrs. Ryan wurmte es, daß sie ein fleißiges Dienstmädchen verlor und daß ein gutaussehender Barkeeper eine schlechte Partie machte. Und das aufgrund von Heimlichkeiten, die sich offensichtlich unter ihrem eigenen Dach abgespielt hatten. Sie nahm ihre Tochter Nessa und Catherine noch schärfer ins Visier, damit ihnen nicht ein ähnliches Mißgeschick widerfuhr.

Nessa war ebenso alt wie Maura und in Shancarrig mit ihr zur Schule gegangen. »Was soll ich Maura zur Hochzeit schenken?« fragte sie ihre Mutter.

»Das größte Geschenk ist, darüber hinwegzusehen, und vor allem über den Grund der Veranstaltung«, gab Mrs. Ryan barsch zurück.

Diese Reaktion sorgte natürlich dafür, daß Nessa Himmel und Hölle in Bewegung setzte, um ein hübsches Geschenk aufzutreiben. Sie rief Leo Murphy im Glen an. Maura, die gerade Eimer und Scheuerlappen in die Abstellkammer am Ende des Korridors stellte, schnappte zufällig ein paar Gesprächsfetzen auf.

»Leo, sie war in unserer Klasse! Wir müssen etwas beisteuern. Natürlich ist es eine Mußehe. Was denn sonst? Such du etwas aus, damit sie überhaupt was kriegt. Die arme Maura, sie ist so anspruchslos.«

Das stimmt nicht, überlegte Maura, während sie ihr Putzzeug einräumte. Sie hatte sogar sehr hohe Ansprüche, und bisher waren fast alle ihre Wünsche in Erfüllung gegangen. Sie hatte in Shancarrig bleiben und nicht wie ihre Brüder und Schwestern auswandern wollen – und sie war noch hier. Sie hatte den einzig gutaussehenden Mann, für den sie in ihrem Leben je etwas empfunden hatte, haben wollen – und er hatte sie auch gewollt. Jetzt stand er an ihrer Seite und heiratete sie.

Im Grund hatte sie noch mehr bekommen, als sie erwartet hatte. Sie hatte nicht gedacht, daß sie ein Baby haben würde – und doch war eines unterwegs. Allein der Gedanke daran machte sie glücklich und versetzte sie in freudige Erregung. Er versüßte ihr den Schmerz, den sie wegen ihres zukünftigen Heims empfand.

Aber mit Gerry und einem Baby spielte das sowieso keine Rolle. Leo Murphy und Nessa Ryan schenkten ihr ein kleines Vitrinenschränkchen mit Glastüren.

Nichts hätte Maura eine größere Freude machen können. Immer wieder strich sie über das Holz und sagte, wie hübsch es sich machen würde, wenn sie erst ihre Schätze hineingestellt hätte.

»Hast du schon was zum Reinstellen?« fragte Nessa.

»Nur eine Puppe. Mit Gesicht und Händen aus Porzellan«, antwortete Maura.

»Die wird dem Baby gefallen ...« Leo schluckte. »Falls du mal eins bekommst«, fügte sie hastig hinzu.

»Ach, da bin ich ganz sicher«, erwiderte Maura. »Aber die Puppe ist nichts für ein Baby. Sie ist eine

Kostbarkeit und gehört in ein hübsches Schränkchen.«
Maura konnte sehen, daß die Mädchen ihr Geld gut angelegt fanden; sie war gerührt, wenn sie daran dachte, wieviel das Schränkchen wohl gekostet hatte. Denn da Maura sich in Gedanken seit langem ihr Haus ausmalte, konnte sie Möbel und ihre Preise gut einschätzen. Deshalb wußte sie auch, daß dieses Stück nicht billig gewesen war.
Maura hatte gehofft, daß Geraldine zur Hochzeit aus England kommen würde. Sie hatte ihr sogar das Fahrgeld angeboten, aber keine Antwort erhalten. Es wäre schön gewesen, sie als Brautjungfer zu haben; statt dessen übernahm diese Aufgabe nun Eileen Dunne, die Hochzeiten liebte und bereitwillig bei jedem die Brautjungfer spielte. Und so unverblümt, daß es Maura fast die Sprache verschlug, bot sie an, auch als Patin zu fungieren. Dabei lachte sie laut und herzlich.
Von Gerrys Familie nahm nur sein Bruder als Trauzeuge an der Hochzeit teil. Seine Eltern seien alt und reisten nicht mehr, erklärte er.
Maura fand an ihrem Hochzeitstag nichts auszusetzen, nichts war in ihren Augen bedauernswert oder schäbig.
Als sie sich in der Kirche umblickte, sah sie, wie Nessa Ryan, Leo Murphy, Niall Hayes und Eddie

Barton ihr zulächelten. Maura war die erste ihrer Klasse, die heiratete, und die anderen schienen der Ansicht zu sein, daß sie eine Art Rennen gewonnen habe und nicht etwa, daß sie durch eine frühzeitige Schwangerschaft in eine Zwangslage geraten war. Als sie dann zu Johnny Finn gingen, um etwas zu trinken, erschien Mr. Ryan aus dem Hotel mit einer ganzen Hand voll Geldscheine, um der Gesellschaft eine Runde zu spendieren. Er sagte, er sei gekommen, um ihnen im Namen aller aus dem Hotel Glück zu wünschen.

Es fiel kein Wort über Eile oder Schande oder dergleichen. Selbst Mauras Vater benahm sich für seine Verhältnisse beinahe würdevoll. In dieser Woche vertrug er sich glücklicherweise mit Foxy Dunnes Vater, und so saßen die beiden einträchtig Arm in Arm in einer Ecke und sangen in schrägen Tönen. Wäre die Hochzeit in eine der Wochen gefallen, in denen sie sich bekriegten, wäre das schrecklich gewesen – sie hätten sich den ganzen Nachmittag Beleidigungen an den Kopf geschmissen.

Auch Father Gunn und Father Barry waren anwesend; sie lächelten und unterhielten sich mit den Gästen – wie bei jeder normalen Hochzeitsgesellschaft.

Für Maura war ihr Hochzeitstag genau so, wie sie ihn sich erträumt hatte, damals in der Schule oder

wenn sie in Frauenzeitschriften blätterte. Sie hatte nur Augen für Gerry O'Sullivan an ihrer Seite, der sie anlächelte und versprach, daß alles einfach wunderbar sein würde.
Und eine Zeitlang war es auch so.
Maura hörte auf, im Hotel zu arbeiten. Mrs. Ryan schien das lieber zu sein; vielleicht befürchtete sie peinliche Zwischenfälle, jetzt, da Maura die Gattin eines beliebten Barkeepers und nicht mehr einfach nur das Mädchen von den Katen war, das Böden schrubbte und Kartoffeln schälte. Doch Maura fand eine Menge zu tun: Sie arbeitete ein paar Stunden hier und ein paar Stunden dort. Und als nicht mehr zu übersehen war, daß sie ein Kind erwartete, klagten viele ihrer Arbeitgeber, ohne sie buchstäblich verloren zu sein. Besonders Mrs. Hayes, die Maura ursprünglich nicht hatte haben wollen, versuchte sie zu halten.
»Vielleicht kann ja Ihre Mutter auf das Kind aufpassen, und Sie gehen weiter arbeiten?« fragte sie hoffnungsvoll.
Maura hatte nicht die Absicht, ein Kind im gleichen Haus groß werden zu lassen, in dem sie aufgewachsen war, in dem sich keiner für sie interessiert oder ihr Liebe entgegengebracht hatte. Aber inzwischen wußte Maura, daß man im Leben nichts übereilen sollte. »Vielleicht«, antwortete sie deshalb

Mrs. Hayes und auch den anderen. »Warten wir's ab.«
Es schien ziemlich lange zu dauern, bis das Baby endlich da war. Maura saß abends allein in ihrer kleinen Kate, und manchmal hörte sie, wie damals als Kind, ihren Vater betrunken nach Hause torkeln. Sie polierte das kleine Schränkchen, nahm die Puppe heraus und tätschelte ihren immer runder werdenden Bauch.
»Bald wirst du sie bewundern können«, sagte sie zu ihrem ungeborenen Kind.

Dr. Jims sagte ihr, was mit ihrem Baby los war. Ihr kleiner Sohn litt am Down-Syndrom. Er war mongoloid. Aber er würde gesund sein und liebenswert und ein erfülltes, glückliches Leben haben.
Und Father Gunn war es, der ihr mitteilte, was mit Gerry los war. Er war von der Kate zur Kirche gekommen und hatte dem Priester gesagt, er gehe weg. Er hatte sich im Hotel seinen Lohn auszahlen lassen: Sein Vater sei gestorben, und er brauche ein paar Tage Urlaub, um zur Beerdigung zu fahren. Aber Father Gunn hatte er gestanden, daß er das Schiff nach England nehmen würde.
Nichts hatte ihn umstimmen können.
Maura blieb für immer im Gedächtnis, wie Father Gunns dicke runde Brillengläser gefunkelt hatten,

als er es ihr sagte. Sie wußte nicht, ob Tränen in seinen Augen standen oder es nur eine Lichtspiegelung war.

Die Leute waren nett zu Maura, sehr nett sogar. Maura sagte sich oft, daß sie nichts Besseres hätte tun können, als in Shancarrig zu bleiben. Man stelle sich nur vor, all das wäre in einer großen Stadt in England passiert, wo sie niemanden kannte. Hier begegnete ihr jedermann mit einem freundlichen Gesicht.

Und dann hatte sie natürlich Michael.

Niemand hatte ihr gesagt, wie sehr sie ihn lieben würde, weil niemand das hatte wissen können. Maura hatte nie ein liebenswerteres Kind gesehen. Er wuchs heran, und sie platzte fast vor Stolz. Alles, was er lernte, jeder neue Handgriff – zum Beispiel das Hemd zuknöpfen –, bedeutete eine riesige Hürde für das Kind. Und bald war der Anblick der beiden, wie sie Hand in Hand gingen, in Shancarrig jedem vertraut.

»Ja, wer bist du denn«, fragten die Leute oft herzlich, auch wenn sie es genau wußten.

»Das ist Michael O' Sullivan«, antwortete Maura dann stolz.

»Ich bin Michael O' Sullivan«, piepste auch er und umarmte manchmal denjenigen, der gefragt hatte.

Wer wollte, daß Maura ins Haus kam und saubermachte, mußte auch Michaels Anwesenheit in Kauf nehmen. Und während sie Tag für Tag von Arbeitsstelle zu Arbeitsstelle zogen, zeigte Maura ihrem Sohn die Häuser, die ihr gefielen – das kleine Pförtnerhaus am unteren Ende der langen Auffahrt zum Glen, wo Efeu und Nesseln wucherten, und das andere in der Nähe von Miss Ross' Haus, das sie rosarot streichen lassen würde, falls sie es einmal kaufte.

Abends nahm Maura die Puppe mit dem Gesicht und den Händen aus Porzellan aus dem Schränkchen sowie die zwei Tassen mit Untertassen, die sie von Mrs. Ryan bekommen hatte.

Außerdem war noch ein kleiner Silberteller darin, auf seiner Rückseite stand »ENPS«. Den hatte ihr Eileen Dunne, die Patin, zu Michaels Taufe geschenkt. Eileen hatte gesagt, das heiße, daß er nicht aus echtem Silber sei, doch weil S für Silber stand, fand Maura, daß ihm ein Platz in dem Schränkchen zustand. Und dann war da noch eine Uhr, die einst Gerry gehört hatte. Sie ging zwar nicht, aber vielleicht konnte man sie eines Tages reparieren lassen und an einer Uhrkette tragen. Wenn Michael erwachsen war, besaß er dann die Uhr seines Vaters.

Die meisten Leuten hatten rasch vergessen, daß Michael je einen Vater gehabt hatte; die Erinnerung an

Gerry O'Sullivan verblaßte. Und selbst Maura erinnerte sich nur noch verschwommen an ihn. Ganze Tage vergingen, an denen sie nicht an den gutaussehenden jungen Mann mit den dunklen Augen dachte, der zwar Manns genug gewesen war, sie zu heiraten, doch dann nicht tapfer genug, um bei ihr und ihrem behinderten Kind zu bleiben. Sie hatte ihn nie dafür gehaßt, ja manchmal bedauerte sie ihn sogar. Denn er kannte weder die Umarmungen noch die große Liebe seines Sohnes Michael, der sich zwar körperlich großartig entwickelte, ansonsten aber keine großen Fortschritte machte.
Es hatte im Ort durchaus Männer gegeben, die Maura begehrlich ansahen und mit ihr ausgehen wollten; aber sie hatte ihnen immer gesagt, daß sie nicht frei sei und deshalb keine Einladung annehmen könne. Schließlich hatte sie einen Mann in England, daher kam so etwas für sie überhaupt nicht in Frage.
An ihrem Traum hatte sich nichts geändert: ein anständiges kleines Haus, nicht eine dieser halbverfallenen Katen, in denen sie aufgewachsen war, in denen es keine Hoffnung und keine Aussicht auf eine bessere Zukunft gab und denen sie seit je hatte entfliehen wollen.

Dann kamen die Darcys nach Shancarrig. Sie kauften ein kleines Lebensmittelgeschäft, wie das von

Nellie Dunne, führten dort aber alle möglichen neumodischen Artikel. Die Welt veränderte sich, selbst in Shancarrig. Mike und Gloria Darcy waren neue Gesichter, die frischen Wind ins Dorf brachten. Niemand hatte je eine Frau namens Gloria kennengelernt, und sie machte ihrem Namen alle Ehre. Sie hatte dichte schwarze Locken wie eine Zigeunerin, und sie war sich ihres Aussehens offensichtlich bewußt, denn oft trug sie ein rotes Tuch um den Hals und einen weiten bunten Rock, als wollte sie jeden Moment einen Zigeunertanz beginnen.

Mike Darcy war ein unbekümmerter Mann und kam mit jedem gut aus, selbst mit der alten Nellie Dunne, die ihn als Konkurrenz betrachtete. Er hatte für jeden, den er auf der Straße traf, ein Lächeln und ein paar freundliche Worte. Mrs. Ryan im Hotel fand zwar zuerst, die Darcys seien ein bißchen zu exotisch für Shancarrig, aber als ihr Mike anbot, auf dem Markt für sie einzukaufen, änderte sie rasch ihre Meinung.

Sie freue sich, daß endlich ein bißchen Leben nach Shancarrig gekommen sei, sagte sie nun; und es dauerte nicht lange, bis sie die Fassade des Hotels frisch streichen ließ, damit es sich neben der neuen Schaufensterfront der Darcys nicht zu genieren brauchte. Mikes Bruder, Jimmy Darcy, war zusammen mit dem Ehepaar nach Shancarrig gekommen.

Er war Maler, und Mrs. Ryan behauptete, daß selbst die schwerfälligen Burschen aus den Katen, die, wenn sie Lust dazu hatten, selbst gelegentlich den Pinsel schwangen, Jimmy für einen soliden Handwerker hielten. Mike und Gloria hatten zwei Kinder, dunkelhaarige Rabauken, die in der Schule allerlei Streiche ausheckten.

Maura wartete nicht erst ab, ob der Ort die Darcys willkommen hieß oder nicht; sie stand bei ihnen vor der Tür, kaum daß die neuen Dorfbewohner eingetroffen waren.

»Sie werden sicher jemanden brauchen, der Ihnen bei der Arbeit hilft«, sagte sie zu Gloria.

Gloria musterte das runde, eifrige Gesicht von Michael an der Hand seiner Mutter. »Können Sie sich denn freimachen?« fragte sie.

»Michael wird mitkommen. Er ist die beste Hilfe, die Sie sich nur vorstellen können«, antwortete Maura, und Michael strahlte bei dem Lob.

»Ich weiß nicht recht, ob wir wirklich jemanden brauchen ...«, meinte Gloria höflich, aber vage.

»Sie werden bestimmt jemanden brauchen, aber lassen Sie sich ruhig Zeit. Erkundigen Sie sich nach mir. Ich heiße Maura O'Sullivan, Mrs. Maura O'Sullivan.«

»Gut, in Ordnung, Mrs. O'Sullivan ...«

»Sie brauchen nicht Mrs. zu mir sagen. Ich wollte

Ihnen damit nur sagen, daß ich verheiratet bin, weil Sie doch neu hier sind. Michaels Vater lebt in England. Nennen Sie mich Maura, wenn ich bei Ihnen arbeite.«

»Und mich Michael«, sagte der Junge und schlang seine Arme um Glorias schmale Taille.

»Ich brauche mich nicht zu erkundigen. Wann können Sie anfangen?«

Die Darcys zahlten besser als alle anderen im Ort. Überhaupt schienen sie über unbegrenzte Geldressourcen zu verfügen. Die Kleider der Kinder waren von ausgesuchter Qualität, ihre Schuhe neu und nicht geflickt. Sie besaßen teure Möbel, allerdings nicht aus dem schönen alten Holz geschreinert, das Maura so gerne polierte, sondern elegante, moderne Stücke. Sie kannte die Preise all dieser Dinge von ihren Fahrten in die Stadt, wenn sie durch die Läden bummelte und sich die Traumeinrichtung für das Haus aussuchte, das sie einmal kaufen wollte.

In ihrer Kate stand kaum etwas, was der Rede wert gewesen wäre. Denn Maura bewahrte ihr kleines, nur langsam wachsendes Guthaben auf für die Zeit, wenn sie in das Haus ihrer Wahl ziehen würde. Das Schränkchen mit den Glastüren und seinen spärlichen Schätzen war der einzige Hinweis auf das kultivierte Leben, das sich Maura erträumte. Der

Rest ihrer Einrichtung bestand aus Kisten und ausgemusterten Möbeln.
Die Darcys waren viel herumgekommen. Maura staunte, wie schnell sich die Kinder eingewöhnten. Und sie hatten ein weiches Herz. Es gefiel ihnen nicht, wenn sie sahen, daß Michael ihre Schuhe putzte. »Das braucht er doch nicht, Missus«, sagte Kevin Darcy mit seinen neun Jahren.
»Aber ich kann das doch so gut«, wandte Michael ein.
»Mach dir keine Sorgen, Kevin. Schuheputzen gehört zu meinen und Michaels Aufgaben. Wir bitten dich lediglich, in deinem Zimmer nicht alles auf dem Boden liegen zu lassen, damit wir uns nicht dauernd bücken und alles aufheben müssen.«
Es klappte. Gloria Darcy erzählte, daß Maura und ihr Sohn es geschafft hätten, ihren Rangen Manieren beizubringen, was bisher niemandem gelungen war.
»Ist das nicht schwer für Sie, Mam, immer wieder umzuziehen?« Gloria sah Maura an. »Nein, es ist sehr interessant. Man lernt neue Leute kennen, und wir verbessern uns jedesmal. Wir verkaufen unseren Laden immer mit Gewinn und ziehen dann weiter.«
»Werden Sie denn auch von hier wieder wegziehen?« Maura war enttäuscht. So viele Arbeitsstunden und eine so gute Bezahlung wie bei den Darcys

würde ihr sonst niemand bieten. Aber Gloria Darcy verneinte; jedenfalls nicht in absehbarer Zukunft, meinte sie. Vorerst wollten sie in Shancarrig bleiben, damit die Kinder ein bißchen Bildung bekamen, ehe sie erneut umgesiedelt wurden.

Und das Geschäft lief glänzend. Die Darcys bauten an das ursprüngliche Gebäude an und erweiterten das Warenangebot. Nun mußten die Leute kaum noch in die Stadt fahren, wenn sie etwas brauchten. Man bekam fast alles bei den Darcys.

»Ich weiß beim besten Willen nicht, woher sie das Geld dazu nehmen«, sagte Mrs. Hayes eines Tages zu Maura. »Sie können mit ihrem Kram doch gar nicht soviel verdienen. Und dann auch noch so zu protzen, also wirklich.«

Maura erwiderte nichts darauf. Ihrer Meinung nach zählte Mrs. Hayes zu der Sorte Ehefrauen, die Glorias tief ausgeschnittene Blusen ebenso mißbilligten wie ihre kokette Art, mit Männern umzugehen.

Ungefähr um diese Zeit allerdings bekam Maura mit, daß es im Haushalt der Darcys finanzielle Probleme gab. Plötzlich trafen Rechnungen und Mahnungen ein. Und Mike Darcy wurde laut am Telefon. Gleichzeitig schenkte er Gloria jedoch teuren Schmuck, der in Shancarrig schon bald Gesprächsthema war.

»Sie treibt mich in den Bankrott«, sagte er zu jedem,

der den Laden betrat. »Komm her, Gloria, zeig ihnen deinen Smaragd.« Lachend schwenkte Gloria den Smaragd an ihrer Halskette. Er stammte von einem Juwelier in der Stadt, und sie hatte sich schon immer einen gewünscht. Genau wie die kleinen Diamantohrringe. Sie waren so klein, daß sie eigentlich nur wie glitzernde Pünktchen aussahen, aber allein der Gedanke, daß es sich um echte Diamanten handelte, ließ Gloria vor Freude zittern.

Shancarrig nahm all das bewundernd zur Kenntnis. Und die Darcys prahlten nicht etwa mit Tinnef. Nessa Ryan hatte sich in der Stadt erkundigt: Die Sachen waren tatsächlich echt. Die Darcys waren eben Neureiche, die etwas wagten und beim Geldausgeben keine Hemmungen kannten. Mehr oder weniger neiderfüllt wünschten die Einwohner von Shancarrig ihnen Glück.

Jedes Jahr kamen die Kesselflicker auf ihrem Weg zu den Galway-Rennen durch Shancarrig. Allerdings übernachteten sie nicht im Dorf, sondern etwas außerhalb. Und Maura staunte, wie sehr Gloria der Hollywood-Version einer Zigeunerin glich und wie wenig Ähnlichkeit sie mit dem echten fahrenden Volk hatte. Denn die Kesselflickerfrauen wirkten müde und vom Wetter gegerbt, sie hatten auch nicht die blitzenden Augen oder die bunte Tracht einer Gloria Darcy, und ganz bestimmt keine echten Diamanten in den Ohrläppchen oder Smaragde um den Hals.

Doch in diesem Jahr ging das Gerücht, daß eine von ihnen wohl solche Schmuckstücke tragen müsse, weil genau zu dem Zeitpunkt, als sie vor dem Dorf kampierten, Gloria Darcys Juwelen gestohlen wurden.

Jetzt war in Shancarrig die Hölle los. Es konnten nur die Kesselflicker gewesen sein!

Sergeant Keane leitete die Ermittlungen, und er verursachte eine Menge böses Blut. Nichts wurde gefunden. Keiner wurde verhaftet. Und alle waren zutiefst empört. Man verhörte sogar Michael, ob er denn etwas beobachtet und was er bei seinen Besuchen im Haus der Darcys alles angefaßt habe.

Es war eine schreckliche Zeit in Shancarrig; noch nie hatte es hier einen Diebstahl wie diesen gegeben.

Aber es hatte hier auch noch nie etwas Derartiges zu stehlen gegeben.

Viele schüttelten bedenklich den Kopf und brachten ihre Mißbilligung mehr oder weniger offen zum Ausdruck. Die Darcys hätten mit dem Schmuck eben nicht so ordinär herumprahlen sollen; das machte andere Leute neidisch und führte sie in Versuchung.

Doch wie hatten die Zigeuner davon erfahren? Sie hatten nur vor dem Dorf kampiert. Ihnen war der funkelnde Smaragd an Glorias Halskette nicht vorgeführt worden.

»Tut mir leid, wenn die Polizisten Michael erschreckt haben«, sagte Gloria zu Maura.

»Keine Sorge, Sergeant Keane hat Michael schon gekannt, als er noch in der Wiege lag. Er macht ihm keine angst«, erwiderte Maura. »Aber Sie tun mir leid, Mrs. Darcy. Ihnen war der Schmuck doch so wichtig. Er wird Ihnen fehlen.«

»Ja schon … aber schließlich gibt es ja Geld von der Versicherung«, meinte Gloria. Sie würden allerdings keine neuen Smaragde und Diamanten kaufen, sagte sie. Vielleicht würden sie damit den Anbau bezahlen, neue Stromleitungen legen lassen und noch mehr Waren einkaufen.

Maura erinnerte sich an die Gesprächsfetzen, in denen es darum gegangen war, wie man den Bautrupp bezahlen sollte. Dann dachte sie an die Zahlungsschwierigkeiten, die sie glaubte beobachtet zu haben. Wahrscheinlich war das Geld von der Versicherung für die Darcys im Moment genau das, was sie brauchten.

Ja, man könnte sagen, daß es beinahe ein Geschenk des Himmels war!

Seit je war Maura es gewohnt, ihre Meinung für sich zu behalten. Sie hatte mitbekommen, wie ungut sich die mangelnde Verschwiegenheit ihrer Familie für sie und andere ausgewirkt hatte: Ihr Vater brüstete sich auch noch mit dem letzten Tratsch, den er irgendwo aufgeschnappt hatte; ihre Mutter versuchte, ein Familienmitglied gegen das andere auszuspielen.

Deshalb behielt Maura das meiste für sich.

Sie hatte im Lauf der Jahre schon mehrmals vermutet, daß der Umschlag, den ihr Father Gunn alljährlich zu Weihnachten überreichte, nicht, wie er behauptete, von Gerry O'Sullivan stammte, der angeblich ohne feste Adresse in England lebte, sondern von ihm selbst. Doch nie äußerte sie Father Gunn gegenüber diesen Verdacht. Statt dessen dankte sie ihm jedesmal, daß er den Briefträger spielte.

Manchmal fragte sie sich schon, warum sie so schweigsam und verschlossen geworden war. Denn als Kind war sie durchaus offenherzig gewesen und hatte mit jedermann gesprochen. Vielleicht lag es einfach an dieser Geschichte mit Gerry und daran, daß sie für Michael dasein mußte. Und daran, daß sie eigentlich nie einen echten Freund gehabt hatte, mit dem sie hätte reden können.

Der Juwelenraub blieb nur kurze Zeit Gesprächsthema Nummer eins. Schon bald redeten die Leute nicht mehr darüber, denn sie hatten andere Dinge im Kopf.

In Shancarrig war ständig etwas los. Maura konnte gar nicht begreifen, warum man das Dorf als verschlafen und hinterwäldlerisch bezeichnete. Nur Menschen, die es nicht kannten, konnten das denken. Maura und Michael halfen in der Theatergruppe, und seit Biddy, die im Glen arbeitete, mit dem Tanzen angefangen hatte – und sich so hineinsteigerte, daß man sie praktisch nicht mehr von der Bühne zerren konnte –, gab es einmal wöchentlich eine Aufführung. Und dann die Sache mit Father Barry, dem es gar nicht gutging und der dann zu den Missionaren abgereist war.

Außerdem war da noch Richard, der gutaussehende Cousin von Niall Hayes, der ins Terrace gezogen war und etliche Herzen gebrochen hatte – vor allem Nessas –, und Maura vermutete, daß es auch zwischen ihm und Mrs. Darcy gefunkt hatte, obwohl sie das nie auch nur mit einer Silbe erwähnt hätte. Allerdings machte Nellie Dunne entsprechende Andeutungen, und so verbreitete sich das Gerücht im ganzen Ort. Zudem hatte Eddie Barton mit seiner unerwarteten Liebesgeschichte allen die Augen über sich geöffnet, und auch, was Foxy Dunne in London trieb, war es immer wert, daß man kurz verweilte und sich darüber unterhielt. Es gab eine Menge, was die Menschen in Shancarrig von verschwundenen Smaragden und Diamanten ablenkte.

Maura O'Sullivan und ihr Sohn Michael zogen von Haus zu Haus. Da war das Bügeln für Miss Ross, deren Gesicht allmählich Falten bekam und die ihrer alten Mutter immer ähnlicher wurde; dann mußte das Silber für Mrs. Hayes poliert werden, und am Samstag waren sie zwei Stunden bei Mrs. Barton. Aber hauptsächlich arbeiteten sie bei den Darcys.
In einem Haushalt mit zwei Jungen gibt es eine Menge zu tun, vor allem wenn die Eltern fast nie den Weg aus dem Geschäft nach Hause finden. Und Maura wartete nicht, bis sie zu etwas aufgefordert wurde. Sie folgte ihrem Plan, der ihrer täglichen Routine entsprang.
So war sie gerade dabei, das elterliche Schlafzimmer sauberzumachen, als sie den Schmuck fand. Er lag in einer großen, runden Hutschachtel auf dem Kleiderschrank. Zuerst hatte Maura Zeitungspapier auf dem Boden ausgelegt, um den herunterfallenden Schmutz aufzufangen, und dann den Schrank oben abgestaubt. Dabei fiel ihr eine bessere Methode ein, die Koffer zu stapeln, aber sie mußte sie dafür erst herunterholen. Michael war zur Stelle, um sie ihr abzunehmen. Und nur, weil es in der Hutschachtel klapperte, machte Maura sie auf. Denn es klang, als ob ein großer Stein darin wäre, und was immer es auch sein mochte, sie wollte nicht, daß es herausfiel.

In der Schachtel lag ein roter Seidenschal, in den zwei kleine schwarze Samttäschchen gewickelt waren.
Michael sah, wie seine Mutter innehielt, und streckte die Arme hoch, um ihr zu helfen.
»Du fällst doch nicht herunter, oder?« fragte er ängstlich.
»Nein, mein Liebling.« Maura kletterte vom Stuhl und setzte sich aufs Bett. Ihr Herz klopfte wild.
Es war mehr als unwahrscheinlich, daß sie die verloren geglaubten und so innig betrauerten Juwelen zufällig gefunden hatte. Und es würde auch keine Freudenschreie geben, wenn die Schmuckstücke wieder auftauchten, denn dann mußte ja die Versicherungssumme zurückerstattet werden.
Genausowenig waren die Schmuckstücke zufällig in der Hutschachtel gelandet. Der Tathergang war unzählige Male geschildert worden. Der Smaragd an der Kette hatte in einer Schachtel auf dem Schreibtisch gelegen, neben den kleinen Ohrringen in ihrer schwarzen Samttasche. Von dem Zimmer, in dem der Schreibtisch stand – dem Wohnzimmer –, führten zwei Glastüren in den Garten hinaus. Ein leichtfüßiger Zigeunerjunge hätte hinein- und hinausschlüpfen können, ohne daß ihn irgend jemand bemerkt hätte.
So erzählte man sich die Geschichte.

In der ganzen Zeit, die Maura hier nun schon putzte, hatte sie kein einziges Mai beobachtet, daß in der Hutschachtel Wertsachen aufbewahrt wurden. Niemand legte Schmuck in diese Schachtel und vergaß ihn dann.

»Warum sagst du nichts?« wollte Michael wissen.

»Ich versuche nachzudenken«, antwortete sie und legte ihm den Arm um die Schulter.

Sie saß wohl lange Zeit so da – das gelbe Staubtuch in der Hand, die Füße auf dem ausgelegten Zeitungspapier, ihren Sohn fest im Arm.

An diesem Abend legte Maura die beiden kleinen Samttäschchen in ihr Schatzkästlein, die Vitrine. Sie mußte die Sache sehr klug einfädeln. Auf keinen Fall durfte sie einen Fehler machen und mit dieser sensationellen Entdeckung am Ende doch noch den kürzeren ziehen.

Wochen verstrichen, ehe sie die verschwundenen Juwelen zur Sprache brachte. Sie wartete, bis sie mit Gloria allein im Haus war. Michael spielte draußen mit den Hühnern.

»Ich hab mir Gedanken gemacht, Mam, Mrs. Darcy … was würde denn passieren, wenn jemand, sagen wir mal, Ihre Smaragdkette finden würde … von den Zigeunern in eine Hecke geschmissen, zum Beispiel?«

»Was wollen Sie damit sagen?« fragte Gloria in scharfem Ton.
»Nun, nachdem Sie doch hier die ganzen Renovierungen gemacht haben … und Sie sind ja jetzt auch daran gewöhnt, die Kette nicht mehr um den Hals zu haben und so … wäre es dann nicht dumm, wenn sie wieder auftauchen würde?«
»Sie taucht nicht wieder auf. Die Kerle haben sie inzwischen für einen guten Preis verkauft, da können Sie sicher sein.«
»Aber wo kann man denn so was verkaufen? Wenn man das zu einem Juwelier bringt, Mrs. Darcy, weiß er dann nicht gleich, daß es Ihre Kette ist, die man gestohlen hat? Er würde doch die Polizei rufen, anstatt Geld dafür zu zahlen.«
»Diese Bande kommt überall in der Welt herum. Sie können es in ein Geschäft gebracht haben, das weit von hier entfernt ist.«
Darauf herrschte Stille.
Schließlich sagte Gloria: »Und die Sachen sind sowieso nicht wieder aufgetaucht.«
»Ach, wissen Sie, ich träume immerzu, Mrs. Darcy. Und ich komme an vielen Hecken vorbei, ich habe schon oft was gefunden … was würde passieren, wenn ich die Sachen finden würde?«
»Ich weiß nicht, was Sie meinen.«
»Nun, angenommen, ich würde sie finden, soll ich

sie dann zu Sergeant Keane bringen und ihm sagen, wo ich sie herhabe, oder soll ich sie besser zu Ihnen bringen?«

Glorias Augen verengten sich.

Maura sah, wie sie kurz zur Treppe sah, als wollte sie nach oben rennen und in der Hutschachtel nachsehen.

»Ach, das ist ja nur leeres Gerede«, meinte Gloria Darcy schließlich. »Aber falls Sie wirklich etwas finden, wäre es wohl das beste, wenn Sie es mir geben und keinen Wind darum machen würden. Denn – wie Sie schon gesagt haben – das Geld von der Versicherung kam uns damals mehr zupaß als die Juwelen.«

»Und was wäre mit einer Belohnung?« fragte Maura beharrlich.

»Nun, das müßten wir überlegen.«

Maura ging hinaus zu den Hühnern, um Michael zu suchen. Doch bevor sie die Tür hinter sich schloß, hielt sie kurz inne und horchte, wie Gloria Darcy die Treppe hinaufrannte und die Koffer zu Boden polterten.

Niemand verlor mehr ein Wort darüber.

Anderen hätte das nun folgende Schweigen mehr zu schaffen gemacht als Maura. Doch nachdem sie ihr Leben lang ihre Gedanken und Ansichten für sich behalten hatte, bedrückte es sie jetzt nicht sonderlich, weiterhin für die Darcys zu arbeiten, obwohl den beiden offensichtlich nicht wohl in ihrer Haut war. Mit besorgten Gesichtern schlichen sie um Maura herum.

Auf einmal boten sie Maura Tee an, auch wenn sie gerade mitten in der Arbeit steckte. Oder sie kamen mit Geschenken für Michael aus dem Laden. Doch Maura sagte, Michael solle nicht das Gefühl bekommen, der Laden sei ein Schlaraffenland, in das er nur hineinzuspazieren brauchte und sich jeden beliebigen Schokoladenriegel nehmen konnte. Das wäre nicht gut für ihn – sie hatte so viel Zeit damit verbracht, ihm beizubringen, was ihm gehörte und was nicht.

Während sie das sagte, schaute sie Gloria und Mike Darcy direkt ins Gesicht. Die beiden waren völlig verblüfft.

Es war Gloria, die schließlich den ersten Schritt wagte.

»Erinnern Sie sich, daß Sie mal gesagt haben, Sie wären gut darin, Sachen zu finden, Maura?«

»Ja, stimmt. Ich habe zum heiligen Antonius gebetet, damit sich der gute Füller von Mr. Darcy wiederfindet. Und ist er nicht aus der Ecke gerollt, wo wir die Tabletts gestapelt haben?« Maura war stolz und höchst zufrieden, daß sie mit ihren Gebeten so erfolgreich war.

»Ich dachte an etwas, was Sie mal gesagt haben … und in unserem Geschäft … nun, da lernt man eine Menge Leute kennen. Wenn Sie nun diejenige wären, die etwas von dem findet, was die Zigeuner damals gestohlen haben …?«

»Ja, Mrs. Darcy?«

»Wüßten Sie dann, was Sie damit tun sollen …?«

»Nein, das weiß ich nicht. Und ich habe lange darüber nachgedacht.«

»Tja, wissen Sie, die Versicherungssumme ist ausbezahlt, und wir haben damit unseren Laden verschönert und Leuten Arbeit gegeben – auch Ihnen, hier im Haus.« Maura legte den Kopf schief und wartete. »Wenn die Sachen nun also wieder auftauchen und Sie sie mir geben würden, könnte ich sie verkaufen und Ihnen etwas von dem Erlös abgeben …« Ihre Stimme wurde immer stockender.

»Aber wenn ich wüßte, wo man es verkaufen kann, würde ich eine Menge Geld dafür kriegen. Sie haben ja schon die Versicherungssumme eingesteckt, das haben Sie selbst gesagt. Sie wollen doch nicht zweimal für das gleiche kassieren … das wäre nicht richtig.«

»Aber wäre es denn richtig, wenn Sie alles bekommen würden?«

»Wenn ich die Sachen in einer Hecke finden würde –

oder sonstwo –, dann gehören sie praktisch mir, stimmt's?«
»Aber das nützt Ihnen nichts, wenn Sie nicht wissen, wo Sie die Sachen verkaufen können.«
Das war der springende Punkt. Das wußten sie beide.
»Ich fahre nächste Woche in die Stadt, Mrs. Darcy.«
»Wegen der Weihnachtseinkäufe. Ja, natürlich.«
»Ich kriege ja diesen Umschlag von Michaels Vater, durch Father Gunn. Ich gebe alles aus, was drin ist …«
»Ja, ich weiß.«
»Und ich hab gedacht, angenommen, ich finde den Schmuck bis dahin, dann könnte ich vielleicht den Smaragd an der Kette verkaufen und Ihnen die Diamanten zurückgeben, für Ihre Mühe, daß Sie mich gleich zur richtigen Adresse schicken, und dann …«
Sie ließ den Rest des Satzes unausgesprochen im Raum stehen.
»Ja, das wäre wohl am besten«, räumte Gloria mit grimmigem Gesicht ein.

Niall Hayes war überrascht, als er hörte, daß eine Mrs. O'Sullivan ihn zu sprechen wünschte. Normalerweise verlangten die Leute seinen Vater, Mr. Hayes senior, den sie, wie er wußte, den »richtigen Anwalt« nannten.

Noch überraschter war er, als er sah, daß es sich um Maura Brennan aus den Katen handelte. Er begrüßte sie und ihren Sohn in seinem Büro – man kannte die beiden in Shancarrig nur als unzertrennliches Paar.

»Wie geht's dir denn so, Maura?« fragte er herzlich wie immer – ganz im Gegensatz zu seiner schnippischen, überheblichen Mutter.

»Es könnte nicht besser sein, Niall«, antwortete sie. »Wir hatten Glück. Michaels Vater schickt uns an Weihnachten immer ein bißchen was zur Unterstützung, und diesmal konnte er uns sehr viel mehr schicken als sonst.«

»Oh, gut, sehr gut.« Niall wußte nicht, worauf das Gespräch hinauslaufen sollte.

»Und weißt du, was wir uns wirklich am meisten wünschen, Niall? Du kennst doch das Häuschen an der Pforte zum Glen?«

»Ja, sicher. Es steht zum Verkauf.«

»Ich möchte es kaufen, für mich und Michael. Würdest du das für uns in die Hand nehmen?«

Niall zögerte. Woher hatte Maura so viel Geld, daß sie sich ein solches Haus kaufen und herrichten konnte?

»Ich werde mit Leo sprechen«, sagte er.

»Nein, besprich es mit mir. Sag mir, was ein guter Preis ist. Gut für mich und gut für sie.«

Solche Geschäfte waren ganz nach Niall Hayes' Geschmack. Leider gab es davon viel zu wenige. Die Leute veränderten sich, ebenso ihre Einstellung. Jeder war auf Schnäppchen aus.

Er tätschelte Mauras Hand. Er versprach, die Sache für sie zu regeln.

Dem guten Father Gunn erzählte Maura, daß Michaels Vater ihnen dieses Jahr eine riesige Summe geschickt habe: viel, viel mehr als sonst. Falls der Priester überrascht war, ließ er es sich zumindest nicht anmerken.

»Aber ich glaube, das war das letzte Mal, daß er uns etwas geschickt hat, Father.« Sie blickte dem Priester durch die dicken Brillengläser in die Augen. »Sie werden an Weihnachten wohl keine Umschläge mehr für mich kriegen.«

Lange blickte er ihnen nach, wie sie die Straße hinuntergingen, Maura und Michael, zukünftige Hauseigentümer, die in Kürze ihr Traumdomizil beziehen, streichen, einrichten und mit ihren Schätzen füllen würden.

Irgendwann würde er die Welt wahrscheinlich überhaupt nicht mehr verstehen.

Eddie Barton

Eddie Barton hatte nur alle vier Jahre Geburtstag, was höchst ungewöhnlich war. Tatsächlich glaubte er sogar, er sei auf der ganzen Welt der einzige Mensch in einer derartigen Situation. Erschüttert mußte er erfahren, daß auch andere Kinder an diesem Tag geboren waren. Erst im Alter von zehn Jahren begriff er es richtig – bis dahin hatte er sich für einzigartig gehalten.

Miss Ross, die nette Lehrerin, hatte genau erklärt, was es mit den Schaltjahren auf sich hatte. Und Mr. Kelly hatte Eddie einen gewaltigen Schreck eingejagt mit der Bemerkung, wenn eine Frau einem am neunundzwanzigsten Februar einen Heiratsantrag mache, dürfe man ihn nicht ablehnen, auch wenn es die schrecklichste, gräßlichste Frau sei, die man sich vorstellen konnte. Zwar hatte Mr. Kelly dabei gelacht, aber Eddie war sich nicht sicher, ob es ein echtes Lachen war. Mr. Kelly sah oft traurig aus. »Hat Mrs. Kelly Ihnen an meinem Geburtstag einen Heiratsantrag gemacht?« erkundigte sich Eddie bedrückt. Wenn die Frage bejaht wurde, dann war das

in der Tat ein weiterer Punkt, der gegen das Erwachsenwerden sprach.
Doch Mr. Kelly hatte schmunzelnd einen Finger auf die Lippen gelegt und gesagt: »Unsinn, und paß bloß auf, daß Mrs. Kelly nichts davon erfährt, sonst gibt es Ärger.« Es mußte ein Geheimnis zwischen ihnen bleiben.
»Aber haben Sie nicht gesagt, daß das sowieso jeder weiß?« Eddie war verwirrt.
»Ja«, seufzte der Lehrer, »das habe ich gesagt. Aber obwohl ich schon seit Jahren unterrichte, vergesse ich immer wieder, wie gefährlich es ist, Kindern auch nur irgendwas zu sagen.«
Kurz vor Eddies zehntem Geburtstag meinte seine Mutter, er könne sich aussuchen, ob er ihn am Tag davor oder am Tag danach feiern wolle.
»Ich warte wohl besser bis zum Tag danach«, hatte er Leo Murphy erklärt, die ihn auf dem Heimweg von der Schule begleitete, denn sie wohnte im Glen, dem großen Haus oben am Hügel, und Eddie in dem kleinen rosafarbenen Haus auf halber Höhe. Leo hatte gesagt, Eddies Haus erinnere sie an die Häuser in Kinderzeichnungen. Die Fenster sähen aus, als seien sie draufgemalt. Eddie wußte nicht, ob er das als Kompliment auffassen sollte.
»Was ist schlecht daran?« hatte er sie in scharfem Ton gefragt.

»Nichts. Ich finde es hübsch. Es sieht gemütlich und normal aus, nicht wie ein Urwald«, hatte Leo erwidert.
Das bedeutete, daß es ihr gefiel. Eddie war zufrieden. Er mochte Leo Murphy. Wenn Leo ihn an seinem richtigen Geburtstag fragen würde, ob er sie heiraten wolle, würde er nicht nein sagen. Es wäre herrlich, im Glen zu wohnen. Die Obstgärten, der alte Tennisplatz – einfach phantastisch.
Leo war ein ernsthaftes, nachdenkliches Mädchen. »Warum willst du mit deiner Geburtstagsfeier bis zum ersten März warten?« fragte sie Eddie. »Angenommen, du stirbst am Abend des achtundzwanzigsten Februar, dann verpaßt du das Fest.«
Was gab es darauf zu erwidern?
Eddies Mutter meinte, ihr sei der Tag egal, aber er wisse hoffentlich, daß es nur eine Torte und einen Apfelkuchen geben würde, sonst nichts. Er könne zehn Leute einladen oder auch nur zwei, ganz wie er wolle.
Eddie nahm die Größe der Tortenplatte genau in Augenschein. Es sollten außer ihm noch drei sein, entschied er, dann bekam jeder eine ordentliche Portion. Er würde Leo Murphy und Nessa Ryan und Maura Brennan einladen. Das waren die Kinder, die in der Schule neben ihm saßen und die er mochte.
»Gar keine Jungs?« Eddies Mutter war Schneiderin.

Man sah sie selten ohne Stecknadeln im Mund und ohne ein konzentriertes Stirnrunzeln.
»Ich sitze eben neben keinen Jungen«, erwiderte Eddie.
Das ließ seine Mutter gelten. Una Barton war eine kleine dunkelhaarige Frau mit sorgenvollen Augen. Sie ging immer sehr schnell, als befürchte sie, es könnte sie jemand aufhalten und in ein Gespräch verwickeln. Sie hatte ein freundliches Wesen und einen sicheren Blick für die Farben und Stoffe der Kleider, die sie für die Frauen von Shancarrig und die Bäuerinnen vom Land anfertigte. Es hieß, Una Barton lebe einzig und allein für ihren Sohn Eddie.
Eddies Haare standen steil nach oben vom Kopf ab, was Foxy Dunne einmal zu der Bemerkung veranlaßte, Eddie sehe aus wie eine Klobürste. Eddie wußte nicht, was eine Klobürste war, denn so etwas gab es bei ihm zu Hause nicht. Aber als er in Ryan's Hotel dann eine sah, geriet er ziemlich in Rage. So schlimm sahen seine Haare nun auch nicht aus!
Er beschäftigte sich gern mit Dingen, denen andere Jungen nichts abgewinnen konnten. So hatte er Spaß daran, in den Barnawald hinaufzugehen und Blumen zu sammeln. Manchmal preßte er sie, schrieb ihre Namen darunter und klebte sie auf ein Stück Pappe. Seine Mutter meinte, er sei ein echter Künstler.

»War mein Vater auch ein Künstler?« wollte Eddie wissen.
»Über die Künste deines Vaters breitet man besser den Mantel des Schweigens.« Das Gesicht seiner Mutter bekam wieder seinen altbekannten harten Zug. Mehr würde sie zu diesem Thema nicht sagen.
Als Eddie die Torte anschnitt, mußte er sich etwas wünschen. Er schloß die Augen und wünschte sich, sein Vater möge zurückkehren. Genau das gleiche hatte er sich schon im letzten und im vorletzten Jahr gewünscht.
Wenn man sich etwas dreimal wünschte, wurde es vielleicht wahr.

Ted Barton war verschwunden, als sein Sohn fünf gewesen war. Er war wohl unter ziemlich aufsehenerregenden Umständen fortgegangen, denn Eddie hatte mehrmals Gesprächsfetzen aufgeschnappt, wenn die Leute glaubten, er höre nicht zu. »Es war fast so ein Lärm wie in der Nacht, als Ted Barton rausgeflogen ist«, lautete dann beispielsweise eine Situationsbeschreibung.
Und einmal hörte er, wie die Dunnes in ihrem Laden über jemanden sagten, wenn er nicht aufpasse, würde er enden wie Ted Barton, dem sein Koffer die Treppe nachgeschmissen worden war. Eddie konnte

sich nicht vorstellen, daß seine Mutter kreischte oder mit Koffern warf, aber es mußte wohl etwas Wahres dran sein.

Sie sagte ihm sonst alles, was er wissen wollte, nur über seinen Vater erzählte sie ihm nichts. »Belassen wir es dabei, daß er sich nicht an seinen Teil der Abmachung gehalten hat. Er hat sich nicht um seine Frau und seinen Sohn gekümmert. Er ist es nicht wert, daß man auch nur einen Gedanken an ihn verschwendet.« Sie konnte das leicht sagen, aber für Eddie war es schwer, sich damit abzufinden. Jeder Junge wollte wissen, wo sein Vater war, selbst wenn es ein so schrecklicher Vater war wie bei den Brennans oder ein so strenger wie der von Leo Murphy, der einen Schnurrbart hatte und mit »Major« angeredet wurde und all so was.

Manchmal, wenn Eddie Leute aus dem Bus aussteigen sah, träumte er, es könnte vielleicht sein Vater dabeisein, der gekommen war, ihn mitzunehmen – dann würden sie nur zu zweit Ferien machen, durch ganz Irland wandern und dort bleiben, wo es ihnen gerade gefiel. Und dann stellte er sich vor, wie sein Vater den Kopf auf die Seite legte und sagte: »Was meinst du, Eddie, mein Sohn, soll ich nach Hause kommen?« In diesem Tagtraum lächelte Eddies Mutter stets und empfing ihren Mann mit offenen Armen; und sie mußte dann auch nicht mehr soviel arbeiten, was sie so müde machte, denn jetzt sorgte sein Vater für die Familie.

Nach dem Tee machten sie Spiele. Allerdings mußten sie sich dazu auf den Fußboden von Eddies Zimmer setzen, denn Mrs. Barton brauchte den Wohnzimmertisch wieder für ihre Nähmaschine.
Schade, daß Eddie nicht im Sommer Geburtstag hatte, meinten die Kinder, dann könnten sie alle in den Barnawald hinaufgehen. Eddie zeigte ihnen ein paar von seinen gepreßten Blumen.
»Sie sind wunderschön«, meinte Nessa Ryan.
Nessa sagte nie etwas, nur um jemandem eine Freude zu machen. Wenn Nessa meinte, daß die Blumen schön waren, dann waren sie das auch.
»Damit könntest du dir deinen Lebensunterhalt verdienen«, fügte sie hinzu.
Mit zehn Jahren dachte man für gewöhnlich noch nicht so weit, aber heute war es in der Schule um Berufsaussichten gegangen, und die Kinder waren ermuntert worden, sich um ihre Zukunft Gedanken zu machen und lieber etwas zu lernen, als nur aus dem Fenster zu gucken und die Zeit zu vertrödeln.
»Wo könnte ich mich zum Blumenpressen ausbilden lassen?« fragte Eddie interessiert, doch Nessas momentane Begeisterung hatte sich bereits verflüchtigt.
»Spielen wir noch mal Pusteball«, schlug sie vor.

Das war Eddies Geburtstagsgeschenk, sein einziges. Eigentlich hatte er es sich gar nicht gewünscht, aber seine Mutter hatte in Dunnes Laden erfahren, daß in diesem Jahr jedes Kind dieses Spiel haben wollte, und sie hatte es in fünf wöchentlichen Raten abbezahlt. Sie freute sich, daß das Spiel Anklang fand. Insgeheim fand Eddie es aber eher doof und langweilig, weil viel zuviel herumgespuckt wurde, nur um eine Papierkugel durch Papiertunnels zu pusten, die immer feuchter wurden und aufweichten. Als die Feier vorüber war, stand er im Mondlicht an der Tür des rosafarbenen Hauses und sah zu, wie Leo den Berg hinauf nach Hause hüpfte. Man konnte die Mauern des Glen von hier aus sehen. Leo winkte ihm noch einmal zu, als sie das Tor erreichte. Nessa und Maura gingen die Straße hinunter, Maura zu der Reihe Katen, wo sie wohnte. Eddie hoffte, daß ihr Vater heute abend nicht betrunken war. Manchmal torkelte Paudie Brennan grölend durch die Stadt und beschimpfte harmlose Passanten.

Nessa Ryan war schon weitergelaufen. Sie wohnte in Ryan's Hotel, wo sie jederzeit alles zu essen bekam, was sie nur wollte. Das hatte sie Eddie erzählt, als er ihr erklärte, warum es die Torte und den Apfelkuchen gab. Daraufhin hatte er wohl etwas bekümmert dreingeschaut, denn Nessa hatte rasch hinzugefügt, daß sie nicht etwa so viel *Torte* bekäme, wie sie wolle, lediglich Pommes frites und belegte Brote.

Der Mond schien hell, obwohl es erst sieben Uhr abends war. Aus dem Wohnzimmer drang schon wieder das Schnurren der Nähmaschine. Dort saß seine Mutter gewöhnlich, umgeben von Schnittmustern und der großen Schneiderpuppe, vor der er sich als kleines Kind immer so gefürchtet hatte und die stets in irgendein halb fertiges Kleid gehüllt war, und hörte nebenbei Radio. Seine Mutter schenkte ihm oft ein Lächeln, doch wenn Eddie sie unbemerkt beobachtete, fand er, daß sie traurig und müde aussah. Er wünschte, sie müßte nicht soviel arbeiten. Die Maschine würde auch heute weiter schnurren, bis er eingeschlafen war. Soweit er sich erinnern konnte, war es schon immer so gewesen. Er fragte sich, ob sein Vater auch gerade von irgendeinem Ort aus den Mond betrachtete. Erinnerte er sich daran, daß sein Sohn heute zehn Jahre alt wurde?

An jenem Abend schrieb Eddie seinem Vater einen Brief.

Er berichtete ihm von den Ereignissen des Tages und den gepreßten Blumen, die Nessa Ryan so gefallen hatten. Doch dann fragte er sich, ob sein Vater das nicht für Mädchenkram halten würde, und strich es durch. Weiter schrieb er, daß im Nachbarort eine große Hochzeit geplant sei und man seine Mutter nicht nur gebeten habe, das Brautkleid anzufertigen, sondern auch die beiden Brautjungfern sowie die Mutter und die Tante der Braut auszustaffieren. Fast alle in der Kirche würden von Mrs. Barton eingekleidet werden. Und seine Mutter habe gesagt, das käme gerade recht, denn das Dach mußte repariert werden, und es war nicht genug Geld dafür da.

Als er den letzten Satz noch einmal las, überkamen ihn Zweifel, ob sein Vater das nicht als Vorwurf auffassen könnte. Er wollte ihn nicht ärgern, jetzt, da er ihn gerade gefunden hatte.

Da wurde Eddie schlagartig klar, daß er seinen Vater keineswegs gefunden hatte, daß er sich das nur einbildete. Trotzdem war es ein tröstlicher Gedanke. Er strich die Passage über die teure Dachreparatur, ließ jedoch die gute Nachricht von den Hochzeitskleidern stehen. Dann erzählte er seinem Vater von der Unterrichtsstunde über die Berufsaussichten und daß es für junge, hart arbeitende Burschen ja eine Menge Arbeit in England gäbe. Wenn er erst einmal alt genug war. Vielleicht war sein Vater in England. Wäre es nicht ein wunderbarer Zufall, wenn er ihn in einer guten, aussichtsreichen Stellung da drüben einmal treffen würde?

In jenem Jahr schrieb Eddie häufig an seinen Vater. Er berichtete, daß Bernard Shaw gestorben war – für den Fall, daß sein Vater sich an einem Ort befand,

wo ihn eine solche Nachricht nicht erreichte. Mr. Kelly habe im Unterricht gesagt, er sei ein großer Schriftsteller gewesen, allerdings ein wenig antikirchlich eingestellt. Eddie fragte seinen Vater, warum jemand gegen die Kirche sein konnte.
Sein Vater antwortete natürlich nicht, denn die Briefe wurden nie abgeschickt. Es gab keine Adresse, an die man sie hätte schicken können.
Eigentlich war Eddie gar nicht so einsam, er hatte mehrere Freunde. So ging er oft zum Glen hinauf und spielte mit Leo Murphy. Auf dem Tennisplatz schlugen sie sich über das Netz den Ball zu, und an einer großen Eiche hing eine prächtige Schaukel. Leo hatte nicht gewußt, daß es eine Eiche war, bis Eddie es ihr erklärte und ihr die Blätter und die Eicheln zeigte. Es war doch merkwürdig, all diese Bäume im Garten zu haben und dann nicht einmal zu wissen, wie sie hießen.
Eddie nahm oft Eichenblätter mit und zeichnete ihre Umrisse nach. Ihm gefiel ihre Form – sie hatten viel mehr Zacken als Platanen- oder Pappelblätter. Auch Kastanienblätter mochte er, und er beteiligte sich nie an dem dummen Spiel, das die anderen in der Schule spielten: Sie zupften die grünen Blatteile weg, und gewonnen hatte, wer am Ende möglichst nur noch die Rippen in der Hand hielt – wie Fischgräten. Eddie gefiel gerade das Gewebe der Blätter.

Von alldem schrieb er seinem Vater nichts, aber er teilte ihm mit, daß de Valera wieder in die Stadt zurückgekommen war und Nessa Ryan gesagt hatte, eines Nachts hätten sich einige Leute im Hotel furchtbar in die Haare gekriegt und so herumgelärmt, daß sie die Polizei rufen mußten. Manche Leute waren nämlich nicht sonderlich erbaut, ihn wiederzusehen. Und danach schrieb Eddie auch ein paar persönliche Dinge.

Doch er erwähnte nichts von seiner Angst, jemand könnte ihm an seinem zwölften Geburtstag einen Heiratsantrag machen. Es kam ihm dumm vor, sich wegen so etwas Sorgen zu machen. Aber er hatte nun einmal schreckliche Angst vor Eileen Dunne, seiner Mitschülerin, die furchtbar laut lachte und ungefähr fünf Brüder hatte, die ihm auf die Pelle rücken würden, wenn er sie zurückwies.

»Sag mal, hast du nicht vielleicht gerade überlegt, mich am Freitag zu fragen, ob ich dich heiraten möchte?« fragte er Leo hoffnungsvoll. Sie hatte gerade von ihrem Buch aufgesehen.

»Nein«, erwiderte Leo. »Ich hab gerade überlegt, wie es wäre, wenn der König von England tot und mein Vater deswegen ganz außer sich wäre.«

»Würdest du das wollen?«

»Was wollen? Daß der König von England tot ist?«

»Nein, mich fragen, ob ich dich heiraten will.«
»Warum sollte ich? Du hast mich ja auch nicht gefragt, ob ich dich heiraten will.«
»Es ist ein besonderer Tag, weißt du. An diesem Tag können Frauen einen fragen.«
»Und Männer können es an jedem anderen Tag.«
Eddie hatte das Problem genau durchdacht. »Angenommen, ich würde dich jetzt fragen und wir wären verlobt, dann könnte ich, wenn mich jemand am Freitag fragt, sagen, daß ich nicht mehr frei bin.«
Er sah sehr besorgt aus. Aber Leo hörte ihm gar nicht richtig zu, sie las wieder in ihrem Buch. Leo hatte immer ein Buch dabei. Diesmal war es *Gute Ehefrauen,* was Eddie als glückliches Omen auslegte.
»Was willst du denn noch, Eddie?«
»Sag einfach nur ja. Du mußt dich ja nicht daran halten.«
»Ja, meinetwegen.«
Eddie fiel ein Stein vom Herzen. An seinem zwölften Geburtstag würden sie keinen Kindergeburtstag feiern, dazu war er zu alt. Er würde ein Fahrrad bekommen, ein gebrauchtes. Seine Mutter hatte gesagt, er könne an seinem Geburtstag schon damit zur Schule fahren. Doch er hatte geantwortet, er würde sich das lieber bis zum nächsten Tag aufsparen. Sie sah ihn zärtlich an. Er war ein komischer kleiner Kerl, eigen und kompliziert, und doch hatte er ihr nie

die geringsten Scherereien gemacht. Das war mehr, als sie hätte erwarten dürfen nach jenem Tag, als dieser Mistkerl zum letzten Mal ihr Haus betreten hatte.

Man hörte die Leute oft reden, daß es schwer für sie sein müsse, einen Jungen ganz allein großzuziehen. Doch Una Barton fand, daß sie mit ihrem Sohn ein ganz annehmbares Leben führte. Er erzählte ihr lange, weitschweifige Geschichten, half ihr gern beim Kochen und trocknete pflichtbewußt das Geschirr ab. Sie wünschte, sie hätten mehr Geld und Zeit, um auch mal ans Meer zu fahren oder in Dublin in den Zoo zu gehen. Doch Leute wie sie konnten sich das eben nicht leisten. So etwas gab es nur für Kinder, die nicht von ihren Vätern im Stich gelassen worden waren.

Eddie wollte niemanden daran erinnern, daß er Geburtstag hatte, weil er befürchtete, Eileen Dunne oder Maura Brennans jüngere Schwester Geraldine könnten davon Wind bekommen. Doch niemand schien daran zu denken, daß heute die Gelegenheit war, Eddie oder sonst jemandem einen Heiratsantrag zu machen. Alle interessierten sich weitaus mehr für Father Barry, der in die Schule gekommen war, um ihnen von der Mission zu erzählen. Außerdem zeigte er ihnen eine Missionszeitschrift mit Preisausschreiben und einer Rubrik mit Brieffreundschaften. Überall auf der Welt, sagte Father Barry, gebe es Menschen, die sich mit jungen Iren austauschen wollten, und es mache Spaß, an Jugendliche in anderen Ländern zu schreiben.

Father Barry war sehr nett. Er wirkte etwas verträumt, wenn er sprach, und manchmal schloß er die Augen, als wäre der Ort, von dem er erzählte, irgendwie näher als der, an dem er sich gerade befand. Das gefiel Eddie. Er spazierte selbst oft in Gedanken draußen zwischen Bäumen und Blumen herum, wenn er eigentlich die Rechenaufgabe an der Tafel lösen sollte. Father Barry hängte die Seite mit den Namen der Jungen und Mädchen, die Brieffreunde suchten, auf. Sie konnten alle Englisch, und sie lebten alle in fernen Ländern. Einer von ihnen gab als Hobbys Botanik, Blumen und Pflanzen an. Er hieß Chris und wohnte in Glasgow, in Schottland.

»Das ist aber nicht besonders weit weg für einen Brieffreund«, meinte Niall Hayes geringschätzig. Er hatte sich einen Jungen in Argentinien ausgesucht.

»Man hat bessere Chancen, daß er zurückschreibt, wenn es nicht so weit weg ist«, verteidigte sich Eddie.

»Unsinn«, erwiderte Niall.

Insgeheim mußte Eddie ihm beipflichten. Vielleicht wollte der Junge in Schottland etwas Ausgefalleneres, nicht einen Brieffreund in einem irischen Dorf. Doch der eigentliche Grund, warum er sich für Chris Taylor entschieden hatte, war das Porto, das nach Schottland nicht so teuer war. Außerdem hatte Chris geschrieben, daß er sich für Pflanzen interessiere. Eddie hatte bisher gedacht, Botanik sei eine bestimmte Wollsorte, aber jetzt erkundigte er sich sicherheitshalber bei Miss Ross. Schließlich wollte er nicht über Stricken oder Schafe oder etwas Derartiges schreiben müssen. Welcher Junge interessierte sich schon fürs Stricken? Aber Miss Ross erklärte ihm, in der Botanik gehe es um Pflanzen und darum, wie Dinge wachsen.

Also schrieb Eddie einen langen Brief an Chris. Es war etwas ganz Ungewohntes für ihn, einen Brief zu schreiben, der tatsächlich mit der Post befördert werden würde. Andere Zwölfjährige mußten vielleicht an ihren Füllern kauen und sich das Hirn zermartern, damit sie noch ein Blatt vollschreiben konnten – aber nicht Eddie Barton. Er war es gewohnt, lange Briefe über die Welt im allgemeinen und Shancarrig im besonderen zu verfassen.

Die Antwort kam sehr schnell, aber sie war an eine Miss E. Barton adressiert. Eine Marke aus Glasgow klebte darauf. Lange betrachtete Eddie den Brief. Er konnte nur für ihn bestimmt sein, denn seine Mutter hieß Una. Aber warum nannte Chris Taylor ihn

»Miss«? Mit schamrotem Gesicht öffnete er den Umschlag.

Liebe Edith,
ich konnte Deinen Namen nicht richtig lesen, vielleicht ist es auch ein irischer Name, aber ich hoffe, ich habe mit ›Edith‹ richtig geraten.

Der Brief ging weiter, ein netter und interessanter Brief mit viel Wissenswertem über schottische Tannen und Kiefernzapfen sowie der Bitte, ihm ein paar gepreßte Blumen zu schicken, und der Frage, ob es nicht sinnvoll sei, die lateinischen Namen der Gewächse zu lernen, weil man sich dann leichter täte, wenn man etwas nachschlagen wollte – Chris hatte zwei Stunden in der Bibliothek verbracht, um sich über einen ganz gewöhnlichen Ahorn zu informieren, den er nicht hatte finden können, weil er nicht wußte, daß er unter *Acer* nachschlagen mußte.
Begierig las Eddie weiter. Es war nett von Chris, daß er sich soviel Zeit zum Schreiben genommen hatte, zumal er offenbar glaubte, Eddie sei ein Mädchen namens Edith. Igitt! Er fragte sogar, was das für eine Klosterschule sei, in dem Lehrerinnen mit Miss Ross und Mrs. Kelly angeredet wurden und keine Nonnen waren.
Auf der letzten Seite erwartete ihn der größte

Schock. Chris beendete den Brief mit der Bemerkung, er würde hoffentlich bald eine Antwort erhalten und freue sich, einen seelenverwandten Menschen am anderen Ufer des Meeres gefunden zu haben. Dann unterschrieb er mit

Christine

Chris war ein Mädchen!
Es überlief Eddie heiß und kalt, als ihm das Mißverständnis bewußt wurde. Sie würde ihm nie wieder schreiben, wenn sie erfuhr, daß er nicht in eine Klosterschule ging wie sie, daß er ein zwölfjähriger Junge war, mit ausgebeulten Hosen und Stoppelhaaren. Das war wirklich schade, denn gerade an jemanden wie sie hätte er gern geschrieben. Und es war ihr Fehler, nicht seiner. *Sie* hatte doch einen Namen, aus dem man gar nichts schließen konnte. Sein Name, Eddie, war ein ganz normaler Männername. Er konnte sich lebhaft vorstellen, was die anderen in der Schule sagen würden, wenn sie erfuhren, daß er eine Brieffreundschaft mit einem *Mädchen* in Schottland hatte, während die anderen alle irgendwelche Jungs in Indien oder Südamerika kennenlernten.
Typisch für diesen Waschlappen, würden sie sagen. Trotzdem wollte er Chris, egal, ob Junge oder Mädchen, ein paar gepreßte Blumen schicken. Und plötz-

lich erkannte er, was er tun mußte: Er würde sich als Mädchen ausgeben! Er mußte sie nur dazu bringen, künftig nicht mehr »Miss« auf den Umschlag zu schreiben.

Vier Jahre lang schrieben Eddie Barton und Christine Taylor einander lange, ausführliche Briefe, in denen sie sich das Herz ausschütteten und sich Dinge anvertrauten, die sie sonst niemandem sagen konnten.

Chris erzählte, daß ihre Mutter davon träumte, aus der Stadt fortzugehen und in ein Haus mit einem großen Garten und einer Garage zu ziehen, obwohl sie gar kein Auto besaßen. Chris paßte das überhaupt nicht, weil sie dann meilenweit von der Bücherei und der Kunstgalerie und all den anderen Orten entfernt wäre, die sie nach der Schule besuchte. Die Mädchen in der Schule taten nichts anderes, als sich im Süßwarenladen herumzutreiben und über Jungs zu reden. Chris schickte ein Foto von sich, auf dem sie ihre Schuluniform trug, und meinte, Eddie solle ihr auch eines schicken. In seiner Verzweiflung schickte Eddie ihr ein Bild von Leo, das er bei einem Besuch im Glen mitgehen ließ.

Chris teilte ihm daraufhin mit, sie hätte ihn sich gar nicht so groß vorgestellt. Nach dem, was er geschrieben hatte, habe sie den Eindruck gewonnen, er sei klein und stämmig und habe widerborstiges Haar. Beim Lesen dieser Zeilen zuckte Eddie zusammen, als sei er entlarvt worden. Er dankte dem Himmel, daß Schottland so weit weg war und sie ihn nie besuchen kommen würde. Noch besser wäre es gewesen, wenn sie in Argentinien gelebt hätte, dann hätte ihn dieser Gedanke gar nicht erst plagen können.

Es war nicht einfach, den Schein des Schülerinnendaseins aufrechtzuerhalten, als er mit vierzehn Jahren die Schule in Shancarrig verließ und dann jeden Tag mit dem Bus zu den Ordensbrüdern in die Stadt fuhr. Er berichtete Chris, daß er sich in der Schule gar nicht wohl fühle und lieber über andere Dinge schreiben würde, wie etwa über die Eberesche oder darüber, daß seine Mutter von der vielen Arbeit Kopfschmerzen bekam und daß er sich frage, ob es eine Möglichkeit gab, seinen Vater ausfindig zu machen, damit er ihn wenigstens über den Stand der Dinge unterrichten konnte.

Father Barry, so berichtete Eddie seiner Brieffreundin, habe viel über ein peruanisches Dorf namens Vieja Piedra gepredigt, was er jetzt nicht mehr tun dürfe, und die Leute hätten gesagt, der Bischof wolle nicht, daß Geld aus der Diözese in fremde Länder fließe; es solle der Heimat zugute kommen. Das schien Chris zu verstehen. Allerdings fragte sie ihn, warum er seiner Mutter nicht beim Nähen helfe – es sei nicht so schwer, sie könnten sich die Arbeit doch teilen.

Das wurmte Eddie sehr. Denn er erkannte, daß er den Eindruck erweckt hatte, er sei eigennützig und nicht hilfsbereit – dabei bestand sein einziges Vergehen darin, ein Junge zu sein. Jeder wußte doch, daß Jungs nicht nähten.

In der Schule erging es ihm ziemlich schlecht, aber das konnte er Chris nicht sagen. Wie sollte er ihr auch mitteilen, daß die Patres ihn anschrien und schlecht behandelten, daß sie ihn oft mit dem Gürtel schlugen, wenn er am wenigsten damit rechnete, und daß einer sich sogar über sein Stottern lustig machte?

Als er sechzehn war, bat Chris ihn um ein weiteres Bild. Doch er hatte keines von Leo. Und weil er es nicht ertrug, sie persönlich darum zu bitten, schrieb er ihr einen kurzen Brief.

»Aus einem sehr komplizierten Grund, den ich Dir später einmal erklären werde, brauche ich ein Foto von Dir. Ich kann Dir versichern, daß es überhaupt nichts mit dem Heiratsversprechen zu tun hat, das ich Dir damals abgerungen habe. Du bist von diesem Gelöbnis entbunden, aber könnte ich bitte nächste Woche ein Bild von Dir haben?«

Sie antwortete nicht, doch kurz vor seinem sechzehnten Geburtstag traf er sie zufällig in der Stadt.

»Hast du das mit dem Bild vergessen?« fragte er.
Leo sah ihn zerstreut an. Sie konnte sich nicht daran erinnern.
»Bitte, Leo, es ist sehr wichtig. Sonst würde ich dich nicht damit belästigen. Kann ich zu dir nach Hause kommen und mir eines aussuchen?«
Es war in der Tat sehr dringend. Chris hatte ihm vor einem Monat, an *ihrem* sechzehnten Geburtstag, auch ein Foto geschickt. Sie war ein dunkelhaariges Mädchen mit großen Augen und einem freundlichen Lächeln.
»Nein.« So unerbittlich hatte er Leo noch nie erlebt.
»Na schön, bringst du mir dann eines mit?«
Sie sah ihn an, als überlegte sie, wie sie ihn am schnellsten loswerden könne. »O Gott, ja, ich bring dir eins«, seufzte sie dann.
Er war gekränkt. »Ich dachte, wir wären Freunde«, murmelte er.
»Ja, ja, das sind wir auch«, räumte sie mürrisch ein.
»Na, dann reiß mir doch nicht gleich den Kopf ab. Es hat nichts mit der Verlobung zu tun?«
»Was?«
Eddie kam zu dem Schluß, daß Leo einfach nie zuhörte, wenn man ihr etwas sagte. Sie war nicht wie Chris Taylor, die sich für alles interessierte.
Da war nur die kleine Schwierigkeit, daß sie Eddie für ein Mädchen hielt, für ihre Komplizin im tägli-

chen Leben. Eddie hatte sich gezwungen gesehen zu schreiben, daß er mit elf zum ersten Mal seine Periode bekommen hatte. Auch hatte er sich zu der Behauptung durchgerungen, er schwärme für den Filmstar Fernando Lamass und finde rotes Schottentuch für ein Winterkleid sehr schön.

Doch in erster Linie schrieb Chris über vernünftige Sachen – nur ab und an verstieg sie sich eben zu solchem Mädchenkram, und das ließ ihn jedesmal zusammenzucken.

Er schickte das Foto ab und wartete.

Er wußte, daß sie ihm zum Geburtstag eine Glückwunschkarte senden würde, üblicherweise mit Blumen und Schnörkeln und völlig unpassendem Zeug darauf, so daß er sie keinem zeigen konnte. Doch in diesem Jahr kam nur ein kleiner Umschlag an.

»Nicht vor Mittwoch, dem 29., öffnen«, stand darauf.

Eddie steckte den Brief ein, um ihn in Ruhe zu lesen. Seiner Mutter hatte er erklärt, er habe einen Brieffreund, einen Jungen in Schottland.

»Was schreibt denn dein Schottenjunge?« erkundigte sich Mrs. Barton von Zeit zu Zeit.

»Nichts Besonderes. Eine Menge über Blumen und Bäume«, antwortete Eddie dann meistens.

»Na, dann kommst du mir wenigstens nicht auf dumme Gedanken«, erwiderte Mrs. Barton.

Eddie wußte, daß sie sich schroffer anhörte, als sie es meinte.

In seinem Zimmer öffnete er den Brief von Chris, und da fuhr ihm ein solcher Schreck in die Glieder, daß er sich setzen mußte.

»Ich habe mir immer vorgenommen, wenn wir beide einmal sechzehn sind, dann sage ich Dir, daß ich schon von Anfang an gewußt habe, daß Du ein Junge bist. Ich habe es Dir nur nicht sagen wollen, weil ich befürchtet habe, Du würdest mir dann nicht mehr schreiben. Ich finde es schön, daß Du ein Junge bist. Du bist der netteste Junge, den ich kenne. Herzlichen Glückwunsch zum Geburtstag, lieber Eddie, und danke für Deine Freundschaft.«

Seine erste Empfindung war Scham. Wie konnte sie es wagen, ihn vier Jahre lang zum Narren zu halten? Dann fragte er sich, woher sie es gewußt hatte. Er war sich doch mit ihr einig gewesen, was die Periode, die Klosterschule und den roten Schottenrock betraf. Dann überkam ihn ein völlig anderes Gefühl, ein Gefühl der Erregung. Sie wußte, daß er ein Junge war, und sie mochte ihn. Sie wollte ihn nicht verlieren. Er öffnete die Schublade, in der er ihre Briefe aufbewahrte, und las einzelne Passagen daraus immer und immer wieder.

»Es ist so leicht, mit Dir zu reden. Du verstehst mich

wirklich. Du bist ein wunderbarer Mensch, die Leute hier sind so engstirnig.«

Eddie Barton war sechzehn Jahre alt und verliebt. Er ging in den Barnawald. Zwar war es eisig kalt, aber das kümmerte ihn nicht. Er setzte sich auf einen alten Baumstamm und dachte über die neue Wendung in seinem Leben nach. Noch vor sechs Uhr abends wollte er einen Brief an Chris zur Post bringen. Daß er heute die Schule ausfallen lassen würde, stand außer Frage, es ging ihm viel zuviel anderes durch den Kopf.

Den ganzen Tag über empfand er unendliches Bedauern über einige Dinge, die er geschrieben hatte, ganze Absätze, bei denen sie gewußt haben mußte, daß er log. Dann wieder ärgerte er sich: Warum hatte sie gesagt, er solle seiner Mutter beim Nähen helfen, wenn sie doch wußte, daß er ein Junge war? Vor allem aber wollte er einen vollkommenen Brief an sie schreiben, in dem er seine Gefühle zum Ausdruck brachte, ohne sie vor den Kopf zu stoßen. Wieder holte er ihr Foto heraus. Große dunkle Augen, wie eine Italienerin. Da durchzuckte ihn eine jähe Erkenntnis: Sie wußte ja gar nicht, wie er aussah. Sie dachte, er sähe aus wie Leo Murphy! Nein, das wohl nicht – sie hatte einfach überhaupt keine Ahnung. Eddie wünschte, er wäre groß und stark, eine Erscheinung wie Richard, Niall Hayes' Cousin, der

gerade zu Besuch war. Alle sagten, er sei so ein gutaussehender junger Mann. Mehr als je zuvor verspürte Eddie den Wunsch, seinen Vater ausfindig zu machen und ihn um Rat zu fragen.
Doch an Eddies sechzehntem Geburtstag tauchte sein Vater ebensowenig auf wie an irgendeinem anderen Festtag, und so blieb Eddie nichts anderes übrig, als den Brief allein zu schreiben.
Er entschloß sich, zu Miss Ross und ihrer Mutter zu gehen und sie zu fragen, ob er den Brief bei ihnen schreiben dürfe. Da konnte er zumindest im Warmen sitzen, ohne befürchten zu müssen, daß seine Mutter heimkam und wissen wollte, was er tat, und irgend etwas sagte, was ihn mit Sicherheit irritieren würde. Er hatte für Miss Ross schon öfter ein wenig Gartenarbeit erledigt; sie würde nichts dagegen haben, wenn er sie an einem so rauhen, kalten Tag besuchte.
Sie kam gerade von der Schule zum Mittagessen nach Hause, als Eddie ihr Haus erreichte. Ihr in der Taille von einem Gürtel gehaltener Regenmantel raschelte beim Gehen. Eddie fragte sich, ob Chris auch einen solchen Regenmantel trug. Natürlich hätte er sie danach fragen können, aber irgendwie erschien es ihm zu intim, dieses Rascheln und Knistern. Er wollte nicht, daß sie wußte, was er dabei empfand.

Miss Ross sah blaß und müde aus. Sie meinte, ihn habe der Himmel geschickt. Wenn er ihr ein bißchen Holz hacke, dürfe er nicht nur am Ofen sitzen und den ganzen Nachmittag schreiben, sondern bekomme auch noch einen großen Teller Suppe.

»Wissen Sie, Miss Ross, ich habe nämlich heute Geburtstag«, sagte er.

Das schien ihr als Erklärung völlig zu genügen, und sie fragte nicht nach, warum er unentschuldigt bei den Ordensbrüdern fehlte. Obwohl sie sich nicht vorstellen konnte, daß Pater O'Brian zu einem Jungen von sechzehn Jahren sagte, er solle sich einen schönen Tag machen.

»Was ist das denn für ein Brief? Bewirbst du dich um eine Arbeitsstelle?« erkundigte sich Miss Ross.

»Nein, es ist eher ein Brief an eine Freundin.« Eddie lief knallrot an, als er das sagte.

»Aha. Aber wenn diese Freundin in einem Klosterinternat lebt, solltest du daran denken, daß die Nonnen den Brief lesen könnten«, gab Miss Ross weise zu bedenken.

»Nein, sie ist nicht auf dem Internat.« Eddie wußte, daß seine Antwort ziemlich steif klang.

»Na, dann ist ja alles in Ordnung.« Eddie hatte den Eindruck, daß Miss Ross sich seinetwegen so betont fröhlich gab. Und vielleicht auch ein bißchen neidisch war.

Ehe Eddie mit dem Brief begann, blickte er im Zimmer umher. Er hatte dem Haus nie besonders viel Aufmerksamkeit geschenkt und es eigentlich nur als einen Ort betrachtet, wo er die Schuhe ausziehen mußte, wenn er vom Garten hereinkam. Ihm fiel ein, daß Maura Brennan, mit der er während seiner Schulzeit in Shancarrig befreundet gewesen war, oft gesagt hatte, daß ihr das Haus sehr gefalle und wenn sie älter sei, würde sie auch so eines haben, mit hübschen Möbelstücken, die sie auf Hochglanz polieren würde, mit schmuckem Porzellan auf den Regalen und dicken Samtvorhängen. Eddie bewunderte die Farben; alles schien aufeinander abgestimmt, nicht so wie bei ihm zu Hause, wo der Teppich braun, der Vorhang gelb und das Tischtuch grün war – als hätte man die Farben absichtlich so gewählt, daß sie nicht harmonierten. Doch er wußte, daß das nicht der Fall war, sie hatten einfach nur zuwenig Geld, um Sachen zu kaufen, die hübsch aussahen. Bei den Kleidern, die seine Mutter schneiderte, bewies sie viel Geschmack und beriet ihre Kundinnen immer, welche Farben zu ihren Augen oder zu ihrem Typ am besten paßten.
Aber das half ihm nichts bei seinem Brief an Chris Taylor.
Eine ganze Weile saß er da, und die alte Standuhr aus Großvaters Zeiten tickte vor sich hin. Miss Ross

war zurück zur Schule gegangen, und ihre Mutter hatte sich zur Mittagsruhe nach oben zurückgezogen.

»Liebste Chris«, fing Eddie an. »Ich kann Dir gar nicht sagen, wie schön es ist, endlich als ich selbst zu schreiben. Ich wollte es schon so oft, aber nachdem ich einmal mit dieser dummen Lüge angefangen hatte, mußte ich weitermachen, weil Du mir sonst vielleicht nicht mehr geschrieben hättest. Deine Briefe bedeuten mir mehr als alles andere auf der Welt. Ich könnte es nicht ertragen, wenn Du mir nicht mehr schreiben würdest.«

Und dann war der Bann gebrochen, der Stift flog nur so über das Papier. Eddie versuchte sich vorzustellen, er säße in diesem kleinen Haus in Glasgow, das Chris immer ein »Zwei-oben-zwei-unten« nannte, womit sie die Anzahl der Räume meinte. Ihre Mutter hatte den Traum von einem Haus mit großem Grundstück nie verwirklicht. Ihr Vater hatte eine Taubenzucht und interessierte sich kaum für etwas anderes. Ihre beiden Brüder fuhren zur See und kamen nur gelegentlich zu einem kurzen Besuch nach Hause. Chris wollte später gern auf eine Kunstschule gehen, aber wahrscheinlich reichte ihre Begabung nicht. Ihre Mutter sagte, sie solle doch in einem Blumenladen arbeiten und froh darüber sein; die meisten Leute hätten eine Arbeit, die ihnen gar

keinen Spaß mache. Chris möge zumindest Blumen, da hätte sie schon einen Vorteil gegenüber vielen anderen.
Was würde dieses Mädchen wohl gerne über Eddie erfahren, der sich als Mann entpuppt hatte? Etwas wußte er schon. Er durfte ihr jetzt nichts mehr vormachen.
»Ich bin klein und stämmig und habe widerspenstiges Haar. Ich glaube nicht, daß ich Dir jemals richtig von meiner Schule erzählt habe, und wie sehr ich sie hasse, denn als ich noch ein Mädchen sein mußte, konnte ich Dir ja nicht sagen, wie gemein die Lehrer zu mir sind und daß sie mich für strohdumm halten. Aber ich glaube nicht, daß ich dumm bin, und Deine Briefe geben mir das Gefühl, daß doch etwas an mir dran sein muß.«
Es fiel ihm nicht schwer, die richtigen Worte zu finden. Als er den Brief noch einmal durchlas, gewann er den Eindruck, daß Chris ihn als angemessene Erklärung für seinen jahrelangen Betrug akzeptieren würde. Nicht allzu viele Entschuldigungen, eher eine Klarstellung.
Erstaunt sah er auf, als Miss Ross aus der Schule zurückkam.
»Das sind ja mindestens eineinhalb Briefe, Eddie«, meinte sie beifällig.
»Würden Sie sagen, daß ich dumm bin, Miss Ross?«

»Nein, Eddie. Das bist du bestimmt nicht«, erklärte sie mit Nachdruck.
Er grinste sie an und lief davon. Sie sah ihm von der Tür aus nach, wie er mit großen Sprüngen über die Regenpfützen in Richtung Postamt hüpfte.

Dicke Briefe wurden in rascher Folge hin- und hergeschickt. Die beiden schrieben einander über ihre Hoffnungen und Ängste, über Bücher und Gemälde, über Farben und Gestaltungsmöglichkeiten. Sie verschwiegen einander nichts.
»Wenn wir uns jemals treffen, muß ich Dir die Farne im Barnawald zeigen«, schrieb Eddie einmal.
»Was meinst Du mit ›wenn wir uns jemals treffen‹? Es ist doch klar, *daß* wir uns treffen!« lautete ihre Antwort, und das machte ihm Sorgen, weil er wußte, daß er Christine Taylor seinen Heimatort Shancarrig als zu schön, zu aufregend und zu romantisch geschildert hatte.
»Dieser Junge hat wohl nichts anderes zu tun, als Briefe zu schreiben«, meinte seine Mutter, als wie üblich ein dicker Umschlag aus Schottland ankam.
»Er ist kein Junge, sondern ein Mädchen.« Eddie wußte, daß diese Erklärung irgendwann einmal fällig war.
»Was soll das heißen? Hat er sich plötzlich in ein Mädchen verwandelt?« Mrs. Barton hörte es gar

nicht gern, daß auf einmal ein Mädchen im Spiel sein sollte.

»Nein, das ist jemand anderes«, sagte Eddie, denn er hatte das Gefühl, daß nähere Erläuterungen auch nicht hilfreich waren.

»Warum eigentlich Schottland?« wollte seine Mutter wissen.

»Das ist schön und weit weg, Ma«, erwiderte er grinsend. »Wenn ich schon an ein Mädchen schreiben muß, ist es dann nicht besser, wenn sie in einem fernen Land lebt?«

»In deinem Alter solltest du überhaupt noch nicht an Mädchen schreiben. Dafür hast du später noch genug Zeit. Zu viel Zeit, wenn du deines Vaters Sohn bist.«

Über Ted Bartons Schwäche für Frauen war in den letzten Jahren viel geredet worden, aber immer nur vage und allgemein, nie in konkreten Einzelheiten. Eddie hatte schon lange die Hoffnung aufgegeben, jemals mehr in Erfahrung zu bringen als die oberflächlichen Andeutungen, die er bereits kannte. Seine Mutter hatte ihren Mann aus dem Haus gejagt wegen einer Affäre mit einer anderen Frau, von der jeder im Dorf wußte. Als er in jener Nacht aus Shancarrig fortgegangen war, hatte ihn diese Frau jedoch nicht begleitet. Womöglich kannte Eddie sie, womöglich hatte er schon mit ihr gesprochen. Wenn es eine nette Frau wie Miss Ross gewesen wäre, könnte ihm seine Mutter vielleicht mehr von dem Mann erzählen, der sie sitzengelassen hatte.

»Hat mein Vater Miss Ross eigentlich gemocht?« fragte er seine Mutter unvermittelt.

»Maddy Ross?« Seine Mutter sah ihn verdutzt an.

»Ja. Ist sie vielleicht seine Geliebte gewesen?«

»Nun, wenn man bedenkt, daß sie ungefähr zwölf oder dreizehn war, als er die Stadt verlassen hat, ist das nicht sehr wahrscheinlich, aber ich würde es auch nicht gänzlich ausschließen wollen.« Bei diesen Worten brachte seine Mutter sogar ein schiefes Lächeln zustande.

Eddie fand, daß sie weniger verbittert war. Beim nächsten Brief an Chris mußte er daran denken, ihr das zu erzählen; sie hatten keine Geheimnisse mehr voreinander. Chris schrieb ihm, daß ihr Vater bei der Werft entlassen worden war und ihre Mutter eine zusätzliche Schicht in der Fabrik machen mußte. Chris selbst arbeitete samstags in dem Blumenladen um die Ecke. Sie hatte es sich anders vorgestellt, mit Blumen zu arbeiten. Es war eine ziemlich mechanische Tätigkeit: Sie gestaltete kleine Buketts nach immer gleichen Vorgaben, mit schrecklichen Mogeltricks, damit die Blumen lebendig aussahen, obwohl sie schon beinahe verwelkt waren.

Sie schrieben einander auch, als sie eigentlich ihre Nasen lieber in die Schulbücher hätten stecken sol-

len. Christine meinte, die Lehrerinnen in ihrem Kloster seien hochnäsig und hätten etwas gegen Mädchen, deren Mütter in der Fabrik arbeiteten. Und Eddie schrieb, die Patres hätten jeden auf dem Kieker, der auch nur ansatzweise eine künstlerische Ader hatte, und ihn hätten sie bereits als hoffnungslosen Fall abgeschrieben. Die Ergebnisse der Abschlußprüfung waren für beide abzusehen.
Im Sommer 1957 klagten sie einander ihr Leid über mangelhafte Prüfungsergebnisse, schlechte Zeugnisse und düstere Zukunftsaussichten.
»Ich hab mich mit Pater O'Brian unterhalten. Er meinte, es lohnt sich nicht, das Jahr zu wiederholen«, sagte Eddies Mutter bedrückt. Sie war mit dem Bus in die Stadt gefahren, um Stoff, Garn, Reißverschlüsse und Ersatzteile für die Nähmaschine zu besorgen. Bei dieser Gelegenheit hatte sie auch der Klosterschule einen Besuch abgestattet.
Es war keine erfreuliche Unterhaltung gewesen.
»Ich habe ihm gesagt, daß andere Kinder einen Vater haben, der für so was aufkommt, wir aber unglücklicherweise nicht einmal wissen, wo sich dein Vater seit über einem Jahrzehnt herumtreibt.« Eddie haßte es, wieder die alte Verbitterung in ihrem Gesicht zu sehen.
»Ma, du hast ihn doch rausgeschmissen. Du hast ihm gesagt, er soll verschwinden. Du kannst ihm nicht

auch noch für das die Schuld in die Schuhe schieben, was passiert ist, nachdem er gegangen ist – nur für das, was er davor getan hat.«

»Und das reicht für ein ganzes Leben, das kannst du mir glauben.«

»Ja, das sagst du immer, aber du erzählst nie Genaueres.«

»Oh, du kannst auch schöne Ausflüchte erfinden, genau wie er.«

»Und, hat Pater O'Brian Verständnis gezeigt? Ich wette, das hat er nicht. Väter oder Mütter oder sonstwelche Leute sind ihm doch völlig gleichgültig.«

Seine Mutter warf ihm einen sonderbaren Blick zu.

»Er hat tatsächlich keinerlei Verständnis gezeigt. Weder für dich noch für mich. Aber ich bin nicht der Meinung, daß ihm Menschen an sich gleichgültig sind. Er hat gesagt, es ist zwecklos, sich darüber zu beklagen, daß der Ehemann nicht da ist, es sind sowieso fast immer die Frauen, die in seine Sprechstunde kommen, egal, ob es einen Vater gibt oder nicht.«

»Na und?«

»Er hat gesagt, daß du dir wohl einbildest, du wärst zu gut für den normalen Unterricht, du würdest über diesen schnöden Dingen stehen. Und das wäre auch vollkommen in Ordnung, wenn du ein wahrer Künst-

ler wärst, der unbedingt malen oder schreiben will. Aber so, wie die Dinge nun einmal liegen, weiß er nicht, was aus dir werden soll. Es klang, als täte es ihm wirklich leid.«
Für Eddie hörte sich das durchaus glaubwürdig an. Genauso redete Pater O'Brian immer, und er hatte sicher nicht ganz unrecht damit. Eddie sah den großen Mann mit dem roten Gesicht vor sich, der bedauerte, dem Jungen keine Stelle verschaffen zu können. Pater O'Brian lag viel daran, daß er seine Schüler bei Banken, Versicherungen oder im Staatsdienst unterbrachte, und alle Jubeljahre schaffte es sogar einer zu studieren.
Doch für Eddie Barton gab es keine Stelle.
Hätte er seine Briefe nicht gehabt, die ihm Trost und Kraft spendeten und als eine Art Rettungsanker dienten, wäre er in diesem Sommer sicher schrecklich deprimiert gewesen. Aber Chris schrieb ihm jeden Tag. Sie meinte, sie müßten sich irgendwie aus ihrer unangenehmen Lage befreien. Denn sie wollte weder wie ihre Mutter in einer Fabrik arbeiten noch eine Ausbildung als Blumenhändlerin anfangen.
Inzwischen sprachen sie auch von Liebe, und ihre Briefe endeten immer sehnsüchtiger – wann würden sie sich endlich treffen? Eddie schrieb, daß er ihr Shancarrig möglicherweise zu reizvoll geschildert habe. Vielleicht könnten sie sich in einem fernen

Land treffen, im Sonnenschein, unter Palmen. Chris antwortete, in den grauen Straßen ihrer Heimat wäre es unmöglich, sich zu lieben. Auch sie fand die Idee mit dem fernen Land ganz großartig.

Die Welt der Phantasie wurde zu einem wichtigen Bestandteil ihrer Briefe. Sie nahm beinahe mehr Raum ein als die praktische Seite. Chris Taylor fing eine Arbeit in einem Kaufhaus in Glasgow an, die sie haßte. Es sei sehr anstrengend, die Beine täten so weh wie nie zuvor. Daraufhin fragte Eddie sie, ob sie denn sonst auch Schmerzen in den Beinen habe, davon habe sie nie etwas erwähnt. Doch sie ging nicht darauf ein, und so kam Eddie zu dem Schluß, daß das wohl nur eine Redensart gewesen war.

Eddie Barton hatte eine Stellung in Dunnes Haushaltswarenladen bekommen, die er ebenfalls haßte. Er schrieb Chris, daß er seine Tage damit verbringe, sich mit Bauern zu unterhalten, die Maschendraht und Ackergerät kaufen wollten. Er sagte, er habe die Nase voll von Eggen und Harken, und wenn er noch ein einziges Mal darüber reden müsse, ob sich als Scheunenanstrich Leinöl oder Mennige besser eigne, würde er auf der Stelle tot umfallen. In seinen Briefen beklagte er sich, wie beschränkt die Dunnes waren. Ihre Tante, Nellie Dunne, habe einen kleinen Lebensmittelladen, und sie gebe jedem Kredit, was der einzige Grund sei, warum überhaupt jemand dort einkaufte. Eddie arbeitete für den alten Mr. Dunne und seine beiden Söhne, Brian und Liam. Eileen, die so alt war wie Eddie, war in Ryan's Hotel angestellt, doch immer, wenn sie in den Laden kam, machte sie Eddie schöne Augen.

»Ich erwähne das nicht«, schrieb er an Chris, »um anzugeben oder Dich eifersüchtig zu machen, sondern um mir vor Augen zu führen, wie glücklich ich mich schätzen kann, daß für so dumme und aufdringliche Mädchen wie Eileen in meinem Leben kein Platz ist, jetzt, da ich weiß, was Liebe bedeutet. Jetzt, da ich Dich habe.«

Manchmal schrieb Chris ihm, daß sie zum Tanzen ging, aber sie sagte, sie sitze meistens am Rand und denke darüber nach, was er in seinem letzten Brief geschrieben hatte.

Von Zeit zu Zeit kamen Nessa Ryan und Leo Murphy in den Laden, um mit Eddie zu plaudern. Die Dunnes hatten nichts dagegen, denn die Mädchen zählten zu den besseren Kreisen von Shancarrig. Wenn Maura Brennan oder sonst jemand aus den Katen kam, war das etwas anderes. Über einen Besuch der jungen Miss Ryan vom Hotel oder der jungen Miss Leo aus dem Glen schien der alte Mr. Dunne stets hoch erfreut.

»Und wie geht es dem guten Major?« erkundigte er sich dann nach Leos Vater.

»Führt wie üblich Selbstgespräche«, murmelte Leo einmal, und alle kicherten – bis auf Mr. Dunne, dem solche Respektlosigkeiten mißfielen.
»Und wie geht es der führenden Familie im irischen Hotelgewerbe?« fragte er Nessa Ryan.
Nessa erwiderte immer, danke, es gehe ihnen gut.
Eddie berichtete Chris, wie angespannt und besorgt Leo Murphy wirkte, obwohl sie sich doch überhaupt keine Sorgen machen müßte. Sie hatte die Schule mit sechs Auszeichnungen abgeschlossen, besaß Geld wie Heu und hätte nach Cork, Galway oder Dublin auf die Universität gehen können. Doch anscheinend wollte sie lieber Trübsal blasen.
In ihrem Antwortbrief meinte Chris, man könne nie wissen, welche Sorgen jemand habe. Vielleicht ging es ihr nicht gut, vielleicht war sie krank? Wie sah sie eigentlich aus? Verlegen gestand ihr Eddie, daß Leo aussah wie er, genauer gesagt: Die Fotos, die er ihr von sich geschickt hatte, als er sich noch als Mädchen ausgegeben hatte, waren Aufnahmen von Leo.
»Sie sieht sehr gut aus«, lautete Chris' banger Kommentar.
»Das ist mir nie aufgefallen«, schrieb Eddie zurück. »Vielleicht hätte ich doch ein Mädchen bleiben sollen.«
»Nein. Du bist wunderbar, so wie Du bist«, antwortete sie postwendend.

Sie wußten beide, daß sie endlich miteinander sprechen mußten. Zwar gab es weder in ihrer noch in seiner Familie ein Telefon, doch Chris konnte von einer Telefonzelle in Ryan's Hotel anrufen, wo Eddie warten würde. Einige Wochen lang tauschten sie sich in ihren Briefen über diese Möglichkeit aus.

»Vielleicht gefallen uns unsere Stimmen gar nicht«, schrieb Chris. »Aber es ist wichtig, daran zu denken, daß wir uns gern haben und daß es auf die Stimme nicht ankommt.«

»Was meinst Du mit ›gern haben‹?« antwortete Eddie. »Wir lieben uns. Und daran sollten wir am Samstag abend denken.«

Sie vereinbarten den Samstag, damit sie die ganze Woche die Vorfreude auskosten konnten.

Eddie machte sich fein und zog ein frisches Hemd an.

»Gehst wohl groß aus, hm?« Seine Mutter sah kaum auf, hatte aber zur Kenntnis genommen, daß er sich schick angezogen hatte.

»Ach nö, Mam. In einem Ort wie Shancarrig kann man nicht viel unternehmen.«

»So, und wohin gehst du dann, wenn ich fragen darf?« Ihre Worte waren schärfer als ihr Ton. Sie brannte darauf, es zu erfahren.

»Nur in Ryan's Hotel, Mam, auf eine Tasse Kaffee.«

»Eddie ...?«

»Ja, Mam?«
»Eddie, ich weiß, daß ich dir auf die Nerven gehe, aber du wirst doch nicht …«
»Mam, ich hab dir doch gesagt, daß ich nichts trinke. Ich hab's ein einziges Mal probiert, und ich mag weder den Geruch noch den Geschmack.«
»Ich habe nicht das Trinken gemeint.« Sie musterte ihn von oben bis unten: ein Junge, der zu einem Rendezvous ging.
»Was denn?«
»Du läßt dich doch nicht etwa mit dieser Eileen Dunne ein, oder? Das ist übles Volk, dem man besser …«
»Wem sagst du das! Ich arbeite schließlich für sie!«
»Aber Eileen …?«
Er kniete sich neben seine Mutter auf den Boden und blickte ihr ins Gesicht.
»Und wenn sie die einzige Frau in ganz Irland wäre, mit der würde ich nie was anfangen.«
Es war unverkennbar, daß er die Wahrheit sagte. Erleichtert ließ ihn seine Mutter ziehen.
Chris wollte um acht Uhr anrufen. Eddie postierte sich in der Hotelhalle. Das Telefon am Empfangstresen würde klingeln, dann würde sich derjenige am Empfang umsehen und sagen: »Eddie Barton? Ich weiß nicht, ob … ah, doch, da ist er«, und er oder sie würde Eddie bedeuten, in die Telefonzelle

zu gehen. Und dann würde er mit ihr sprechen, mit dem Mädchen, das er liebte.
Ein weiterer Vorteil war, daß die schreckliche Eileen Dunne samstags nicht am Empfang arbeitete, sondern im Speisesaal. Dabei trug sie stets ein enges Kleid, das sich über Po und Busen spannte, und eine kleine weiße Schürze, die so gut wie nichts verbarg.
Eddies Herz klopfte so heftig, daß ihm unwillkürlich die große Uhr in der Schule von Shancarrig einfiel, die mit dumpfem Ticktack das Verrinnen der Sekunden anzeigte.
Bald, bald, noch zehn Minuten. Noch neun.
Unwillkürlich sprang er auf die Füße, als er das Telefon läuten hörte. Es war ihm gar nicht aufgefallen, daß Eileen Dunne heute doch am Empfang arbeitete. Hoffentlich machte sie nicht irgendwelche blöden Bemerkungen, die Chris bis ins ferne Schottland hören würde.
»Ja, er ist hier, bleiben Sie dran. E-dd-ie?«
Er war schon am Empfangstisch.
»Ja?«
»Da will dich jemand sprechen. Bleibst du gleich hier am Apparat? Himmel, du bist ja heute mächtig aufgetakelt.«
»Ich gehe in die Zelle«, erwiderte er nur, das Gesicht rot vor Zorn.
»Na schön. Bleib dran, bis ich dieses blöde Ding

umgestellt habe. Da sind mehr Kabel und Stecker dran als Stacheln auf 'nem Igel. Gehst du heute abend in die Stadt tanzen?«

Er stürzte in die dunkle Telefonzelle und nahm mit zitternden Händen den Hörer ab. Zur Hölle mit Eileen Dunne! Lieber Gott, mach, daß Chris nichts gehört hat.

»Hallo?« sagte er zaghaft.

Offenbar war noch die Dame von der schottischen Vermittlung in der Leitung. Er verstand kaum ein Wort. Sie sagte irgend etwas von Schwierigkeiten durchzukommen.

»Können Sie mich bitte mit Chris verbinden?« Er merkte, daß seine Stimme zittrig klang. Aber es war doch ein Glück, daß Chris nicht sofort am Apparat gewesen war, sonst hätte sie die blöde Eileen gehört. Es konnte sich nur noch um Sekunden handeln, dann würde sie mit ihm sprechen.

»Ich bin's doch – Chris!« Es gelang ihm nur mit Mühe, diese seltsame Sprache zu verstehen. »Kannste mich etwa nich hör'n?«

Das konnte nicht Chris' Stimme sein! Das war jemand, der einen schottischen Komödianten nachahmte. So einen Akzent konnte doch kein normaler Mensch haben!

»Das bist doch nicht du, Chris, oder?« fragte er. Wahrscheinlich erlaubte sie sich einen Scherz.

»Och, Eddie, hör doch auf mit dem komischen Irengeplapper. Du klingst wie die Kerle beim Weihnachtskonzert inne Kirche, die immer so 'n Firlefanz machen.«
Schweigen. Sie erkannten, daß sich keiner von ihnen verstellte. Sie sprachen tatsächlich so und nicht anders. Ihr Gelächter durchbrach die Stille.
»Meine Güte, Eddie … daran hab ich gar nich gedacht. In meiner Vorstellung haste ganz normal gesprochen.«
Sein Herz wurde weit vor lauter Liebe. Daß sie so eigentümlich redete, machte ihm nicht das geringste aus. »Ich hab auch gedacht, du würdest dich wie ein normaler Mensch anhören«, erklärte er.
Und dann fanden sie zu dem unbefangenen Ton ihrer Briefe zurück. Schließlich waren die drei Minuten zu Ende.
»Ich liebe dich, Chris, mehr denn je.«
»Ich liebe dich auch«, sagte sie.

Sie lebten von Samstag zu Samstag, und obwohl sie sich weiterhin schrieben, verliefen die Telefongespräche nie so befriedigend, wie sie es erwartet hatten. Manchmal verstand der eine nicht, was der andere sagte, und sie vergeudeten wertvolle Zeit mit Erklärungen.

Verzweifelt sehnten sie eine Begegnung herbei. Die Zeit kam ihnen schrecklich lang vor.
»Wir sollten uns lieber bald treffen, bevor wir zu alt sind, einander zu erkennen«, schrieb sie.
»Solange wir uns noch daran erinnern können, was wir uns geschrieben haben.«
Sie hoben die Briefe beide in einem Schuhkarton auf. Das mochte unbedeutend erscheinen, doch es hatte etwas Verbindendes – und nicht nur das. Trotzdem zögerten beide, den anderen zu sich einzuladen. Eddie fand den Gedanken unerträglich, Erklärungen abgeben und das freie Zimmer herrichten zu müssen und auch noch der Fragerei seiner Mutter und den neugierigen Blicken der anderen Dorfbewohner ausgesetzt zu sein.
Chris meinte, wenn es ihm schwergefallen sei, sie am Telefon zu verstehen, dann sei eine Verständigung mit ihrer Familie und den Nachbarn in Glasgow für ihn sicher unmöglich.
Sie sehnte sich offenbar nach dem Barnawald und dem Hügel mit dem großen Felsen, dem der Ort seinen Namen verdankte. Sie wollte Eddies rosafarbenes Haus sehen und seine Mutter kennenlernen.
Eddie wollte auch, daß sie herkam – und dann doch wieder nicht. Er wollte Shancarrig verlassen und brachte es gleichzeitig nicht übers Herz. Schon ein-

mal war seine Mutter von einem Mann verlassen worden; Eddie konnte nicht fortgehen.

Eines Tages hörte er sich schließlich die Einladung aussprechen. Er hatte es eigentlich gar nicht beabsichtigt, aber die Worte sprudelten einfach aus ihm heraus.

Er hatte einen langen, harten Tag in Dunnes Geschäft hinter sich, an dem alles schiefgegangen war. Der alte Mr. Dunne war unausstehlich gewesen, Liam hatte spöttische Bemerkungen gemacht, und Brian hatte ihn herumkommandiert. Zu allem Überfluß war auch noch ihr Cousin Foxy, der in Eddies Klasse gewesen war, zu einem Besuch in seinem Heimatort aufgetaucht. Foxy arbeitete in England auf dem Bau. Nach allem, was man hörte, mit großem Erfolg. Er hatte ganz unten angefangen und für die Iren, die drüben in England die breiten Straßen teerten, in Feldkesseln Tee gekocht. Einmal im Jahr besuchte er sein Heimatdorf, strahlend, ein Energiebündel wie eh und je.

Normalerweise freute sich Eddie, Foxy zu sehen, denn er war ein heller Kopf und hatte immer einen Scherz auf den Lippen.

Doch heute war es anders. »Laß dich von dem doch nicht so runterputzen«, sagte Foxy zu Eddie, als Mr. Dunne ihn einen beschränkten Trottel nannte.

»Du hast leicht reden, Foxy. Für dich ist er nur

ein Onkel, aber für mich ist er der Brötchengeber.«

»Trotzdem, du gibst immer klein bei. Wenn du für ihn den Fußabtreter spielst, wirst du hier für den Rest deines Lebens im Arbeitskittel hinter dem Ladentisch stehen.«

»Und was für hochfliegende Pläne hast du?« konterte Eddie.

»Ich hab die Schnauze voll von hier. Ich würde nicht hier rumsitzen und mir das wichtigtuerische Gewäsch meines Onkels anhören oder mit ansehen, wie meine Tante Nellie die Leute ewig Schulden machen läßt, nur weil sie angeblich was Besseres sind. Ich lebe in England und verdiene dort einen Haufen Geld. Und irgendwann komme ich zurück und heirate Leo Murphy.«

Das war die längste Rede, die Foxy je gehalten hatte. Eddie war überrascht.

»Will Leo dich denn heiraten?«

»Jetzt noch nicht. Nicht in meiner gegenwärtigen Lage. Niemand will einen wie uns heiraten, Eddie. Wir sind Dummköpfe. Jeder von uns hat nur einen einzigen guten Anzug, und da ist auch noch der Hosenboden durchgescheuert. Wir müssen was aus unserem Leben machen, statt nur wie die Idioten dumm rumzustehen. Was für eine Frau würde denn einen wie uns wollen?«

»Ich weiß nicht. Vielleicht haben wir auch unseren Reiz«, erwiderte Eddie leichthin, obwohl er wußte, daß Foxy recht hatte.
Foxy wandte sich ungeduldig ab. »Ich sehe dich schon vor mir, wie du in zwanzig Jahren noch genau dasselbe sagst, Eddie. Dieses Kaff macht uns alle träge und abgestumpft. Wie ein trüber Fluß, der uns immer weiter hinabzieht.«
Eddie dachte den ganzen Tag über Foxys Worte nach. Für das Telefongespräch am Abend machte er sich diesmal nicht fein. Heute war er an der Reihe, in Glasgow anzurufen.
»Komm nach Irland. Komm nach Shancarrig«, sagte er, als Chris sich meldete.
»Wann? Wann soll ich kommen?«
»Sobald du kannst. Ich hab es satt, ohne dich leben zu müssen«, fuhr er fort. »Es gibt für mich nichts anderes mehr als dich.«

Der Ton in ihren Briefen änderte sich, wurde zuversichtlicher. Es ging jetzt um das »wann«, nicht mehr um das »ob«. Das Treffen war beschlossene Sache. Sie liebten sich, sie brauchten einander, und beide staunten darüber, daß der andere genauso empfand wie man selbst.
Jetzt galt es, die Einzelheiten zu klären.
Chris würde ihre zwei Wochen Urlaub vom Blumen-

laden nehmen, Eddie seine zwei Wochen von Dunnes Laden. Sie würde mit dem Schiff von Stranraer nach Larne fahren, und anschließend vielleicht mit dem Zug nach Belfast?
»Soll ich dich dort abholen? Ich war noch nie in Nordirland. Dir wird es vertraut vorkommen, rote Busse, rote Briefkästen – wie in England.«
»Wie in Schottland«, verbesserte sie. In England war sie nämlich noch nie gewesen.
Oder sollte sie einen Zug nach Wales nehmen und dann von Holyhead aus übersetzen? Das wäre vielleicht die hübschere Strecke. Dann könnte sie Dun Laoghaire und ein bißchen etwas von Dublin sehen, ehe sie in den Zug nach Shancarrig stieg.
»Ich möchte nicht, daß du ganz allein durch Dublin ziehst und womöglich an irgendwelche Kerle gerätst. Ich werde dich von der Fähre abholen.«
Aber Chris widersprach; sie wollte allein mit dem Zug nach Shancarrig kommen. Sie würde die Station schon erkennen und die Blumen, die das Wort Shancarrig bildeten. Dieses Blumenbeet hatte er ihr vor langer Zeit einmal beschrieben.
Eddie könne sie am Bahnsteig erwarten.
Er betete, das Wetter möge diese vierzehn Tage lang schön sein, damit das Sonnenlicht durch die Zweige des Barnawalds schimmerte und das Wasser des Grane-Flusses silbrig glänzte. Zwar wußte er, daß

man niemandem Böses wünschen sollte, aber er hoffte, Eileen Dunne würde aus irgendeinem Grund im Krankenhaus liegen, wenn Chris ankam, und Nessa Ryan würde ihn nicht so herablassend behandeln, und er hätte vor Brian und Liam Dunne und ihrem übellaunigen Vater Ruhe – er hatte schließlich Ferien!
Vor allem aber hoffte er, daß seine Mutter nett zu Chris sein würde. Noch nie hatten bei ihnen Gäste übernachtet, und Eddie hatte mit Leimfarbe die Wände und die Balken in dem kleinen, muffigen Zimmer gestrichen, das sie bis dahin die »Abstellkammer« genannt hatten. Eddies Mutter war dabei merkwürdig still gewesen.
»Was ist sie für ein Mädchen?« hatte sie ihn lediglich gefragt.
»Ein Mädchen, dem ich schreibe, dem ich ziemlich oft schreibe. Nach ihren Briefen und unseren Telefongesprächen mag ich sie. Ich habe sie eingeladen, hierher zu kommen, damit ... na ja, damit ich nicht von dir fortgehen muß.«
Seine Mutter drehte rasch den Kopf weg, damit er den Ausdruck der Dankbarkeit in ihrem Gesicht nicht sah. Doch er bemerkte ihn trotzdem.
»Ich nähe Vorhänge für das Zimmer«, sagte sie.
Hoffentlich mochten sie einander.

Sie hatten Schinken, gekochten Speck und Tomaten sowie eine fertige Schokoladentorte mit vier Schokoladenmedaillons zum Tee besorgt.
Eddies Mutter hatte die Näharbeit weggeräumt, damit es wie in einem normalen Haus aussah. Vor dem Fenster der Abstellkammer hingen blaue Vorhänge, eine farblich abgestimmte Tagesdecke war über das Bett gebreitet. Auf dem behelfsmäßigen Toilettentisch lag eine kleine blaue Tischdecke, darauf stand ein Blumenstrauß, den Eddie gepflückt hatte.
Es würde nicht mehr lange dauern. Um drei Uhr sollte der Zug ankommen. Nur noch vier Stunden. Drei. Zwei. Dann war es soweit.

Auf dem Bahnsteig stand Liam Dunne; er erwartete eine Lieferung, die ihm der Zugschaffner übergeben würde.
»Was machst du denn hier?« fragte Liam. »Ich dachte, du hast Urlaub. Wenn du nichts zu tun hast, kannst du mir ja helfen ...«
»Ich habe Urlaub, und ich hole jemand vom Zug ab«, erwiderte Eddie bestimmt.
Das Pfeifen des Zuges war zu hören, und da kam er schon um die Kurve. Sie stieg aus. In der Hand hielt sie einen großen, soliden Koffer mit ledernen Schutzkappen an den Ecken.
Sie trug eine rote Jacke und einen marineblauen

Rock, dazu eine marineblaue Umhängetasche und ein breites, fröhliches Lächeln auf dem Gesicht. Einen Augenblick lang befürchtete er, sie könnte ihn mit Liam Dunne verwechseln. Liam war größer als er, schlaksig und gutaussehend. Eddie kam sich vor wie ein Faß. Er wünschte, sein Rückgrat würde plötzlich in die Höhe schießen und er wäre gertenschlank.

Als er ihr entgegenging, sah er ihren Fuß. Chris Taylor trug einen Schuh mit sehr dicker Sohle. Er zwang sich, den Blick davon loszureißen und auf ihr erwartungsvoll lächelndes Gesicht zu richten.

Liam war damit beschäftigt, zusammen mit dem Schaffner Waren aus dem Güterwagen auszuladen, und niemand beobachtete sie.

Noch nie hatte Eddie ein Mädchen geküßt, höchstens beim Tanzen mal ein wenig befummelt. Er legte die Arme um Chris.

»Willkommen in Shancarrig«, sagte er zuerst, dann gab er ihr einen ganz zarten Kuß. Sie hielt ihn fest.

»Ich habe dir nie von meinem Fuß erzählt.« Ihr Gesicht zuckte ängstlich.

»Was ist mit deinem Fuß?« Er zwang sich, nicht noch einmal hinzuschauen, um nicht sehen zu müssen, wie schlimm es wirklich war. Konnte sie gehen? Hinkte sie? In seinem Kopf wirbelten die Gedanken durcheinander.

»Ich wollte nicht, daß du mich bemitleidest«, bekannte sie.
»Ich? Dich bemitleiden? Ich glaube, du spinnst«, erwiderte er.
»Ich kann gehen und alles, ich kann auch mit anderen Schritt halten. Ich kann nach dem Tee mit dir spazierengehen und den ganzen Barnawald anschauen.«
Sie wirkte sehr jung und schüchtern. Sie hatte sich offensichtlich schon ewig Gedanken darüber gemacht, genau wie er sich Gedanken gemacht hatte, weil Shancarrig nicht so schön war, wie er es beschrieben hatte.
»Ich weiß gar nicht, was du meinst«, versuchte er ihre Sorgen zu zerstreuen, aber er wußte, daß es nicht klappen würde.
»Mein Bein, Eddie. Das eine ist kürzer als das andere. Deshalb trage ich einen Spezialschuh.«
Er sah ihr an, wie schwer es ihr fiel, das zu sagen. Wie oft sie das geübt haben mußte. Er bemühte sich, die richtigen Worte zu finden.
Und so blickte er hinab auf ihren Fuß, der in einem schwarzen Schuh mit hohem Absatz und dicker Sohle steckte.
»Tut er weh?«
»Nein, überhaupt nicht, es ist nur, wie er aussieht.«
Eddie nahm sie an beiden Händen. »Chris, bist du verrückt geworden?« fragte er. »Bist du nicht ganz

bei Trost? Ich bin's, Eddie, dein bester Freund. Dein Liebster. Hast du auch nur einen Augenblick lang geglaubt, es gehört zu unserer Abmachung, daß deine Beine unbedingt gleich lang sein müssen?«

Damit hatte er genau das Richtige getroffen. Chris Taylor brach in Tränen aus und drückte ihn an sich, als wollte sie ihn nie mehr loslassen. »Ich liebe dich, Eddie.«

»Ich liebe dich auch. Komm jetzt, laß uns nach Hause gehen.« Er nahm ihren Koffer, und sie gingen zum Bahnhofsausgang.

Chris wischte sich noch immer die Tränen aus den Augen. Liam Dunne stand da und beobachtete die beiden.

»Mach dir nichts draus.« Er nickte in Eddies Richtung. »Der Kerl ist strohdumm. Er bringt die Leute immer aus der Fassung, bis sie zu heulen anfangen. Aber in Shancarrig gibt es auch eine Menge richtiger Männer.«

Sie lächelte ihn freundlich an.

»Das will ich doch hoffen. Ich bin den ganzen Weg von Schottland gekommen, um das festzustellen.« Sie hakte sich bei Eddie unter, und gemeinsam verließen sie den Bahnhof.

»Wer war das?« flüsterte sie.

»Liam Dunne. Ein schrecklicher ...«

»Sag nichts, ich weiß alles über ihn. Der jüngere

Sohn, der den Laden übernimmt, wenn Brian nach England geht und der Alte stirbt.«
»Du weißt ja wirklich alles«, wunderte sich Eddie.
»Ich fühle mich hier schon fast wie zu Hause.«
Als sie die Straße entlanggingen und er ihr Ryan's Hotel zeigte, wo er immer auf ihre Anrufe gewartet hatte, und die Kirche, von der aus ihm Father Gunn fröhlich zuwinkte, dann die Pubs und Nellie Dunnes Lebensmittelladen, da wußte er, daß sie wirklich in vielerlei Hinsicht nach Hause gekommen war. Er wußte, daß er sich nicht getäuscht hatte, sie war tatsächlich der Mittelpunkt seines Lebens. Und wenn er sie heim zu seiner Mutter brachte, würde es auch keine Schwierigkeiten geben.

Später konnte sich niemand mehr recht erinnern, wie es eigentlich gekommen war, daß Chris Taylor plötzlich in Shancarrig lebte. Man hatte noch nie von ihr gehört, und dann war sie von einem Tag auf den anderen einfach da, als hätte sie schon immer hier gewohnt.
Wenn jemand sich bei Mrs. Barton nach ihr erkundigte, sagte sie, Chris sei ein ganz wunderbares Mädchen und eine wahre Künstlerin an der Nähmaschine. Sie konnte einfach alles. Man brauche sich ja nur einmal anzusehen, was sie aus den Möbeln gemacht hatte. Vom ersten Augenblick an war Chris

von den Vorhängen und der Tagesdecke in ihrem kleinen Zimmer begeistert gewesen. Und sie geizte nicht mit Lob: Mrs. Barton war ihrer Meinung nach ein Genie.

Eddie hatte in den Schneiderarbeiten seiner Mutter nie etwas anderes gesehen als eine Möglichkeit, den Lebensunterhalt zu verdienen; er wußte, daß sie etliche ihrer Kundinnen nicht besonders gut leiden konnte. Doch nie war ihm der Gedanke gekommen, es könnte eine künstlerische Tätigkeit sein.

Chris öffnete ihm die Augen. »Schau doch nur, wie die Borte fällt, welche Farbzusammenstellungen deine Mutter wählt … da sieht man gleich, Eddie, von wem du deine künstlerische Ader hast …«

Eddies Mutter errötete vor Freude. Über Eddies Vater fiel keine einzige abfällige Bemerkung. Chris gelang es sogar, das erste vernünftige Gespräch über den abwesenden Ted Barton in Gang zu bringen; das hatte es bislang in diesem Haus nicht gegeben.

»Wahrscheinlich war er einfach ein ruheloser Mann. Es mag in mancher Hinsicht besser sein, daß er gegangen ist.«

Und zu seinem Erstaunen hörte Eddie, wie seine Mutter Chris zustimmte. Hier begann sich tatsächlich einiges zu ändern.

Rasch war Chris ein Teil von Shancarrig.

Sie ging in Dunnes Laden ein und aus, wo sie Eddie traf oder ihm etwas ausrichtete, und sie war ein vertrautes Gesicht im Hotel, wo sie sich mit Nessa Ryan anfreundete. Über Chris Taylor sprach nie jemand abschätzig, wie das bei Eddie Barton gang und gäbe gewesen war. Sie unterhielt sich oft mit Nessas Mutter über Stoffe und Einrichtungsfragen. Es war nämlich ein Zuschuß zur Verschönerung des Hotels bewilligt worden, damit dort nicht nur die Handelsreisenden, sondern auch Touristen eine angenehme Unterkunft vorfanden.

Doch in seinem momentanen Zustand zog das Hotel noch keine Touristen an. Chris schien eine Vorstellung davon zu haben, wie es aussehen sollte – verblendete Vorhangleisten, hübsche, mit Stoff bezogene Holzleisten –, das hatte sie in einer amerikanischen Zeitschrift gesehen: Man befestigte den Vorhangstoff am Sperrholz, dann fielen die Vorhänge von allein in dekorativen Falten herab. Und dazu natürlich passende Bettwäsche.

Nessa Ryan und ihre Mutter waren hingerissen.

»Wie sollen wir das anfangen? Sollen wir jemand aus Dublin kommen lassen? Wer macht so was?«

»Wir«, erwiderte Chris schlicht.

»Wir?«

»Mrs. Barton und ich. Lassen Sie uns probeweise ein Zimmer gestalten, dann sehen wir weiter.«

»Aber Vorhangleisten aus Sperrholz …? Das könnt ihr doch nicht …?«

»Eddie kann das, er kann das Sperrholz besorgen. Und Liam Dunne könnte ihm helfen …«

Das Zimmer wurde ein durchschlagender Erfolg, und das ganze Hotel sollte im selben Stil ausgestattet werden. Man wählte einen Stoff, der zu Eddies gepreßten Blumen und seinen großzügigen, kühn angeordneten Bildern paßte, mit den Blumen aus dem Barnawald – eigens bei einem hiesigen Künstler in Auftrag gegebene Werke.

»Du kannst mich doch nicht einen hiesigen Künstler nennen«, hatte Eddie eingewandt.

»Du bist von hier. Du lebst hier, oder etwa nicht?« hatte Chris ihm schlicht entgegnet.

Nun ging es um die Planung. Chris und Eddies Mutter würden die Arbeiten gemeinsam ausführen, aber sie brauchten jemanden, der die einzelnen Schritte vorbereitete, der die richtigen Stoffe auswählte und besorgte, der ein Auge für Farben hatte; jemand, dessen Bilder bereits an der Wand hingen.

Chris hatte vor Freude rote Backen, als sie Eddie von dem Vorhaben berichtete.

»Du kannst bei Dunne kündigen. Wir haben unser eigenes Geschäft, wir drei …«

»Ich kann nicht kündigen. Falls wir heiraten, muß ich für dich sorgen können.«
»Was soll das heißen: ›falls wir heiraten‹? Hast du es dir etwa anders überlegt? Ich bin hierhergekommen und wohne bei dir, mache mich unverschämt breit in eurem Haus, und dann sagst du: ›falls wir heiraten‹?«
»Chris, ich möchte in aller Form um deine Hand anhalten.«
»Nicht hier, Eddie. Laß uns in den Wald gehen.«
Eddies Mutter stand am Fenster und beobachtete die beiden, wie sie in Richtung Wald spazierten, das merkwürdige, humpelnde, zielstrebige Mädchen aus Schottland und ihr stämmig gebauter Sohn, der seit Chris' Ankunft gewachsen zu sein schien.
Sie wußte nichts von dieser schottischen Familie, die ihre Tochter einfach in ein anderes Land ziehen ließ, ohne daß es sie zu kümmern schien.
Die Vergangenheit war bedeutungslos geworden. Früher hatte sie in ihr gelebt, und das Vergangene hatte schwer auf ihr gelastet. Doch jetzt dachte sie an die Zukunft, an den Heiratsantrag, der im Barnawald ausgesprochen und angenommen werden würde, an das Leben, das vor ihnen lag.

Dr. Jims

In Shancarrig kannte man ihn nur ungefähr sechs Wochen lang unter dem Namen Dr. Blake. Dann fingen alle an, ihn Dr. Jims zu nennen. Das hing natürlich mit Maisie zusammen. Maisie konnte nämlich überhaupt keinen Namen richtig aussprechen, nicht mal einen so einfach wie James. Sie sollte Dr. James ans Telefon holen, und vor dem ganzen Wartezimmer hatte sie gesagt, Dr. Jims werde verlangt. Und irgendwie war dieser Name hängengeblieben. James Blake war zu jung, als daß man ihn mit vollem Titel angesprochen hätte – nicht solange Dr. Nolan über Shancarrig herrschte.

Jims Blake gewöhnte sich daran, daß die Leute nach dem richtigen Arzt verlangten, wenn sie ins Terrace kamen, und wenn nachts ein Arzt gebraucht wurde und Dr. Jims erschien, wurden Bedenken laut. Regelmäßig pflegte er dann zu sagen, er halte lediglich die Stellung für den richtigen Arzt, Dr. Nolan würde dann zu einer passenderen Tageszeit vorbeischauen und seinen Segen geben.

Trotzdem waren sie ein gutes Gespann – der weise

alte Mann, der alle Geheimnisse in Shancarrig kannte, und der dünne, eifrige junge Mann, der aus einer Kleinbauernfamilie der Gegend stammte. Der Alte, der abends mehr Brandy trank, als ihm guttat, und der Junge, der bis spät in die Nacht aufblieb und Fachzeitschriften und Berichte las – sie lebten in Frieden miteinander. Sie hatten Maisie, die in sie beide vernarrt war und es den Leuten übelnahm, daß sie dauernd krank wurden und den Männern das Leben schwer machten, dem großen Dr. Nolan und dem armen jungen Dr. Jims.

Dr. Nolan sagte immer, Jims Blake solle sich eine Frau suchen, worauf Maisie stets erwiderte, damit könne er sich ruhig noch Zeit lassen.
Doch im Jahr 1940, als Dr. Nolan siebzig war und Dr. Jims dreißig, stand eine Entscheidung an. Es war eine Zeit, in der sie sehr viel zu tun hatten: In beinahe jedem Haus im Ort wollte ein Baby auf die Welt geholt werden. Die kleine Leonora im Glen, die erste Tochter der Ryan's im Hotel, ein weiterer Dunne in den Katen, ein Sohn für die Frau des wilden Ted Barton, noch eine Brennan für Paudies ohnehin zahlreiche Sippe.
Dr. Jims kam müde in das große Haus im Terrace zurück, jenem hohen Gebäude, das zusammen mit dem Hotel und der Ladenzeile ein Dreieck bildete:

den Ortskern. Hier war auch die Bushaltestelle, und man konnte von jedem Fenster aus das Treiben in Shancarrig verfolgen. Dr. Jims' Arbeit führte ihn auch in die abgelegeneren Winkel, doch das eigentliche Leben spielte sich in nächster Nähe seines Wohnsitzes ab.

Und obwohl er ein angenehmes Leben führte, war es doch in mancher Hinsicht seltsam unwirklich. Dr. Nolan brachte es auf den Punkt, als er sagte: »Ich werde nicht zulassen, daß Sie denselben Fehler machen wie ich. Ein Arzt braucht eine Frau, das ist überhaupt keine Frage. Ich habe früher Möglichkeiten und Gelegenheiten dazu gehabt, genau wie Sie heute. Aber ich war zu stur und zu bequem. Ich wollte nicht, daß mein gewohntes Leben durch eine Frau durcheinandergebracht wird. Ich habe immer geglaubt, ich bräuchte eigentlich keine Frau.«

»Sie brauchten doch auch keine«, versuchte Dr. Jims ihn aufzumuntern. »Waren Ihre Tage denn nicht so schon ausgefüllt genug – wo wäre da noch Platz für eine Frau gewesen? Ich habe zu viele vernachlässigte Arztfrauen gesehen. Vielleicht sollte man als Mediziner ein Zölibatsgelübde ablegen wie die Geistlichen? Das könnten wir doch der Irischen Ärztevereinigung vorschlagen.«

»Spotten Sie darüber nicht, Jims. Ich meine es ernst.«

»Ich auch. Wie könnte ich denn heiraten? Woher sollte ich das Geld für ein Haus nehmen? Ich schicke immer noch etwas nach Hause auf den Bauernhof, das wissen Sie doch. Wenn mir mal eine Frau gefällt, die ich vielleicht gern heiraten würde, könnte ich ihr nicht mal in die Augen sehen.«
»Und welche wäre das zum Beispiel?« Der Alte trank seinen Brandy und richtete den Blick auf sein Glas, nicht auf sein Gegenüber.
»Niemand im besonderen.«
»Aber vielleicht Frances Fitzgerald?«
»Ach, wo denken Sie hin! Was könnte ich Frances Fitzgerald denn bieten?«
Doch Jims Blake wußte, daß der Alte ihn durchschaut hatte. Nur zu gern wäre er ihr nähergekommen, einen Schritt weiter gegangen, als nur in Anwesenheit anderer Leute mit ihr Tennis zu spielen oder Kartenabende im Glen oder in Ryan's Hotel zu verbringen.
Er hoffte allerdings, daß das nicht für jedermann so offensichtlich war.
Wieder schien Dr. Nolan seine Gedanken erraten zu haben.
»Es weiß niemand außer mir«, versicherte er Jims.
»Und Sie könnten ihr die Hälfte des Hauses hier anbieten.«
»Das ist doch Ihr Haus.«

»Ich werde nicht ewig leben. Ich brauche immer mehr von dem Zeug hier, um die Schmerzen in meinen Eingeweiden zu lindern.« Er hielt sein Brandyglas hoch, damit Jims verstand, was er meinte.
»Sie hätten weniger Schmerzen, wenn Sie weniger von dem Zeug trinken würden.«
»Das sagen Sie in Ihrem jugendlichen Übermut. Wir lassen die oberen beiden Stockwerke für euch herrichten. Die Dunnes sollen am Montag kommen und zeigen, wie sie mit Pickel und Schaufel umgehen können, dann sehen wir schon, was daraus wird. Frances wird ihre eigene Küche haben wollen, es würde ihr kaum gefallen, wenn Maisie ihr dauernd hinterherschnüffelt.«
»Charles, ich kann doch nicht ... wir wissen ja nicht mal, ob Frances überhaupt will.«
»Doch, doch«, erwiderte Dr. Nolan.
Jims Blake sprach weiter, ohne die Bedeutung dieser Worte richtig begriffen zu haben.
»Aber ich kann es mir nicht leisten ...«, meinte er.
Charles Nolans Gesicht zuckte vor Schmerz und Ärger. »Jetzt hören Sie aber auf mit Ihrer Schwarzseherei und Ihrem wehleidigen Getue ... ich kann dies nicht, ich kann das nicht ... Sind Sie so vielleicht Arzt geworden?«
Sein gerötetes Gesicht verlieh seinen Worten Nachdruck.

»Hören Sie mal, Jims Blake, warum hab ich Sie wohl hier hereingeholt? Denken Sie mal darüber nach. Jedenfalls nicht wegen Ihrer guten Beziehungen zu vermögenden Leuten oder Ihrer feinen Abkunft. Nein. Ich wollte Sie haben, weil Sie eine Kämpfernatur sind und ein zäher Bursche aus kleinen Verhältnissen. Ihr blasses, schmales Gesicht und Ihre Entschlossenheit haben mir gefallen. Und es hat mir gefallen, wie Sie es durchgesetzt haben, daß Sie studieren durften, und daß Sie Gelegenheitsarbeiten angenommen haben, um über die Runden zu kommen, weil Ihre Eltern Ihnen nicht genug zahlen konnten. So einen Arzt brauchen die Leute – einen, der nicht unterzukriegen ist.«

»Ich denke, ich könnte Ihnen jeden Monat einen bestimmten Betrag dafür bezahlen. Ich könnte noch mehr Arbeit übernehmen.«

»Junge, Sie machen doch ohnehin schon fast die ganze Arbeit. Ich gebe Ihnen nur, was Ihnen zusteht …«

Und so war es abgemachte Sache. Dr. Jims sollte den oberen Teil des Hauses bekommen. Alle stimmten darin überein, daß das vernünftig war. Schließlich wurde Dr. Nolan nicht jünger. War es da nicht praktischer, daß er sich sein Schlafzimmer im Erdgeschoß einrichten ließ?

Maisie rümpfte ein wenig die Nase, vor allem als bekannt wurde, daß Dr. Jims nun Miss Fitzgerald den Hof machte.

Die Brüder Dunne kamen regelmäßig und überlegten, ob die Küche an der Vorder- oder der Rückseite des Hauses liegen sollte. Es wäre vielleicht ganz gut, wenn das Küchenfenster auf den Ort hinausgehen würde. Von den oberen Stockwerken des Terrace hatte man einen hübschen Blick auf Shancarrig. Andererseits war es üblich, daß die Küche hinten lag. Diese Frage verursachte ihnen einiges Kopfzerbrechen.

Ehe sie zu einer Lösung gekommen waren, erwies sich ihre Arbeit als unnötig. Dr. Charles Nolan starb an dem Leberleiden, das er jahrelang nicht ernst genommen hatte, und er vermachte das Haus seinem Partner Dr. Blake.

Ehe er starb, sprach er mit Jims. »Sie sind ein guter Kerl. Sie würden Ihre Sache wirklich gut machen, wenn Sie nur endlich begreifen würden ...«

»Sie haben noch etliche Jahre vor sich. Halten Sie doch keine Abschiedsrede«, sagte Jims Blake zu dem Sterbenden.

»Was ich sagen wollte, war: Wenn Sie nur endlich begreifen würden, daß es Leute gibt – zu denen auch ich mich übrigens zähle –, die ganz froh darüber sind, wenn ihr Leben zu Ende geht, und die sich nur

sehr ungern sagen lassen, daß sie noch Jahre voller Schmerzen und geistiger Verwirrung vor sich haben ...«
Jims hielt die Hand seines Partners – es war eine schlichte Geste der Verbundenheit, wo Worte versagt hätten.
»Das ist schon besser«, meinte Dr. Nolan. »Und jetzt versprechen Sie mir, daß Sie eine Familie gründen und ein ganz normales Leben führen werden, ja? Damit es Ihnen nicht so geht wie mir und Sie das Haus einem ehrgeizigen jungen Spund von Partner vermachen müssen!«
»Aber Sie können mir doch nicht alles vermachen.« Jims war bestürzt.
»Ich habe eigentlich gehofft, ich könnte es auch Frances vermachen. Sagen Sie, haben Sie in dieser Sache schon Fortschritte gemacht ...?«
»Ja. Wir wollen heiraten ...« Jims Stimme versagte, als er erkannte, daß sein Wohltäter die Hochzeit nicht mehr erleben würde.
»Das ist gut, sehr gut. Ich bin jetzt müde. Bringen Sie mich morgen ins Krankenhaus, Jims. Ich möchte nicht in dem Haus sterben, in das Frances als Braut einziehen wird.«
»Es ist Ihr Haus. Sie können sterben, wo Sie wollen!« ereiferte sich Jims.
Der Alte lächelte. »Es gefällt mir, wenn Sie so reden.

Und ich möchte gern im Krankenhaus sterben. Sagen Sie diesem jungen Father Gunn, er soll dorthin kommen, nicht hierher, sonst regt sich Maisie nur auf. Und stellen Sie mir die Brandyflasche wieder in Reichweite.«

Es dauerte nicht lange, bis die Einwohner Shancarrigs Dr. Jims als den richtigen Arzt anerkannten. Es hatte sich alles geändert. Nun gab es keinen alten Dr. Nolan mehr, der ihre Geheimnisse kannte, und an seiner Statt vertrauten sie sich nun Dr. Jims an. Er war inzwischen natürlich verheiratet, und er hatte eine sehr nette Frau – eine von den Fitzgeralds, die eine große Mühle besaßen.

Die beiden waren ein hübsches Paar – das dachten Außenstehende, die sie nur oberflächlich kannten und keine Ahnung hatten von ihrer Leidenschaft, ihrer Liebe und ihrem gegenseitigen Verständnis. Frances mit ihrem freundlichen, ernsten Gesicht, das oft von einem inneren Licht verzaubert zu sein schien, war eine Frau, in der sich Jims' kühnste Träume erfüllten.

Sie schlich sich von hinten an ihn heran und schlang die Arme um seinen Hals. Wenn Maisie nicht zusah, fütterte sie ihn gern von ihrem Teller. Und wenn er abends zu einem Krankenbesuch weg mußte, legte sie ihm manchmal einen Zettel aufs Kissen, auf dem stand: »Weck mich auf. Ich möchte dich richtig begrüßen.« Sie trug in jeder Weise dazu bei, daß er selbstsicherer wurde. Jims Blakes Gang war unbeschwerter, und seine Augen strahlen.

Daß Dr. Nolan ihm das Haus vererbt hatte, trug noch mehr zu Dr. Jims' Ansehen in der Gemeinde bei. Wenn der alte Herr Doktor so viel von ihm gehalten hatte, dann mußte dieser junge Mann gut sein. Manchmal fühlte Jims Blake sich all der Ehrerbietung unwürdig, die ihm Shancarrig entgegenbrachte. Wenn er seine eigenbrötlerische Familie auf ihrem kleinen, trostlosen Bauernhof besuchte und sah, welches Leben ihm bestimmt gewesen wäre, wenn er nicht so hart um sein Medizinstudium gekämpft hätte, plagten ihn Schuldgefühle. Es betrübte ihn, daß seine Eltern so wenig besaßen, und selbst das Geld, das er ihnen gab, wurde unter der Matratze versteckt und nicht für einen besseren Lebensstandard verwendet.

Er hatte versucht, Frances diese Schuldgefühle zu erklären, doch sie sprach ihm beschwichtigend zu. Er habe für seine Familie alles getan, was in seiner Kraft stand. Mehr erwarte niemand von ihm, mehr könne er auch gar nicht tun.

Frances sagte, nun seien sie selbst eine Familie, sie und Jims und das Baby, das sie erwarteten. Mit der düsteren Blakes-Familie in dem kleinen, feuchten Bauernhaus verband sie ebensowenig wie mit den kühlen, zurückhaltenden Fitzgeralds, die sich nur um ihre geschäftlichen Angelegenheiten kümmerten. Die junge Familie war sich selbst genug.

Und so blieb es eine Zeitlang.

Jims dachte oft, der alte Nolan hätte sich gefreut, wenn er erlebt hätte, wie das Terrace Nummer drei von fröhlichem Gelächter widerhallte. Erst wurde Eileen geboren, dann Sheila. Zwar war noch kein Sohn und Stammhalter in Aussicht, aber – wie der Volksmund sagte – Gott würde ihnen den Jungen schenken, sobald er es für richtig hielt.

Die beiden unternahmen zahlreiche Versuche – die alle mit einer Fehlgeburt endeten.

Frances Blake war eine zarte Frau; die Bemühungen, ein Kind bis zur Geburt zu behalten, strapazierten zunehmend ihre Gesundheit.

Mehrmals fragte sich Jims, was der alte Doktor ihm geraten hätte, wenn er mit einem solchen Problem konfrontiert gewesen wäre. Er konnte Dr. Nolans Stimme beinahe hören.

»Das ist eine Sache, die ihr beide unter euch ausmachen müßt ... der liebe Gott im Himmel hat nun mal kein Regelbuch, in dem geschrieben steht, ihr müßt dies oder jenes tun, und zwar so und so oft ... der

liebe Gott erwartet, daß wir unseren Verstand gebrauchen ...«
Und er würde fortfahren, die wesentlichsten Einzelheiten über die Zeiten hoher und niedriger Empfängniswahrscheinlichkeit zu erläutern, und vorschlagen, man solle in letzteren den, wie er es nannte, ehelichen Verkehr vollziehen.
Und er hätte das Paar stets angehalten, über alles miteinander zu reden.
Jims Blake jedoch fiel es irgendwie schwer, mit seiner Frau darüber zu sprechen.
Noch schwieriger wurde die Sache dadurch, daß er Frances so sehr liebte. Er begehrte sie, doch gleichzeitig wollte er sie beschützen. Diese beiden Bedürfnisse zusammen waren der Vernunft nur schwer unterzuordnen. Er hatte die Zeiten ihres Eisprungs möglichst sorgfältig errechnet, sie hatten versucht, nur dann miteinander zu schlafen, wenn eine Empfängnis am unwahrscheinlichsten war. Er hatte ihr Gesicht in seine Hände genommen und ihr versichert, die zwei kleinen Mädchen genügten, sie müßten keinen Sohn haben. Er und Frances sollten ein Leben fahren, das sie keinen weiteren Belastungen aussetzte und ihre Gesundheit nicht gefährdete. Manchmal sah Frances traurig aus, und dann war er nicht sicher, ob sie vielleicht befürchtete, er würde sie nicht mehr so begehren wie früher. Vielleicht war

es auch, weil sie ihm wirklich gern einen Sohn geschenkt hätte. Er konnte einfach nicht glauben, daß zwei Menschen, die sich so sehr liebten, einander in manchen Dingen trotzdem mißverstanden. Doch immer wenn er sich ihr näherte, schien sie so willig und bereit zu sein, daß er zu der Überzeugung gelangte, daß auch sie es wollte.

Als Frances 1946 wieder schwanger wurde, waren die Mädchen Eileen und Sheila vier und fünf Jahre alt – zwei pausbäckige Engelchen, die in ihren Viyella-Nachthemden und roten Flanellmorgenmänteln andächtig zuhörten, wenn er ihnen Geschichten vorlas. Diesmal hoffte er auf einen Jungen, der ihre Familie vervollständigen sollte.

Im kältesten Winter, den Irland je gesehen hatte, gebar Frances Blake einen Sohn. Und in dem Haus, in dem in jedem Zimmer ein Kaminfeuer brannte, in dem eine Hebamme vom städtischen Krankenhaus und der Ehemann anwesend waren, der mit seinen siebenunddreißig Jahren schon Tausenden von Kindern auf die Welt geholfen hatte … starb Frances.

Sie hatten nie darüber gesprochen, wie das Kind heißen sollte. Sie hatten nicht zu hoffen gewagt, daß es überlebte, und auch nicht, daß es ein Junge war.

Father Gunn, der bei seiner Ankunft von der Geburt und dem Tod erfuhr, fragte, ob das Kind kränklich sei und notgetauft werden sollte.

»Ich glaube, das Kind ist soweit gesund«, antwortete Jims Blake mit tonloser Stimme.
»Nun, dann lassen wir das fürs erste. Eine Kindstaufe wird ein bißchen Freude ins Haus bringen.« Father Gunn versuchte, zuversichtlich zu sein, das Licht am Ende des dunklen und scheinbar endlosen Tunnels zu entdecken. In jenem Winter hatte er weit mehr Menschen bestattet als getauft.
»Vielleicht sollten wir es doch gleich hinter uns bringen, Father.« Der junge Arzt sah blaß und gequält aus.
»Jetzt noch nicht, Jims. Warten Sie noch ein Weilchen. Seien Sie ihm bei seinem Eintritt ins Leben behilflich, suchen Sie Taufpaten für ihn, überlegen Sie sich einen Namen. Er hat sein Leben vor sich, das hätte auch Frances so gewollt.«
»Vielleicht überlebt er aber nicht. Tun Sie es jetzt.«
Etwas an Jims' Gesicht verriet Father Gunn, daß es nicht so kommen würde. Aber er konnte einer kleinen Seele nicht die Pforten des Himmels verschließen.
Er trug noch immer seine Stola.
»Bill Hayes ist unten, er könnte den Taufpaten machen. Was ist mit der Taufpatin?«
»Maisie kann das übernehmen.«
»Aber später würde der Junge vielleicht gern ...«

»Es ist gleichgültig, was der Junge später vielleicht gern hätte. Tun Sie es jetzt oder nicht?«
Father Gunn sprach die Worte der Taufe und besprenkelte Declan Blakes Kopf mit Weihwasser. Er wollte wissen, ob der Knabe noch einen weiteren Namen bekommen sollte – was meist der Fall war.
»Declan genügt«, sagte Jims Blake.
Mit rotgeweintem Gesicht und einer Stimme, die wegen ihrer schweren Erkältung kaum hörbar war, legte Maisie zusammen mit Bill Hayes, dem Rechtsanwalt von Shancarrig, das Patenschaftsgelübde ab – sie würden sich um das geistige Wohlergehen des Kindes kümmern.

Bill Hayes, der Anwalt, hatte Kinder im selben Alter wie Jims Blakes Töchter und ein neugeborenes Mädchen, das seine Frau vor knapp vier Wochen auf die Welt gebracht hatte.
Obwohl er in juristischen Dingen nie um Worte verlegen war, sah Bill Hayes sich außerstande, in einem Augenblick wie diesem sein Mitgefühl angemessen auszudrücken.
»Wenn Sie trinken würden, würde ich Sie betrunken machen, Jims«, sagte er.
»Aber Sie trinken doch auch nicht, Bill.«
»Das könnte ich ändern, wenn es Ihnen hilft.«
Der Arzt schüttelte den Kopf.

Er hatte schon zu viele Menschen gesehen, die sich für diese Lösung entschieden hatten.
»Wollen wir uns unten zusammen an den Kamin setzen?«
Der arme Bill Hayes war um tröstende Redensarten verlegen, obwohl sie ihm in seiner Kanzlei wie von selbst über die Lippen kamen – wenn er beispielsweise jemanden aufmuntern mußte, der im Testament übergangen worden war oder einen Gerichtsprozeß verloren hatte. Aber jetzt wollte ihm einfach nichts Passendes einfallen.
»Nein. Gehen Sie nur heim, Bill. Ich bitte Sie. Ich bin lieber allein. Es kommt ein Arzt aus der Stadt vorbei, der im Gästezimmer übernachten wird … falls ein Notruf kommt, springt er heute nacht für mich ein. An mir hätte heute keiner einen guten Arzt.«
»Hat Frances noch erfahren, daß es ein Junge ist?« fragte Bill Hayes. Bestimmt wollte seine Frau das wissen – normalerweise hätte er eine solche Frage nicht gestellt.
»Nein. Sie hat überhaupt nichts mehr gemerkt.«
»Aha. Er wird Ihnen jedenfalls beiden alle Ehre machen, davon bin ich überzeugt.«
Jims versuchte, sich vor Augen zu führen, daß er einen Sohn hatte, einen Jungen, der in diesem Haus aufwachsen würde wie die Mädchen. Ein Baby, das

mit der Flasche gefüttert wurde und nachts schrie. Ein Baby, das lächelte und mit seinen kleinen Fäusten fuchtelte. Ein kleiner Junge, der im Morgenmantel dasitzen und sich von ihm Geschichten vorlesen lassen würde.

Plötzlich wurde ihm alles zuviel. Andere Bilder stürmten auf ihn ein. Ein kleiner Junge mit einem Schulranzen, der auf der Straße zur Dorfschule stapfte. Ein Junge mit einem Hurlingschläger, der zu einem Spiel ging. Ihm wurde beinahe schwindlig angesichts der riesigen Verantwortung.

Ein Gefühl der Einsamkeit übermannte ihn. Es gab keine Frances mehr, nie mehr. Keine Frances, die so stolz auf die Mädchen war, wenn sie in ihren taubenblauen Mänteln mit ihnen zur Messe in die Kirche gingen. Keine Frances, mit der er abends reden konnte. Ihr Leichnam war inzwischen schon kalt. Morgen würde man sie in die Kirche bringen, und ganz Shancarrig würde an der Prozession zum Kirchhof teilnehmen.

Sein Vater und seine Mutter würden kommen, seine Schwestern und sein Bruder, alle mit Rosenkränzen in den Händen, sie würden sich gegenseitig anstupsen und miteinander flüstern. Eine Hilfe oder Stütze waren sie für keinen.

Und auch die Fitzgeralds würden kommen, die Frauen mit ihren Hüten würden herabschauen auf die

Blake-Frauen mit ihren Kopftüchern. Steif und gestelzt würde man im Haus Konversation machen. Keiner konnte nachvollziehen, wie furchtbar es war, daß seine Frau gestorben war und er sich dafür verantwortlich fühlte. Wenn es damals nicht passiert wäre … damals, als sie das Kind gezeugt hatten … dann wäre Frances heute noch am Leben.

Er verabschiedete sich von Bill Hayes, der erleichtert fortging. Und dann setzte er sich vor den offenen Kamin und versuchte aufzuzählen, was ihm an Gutem zuteil geworden war. Das riet er auch seinen Patienten immer.

Die Ehe mit Frances gehörte dazu. Fast sieben Jahre. Eine große Leidenschaft, eine große Freundschaft, eine glückliche Zeit voller Hoffnung.

Seine kleinen Mädchen gehörten ebenso dazu wie das große Haus im Terrace, das ihm sein großzügiger, wohlwollender Partner hinterlassen hatte. Und die einträgliche Arztpraxis. Zu den Segnungen in seinem Leben zählte er auch, daß er aus der elterlichen Familie herausgekommen war, und schließlich seine gute Gesundheit. Nicht aufgenommen in diese Liste wurde sein Sohn, das Baby, das noch keinen Tag alt war.

Alle sagten, es sei die schlimmste Beerdigung gewesen, die sie je erlebt hatten – der Regen peitschte

gegen die Kirche, die Schneereste machten den Boden glitschig, und auf dem Weg zum Friedhof wehte ein eisiger Ostwind.
Jims Blake bestand darauf, daß die Mädchen gleich nach der Messe nach Hause gebracht wurden. Als ihm die zahlreichen Trauergäste, von denen viele eine schwere Erkältung oder Grippe hatten, die Hand schüttelten und ihr Beileid bekundeten, bat er sie sogar, nicht mit zum Grab zu kommen.
»Sie sind schon krank genug, holen Sie sich keine Lungenentzündung«, redete er ihnen zu.
Doch in Shancarrig war man der Ansicht, daß es nur recht und billig sei, die Verstorbene zur letzten Ruhestätte zu begleiten. Und da standen sie dann, eine traurige, kränkelnde Versammlung, während der Wind in die Mäntel der Totengräber fuhr, die wenigen Blumen vom Sargdeckel fegte und zu einem makabren Tanz um die Grabsteine aufwirbelte.

Als alle zusammen ins Terrace zurückgekehrt waren, fragte man sich in gedämpftem Ton, wie es nun weitergehen solle. Was wollte er tun? Mit Frances hatte er nicht nur seine Ehefrau verloren, sondern auch die Frau, die den Haushalt führte. Drei kleine Kinder. Jedesmal, wenn jemand »drei« sagte, zuckte Jims zusammen.

Er dachte an die kleinen Gesichter von Eileen und Sheila. Das Baby hatte er ganz vergessen.
Das war ziemlich bedenklich. Und während seine Verwandten und Freunde in den unteren Räumen Sherry tranken und belegte Brote aßen, ging er müde hinauf, um nach seinem Sohn zu sehen.
Das Kind schlief, als er das Zimmer betrat.
Winzig und rot wie alle Neugeborenen wirkte er zwischen all dem Bettzeug verloren, er schien beinahe darin unterzugehen. Seine kleinen, makellosen Fäustchen mit den winzigen Fingernägeln ruhten auf dem Kissen. War es Einbildung, oder sah das Baby tatsächlich hilfloser und einsamer aus als andere Kinder? Als wüßte es, daß es vom Augenblick seiner Geburt an ohne Mutter auskommen mußte.
»Ich werde für dich tun, was ich kann, Declan«, sagte er laut zu seinem Sohn. Das Versprechen klang seltsam förmlich und teilnahmslos. Wie ein Vertrag oder eine Übereinkunft zwischen Fremden, nicht wie etwas, was ein Vater seinem kleinen Sohn sagt.
Er hatte nicht gehört, daß jemand in den Raum gekommen war, den sie das Kinderzimmer nannten, doch als er sich umdrehte, erblickte er Nora Kelly, die junge Lehrerin, die mit dem Lehrer verheiratet war.
»Darf ich ihn mal halten?« flüsterte sie, als wären sie in einem Krankenzimmer.

»Sicher, Nora.«

Er sah, wie die Frau, die sich so sehr nach einem eigenen Kind sehnte, das winzige Baby auf den Arm nahm und an ihre Brust drückte.

Sie sagte nichts, sondern ging nur im Zimmer auf und ab.

Man hatte den Eindruck, als sei sie es gewohnt, mit Kleinkindern umzugehen. Sie hielt das Baby mit geübtem Griff, und ihre Liebe war unübersehbar. Niemand außer Jims Blake wußte, wie viele Untersuchungen sie über sich hatte ergehen lassen, um herauszufinden, warum sie keine Kinder bekommen konnte.

Wie gebannt sah und hörte er zu, wie sie hin und her ging und dem kleinen Jungen ganz leise ein Lied vorsummte.

Er wußte nicht, wie lange sie dort gewesen waren – die drei mußten einen merkwürdigen Anblick bieten: der Arzt, die Lehrerin, das Kind. Doch er spürte, wie allmählich das Bedürfnis in ihm wuchs, seinen kleinen Sohn wegzugeben. Am liebsten hätte er zu Nora Kelly gesagt: »Nehmen Sie ihn mit zu sich nach Hause, Sie haben ja keine Kinder und werden auch nie welche haben. Ich will dieses Kind nicht, das Frances getötet hat … Nehmen Sie ihn mit, und ziehen Sie ihn wie Ihren eigenen Sohn auf.«

In einer zivilisierteren Gesellschaft hätte man das auch getan. Warum nur wäre es der Skandal von Shancarrig und das Gesprächsthema Nummer eins in der ganzen Grafschaft gewesen und außerdem ein Verstoß gegen das Gesetz, wenn eine Person diesen Raum mit einem Kind verlassen hätte, das sie sich so sehr wünschte, und es von dort weggebracht hätte, wo man es nicht wollte? Dann riß er sich zusammen.
»Ich gehe wieder hinunter, Nora. Bleiben Sie ruhig noch ein Weilchen hier, wenn Sie wollen.«
»Nein, ich gehe besser auch hinunter, Herr Doktor«, erwiderte sie. Er wußte, daß sie dasselbe gedacht hatte wie er, doch sie hatte den Gedanken ebenfalls aus ihrem Kopf verbannt.
Anlässe wie dieser waren es, bei denen Mrs. Kennedy, Father Gunns düstere Haushälterin mit der Trauermiene, ganz in ihrem Element war. Nahezu unbemerkt schlich sie ins Haus der Hinterbliebenen und beriet, half und plante. Sie brachte einen Stapel makellos weißer Tischdecken mit und überschlug im Nu, was dem Haushalt zur Bewirtung der Trauergäste fehlte. Danach gab sie im Hotel gegenüber vom Terrace rasch Bescheid, was an zusätzlichen Tassen, Gläsern und Tellern benötigt würde, während Maisie nur händeringend daneben stand. Mrs. Kennedy besaß die Autorität der Geistlichen, weil sie schon so lange für sie arbeitete.

Sie mischte sich niemals ein, sie lenkte nur alles mit unsichtbarer Hand.
Maisie hätte nie daran gedacht, eine kräftige heiße Suppe zu den Broten aufzutischen oder für die Mäntel und Regenschirme der Gäste ein Zimmer freizuräumen. Mrs. Kennedy verkörperte bei traurigen Anlässen stets Disziplin und gesunden Menschenverstand. Und in allen Haushalten in Shancarrig, bei Armen wie Reichen, ließ man sie gewähren und war über alle Maßen erleichtert, daß jemand die Verantwortung übernahm.

Jims Blake begrüßte die Leute, nahm ihre Beileidsbekundungen entgegen, schenkte ihnen zu trinken nach und erkundigte sich nach ihrer Gesundheit, doch er war nicht bei der Sache. Er überlegte, welche Maßnahmen er treffen mußte. Dabei ging er so vor, daß er ungeeignete Möglichkeiten ausschloß. Er wollte keine seiner unverheirateten Schwestern im Haus haben, und das mußte er klarstellen, ehe man ihm einen entsprechenden Vorschlag unterbreitete. Auch von der anderen Seite der Familie, den Fitzgeralds, wollte er niemanden haben, aber es war ohnehin unwahrscheinlich, daß sie ihm Hilfe anboten.
Maisie konnte sich nicht um das Baby kümmern. Und eine Amme, die im Haus wohnte, war zu teuer. Was sollte er also tun?

Wie so oft fragte er sich, was der alte Charles Nolan getan hätte. Und im Geiste hörte er seine dröhnende Stimme: »Wimmelt es auf dem Land denn nicht von jungen Mädchen, die sich nichts sehnlicher wünschen, als der Fuchtel ihrer Eltern zu entrinnen? Jede von ihnen hat doch ihre kleinen Geschwister aufgezogen. Sie könnten ohne weiteres für ein einziges Baby sorgen.«
Da fühlte Jims sich wohler, und er brachte sogar ein Lächeln zustande, als Foxy Dunne, der Aufgewecktestе der ganzen Dunne-Sippe aus den Katen, mit seinem roten Haarschopf und seinen ausgefransten Hosen an der Tür erschien, um sein Beileid auszusprechen.
»Tut mir leid für Sie«, hatte er gesagt, während er selbstsicher vor dem Terrace Nummer drei in der Kälte stand.
»Danke, Foxy. Nett, daß du gekommen bist.«
Der Junge spähte an ihm vorbei auf den Tisch mit dem Essen und dem Orangensaft.
»Tja, dann …«, meinte Foxy.
»Möchtest du nicht reinkommen und … drinnen kondolieren?«
»Das ist sehr freundlich von Ihnen, Sir«, erwiderte Foxy, stürzte an ihm vorbei und war keine zwei Sekunden später am Tisch.
Maisie sah es mit großem Mißfallen und war drauf

und dran, ihn hinauszuwerfen. Mrs. Kennedy legte ihre Stirn in tiefe Falten.
Doch Dr. Jims schüttelte den Kopf.
»Mr. Dunne ist gekommen, um sein Beileid auszusprechen, Maisie. Mrs. Kennedy, würden Sie ihm bitte ein Stück Kuchen anbieten?«

Die Amme war für einen Monat eingestellt worden, und Jims Blake machte sich auf die Suche nach dem Mädchen, das seinen Sohn aufziehen sollte. Er brauchte nicht lange zu suchen.
Er fand Carrie, eine großknochige, dunkelhaarige junge Frau von vierundzwanzig Jahren, die am Hang eines Hügels wohnte und äußerst unzufrieden mit ihrem Dasein war, das unter anderem darin bestand, ihre sechs undankbaren Brüder zu bekochen. Jims war schon mehrmals in dem Haus gewesen, meist um Verletzungen von der Dreschmaschine oder ähnlichem zu behandeln. Um das Mädchen hatte er sich nie kümmern müssen, doch als er herbeigerufen wurde, um eine Kopfverletzung ihres Vaters zu nähen, der wieder einmal heftig mit einer landwirtschaftlichen Maschine zusammengestoßen war, kam Jims Blake der Gedanke, Carrie würde das Angebot einer Unterkunft und besserer Lebensbedingungen vielleicht gerne annehmen.

Als sie zum Hoftor gingen, teilte er ihr mit, was er sich überlegt hatte.
»Warum ich, Herr Doktor? Ich wäre doch zu ungebildet für eine Familie wie Ihre.«
»Aber Sie sind freundlich. Sie können mit Kindern umgehen, Sie sind ja schon mit der ganzen Bande fertig geworden.« Er deutete mit dem Kopf zum Haus, wo sie seit dem Tod ihrer Mutter die älteren und jüngeren Brüder versorgt hatte.
»Ich bin wirklich nicht sehr klug«, meinte sie.
»Sie sind ganz in Ordnung. Aber ich gebe Ihnen noch ein paar Pfund, falls Sie sich Kleider für die Reise kaufen wollen.«
Das war sehr nett ausgedrückt. Er wußte, daß die Reise keine größeren Umstände erforderte; Carrie würde lediglich für sich und ihre paar Habseligkeiten eine Mitfahrgelegenheit nach Shancarrig benötigen. Aber so brauchte er nicht zur Sprache zu bringen, daß sie nichts Ordentliches anzuziehen hatte.
Maisie rümpfte die Nase, als sie von der neuen Anstellung erfuhr, doch nicht allzusehr. Schließlich war der arme junge Doktor in Trauer und durfte nicht aus dem Gleichgewicht gebracht werden. Und es war von Anfang an völlig klar, daß Carrie Maisie bei der Hausarbeit helfen würde. Daß sie sich wie ein zickiges Kindermädchen die Mahlzeiten auf dem Tablett servieren ließ, kam gar nicht in Frage.

Declan Blake war erst zehn Tage alt, als Carrie ihn in die Arme schloß.

»Er ist ein bißchen wie meiner«, sagte sie leise zu Dr. Blake.

»Sie haben auch einen?« Das Leben steckte voller Überraschungen. Sie hatte ihn nie wegen einer Schwangerschaft zu Rate gezogen.

»Ist in Dublin. Ich hab ihn weggegeben, war das beste so. Jetzt ist er drei, lebt bei irgendwelchen Leuten.«

»Tja, da haben Sie recht, es wäre schwer gewesen, ihn großzuziehen.« Seine Stimme klang freundlich und sanft wie immer, doch diesmal kamen die Worte aus tiefstem Herzen. Dieses Bauernmädchen glaubte keineswegs, daß es das beste gewesen war, ihren dreijährigen Sohn wegzugeben.

»Ich werde mich gut um den kleinen Burschen kümmern, Dr. Jims«, sagte sie.

Das erinnerte ihn daran, was er selbst dem Kind geschworen hatte. Alle versprachen diesem winzigen Baby irgendeine Art Fürsorge, als hätte es Angst, nicht genug davon zu bekommen.

Schließlich kam der Sommer, und Dr. Jims nahm seine kleinen Mädchen bei der Hand und brachte sie in die Schule von Shancarrig.

Er besichtigte mit ihnen die drei Klassenzimmer und zeigte ihnen den Globus und die Weltkarte. Als er sie auf die Tintenfässer in den Tischen hinwies, erklärte er ihnen, daß sie dort bald ihre Federhalter eintauchen und Schreibübungen machen würden. Feierlich studierten sie die Tafel mit den Buchstaben des irischen Alphabets.

»Wenn ihr die Schule hinter euch habt, könnt ihr Irisch sprechen«, versprach er ihnen.

»Mit wem sollen wir es denn sprechen?« fragte Eileen.

Mrs. Kelly stand an der Tür und lächelte, was selten war.

»Eine gute Frage«, sagte sie wehmütig.

Dr. Jims hatte sie zu weiteren Untersuchungen nach Dublin geschickt, doch keines der Ergebnisse half ihnen auch nur im geringsten weiter. Die Spezialisten konnten keinen Grund finden, warum die Kellys keine Kinder bekamen. Er erinnerte sich an jenen unwirklichen Tag im Terrace, als er das seltsame Bedürfnis verspürt hatte, das Baby einfach Mrs. Kelly in die Hand zu drücken. Er war kurz davor gewesen, etwas Unerhörtes zu sagen, das er nie mehr hätte rückgängig machen können.

Auch diesmal schienen Mrs. Kellys Gedanken wieder in dieselbe Richtung zu gehen.

»Wie geht es Declan?« fragte sie die beiden Mädchen. »Es wird nicht mehr lange dauern, da werdet ihr ihn mit in die Schule bringen.«

»Ach, das wäre zwecklos. Er sagt überhaupt nie was«, erklärte Eileen.
»Und er würde auf den Boden machen«, fügte Sheila sicherheitshalber hinzu – falls jemand auf die Idee kommen sollte, das Baby jetzt schon in der Schule anzumelden.
»Aber euer Bruder wird am Freitag ja auch erst zehn Wochen alt. In dem Alter wart ihr genauso«, sagte Mrs. Kelly mit ihrer strengen Lehrerstimme. Eileen und Sheila wichen erschrocken zurück.
Jims Blake war aufgefallen, daß Nora Kelly sich genau an das Alter des Jungen erinnerte, den er ihr hatte überlassen wollen.
Er selbst hätte erst zurückrechnen müssen bis zu jenem Apriltag, an dem Frances gestorben war.
»Kommt jetzt, Mädchen. Wir dürfen Mrs. Kelly nicht länger stören«, drängte er sie zum Aufbruch nach Hause.
»Sie können es bestimmt gar nicht erwarten, wieder bei ihm zu sein«, meinte sie.
»Ja. Ja, natürlich.« Es klang nicht ehrlich, das wußte er.
Als er das Schultor schloß, fragte er sich, ob es unnormal war, daß er nicht nach Hause eilte, um sein schlafendes Baby zu sehen. Nein, dachte er. Als Eileen und Sheila noch so klein waren, bekam er sie auch oft stundenlang nicht zu Gesicht, und dann auch

erst, wenn Frances sie gebadet hatte und zu ihm brachte. Ging es nicht den meisten Männern so?
Er durfte nicht zuviel grübeln über jenen spannungsgeladenen Augenblick an dem Tag der Beerdigung. Verstandesmäßig hatte er natürlich keineswegs die Absicht, das Baby wegzugeben, bei dessen Geburt Frances gestorben war. Es war töricht, sich deshalb immer wieder den Kopf zu zermartern und ein schlechtes Gewissen zu bekommen.
Seine Gefühle für das Kind waren völlig normal, und Carrie anzustellen war eine glänzende Idee gewesen. Sie hatte einen ganz natürlichen mütterlichen Instinkt und schien zu wissen, daß man im Haus möglichst wenig von dem Baby mitbekommen wollte.
Die Mädchen gingen jeden Abend ins Kinderzimmer, um mit ihm zu spielen oder Geschichten über Carries wilde Brüder und die schrecklichen Verletzungen zu hören, die sie sich zugezogen hatten. Doch Carrie erzählte ihnen nichts von dem Kind, das sie in Dublin geboren und weggegeben hatte. Stellvertretend wiegte sie das Baby Declan in ihren Armen.
Auch Jims Blake schaute gelegentlich herein. Allerdings nicht jeden Tag.
Er wußte, daß Mrs. Kelly von der Schule das unglaublich finden würde.

An jenem Abend betrat er das Kinderzimmer.
Carrie saß am Tisch, neben sich Federhalter, Tinte und mehrere zerknüllte Blätter.
»Im Schreiben war ich nie besonders gut, Herr Doktor«, meinte sie.
»Jeder von uns hat seine Begabung. Sie können dafür wunderbar mit dem Kind umgehen.«
»Ein Baby hat doch jeder lieb«, meinte sie achselzuckend.
»Ja.«
Der Unterton in seiner Stimme ließ sie aufsehen.
»Nun, in Ihrem Fall ist das etwas anderes … ich meine, Sie sind ein Mann und so, und Ihre arme Frau ist bei seiner Geburt gestorben.«
»Ich gebe ihm nicht die Schuld daran.« Das stimmte. Jims Blake gab sich selbst die Schuld an Frances' Tod.
»Sie werden ihn mit der Zeit schon liebgewinnen. Warten Sie nur, bis er anfängt, Daddy zu Ihnen zu sagen … und sich an Ihre Beine zu klammern. In dem Alter sind sie besonders süß.«
Carrie mußte ihre Brüder vor Augen haben, ging es ihm durch den Kopf. Denn ihr eigenes Kind hatte sie nicht aufwachsen sehen.
Er wechselte das Thema. »Kann ich Ihnen irgendwie beim Schreiben behilflich sein … oder ist es zu persönlich?« Er sah, wie Carrie ihn musterte. In

mancherlei Hinsicht hatte er eine ähnliche Stellung wie Father Gunn – jemand, der Geheimnisse kannte, dem man sich anvertrauen konnte.
Carrie hatte einen Bruder, der im Gefängnis saß. Niemand sonst aus der Familie schrieb ihm, aber sie wollte ihn wissen lassen, daß er nicht in Vergessenheit geraten war, daß es einen Platz für ihn gab, wenn er herauskam. Ihre Worte waren schlicht und vertrauensvoll.
Jims setzte sich an den Tisch und holte seinen Federhalter heraus. Dann schrieb er an den Jungen, dem er vor einigen Jahren eine Kopfwunde genäht hatte, einen Brief, der so klang, als käme er von Carrie. Er erzählte von den Veränderungen auf dem Hof, von der neuen Scheune und daß sie das untere Feld nun in Weideland umgewandelt hatten. Außerdem hatte Jacky Noone einen neuen Lastwagen, und Cissy hatte geheiratet. Er fügte hinzu, wie schön Shancarrig im Sommerlicht war und daß es auf seine Heimkehr warte.
Stockend las Carrie den Brief vor, und Tränen traten ihr in die Augen. »Sie sind so ein guter Mensch, Herr Doktor. Sie haben genau gewußt, was ich sagen wollte, obwohl ich es nicht mal selbst wußte.«
»Hier, ich schenke Ihnen meinen Füllfederhalter. Damit werden Sie weniger Schwierigkeiten beim Schreiben haben als mit dem Ding, das Sie immer

eintauchen müssen.« Das Baby fing an zu schreien, und der Arzt erhob sich. Er ging zur Tür, ohne einen Blick auf das Kind zu werfen. »Schreiben Sie es ab, Carrie. Es hat ja keinen Sinn, wenn Sie dem Jungen meinen Brief schicken. Schreiben Sie ihn ab, und beim nächsten Mal sage ich Ihnen noch ein paar andere Ideen.«
Carrie nahm das Baby aus dem Bettchen und sah Jims verwirrt nach. Was war das für ein Mensch, der sich Zeit für einen Brief an ihren Bruder im Gefängnis nahm und ihr seinen schönen Füller schenkte, aber seinen zehn Wochen alten Sohn nicht im Arm halten wollte?

Als Declan Blake drei wurde, steckte Carrie drei Kerzen auf eine Torte, und es gab eine kleine Geburtstagsfeier im Kinderzimmer. Maisie hatte zu diesem Anlaß besondere Muffins gebacken. Die Mädchen beschenkten ihren Bruder mit Süßigkeiten, und bevor er die Kerzen ausblies, sangen alle »Happy Birthday«.
Jims Blake betrachtete das kleine, aufgeregte Gesicht seines Sohnes, die Stupsnase und das gebürstete, glänzende Haar, das eigens für diesen Tag frisch gewaschen war. Er trug einen neuen gelben Pullover, den Carrie ihm wohl in der Stadt gekauft hatte. Jims gab Carrie Geld für die Kleider der Kinder und

Maisie für die Lebensmittel. Zusammen führten sie den Haushalt sehr gut. Nachdem das Geburtstagslied verklungen war, befiel Jims ein merkwürdiges Gefühl der Leere, als erwarte man etwas von ihm. Es war erst zehn Jahre her, daß Charles Nolan ihn in ebendiesem Haus gedrängt hatte zu heiraten. Zehn Jahre, in denen er Patienten betreut und von ihren Kümmernissen wie von ihren Hoffnungen erfahren hatte, die manchmal realistisch, bisweilen aber auch vollkommen weltfremd waren. Nur seine eigenen Wünsche kannte er nicht. Er hatte nie die Zeit gehabt, sich damit zu beschäftigen.

Die Kinder blickten ihn immer noch gespannt an.

In Gedanken fragte er den alten Charles Nolan, was er tun sollte, und dann hörte er sich sagen: »Warum singen wir nicht ›For He's a Jolly Good Fellow‹?«

Alle Augen leuchteten auf, Carries Miene entspannte sich, die Mädchen sangen lauthals den Kehrreim, und Declan klatschte begeistert in die Hände, weil er im Mittelpunkt stand. In diesem Augenblick hatte Jims Blake das Gefühl, daß die Zeit stillstand.

Schneller, als er es für möglich gehalten hätte, rückte Declans erster Schultag heran.

»Ein großer Tag für Sie, Herr Doktor: Ihr Sohn mit einem Schulranzen auf dem Weg in die Schule«, hatte Carrie gesagt.

Jims Blake sah den Jungen an. »In der Tat ein großer Tag, nicht wahr, Declan?«
Declan sah feierlich zu ihm auf wie zu einem Fremden. »Ja«, sagte er schüchtern. Er versteckte sich halb hinter Carrie, scharrte ein wenig mit seinen neuen Schuhen auf dem Boden und wirkte verlegen.
Wahrscheinlich benehmen sich alle Kinder in diesem Alter ihrem Vater gegenüber ein wenig unsicher, sagte sich der Arzt. Vom Fenster aus beobachtete er, wie sich sein Sohn mit unbeholfenen Schritten zur Schule aufmachte.
Eigentlich hatte sich der Arzt erkundigen wollen, wie es dem Jungen an dem Tag ergangen war, doch als Declan nach Hause kam, war er bei einem Krankenbesuch, und am nächsten Morgen war auch keine Zeit, darüber zu reden. So verging eine Woche, bis er überhaupt erfuhr, daß es ein Problem gab, weil Carrie Declan zur Schule brachte.
»Die anderen Kinder sagen ›Baby‹ zu ihm«, erklärte Carrie.
»Mit seinen fünf Jahren ist er noch zu klein, um die ganze Strecke allein zu gehen«, wandte sein Vater ein.
»Andere Kinder können das schon. Die ganzen kleinen Dunnes von den Katen kommen allein …«
»Diese Dunnes sind überhaupt keine Kinder, die

sind doch wie Affen. Mit zwei Jahren klettern sie ja schon barfuß auf die Bäume.«

Jims Blake war empört, daß man seinen Sohn mit den Dunne-Kindern verglich.

»Aber es ist doch schrecklich, wenn sie ihn auslachen. Vielleicht könnte er zusammen mit den Mädchen gehen …?«

»Die Mädchen sagen, sie wollen nicht, daß er dauernd hinter ihnen her zottelt. Sie haben ihre eigenen Freunde …«

Carrie sah ihn an, als hätte er sie schwer enttäuscht, und er spürte Selbstmitleid in sich aufsteigen. Warum war grundsätzlich alles, was er tat, falsch? Er dachte, es sei die beste Lösung für alle, wenn Eileen und Sheila ihren kleinen Bruder nicht im Schlepptau haben mußten. Und jetzt kam dabei heraus, daß er der Buhmann war.

Was er seinen Patienten sagte, stellte nie einer in Frage. Sie schluckten ihre Tabletten, tranken ihre Arzneisäfte, wechselten ihre Breiumschläge und Verbände, ließen Untersuchungen im fernen Krankenhaus durchführen, ohne je an seinem Rat zu zweifeln.

Nur zu Hause wurde alles, was er tat, argwöhnisch aufgenommen.

Später, als er Carrie wie jede Woche bei ihren Briefen half und einen Rechtschreibfehler mit leichtem Bleistiftstrich markierte, sah sie ihn besorgt an.

»Sie sind ein guter Mensch, Herr Doktor.«

»Warum sagen Sie das?«

»Sie verbessern mich, ohne mich zu beleidigen. Wenn ich was schreibe, was nicht richtig ist, sagen Sie nur: ›Wäre es nicht besser, dies oder jenes zu schreiben, dann wäre es verständlicher!‹ – Sie sagen nie, daß ich ein Dummkopf bin!«

»Aber Sie sind ja auch kein Dummkopf.«

»Vielleicht sollten Sie nicht immer mir helfen, sondern lieber Declan mit seinen Kesselhaken.«

»Kesselhaken?«

»So lernen die Kinder schreiben.«

»Ich möchte nicht in Mrs. Kellys Lehrmethoden hineinpfuschen.«

Trotzdem warf er einen Blick in Declans Schulheft und fragte ihn: »Aha, das sind also Kesselhaken, nicht wahr?« Jetzt kannte er sich aus.

»Ja, Daddy.«

»Sehr gut. Sehr gut, mach nur weiter so«, meinte er. Wieder beschlich ihn das altbekannte Gefühl, nicht das Richtige gesagt zu haben.

Seit Declans drittem Geburtstag, als er mit allen »For He's a Jolly Good Fellow« gesungen hatte, war er sich kaum einmal sicher gewesen, daß er das Richtige gesagt hatte.

Eileen und Sheila hatten schon im frühesten Kindesalter angefangen, ihn über seine Patienten auszufragen.
»Muß Mrs. Barton sterben?« Sie mochten die stille Schneiderin, die mit ihrem einzigen Sohn in dem rosafarbenen Haus am Hügel wohnte.
»Nein, bestimmt nicht. Sie hat nur eine Grippe.«
»Bekommt Miss Ross ein Baby?« Sie hatten sie beim Stricken gesehen und versuchten sich einen Reim darauf zu machen.
»Hat es bei dem Autounfall viel Blut gegeben?«
Er parierte ihre Fragen, ohne die ärztliche Schweigepflicht zu verletzen, und zerstreute, so gut er konnte, den Eindruck, daß alles ganz schrecklich gewesen sei. Und es fiel ihm auf, daß sein Sohn ihn niemals etwas fragte.
Im Lauf der Jahre wurde ihm das immer bewußter. Die Mädchen hatten die Dorfschule hinter sich und besuchten eine gute Klosterinternatsschule, die fünfzig Meilen entfernt lag. Jetzt wohnten nur noch der Arzt, Maisie und Declan im Haus.
Carrie hatte von sich aus nach Declans Erstkommunion gekündigt.
»Er ist jetzt sieben, Herr Doktor, und kein kleines Kind mehr. Er kann sich selber anziehen, sein Zimmer in Ordnung halten, seine Hausaufgaben machen und so weiter. Sie brauchen mich nicht mehr.«

»Sie haben nicht zufällig vor zu heiraten?« Dr. Jims entging wirklich nichts.
»Ich möchte darüber lieber nichts sagen.«
»Ist es der Vater des kleinen Kerlchens?«
»Ja. Dank Ihnen, Herr Doktor, konnte ich ihm manches schreiben, ihm Sachen erzählen, offen zu ihm sein. Sie haben ein Talent dafür, Leute dazu zu bringen, daß sie offen aussprechen, was sie auf dem Herzen haben. Es gibt hier viel zu viele, die ihre Gefühle ständig unterdrücken.«
Dieses Lob hörte er gern. »Sie werden noch ein Kind bekommen. Ich weiß, Sie werden Ihr erstes nie vergessen können, aber jetzt haben Sie eine Familie.« Er freute sich für dieses dunkelhaarige, knochige Mädchen, die einen so schlechten Start ins Leben gehabt hatte.
»Und wenn ich weg bin, haben Sie vielleicht auch mehr Gelegenheit, Ihren Sohn besser kennenzulernen.«
»Ach, das wird schon werden. Ich habe mir überlegt, daß er hier oben einen Schreibtisch für seine Hausaufgaben bekommen soll.«
»Die Mädchen haben sie immer unten gemacht. Da haben sie mehr Leben um sich herum.«
»Aber hier wird es ihm gefallen. Da ist er unabhängiger. Meinen Sie nicht?«
»Er könnte sich aber auch ein bißchen abgeson-

dert vorkommen«, wandte sie mit besorgtem Blick ein.
»Nein, überhaupt nicht, da kann er sich besser konzentrieren. Na, lassen wir das. Kommen Sie uns besuchen?«
»Aber natürlich. Die letzten sieben Jahre waren die besten meines Lebens. In diesem Haus bin ich sehr anständig behandelt worden, und ich habe viele Privilegien genossen.« Er tat das mit einer Handbewegung ab, doch sie fuhr fort: »Ich meine das ehrlich, Doktor Jims. Als ich hierher gekommen bin, habe ich nicht mal gewußt, was ›Privilegien‹ heißt. Ist das nicht der beste Beweis?«

Nachdem sie gegangen war, bemühte sich Jims ganz bewußt, am Leben seines Sohnes teilzunehmen.
Doch seine Versuche schienen ins Leere zu gehen. Declan machte schweigend seine Hausaufgaben im sogenannten Kinderzimmer, dann kam er für gewöhnlich herunter und setzte sich zu Maisie, während sie das Abendessen zubereitete. Dr. Jims war so oft außer Haus, daß es allen nur vernünftig vorkam, wenn der Junge mit Maisie aß – schließlich hatte er auch gemeinsam mit Carrie gegessen, als sie noch da war und sich um ihn kümmerte.
Jims überlegte sich, was Declan interessieren könn-

te. »Seid ihr noch bei den Bruchrechnungen, mein Junge?«
»Ich weiß nicht.«
»Das mußt du doch wissen, entweder seid ihr's, oder ihr seid es nicht.« Auf einmal klang seine Stimme ungehalten.
»Kann sein. Manchmal heißt was in der Schule anders, als du es nennst.«
»Und wie geht's deinem Freund Dinnie?«
»Vinnie.«
»Ja, Vinnie. Wie geht's ihm?«
»Ich glaube ganz gut, Dad.«
»Na, du weißt doch wohl, wie es ihm geht, oder nicht?« Sein Ton veränderte sich, wieder gewann diese ungewollte Gereiztheit die Oberhand.
»Na ja, ich habe ihn schon seit einer Ewigkeit nicht mehr gesehen.«
»Seid ihr denn nicht mehr befreundet?«
»Ich weiß nicht, vielleicht. Er wohnt ja in der Stadt und ich hier.« Wieder die Schuldgefühle. Hatte er seinem Sohn nicht zugehört? Hatte Declan ihm das einmal erzählt? Bestimmt kamen andere Eltern auch durcheinander, wenn es um die Freunde ihrer Kinder ging.
Und natürlich waren Mädchen umgänglicher, das wußte jeder. Mit Eileen und Sheila hatte es nie Schwierigkeiten gegeben. Ihre Freundinnen und

Freunde kannte er. Sie erzählten von ihnen und brachten sie ins Terrace mit. Wenn sie vom Internat nach Hause kamen, besuchten sie immer Nessa Ryan vom Hotel und Leo Murphy, die Tochter von Major Murphy im Glen.

Was in einem Jungen vorging, war schwer zu ergründen. Jungen lebten in einer eigenen, scheinbar abgeschlossenen Welt. Jims Blake blickte zurück auf seine eigene Kindheit, erinnerte sich an den kleinen, trostlosen Bauernhof und seinen mürrischen, unzugänglichen Vater, der kaum je ein Wort für ihn übrig hatte. Er verhielt sich doch so ganz anders als dieser schweigsame Mann, und dennoch – so schien es ihm – wurde er schroff zurückgewiesen.

Die Mädchen plauderten vollkommen unbefangen mit ihm. Eileen kam in sein Arbeitszimmer, setzte sich auf einen Schemel und umschlang die Knie mit den Armen. »Leo Murphy ist in diesem Jahr ganz komisch und hochnäsig geworden«, beschwerte sie sich.

»Tatsächlich?« Jims Blake hatte seine eigenen Sorgen, was den Geisteszustand von Miriam Murphy, der Mutter des Mädchens, betraf.

»Ja. Sie hat mich nicht hereingelassen, als ich ins Glen gekommen bin, und nur gesagt, sie kann heute nicht mit mir spielen. *Spielen,* als ob wir Kinder wären!«

»Ich weiß, ich weiß«, sagte er besänftigend.
»Und Nessa Ryan hat dasselbe über sie gesagt, hochnäsig bis zum Gehtnichtmehr. Sie läßt keinen in ihr Haus. Als wollte überhaupt noch jemand dorthin.«
»Vielleicht könnte Maisie dir hier einen schönen Tee machen ...«
»Sie will auch nicht zu Besuch zu anderen Leuten kommen, hat Nessa gesagt.«
»Na, zumindest hast du ja noch Nessa«, meinte er tröstend.
Eileen warf den Kopf in den Nacken. »Genau, und wer braucht schon Leo Murphy und ihr großes Haus? Unseres ist sowieso viel schöner.«
»Prahle nicht, nur weil wir das Glück hatten, dieses hübsche Haus zu bekommen.«
Er hatte versucht, den Kindern klarzumachen, welches Glück es war, daß der verstorbene Dr. Nolan ihnen ein solches Haus vermacht hatte. Doch seine Tochter wollten davon nichts hören. Sie meinten, das sei das mindeste, was ihr Vater verdient habe.
Eileen wollte auf die Universität gehen, wenn sie ein entsprechendes Abschlußzeugnis bekam. Sie wollte Architektin werden, das war ihr Traumberuf. Die Nonnen meinten, sie sei blitzgescheit, und bis zu ihrem Studienabschluß würde sich die Welt, und auch Irland, soweit verändert haben, daß auch weibliche Architekten akzeptiert wurden. Schließlich

schrieb man dann die sechziger Jahre, man stelle sich vor!
Sheila wollte Krankenschwester werden, und ihr Vater streckte in den besseren Krankenhäusern Dublins bereits die Fühler nach einer geeigneten Ausbildungsstelle aus.
Declan würde natürlich Medizin studieren, deshalb war es das wichtigste, ihn in einem guten Internat unterzubringen. Jims hatte mit den Jesuiten, den Benediktinern, den Vinzentinern und den Mönchen vom Heiliggeistorden gesprochen. Alle Schulen hatten ihre Vor- und Nachteile. Er überprüfte, welche den besten Ruf, die besten Leistungen und die höchste Erfolgsquote verbuchen konnte, und entschied sich dann für die, die am besten abschnitt. Der Nachteil war, daß sie weiter weg war als die anderen Schulen.
»Du wirst ihn nicht oft sehen und besuchen können«, meinte Eileen.
»Er kommt ja in den Ferien nach Hause.« Jims wußte, daß es wie eine Rechtfertigung klang. Wieder einmal.
»Aber es ist nett, wenn man in der Schule Besuch kriegt. Wir haben uns immer gefreut, wenn du sonntags gekommen bist.«
Er fuhr meist jede zweite Woche zu ihnen, im Winter eine lange, anstrengende Fahrt. Declan hatte er nie

mitgenommen. Anfangs war er zu klein und unruhig für die Reise, und die Mädchen hätten nicht gewollt, daß er bei den Besuchen im Empfangszimmer störte. Später schien es Jims dann unangebracht, dem Jungen so etwas vorzuschlagen.

Ein Zehnjähriger würde gar keine Lust haben, am Sonntag zu einem Besuch in eine Mädchenschule geschleppt zu werden, nicht einmal, wenn er eingeladen war. Das war für einen Jungen doch Weiberkram.

Er nahm sich vor, in dem Sommer, bevor Declan ins Internat kam, mehr Zeit mit dem Jungen zu verbringen. Doch es gab soviel zu tun. Da war zum Beispiel die Sache mit Maura Brennans Kind.

Jims hatte Maura immer gemocht; sie war die einzige Tochter der Brennans, die in Shancarrig geblieben war. Die anderen hatten schon lange irgendwelche drittklassigen Arbeiten in England angenommen.

Maura war ein wenig verträumt und nahm bereitwillig an, was das Leben ihr bot. Er erinnerte sich an den Tag, als er ihr bestätigt hatte, daß sie schwanger war.

»Er wird mich nie heiraten, Dr. Jims«, hatte sie gesagt, während sich in ihren Augen große Tränen sammelten.

»Ich wäre mir da nicht so sicher. Sie wären doch für

jeden Mann eine gute Partie«, hatte er gesagt, doch insgeheim war er anderer Meinung. Er hatte geglaubt, Gerry O'Sullivan würde sich aus dem Staub machen, aber er irrte sich: Gerry blieb. Die beiden heirateten, und Jims trank bei Johnny Finn auf ihr Wohl.

Und als er sie dann von dem Kind entbunden hatte, war er es, der die Mißbildungen um die Augen bemerkte. Er mußte Maura O'Sullivan, wie sie sich jetzt voller Stolz nannte, mitteilen, daß ihr Kind mongoloid war.

Er erinnerte sich, wie er das Mädchen in den Arm genommen und ihr versichert hatte, daß alles gut werden würde. Als Father Gunn ihm mitteilte, daß Gerry O'Sullivan, der Vater des Jungen, noch vor der Taufe Shancarrig mit dem Zug verlassen hatte, klangen ihm seine eigenen tröstenden Worte an Maura in den Ohren.

Und er hatte recht gehabt, als er sagte, sie würde dem kleinen Michael eine bedingungslose Liebe entgegenbringen. Zumindest das hatte gestimmt, wenn auch Gerry O'Sullivan nie mehr in Shancarrig auftauchte.

Überall um ihn herum spielten sich menschliche Schicksale ab, in den kleinen Häusern wie in den großen.

Oben im Glen stimmte etwas nicht, und er wußte

nicht, wie er damit umgehen sollte. Frank Murphy, dieser ruhige Mann, der seine Kriegsverletzungen so tapfer ertrug, hatte wohl weitaus ernstere Sorgen als sein steifes Bein, das er klaglos hinnahm.
Jims Blake vermutete, daß es mit seiner Frau zu tun hatte. Doch Mrs. Murphy hatte sich nie von ihm untersuchen lassen. Wie sie dem Arzt versicherte, war sie kerngesund. Sie war eine gutaussehende Frau, die sehr herablassend sein konnte, wenn sie gereizt war. Ihr rotblondes Haar hatte ihm ebenso gefallen wie die natürliche Eleganz, die sie sogar dann ausstrahlte, wenn sie, ein altes Seidentuch um die Schulter geworfen, mit einem flachen Korb in der Hand in ihrem großen Garten umherwanderte.
In Shancarrig hatte man sich längst daran gewöhnt, daß Mrs. Murphy nie in den Dorfläden einkaufte. Die Geschäfte ließen die Waren auf Bestellung ins Haus bringen, und stets winkte die Dame des Glen den Laufburschen auf ihren Fahrrädern freundlich zu. Das Geschäftliche regelten sie allerdings mit Biddy, dem Dienstmädchen, oder mit dem Major persönlich.
Doch in diesem Sommer war mit Miriam eine Veränderung vor sich gegangen. Dieser leere Blick, der mehr als besorgniserregend war. Und Franks achtsame Beschützermiene, die Jims früher auch nicht gekannt hatte. Oft genug hatte ihm Charles Nolan

von Familien erzählt, die ihre Geheimnisse hüteten, ihre geistig labilen Angehörigen vor den Augen der Welt verbargen. Es war oft besser, wenn man seine Nase nicht zu tief in solche Angelegenheiten steckte. Jims Blake fragte sich, was der alte Charles angesichts dieser Situation im Glen unternommen hätte. Es war nicht nur der Major, der zu leiden schien, auch seine Tochter Leo, die mit Jims' Töchtern so eng befreundet gewesen war, zeigte neuerdings Anzeichen nervlicher Belastung. Er traf das Mädchen, als er am Barnawald vorbeifuhr.

»Soll ich dich mit nach Hause nehmen, Leo?«

»Fahren Sie denn in diese Richtung?«

»Ein Auto fährt dahin, wohin man will.«

»Danke, Herr Doktor.«

»Hast du in diesem Sommer viele neue Freundschaften geschlossen, Leo?«

Die Frage überraschte sie. Nein, mit niemandem. Warum wolle er das denn wissen? Jims vermied es, seine eigenen Kinder als Nörglerinnen hinzustellen, und deutete lediglich an, daß Leo sich länger nicht mehr hatte sehen lassen.

»Wir haben ein bißchen Urlaub gemacht, wissen Sie, am Meer.« Das war richtig. Jims hatte von Bill Hayes gehört, der Major habe seine Hunde und alles in den Wagen gepackt und sei ganz plötzlich losgefahren.

»Na, aber jetzt bist du ja wieder da, und man sieht dich trotzdem nie. Ich hab schon gedacht, du wärst mit den Zigeunern durchgebrannt.« Als er das sagte, fuhren sie gerade durch das Tor des Glen. Leo starrte ihn an. Sie war kreidebleich. »Ist schon gut, Leo, es war nur ein Witz.«

»Ich mag keine Witze über Zigeuner«, erwiderte sie.

Er fragte sich, ob sie von ihnen im Wald erschreckt worden war. Einmal hatte er bei diesen dunklen, mißtrauischen und immer wachsamen Menschen eine Frau von einem Kind entbunden, und sie hatten ihm dafür einen Fasan geschenkt. Stolz und ohne ein Lächeln hatten sie ihm den in Blätter eingewickelten Vogel überreicht, um ihm für seine Hilfe zu danken, um die sie ihn nicht gebeten hatten. Nur weil die Geburt schwierig gewesen und er gerade vorbeigekommen war, hatten sie sein Angebot akzeptiert.

Der Major erschien an der Tür. »Ich kann Sie leider nicht hereinbitten«, meinte er.

»Nein, ist schon gut.« Sein Ruf als verschwiegener Mensch, dem man alles anvertrauen konnte, beruhte darauf, daß er das Gespräch beendete, wenn sein Gegenüber es wünschte. Er hakte niemals nach, zeigte aber stets Offenheit und die Bereitschaft zuzuhören, wenn ihm jemand etwas sagen wollte.

Sein Sohn Declan wollte ihm nie etwas sagen.

»Meinst du, es wird dir in der Schule gefallen, Declan?«
»Das werde ich wohl erst wissen, wenn ich dort bin.«
Hatte man je einen so pedantischen und zugeknöpften Jungen gesehen?

Maisie wollte wissen, ob Declan sich eingewöhnt hatte. Wurde auch das Bett ausgelüftet? Und waren auch andere Jungs aus der Gegend dort?
Dr. Jims konnte nichts von alldem beantworten. Ihm war nur im Gedächtnis geblieben, wie ihm sein Sohn zum Abschied zugewinkt hatte. Er klammerte sich nicht an ihn wie ein paar andere Jungen, die sich nur ungern von ihren Müttern trennten. Aber er plauderte auch nicht oder schloß Freundschaften, wie es ein paar der mitteilsameren Knaben zu tun schienen.
Jeden Sonntag mußten die Jungen nach Hause schreiben. Declan schrieb über Heiligentage, Spaziergänge und Spiele und daß er eine Reliefkarte bastelte. Jims Blake wußte, daß diese Briefe von den Priestern überwacht wurden, daß sie einen guten Eindruck von der Schule und der Freizeitgestaltung vermitteln sollten. Manchmal blieb der Brief ungeöffnet auf der Flurkommode zwischen den Reklamebroschüren liegen, die für pharmazeutische Produkte warben und jedem auf einer Adressenliste geführten Arzt zugeschickt wurden.

Declan schrieb weder an Eileen, die am University College in Dublin Architektur studierte und in einem Wohnheim lebte, noch an Sheila, die mittlerweile als Pflegerin in einem der besten Krankenhäuser Dublins arbeitete. Zwar sandte er eine Geburtstagskarte an Maisie, doch über sein Leben im Internat wußten sie alle sehr wenig.
Die Schulberichte wiesen ihn als Schüler mit befriedigenden Leistungen und durchschnittlichen Noten aus; er rangierte in der Klasse am oberen Ende der schlechteren Hälfte.
Seine Ferien schienen lang und ereignislos. Der Arzt hatten den Eindruck, daß sein Sohn sich in die Schule zurücksehnte.
»Möchtest du nicht ein paar Freunde einladen?«
»Hierher?« hatte Declan erstaunt gefragt.
»Na ja, wir haben doch genügend Platz. Vielleicht gefällt es ihnen ja hier.«
»Was sollten sie hier anfangen, Daddy?«
»Ich weiß nicht. Was sie sonst auch tun, was ihr eben so tut.« Jims war wieder gereizt. Mit Declans Angewohnheit, eine Frage mit einer Gegenfrage zu beantworten, konnte er schlecht umgehen.
Dieser Vorschlag führte zu nichts, ebensowenig wie die Idee, nach Dublin zu fahren.
»Was soll ich denn zwei Tage lang in Dublin machen?«

»Was man in Dublin eben so macht. Wir könnten deine Schwestern besuchen, mit ihnen essen gehen. Das wäre doch schön, meinst du nicht?« Er merkte, daß er mit seinem Sohn redete wie mit einem fünfjährigen Kind, nicht wie mit einem Jungen von fünfzehn Jahren. Einem Jungen, der sich von Eileen und Sheila entfremdet hatte, die inzwischen beide ihre Berufsausbildung fast abgeschlossen hatten.

Der Besuch kam nie zustande. Auch nicht der Ausflug zu den Galway-Rennen, der Declan schon lange als Belohnung versprochen worden war, wenn er sein Abschlußzeugnis bekommen hatte.

Jims Blake sagte, er könne mit der Hand auf dem Herzen schwören, daß er alles versucht hatte, um seinem Sohn näherzukommen, aber jedesmal abgewiesen worden war.

Normalerweise redete er über so etwas nicht mit anderen, aber einmal sprach er dann doch mit Bill Hayes. »Kostet es Sie auch immer soviel Mühe, aus Ihrem Sohn ein Wort herauszubekommen, oder redet Niall von sich aus mit Ihnen?«

»Niall würde mit den Vögeln in den Bäumen reden, wenn er das Gefühl hätte, daß sie ihm zuhörten. Er erzählt Geschichten am laufenden Band. Der Umgang mit Klienten liegt ihm weniger.«

Betrübt schüttelte Bill Hayes den Kopf. Auch er schien ein wenig enttäuscht von seinem Sohn. Obwohl Niall ein fähiger Anwalt war, deutete nichts darauf hin, daß er das Zeug hatte, den Klientenstamm zu vergrößern oder wenigstens mit den bereits vorhandenen Aufträgen zu Rande zu kommen.

»Aber redet er auch mit Ihnen?« hakte Dr. Jims nach.

»Wenn er mich dazu bringen kann, daß ich ihm zuhöre – was selten der Fall ist. Ich habe keine Lust, mir endlose Geschichten über die Berge und die Seen anzuhören, wenn er bei einem Bauern war, um ihm beim Aufsetzen des Testaments zu helfen. Ich möchte nur wissen, daß er einwandfrei gearbeitet hat, daß die Angelegenheiten des Klienten geregelt sind und alles in Ordnung ist.«

Dr. Jims seufzte. »Bei mir ist es genau das Gegenteil. Ich kann mit ihm nicht mal darüber reden, daß er sich an der Universität einschreiben soll. Immer hat er irgendeine Ausrede.«

»Sprechen Sie beim Essen mit ihm. Lassen Sie ihn erst essen, wenn er Ihre Frage beantwortet hat ... auf diese Weise kitzeln Sie schon eine Antwort aus ihm heraus. Den Jungs geht doch nichts über ihr Essen.«

Jims Blake schämte sich zu sagen, daß das keine Lösung war, weil sein Sohn die Mahlzeiten mit Maisie in der Küche einnahm, wie es schon immer üblich gewesen war. Warum im Eßzimmer für zwei decken, wenn der arme Arzt jederzeit damit rechnen mußte, daß man ihn außer Haus rief?

Doch der Sommer des Jahres 1964 schritt voran. Es galt, Vereinbarungen zu treffen, Gebühren zu bezahlen, Plätze in der medizinischen Fakultät zu reservieren, sich um die Unterbringung zu kümmern.

»Declan? Kaum zu glauben, daß wir im selben Haus wohnen, Junge …«

»Ich bin doch immer da«, sagte der Junge. Es klang nicht wie ein Aufbegehren oder eine Rechtfertigung, sondern war eine nüchterne Feststellung der Tatsachen.

Jims Blake ärgerte sich darüber.

»Ich bin auch immer da«, meinte er. »Außer wenn ich fort muß, weil ich einer Arbeit nachgehe, die du auch bald tun wirst.«

»Ich werde nicht Medizin studieren, Dad.«

Irgendwie kam das nicht überraschend. Er mußte damit gerechnet haben.

»Wann hast du dich dagegen entschieden?« fragte Jims in kühlem Ton.

»Ich habe mich nie *dafür* entschieden, nur du hattest es dir in den Kopf gesetzt – nicht ich.«

Sie redeten wie Fremde miteinander, höflich, aber ohne Umschweife.

Declan wollte in eine Auktionsfirma für Immobilien einsteigen. Der Vater seines Freundes Vinnie O'Neill würde ihn anstellen. Es war eine Arbeit, die Declan gefiel. Er fand es reizvoll, Grundstücke und

Häuser zu besichtigen und sie den Kunden zu zeigen. Außerdem konnte er gut mit Leuten umgehen und ihnen die Vorzüge eines Objekts schildern. Und er würde dabei sehr gut verdienen. Vinnie würde fortgehen; er wollte Priester werden. Er war der einzige Junge in der Familie. Mr. O'Neill mochte den Freund seines Sohnes, sie kamen gut miteinander aus.

Mit düsterer Miene hörte Jims Blake sich die Geschichte eines ihm unbekannten Mannes an, der sich Gerry O'Neill nannte und ein Maklerbüro für Immobilien besaß, dessen Verkaufsschilder Jims auch im Dorf gesehen hatte. Ein Mann, der mit Declan Blake gut auskam und ihn nun als eine Art Sohn betrachtete, da sein eigener Priester werden wollte. Schweigend nahm er Declans Pläne zur Kenntnis. Declan würde also in der Stadt leben. Offenbar konnte er in Vinnies Zimmer ziehen. Es sei einfacher, wenn er an Ort und Stelle wohnte, und je früher, desto besser.
Vinnie würde nächste Woche ins Priesterseminar gehen, und Declan hatte vor, am Wochenende einzuziehen.
Jims Blake erfuhr von seinem Sohn, daß Maisie ihn nicht vermissen würde, da inzwischen die Kirche so sehr in den Mittelpunkt ihres Lebens gerückt war.

Und sie habe sich seit der Internatszeit daran gewöhnt, daß er nicht da war.
»Und was ist mit mir?« fragte Jims Blake. »Meinst du nicht, daß ich dich vermissen werde?«
»Ach, Dad, du bist dir selbst genug. Du wirst mich nicht vermissen.«
Er sagte das in völliger Aufrichtigkeit, und als er in die Augen seines Vaters sah und merkte, daß dieser tatsächlich einsam war, schien ihn das zu beunruhigen.
»Aber wenn ich Medizin studieren würde, wäre ich doch auch die ganze Zeit weg.«
»Du würdest aber zurückkommen und mir in der Praxis helfen und sie später einmal übernehmen. So hatte ich es mir gedacht.« Lange schwiegen sie beide.
»Es tut mir leid«, sagte Declan schließlich.
Später fragte sich Jims, ob er dem Jungen den Arm um die Schulter hätte legen sollen. Hätte er sich mit einer Geste für achtzehn Jahre Kälte und Distanz entschuldigen und die Hoffnung zum Ausdruck bringen sollen, daß die nächsten Jahre besser würden? Doch er zuckte nur die Achseln. »Du mußt tun, was du für richtig hältst«, sagte er. Und dann hörte er sich sagen: »Das hast du doch schon immer getan.«

Er wußte, daß dies die endgültigsten Abschiedsworte waren, die er je hätte sagen können.
Manchmal, wenn er in der Stadt war, schaute Jims Blake bei den O'Neills vorbei. Wie jemand, der ständig einen schmerzenden Zahn befühlt, spürte er den unwiderstehlichen Drang, diesen Mann kennenzulernen und das Haus zu sehen, in das Declan zu gehören glaubte. Gerry O'Neill hatte eine gesunde Gesichtsfarbe, einen unerschöpflichen Fundus an Anekdoten über Leute und Lokalitäten und hielt sich für einen begnadeten Erzähler. Jims Blake allerdings fand ihn langweilig und überheblich. Er saß da und sah ungläubig mit an, wie die Ehefrau, die Tochter und auch Declan lachten und begierig seinen Geschichten lauschten.
Die älteste Tochter, Ruth, war ein hübsches Mädchen und der Augapfel ihres Vaters. Damit sie im Geschäft mithelfen konnte, machte sie eine kaufmännische Ausbildung an der örtlichen Sekretärinnenschule. Sie redeten von O'Neills Auktionsfirma, als handelte es sich um ein traditionsreiches und angesehenes Familienunternehmen und nicht um einen kleinen, unbedeutenden Laden, dessen einziges Kapital darin bestand, daß Gerry O'Neill wie ein Wasserfall redete.
»Lade Ruth doch mal ins Terrace ein, was meinst du?« schlug Jims seinem Sohn vor.

Es war ihm nicht entgangen, daß Declan sich zu dem dunkeläugigen Mädchen aus seiner neuen Familie hingezogen fühlte.
»Ich weiß nicht …«
»Ich habe ja nicht gesagt, daß ihr hier wohnen sollt. Ich habe nur gesagt, du sollst das Mädchen mal am Sonntag zum Essen mitbringen, Herrgott noch mal.« Wieder dieser barsche, ungnädige Ton, den er nicht beabsichtigt hatte. Sein Sohn sah ihn verdutzt an.
»Ja, natürlich … mal sehen.«

Jims Blake sann darüber nach, ob er einen Mitarbeiter für die Praxis einstellen sollte. Jetzt erkannte er, wie angenehm es für den einsamen alten Charles Nolan gewesen sein mußte, daß er, Jims, all die Jahre in seinem Haus gelebt und gearbeitet hatte. Und er verstand auch, wie Charles dazu gekommen war, ihm das Haus und auch die Praxis zu vermachen. Jims hatte geglaubt, es würde ihm mit Declan genauso ergehen. Er hatte sich die Abende ausgemalt, an denen sie, wie er damals mit Charles, über Artikel im *Lancet* und in der *Irish Medical Times* diskutieren oder Mutmaßungen über jene Salbe anstellen würden, die ein Wundermittel zu sein schien und ihm von einem Arzneimittelunternehmen zugeschickt worden war.
Einmal wöchentlich rief Sheila aus Dublin an, und

einmal wöchentlich kam ein Brief von Eileen, die mittlerweile in einem Architekturbüro in England arbeitete.
Er hatte beinahe vergessen, wie Frances ausgesehen hatte oder welches Gefühl es gewesen war, sie in den Armen zu halten. Eigentlich hätte er sich nicht wie ein alter Mann vorkommen müssen, er war schließlich erst Ende Fünfzig. Doch er spürte ganz deutlich, daß sein Leben als solches vorüber war.

Declan brachte Ruth schließlich doch zum Mittagessen mit. Das Mädchen plauderte so munter und unbeschwert wie zu Hause. Sie stellte Fragen und schien sich auch für die Antworten zu interessieren. Bei Maisie erkundigte sie sich, wie sie die Blumen für den Altar zurechtmachte. Und Maisie meinte, Ruth sei ein Mädchen aus gutem Hause, Declan könne sich sehr glücklich schätzen, daß er sie kennengelernt hatte und nicht eines von diesen dummen, leichtfertigen Dingern, die einem in der Stadt oft über den Weg laufen.
Bei ihrem dritten Besuch tat Ruth den ersten Schritt und küßte Jims zum Abschied auf die Wange.
»Danke, Herr Doktor«, sagte sie. Ein frischer, lieblicher Duft ging von ihr aus, Knight's-Castile-Seife. Er fand es nicht verwunderlich, daß sein Sohn so hingerissen von ihr war.

Er erschrak, als er Declan einige Wochen später wiedersah. Der Junge kam an einem Donnerstag nachmittag, an dem Maisie frei hatte, war aschfahl und hatte dunkle Ringe unter den Augen.
Ruhelos ging er im Haus auf und ab, bis der letzte Patient fort war. »Waren das alle?«
»Ich muß noch aufs Land. Einer von Carries Brüdern. Erinnerst du dich an Carrie?«
»Selbstverständlich. Kann ich mitkommen?«
Irgendwie tat Jims Blake jetzt das Richtige – er schwieg. Er fragte nicht, warum der Junge an einem Werktag hergekommen war und warum er so elend aussah. Statt dessen lächelte er und hielt ihm die Haustür auf. Gemeinsam gingen sie zum Wagen, die Stufen des Terrace Nummer drei hinunter, Vater und Sohn, wie Jims es sich immer gewünscht hatte.
Sie sprachen nicht, während sie zu dem Bauernhof hinausfuhren, wo sich einer von Carries Brüdern wieder einmal an einem rostigen Maschinenteil verletzt hatte. Wortlos sah Declan zu, wie sein Vater die Wunde reinigte und nähte.
Auf dem Rückweg begann er zu sprechen.
Sie hielten im Schatten des alten Felsen, des großen, schroffen Naturdenkmals, dem Shancarrig seinen Namen verdankte. In der frischen Nachmittagsluft – die Schatten der Bäume wurden bereits lang – gingen die beiden ein wenig spazieren.

Jims Blake hörte sich die Geschichte an, die schreckliche Geschichte eines Jungen, der von rechtschaffenen Leuten aufgenommen worden war. Gerry O'Neill würde der Schlag treffen, wenn er erfuhr, daß Ruth schwanger war. Und ihr Bruder Vinnie, der für das Priesteramt studierte, würde einen solchen Vertrauensbruch niemals verzeihen.
Der Junge hatte seit einer Woche nicht geschlafen und nicht gegessen, das Mädchen wahrscheinlich auch nicht. Sie befanden sich in einer ausweglosen Lage. Declan meinte, sie sollten durchbrennen, doch Ruth weigerte sich, und in seinen klareren Momenten sah Declan ein, daß sie recht hatte.
»Wie du siehst, sind wir in einer ziemlich schlimmen Lage, sonst hätte ich nicht zu dir kommen müssen«, sagte er zu seinem Vater.
Jims Blake schluckte eine schlagfertige Antwort hinunter. Zu einer anderen Zeit hätte er eine Bemerkung fallenlassen, die genügt hätte, daß sich der Junge wieder in das Schneckenhaus zurückzog, aus dem er so mühselig hervorgekrochen war. Jims fragte nicht, was Declan von ihm wollte. Offensichtlich wußte Declan es selbst nicht genau. Und so gab Jims dem Impuls nach, den er schon lange gespürt hatte: Er legte den Arm um die Schulter des Jungen.
Er tat, als bemerkte er nicht, wie Declan überrascht zusammenzuckte. »Ich sage dir, was mir durch den

Kopf geht«, begann er. Seine Stimme klang ruhig, beinahe fröhlich. Er spürte, wie sich die Schultern seines Sohnes unter seinem Arm entspannten. »Ich habe einen Freund in Dublin, wir haben zusammen studiert. Er ist Gynäkologe und Geburtshelfer. Mittlerweile ein recht bekannter Facharzt. Ich werde Ruth empfehlen, bei ihm eine Dilatation und eine Kürettage vornehmen zu lassen – oh, keine Sorge, das klingt sehr gefährlich, aber es ist nur eine Untersuchung des Gebärmutterhalses unter Narkose. Dann kommt die Sache in Ordnung. Viele Mädchen lassen das machen …«

Declan sah ihn an.

»Ist das …? Ich meine, ist es dasselbe wie …?«

Jims Blake wußte, wie er das Problem handhaben wollte. »Es ist belanglos, wie man die Prozedur nennt. Wichtig ist nur, daß Ruth ein oder zwei Tage in der Klinik bleibt und die Sache geregelt wird, ohne daß andere Leute etwas davon mitbekommen.«

Sie gingen zum Auto zurück und fuhren nach Shancarrig. Die Stimmung blieb unverändert.

Declan kam mit ins Terrace Nummer drei und setzte sich zu seinem Vater an den Kamin, den sie angezündet hatten, da der Abend kühl wurde. Declan trank einen kleinen Brandy, und in sein Gesicht kehrte ein wenig Farbe zurück.

Jims Blake erinnerte sich daran, daß der alte Dr. Nolan oft gesagt hatte, im Leben gehe es manchmal merkwürdiger zu, als man glauben konnte. Und im stillen pflichtete Dr. Jims Blake ihm bei, wie er so dasaß und sich vergegenwärtigte, daß der einzige gesellige Abend, den er je mit seinem Sohn verbracht hatte, derjenige war, an dem er die Abtreibung seines eigenen Enkelkindes in die Wege geleitet hatte.

Nora Kelly

Nora und Jim Kelly besaßen keine Hochzeitsfotos. Der Cousin mit der Kamera war unzuverlässig gewesen. Später erzählte er ihnen, mit dem Film hätte etwas nicht gestimmt.

Das sei nicht so schlimm, erwiderten sie.

Aber für Nora war es schlimm. Der Tag, an dem ihre Ehe begonnen hatte, war nirgendwo festgehalten. Es war nicht gerade eine Traumhochzeit gewesen, denn während des Ausnahmezustandes hatten die Leute nicht viel für große, protzige Festivitäten übrig – nicht einmal Leute mit höherem gesellschaftlichem Niveau als Nora und Jim. Aber ihre Hochzeit war schon besonders schlicht gewesen.

Sie hatte in der Fastenzeit stattgefunden, weil das Paar seine Hochzeitsreise in den Osterferien machen wollte – zwei junge Lehrer, die ein gemeinsames Leben begannen. Noras Mutter war bei der Feier sehr wortkarg gewesen. Eine Hochzeit in der Fastenzeit hatte oft einzig und allein zu bedeuten, daß die ehelichen Privilegien vorweggenommen worden waren und eine ungewollte Schwangerschaft vorlag.

Aber das war nicht der Fall. Nora und Jim hatten nichts vorweggenommen. Und die Schwangerschaft, von der die Mutter Schimpf und Schande für die ganze Familie befürchtete, kam nicht zustande – nicht einmal nach vielen Ehejahren.
Monat für Monat berichtete Nora Kelly ihrem Mann, daß es auch diesmal keine Hoffnung gab, sie könnte schwanger sein. Achselzuckend sagten sich die beiden, früher oder später werde es schon passieren. Das war in den ersten drei Jahren. Danach versuchten sie sich mit scheinbar vernünftigen Argumenten zu trösten. Warum sollten zwei Lehrer, die mit dem gesamten minderjährigen Bevölkerungsanteil von Shancarrig fertig werden mußten, noch weitere Kinder in die Welt setzen?

Dann beschlossen sie, Hilfe zu suchen.
Es war nicht leicht für Nora Kelly, sich an Dr. Jims zu wenden. Er war ein höflicher Mann und nett zu allen Leuten. Sie wußte, daß er nicht zimperlich oder allzu neugierig sein würde. Er würde nach seinem Block greifen, etwas aufschreiben und dabei nachdenklich nicken.
Selbst wenn es ihr gutging, hatte Nora Kelly eine blasse Gesichtshaut, und jetzt war sie nicht gerade in bester Verfassung. Sie war eine schmächtige Frau

mit dünnen blonden Haaren, die sie locker im Nacken zusammensteckte.
Niemand in Shancarrig hatte sie je mit offenem Haar gesehen. Man fand allgemein, daß sie ein bißchen streng aussah, aber das gehörte sich ja für eine Lehrerin. Ihr kräftiger Mann glich eher einem Bauern aus der Gegend als einem Lehrer, da war es gut, daß wenigstens einem Mitglied der Familie eine gewisse Autorität ins Gesicht geschrieben stand.
Jemand, der Nora vor ihrer Heirat gekannt hatte, sagte, sie komme aus einer sechzig Meilen entfernten Stadt und sei immer mit ihren beiden Schwestern herumgetobt und auf dem Fahrrad halsbrecherisch durch die Gegend gerast. Drei wilde Gören, sagte man. Aber das konnte niemand recht glauben.
Im Dorf hatte sie keine Verwandten, keine Identität und keine Vergangenheit. Sie war nur die Schullehrerin – eine vernünftige Frau, die keine Grillen im Kopf hatte und keinen Wert auf elegante Kleidung legte. Die allerdings auch nicht allzugut kochte, nach dem zu schließen, was sie beim Metzger einkaufte; aber als Lehrerin war sie bestens geeignet. Natürlich hatte der Herr ihr ein schweres Kreuz auferlegt, indem er ihr keine Kinder schenkte, aber wer wußte in solchen Fällen schon, was wirklich dahintersteckte?

Wie sie erwartet hatte, war Dr. Jims die Freundlichkeit selbst. Er untersuchte sie rasch und sachlich, dann empfahl er ihr mit sanfter Stimme ein paar ganz einfache, vielleicht sogar aus der Volksmedizin stammende Heilmittel. Dr. Jims sagte, er habe nie die Weisheit verachtet, die von Generation zu Generation weitergereicht wird. Wandernde Kesselflicker hätten ihm einmal ein sehr wirksames Rezept verraten, erzählte er. Sie wüßten viele Dinge, die der modernen Medizin noch fremd seien. Aber sie blieben am liebsten unter sich.

Doch die Ratschläge hatten keine Wirkung, und man ließ im Krankenhaus der Stadt verschiedene Tests vornehmen. Jim mußte Spermaproben abgeben. Das alles war langwierig, peinlich und ausgesprochen deprimierend. Man erklärte den Kellys, daß es nach dem Stand der Medizin im Jahre 1946 keinen erkennbaren Grund gebe, warum sie kein Kind bekommen könnten. Sie sollten die Hoffnung nicht aufgeben.

Nora Kelly wußte, daß es Dr. Jims schwerfiel, ihr diese Diagnose zu übermitteln – zumal in jenem Herbst seine eigene Frau wieder schwanger war. Ihre kleinen Mädchen gingen bereits in die Schule; eine weitere Familie, deren Kinder von Nora und Jim unterrichtet wurden. Sie bemerkte sein Mitleid und wußte es um so mehr zu schätzen, als er es nicht aussprach. Es war nicht einfach, als kinderlose Frau in einer Kleinstadt zu leben; schon seit langem spürte sie, daß man sie schief ansah. Nora wußte, daß Gottes Wege verschlungen und für gewöhnliche Menschen schwer zu begreifen sind, aber es war nicht leicht zu akzeptieren, daß er den Brennans und den Dunnes in den Katen immer noch mehr Kinder schenkte, obgleich diese Familien nicht einmal die vorhandenen Kinder versorgen konnten, während er Nora Kelly überging.

Manchmal, wenn sie die kleinen runden Gesichter sah, die in der Schule einen neuen Lebensabschnitt begannen, war der Schmerz in ihrem Herzen so greifbar, als sei er körperlicher Natur. Sie beobachtete, wie die Kinder auf ihren dünnen Beinchen herumstaksten, sie bemerkte die viel zu großen Schuhe und überlangen Kleidungsstücke, in denen die ärmsten von ihnen in der Schule erschienen. Wenn sie und Jim ein eigenes Kind bekommen hätten – sie hätten gut für es gesorgt! Es kam Nora beinahe vor, als brauchten die anderen Frauen im Kopf nur an Empfängnis zu *denken,* um schwanger zu werden – Frauen, die behaupteten, bereits genug Kinder zu haben, Frauen, die seufzten: »Es ist mal wieder soweit.«

Als im kältesten Winter, den Shancarrig je gesehen hatte – der Fluß Grane war drei lange Monate zuge-

froren –, der Sohn des Arztes auf die Welt kam, starb seine Frau bei der Geburt.
Nora Kelly hielt das Baby in den Armen und wünschte, sie könnte den kleinen Jungen mit nach Hause nehmen. Sie und Jim würden ihn liebend gern großziehen. Sie würden die Babysachen hervorholen, die sie vor vielen Jahren gekauft oder selbst angefertigt hatten und die jetzt nach Mottenkugeln rochen. Er würde in ihrer Schule aufwachsen, aber nie den anderen Kindern vorgezogen werden, nur weil er der Lehrerssohn war.
An diesem Tag im Kinderzimmer des Arzthauses – sie war gekommen, um beim Begräbnis ihr Beileid auszusprechen – glaubte sie einen Augenblick lang, der Doktor würde ihr das Baby überlassen. Aber das war natürlich nur ein Hirngespinst.

Nora hatte gehört, daß kinderlose Paare oft sehr aneinander hingen. Es war, als schaffe die Enttäuschung eine Verbindung zwischen ihnen, als bringe das Leben ohne Kinder die beiden Partner einander näher.
Sie wünschte, dies wäre auch bei ihr und Jim so gewesen, aber wenn sie ehrlich war, konnte sie das nicht behaupten.
Im Gegenteil, Jim entfernte sich zunehmend von ihr. Seine abendlichen Spaziergänge wurden immer län-

ger. Sie saß allein am Kaminfeuer, oder sie ging noch einmal ins Klassenzimmer, um für den nächsten Tag Karten zu zeichnen.

Als sie achtundzwanzig Jahre alt war, zeigte ihr Mann nur noch sehr selten das Bedürfnis, mit ihr zu schlafen.

»Was hat es schon für einen Sinn?« sagte er eines Nachts, als sie sich an ihn schmiegte. Danach blieb sie lieber auf ihrer Seite des Bettes.

Sie hatten sich vorgenommen, nicht bei einem von ihnen die Schuld zu suchen, aber Nora hatte immer ihre eigene Familie vor Augen: Eine ihrer beiden Schwestern hatte zwei Kinder, die andere nur eines. Die Schwestern und Schwägerinnen von Jim Kelly dagegen vermehrten sich wie Kaninchen.

Noras Schwester Kay, die in Dublin lebte, hatte zwei kleine Jungen. Manchmal übernachteten sie bei den Kellys. Nora wurde es jedesmal schwer ums Herz, wenn sie sah, wie Jim aufblühte, wie gern er die Kleinen in den Arm nahm oder mit ihnen spazierenging. Es war etwas ganz anderes, als in der Schule die Kinder zu unterrichten. Im Klassenzimmer war er zwar geduldig und freundlich, aber etwas steif; er legte nicht diese fröhliche Ausgelassenheit an den Tag wie mit ihren Neffen. Er nahm die beiden Jungen bei der Hand und ließ sie an seichten Stellen im Fluß herumwaten, er sammelte mit ihnen Pilze in der Nähe des alten Felsen oder streifte auf der Suche nach Bären und Tigern mit ihnen durch den Barnawald.

Noras Schwester sagte jedesmal: »Er ist der geborene Vater, nicht wahr?« Woraufhin Nora die Zähne zusammenbeißen mußte.

Mit ihrer Zwillingsschwester Helen hatte Nora eine engere Beziehung, obgleich Helen am anderen Ende der Welt, in Chicago, lebte. Sie hatte grobkörnige Fotos von ihrem Baby, der kleinen Maria, geschickt. Helen war nach Chicago gezogen, als Nora ihr Studium begann, denn sie glaubte für eine derartige Ausbildung nicht intelligent genug zu sein; sie wollte nicht mehr lernen, sondern die Welt sehen und dafür sorgen, daß sie nicht irgendwann in einem Kaff endete – wie dem, in dem sie aufgewachsen war.

Und Shancarrig war sogar noch kleiner! Nora war sicher, daß Helen sie bemitleidete. Was hatte sie mit all ihrer Klugheit erreicht? Sie hatte Jim geheiratet, der zusehends verschlossener wurde, war Lehrerin in einem winzigen Provinznest und hatte keine Kinder.

Helens Leben war wesentlich aufregender verlaufen. Sie hatte als Kellnerin bei Stouffers gearbeitet, in

einer Filiale der Kaffeehaus- und Restaurantkette. Dort hatte sie Lexi kennengelernt, der Fleisch auslieferte.
Der große, blonde, gutaussehende Lexi, ein polnischer Katholik, war ein ruhiger Mensch, dessen tiefblaue Augen ihr überallhin folgten. Helen hatte Nora geschrieben, wie er sie ausgeführt und schließlich seiner Familie vorgestellt hatte. Bei ihm zu Hause wurde polnisch gesprochen, aber in gebrochenem Englisch hieß man Helen willkommen.
Als sie in einer der großen polnischen Kirchen von Chicago heirateten, war niemand von Helens Familienangehörigen anwesend, um ihr an diesem bedeutsamen Tag Mut zuzusprechen. Wer konnte sich schon 1942, mitten im Weltkrieg, eine Reise um die halbe Welt leisten?
1944 wurde Maria geboren und von einem polnischen Priester getauft. Bei der Tauffeier gab's Kartoffelkuchen – man nannte ihn Latkes –, und es gab eine schreckliche Suppe, die sogenannte Polewka, die bei keinem Anlaß fehlen durfte.
Maria war ein schönes Kind, wie Helen immer und immer wieder schrieb. Nora wußte aus eigener Erfahrung, daß man Altweibergeschichten nicht allzuviel Bedeutung zumessen durfte – bei Nora hatten ihre Ratschläge ja ziemlich versagt –, aber sie glaubte sehr wohl daran, daß Zwillinge auf eine geheim-

nisvolle Art miteinander in Kontakt standen, selbst wenn fast fünftausend Meilen zwischen ihnen lagen. Sie nahm sich Helens Briefe immer wieder vor, und was sie zwischen den Zeilen las, beunruhigte sie; Nora Kelly wußte nämlich, daß das Leben im Süden von Chicago nicht so war, wie es die häufigen Briefe ihrer Schwester glauben machen wollten.

Einer Eingebung folgend, schrieb sie ihr an einem Frühlingstag im Jahre 1948: »Ich weiß, es wäre ein großer Aufwand, aber warum kommst du uns nicht im Sommer mit Maria besuchen? In den Ferien haben Jim und ich alle Zeit der Welt, und es wäre uns eine unendliche Freude.«
Nora lud in ihrem Brief auch Lexi herzlich ein, ging aber davon aus, daß er keine Zeit hatte. Helen hingegen, die jetzt halbtags im Lokal arbeitete, konnte sicher Urlaub nehmen.
Nora beschrieb in glühenden Farben die Blumen und Hecken von Shancarrig, sie ließ den Fluß glitzern und erzählte vom Wald, als wäre er auf dem Deckel einer Pralinenschachtel abgebildet.
Helen antwortete postwendend. Lexi würde die Reise nicht machen können, aber sie und Maria würden gern nach Shancarrig kommen.
Nora konnte es kaum erwarten. Ihre ältere Schwester Kay sagte, Helen müsse wohl Geld wie Heu haben,

wenn sie es sich leisten konnte, einfach ganz spontan ins Flugzeug zu steigen und nach Dublin zu fliegen. Nora aber hatte das Gefühl, daß bestimmt viele Erklärungen und Ausreden nötig gewesen waren und daß Helen an allen Ecken und Enden hatte sparen müssen, um sich die Reise leisten zu können. Das behielt sie allerdings für sich. Schließlich würde sie alles erfahren, wenn Helen bei ihr war.

Die Zwillingsschwestern waren erleichtert, als sie nach dem großen Wiedersehen in Dublin Kay zurücklassen und in den Zug nach Shancarrig steigen konnten. Sie hielten sich an den Händen und plauderten munter drauflos und unterbrachen einander immer wieder, so daß die eine die Sätze der anderen beendete und neue begann ... Vor allem sprachen sie darüber, daß das Foto dem kleinen Mädchen nicht gerecht geworden war.

Maria war eine Schönheit.

Sie war viereinhalb Jahre alt, und wenn sie lächelte, strahlte ihr ganzes Gesicht. Sie sang und summte vor sich hin und vergnügte sich mit einem Stück Karton und den Buntstiften, die Nora ihr zur Begrüßung geschenkt hatte.

»Du bist wunderbar!« rief Helen. »Alle Leute schenken dem Kind lächerliche Schmuckstücke oder Spitzensachen, die sie sowieso nur kaputtmacht.«

»Welche Leute?«
»Die Polen«, gestand Helen, und dann kicherten sie wie die beiden kleinen Mädchen, die sich damals, vor vielen Jahren, getrennt hatten.

Die Sonne schien, als der Zug in Shancarrig einfuhr. Am Bahnsteig stand der Lehrer, Jim Kelly, um seine Schwägerin und seine kleine Nichte zu begrüßen. Maria faßte sofort Zutrauen zu ihm. Sie streckte ihm ihre kleine rundliche Hand entgegen, und er hielt sie fest, während er mit der anderen den schweren Koffer trug.
»Ach, Nora.« Helens Augen füllten sich mit Tränen. »Ach, Nora, was für ein Glück du hast!«
Als sie den Bahnhof verlassen hatten und die Ladenzeile entlangschlenderten, wo sie noch vor kurzem das Gefühl gehabt hatte, von allen nur bemitleidet zu werden, fühlte sich die kinderlose Lehrerin Nora tatsächlich glücklich.
Nellie Dunne stand in der Ladentür.
»Sie sehen heute aber gut aus, Mrs. Kelly!« sagte sie.
»Das ist meine Schwester, Miss Dunne.«
»Und Sie haben ein kleines Mädchen, nicht wahr?« erkundigte sich Nellie Dunne. Sie wollte alle Neuigkeiten erfahren, um gleich beim nächsten Kunden damit aufwarten zu können.
»Das ist meine Maria«, erklärte Helen stolz.

Als Nellie außer Hörweite war, sagte Nora: »Man wird sich hier ganz schön wundern, daß jemand aus meiner Familie ein Kind hat.«
Helen legte ihre Hand auf den Arm der Zwillingsschwester.
»Nicht jetzt. Wir haben doch wochenlang Zeit, um über alles zu sprechen.«
Gutgelaunt gingen sie durch Shancarrig nach Hause, um Tee zu machen.

Aber Nora Kelly hatte nicht wochenlang Zeit, um mit ihrer Zwillingsschwester über das Leben in Chicago und das Leben in Shancarrig zu sprechen. Fünf Tage nach ihrer Ankunft war Helen nicht mehr am Leben. Das Pferd eines Fuhrwerks ging durch und rannte vor den Bus. Dieser versuchte auszuweichen und überfuhr Helen, die auf der Stelle tot war.

Als es passierte, war Nora mit Maria bei Nellie Dunne. Das Kind konnte sich nicht zwischen einem roten und einem grünen Lutscher entscheiden und hielt beide prüfend an ihr gelbes Viyella-Kleidchen mit den Smokstichen, als würde einer besser dazu passen als der andere.
Die Geräusche des Unfalls blieben Nora unauslöschlich im Gedächtnis. Sie hörte sie immer wieder, eins nach dem anderen: die Wagenräder, das Wiehern des

Pferdes, das Gerumpel des vom Weg abkommenden Busses und den langgezogenen Schrei. Dann die Stille, und danach das Schreien und Rufen der Menschen, die zu Hilfe eilten.

Später behaupteten die Leute, es habe gar keinen Schrei gegeben. Aber Nora hörte ihn.

Man brachte sie in Ryan's Hotel und gab ihr Brandy; man nahm sie in den Arm, und überall erklangen hastige Schritte. Jemand war unterwegs ins Schulhaus, um Jim zu benachrichtigen. Major Murphy aus dem Glen bemühte sich mit militärischem Eifer, für Ordnung zu sorgen.

Auch Father Gunn war da, mit seiner Stola um den Hals. Er war aus der Kirche herbeigeeilt, um der Toten den letzten Segen und die Vergebung ihrer Sünden zu erteilen.

»Sie ist jetzt im Himmel«, sagte Father Gunn zu Nora. »Sie ist im Himmel und betet für uns alle.«

Ein heftiges Gefühl durchströmte Nora: Wie ungerecht das alles war! Helen wollte nicht im Himmel sein und für sie alle beten, sie wollte hier in Shancarrig sein und die lange, komplizierte Geschichte ihrer seltsamen Ehe mit einem stillen Mann erzählen, der trank – nicht wie die Iren trinken, sondern auf ganz andere Weise. Sie wollte, daß ihre Tochter regelmäßig nach Irland kommen konnte, statt polnischsprachig und fast unbemerkt unter den zahllosen Kindern der Familie ihres Mannes aufzuwachsen: Lexis Brüder und Schwestern hatten Offensichtlich gehörig zum Bevölkerungswachstum in Chicago beigetragen. Helen hatte allmählich Angst bekommen, daß Maria unter diesen Bedingungen nie ein eigenes Leben führen und eine eigenständige Persönlichkeit entwickeln könnte, was für die Kinder in Shancarrig selbstverständlich war. Nora hatte ihr von den Kindern erzählt, die die Klassenzimmer während des Schuljahres füllten – jedes von ihnen hatte seine eigene Geschichte und seine eigene Zukunft.

Nora war fassungslos. Es durfte nicht wahr sein. Jede Minute kam ihr wie eine halbe Stunde vor, wie sie so in der Hotelhalle saß und die Menschen an ihr vorüberzogen.

Die Stimme von Sergeant Keane schien meilenweit entfernt, als er ihr vorschlug, ein Telegramm nach Chicago zu schicken oder dort anzurufen.

»Wir können doch diesem Mann nicht einfach telegraphieren, daß Helen tot ist.« Ihre Stimme klang in ihren Ohren wie die einer Fremden, fern und unwirklich. Der Sergeant meinte, man könnte ja ein Telegramm schicken und Helens Mann darin bitten, er solle in Ryan's Hotel anrufen, wo ihm dann jemand die Nachricht übermitteln mußte.

»Ich werde hierbleiben«, sagte Nora Kelly.

Niemand konnte sie davon abbringen. In Chicago war es nicht drei Uhr nachmittags, sondern früh am Morgen. Lexi fuhr gerade das Fleisch aus. Es konnten Stunden vergehen, bis er das Telegramm erhielt. Doch Nora würde im Hotel sein, gleichgültig, wann er anrief. Mrs. Ryan sorgte dafür, daß ein Bett für sie aufgestellt wurde; die Handelsreisenden würden verstehen, daß dies ein Notfall war und daß Mrs. Kelly Tag und Nacht in der Nähe des Telefons sein mußte.

Sie trank Tee, und für Maria holte man Götterspeise. Rote Götterspeise mit Milch, die sie im Zeitlupentempo löffelte.

Dann, um zehn Uhr abends, hörte sie jemanden kommen, der ihr sagte, der Anruf sei durchgestellt worden. Nora sprach mit dem Mann, der in gebrochenem Englisch antwortete. Sie hatte auf dem Bett gelegen; die Vorhänge waren zugezogen, um die Abendsonne abzuhalten. Und jetzt war es schon fast dunkel. Sie sprach, wie sie es sich vorgenommen hatte, ohne Tränen, und versuchte ihm das Geschehene so ruhig wie möglich zu erklären. »Warum weinen Sie nicht um Ihre Schwester?« Sein Akzent klang wie bei einem Ausländer im Film.

»Weil meine Schwester gewollt hätte, daß ich stark bin, wenn ich es Ihnen sage«, erwiderte sie schlicht.

Die Frage, ob er mit Maria sprechen wolle, verneinte er. Nora erklärte ihm, daß Helens Leichnam am nächsten Abend in die Kirche von Shancarrig gebracht würde, daß die Bestattung am folgenden Tag stattfinden sollte und daß Mr. Hayes sich bereits nach Flügen erkundigt hatte. Er hatte den ganzen Tag mit dem Shannon-Flughafen telefoniert.
Doch Lexi unterbrach sie: Er würde nicht zum Begräbnis kommen. Nora war sprachlos.
Die Stimme redete mühsam weiter: Er konnte nicht kommen, weil das Geld nicht reichte. Und er kannte doch sowieso niemanden, der mit ihm hinter dem Sarg seiner Frau hergehen würde. Er wollte lieber in seiner eigenen Gemeinde, in seiner Kirche Messen für seine Frau lesen lassen. Dann wollte er noch einmal wissen, wie der Unfall passiert war. Wessen Schuld war es? Durch welche Verletzungen war Helen ums Leben gekommen?
Der Alptraum ging weiter; die Zeit kam Nora Kelly endlos vor. Erst als das Fräulein vom Amt sagte »sechs Minuten«, wurde ihr klar, wie wenig Zeit in Wirklichkeit verstrichen war.
»Rufen Sie morgen noch einmal an?« fragte sie.
»Wozu?«
»Um zu reden.«
»Es gibt nichts zu bereden«, sagte er.
»Und Maria …?«

»Können Sie sich um sie kümmern, bis wir sie abholen?«
»Natürlich. Aber wenn Sie das Kind sowieso abholen, wollen Sie dann nicht doch zu Helens Begräbnis kommen?«
»Es wird noch ein bißchen dauern.«
Die Trauertage vergingen, ohne daß Nora Kelly wirklich begriff, was um sie herum geschah. Oft sah sie Jim, der die kleine Maria an der Hand hielt. Sie weinte immer seltener nach ihrer Mama. Alle versicherten ihr, ihre Mutter sei bei den Engeln im Himmel, und zeigten ihr die Heiligenbildchen an der Wand und in der Kirche, damit sie sich vorstellen konnte, wohin ihre Mama gegangen war.
Nach einigen Tagen sah Nora die Besitztümer ihrer Schwester durch, während Jim mit der kleinen Maria im Barnawald Blumen pflückte.
Nora saß auf ihrem Bett und betrachtete den Paß und die amtlich aussehenden Arbeits- und Versicherungsausweise. Sie fand kein Rückflugticket. War es möglich, daß Helen vorgehabt hatte hierzubleiben? Sie fand Briefe eines Rechtsanwalts »betreffs der Angelegenheit, die wir besprochen haben«. Konnte es sein, daß dieser Anwalt eine amerikanische Scheidung in die Wege geleitet hatte? Und wie sollte sie den seltsamen Tonfall in Lexis Stimme deuten? War er zu verstört gewesen, um zu sprechen? Oder hatte

es in Helens Ehe keine Liebe, keine Gefühle mehr gegeben? Noras Gedanken wirbelten durcheinander. Warum hatten sie nicht gleich über alles gesprochen, sie und Helen? Weil sie sich Zeit lassen wollten, wieder miteinander vertraut zu werden, und mit Freude festgestellt hatten, daß eine nur einen Gedanken beginnen mußte, und die andere dachte ihn schon zu Ende.

Wie konnte Gott so grausam sein, ihnen das wegzunehmen, was sie erst fünf Tage zuvor neu entdeckt hatten?

Kay, die älteste Schwester, dachte wie immer praktisch.

»Ihr solltet aufpassen, daß euch Maria nicht allzusehr ans Herz wächst«, mahnte sie. »Dieser gefühllose Kerl wird sie zurückholen, wann immer es ihm in den Kram paßt.«

Was sollte das heißen … nicht allzusehr ans Herz wachsen? Wie konnte jemand der Liebe Grenzen setzen, die sie für dieses Kind empfand, für dieses kleine Mädchen mit den großen blauen Augen, dem Lockenkopf und der liebenswerten Art, sich nachdenklich über die Wange zu streichen?

Nach einer Woche ertappte sich Nora dabei, wie sie zu Jim sagte: »Schläft die Kleine schon?«, und sie merkte, daß sie Maria bereits als ihr eigenes Kind betrachtete.

»Ich habe ihr eine Geschichte vorgelesen, aber sie will noch eine von No hören, sie sagt, No weiß bessere Geschichten«, antwortete er zärtlich.
Er lächelte sie liebevoll an, wie früher. Im Bett drehte er sich nicht mehr von ihr weg, sondern nahm sie in die Arme, wie früher. Es war, als hätte Maria ihrem Leben einen Sinn gegeben. »Wir müssen aufpassen, daß Maria uns nicht allzusehr ans Herz wächst«, sagte Nora eines Sommerabends, als sie Maria beim Spielen mit den drei Küken zusahen. Mrs. Barton, die Schneiderin, hatte sie in einer Schachtel vorbeigebracht, damit das kleine Mädchen sich mit ihnen vergnügen konnte.
»Ich hoffe ja immer noch, daß er sie nicht zurückhaben will«, sagte Jim. Zum ersten Mal seit vier Wochen sprachen sie über dieses Thema.
»Wir sollten uns nicht zu sehr unseren Hoffnungen hingeben. Jeder Vater würde sein einziges Kind zurückhaben wollen.«
»Vielleicht jeder, der zum Begräbnis seiner Frau gekommen wäre«, erwiderte Jim.

Nora schrieb regelmäßig an Lexi. Sie erzählte von der Beerdigung, den Blumen, der Predigt. Sie sprach von dem Grab unter einem Baum im Kirchhof, das sie sonntags mit Maria besuchte, um Blumen niederzulegen. In einem Jahr sollte der Grabstein aufgestellt werden. Lexi solle ihr mitteilen, welche Inschrift er sich wünschte.

Sie erzählte auch von dem Busfahrer, der nie über den Unfall hinwegkommen würde; er ging seither oft allein zum großen Fels von Shancarrig hinauf. Alle hatten ihm versichert, daß es nicht seine Schuld gewesen war. Niemand konnte ihm die Schuld geben; es war Gottes Wille, daß das Pferd gerade in diesem Moment gescheut hatte. Aber er wollte sich nicht wieder ans Steuer setzen, und er war mit Blumen zum Grab gekommen, als er sich unbeobachtet glaubte.

In ihren Briefen berichtete Nora auch, daß Maria ihren Vater jeden Abend in ihr Gebet einschloß: »Gott segne Papi«, sagte sie, und dann noch viele andere Namen, von denen Nora annahm, daß es Großeltern oder Verwandte waren. Sie wollte nicht, daß er glaubte, seine Seite der Familie gerate in Vergessenheit. Weiter schrieb sie ihm, daß Maria, wenn im September das Schuljahr begann, in die sogenannte »Gemischte Klasse« für die Kleinsten kommen würde. Sie war schon fast fünf, und in diesem Alter wurden die Kinder hier gewöhnlich eingeschult.

Sie erzählte ihm von der riesigen Blutbuche auf dem Schulhof und von den Landkarten an den Wänden der Klassenzimmer. Irgendwann ließ sie dann Formulierungen wie »bis Sie Maria abholen kommen«

und »vorübergehend« weg. Statt dessen schrieb sie einfach so, als sei abgemacht, daß Maria auf unbestimmte Zeit bei ihnen blieb.
Von den Kindern wurde Maria voll und ganz akzeptiert. Sie fanden es niemals seltsam, daß sie »No« zu Mrs. Kelly sagte. Sie meinten, das läge einfach daran, daß sie jünger und noch ein bißchen kindisch war. Geraldine Brennan von den Katen erklärte sich zu ihrer Beschützerin. Allerdings achtete Nora Kelly darauf, daß es nicht zum Beschützen gehörte, auch Marias Pausenbrot aufzuessen.
Lexi ließ selten von sich hören. Er schrieb, er sei Nora sehr dankbar für ihre Briefe. Seine Handschrift zeigte, daß er das Schreiben nicht gewohnt war, und seine Grammatik war miserabel. Er äußerte sich wenig oder gar nicht über seine Zukunftspläne. Oft fragte er nach dem Unfall, ob das Gerichtsverfahren abgeschlossen und die Entschädigung eingetroffen sei. Einmal erkundigte er sich, ob Helen irgendwelche Wertgegenstände bei sich gehabt habe, um die man sich kümmern müßte.

Nach und nach betrachteten auch die Leute von Shancarrig Maria als zu Jim und Nora gehörig. Sie wurde sogar mit deren Familiennamen angesprochen.
»He, Maria Kelly, komm rüber und schau dir die

Kaulquappen an!« hörte Nora ein Kind in der Mittagspause rufen, als alle im Hof spielten. Ihr wurde warm ums Herz vor Freude.
Eine seltsame Fügung des Schicksals hatte ihr ein Kind geschenkt, ein eigenes Kind.
Ein Kind, das seinen fünften Geburtstag mit Kuchen und Kerzen feierte. Ein Kind, das sein erstes Weihnachten in Shancarrig erlebte und an der Krippe in der Kirche Weihnachtslieder sang.
»Kannst du dich daran erinnern, wie die Kirche in Chicago zu Weihnachten ausgesehen hat?« fragte Nora, während sie Maria den Schal umband, um mit ihr von der Kirche nach Hause zu gehen.
Maria schüttelte ihren Lockenkopf. »Nein, das weiß ich nicht mehr«, sagte sie, und Nora lächelte in der Dunkelheit. Je weniger Maria sich erinnerte, desto wahrscheinlicher war es, daß sie bei ihnen blieb.

Mr. Hayes, Nialls Vater, besuchte Nora eines Tages, Niall war ein ruhiger, freundlicher Junge, der oft von den anderen ausgenützt wurde.
»Meine Frau sagt, die anderen Jungen schikanieren ihn. Ihr Gatte meint sicher, daß das einen Mann aus ihm macht. Jetzt frage ich mich, ob wir beide uns vielleicht eher verständigen könnten?« begann er.
Nora Kelly lächelte ihn an. Es war typisch für Mr. Hayes, daß er erst einmal versuchte, die Dinge

gütlich zu regeln, ehe er schwerere Geschütze auffuhr.

»Ich glaube, er müßte sich mit Foxy Dunne anfreunden«, sagte sie nach einigem Nachdenken.

»Mit Foxy? Mit diesem kleinen Teufel aus den Katen?«

»Er ist ein aufgewecktes Kerlchen, dieser Foxy. Eines Tages wird er aus den miserablen Verhältnissen, in denen er aufwächst, herauskommen.«

»Aber wie sollte sich Niall mit diesem Burschen anfreunden? Ethel hätte bestimmt Angst, daß er das Silber mitgehen läßt«, wandte Bill Hayes traurig ein.

»Das würde er nie tun. Er wäre ein guter Verbündeter für Niall. Niall ist ein sanfter Junge. Er braucht keinen Freund, der genauso sanft ist – wie Eddie zum Beispiel. Er braucht eine Kämpfernatur, die auf seiner Seite steht.«

»Sie finden für alles eine Lösung, Mrs. Kelly.«

»Ich wünschte, das wäre so. Ich wünschte, ich könnte das Kind meiner Schwester behalten. Ich wünschte, ich könnte daran glauben, daß uns die Tatsache, daß Maria bei uns ist, das Recht geben würde, sie auch zu behalten.«

»Dafür sind Sie zu rechtschaffen.«

»Ich glaube, meine Schwester wollte ihren Mann verlassen. Ich habe Briefe von einem Rechtsanwalt gefunden … aber sie sagen auch nicht viel.«

»Das tun sie nie«, bestätigte Bill Hayes bedauernd. Sie seufzte. Er sagte ihr das gleiche, was ihr bereits Father Gunn und Dr. Jims empfohlen hatten. Unternehmen Sie nichts. Geben Sie die Hoffnung nicht auf. Wenn der Mann sechs Monate lang nicht herübergekommen war, so war das ein gutes Zeichen. Nachdem ein Jahr vergangen war, sah es sogar noch besser aus.

Als die Feierlichkeiten anläßlich des Heiligen Jahres begannen und die große Weihezeremonie für die Schule vorbereitet wurde, war Maria bereits Teil der Familie Kelly und Teil von Shancarrig. Sie nannte Jim Papa und Nora Mama No.

»Das klingt japanisch – wie aus *Madame Butterfly!*« meinte Jim zu Nora. Er war zur Zeit immer guter Dinge.

»Sie kann mich nicht Mutter nennen, denn sie erinnert sich noch an ihre richtige Mutter«, sagte Nora.

»Ihren Vater hingegen scheint sie vergessen zu haben«, sagte Jim im Flüsterton.

In ihr Nachtgebet schloß Maria jetzt eine lange Reihe von Schulfreunden und auch die Küken ein, die Mrs. Barton ihr geschenkt hatte und die inzwischen ausgewachsene Hühner waren. Sie betete für die unwahrscheinlichsten Leute, zum Beispiel für den kleinen Declan Blake, der von Carrie, dem sonderbaren, zerstreuten Kindermädchen, im Kinderwagen herumgeschoben wurde. Maria hatte Carrie und Declan lieb, und oft fragte sie Mama No, ob sie nicht ein Baby wie Declan zum Spielen haben könnte. Sie betete auch für Jessica, die Hündin von Leo Murphy, die sich die Pfote gebrochen hatte, und sie betete, Foxy Dunne möge ihr einen seiner Würmer im Marmeladenglas schenken. Doch ihr Vater und die polnischen Namen waren von der Liste verschwunden.

Maria merkte schnell, daß sie als Tochter der Schule besondere Vorrechte besaß.

»Was würde passieren, wenn du dein Einmaleins nicht könntest?« erkundigte sich Geraldine Brennan interessiert. »Würdest du einen Schlag auf die Hand kriegen wie wir anderen auch?«

»Nein, würde sie nicht.« Catherine Ryan aus dem Hotel wußte über alles Bescheid. »Wenn sie will, braucht sie überhaupt nichts zu lernen.«

»Das ist ganz schön ungerecht«, klagte Geraldine Brennan. »Nur weil meine Mama und mein Papa keine Lehrer sind, werd ich verdroschen, und du kannst tun, was dir paßt.«

Maria Kelly mochte es nicht, wenn man Papa und Mama No kritisierte. Also gab sie sich in der Schule noch mehr Mühe als vorher.

»Geh ins Bett, Kind. Du wirst dir die Augen verderben«, sagte Jim Kelly, als Maria beim Schein der Öllampe ihr Gedicht lernte.

»Ich muß es können, ich *muß*. Bei mir ist es viel wichtiger als bei allen anderen. Wenn ich es nicht gut kann, *muß* ich geschlagen werden, sonst ziehen sie über dich und Mama No her.«

Jim und Nora Kelly unterhielten sich in dieser Nacht im Flüsterton. Kein eigenes Kind hätte sie glücklicher machen, ihnen mehr Freude bereiten können als Maria. Es war, als habe Gott sie ihnen geschenkt, 1948, vor fünf langen Jahren.

Mattie, der Briefträger, hatte schon in jedes Haus von Shancarrig gute Nachrichten und auch Hiobsbotschaften gebracht. Er wußte, wann die Geldsendungen der Auswanderer eintrafen, er wußte, wann ein Brief unwillkommen war. Solche mit dem Poststempel von Chicago händigte er Nora Kelly immer etwas zögernd aus.

Als er einen Umschlag mit amerikanischen Briefmarken brachte, der dicker und größer war als gewöhnlich und wichtiger aussah als die kurzen, schlampigen Briefe, die sonst gekommen waren, fragte Mattie, ob er einen Augenblick hereinkommen dürfe. Mrs. Kelly schenkte ihm eine Tasse Tee ein.

»Ich möchte nicht stören oder so … nur für den Fall,

daß es schlechte Nachrichten sind. Ich weiß, daß Sie heute allein sind. Der Lehrer ist doch mit den Kindern zum alten Fels gegangen, stimmt's?«
Er hatte recht. Zu Anfang des Sommertrimesters veranstaltete Jim immer einen Ausflug, an dem die ganze Schule teilnahm – alle sechsundfünfzig Kinder. Auch Father Gunn schloß sich für gewöhnlich an und brachte den alten Monsignor O'Toole mit, wenn dieser sich kräftig genug fühlte. Der alte Monsignor legte großen Wert darauf, daß die Kinder den alten Fels nicht für eine heidnische Kultstätte hielten. Das war das Problem mit den alten Denkmälern aus der Zeit vor St. Patrick – die Menschen sahen in ihnen keine Verbindung zu Gott.
Nora Kelly hatte beschlossen, heute nicht mitzugehen – und wie der Zufall es wollte, kam natürlich gerade jetzt Post aus Chicago. Konnten es amtliche Papiere sein? Ihre Hand zitterte. Sie öffnete den Umschlag – und zog Zeitungsausschnitte über Marias Vater Lexi heraus, der eine eigene Metzgerei, einen schönen Fleischerladen, eröffnet hatte. Er wollte, daß seine Tochter das wußte und stolz auf ihn war.
Könnte Nora die Fotos bitte Maria zeigen? Und vielleicht könnte das Kind ja einmal schreiben. »Sie ist doch jetzt ein großes Mädchen, es wundert mich, daß sie nicht schreibt.« Nora Kelly ließ den

Kopf auf die Hände sinken und weinte am Küchentisch.

Mattie, der es inzwischen bitter bereute, nicht wie sonst einfach den Umschlag auf den Tisch gelegt zu haben, streckte die Hand aus und tätschelte ihre krampfhaft zuckende Schulter.

»Es wird schon alles gut werden, Mrs. Kelly. Die Kleine war doch für Sie bestimmt«, sagte er immer wieder.

Schließlich riß sich Nora Kelly zusammen, wusch sich das Gesicht und kämmte sich. Sie setzte ihren Sommerhut aus schwarzem Stroh auf und machte sich auf den Weg zum Terrace, wo Dr. Jims Blake und Mr. Bill Hayes, der Rechtsanwalt, wohnten.

Nellie Dunne, die hinter dem Ladentisch stand und durch die offene Tür spähte, sah die Lehrerin mit hektisch geröteten Wangen und entschlossener Miene vorbeilaufen. Ob sie auf dem Weg zum Arzt war? Vielleicht hatte sie Neuigkeiten für ihn. Man sagte ja, daß eine Schwangerschaft häufig dann eintraf, wenn man aufhörte, sich allzusehr darum zu bemühen.

Aber Nora Kelly stieg die Stufen zu Hayes' Wohnung hinauf. Es ging also um juristische und nicht um medizinische Angelegenheiten. Mr. Hayes merkte sofort die Veränderung: Nora war fest entschlossen, die Schadensersatzforderungen jetzt ein für allemal zu regeln.

»Ist was passiert, Mrs. Kelly?« fragte er liebenswürdig. »Bisher haben Sie es doch immer auf die lange Bank geschoben und gesagt, Geld würde ihre Schwester auch nicht wieder lebendig machen und daß es dem Kind an nichts fehle.« Er war höflich, ließ sich aber seine Verwunderung anmerken.

»Ich weiß«, gab Nora Kelly zu. »Das habe ich auch geglaubt. Aber jetzt fürchte ich, meine einzige Hoffnung besteht darin, mir die Schadensersatzsumme, wie hoch sie auch sein mag, auszahlen zu lassen und ihm zu schicken.«

»Ihm?«

»Marias Vater. Alles andere interessiert ihn nicht, glauben Sie mir.«

»Aber das Geld gehört nicht ihm allein, sondern auch Maria.«

»Wir geben ihm alles, wenn er uns nur das Kind läßt.«

»Ach, Nora, Nora ...« Normalerweise nannte Niall Hayes' Vater die Lehrerin nicht beim Vornamen, aber jetzt machte er einen ziemlich bestürzten Eindruck.

»Was wollen Sie mir sagen, Mr. Hayes?«

»Wahrscheinlich will ich sagen, daß Sie das Kind nicht kaufen können.«

»Und ich sage Ihnen, daß ich genau das tun werde«, sagte sie. Ihr Gesicht war gerötet, und ihre Augen blitzten vor Aufregung.

Müde holte Bill Hayes die Akte heraus, und zusammen gingen sie die Briefe der Transportgesellschaft CIE durch: die von den Rechtsanwälten der Versicherungsgesellschaft und die Kopien seiner eigenen Briefe. Die Summe, auf die man sich irgendwann einigen würde, betrug im Höchstfall 2000 Pfund und mindestens 1200. Wenn man sich auf einen Betrag einigte, der in der Nähe des Mindestsatzes lag, würde es wohl nicht so lange dauern. Aber vielleicht sollten sie mehr anstreben, nachdem inzwischen soviel Zeit vergangen war.

»Nehmen Sie, was Sie bekommen können, Mr. Hayes.«

»Entschuldigen Sie, aber sollte Ihr Mann nicht vielleicht ...«

»Jim liegt genausoviel daran, Maria zu behalten, wie mir. Vielleicht sogar noch mehr, wenn das überhaupt möglich ist.«

»Es gibt aber keine Garantie ...«

»Ich weiß, aber ich muß ihm irgend etwas anbieten. Er hat geschrieben, daß er jetzt einen Laden besitzt. Darauf bildet er sich anscheinend einiges ein. Und jetzt will er auch noch, daß sie ihm schreibt ...« Noras Lippen zitterten.

»Vielleicht fühlt er sich jetzt zum ersten Mal dazu in der Lage. Sie kennen ja die Amerikaner, sie legen sehr viel Wert darauf, ein eigenes Geschäft zu haben ...«

»Bitte verteidigen Sie ihn nicht. Ich hätte es vielleicht ertragen können, wenn er sofort gekommen wäre und sie mitgenommen hätte. Jetzt nicht mehr. Jahrelang hat er sie vernachlässigt und wollte nichts von ihr wissen, und jetzt auf einmal ...«

»Maria könnte doch in den Ferien zu Ihnen kommen ...«

Nora Kellys Lippen wurden schmal. »Sie meinen es gut, Mr. Hayes, aber das wäre keine Lösung für uns.«

»Na schön, Mrs. Kelly. Ich werde alles in die Wege leiten, was die juristische Seite der Angelegenheit betrifft.« Bill Hayes wies mit der Hand auf die Regale, in denen sich Umschläge und mit blaßrosa Klebestreifen zusammengehaltene Dokumente stapelten.

»Möchtest du deinem Vater ein paar Zeilen schreiben, Maria?« fragte Nora an diesem Abend.

»Wozu? Um ihm für den Tag beim alten Felsen zu danken?« Maria sah überrascht aus.

Nora schluckte und brachte kaum noch ein Wort heraus. Für Maria war Jim ihr Vater. Der Mann, der so stolz auf seinen Laden für Qualitätsfleisch in Chicago war, existierte für sie überhaupt nicht.

Einige Tage später schnitt Nora das Thema erneut an.
»Wir haben einen Brief von deinem Papa Lexi in Chicago bekommen. Er wollte, daß du die Fotos von seinem neuen Fleischerladen siehst.«
Maria betrachtete die Zeitungsausschnitte.
»Bäh! Schau mal, die toten Tiere, die überall hängen«, sagte sie und gab die Bilder rasch zurück.
»Das ist sein Beruf. Wie der Vater von Jimmy Morrissey.« Nora wünschte, sie könnte es dabei bewenden lassen, aber sie wußte, daß sie das nicht wagte.
»Jedenfalls wäre es gut, Maria, wenn du ihm einen Brief schreibst und ihm sagst, daß der Laden sehr schön aussieht.«
»Tut er aber nicht!« sagte Maria und brach in ihr ansteckendes Kichern aus.
Ihre Haare, die mittlerweile lang, aber immer noch lockig waren, wurden von einem bunten Band zusammengehalten. Sie las sehr viel – die vielen Gutenachtgeschichten in den ersten Jahren hatten sich ausgezahlt. Maria war groß, braungebrannt und kräftig. Jetzt war sie fast zehn Jahre alt, ein Mädchen, das jeder gern zur Tochter gehabt hätte.
»Er würde es aber so gern hören«, beharrte Nora.

»Aber ich würde ihm ja nur was vormachen.« Sie zog die Zeitungsausschnitte wieder zu sich und – Nora hatte gewußt, daß es so kommen mußte – betrachtete den großgewachsenen, gutaussehenden Mann, der neben dem Laden stand.

»Ist er das?«

»Ja.«

Ganz offensichtlich war Maria unbehaglich zumute, und ihre tiefblauen Augen sahen besorgt aus.

»Was soll ich denn schreiben?«

»Ach, was du meinst. Was dir in den Sinn kommt. Ich kann es dir nicht diktieren.«

»Aber mir fällt nichts ein. Ich weiß nicht. Ich fühle mich nicht wohl, wenn ich an … an all das denke.«

Nora Kelly nahm Maria in die Arme. »Bei uns bist du sicher und geborgen, mein Liebling. Glaub mir, wir schaffen das schon.«

Maria entzog sich ihrer Umarmung, die Situation war ihr zu gefühlsbeladen.

»Na schön, ich werde ihm schreiben. Soll ich schreiben ›Du siehst gut und reich aus‹?«

»Nein, Maria. Schreib, was du willst, aber das bitte nicht.«

»Ach, Mama No, ich weiß nicht, was ich schreiben soll. Ich glaube, du mußt es mir doch diktieren.«

»Das glaube ich auch«, pflichtete Nora ihr bei.

Sie schrieben höfliche, zurückhaltende Briefe, in denen sie wenig über das Leben in Shancarrig sagten und die Kellys, Marias wirkliche Eltern, überhaupt nicht erwähnten, dem Fremden in Chicago aber ihren guten Willen zeigten.
Nora nahm erfreut zur Kenntnis, wie schnell und beiläufig Maria die gestelzten Antwortbriefe las, von denen jeder mit der Anrede »Meine liebe Tochter Maria« begann.
Der Mann hatte wenig zu sagen und drückte sich ungeschickt aus.
»Papa nix gut in Rechtschreibung«, sagte Maria.
»Aber, aber«, wies Jim sie zurecht.
»Ist er ein Geheimnis? Wissen die Leute von ihm?«
»Natürlich ist er kein Geheimnis, mein Liebling. Wie kommst du darauf?«
»Weil wir nie über ihn sprechen. Und niemand sonst hat einen zweiten Vater, der ganz weit weg lebt.«
»Wir sprechen sehr wohl über ihn, und du schreibst ihm doch auch. Selbstverständlich ist er kein Geheimnis.« Nora wollte auf gar keinen Fall, daß Lexi eine glamouröse, rätselhafte Phantasiefigur werde.
»Schreibst du ihm, Mama No?«
»Ja, mein Liebes. In geschäftlichen Angelegenheiten.«
»Wegen der Fleischgeschäfte?« Jetzt war Maria endgültig verwirrt.

»Nein. Rechtliche Dinge, weißt du, nach dem Tod deiner Mutter …«
»Warum mußt du darüber schreiben?«
»Ach, weißt du, Behördenkram. Formalitäten. Das ganze Zeug.« Genaueres wollte Nora nicht sagen. Schließlich verlor Maria das Interesse und wollte Mama No lieber von Miss Ross erzählen.
»Heute morgen habe ich gesehen, wie sie auf den Baum geklettert ist«, sagte sie und kicherte beim Gedanken an die elegante Miss Ross, die einen Fuß auf den unteren Ast setzte und sich dann in die höheren Teile des Baumes hinaufzog.
»Unsinn! Das hast du dir nur eingebildet.«
»Nein, hab ich nicht. Ich habe heute morgen um sechs aus dem Fenster geschaut, und da ist sie in den Schulhof gekommen. Ich schwöre es.«
»Was, um Himmels willen, hätte sie um diese Zeit dort zu machen gehabt?«
»Na, jedenfalls habe ich sie gesehen. Sie war die ganze Nacht auf. Sie ist aus dem Barnawald gekommen.«
»Ich glaube, du hast zu viele Geschichten gelesen – du weißt nicht mehr, was wirklich und was erfunden ist.«
Nora schüttelte den Kopf. Allein der Gedanke, Miss Ross könnte auf die Buche klettern! Also wirklich …

»Miss Ross?«
»Ja, Maria.«
»Miss Ross, sind Sie gestern morgen auf die Buche gestiegen?«
Miss Ross lief rot an. »Ob ich *was* getan habe, Kind?«
»Es ist nur … es ist nur, ich habe es Mama No erzählt, und sie hat gesagt, ich rede Unsinn.«
Miss Ross wandte sich ab und ging weg.
Nora hörte das Gespräch. Irgendwie klang das, was die junge Lehrerin sagte, nicht ganz lupenrein.
»Es hat nicht gestimmt, was ich über Miss Ross gesagt habe«, berichtete Maria später.
»Vielleicht war es das Licht. Der Baum ist früh am Morgen voller seltsamer Schatten«, meinte Nora freundlich.
Sie tauschten einen raschen Blick, und Maria begriff: Nora wußte, daß die Geschichte nicht erfunden, sondern vielleicht tatsächlich passiert war.

»Ich habe Ihnen nie richtig dafür gedankt, daß Sie unsere Meinung über diesen kleinen Teufel Foxy Dunne korrigiert haben«, sagte Mr. Hayes zu Nora Kelly, als sie das nächste Mal bei ihm vorbeikam. »Es war genau das richtige für den kleinen Niall. Foxy hat ihm beigebracht, wie man Kaninchen fängt – wir haben sechs Stück im Hinterhof. Alles

Männchen. Foxy hat ihm auch beigebracht, wie man das rausfindet.«

Nora lachte. »Es gibt nicht viel, worüber dieser Bursche nicht Bescheid weiß.«

Bill Hayes warf einen Blick aus dem Fenster in den Garten hinter dem Haus. »Sehen Sie sich das an. Er hat Niall beigebracht, ein richtiges kleines Haus für die Tiere zu bauen und einen Drahtzaun um den Verschlag aufzustellen. Ganz fachmännisch, und dabei ist er noch ein Kind.«

»Er wird es einmal weit bringen«, sagte Nora. Sie wußte auch, daß die Besuche im Terrace auf Foxy Dunne eine zivilisierende Wirkung ausübten. Er kämmte sich und wusch sich die Hände, ohne daß man ihn darum bitten mußte. Er aß wie seine Gastgeber ohne Hast. Und er lernte schnell.

Nora unterhielt sich gern mit Bill Hayes. Er war ein ruhiger Mann, und wer ihn nicht so gut kannte, konnte leicht den Eindruck gewinnen, er sei übergenau und pedantisch. Aber niemand hatte es leicht im Leben. Nora Kelly wußte, daß er nicht gerade auf Rosen gebettet war – immerhin lebte er mit der mürrischen Ethel Hayes zusammen, die seit Ewigkeiten nicht mehr lächelte. Nora wußte, daß im Terrace Nummer fünf die Angelegenheiten aller Klienten in guten Händen waren. Und daß niemand sie besser beraten würde.

»Nun denn, Sie sind wohl kaum gekommen, um mit mir über Kaninchen und Ställe zu sprechen. Entschuldigen Sie meine Nachlässigkeit.« Er ging wieder zu seinem Tisch und holte ein paar Papiere hervor. »Wir haben jetzt ein Angebot … sie freuen sich, den Fall nach fünfeinhalb Jahren endlich abschließen zu können.«
»Wieviel?«
»Tausenddreihundert. Zwar könnten wir …«
»Das ist in Ordnung, und hier habe ich eine Bestätigung von Jim, daß er seine Einwilligung gibt – nur falls Sie meinen, ich mache das alles auf eigene Faust.«
»Nein, nein …« Aber er nahm das Papier trotzdem.
»Heute abend werde ich Marias Vater schreiben. Wann bekommen wir das Geld?«
»Ach, in ein bis zwei Wochen.«
»Und sieht das Gesetz bestimmte Anteile für ihn und für Maria vor?«
»Ich würde sagen, die Hälfte ist für sie und sollte angelegt werden …«
»Aber Sie wissen, was wir mit ihrem Anteil machen werden, nicht wahr?«
»Ja. Und ich muß sagen, daß ich es in jeder Hinsicht für sehr unklug halte. Nehmen wir an, Maria bleibt bei Ihnen – wird sie es Ihnen danken, daß Sie ihr rechtmäßiges Erbe weggegeben haben?«

Aber Nora Kelly hörte gar nicht mehr zu. Sie wollte noch am gleichen Abend schreiben.
Sie ging zum Postamt, um eine Briefmarke zu kaufen. Katty Morrissey saß hinter ihrem Gitterfenster und sah auf, als Nora eintrat.
»Na, das ist ja ein Zufall! Vor einer halben Stunde ist ein Telegramm für Sie gekommen. Ich wollte schon Mattie holen, damit er es Ihnen bringt.«
Nora wurde plötzlich eisig kalt. Ihre Hände zitterten, als sie den Umschlag öffnete. Unter den Blicken von Katty Morrissey und Nellie Dunne, die wie immer auftauchte, wenn sich ein Drama anbahnte, las sie, daß Lexi am Freitag morgen auf dem Shannon-Flughafen ankommen und am Freitag nachmittag bei ihnen sein würde.
»Möchten Sie ... vielleicht ein Glas Wasser, Mrs. Kelly?«
»Nein, Miss Dunne, vielen Dank. Ich brauche nichts.« Nora Kelly nahm ihre ganze Kraft zusammen und verließ das Postamt; Nellie und Katty blieben zurück und sprachen über die Neuigkeit, die sie bald in ganz Shancarrig verbreiten würden: Die Zeit des Lehrerpaars war abgelaufen. Der richtige Vater kam aus den Vereinigten Staaten, um sein Kind heimzuholen.
»Sie sehen nicht gut aus, Mrs. Kelly.« Maddy Ross

holte Nora ein, als sie auf dem Heimweg die Brücke überquerte.

»Sie auch nicht, Miss Ross«, konterte Nora. Von dieser jungen Lehrerin, die ihr Leben – ein Leben mit Mann und Kindern – noch vor sich hatte, war kein Mitleid zu erwarten.

»Oh, es geht mir gut. Ein bißchen müde. Ich habe heute nacht nicht geschlafen. Ich bin viel im Wald spazierengegangen – das hilft mir, meine Gedanken zu ordnen.« Sie sah seltsam, beinahe ein wenig verstört aus.

Jim hatte immer wieder gesagt, daß es für die Schule von Shancarrig sehr wichtig sei, Miss Ross zu behalten. Sie verdiente wenig, da das Ministerium nur den Mindestlohn bezahlte. Und nur Maddy Ross, die ein Haus und eine Mutter mit privaten Einkünften hatte, konnte von dem leben, was jeden Monat in ihrem Umschlag steckte.

Aber manchmal dachte Nora, daß Miss Ross noch unbesonnener und leichtfertiger war, als sie es je bei den albernsten vierzehnjährigen Mädchen erlebt hatte. Und mehr als einmal hatte sie beinahe den Eindruck – Gott mochte ihr vergeben –, daß Miss Ross mit dem jungen Father Barry flirtete. Das behielt Nora allerdings für sich; nicht einmal Jim vertraute sie sich an.

»Haben Sie manchmal das Gefühl, die Welt würde

vor Glück aus den Nähten platzen?« fragte Maddy Ross, während sie nebeneinander die Straße hinaufgingen.
Nora Kelly, die auf dieses aufgeregte Gefasel sehr gut hätte verzichten können, antwortete knapp, das hätte sie noch nie *so* empfunden, und heute schon gar nicht. Und wenn Miss Ross es ihr nicht übelnähme, so würde sie gern ihren eigenen Gedanken nachhängen.
Sie sah Maddy Ross zusammenzucken wie ein Tier, dem man einen Schlag versetzt hat.
Aber sie hatte jetzt keine Zeit, darüber nachzudenken – mit dem Unsinn, den die Junglehrerin anstellte, konnte sie sich später beschäftigen. In diesem Moment mußte sie mit dem Ereignis fertig werden, vor dem sie sich seit jener Woche gefürchtet hatte, in der ihre Schwester ums Leben gekommen war – mit der Ankunft ihres Schwagers, der seine Tochter heimholen wollte.

Nora bewegte sich wie im Traum. Dieses Gefühl, sich außerhalb ihres eigenen Körpers zu befinden, hatte sie seit Helens Tod nicht mehr erlebt; es war, als sähe sie sich selbst zu, wie sie den Wasserkessel füllte, den Tisch deckte.
Als Jim kam, saß sie reglos am Tisch. Er sah das Telegramm und brauchte nicht viel zu fragen.

»Wann kommt er?«
»Freitag.«
»Nora. Oh, Nora, meine Liebste. Was sollen wir tun?«
Er schlug die Hände vors Gesicht und weinte wie ein Kind.
Nora saß da und streichelte seinen Arm, während sie alle Möglichkeiten durchspielte. Konnten sie Shancarrig verlassen und sich irgendwo verstecken? Nein, das war lächerlich, Lexi würde die Polizei holen. Konnten sie ihm weismachen, Maria sei zu krank, um zu reisen? Konnten sie Mr. Hayes dazu bringen, einen Rechtsanwalt in Dublin hinzuzuziehen, der sich dafür einsetzte, daß Maria bei ihnen blieb? Doch jeder Einfall erschien ihr noch weniger erfolgversprechend als der vorhergehende.
Sie konnten Maria bitten, ihren Vater anzuflehen. Nein. Das durften sie niemals tun.
Vielleicht war es ja wirklich das beste für das Kind. Ein angenehmes Leben in der Neuen Welt. Jede Menge Cousinen und Cousins, eine vollständige Familie, ein Zuhause, in dem sie willkommen war – als seien die fünf Jahre, seit sie 1948 den Flughafen von Chicago verlassen hatte, nur eine Unterbrechung in ihrem wirklichen Leben gewesen.
Nora und Jim Kelly mußten erkennen, daß sie in diesem Fall überhaupt nichts unternehmen konnten.

Sie würden abwarten müssen, was dieser Freitag brachte.

Als sie Maria schließlich das Telegramm zeigten, hatten sie einander bereits so weit beruhigt, daß sie sprechen konnten, ohne ihre Gefühle allzu deutlich zu zeigen.
»Wird er mich von hier wegholen?« fragte Maria.
»Nun, wir wissen noch nicht, was er vorhat. Er sagt ja nur ›komme Euch besuchen‹. Er schreibt nichts über … nichts darüber.«
»Ich will nicht weg von hier.«
»Na, so können wir nicht anfangen«, sagte Jim Kelly.
»Und wie können wir dann anfangen …?« Maria hatte rote Backen vor Aufregung. Nora und Jim hatten bis dahin noch nicht bemerkt, wie selbständig sie geworden war, wie stark sie ihre eigenen Überzeugungen vertrat. »Hier ist mein Zuhause. Ihr seid meine Eltern. Ich will nicht mit jemandem weggehen, an den ich mich nicht erinnere, mit jemandem, der mich auch nicht geholt hat, als meine richtige Mutter gestorben ist.«
»Er konnte dich damals nicht holen. Und du darfst ihn nicht gleich als Feind betrachten.«
»Er ist aber ein Feind. Ich will ihn nicht sehen, ich werde weglaufen.«

»Nein, Maria, bitte nicht. Bitte nicht, damit würdest du alles noch schlimmer machen.«
»Und wodurch könnte ich es besser machen?«
»Wahrscheinlich, indem du dich mit ihm aussprichst, ihm sagst, wie sehr Shancarrig deine Heimat geworden ist und wir … nun, deine Verwandten.«
»Meine Eltern«, sagte Maria dickköpfig.
»Das würde er nicht gern hören«, meinte Nora.
»Mir ist egal, was er hören will. Warum muß ich darum betteln, in meinem eigenen Zuhause bleiben zu dürfen?«
»Weil das Leben nicht gerecht ist und du erst zehn Jahre alt bist.«
Maria rannte aus dem Haus, über den Hof und querfeldein zum Barnawald.

Als sie abends nach Hause kam, war sie sehr still. Und blaß. Nora, die jede Regung dieses Kindes kannte, wußte, daß etwas anderes geschehen war, etwas, was nichts mit den am Freitag bevorstehenden Ereignissen zu tun hatte.
»Hat dich etwas erschreckt?«
»Du merkst alles, Mama No.«
»Etwas, was du gesehen hast?«
»Ja.« Maria ließ den Kopf hängen.
Noras Wangen brannten. Wie konnte das Leben

so grausam sein und zulassen, daß sich ausgerechnet an diesem Tag jemand vor dem Mädchen entblößte?

»Du kannst es mir ruhig sagen«, ermutigte sie Maria.

»Lieber nicht. Es ist wirklich etwas sehr Schlimmes. Du wirst mir nicht glauben.«

»Doch. Ich glaube dir immer.«

»Ich habe gesehen, wie sich Miss Ross und Father Barry geküßt haben«, brach es da aus ihr heraus.

Nora wußte sofort, daß sie die Wahrheit sagte. Sie zweifelte keinen Augenblick daran, daß sich genau das vor den Augen des Kindes abgespielt hatte.

Ein Diener Gottes und ihre Hilfslehrerin.

Aber selbst der Skandal, das Bedürfnis, es Father Gunn auf taktvolle Weise zu hinterbringen, und all die Komplikationen, die das auslösen würde, verblaßten angesichts des Schocks, den Maria davongetragen hatte.

»Erinnerst du dich, wie du mir erzählt hast, Miss Ross sei auf den Baum geklettert? Ich wollte dir zuerst nicht glauben, aber später hab ich meine Meinung geändert. Und jetzt glaube ich dir hundertprozentig. Nur haben wir, du und ich, momentan mehr als genug Sorgen. Laß uns das jetzt ganz weit von uns wegschieben, hinter alles andere, und später

darüber sprechen. Nur du und ich. Es ist am besten, niemandem davon zu erzählen, gar niemandem. Es gibt immer eine Erklärung für solche Dinge.«
»Bitte schickt mich nicht zu Papa Lexi.«
»Wenn er kommt, mußt du sehr stark sein. Ich werde dir immer beistehen. Wir werden ihn bitten, daß er dich mit uns teilt. Wäre das nicht großartig? Zwei Länder. Zwei Kontinente. Und wir alle haben dich lieb. So gut hat es nicht jeder.«
»Wird das denn gehen?«
»Ja«, versicherte Nora Kelly in dem Bewußtsein, ihr ganzes Leben lang noch keine so krasse Unwahrheit gesagt zu haben.
Irgendwie überstanden sie die vier Tage bis zum Freitag.
Erwartungsgemäß waren die Leute sehr nett zu den Kellys, aber auch sehr taktvoll – womit sie nicht unbedingt gerechnet hatten. Alle versuchten, praktische Hilfe zu leisten.
Mrs. Ryan im Hotel hatte herausgefunden, daß das Flugzeug in den frühen Morgenstunden ankommen würde, und anhand dessen ausgerechnet, um wieviel Uhr etwa Marias Vater in Shancarrig eintreffen würde. Der Einfachheit halber könnten sie doch in einem Nebenraum von Ryan's Hotel zu Mittag essen, schlug sie vor.
Mr. Hayes, der Rechtsanwalt, bot an, ihm die Ein-

zelheiten der Wohnsitzfrage zu erläutern und dabei zu betonen, daß die bisherige Lösung die beste war.
Dr. Jims kam mit Schlaftabletten vorbei, für den Fall, daß die Nächte ihnen lang wurden.
Leo Murphy, die Tochter des Majors aus dem Glen, sagte, Maria könne gern zu ihr heraufkommen und auf dem Tennisplatz Ball spielen, wenn sie wolle. Angesichts der schwierigen Umstände sei das ganz in Ordnung, meinte Leo – auch wenn Maria fünf Jahre jünger war als sie.
Der junge Father Barry sagte – und seine Augen leuchteten dabei –, daß Gott vor allem ein Gott der Liebe sei und daß er das Herz dieses Mannes öffnen und ihn erkennen lassen werde, wie sehr die Kellys Maria liebten.
Nora Kelly zog es vor, nicht allzuviel über den Gott der Liebe nachzudenken, wie Father Barry ihn auslegte, aber sie dankte ihm trotzdem.
Father Gunn erzählte, wie sehr die polnischen Katholiken die Jungfrau Maria verehrten, und empfahl Mrs. Kelly, Marias Vater die Tafelinschrift an der Mauer zu zeigen, auf der stand, daß die Schule der Heiligen Jungfrau geweiht war.
Foxy Dunne meinte, er habe gehört, daß es ein Problem gab, und er erklärte, er kenne ein paar kräftige Leute, und seine Brüder auch – falls man Verstärkung brauchte. Jim Kelly setzte sein streng-

stes Gesicht auf, als er das Angebot ausschlug, nahm Foxy aber dann am Arm und sagte ihm, er sei ein großartiger Kerl.

Eddie Barton berichtete seiner Mutter, daß die Zigeuner wieder am Dorfrand kampierten – wäre es nicht wunderbar, wenn sie Maria entführten, so daß man sie erst wiederfinden würde, nachdem dieser Mann nach Chicago zurückgekehrt war?

Mrs. Barton änderte Nora Kellys bestes Kleid und besetzte es vorne am Kragen und an den Ärmeln mit Spitze. Wenn der Besuch kam, sollte Nora nicht hinter den Leuten in Chicago zurückstehen. »Ich sage Ihnen nur, was Eddie gesagt hat – für den Fall des Falles. Vielleicht ist es keine schlechte Idee«, sagte sie, den Mund voller Stecknadeln.

»Gott segne Sie beide«, sagte Nora Kelly und betrachtete ihr blasses Spiegelbild.

In vieler Hinsicht glich die Situation einem Western, in dem alle darauf warten, daß der Revolverheld in den Ort kommt. Am Bahnhof wartete – ganz zufällig – Mattie, der Postbote, mit seinem Fahrrad; er wartete einfach und sah ganz unauffällig in die Gegend. Sergeant Keane saß neben der Bushaltestelle auf dem Fensterbrett und machte hin und wieder eine Bemerkung zu Nellie Dunne, die hinter dem Tresen hervorgekommen und an die Tür getreten war.

Auch die Morrisseys aus der Metzgerei bezogen von Zeit zu Zeit Stellung auf der Straße, und Mrs. Breda Ryan aus dem Hotel fielen alle möglichen Beschäftigungen ein, die sie immer wieder an die Pforte ihres Grundstücks führten.

Obgleich keiner es zugegeben hätte und obgleich alle so taten, als sähen sie nichts, bewegten sich die Gardinen im Pfarrhaus, wo Mrs. Kennedy aus einem Fenster spähte und Father Gunn aus einem anderen … alle warteten sie.

Sobald der Mann das Dorf betrat, sollte einer von ihnen den Kellys Bescheid sagen. Aber niemand hatte damit gerechnet, daß er mit dem Wagen kommen würde, und da es ein gewöhnlicher Wagen war und kein amerikanischer Cadillac, merkte niemand, wie Lexi in Shancarrig einfuhr und sich nach dem Schulhaus umsah.

Als er es im Zentrum und in der Nähe der Kirche nicht entdecken konnte, nahm er die Straße über den Grane und erreichte eine riesige Buche, in deren Schatten ein einstöckiges Gebäude mit der Aufschrift »Shancarrig National School« stand.

Dahinter befand sich das kleine Haus von Jim und Nora Kelly. Sie saßen da und warteten auf Nachricht, welchen Weg ihr Gast genommen hatte. Den Mann selbst erwarteten sie nicht.

Er war kräftig und gutaussehend, mit blonden

Locken und tiefblauen Augen. Er mußte etwa sechsunddreißig oder siebenunddreißig Jahre alt sein, sah aber wesentlich jünger aus – wie ein Filmstar.
Nora und Jim standen in der Tür, dicht nebeneinander, um einander Kraft zu geben. Sie sehnte sich danach, die Hand ihres Mannes zu halten, aber das hätte zu mädchenhaft ausgesehen. Das war nicht ihre Art; Hüfte an Hüfte genügte.
»Ich bin Alexis«, stellte er sich vor. »Sind Sie Nora und Jim?«
»Herzlich willkommen in Shancarrig«, sagte Nora und versuchte, ihre Worte ehrlicher zu machen, indem sie ein Lächeln aufsetzte, das auf ihrem Gesicht festgefroren schien.
»Und meine Tochter Maria?« fragte er.
»Wir dachten, es wäre am besten, wenn sie zu Freunden geht. Wir können sie holen, wann immer Sie wünschen.« Jim sprach laut, um das Zittern in seiner Stimme zu verbergen.
»Und wo wohnen diese Freunde?«
»Es ist zehn Minuten zu Fuß von hier, mit Ihrem Wagen vielleicht zwei oder drei Minuten. Keine Sorge. Sie ist dort, und sie weiß, daß Sie kommen«, sagte Jim. Er glaubte, aus Lexis Stimme Mißtrauen herauszuhören.
»Wir haben uns gedacht, es wäre fairer Ihnen gegenüber, wenn Sie es ihr nicht in ihrem eigenen Zuhause

sagen müßten … in dem Haus, das sie für ihr Zuhause hält.« Noras Blick schweifte über die Küche des Häuschens, in dem sie während ihrer ganzen Ehe gelebt hatte.

»Ihr was sagen?«

»Na ja, mit ihr sprechen. Sie treffen, sie kennenlernen. Was immer Sie vorhaben.« Jim wußte, wie lahm er sich anhörte. Mit Lexis Einsilbigkeit konnte er schwer umgehen. Irgendwie hatte er sich alles ganz anders vorgestellt.

»Es ist gut, daß sie nicht hier ist. Darf ich mich setzen?«

Sie beeilten sich, ihm einen Stuhl zurechtzurücken und ihm einen Tee oder einen Whiskey anzubieten.

»Haben Sie nichts Stärkeres?« fragte er.

Bei Nora klingelten die Alarmglocken. Sie erinnerte sich, daß Helen von seiner Trinkerei erzählt hatte – wie er schweigend den Alkohol in sich hineinschüttete.

»Nein. Es tut mir leid, aber der Lehrer des Ortes muß mit gutem Beispiel vorangehen. Aber ich habe irischen Whiskey anzubieten, den ich in einer Bar gekauft habe. Vielleicht ist das auch recht?«

Er lächelte. Lexi, der Mann, der gekommen war, um ihnen ihr Kind wegzunehmen, lächelte, als wäre es ihr Freund. »Ich brauche einen Drink, sonst bringe ich nicht über die Lippen, was ich zu sagen habe.«

Ihre Herzen waren schwer, als sie die drei kleinen Gläser füllten, damit er sie nicht für unhöflich hielt. Keiner brachte einen Trinkspruch aus.
»Ich werde wieder heiraten«, erklärte Lexi dann. »Ich werde ein Mädchen heiraten, Karina, polnischer Abstammung wie ich. Ihr Vater besitzt ebenfalls eine Fleischerei, und wir werden die beiden Geschäfte zusammenlegen. Karina ist sehr viel jünger als ich. Erst zweiundzwanzig Jahre alt.«
»Ja, ja.« Nora wartete mit angehaltenem Atem darauf, was als nächstes kommen würde.
»Ich sage Ihnen die Wahrheit. Unsere Ehe würde sich sehr viel einfacher gestalten, wenn Karina und ich eine eigene Familie gründen könnten … anfangen könnten wie jedes andere Paar. Einander kennenlernen, unsere eigenen Kinder bekommen …«
Nora konnte einen Seufzer der Erleichterung nicht unterdrücken. Sie hielt ihr Glas so fest umklammert, daß sie befürchtete, es könnte in ihrer Hand zerbrechen. »Und Sie haben sich gefragt …?« sagte sie.
»Ich hab überlegt, vielleicht, wenn meine Tochter Maria hier glücklich ist … vielleicht würde sie dann gerne hierbleiben … Aber, wissen Sie, es ist nicht recht von mir, sie Ihnen aufzudrängen … Sie leben Ihr eigenes Leben. Sie haben sich schon so lange um sie gekümmert.«

Tränen liefen Nora über das Gesicht. Sie versuchte nicht einmal, sie wegzuwischen.
Lexi fuhr fort: »Ich habe ein paar Mal nach der finanziellen Lage gefragt, weil ich will, daß Sie genug Geld haben, um Maria großzuziehen. Aber auf diese Fragen haben Sie nie geantwortet. Ich fürchte, daß kein Geld da ist. Ich möchte Ihnen auch kein Geld anbieten, damit Sie nicht denken, ich wollte Sie bestechen …«
Jim Kelly sprang auf. »Oh, Lexi, Sir, wir würden Maria schrecklich gern behalten. Sie wird immer unsere Tochter sein. Wann immer Sie wollen, kann sie in den Ferien zu Ihnen kommen, aber es ist unser Herzenswunsch, daß sie bei uns bleibt.«
Sehr ruhig fügte Nora hinzu: »Und vielleicht wäre es besser, wenn Maria Sie als Onkel Lexi ansieht und nicht als Papa Lexi, finden Sie nicht auch?« Sie wußte nicht, woher sie die Kraft nahm, die Worte auszusprechen, die Lexi hören wollte. Sie wagte nicht zu glauben, daß sie alles richtig verstanden hatte, bis sich sein Gesicht aufhellte.
»Ja, ja. Es wäre viel besser für Karina, sie als Nichte zu betrachten und nicht als Tochter. Denn in vieler Hinsicht ist sie das ja jetzt auch.«
Aus den Augenwinkeln sah Nora auf der Buche im Schulhof einen Schatten, der sich bewegte. Es

war Foxy Dunne, der spionierte. Er hatte den Wagen gesehen und erraten, wer der Fahrer war.

»Foxy!« rief sie. Er kam hereinstolziert. Dieser Mann war ein Feind, er würde nicht höflich zu ihm sein. »Foxy, könntest du uns einen Gefallen tun? Maria ist oben im Glen bei Leo Murphy. Würdest du rübergehen und sie bitten heimzukommen? Und du kannst ihr sagen, alles ist in Ordnung.«

»Es ist weit bis zum Glen«, wandte Foxy unerwarteterweise ein.

»Zehn Minuten, du kleiner Tunichtgut«, entgegnete Jim Kelly.

»Es wäre einfacher, wenn Sie mich rüberfahren ließen.« Er betrachtete die Autoschlüssel auf dem Tisch.

»He, wie alt bist du denn?« fragte Lexi.

»Ich hab schon alles mögliche gefahren. Ein Kinderspiel.«

»Er ist dreizehneinhalb«, erklärte Nora.

»Ein ausgewachsener Mann«, sagte Lexi. »Aber keinen Kratzer, verstanden? Ich muß ihn heute abend am Shannon-Flughafen abgeben.« Er warf ihm die Schlüssel zu.

Heute abend. Lexi würde heute abend wieder in seine Welt zurückkehren! Ohne Maria!

Das Sonnenlicht strömte in die Küche, während sie dasaßen und sich freundschaftlich über die Vergan-

genheit und die Zukunft unterhielten, bis Maria kam – ganz blaß im Gesicht nach der Autofahrt. Foxy war mit ihr dreimal durch ganz Shancarrig gekurvt, um die Gelegenheit auszunutzen, und erst als er Sergeant Keane erspäht hatte, war er, so schnell er konnte, zum Schulhaus zurückgefahren.
Nora nahm das Mädchen in die Arme.
»Wir haben uns sehr gut unterhalten, mein Liebling«, sagte sie.
»Das ist Lexi, vielleicht sogar dein Onkel Lexi. Er wird heute abend wieder nach Amerika fliegen, und er möchte dich sehen und ein bißchen kennenlernen, bevor er wieder abreist.«
Maria sperrte die Augen auf. Es war nicht leicht, das alles zu begreifen.
»Bevor er wieder abreist und dich hier bei uns läßt. Denn wir sind alle der Meinung, daß du das willst«, sagte Nora Kelly, die ihrer Tochter Maria versichert hatte, es würde alles gut werden, und jetzt ihr Versprechen gehalten hatte.

Nessa

In Ryan's Hotel für Handlungsreisende hatte Mrs. Ryan die Hosen an. Das war allseits bekannt. Und es war auch gut so, denn wenn Conor Ryan ein zaghaftes Mäuschen geheiratet hätte, wäre das Haus schon längst vor die Hunde gegangen.

Mit Breda O'Connor hatte Conor Ryan ganz bestimmt kein Mäuschen geheiratet. Die beiden hatten sich auf einer Familienhochzeit kennengelernt. Sie war ein kleines, zierliches Mädchen mit ruhelosen Augen, glattem, schwarz schimmerndem Haar und entfernt mit den Ryans verwandt. Conor Ryan erzählte ihr, daß er daran denke, nach England zu gehen und in die britische Armee einzutreten. Hauptsache, er war fort von zu Hause, wo seine Eltern ihn ziemlich kurzhielten – sie hatten diese Bruchbude von Hotel in einem Kaff am Ende der Welt.

»Aber warum ausgerechnet in die Armee? Vielleicht gibt es Krieg, und Sie werden getötet«, antwortete Breda O'Connor.

Conor Ryan ließ durchblicken, daß das auch nicht

schlimmer sein könnte, als weiterhin bei den Eltern zu leben.
»So böse können sie nicht sein«, meinte Breda.
»O doch. Und das Hotel ist die reinste Arche Noah. Nein, stimmt nicht, denn die Arche war trocken und sicher, und die Menschen wollten hinein. Es ist dort eher wie in einem Leichenschauhaus.«
»Warum machen Sie nichts draus?«
»Ich bin erst dreiundzwanzig, man läßt mich nicht«, antwortete er.
In diesem Augenblick beschloß Breda O'Connor, ihn zu heiraten. Und als Großbritannien Deutschland den Krieg erklärte, waren sie bereits verlobt.
»Bist du jetzt nicht froh, daß ich dich nicht zur Armee gelassen habe?« fragte Breda.
»Noch hast du mit meinem Vater und meiner Mutter nicht unter einem Dach gelebt«, warnte er sie. Er hatte dabei diesen niedergeschlagenen Gesichtsausdruck, den sie für immer verscheuchen wollte.
»Das werde ich auch nicht«, antwortete sie lebhaft. »Wir bauen uns ein eigenes Haus.«
Als das Nebengebäude in ein kleines Wohnhaus für die Neuvermählten umgebaut wurde, sagte Conor Ryans Vater, daß er sich eine heillose Verschwenderin eingehandelt habe, ein Mädchen, das anscheinend glaubte, sie hätten einen Goldesel.
Seine Mutter sagte, daß sie sich von einer daher-

gelaufenen Göre, die sich für Gott weiß was hielt, bloß weil sie ein Diplom in Hauswirtschaft hatte, nicht reinreden lassen würde. Conor gab diese Ansichten nicht an seine Zukünftige weiter. Breda würde noch früh genug feststellen, aus welchem Holz seine Eltern geschnitzt waren. Sie versicherte ihm, daß sie diesbezüglich ausreichend vorgewarnt war.
Doch dann kam alles ganz anders, und sie sollte nie erfahren, wie sehr ihr Eindringen in die Familie und die Tatsache, daß sie den einzigen Sohn heiraten wollte, der doch noch ein Kind war, mißbilligt wurde.
Breda sollte nie zu Ohren bekommen, wie Conors Eltern prophezeiten, daß sie sich schon noch umschauen würde, wenn sie erst in der Baracke hauste, die sie da draußen im Hof hatte bauen lassen, und dort ein paar Kinder großziehen mußte.
Denn als im Winter 1939 eine bösartige Grippeepidemie durchs Land ging, fielen ihr die Ryan-Eltern zum Opfer.
Nur zwei Wochen nach der Winterhochzeit von Conor und Breda standen die Hochzeitsgäste wieder in der Kirche, diesmal zur Doppelbeerdigung der Eltern des Bräutigams.

Damals schüttelten viele den Kopf. Was für ein schweres Los für ein junges Mädchen! Das würde sie bestimmt nicht durchstehen. Denn sie war ja so ein zartes Ding. Und es gehörte einiges dazu, Conor Ryan in Schwung zu bringen. Das war das sichere Ende für Ryan's Hotel für Handlungsreisende in Shancarrig.

Nie hatten sich die Leute so geirrt.

Breda Ryan nahm vom ersten Augenblick an die Zügel in die Hand. Schon am Tag der Beerdigung. Sie erklärte den Trauernden, man sehe es gern, wenn sie in der Hotelbar etwas trinken würden und nicht oben bei Johnny Finn, wie man es aus Pietätsgründen für angebracht gehalten hatte.

»Die größte Ehre erweist ihr meinen Schwiegereltern, wenn ihr ins Hotel kommt«, sagte Breda Ryan.

Innerhalb einer Woche hatte sie dann allgemein bekanntgemacht, daß sie nicht die junge Mrs. Ryan genannt werden wollte. »Die Mutter meines Mannes empfängt jetzt ihren himmlischen Lohn bei Gott, dem Herrn, sie weilt nicht länger auf Erden, wo sie ihren Namen bräuchte. Mrs. Ryan bin jetzt ich«, verkündete sie mit Nachdruck.

Und das war sie auch – Mrs. Ryan von Shancarrigs einzigem zentral gelegenen Hotel. Es lag im Herzen der Ortschaft – einer Art Dreieck. Auf der einen Seite lag das Terrace, wo die reichen Leute wie der Doktor und Mr. Hayes, der Rechtsanwalt, wohnten;

auf der zweiten die Ladenzeile – Nellie Dunnes Lebensmittelgeschäft, Mr. Connors Apotheke, der Haushaltswarenladen der anderen Dunnes, dann der Metzger und das Stoffgeschäft – eben die wenigen kleinen Geschäfte, die mehr schlecht als recht von Shancarrig und den umliegenden Höfen lebten; die dritte Seite bildete Ryan's Hotel.

Es war kein sonderlich einnehmendes Bauwerk – alles dunkelbraun, die Böden mit Linoleum ausgelegt. In jedem Zimmer ein wuchtiger eichener Kamin; die Bilder an den Wänden – in schweren dunklen Rahmen – zeigten meist romantische Szenen: Männer in Gehröcken, einem in Shancarrig und Umgebung völlig ungebräuchlichen Kleidungsstück, boten Damen in ähnlich exotischer Aufmachung den Arm.

In der Eingangshalle hingen einige religiöse Darstellungen, und vor dem Herz-Jesu-Bild brannte ein kleines, rotes Licht. Die Buffets in der Halle und im Eßzimmer waren voll mit Gläsern, die nie benutzt wurden, und mit Belleek-Porzellan.

Mrs. Ryan hatte große Umgestaltungspläne, aber zunächst einmal mußte sie dafür sorgen, daß auch jetzt schon Gäste kamen.

So kümmerte sie sich darum, daß man in der Halle nicht durch die Küchengerüche belästigt wurde, indem sie schwere Vorhänge an den Küchentüren anbringen ließ. Neben den Empfangstisch ließ sie ein schwarzes Brett hängen, an dem – unter Glas – Konzerte, Jagdbälle und andere Vergnügungen der Oberschicht in den Nachbarorten angekündigt wurden. Sie bemühte sich, das Hotel zum eigentlichen Zentrum von Shancarrig zu machen, zu einem Ort, an dem sich die Leute informierten, was los war. Also hingen auch die Bus- und Zugfahrpläne aus, denn Breda hoffte, daß Reisende hereinkommen und in der Wartezeit einen Kaffee oder sonst etwas trinken würden.

Sie hatte gerade erst damit begonnen, ihre Pläne in die Tat umzusetzen, als sie feststellte, daß sie schwanger war.

Ihr erstes Kind wurde 1940 geboren, ein kleines Mädchen, dem der junge Dr. Jims auf die Welt half. Denn das Baby kam mitten in der Nacht, und Dr. Nolan war schon zu alt, um zu jeder Tages- und Nachtzeit auf den Beinen zu sein.

»Eine wunderhübsche Tochter«, stellte Dr. Jims fest. »Ist es das, was Sie wollten?«

»Nein, ganz bestimmt nicht. Ich wollte einen kräftigen Jungen, der an meiner Stelle das Hotel führt.« Dabei lachte sie und nahm das Baby in den Arm.

»Nun ja, vielleicht springt sie ja ein, bis sie einen Bruder bekommt.« Dr. Jims sah die Dinge gern von ihrer positiven Seite.

»Das ist kein Leben für eine Frau. Wir werden für Vanessa was Besseres finden«, entgegnete Mrs. Ryan und drückte das Kind an sich.
»Vanessa! Na, das ist aber ein Name!«
»Nur nicht zu bescheiden sein, Doktor. Das war schon immer mein Wahlspruch.«
Conor Ryan bot dem Arzt einen Brandy an, und die beiden Männer setzten sich morgens um halb fünf an die Bar und tranken freundschaftlich auf das Wohl des jüngsten Erdenbürgers von Shancarrig.
»Möge Vanessa noch das Jahr 2000 erleben«, prostete Dr. Jims.
»Dann ist Nessa doch erst eine rüstige Sechzigjährige! Warum wünschen Sie ihr ein so kurzes Leben?« fragte der frischgebackene Vater.

Sie hieß von Anfang an Nessa. Selbst ihre energische Mutter schaffte es nicht, den Leuten in Shancarrig in diesem Punkt ihren Willen aufzuzwingen. Und als ihre Schwester zur Welt kam, wurde diese Catherine genannt, und das dritte Mädchen Nuala. Es gab keine kräftigen Söhne, die das Hotel hätten führen können. Doch als klar wurde, daß es auch nie welche geben würde, hatten sich die Frauen in Ryan's Hotel bereits so gut behauptet, daß das Fehlen eines Stammhalters nicht weiter auffiel.
Nessa fand immer, daß sie, was das Aussehen betraf,

von ihren Eltern die schlimmstmögliche Kombination geerbt hatte.
Von ihrer Mutter hatte sie die glatten Haare. Ganz egal, um wie viele Pfeifenreiniger sie die Strähnen wickelte, es blieb nicht einmal eine leichte Welle oder ein Knick darin. Von ihrem Vater stammten die breiten Schultern und die großen Füße. Warum hatte sie nicht seine Locken und die zierliche Figur ihrer Mutter erben können? Das Leben war sehr ungerecht. Jeder hatte eine Schwäche für Leute mit Locken.
Locken, wie Leo sie hatte.
Solange Nessa zurückdenken konnte, war Leo Murphy ihre beste Freundin gewesen. Leo war das Mädchen, das oben im Glen wohnte. Sie war beinahe ein Einzelkind, die Glückliche. Kein echtes Einzelkind wie Eddie Barton, der Sohn der Schneiderin, aber ihre beiden Brüder waren schon sehr alt und wohnten nicht mehr zu Haus.
Nessa hatte Leo sogar schon vor ihrem ersten Schultag gekannt. Denn Leo war eingeladen worden, um mit ihr zu spielen. Mrs. Ryan hatte gesagt, Nessa solle eine anständige Freundin haben, bevor sie in die Schule komme und sich dort mit den Dunnes und Brennans verbrüderte.
»Was ist verbrüdern?« hatte Nessa ihre Mutter gefragt.

»Kümmere dich nicht darum, du wirst es sowieso nicht tun.«

»Deshalb kommst du ja in die Schule, damit du solche Sachen lernst«, meinte Conor Ryan und klappte die Rennkarte auf, um zu überlegen, auf welches Pferd er beim Nachmittagsrennen setzen sollte.

Am ersten Schultag saß Nessa neben Maura Brennan. Gemeinsam lernten sie, Kesselhaken zu malen.

»Warum heißen sie Kesselhaken?« fragte Nessa, während sie langsam die S-Form in ihre linierten Hefte malten.

»Sie sehen ein bißchen aus wie die Haken über dem Feuer. Du weißt schon … an denen der Kessel hängt«, erklärte Maura.

Stolz gab Nessa diese Information an ihre Mutter weiter.

»Was! Haben sie dich etwa neben eine Brennan aus den Katen gesetzt?« fragte sie empört.

»Setz ihr keine Flausen in den Kopf! Darf denn das arme Brennan-Kind nicht auch neben jemand sitzen? Ist sie denn kein Mensch?« nahm Nessas Vater Maura in Schutz. Doch ihre Mutter ärgerte sich weiter.

»Da hast du aber ganz andere Töne gespuckt, als ihr Vater hier alles kurz und klein geschlagen und dabei geflucht hat wie ein Müllkutscher.«

»Jetzt trägt er sein Geld zu Johnny Finn, wegen dem, was du ihm damals an den Kopf geschmissen hast …«

»Das klingt ja, als würdest du ihm nachweinen, diesem nichtsnutzigen Trunkenbold. Es war ein Glückstag für dieses Haus, als ich ihn rausgeschmissen hab. Das hast du selbst gesagt.«

»Ja, stimmt schon.«

»Was willst du also unternehmen?«

»Ich weiß nicht, Breda …« Er schüttelte den Kopf. Nessa sah, daß ihr Daddy es wirklich nicht wußte – und sie verstand immer noch nicht recht, worum es ging. Überhaupt wußte ihr Daddy längst nicht so gut Bescheid wie ihre Mutter. Wie man ein Hotel führte zum Beispiel, oder wie man ein Problem richtig anpackte. »Soll ich denn nicht neben ihr sitzen?« fragte sie.

Das Gesicht ihrer Mutter wurde weich. »Hör nicht auf mich. Dein Vater hat recht. Das Kind kann nichts dafür.«

»Wir haben keine Kesselhaken, oder?«

»Nein, wir haben einen Herd wie jeder andere normale Mensch auch. Die Brennans kochen wahrscheinlich über einem offenen Feuer. Hast du Leo Murphy heute in der Schule getroffen?«

»Sie hat neben Eddie gesessen. Sie haben geschwätzt und wurden ausgeschimpft.«

»Was war noch? Erzähl, was du alles erlebt hast.«

»Wir haben ein Spiel gemacht, um den großen Baum rum, wie Ringelreihen, weißt du?«

»Wie wir damals auch«, sagte ihr Vater.

Da ging ihre Mutter zu ihm und legte ihm den Arm um die Schulter. Sie lächelten sich an. Und Nessa fühlte sich geborgen. Vielleicht liebte ihre Mutter ihren Vater ja doch, auch wenn er nicht wußte, wie man ein Hotel führte. Jeder, der kam, fragte nach Mrs. Ryan, nicht nach ihm – zumindest, wenn sich der Betreffende auskannte. Sonst gab es eine Verzögerung, denn Mr. Ryan ließ seine Frau holen.

Nessa wuchs in dem Glauben auf, daß sie bei Problemen immer ihre Mutter zu Rate ziehen mußte, nicht ihren Vater. Und sie dachte, das sei in jeder Familie so üblich.

Doch dann stellte sie fest, daß dies durchaus nicht der Fall war. Sie entdeckte, daß Leo Murphys Mutter von nichts eine Ahnung hatte, daß Major Murphy und Biddy, ihr Mädchen, sich die Haushaltsführung teilten. Leo mußte ihre Mutter nie etwas fragen. Und das bot eine ungeahnte Freiheit.

Nessa erfuhr auch, daß Maura Brennans Mutter betteln gehen mußte, weil Mr. Brennan das ganze Geld versoff. Und als Nessa fragte, warum Mrs. Brennan ihn nicht mit einem Blick oder einem scharfen Wort vom Saufen abhielt, wie ihre Mutter das sicher getan hätte, zuckte Maura die Achseln. Frauen sind eben nicht so, meinte sie.

Niall Hayes erzählte, daß seine Mutter bei ihm zu Hause überhaupt nichts zu sagen hatte. Sein Vater zahlte sämtliche Rechnungen und regelte alles, was zu regeln war. Foxy Dunne erklärte, seine Mutter habe noch nie zu irgendwas ihre Meinung gesagt. Aber da sein Vater nie den Mund hielt, waren sie wohl ein ideales Paar.

Nur Eddie – dessen Vater tot war oder weit weg oder was – erzählte, daß seine Mutter sich um alles kümmerte. Bloß, daß sie das nicht gerne tat. Sie fand, daß eigentlich ein Mann im Haus sein sollte.

Manchmal rissen sie sogar Witze über Nessas Mutter, darüber, wie sehr sie sich doch von den anderen Frauen in Shancarrig unterschied. Das gefiel Nessa zwar nicht besonders, aber tief im Innern mußte sie sich eingestehen, daß sie recht hatten. Für ihren Geschmack interessierte sich ihre Mutter auch viel zu sehr dafür, was sie trieb. Immer wollte sie alles wissen.

»Warum willst du immer alles so genau wissen?« fragte Nessa sie eines Tages.

»Ich möchte sichergehen, daß du nicht die gleichen Fehler machst wie ich. Ich möchte dir helfen, erwachsen zu werden.« Dabei klang ihre Mutter nicht herablassend, sondern direkt und offen, als ob sie mit einer Gleichaltrigen redete.

»Laß das Kind in Ruhe«, mischte sich ihr Vater ein – wie er das so oft tat. »Ist denn die Kindheit nicht schon kurz genug? Laß sie die Zeit genießen.«

»Ich merke gar nichts davon, daß die Kindheit kurz ist«, erwiderte Nessas Mutter. »Ich kenne hier den einen oder anderen, der nie erwachsen wird.«

Wenn die Leute auf der Straße innehielten, um die kleine Nessa zu bewundern, fragten sie oft: »Und wessen kleiner Liebling bist du?« Es war nur eine Floskel, keine richtige Frage, doch Nessa nahm sie ernst.

»Von niemandem«, antwortete sie nachdrücklich. »In einem Hotel gibt es soviel Arbeit, da ist keine Zeit zum Liebhaben.« Die Leute lachten darüber, wie altklug sie das sagte und wie sie nachplapperte, was sie bestimmt zu Hause aufgeschnappt hatte.

Nessas Mutter jedoch war anderer Meinung. »Du wirst von allen Kindern weit und breit am meisten geliebt. Hör auf, den Leuten zu erzählen, daß dich hier keiner verwöhnt«, sagte sie.

Aber Nessa sah das anders. Und sie fragte sich, ob sie wohl ein Findelkind war. Vielleicht war sie von den dunklen Zigeunern, die alljährlich durch Shancarrig zogen, auf die Stufen vor dem Hotel gelegt worden. Vielleicht hatte man sie oben am alten Fel-

sen gefunden – zurückgelassen von einem wunderbaren Edelfräulein mit langem Haar, das in großen Nöten war und fliehen mußte?
Nessa konnte nicht genau sagen, was sie wollte – es war jedenfalls nicht das, was sie kriegte. Sie würde ihre Mutter nie zufriedenstellen können, ganz gleich, was sie tat, und was ihr Vater meinte, zählte nicht, denn er war viel zu nachgiebig und naiv.
Manchmal, wenn sie sich besonders fromm und Gott nahe fühlte, betete sie, daß er sie berühmt und beliebt machen möge. »Ich will ja gar nicht hübsch sein, lieber Gott, ich weiß, daß man nicht um gutes Aussehen beten darf. Ich bitte dich nur, daß ich gemocht werde. Leute, die man gern hat, sind sehr, sehr glücklich. Sie können überall hingehen und laufend Gutes tun. Ehrlich, lieber Gott, sogar Kinder. Ich werde ein wundervolles Kind sein, und eine wundervolle Erwachsene. Wart's nur ab.«

Während Nessa Ryan erwachsen wurde, vollzogen sich in Ryan's Hotel für Handlungsreisende große Veränderungen.
Nach den ständigen Rationierungen und der Benzinknappheit durch den Krieg in Europa sah man plötzlich wieder Autos auf der Straße. Die Hotelbesucher kamen nicht mehr am Bahnhof von Shancarrig an und gingen dann hinüber zu Ryan's Hotel an der

einen Seite des dreieckigen Dorfangers, der das Zentrum des Ortes bildete, sondern fuhren vor der Eingangstür vor. Und die meisten Gäste ließen ihre Autos nur ungern auf der Straße stehen, obwohl sie sich in der besten Gegend von Shancarrig befanden. Besucher wußten eben nicht, daß das Terrace als eine der vornehmsten Adressen der ganzen Grafschaft galt – in Nummer drei wohnte früher Dr. Nolan und jetzt Dr. Jims, in Nummer fünf die Familie Hayes. Sie wollten ihre Autos sicher untergebracht wissen.
Das Hotel war auch nicht mehr dunkelbraun. Die düsteren Töne waren durch Cremeweiß und eine Farbe ersetzt worden, die Breda ein herrlich beruhigendes *Eau de Nil* nannte. Sie hatte einige elegantere Hotels besucht und festgestellt, daß dieses blasse Grün groß in Mode war.
Die erdrückendsten der dunkel gerahmten Bilder waren ins Elternschlafzimmer verbannt worden, außerhalb der Sichtweite von Gästen.
Zudem hatte man mehrere Badezimmer eingebaut; die Nachttöpfe wurden diskret in Nachtkästchen verborgen und standen nicht mehr erwartungsvoll unter den Betten.
Die Frauen, die im Speisesaal von Ryan's Hotel für Handlungsreisende bedienten, trugen nun schicke grüne Kleider mit weißen Schürzen und kleine weiße Häubchen. Die Tage der schwarzen Kluft waren

vorbei. Und in der Eingangshalle standen bequeme Stühle und luden die Gäste ein, sich niederzulassen. Solange Nessa und ihre Schwestern Catherine und Nuala noch klein waren, wurde darauf geachtet, daß sie sich nicht in der Nähe der Gäste aufhielten; aber sie waren dazu erzogen, jedem, den sie trafen, einen guten Morgen oder guten Abend zu wünschen, sogar rotgesichtigen Betrunkenen, die nicht mehr antworten konnten.

Nessas Mutter hatte den Hof hinter dem Hotel aufräumen lassen. Alle alten und kaputten Geräte waren entfernt und die Nebengebäude neu gestrichen worden. Der Platz diente nicht länger als Müllhalde. Den Gästen wurde mitgeteilt, daß hinter dem Haus reichlich Parkmöglichkeiten vorhanden waren.

Und auch die Besucher veränderten sich.

Kleine Grüppchen amerikanischer Militärangehöriger, die Europa im Krieg kennengelernt hatten, kehrten jetzt in Friedenszeiten mit ihren Frauen zurück, vor allem wenn sie irischer Abstammung waren. Sie frequentierten überall im Land die Hotels und versuchten Näheres über ihre Familiengeschichte in Erfahrung zu bringen. Solche Gäste, die manchmal noch Uniform trugen und überhaupt sehr fesch aussahen, wurden in Ryan's Hotel zu einem vertrauten Anblick.

Father Gunn erwähnte, daß er es allmählich satt

habe, mit Hilfe alter Kirchenbücher Stammbäume zurückzuverfolgen.
Doch auch die Handlungsreisenden gab es noch. Leute, die regelmäßig einmal im Monat – oder manchmal auch alle vierzehn Tage – kamen. Normalerweise waren zwei oder drei Zimmer von den verschiedenen Vertretern belegt, die in Shancarrig und Umgebung Bestellungen aufnehmen wollten.
Nessas Mutter behandelte sie mit großem Respekt. Schließlich bildeten sie die Basis ihres Unternehmens, erklärte sie ihrem Mann. Conor Ryan zuckte die Achseln. Er hielt sie für beschränkte Kerle, die zudem noch enthaltsam waren und kein Geld an der Bar ließen. Blasse, müde Männer, die sich nervös und ängstlich um Verkaufsziffern Gedanken machten.
Es war Nessas Mutter, die auf ein Gesellschaftszimmer bestand und dafür sorgte, daß es geheizt war. Darin standen verstreut ein paar Tische, wo man Eintragungen in Auftragsbücher machen und dabei rauchen konnte. Man durfte auch einen Tee oder Kaffee mit hineinnehmen.
Conor Ryan hielt das Ganze für überflüssig. Warum konnten sie nicht an der Bar sitzen wie andere Leute auch? Ihm war aufgefallen, daß sich kaum einer für Hunde oder Pferde interessierte, ein Gespräch ergab sich also so gut wie nie.

In der Schule waren alle stets überaus interessiert daran, was im Hotel vor sich ging. So fragten die Kinder immer wieder, was denn die Bauern am monatlichen Markttag frühstückten und ob schon mal eins der Tiere ausgeschlagen und dabei die Fensterscheibe zerbrochen habe wie bei Nellie Dunne im Lebensmittelladen, als sie vergessen hatte, das Gitter vorzuziehen.

Nessa erzählte von den vollbeladenen Frühstückstabletts, die allmorgendlich aufgetragen wurden, und wie sich Väter und Söhne abwechselten; einer kümmerte sich um die Tiere, während der andere seine Riesenportion Eier mit Schinken verschlang.

»Wer war deine beste Freundin, als du klein warst?« fragte Nessa ihre Mutter, die ihr die dunkel glänzenden Haare bürstete, die sie sehr bewunderte, auch wenn Nessa sich darüber beklagte.

»Wir hatten damals keine Zeit für eine beste Freundin. Halt doch mal still, Vanessa!«

»Warum nennst du mich immer Vanessa? Du bist die einzige, die das tut.«

»So heißt du nun mal. Schau, ist das nicht hübsch?«

»Ich seh aus wie die Hexe in der Schulaufführung.«

»Warum sagst du immer so gräßliche Dinge über dich, Kind? Wenn du selbst nichts von dir hältst, halten auch die anderen nichts von dir.«

»Komisch. Das sagt Leo auch immer.«

»Sie hat ’nen klugen Kopf zwischen den Schultern, die Kleine«, meinte Mrs. Ryan beifällig.

»Nächstes Jahr gehen wir zusammen in die Klosterschule, wir fahren jeden Tag zusammen im Bus. Vielleicht ist sie dann mehr meine Freundin.«

In einer seltenen Anwandlung drückte Nessas Mutter ihre Älteste zärtlich an sich.

»Du wirst eine Menge Freundinnen haben. Wart’s nur ab!« meinte sie munter.

»Es wär aber höchste Zeit. Ich bin schon fast vierzehn!« erwiderte Nessa bedrückt.

In Zeitschriften hatte Nessa Geschichten von Mädchen gelesen, deren Mütter wie Freundinnen waren. Sie wünschte sich, sie hätte eine solche Mutter und nicht eine so energische, die alles besser wußte. Nessa konnte sich nicht erinnern, daß ihre Mutter sich jemals geirrt hätte oder um ein Wort verlegen gewesen wäre. Bei ihrem Vater war es ganz anders; er kratzte sich immer am Kopf und sagte, daß er nun mal keinen blassen Schimmer habe. Ihrer Mutter hingegen hatte man anscheinend sämtliche Antworten in die Wiege gelegt.

Als an ihrem letzten Schultag in der Dorfschule von Shancarrig das Klassenfoto gemacht wurde, stand Nessa Ryan zwischen Niall Hayes und Foxy Dunne. Mrs. Kelly legte immer großen Wert auf dieses Bild und drängte die Kinder, sich ordentlich zurecht-

zumachen, damit zukünftige Generationen sehen konnten, was für manierliche Schulklassen vor ihnen in diesen Räumen unterrichtet worden waren.
Inzwischen war es schon zur Tradition geworden – das offizielle Abschlußklassenbild draußen vor dem Schulhaus unter dem Baum. Es war der letzte Augenblick des Schuljahres, der sie noch einmal in Ruhe zusammenbrachte. Die anderen Bräuche waren bereits erledigt: Die Kinder hatten ihre Namen in den Stamm geritzt und waren ausgelassen im Klassenzimmer herumgetollt, hatten Bücher und Stifte eingepackt und dabei gesungen:

Kein Irisch mehr und nie mehr Französisch,
das Schulbankdrücken hab ich nicht mehr nötig;
Stühle und Tische, schmeißt sie raus,
und schmeißt die Lehrer gleich mit aus dem Haus.

Zwar hatte Französisch in Shancarrig noch nie auf dem Stundenplan gestanden, aber von solchen Kleinigkeiten ließen sie sich nicht beirren. Überall im Land sangen Kinder an ihrem letzten Schultag dieses Lied.
Diejenigen, die erst dreizehn waren und nach den Sommerferien zurückkommen mußten, hatten ihnen neidische Blicke zugeworfen. An diesem Tag wurden die Namen in den Baumstamm geritzt. Die Jun-

gen hatten Taschenmesser mitgebracht. Alle hatten mit großem Eifer die Rinde der alten Blutbuche bearbeitet.
Nessa wünschte, sie hätte soviel Spaß daran gehabt wie die anderen, die mit ganzem Herzen bei der Sache waren. Maura Brennan hatte schon vor Wochen überlegt, wo sie ihren Namen einritzen wollte, und Eddie Barton malte um seinen eine Blume, damit er sich von den anderen abhob. Foxy Dunne sagte zwar keinen Ton, aber er lächelte überlegen.
Mit einem Messer von Mr. Kelly ritzte Nessa nur *Vanessa Ryan, Juni 1954* ein. Sie wollte zwar noch etwas schreiben, wußte aber nicht, was.
Als sie dann in Mrs. Kellys Kamera blinzelten, schien ihnen die Sonne in die Augen.
»Stellt euch gerade hin! Zappelt nicht so rum!« Mrs. Kelly wußte, daß dies die letzten Befehle waren, die sie ihnen erteilen würde.
Foxy Dunne strich Nessa über die Haare, die offen auf ihre Schultern hingen. »Sehr hübsch«, sagte er.
»Finger weg, Foxy Dunne«, fauchte sie.
»Auf immer Ihr ergebener Bewunderer, Mrs. Beißzange.« Er war kein bißchen kleinlaut.
Man stelle sich vor, daß Foxy Dunne, einer aus diesem verkommenen Haushalt der Dunnes, es wagte, ihr Haar zu berühren!

»Es ist sehr hübsch, dein Haar«, sagte Niall Hayes. Der stämmige, verläßliche, langweilige Niall, der nie einen eigenen Gedanken hatte. Er sagte es, als wollte er sich bei Foxy lieb Kind machen und gleichzeitig dessen Meinung rechtfertigen.

»Na ja«, murmelte Nessa nur, denn es fiel ihr nichts anderes ein. Zu ihrer Überraschung stellte sie fest, daß sie rot geworden war. Es war für Nessa Ryan das erste Kompliment, das ein Junge ihr machte. Sie legte die Hände auf ihre Wangen, damit niemand sah, wie sie brannten.

»Lächeln, bitte alle lächeln. Nessa, nimm bitte sofort die Hand vom Gesicht. Leo, wenn du noch einmal die Zunge rausstreckst, bekommst du Ärger, großen Ärger.«

Alle lachten, und es wurde ein schönes Bild für die Fotowand der Schule.

Als sie dann zum letzten Mal zusammen aus der Schule gingen, hatten sich Nessa und Leo untergehakt, und Maura Brennan ging neben ihnen her. Maura würde als Dienstmädchen oder in einer Fabrik arbeiten, erzählte sie; sie wollte nicht nach England auswandern wie ihre Schwestern. Einen Augenblick empfand Nessa Mitleid mit dem Mädchen, das nicht so gute Zukunftschancen hatte wie sie. Ihr Vater sagte über die Brennans und die Dunnes von den Katen immer, daß ihnen das Schicksal ein schlechtes Blatt gegeben habe – mit nur wenigen Assen.

»Beschreib nicht alles wie ein Kartenspiel«, tadelte ihn Mrs. Ryan dann.

»Gut, ich kann auch sagen, sie setzen immer aufs falsche Pferd«, grinste er.

Aber Maura Brennan beklagte sich nie.

Sie war stets freundlich und still, als habe sie sich schon vor langer Zeit damit abgefunden, daß ihr Vater Schande über sie brachte und ihre Mutter betteln ging. Foxy Dunne war aus anderem Holz geschnitzt. Er benahm sich, als stamme er aus einer Familie von Herzögen und Grafen und nicht von Faulenzern und Trunkenbolden ab. Wenn man Foxy Dunne begegnete, wäre man nie auf den Gedanken gekommen, daß sein Vater und seine Brüder in beinahe jedem Geschäft des Ortes Hausverbot hatten. Selbst die Tür des Haushaltswarenladens, der ihrem Onkel Jim gehörte, blieb ihnen versperrt.

Foxy nahm sie weder in Schutz, noch entschuldigte er ihr Verhalten. Er schien sie einfach als Fremde zu betrachten.

Nessa wünschte sich manchmal, sie könnte das auch. Es tat ihr weh, wenn ihre Mutter ihren gutgläubigen Vater herunterputzte. Es ärgerte sie, wenn ihr Vater nur die Achseln zuckte und sich vor jeder Verantwortung drückte.

»Da gibt's eine Zigeunerin, die wahrsagen kann. Die muß sagenhaft sein«, erzählte Maura.
»Sollen wir uns die Zukunft weissagen lassen?« Leos Augen funkelten.
Nessa wußte, daß ihre Mutter sehr böse werden würde, wenn man sie auch nur in der Nähe des Zigeunerlagers sah. Leos Mutter ebenfalls, aber Leo scherte sich nicht darum. Es mußte wundervoll sein, soviel Freiheit zu haben.
»Sie erzählt dir nur, was du ihr selbst verraten hast«, meinte Foxy Dunne. »So machen sie das immer. Sie fragen dich, was du gern wärst, und zwei Minuten später erzählen sie dir, daß genau so was passieren wird.«
»Aber das ist Betrug«, wandte Niall Hayes ein.
»So ist das Leben, Niall.« Foxy sagte das, als kenne er, der doch in einer baufälligen Kate lebte, sehr viel mehr von der Welt als Niall Hayes, der Rechtsanwaltssohn, der immerhin im Terrace wohnte.
»Na, was ist? Gehen wir?« Leo war für jede Abwechslung zu haben.
»Wir könnten uns aus der Hand lesen, um zu sehen, was passieren wird«, schlug Eddie überraschend vor.
Das war Nessa sehr viel lieber. Davon brauchte ihre Mutter nichts zu erfahren. »Ja, aber wie?« fragte sie.
»Es ist ganz einfach. Es gibt eine Lebenslinie und

eine Liebeslinie und jede Menge Fältchen für die Kinder.« Eddie klang sehr überzeugend.
»Woher weißt du das?« wollte Foxy wissen.
»Ein Freund hat mich darauf gebracht«, antwortete er.
»Dein Brieffreund?« fragte Leo. Er nickte.
Eine Welle der Eifersucht überrollte Nessa. Wie kam es, daß Leo über jeden Bescheid wußte, nur nicht über Nessa, die doch eigentlich ihre beste Freundin sein sollte?
»Na, dann mal los«, sagte sie barsch.
Sie gingen durch den Barnawald hinauf zum alten Fels.
Niemand mußte vorausgehen, und sie mußten auch nicht erst darüber reden, wohin sie wollten. Denn bei wichtigen Vorhaben war der alte Fels immer der richtige Ort.
Eddie zeigte ihnen ihre Lebenslinien. Alle schienen eine lange zu haben.
»Wie viele Jahre pro Zentimeter, was meinst du?« fragte Foxy.
»Das weiß ich nicht«, gab Eddie zu.
»'ne Menge, würd ich sagen.« Maura hoffte immer das Beste.
»Also weiter. Das ist die Herzlinie.« Diese war bei allen unterschiedlich. Nessas hörte mittendrin auf und fing wieder an.

»Das heißt, du wirst zwei Männer lieben«, erklärte Eddie.
»Oder denselben zweimal. Du weißt schon. Zwischendrin bricht er dir das Herz, und dann kommt er wieder«, überlegte Maura.
Nessa schüttelte entschieden den Kopf. »Nein, ich werde höchstens seins brechen, wer immer es auch sein mag.«
»Ja, schon möglich. Das sieht man nicht. Machen wir bei den Linien weiter.« Eddie wollte das Thema lieber nicht vertiefen.
Foxys Herzlinie war nur schwach ausgeprägt, und auch Leos war sehr schwer zu erkennen. »Ist das gut oder schlecht?« fragte Leo.
»Das ist gut.« Foxy war sich ganz sicher. »Es heißt, daß keiner von uns große Liebesgeschichten haben wird, bis es Zeit wird, daß wir uns heiraten.«
Alle lachten.
Dann erklärte Eddie die zu erwartende Kinderzahl. Man wußte, wie viele man kriegen würde, wenn man die winzigen Linien zählte, die unten vom kleinen Finger abzweigten. Maura sollte sechs haben. Sie kicherte. Wie ihre Mutter, sagte sie, die wußte auch nicht, wann man aufhören mußte. Bei Leo waren es zwei. Wie bei Foxy. Er nickte beifällig. Bei Eddie und Niall sah es nicht so aus, als ob sie überhaupt welche haben würden. Sie untersuchten ihre Hand-

flächen immer wieder und jammerten spaßeshalber wie alte Klageweiber.
Nessa hatte drei kleine Linien.
»Das wären dann drei prächtige kleine Ryans, die das Hotel übernehmen könnten«, nickte Foxy zufrieden. Er hatte Leo bereits darauf aufmerksam gemacht, daß sie beide jeweils zwei Linien hatten.
»Keine Ryans«, widersprach Nessa scharf. »Sie heißen dann wie mein Mann.«
»Ja schon, aber wenn du auch nur ein bißchen wirst wie deine Ma, werden sie für jeden die kleinen Ryans sein«, entgegnete Foxy.
Nessa wollte nicht zeigen, wie sehr sie seine spöttische Bemerkung ärgerte, und unterdrückte die Tränen.
»Reg dich doch über sein blödes Geschwätz nicht auf«, meinte Leo. »Hör einfach weg.«
»Du kannst das vielleicht. Du kümmerst dich ja sowieso nicht um deine Familie«, gab Nessa zurück.
Die anderen zählten immer noch ihre künftige Kinderschar. Leo und Nessa saßen abseits.
Obwohl es ihr sehr schwerfiel, hielt sie die Tränen zurück. Sie wollte weiterreden – vielleicht half ihr das, nicht laut loszuschluchzen. »Wenn jemand was über deinen Vater oder deine Mutter sagt, lachst du einfach, Leo Murphy.«
»Ist doch egal, was jemand sagt, Nessa, du Dummer-

chen. Es zählt nur, wenn es dir etwas ausmacht, sonst sind es nur leere Worte, in den Wind gesprochen.«
Leo hatte wie üblich das Interesse verloren.
Sie ging wieder zu den anderen, die jetzt die Handlinie für Reichtum entdeckt hatten. Es sah so aus, als ob die einzige, die je zu nennenswertem Vermögen kommen würde, Maura Brennan von den Katen war, die letzte, bei der man es erwartet hätte.

Nessa wartete nicht länger. Sie wollte gar nicht wissen, ob sie später einmal arm oder reich sein würde. Denn vielleicht würde sich Foxy dann noch über die Leidenschaft ihres Vaters für Pferde- und Hunderennen lustig machen. Es war so ungerecht! Sie kochte innerlich vor Wut. Nie konnte man es ihm heimzahlen! Sie konnte nicht sagen, daß Foxy Dunnes Vater sogar bei Johnny Finn Lokalverbot hatte, auch wenn das bedeutete, daß er sich im Suff auf spektakuläre Weise danebenbenommen haben mußte.
Und man konnte auch nicht erwähnen, daß ein Bruder von Foxy im Gefängnis saß, und einer gerade noch das Schiff nach England erwischt hatte, eine Stunde bevor auch er verhaftet und ins Gefängnis gesteckt worden wäre. Foxys Familie hatte ihren Ruf so gründlich ruiniert, daß eigentlich nichts Schlechtes mehr über sie zu sagen blieb.

Und trotzdem störte es sie, wenn ihre Mutter solche Dinge über die Dunnes sagte. Zu Hause verteidigte Nessa ihre Freunde, und bei ihren Freunden verteidigte sie ihre Familie.

Sie konnte nicht mit ansehen, wie Maura Brennan sich in den Ärmel schneuzte, weil sie wußte, daß ihre Mutter nur seufzen und den Kopf schütteln würde.

Doch noch schlimmer war es, wenn Eddie und Niall bei ihr waren und ihre Mutter ihren Vater anherrschte, er solle seine Papiere wegräumen, das Jackett anziehen und wenigstens so tun, als ob er ein Hotel führen würde. Nessa hatte gesehen, wie die beiden Jungen bedeutungsvolle Blicke tauschten, wenn Nessas Mutter wieder eine Tirade losließ.

Wie gern hätte sie ihnen erklärt, daß es notwendig war: daß Dad sonst den ganzen Tag nur rumsitzen und endlos über die Stammbäume von Hunden oder Pferden tratschen würde, die in einem weit entfernt stattfindenden Rennen starteten, während doch die Gäste bedient werden wollten. Wenn sie wenigstens wüßten, daß ihr Vater sich nicht wie andere Männer daran störte.

Es hätte Nessa gefallen, wenn ihre Freunde sich für ihre Geschichten über die Gespräche der Eltern beim Abendessen interessiert hätten; sie hätte sich gefreut, wenn sich ihre Eltern die Geschichten über Foxy, der verrückt genug war, Leo den Hof zu machen, ange-

hört hätten, ohne dabei die Nase zu rümpfen und abzuwinken.
Bisher hatte Nessa sich in ihrer Familie zumindest geborgen gefühlt. Das war einer der vielen Nachteile des Erwachsenwerdens: Man merkte, daß beileibe nicht alles so sicher war, wie man immer geglaubt hatte.

Ein paar Tage nach Schuljahresende kam eine Nachricht von der Klosterschule, die Nessa besuchen sollte. Man würde sich freuen, die zukünftigen Schülerinnen vor Schuljahresbeginn kennenzulernen, hieß es.
»Wir werden dich ein bißchen feinmachen. Es ist wichtig, einen guten Eindruck zu hinterlassen«, sagte ihre Mutter.
»Sie werden mich doch nicht ablehnen, oder?«
»Wirst du es denn nie lernen? Du willst, daß man dich ernst nimmt, also mußt du auch aussehen wie ein ernst zu nehmender Mensch.«
»Es sind doch Nonnen, Mam. Für Nonnen zählen keine Äußerlichkeiten.«
»Ach nein? So ein Quatsch!« Ihre Mutter blieb hart.
Es wurde ein netter Ausflug. Leo trug ihre normalen Sachen, sie hatte sich überhaupt nicht schick gemacht.
»Sie hat das auch nicht nötig«, sagte Nessas Mutter,

als sie Leo in ihrem üblichen rosafarbenen Kleid mit dem verblichenen Blumenmuster und dem ausgefransten Kragen kommen sah.

»Warum nicht?«

»Weil sie eine Persönlichkeit ist.«

Solche Behauptungen waren Nessa ein Rätsel.

Leo war an diesem Tag bester Laune; sie und Nessa kicherten und lachten über alles und jedes. Sie lachten um so mehr, weil sie in der Klosterschule ein ernstes Gesicht aufsetzen mußten.

Die Korridore waren lang und rochen nach Bohnerwachs. Kleine rote Lichter brannten vor den Herz-Jesu-Statuen und -Bildern, kleine blaue vor denen der Jungfrau Maria.

Mutter Dorothy, die Schulleiterin, ermahnte sie streng, sich in Schuluniform ordentlich zu betragen. Sie erklärte ihnen, daß hier alles ganz anders sei als in Shancarrig, und es klang, als läge Shancarrig hinterm Mond.

»Seid ihr zwei eng befreundet?« erkundigte sie sich.

»Bei uns in der Schule ist jeder mit jedem befreundet«, erwiderte Leo achselzuckend.

Die Nonne musterte sie. Ihren hellen Augen schien nichts zu entgehen.

Leo wollte sich unbedingt noch die Stadt ansehen.

»Laß uns lieber zurückfahren«, meinte Nessa. »Sie fragen sich sonst, wo wir sind.«

Überrascht sah Leo sie an. »Wir sind beinahe fünfzehn. Wir haben uns die Schule angeguckt, in der wir die nächsten drei Jahre eingesperrt sind. Worüber sollten sie sich Sorgen machen?«
»Sie werden schon was finden«, antwortete Nessa.
»Du bist vielleicht 'ne ulkige Nudel«, meinte Leo amüsiert.

Und dann, drei Wochen später, war Leo wie ausgewechselt. Zumindest Nessa gegenüber. Sie ließ sich nicht mehr blicken; sie schien keine Lust zu haben, sich auch nur einen Schritt vom Glen wegzurühren. Und dann war sie rätselhafterweise plötzlich mit ihrer Mutter und ihrem Vater und den zwei großen, blöden Hunden verreist, ohne einer Menschenseele zu verraten, wohin.
Der Sommer dauerte ewig. Keiner war da, mit dem man spielen konnte. Maura Brennan hatte überall herumgefragt, ob man sie nicht als Dienstmädchen haben wollte, und schließlich hatte Nessas Mutter sie eingestellt, als Zimmermädchen im Hotel. Maura wohnte auch im Hotel, was komisch war, wo doch die Katen kaum zehn Minuten entfernt waren. Glaubst du denn, daß Maura dort schlafen will, hatte Nessas Mutter gesagt, und würdest du es denn gern sehen, wenn sie dort schlafen würde?

Eddie Barton widmete sich ausschließlich seinen blöden gepreßten Blumen und dem Briefeschreiben. Niall Hayes jammerte die ganze Zeit über die Schule, die er ab September besuchen würde. Er schien jedem die Versicherung abringen zu wollen, daß schon alles gutgehen werde.

Schade, daß Leo nicht ein bißchen mehr wie Niall war, der an ihr hing und sie oft um Rat fragte. Sie dachte auch, daß Niall mehr wie das zähe kleine Mädchen vom Glen hätte sein sollen, das sich durchsetzte und allein zurechtkam.

Ihre Mutter merkte, was los war – wie immer.

»Ich hab es dir schon ein dutzendmal gesagt. Du mußt die Initiative ergreifen, dann machen die anderen, was du willst.«

»Ich könnte mir den Mund fusselig reden, und Leo würde trotzdem nicht auf mich hören.« Nessa hätte sich am liebsten auf die Zunge gebissen, kaum daß sie es zugegeben hatte; es war ihr einfach so rausgerutscht. Breda Ryan seufzte; es klang enttäuscht. »Tut mir leid, Mam, aber du bist nun mal anders. Du bist die geborene Anführerin. Manche Leute haben es einfach im Blut.«

Nachdenklich sah ihre Mutter sie an.

»Ich habe über deine Haare nachgedacht«, sagte sie unvermutet.

»Laß das sein«, kreischte Nessa. »Hör endlich auf,

immer darüber nachzudenken, wie andere Leute alles besser machen könnten, wenn sie es nur so machen würden wie du.«

»Nessa!« Ihre Mutter war schockiert über ihren Ausbruch.

»Stimmt doch. Ich bin fünfzehn. In manchen Ländern wäre ich schon verheiratet und hätte eine eigene Familie. Aber du weißt immer alles besser. Du weißt, daß Dad nicht über Hunde sprechen sollte. Du weißt, daß wir niemanden einen ›Kerl‹ nennen sollen, weil das gewöhnlich ist – wir sollen ›junger Mann‹ oder so was sagen, was sonst niemand sagt.«

»Ich habe versucht, dir Manieren beizubringen. Anstand, weiter nichts.«

»Nein, das stimmt nicht. Du läßt uns nicht normal sein. Maura steht aus irgendeinem Grund unter uns. Leo Murphys Familie ist was Besseres als wir, weil sie in einem großen Haus wohnt. Du bist dir immer ganz sicher bei allem, du weißt einfach, daß du recht hast.« Nessas Gesicht war rot vor Zorn.

»Was hat dich jetzt so aufgebracht, wenn ich fragen darf?«

»Meine Haare. Ich hab mich ganz normal mit dir unterhalten, und plötzlich hast du von meinen Haaren angefangen. Es ist mir egal, was du willst – ich will es jedenfalls nicht. Ich will es nicht. Ich werde Dad erzählen, daß du meinst, ich soll die Haare abschneiden oder färben lassen oder einen gräßlichen Knoten tragen wie du. Egal, was du willst, ich will es nicht.«

»Ist ja gut ... wenn du so darüber denkst.« Ihre Mutter stand auf und wollte aus dem Wohnzimmer gehen.

Doch Nessa tobte weiter. »So ist's recht. Jetzt gehst du runter zu Daddy und machst ihm angst. Du erzählst ihm, daß ich schwierig bin, daß du nicht weißt, wie du mit mir fertig werden sollst, und dann kommt der arme Dad und fleht mich an, ich soll mich bei dir entschuldigen.«

»Das, glaubst du, hab ich vor?« fragte ihre Mutter kühl, wenn auch überrascht.

»Das tust du doch seit Jahren.« Nessa war jetzt schon so weit gegangen, daß es keine Rolle mehr spielte, was sie sagte.

»Nun, zufällig wollte ich tatsächlich mit dir über deine Haare sprechen. Daß sie nie besser ausgesehen haben als jetzt und daß du einen schicken Haarschnitt bekommen solltest. Ich wollte dir vorschlagen, daß wir zusammen nach Dublin fahren und in einen guten Salon gehen, von dem ich gehört habe.«

»Ich glaub dir nicht!«

»Glaub, was du willst. Die Adresse steht hier auf dem Zettel. Ich hatte vor, die Billigfahrt am Mittwoch mitzumachen. Aber jetzt kannst du alleine gehen.«

»Wie soll ich das machen? Ich hab kein Geld.«

»Ich wollte deinen Vater bitten, dir das Geld zu geben.«

»Aber jetzt willst du es nicht mehr. Klar. Du meinst, ich habe alles verpatzt, weil ich mich schlecht benommen hab.« Nessa lachte bitter, um zu zeigen, daß sie die Ausflüchte der Erwachsenen durchschaute.

»Frag ihn selbst, Nessa. Du bist mir jetzt einfach zu anstrengend.«

Nessa bat ihren Vater um nichts, und so brachte er das Thema am Dienstag abend selbst zur Sprache. Warum machte sie nicht die Tagesfahrt nach Dublin und ließ sich dort die Haare schneiden? Sie antwortete, daß sie nicht fahren würde, daß ihre Mutter sie hasse; ihre Mutter wolle ja nur, daß sie sich schuldig fühle; und ihre Haare seien eben einfach schrecklich, das reinste Pferdehaar.

Und überhaupt wolle sie nicht allein nach Dublin fahren.

»Nimm Leo mit. Ich zahl für euch beide«, schlug er vor.

»Das kannst du doch nicht, Dad.«

»Das kann ich sehr wohl. Manche Dinge habe ich zu entscheiden.«

»Nein, hast du nicht.«
»O doch, Nessa. Die Sachen, die ich entscheiden will.« Irgend etwas in seiner Stimme veranlaßte sie, ihm zu glauben.
Leo begleitete sie nach Dublin.
Die Friseuse verbrachte eine halbe Ewigkeit mit Schneiden und Fönen. »Komm am besten alle drei Monate wieder.«
»Vielleicht lieber alle fünf Jahre«, erwiderte Nessa.
»Kümmern Sie sich nicht um sie«, mischte sich Leo ein. »Sie sieht jetzt so hübsch aus, daß sie jede Woche hier auftauchen wird.«
»Stimmt das?« fragte Nessa.
»Stimmt was?«
»Daß ich hübsch aussehe? Oder hast du das nur aus Höflichkeit gesagt?«
»Aber du siehst immer toll aus. Das mußt du doch wissen! Wie Jean Simmons oder so.« Leo sagte das, als wäre es eine Selbstverständlichkeit.
»Woher soll ich das wissen? Keiner hat es mir je gesagt.«
»Ich sag's dir.«
»Du bist meine Freundin. Vielleicht hast du es nur gesagt, um mich zu besänftigen«, wandte Nessa ein.
»O Gott, Nessa. Manchmal kannst du ganz schön anstrengend sein.«

Das hatte ihre Mutter auch gesagt. Sie mußte sich in acht nehmen.

Für Nessa Ryan blieb das Verhältnis zu ihrer Mutter all die Jahre, die sie täglich in die Stadt zur Schule fuhr, ein Wechselbad der Gefühle.
Es hatte keinen Sinn, mit Leo darüber zu reden, denn für Leo schien ihre eigene Mutter kaum zu existieren. Wenn Nessa nicht ins Kino gehen konnte, war es, weil ihre Mutter wollte, daß sie das Silber polierte. Wenn Leo nicht ins Kino gehen konnte, dann nur, weil Lance und Jessica – die Hunde – Auslauf haben wollten oder ihr Vater Hilfe brauchte.
Mrs. Murphy wurde nie erwähnt.
Nessa hatte gehört, daß Mrs. Murphy vom Glen eine angegriffene Gesundheit habe und möglicherweise ein Nervenleiden; doch in Gegenwart der Kinder wurde nicht viel darüber gesprochen. Leo wirkte oft geistesabwesend, als ob bei ihr zu Hause etwas nicht in Ordnung wäre, doch selbst bei den vertraulichsten Gesprächen brachte man sie nicht dazu, darüber zu sprechen.
Und sonst gab es kaum jemanden, mit dem Nessa reden konnte. Mit Maura Brennan aus den Katen, die im Hotel als Zimmermädchen arbeitete, sollte sie sich nicht unterhalten. Jedesmal, wenn sie im Flur

stehenblieb, um mit Maura ein paar Worte zu wechseln, blickte diese nervös um sich.

»Nein, Nessa. Deine Mutter sieht es nicht gern, wenn wir schwatzen.«

»So ein Quatsch. Und außerdem ist mir das egal.«

»Mir aber nicht. Sie gibt mir Arbeit und Lohn.«

Darauf ließ sich nichts erwidern.

Manchmal war Mrs. Ryan fabelhaft. Zum Beispiel, als sie dafür sorgte, daß die Mädchen – Leo, Nessa, ihre jüngeren Schwestern Catherine und Nuala und die beiden Blake-Töchter – Tanzstunden bekamen. Es war ein Mordsspaß.

Manchmal aber war sie gräßlich – als sie Vater beispielsweise aufforderte, die Bar zu verlassen, an dem Abend, als er bei einem Hunderennen fünfundachtzig Pfund gewonnen hatte. »Ich wollte einfach nicht, daß er dreimal soviel ausgibt, Nessa«, erklärte sie ihr später. »Er war schon dabei, in den Straßen nach Hunden oder hundeähnlichem Getier Ausschau zu halten, um denen auch noch einen Drink zu spendieren.«

Nessa tobte und schäumte. Es war nicht richtig gewesen, ihren Vater so herunterzuputzen. Man hätte ihm die Siegesfeier gönnen sollen.

Ihre Mutter war einfach wundervoll, als sie Nessa den Plattenspieler schenkte, und Nessa legte sich eine eigene Sammlung zu – »Drei Münzen im

Brunnen«, »Rock Around the Clock«, »Whatever Will Be Will Be«. Doch zu dem Zeitpunkt, als sie sich Tab Hunters »Young Love« kaufte, war ihre Mutter wieder schrecklich und behauptete, Nessa würde ein miserables Abschlußzeugnis bekommen.

Ein Studium kam nicht in Frage; was für einen Beruf sie ergreifen wollte, hatte sie sich nicht überlegt; und so flüchtete Nessa sich in das Übliche für all diejenigen, denen sonst nichts einfiel – sie besuchte den Sekretärinnenlehrgang in der Stadt.

Nessa wurde in diesem Sommer sehr störrisch. Mehrmals bat sie ihr Vater, sich um des lieben Friedens willen zusammenzureißen und ihren Beitrag zu einem friedlichen Familienleben zu leisten.

»Du läßt dir immer alles gefallen«, fuhr sie ihn eines Tages an. Sofort tat es ihr leid. Sie klang wie ihre Mutter.

»Nein, das stimmt nicht. Ich hab nur gern meine Ruhe, ohne daß die Menschen, die ich liebe, sich ständig in den Haaren liegen«, erwiderte er milde.

»Warum hackst du immer auf mir herum?« fragte Nessa ihre Mutter. »Das macht uns nur unzufrieden, und Daddy ist auch nicht glücklich dabei.«

»Das ist doch kein Herumhacken. Ich will dir damit lediglich Mut und Kraft geben, dein Leben zu mei-

stern. Den Mut einer Löwin. Ehrlich.« Und das glaubte Nessa ihrer Mutter.
»Warst du immer mutig?«
»Nein. Das wurde ich erst, als ich in dieses Haus kam. Und mich mit den Leuten rumschlagen mußte, die dort an der Wand hängen.«
»Mit wem?«
»Mit deinen seligen Großeltern«, erwiderte ihre Mutter knapp.
Erschüttert blickte Nessa auf die alten Ryans, von denen in diesem Haus sonst immer nur mit Bewunderung und Hochachtung gesprochen wurde.
»Warum hast du Mut gebraucht, um mit ihnen zurechtzukommen?« fragte sie.
»Sie hätten deinen Vater am liebsten in Zuckerwatte gepackt und unter eine Glasglocke gestellt«, antwortete Mrs. Ryan.
Wenn sie so redete, wirkte sie ganz normal, wie jeder andere auch; doch leider redete sie sehr selten so.
Entsprechend schlecht gelaunt fing Nessa in dem Sommer, als sie achtzehn wurde, mit ihrem Schreibmaschinen- und Stenographiekurs an.
Leo Murphy war nicht mit von der Partie, sie hatte vage und unbefriedigende Ausflüchte gemacht, daß sie zu Hause im Glen gebraucht würde. In Shancarrig war einiges nicht im Lot.
Eddie Barton war so unglücklich mit seiner Arbeit

bei den Dunnes, daß er kaum je den Blick vom Boden hob, wenn man mit ihm sprach. Niall Hayes war in Dublin, wo er Jura studieren wollte. Foxy arbeitete in England auf dem Bau. Die Blake-Mädchen studierten ebenfalls in Dublin. Mit Maura sollte Nessa nicht sprechen. Und wenn sie mal mit jemandem in der Stadt ins Kino ging, stellte ihre Mutter so viele Fragen, daß es ihr manchmal den ganzen Ärger nicht wert war.

Sie war regelrecht ausgehungert nach Abwechslung, als an einem Wochenende Richard Hayes in Shancarrig auftauchte.

Er sah sehr gut aus, war groß und schlank, nicht stämmig wie Niall – und er wirkte sehr erwachsen. Mit seinen fünfundzwanzig oder sechsundzwanzig Jahren war er sieben bis acht Jahre älter als Nessa. In Dublin hatte es eine unangenehme Geschichte mit einem Mädchen gegeben, deshalb hatte man ihn hierher geschickt.

Jeder wußte darüber Bescheid.

Richard war nach Shancarrig verbannt worden. Wo es anscheinend keine Mädchen gab. Oder zumindest keine, die einen zweiten Blick wert waren.

Nessa machte sich sehr, sehr sorgfältig zurecht, und endlich wurde er auf sie aufmerksam.

»Ein Silberstreif am Horizont«, sagte er. »Ich bin Richard Hayes.«

»Hallo, Richard«, erwiderte Nessa in einem Tonfall, den sie stundenlang einstudiert hatte.
Sein Lächeln war herzlich, machte sie aber kolossal nervös. Am liebsten wäre sie weggelaufen und hätte jemanden um Rat gefragt, und zufällig rief genau in diesem Moment ihre Mutter nach ihr.
»Jetzt weiß ich, wie du heißt«, meinte Richard.
»Nur meine Mutter nennt mich Vanessa«, entgegnete sie.
Sie war froh, ihm zu entkommen.
Ihre Mutter hatte alles beobachtet. »Was für ein gutaussehender junger Mann«, sagte sie.
»Ja«, erwiderte Nessa und kaute auf der Unterlippe.
»Du hast absolut keine Konkurrenz hier«, ermutigte sie ihre Mutter. »Das ist ein Mann, der auf hübsche Mädchen fliegt, und du bist das hübscheste Mädchen von ganz Shancarrig.«

Als sie ihn das nächste Mal traf, schlug er einen Spaziergang vor. »Ich würde gern mitgehen, aber ich muß noch meine gräßlichen Kürzel üben«, antwortete Nessa bedauernd.
»Stenographie kommt sowieso aus der Mode, bald hat man nur noch Diktiergeräte«, meinte er.
»Wahrscheinlich hast du recht, aber nicht vor meiner Abschlußprüfung. Vielleicht sehe ich dich ja heute abend.« Sie konnte an seinen Augen erkennen, daß

sie genau das Richtige getan hatte. Er interessierte sich jetzt noch mehr für sie.

»Aber ganz bestimmt, Vanessa«, sagte er mit einer ironisch tiefen Verbeugung.

Sie machten ausgedehnte Spaziergänge zusammen. Am alten Felsen erzählte sie ihm sämtliche Legenden, die sich um diesen Ort rankten. Am Schulhaus zeigte sie ihm den Baum mit den eingeritzten Namen. Auf dem Friedhof führte sie ihn zu den ältesten Grabsteinen. Und am Fluß zeigte sie ihm die fischenden Kinder und erklärte ihm, wie man Fische mit bloßen Händen fangen konnte, wenn man es schaffte, sie in seichtes Gewässer zu treiben.

Sie erzählte ihm von Mattie, dem Briefträger, der niemals zur Messe ging, aber jeden Brief zustellen konnte, auch wenn außer Shancarrig nur der Name des Adressaten angegeben war. Sie stellte ihn Father Gunn und Father Barry vor und erklärte ihnen, sie sei Richards Fremdenführerin. Bei diesen Worten sah Mrs. Kennedy, die Pfarrhaushälterin, sie höchst mißbilligend an, aber Nessa lachte nur, setzte sich auf den Tisch und sagte, sie habe Richard Hayes hauptsächlich hierher geschleppt, damit er Mrs. Kennedys legendären Teekuchen probieren könne.

Unter vier Augen erzählte sie Richard dann, warum er legendär war: Er lag einem wie ein Stein im Magen.

Nessa besuchte mit Richard Hayes Miss Ross in ihrem Häuschen, sie begleitete ihnin Nellie Dunnes Laden, sie zeigte ihm drei Tage lang jeden Winkel und jede Ecke des Dorfes.

»Das war die große Tour«, meinte sie fröhlich. »Damit du nie behaupten kannst, man hätte dir nicht sämtliche Sehenswürdigkeiten hier gezeigt.« Sie merkte, daß sie ihm gefiel, daß er sie für eine selbstbewußte und kluge junge Frau hielt.

Und das war sie auch.

Sie war stolz auf ihr dichtes dunkles Haar, ihre reine Haut, ihre leuchtend-roten und -gelben Blusen; und am meisten stolz war sie, weil sie in seiner Gegenwart nicht albern herumkicherte wie manche anderen. Diese Gewißheit, jedem Adonis, der sich nach Shancarrig verirrte, ebenbürtig zu sein, verdankte sie ihrer Mutter.

Allerdings würde sich Nessa nicht mit einem schwächeren Mann zufriedengeben, wie es ihre Mutter getan hatte. Sie würde sich nicht mit dem zweitbesten zufriedengeben, als den ihre Mutter augenscheinlich ihren Vater betrachtete. Für Nessa kam kein fader, schwerfälliger Durchschnittsmann in Frage. Jetzt nicht mehr. Nicht mehr, nachdem sie die bewundernden Blicke eines Mannes wie Richard gespürt hatte.

Einen Mann wie Richard bekam Shancarrig höch-

stens alle fünfzig Jahre einmal zu Gesicht. Es war Nessa geglückt, seinen Blick auf sich zu ziehen, jetzt mußte sie aufpassen, daß sein Interesse nicht wieder schwand. Von so einem Mann konnte man Tag und Nacht träumen, er nahm alle Gedanken gefangen. Doch aus irgendeinem Grund gestand sie sich ihre Gefühle ihm gegenüber nicht so recht ein, sondern blieb diesem charmanten und zuvorkommenden Richard Hayes gegenüber unverbindlich, obwohl dieser allem Anschein nach jede freie Minute mit ihr verbringen wollte. Natürlich hätte sie gerne geglaubt, daß er sich wirklich etwas aus ihr machte, doch eine innere Stimme warnte sie, ihm nicht zu sehr entgegenzukommen, wenn sie seine Aufmerksamkeit weiter fesseln wollte.
Sie spielte ihm etwas vor.
Das Leben sollte kein Schauspiel sein. Doch sie hatte das Gefühl, einen ungleichen Kampf zu führen. Sie mußte sehr vorsichtig sein.

Selbstverständlich hatte Nessa eine Menge Geschichten gehört, warum Richard hergekommen war und jetzt seinem Onkel Bill in der Kanzlei half. Manche Leute behaupteten, Mr. Hayes habe zu viel zu tun, um allein damit fertig zu werden, und setze keine allzu großen Hoffnungen in seinen Sohn. Niall studierte an der Universität in Dublin und sammelte

dort auch erste Erfahrungen in einer Rechtsanwaltskanzlei. Es würde vier bis fünf Jahre dauern, bis er sämtliche Examina in der Tasche hatte – der alte Bill Hayes hatte also gut daran getan, einen klugen jungen Mann für seine Kanzlei einzustellen.
Andere wiederum behaupteten, daß Richard nach Shancarrig geschickt worden war, um aus der Schußlinie zu sein – es gab Gerüchte über einen Zwischenfall in Dublin, eine unangenehme Sache mit einer Richterstochter. Andere hatten von einer aufgelösten Verlobung gehört, von einem Bruch des Eheversprechens in buchstäblich letzter Minute.
In all diesen Geschichten wurde Richard Hayes, Cousin des verläßlichen Niall, als Frauenheld dargestellt.
Man hatte allgemein das Gefühl, daß Shancarrig eine Nummer zu klein war für jemanden, der soviel gesehen und erlebt hatte wie dieser gutaussehende junge Mann von fünfundzwanzig, doch Richard Hayes eroberte sämtliche Herzen im Sturm.
»Ist er nicht phantastisch?« hauchte Leo, als sie ihn das erste Mal sah.
»Man kann gut mit ihm reden.« Nessa wollte ihre beste Freundin gleich wissen lassen, daß sie im Wettrennen um Richards Gunst alle anderen Frauen von Shancarrig weit hinter sich gelassen hatte.
»Schade, daß er nicht öfter in die Bar kommt«,

seufzte Nessas Mutter. »So ein attraktiver Bursche wäre ein guter Lockvogel für die Kundschaft.«
»Ich würd' eher sagen, daß der Knabe schon aus mehr als einer Bar rausgeflogen ist«, sagte Conor Ryan mit der Stimme eines Mannes, der in der Welt herumgekommen ist.
Unvermutet nickte Gerry O'Sullivan, der sympathische junge Barkeeper.
»Ein richtiger Charmeur«, meinte er. »Wegen solcher Kerle gehen die Frauen dann aufeinander los.«
»Das können wir natürlich nicht brauchen«, sagte Mrs. Ryan entschieden. »Vielleicht ist es nur gut, daß er nicht jeden Abend hier herumhängt.«
»Wer hier in Shancarrig würde schon wegen einem Mann einen Mord begehen? Diese glühende Leidenschaft gibt es hier nicht.« Conor Ryan wandte sich wieder den Wettvoraussagen zu, von Rennen in Städten, die er nie besuchen, auf Bahnen, die er nie mit eigenen Augen sehen würde.
Nachdenklich blickte Breda Ryan zum Empfangstisch, wo Nessa gewissenhaft an der Hotelschreibmaschine arbeitete. Sie sollten mindestens eine Stunde pro Tag üben, und Nessa hatte die Tasten mit Heftpflaster abgeklebt, damit sie wirklich blind tippte.
Nessas Haare glänzten, ihre Augen strahlten, und sie trug ein tiefes Dekolleté. Man mußte nicht lange

suchen, bis man auf glühende Leidenschaft für Richard Hayes stieß.

Nessa wehrte drei Versuche ihrer Mutter ab, sie aufzuklären.

»Ich weiß doch schon alles. Hast du mir das nicht schon vor Jahren erzählt, als ich meine erste Periode bekam?«

»Jetzt geht es um etwas anderes, es sind neue Dinge zu bedenken … bitte, Nessa.«

»Da gibt's nichts Neues. Ich will nicht darüber reden.« Und so schnell es ging, machte sie sich aus dem Staub.

Nessa wollte von ihrer Mutter keine schmutzigen Dinge hören, die ihr angst machten. Sie hatte schon genug Angst. Es gibt Probleme, die keine Mutter aus der Welt schaffen kann.

Richard Hayes sagte Nessa immer wieder, wie schön sie sei. Er kam ins Hotel und setzte sich auf den Empfangstresen, um mit ihr zu plaudern. Mitten am Nachmittag, wenn im Hotel nichts los war und Richard sehr wahrscheinlich in der Kanzlei seines Onkels hätte arbeiten sollen.

Er lobte ihren dunklen Teint und meinte, daß sie ihn an Diana, die Göttin der Jagd, erinnere.

»War sie gut oder böse?«

»Sie war schön. Weißt du denn nichts über sie?«
»Nein, die Nonnen hielten mehr vom Neuen Testament. War sie nicht unheimlich keusch?«
»Jedenfalls hat sie das Gegenteil nie zugegeben«, lachte er, und Nessa wurde rot. Denn er schien zu überlegen, wie es bei ihr damit stand.
Nachdenklich strich er sich über die Wange.
»Was passiert hier, wenn ein Mädchen nicht unheimlich keusch ist?« fragte er.
»Sie muß zu den Großeltern oder nach England.«
Hoffentlich waren ihre Backen nicht mehr so rot. Es war ja nur, weil er ihren Busen so anstarrte und sie mit den Augen taxierte, wie es Männer taten, die mit einer Frau schlafen wollen.
Aber vielleicht bildete sie sich das auch nur ein. Nessa konnte zur Zeit nicht recht unterscheiden, was Wirklichkeit war und was nicht. Vielleicht nahm sie Blicke, Gesten und Gefühle wahr, die es nur in ihrer Phantasie gab.
»Ich würde sehr vorsichtig sein ... wenn wir etwas tun würden, weshalb man zu den Großeltern muß«, sagte er. »Wirklich vorsichtig, weißt du. Es wär überhaupt kein Risiko dabei.«
Irgendwie gelang es Nessa, einen kühlen Kopf zu bewahren. »Aber das kommt überhaupt nicht in Frage, Richard.«
Das reizte ihn mehr denn je.

»Hast du Angst?«
»Nein. Es könnte auch andere Gründe geben, weshalb jemand nein sagt, oder?«
»Du magst mich aber, das weiß ich.« Schelmisch sah er sie an.
»Aber liebe ich dich, und liebst du mich? Das ist es, was man sich fragen muß, bevor man dorthin geht, wohin man eben geht.«
»Hoch zum alten Felsen beispielsweise?«
Er war erst seit zehn Tagen in Shancarrig und wußte bereits, wo sich die Liebespaare versteckten. In der kleinen Höhle im Barnawald, am Anfang des Aufstiegs zum alten Fels.
»Wenn wir erst wüßten, was Liebe ist, Vanessa Mary Ryan, wären wir die Herren der Welt.« Er stieß einen theatralischen Seufzer aus.
»Und würden wir die Welt auch gut regieren, Richard Aloysius Hayes?« lachte sie ihm ins Gesicht.
»Woher weißt du das?«
»Ich habe Niall gefragt, was das RAH auf deiner Tennistasche bedeutet.«
»Und er hat es dir erzählt? Dieses Schwein!«
Sie balgten sich jetzt und lachten. Er hielt sie am Handgelenk fest.
»Du bist das bezauberndste Mädchen der ganzen Gegend, wirklich.«
»Du hast ja noch keine andere gesehen.«

»Tut mir leid, aber das stimmt nicht. Ich habe einen Rundgang gemacht und bin mit meiner Tennistasche hinauf zum Glen spaziert. Allerdings hat mir deine sogenannte beste Freundin ein Match verweigert und war auch sonst ziemlich ruppig, dieses kleine überdrehte Nervenbündel.«

»Sprich nicht so von Leo.«

»Und dann hab ich mir Madeleine Ross genauer angesehen.«

»Die ist doch uralt.«

»Drei Jahre älter als ich. Und laß mich überlegen, wen noch? Die hübsche kleine Maura Brennan, die in Ryan's Ritz arbeitet, aber ich glaube, sie war bereits mit einem gewissen Mr. O'Sullivan am alten Felsen. Wenn ich mich nicht sehr irre, werden wir bald die Hochzeitsglocken läuten hören.«

»Maura ist schwanger? Das glaube ich nicht.«

Er hob abwehrend die Arme.

»Ich könnte mich irren«, sagte er.

»So ein dummes Ding. Gerry O'Sullivan wird sie niemals heiraten ...«, rutschte es Nessa heraus.

»Aha ... es ist also nicht nur die Frage, ob man sich liebt. Es ist vor allem die Frage, ob der junge Mann das Mädchen auch heiratet, stimmt's?«

Eins zu null für Richard. »Ich muß jetzt gehen«, sagte Nessa.

Sie schaffte es kaum die Treppe hoch, so zitterten

ihre Beine. In ihrem Zimmer schreckten Catherine und Nuala schuldbewußt von ihrer Kommode auf, wo sie in Nessas Tagebuch geschmökert hatten.
»Warum bist du nicht unten am Empfang?« fragte Catherine. Angriff war schließlich die beste Verteidigung.
»Wir haben nichts wirklich Geheimes gelesen«, winselte Nuala, die jünger und ängstlicher war.
Und Grund zur Angst hatte sie wahrlich.
Denn Nessa Ryan, achtzehn Jahre alt und leidenschaftlich umworben vom bestaussehenden Mann ganz Irlands, richtete sich zu ihrer vollen Größe auf.
»Du kannst dich später noch rechtfertigen«, sagte sie und nahm den Schlüssel aus dem Schloß. »Ich sperre euch jetzt ein, bis ich Mutter gefunden habe.«
»Bitte, erzähl es nicht Mam«, brüllte Nuala.
»Das wird Mam aber gar nicht gerne hören, was du da vorhast«, drohte Catherine.
Doch Nessa hatte die besseren Karten. Sie hatte nichts Verfängliches in ihr Tagebuch geschrieben – das stand alles hinten in ihrem Stenoblock, den sie nie aus der Hand gab.

Sie war nach oben gekommen in der Absicht, noch mehr zu schreiben, um das Begehren seiner Stimme festzuhalten, das Kribbeln, das sie gespürt hatte, als

er sie um die Taille faßte, und wie er angedeutet hatte, sie könnten zusammen schlafen.
Nessa achtete nicht auf das Jammern und Wehklagen aus ihrem Zimmer und zog los, ihre Mutter zu suchen.
Im Korridor begegnete sie Maura Brennan mit einem Stapel Laken auf dem Arm.
»Alles in Ordnung, Maura?« fragte sie.
»Warum fragst du?«
»Nun, ich weiß nicht. Du siehst so anders aus.«
»Ich bin auch anders. Nächste Woche werde ich Gerry heiraten. Es weiß aber noch niemand. Wir haben es gerade erst ausgemacht.«
»Heiraten?«
»Ja. Ist das nicht toll?«
Nessa war sprachlos. Vielleicht hatten sich ja die Spielregeln geändert, vielleicht heirateten die jungen Männer die Mädchen jetzt, wenn sie mit ihnen zum alten Felsen gingen. Ihre Mutter und die Nonnen und die Broschüren der Catholic Truth Society konnten sich irren. Doch sie mußte sich zusammennehmen.
»Oh, phantastisch, Maura«, sagte sie. »Herzlichen Glückwunsch.«
Endlich fand Nessa ihre Mutter und erzählte ihr von den zwei Verbrecherinnen, die sie in ihrem Zimmer eingesperrt hatte.

»Du mußt sie schwer bestrafen«, verlangte sie.
»Haben sie etwas gelesen, was sie nicht hätten lesen sollen?« fragte ihre Mutter besorgt.
»Wenn ich noch einmal beteuern muß, daß es bei mir nichts zu finden und nichts zu besprechen gibt, werde ich wahnsinnig!« Sie schrie die letzten Worte beinahe.
Zu ihrer Überraschung stellte sie fest, daß ihre Mutter sie anerkennend ansah.
»Weißt du, ich glaube, daß Richard dir guttut. Du hast jetzt viel mehr Selbstbewußtsein. Vielleicht entwickelst du doch noch Führungsqualitäten.«
Damit hatte sie recht. Nessa fühlte sich mehr denn je als Herrin der Lage. Und sie stellte erfreut fest, daß ihre Mutter gegenüber Catherine und Nuala keine Gnade walten ließ. Ebensowenig wie – überraschenderweise – ihr Vater.
»Jeder hat das Recht auf sein Privatleben und auf seine Träume«, erklärte er den zwei schmollenden Mädchen, die eine Woche lang Hausarrest bekamen. »Der Versuch, in die Gedankenwelt eines anderen einzudringen, ist einfach unerhört.«
»Aber da stand doch gar nichts«, meinte Catherine.
»Indem du das sagst, machst du es nur noch schlimmer.«
Die beiden Mädchen verstanden die Welt nicht mehr.

Normalerweise war es doch Nessa, die zusammengestaucht wurde, ihre Schwester, die dem Cousin von Niall Hayes schöne Augen machte. Und jetzt wurde sie dafür gelobt, daß sie so etwas Gefährliches getan und ihre Schwestern eingesperrt hatte.
»Und wenn jetzt ein Feuer ausgebrochen wäre?« Catherine wollte diese Möglichkeit zumindest zur Sprache bringen.
Doch sie fand wenig Gehör.
»Dann wärt ihr beide verbrannt«, sagte ihre Mutter ungerührt.

Ab und zu kam Eddie auf einen kurzen Plausch vorbei.
»Gehst du mit Richard Hayes?« fragte er Nessa.
»Was heißt das?«
»Ich weiß es auch nicht genau, ich hab es mich schon oft gefragt. Tust du's?«
»Nein. Wir sehen uns nur ab und zu. Er ist ein sehr schöner Mann. Wahrscheinlich zu schön für mich.«
»Ich versteh, was du meinst«, sagte Eddie nicht gerade galant.
»Besten Dank, mein Freund.«
»Nein, so hab ich das nicht gemeint. Du siehst wunderbar aus, ehrlich, viel, viel besser als damals, als wir noch klein waren …« Jetzt stammelte Eddie und

zeigte mit einer Geste, wieviel besser Nessa heute aussah – mit den Händen zeichnete er einen Busen und eine schmale Taille in die Luft. Doch sie wurde nicht böse. »Das Aussehen spielt eine große Rolle, stimmt's?« Er klang besorgt.

»Ich glaube schon, obwohl die Leute immer das Gegenteil behaupten.«

Eddie fuhr sich durch seine hochstehenden Haare. »Schade, daß Jungs nicht schöner werden, wo es doch bei den Mädchen passiert.«

»Bist du nicht selbst ein gutaussehender Bursche, Eddie?« Sie bemühte sich um einen heiteren und aufmunternden Ton.

»Mach dich nicht lustig über mich.« Sein Gesicht lief rot an.

»Das tu ich nicht.«

»Doch. Ich hab Haare wie Stroh und kehr den ganzen Tag dem blöden Dunne den Laden. Wem kann ich schon gefallen?«

Er stürzte aus dem Hotel und ließ eine völlig verblüffte Nessa zurück. Soweit sie wußte, hatte Eddie noch nie ein Mädchen aus Shancarrig ausgeführt und auch an keinem weiblichen Wesen Interesse gezeigt. Von Zeit zu Zeit kam er im Hotel vorbei, um geheimnisvolle Anrufe nach Schottland zu tätigen. Sein Ausbruch war schwer zu verstehen – und überhaupt hatte sie wichtigere Dinge im Kopf.

Richard nahm Nessa im Auto seines Onkels mit ins Kino der Stadt.
»Er gibt dir seinen Wagen?«
»Er braucht ihn abends nicht.«
»Niall ist ihn nie gefahren.«
»Niall hat auch nie gefragt.«
Zur Zeit wohnte Niall bei einem Schulfreund, mit dem zusammen er einen dreiwöchigen Buchhaltungskurs besuchte. Beide haßten den Unterricht. In mehreren Briefen und Postkarten hatte er Nessa geschrieben, wie langweilig es war. Er hoffe nur, daß es auf der Universität besser würde.
»Ich glaube, Niall ist wahnsinnig in dich verknallt«, meinte Richard und küßte Nessa.
Sie entzog sich ihm.
»Das glaube ich nicht«, erwiderte sie sachlich und ohne zu kichern. Ihre Mutter hatte recht. Seit Richard nach Shancarrig gekommen war, war sie sehr viel erwachsener geworden.
»O doch. Hat er dich denn nie ins Kino eingeladen? Oder Pläne geschmiedet, mit dir zum alten Felsen zu gehen, wie ich?«
Nessa wiederholte, was auch schon Richard gesagt hatte.
»Niall hat nie gefragt.«

»Ethel hat mir erzählt, daß Niall morgen zurückkommt«, sagte Mrs. Ryan zu Nessa.
»Das wird Shancarrig in seinen Grundfesten erschüttern«, erwiderte sie wenig begeistert.
»Aber du warst doch immer mit ihm befreundet.« Ihre Mutter klang so sanft, daß Nessa einlenkte.
»Ja, das stimmt, aber das war einmal. Er ist ein richtiger Trauerkloß geworden, der die ganze Zeit rumjammert.«
»Nicht jeder hat soviel Charme wie sein Cousin Richard.«
»Richard ist bloß nett zu den Leuten und freundlich. Nicht wie Niall, der ständig meckert und stöhnt.«
»Vielleicht hat er ja Grund zum Meckern und Stöhnen.«
»Wieso denn das? Warum ausgerechnet er?«
»Nun, sein großer Schwarm himmelt seinen Cousin an. Sein Platz in der Kanzlei ist ihm bei weitem nicht so sicher, wie man glauben sollte, und er hat keine wunderbare, verständnisvolle Mutter wie du. Er hat die fade, alte Ethel.«
Sie lachten gemeinsam, wie sie es jetzt häufiger taten – wie Schwestern, wie Freundinnen.
»Was würdest du denn tun, wenn Niall dein Freund wäre?« fragte Nessa. Sah ihre Mutter sie forschend an, als sie das fragte? Nessa war sich nicht sicher.
»Ich würde ihn ermutigen, seinen Platz hier zu be-

haupten. Immerhin ist er Bills Sohn. Es ist seine Kanzlei. Ich würde ihm sagen, daß sich im Leben nicht unendlich viele Chancen anbieten und daß man sie beim Schopf packen muß. Und ich würde ihn wahrscheinlich drängen, die Sache nicht auf die lange Bank zu schieben.«

»Er wird mich nicht anhören wollen.«

»Stimmt. Die meisten Leute hören nicht zu, wenn sich andere um ihr Wohl Gedanken machen.«

»Hat Dad auf dich gehört?«

»Ja, schon. Aber das war etwas anderes. Ich habe deinen Vater geliebt. Ich liebe ihn immer noch.«

»Ich liebe Niall zwar nicht, aber ich habe ihn sehr gern.«

»Dann laß nicht zu, daß man ihn in eine Komparsenrolle schubst«, riet Breda Ryan.

Nessa lud Niall ein, auf einen Drink ins Hotel zu kommen, und kam sich dabei sehr erwachsen vor.

»Du siehst großartig aus«, sagte er.

»Danke, Niall. Du auch.«

»Ich meinte eher hübsch ...«, verbesserte er sich.

»Was treibst du so in der Kanzlei?« kam Nessa gleich zum Thema.

»Ablage. Ich nehme Sachen aus zerrissenen Umschlägen und stecke sie in neue rein. Du lieber Himmel, Dinny Dunne wär dazu in der Lage, wenn er grad nüchtern ist.«

Niall setzte eine Leidensmiene auf, und Nessa wurde ungeduldig. Warum kapierte er nicht, wie man etwas anpacken mußte, warum hatte er nicht den Charme seines Cousins? Schließlich waren ihre Väter Brüder. Wahrscheinlich hatte Richards Vater den ganzen Elan.

Richard hatte seinem Onkel vorgeschlagen, ihm als dem Jüngeren die Hausbesuche zu übertragen. Jetzt hatte er ständig das Auto zur Verfügung und konnte den ganzen Tag unterwegs sein. Wer wußte schon, wie lange es dauerte, bis ein Testament aufgesetzt oder eine Wegerechtsklage besprochen war? Wer sollte die Stunden zählen, die nötig waren, um mit einem Wirt die Löschung seiner Konzession zu klären oder mit einer Frau die Ehevertragsklausel über den Bauernhof?

Richard war immer gut gelaunt und freundlich zu jedermann.

Hätte man ihn mit der Ablage beauftragt, er hätte den Eindruck erweckt, als handle es sich um das wichtigste Arbeitsfeld eines Anwalts. Warum erkannte Niall das nicht? Warum zog er die Schultern hoch und sah aus wie ein geprügelter Hund? Warum warf er nicht einfach den Kopf in den Nacken und lachte?

»Hast du dich oft mit Richard getroffen, während ich weg war?« erkundigte er sich jetzt und unterbrach damit Nessas Grübelei.

»Er ist ab und zu hier reingeschneit, er ist ziemlich unternehmungslustig.«

»Aber sehr zuverlässig ist er nicht«, meinte Niall.

»Du sollst doch nicht petzen, Niall.« Nessa versuchte, ihren Ärger zu überspielen. Sie wollte nichts hören, was ihr Bild von Richard Hayes trübte, und schon gar keine dummen Familiengeschichten über Schmach und Schande.

»Ich wollte nur, daß du Bescheid weißt.«

»Oh, ich weiß alles über ihn«, sagte sie leichthin.

»Ach so.« Niall schien beruhigt.

»In jedem Dorf ein Mädchen. Letzte Woche war sogar diese Elaine aus Dublin hier. Nein, da gibt's keine Geheimnisse.«

»Elaine war hier? Nach allem, was passiert ist!«

»Hielt direkt vor eurem Haus mit einem todschicken Wagen, aus dem Richard ausgestiegen ist.«

»Wenn jemand das rauskriegt, ist der Teufel los. Sie war diejenige, welche.«

»Welche was?«

»Nun, diejenige, die er … die ein … na ja, die halt.«

»Ach so, natürlich.« Nessas Herz wurde schwer. Niall mußte seine Sätze nicht beenden. Die Geschichte von der Richterstochter, die angeblich schwanger geworden war, hatte bereits die Runde gemacht.

Man stelle sich vor, daß sie nach alldem Richard bis nach Shancarrig hinterherlief!
Sie mußte schrecklich verzweifelt sein.
»Dann ist ja alles klar.« Niall blickte Nessa fürsorglich an, als sei er froh, daß er ihr nicht aus einem Chaos von Mißverständnissen heraushelfen mußte.
»Bei uns ist alles bestens, es war ein wunderbarer Sommer. Aber du klingst, als hättest du eine gräßliche Zeit hinter dir.« Da begann er sofort eine weitere Klagelitanei, und Nessa konnte in Ruhe ihren Gedanken nachhängen. Richard konnte doch jetzt nichts mehr mit dem Mädchen haben? Andererseits war ja bekannt, daß sie, im Gegensatz zu Nessa, mit ihm schlafen würde. Und es bereits getan hatte.
War das alles, was er wollte? Bestimmt interessierten ihn auch andere Dinge – heitere Plaudereien und Küsse, ein Mädchen, das sieben Jahre jünger war als er und aussah wie Diana, die Göttin der Jagd?
Wenn sie doch nur jemanden fragen könnte. Aber es gab niemanden.

An Maura Brennans Hochzeitstag schlug Leo vor, sie und Nessa könnten zusammen in die Kirche gehen.
»Das wird Maura nicht gefallen. Sie will wegen ihrer Arbeit im Hotel nichts mit mir zu tun haben.«
»So ein Blödsinn«, erwiderte Leo. »Deine Mutter

will nicht, daß sie mit dir verkehrt, das ist alles. Komm schon.«
Während sie darauf warteten, daß die eher ärmliche Zeremonie begann, sah Nessa erfreut, wie auch Niall Hayes und Eddie Barton die Kirche betraten.
»Ich hab mich bei dem schrecklichen Dunne für 'ne Stunde losgeeist«, flüsterte Eddie – er arbeitete bei dem ehrenwerteren Zweig der Familie, im Haushaltswarenladen von Foxys Onkel. Und er schien sehr unglücklich darüber.
»Mir hat man erlaubt, die Etiketten erst später auf die Umschläge zu kleben«, erklärte Niall.
»Und ich sollte eigentlich in meinem Schreibmaschinenkurs sitzen, aber ich hab meiner Mutter gesagt, ich hätte heute frei. Ich werd nämlich mit Argusaugen bewacht«, klagte Nessa.
»Sind wir nicht die erfolgreichste Klasse, die je in Shancarrig die Schulbank gedrückt hat?« lachte Leo.
»Na ja, zumindest eine von uns …« Nessa unterbrach sich. Denn sie erinnerte sich, wie unglücklich Leo vorher ausgesehen hatte, als Nessa gemeint hatte, sie fröne dem süßen Nichtstun.
Dankbar lächelte Leo sie an. Dann saßen die vier in einvernehmlichem Schweigen nebeneinander und sahen zu, wie ihre Schulfreundin Maura, schwanger und glücklich, Gerry O'Sullivan heiratete, einen schlanken, gutaussehenden Mann, der ohne Freund

und Familie, lediglich mit einem Trauzeugen, in der Kirche erschienen war.

»Er sieht nicht sehr zuverlässig aus«, flüsterte Niall.

»Jesus, Maria und Josef, wer, denkst du, ist heutzutage noch zuverlässig?« zischte Nessa.

»Ich zum Beispiel – wenn das zählt.« Er sah sie an, und plötzlich begriff sie, wie sehr er sie mochte, daß er ihr nicht nur treu ergeben war, sondern sie auch begehrte. Doch das gab ihr weniger Auftrieb, als sie vermutet hatte. Damals, als noch kein junger Mann sich für sie interessierte, hätte sie liebend gern ein paar Eisen im Feuer gehabt, mit ein paar Gefühlen gespielt, ein paar Herzen gebrochen.

Doch Niall war ein zu guter Freund für solche Spielchen.

»Danke«, flüsterte sie schlicht.

Maura freute sich sehr über das Geschenk, das sie ihr gekauft hatten, eine kleine Vitrine mit Glastüren. Leo hatte sich erinnert, daß Maura immer erzählt hatte, sie wollte später einmal Kostbarkeiten sammeln und in eine Vitrine stellen. Als sie es in die Kate brachten, wo Maura in Zukunft leben würde – nur einen Katzensprung von der entfernt, in die ihr Vater noch immer allnächtlich betrunken torkelte –, hatten Freudentränen in Mauras Augen gestanden.

»Ihr seid echte Freundinnen«, sagte sie mit erstickter Stimme.

Nessa spürte, wie das schlechte Gewissen an ihr nagte. Seit Jahren arbeitete Maura in Ryan's Hotel, und sie hatte kaum je ein Wort mit ihr gewechselt. Wenn sie doch nur mutig gewesen wäre wie Leo Murphy, dann hätte sie sich über den Willen ihrer Mutter hinweggesetzt und nicht darauf gehört, was diese über den Umgang zwischen Dienstpersonal und Besitzern von sich gab.

Doch jetzt hatte sie Mut, und sie würde Gebrauch davon machen. Als sie zurück ins Hotel ging, fragte ihre Mutter, wo die Hochzeitsfeier denn stattfinden würde.

»Du weißt doch ganz genau, daß es nur ein paar Drinks bei Johnny Finn geben wird und dann ein bißchen kaltes Huhn, das die arme Maura für diejenigen zurechtgemacht hat, die nachher noch mit in ihre armselige Hütte kommen.«

»Nun, das hätte sie sich vorher überlegen müssen …«, setzte ihre Mutter an.

»Nein, eben nicht. Sie hätte hier einen Empfang bekommen sollen. Sie war in der Schule meine Freundin, und sie und Gerry arbeiten hier. Jeder Mensch mit ein bißchen Anstand hätte ihnen zumindest das gewährt.«

Breda Ryan war sprachlos.

»Du verstehst nicht …«

»Mir gefällt nicht, was ich verstehe. Es ist so überheblich – und lächerlich. Macht es uns zu besseren Menschen, wenn man sieht, daß wir über Maura Brennan von den Katen stehen? Ist es das, was du dein Lebtag lang wolltest? Einen Platz weiter oben auf irgendeiner Leiter?«

»Nein. Nein, darum geht es mir nicht«, sagte ihre Mutter ruhig; sie reagierte nicht mit einem Wutausbruch darauf, daß sie in der Hotelhalle angeschrien wurde, wie man hätte erwarten können.

»Was wolltest du denn?«

»Ich werde es dir erzählen, wenn du aufhörst, mich so grimmig anzuglotzen ... und zu keifen wie ein Fischweib. Komm schon.« Ihre Mutter redete mit ihr wie mit einer Gleichgestellten.

Sie gingen zur Bar.

»Conor, warum nimmst du nicht ’nen Fünfer aus der Kasse und gehst hoch zu Johnny Finn, um Gerry und Maura ein paar Drinks zu spendieren?«

Erfreut sah Nessas Vater auf.

»Hab ich nicht grade erst gesagt ...«

»Und du hattest recht. Geh am besten gleich, solange sie noch nüchtern genug sind und wenigstens mitkriegen, daß du einen ausgibst. Nessa und ich kümmern uns um die Bar.«

Sie sahen Conor Ryan nach, der sein Glück kaum fassen konnte und beschwingten Schrittes in Richtung Kneipe verschwand. Nessa saß da und wartete auf die versprochene Erklärung. Mrs. Ryan goß zwei Gläser soßen Sherry ein, was sie noch nie getan hatte. Nessa entschied, darüber keine Bemerkung fallenzulassen; sie setzte das Glas an die Lippen, als pflegten sie und ihre Mutter sich seit Jahren gemeinsam einen Drink zu genehmigen.

»Die Wünsche der Menschen verändern sich mit der Zeit. Ich wollte früher mal einen Mann namens Teddy Burke. Ich wollte ihn von dem Augenblick an, als ich ihn zum ersten Mal sah. Ich war damals sechzehn. Und ich wollte ihn auch noch mit einundzwanzig. Das sind fünf lange Jahre.« Nessa betrachtete die Fremde, die ihr gegenüber am Sherry nippte, und traute sich nichts zu sagen. »Teddy Burke hatte immer für jeden ein freundliches Wort, aber das war's denn auch … nur ein Wort … ich hatte gedacht, es stecke mehr dahinter. Ich hatte geglaubt, ich sei was Besonderes. Ich hatte mir ein Wolkenkuckucksheim gebaut. Ich konnte nichts essen, ich ruinierte meine Gesundheit und mein gutes Aussehen, soweit es vorhanden war. Deshalb hat man mich dann in die Hauswirtschaftsschule geschickt.

Weißt du, ich kann mich an die Jahre dort überhaupt nicht erinnern. Ich muß wohl den Unterricht besucht haben, denn ich hab meine Prüfungen gemacht und ein Abschlußexamen, aber die ganze Zeit hab ich nur an Teddy Burke gedacht.«

Sie schwieg so lange, daß Nessa eine Frage zu stellen wagte – wie eine Freundin: »Hat er es denn gewußt oder irgendwie geahnt …?«
»Ich glaube nicht. Er war so daran gewöhnt, daß ihn alle anhimmelten, ich war für ihn nur eine von vielen.« Der Blick ihrer Mutter war weit weg, in einer anderen Zeit, während sie in der leeren Hotelbar saßen. Sie hatte das dunkle Haar lose mit einer Perlmuttspange hochgesteckt, der ordentliche Kragen ihrer blaßrosafarbenen Bluse lag über der in kräftigerem Rosa gehaltenen Strickweste – jeder Zoll die erfolgreiche Geschäftsfrau. Die Geschichte von dem dünnen, verängstigten Mädchen, das fünf Jahre lang einen Mann geliebt hatte – einen Mann, der nicht einmal wußte, daß es sie gab –, war schwer zu glauben.
»Nun, eines Tages teilte man mir jedenfalls mit, daß Teddy Burke Annie Lynch heiraten würde, das langweiligste Mädchen weit und breit, die immer schlechter Laune war und schielte. Damit änderte sich alles. Er heiratete sie, weil sie Land besaß: Er bekam viele Hektar grüne Taler und Seen, Fischereirechte und Vieh. Ein Mann wie Teddy Burke tauschte sein gutes Aussehen und seinen Charme gegen Grundbesitz ein.
Damals habe ich mir überlegt, was ich eigentlich will.

Ich fuhr zur Hochzeit eines Cousins und lernte dort deinen Vater kennen. Und ich beschloß, weit wegzuziehen von dort, wo ich wohnte und mich alles an Teddy Burkes Lachen und seine gewinnende Art erinnerte. Ich beschloß, aus deinem Vater einen so starken und selbstbewußten Mann zu machen, wie Teddy einer war, als er sich den riesigen Besitz aneignete, wie Annie Lynch es seit je war, weil ihr das ganze Land gehörte … das wollte ich erreichen.«

Langes Schweigen folgte. Schließlich hakte Nessa nach.

»Hast du es jemals bereut?«

»Keinen Augenblick, nicht, nachdem meine Entscheidung einmal gefallen war. Und ist nicht alles bestens gelaufen? Das Hotel steht immer noch, dabei hätte das Paar an der Wand in der Eingangshalle es endgültig vor die Hunde gehen lassen, und dein Vater wäre in die britische Armee eingetreten.«

»Warum erzählst du mir das jetzt?«

»Weil du denkst, daß ich meine, wir seien was Besseres. Das kann versehentlich mal so ausgesehen haben, aber es war nicht meine Absicht.«

»Weiß Dad von Teddy Burke?«

»Da gibt's nichts zu wissen; junge Mädchen haben alberne Träume.«

Mattie kam herein, er hatte die Post ausgetragen.

»In diesem Dorf geht's drunter und drüber, Mrs. Ryan«, sagte er. »Eine Hochzeitsgesellschaft oben bei Johnny Finn plärrt ›Gott segne dieses Haus‹, und in Ryan's Hotel nippen die Damen des Hauses am Sherry.«

»Und keiner ist da, der dem Briefträger ein Bier ausschenkt«, lachte Nessas Mutter.

Der Zauber des Augenblicks war verflogen, vielleicht für immer. Daraufhin begann Nessa ihre Mitmenschen in neuem Licht zu sehen. Vielleicht hatte ja jeder in seinem Leben eine große Liebe oder etwas, was er für die große Liebe hielt. Vielleicht hatte Mr. Kelly von der Schule eine Nachtclubsängerin angehimmelt, bevor er sich mit Mrs. Kelly begnügte. Vielleicht war Nellie Dunne bis über beide Ohren in einen Vertreter verliebt gewesen, der viele Jahre lang in Ryan's Hotel abgestiegen war, dann aber eine andere geheiratet hatte. Womöglich war einer der alten Männer im Gesellschaftszimmer ihr Verflossener.

Nichts war unmöglich.

Man mußte sich nur Eddie Barton ansehen, der sich in ein Mädchen aus Schottland verliebt hatte. Man wurde nicht recht schlau daraus, woher sich die beiden eigentlich kannten, doch offensichtlich hatte Eddie seit einer halben Ewigkeit an Christine Taylor geschrieben und vom Hotel aus mit ihr telefoniert.

Eines Tages war sie dann nach Shancarrig gekommen und wohnte seitdem bei Eddies Mutter. Nessa staunte, welche Veränderung seither in Eddie vorgegangen war. Jetzt redete er mit den Dunnes – Foxys Cousins – wie mit seinesgleichen. Er kam mit Christine, um Verbesserungen und neue Gestaltungsmöglichkeiten für die Hotelzimmer zu besprechen. Liebe beflügelte die Menschen und ließ sie über sich selbst hinauswachsen.

Eileen Blake vom Terrace erzählte, wie sie auf dem Rückweg von Dublin in Portlaoise eine Kaffeepause eingelegt hatte – und wer hatte da an der Rezeption gestanden? Richard Hayes und ein Mädchen, die gerade als Mann und Frau ein Zimmer verlangten.
Die junge Maria Kelly vom Schulhaus war mit ihm beim Tanz in der Stadt gesehen worden; allerdings wußten ihre Eltern nichts davon, denn sie war durchs Fenster in die Krone der Blutbuche geklettert, den Stamm hinuntergerutscht und hatte denselben Weg zurück genommen.
Nessa Ryan erfuhr die beiden Geschichten innerhalb von drei Tagen, und zwar ganz zufällig. Niemand überbrachte ihr die Neuigkeiten als Hiobsbotschaft. Überraschenderweise war die Wirkung eine andere, als sie befürchtet hatte – sie fühlte sich weder verführt und sitzengelassen, noch war sie zornig, weil

er ihr gesagt hatte, sie sei etwas Besonderes und er wolle mit ihr gehen, um dann der halben Grafschaft das gleiche zu erzählen. Aber sie spürte ganz deutlich, wie ihre Schwärmerei für ihn erlosch. Vielleicht war sie ja doch mehr die Tochter ihrer Mutter, als sie gedacht hatte. Zwar wollte sie Richard noch nicht aufgeben, aber ihre Beziehung würde sich grundlegend ändern.

Als sie Richard das nächste Mal sah, saß Nessa gerade im Gesellschaftszimmer des Hotels und erledigte ihre Stenographie-Hausaufgaben, was sie oft tat, wenn sich dort keine Gäste aufhielten. Lässig kam er hereingeschlendert.

»Ich muß morgen in die Stadt. Ich könnte dich von der Schule abholen«, schlug er vor.

Sie konnte sich vorstellen, wie ihre Klassenkameradinnen staunen würden, wenn Richard Hayes ihr die Wagentür öffnete.

»Und wohin würden wir dann fahren?« erkundigte sie sich.

»Wir werden schon was finden«, meinte er.

Nessa warf einen Blick zurück in die Bar, wo ihre Mutter und ihr Vater standen – außer Hörweite.

»Sie hören nichts«, meinte Richard ungeduldig. Doch das war es nicht, was Nessa interessierte. Sie betrachtete die beiden und sah, wie ihre Mutter ihrem Vater zärtlich über die Wange strich.

Und sie sah, daß es wirklich vollkommen gleichgültig war, wer mit den Leuten von der Brauerei, mit dem Konditor verhandelte, wer die Barkeeper einstellte oder kündigte. Es war nicht wichtig, daß Sergeant Keane mit ihrer Mutter und nicht mit ihrem Vater über die Konzession sprach. Mutter hatte ihren Teddy Burke vergessen – er wäre nicht gut für sie gewesen. Sie hatte gefunden, was sie im Herzen immer gewollt hatte: einen Menschen, mit dem sie ihre Stärke teilen konnte. Und zum ersten Mal sah Nessa, daß ihre Mutter tatsächlich erreicht hatte, was sie wollte. Sie hatte sich nicht mit dem Zweitbesten begnügt.

Und Nessa wurde schlagartig klar, daß sie dem Beispiel ihrer Mutter folgen würde. Es ging nicht um hochgesteckte Ziele und verzehrende Leidenschaft. Vielleicht gab es eine ganz andere Möglichkeit, das Leben zu leben. Unwillkürlich kam ihr Nialls besorgtes Gesicht in den Sinn. Wie gern hätte sie ihn getröstet und ihm gesagt, daß alles gut werden würde.

Sie sah Richard ins Gesicht.

»Nein, danke«, sagte sie. »Nein zu allem. Trotzdem vielen Dank.«

Das war gar nicht so leicht.

Aber sie wollte nicht in Furcht vor ihm leben und sich immer fragen, wie er wohl reagierte. Um keinen Preis.

»Schon gut, schon gut.« Verächtlich blickte er um sich. »Das also ist alles, was aus dir mal wird. Eine erwachsene Frau, noch immer die Gefangene ihrer Mutter … in einem drittklassigen, schäbigen Hotel.« Er sah furchtbar wütend aus. So etwas sagte man nicht zu Richard Hayes. Schon gar nicht, wenn man ein Mädchen war.

Doch jetzt wurde auch Nessa zornig.

»Das ist kein schäbiges Hotel. Es ist mein Zuhause. Mein Heim. Ich lebe hier, und zwar aus freien Stücken. Du kannst ja nicht einmal wohnen, wo du willst, dich haben sie aus der Stadt gejagt. Und dann wagst du es, hierher zu kommen und uns zu kritisieren! Ausgerechnet du! Und sag mir bitte noch eins: Würde vielleicht etwas Besseres aus mir, wenn ich mich mit dir ins Gebüsch verziehen und dort fünf Minuten am Boden wälzen würde?«

»Es würde länger dauern als fünf Minuten«, erwiderte er, und jetzt funkelten seine Augen wieder schelmisch. Sie hatte ihn nicht verloren. Er begehrte sie mehr denn je, weil sie ihm Widerstand leistete.

Was für eine wunderbare Macht.

Und so wurde Nessa Ryan erwachsen.

Sie flirtete nicht mit ihm, wie es anscheinend jedes andere weibliche Wesen im Umkreis von hundert Kilometern tat. Sie wollte nicht, daß man sie für seine feste Freundin hielt.

Ihre Beziehung war völlig verändert. Nessa ging ganz sachlich mit Richard um – herzlich, aber in keiner Hinsicht vertraulich. Und sie neckte ihn wegen seiner jüngsten Eroberungen, ob wahr oder eingebildet, weil sie wußte, daß ihr Mangel an Eifersucht ihn zur Weißglut brachte. Es war ein gutes Gefühl zu wissen, daß Richard sie begehrte. Dennoch traf sie sich nur noch mit ihm, wenn andere dabei waren.

In der Schule beendete sie den Sekretärinnenlehrgang und arbeitete jetzt ganztags bei ihren Eltern.

Und Nessa war es auch, die beschloß, den Standard des Hotels zu heben. Sie setzte sich wegen eines Kredits mit dem Fremdenverkehrsamt in Verbindung und sorgte dafür, daß sie Gelder bekamen, um das Hotel zu modernisieren. Sie bat amerikanische Gäste, Briefe an ihre Lokalzeitung zu schreiben, in denen sie das Hotel der Ryans lobend erwähnten. Das sollte den Kundenkreis erweitern.

Nessa riet ihrer Mutter auch, den Zusatz »für Handlungsreisende« zu streichen.

»Aber Ryan's allein klingt wie eine Kneipe«, wehrte sich ihre Mutter.
»Nenn es Ryan's Shancarrig Hotel«, schlug Nessa vor.
Etliche Mitbürger zogen skeptisch die Augenbrauen hoch. Und bei Nellie Dunne wurden lange Gespräche über den Größenwahn der Ryans geführt.
»Die Tochter kommt ganz nach der Mutter«, grummelte Nellie. »Ich weiß noch, wie Breda O'Connor hier auftauchte und Conors Eltern das Geschäft einfach aus der Hand nahm. Diese Nessa wird das gleiche tun.«
Doch bei Nessa gab es keinerlei Anzeichen für Reibereien mit den Eltern. Mit ihrer Mutter lachte sie über die seligen Großeltern, deren Porträts sie von der Wand herunter grimmig anstarrten. Ihrem Vater schmeichelte sie, wie gut er in einem Jackett aussehe, und sie bat ihn, hübsch gerahmte Bilder von Rennpferden aufzuhängen; wenn sich ein paar Pferdenarren hierher verirrten, gab das ihrem Vater mehr Berechtigung, seinem Hobby zu frönen.
Catherine und Nuala staunten über sie. Der schönste Mann weit und breit machte ihrer Schwester den Hof, und sie grüßte ihn nur flüchtig. Verständnislos sahen sie zu, wie Nessa immer schöner wurde; sie trug das dunkle glänzende Haar jetzt als Pagenkopf mit Ponyfransen. Eine Frisur, die nicht einer Idee des

Friseurs zu verdanken war, sondern einem Bild aus einem Kinderbuch, das Nessa entdeckt hatte: ein Bild von Diana, der Göttin der Jagd.
Mit ihrer Mutter kam Nessa jetzt sehr gut aus. Oft fuhren die beiden zusammen nach Dublin und sahen sich dort Armaturen und Stoffe an. Sie schien schon in frühen Jahren ihr Vertrauen zu genießen – und eine Freiheit, die den leichtfertigeren Schwestern Catherine und Nuala in diesem Alter verwehrt blieb.
»Warum dürfen wir nicht allein nach Galway fahren? Nessa hat das auch gedurft!« jammerte Catherine.
»Weil ihr so unzuverlässig seid, daß ihr wahrscheinlich mit den erstbesten Zigeunerjungen, die euch über den Weg laufen, hinter einer Hecke poussiert«, lachte Nessa. Die beiden fanden, daß sie ihnen damit in den Rücken fiel; es sollte doch zumindest ein bißchen Zusammenhalt unter Schwestern geben. Man stelle sich vor, so etwas wie Poussieren vor ihrer Mutter zu erwähnen und sie damit auf dumme Gedanken zu bringen.
»Ich hab kein Mitleid mit euch«, sagte Nessa. »Ihr stehlt mein Make-up, ihr tragt meine Strümpfe, ihr benutzt mein Parfüm. Dafür putzt ihr weder das Bad, noch helft ihr im Hotel; ihr könnt es ja gar nicht erwarten, hier fortzukommen. Warum sollte ich euch also helfen?«

So gesehen war es tatsächlich schwer zu erklären, warum.
»Wir sind dein Fleisch und Blut«, meinte Catherine.
»Das wird gewaltig überschätzt«, winkte Nessa ab.

»Möchtest du auf die Hotelfachschule gehen, was meinst du?« fragte ihre Mutter. »Du könntest dort soviel lernen. In Dublin gibt es eine, die ist glänzend.«
»Mir gefällt es hier«, erwiderte Nessa.
»Ich frag dich nicht, was mit Richard ist ...«, setzte ihre Mutter an.
»Das weiß ich, Mutter. Eins der Dinge, die ich an dir schätze«, wechselte Nessa das Thema, noch ehe ihre Mutter den Satz beenden konnte.
Nessa fragte sich, wie lange Richards Exil in Shancarrig noch dauern würde, und für Niall hoffte sie, daß er sich bei seinem Onkel Bill nicht zu dauerhaft festgesetzt und unentbehrlich gemacht hatte.
Ab und zu kam Mr. Hayes in Ryan's Shancarrig Bar, um sich mit Major Murphy, Leos Vater, ein Gläschen zu genehmigen. Von Zeit zu Zeit bediente Nessa am Tresen. So bleibe sie auf dem laufenden, was die Gäste wollten, hatte sie erklärt. Mr. Hayes machte keine Andeutung, wie lange sein Neffe noch zu bleiben gedachte, aber zu Nessas Beunruhigung

zeigte er wenig Begeisterung darüber, daß sein Sohn bald zurückkehren würde.
»Schwer zu sagen, ob er dort überhaupt was gelernt hat, man bringt kein Wort aus ihm raus«, hörte sie ihn eines Abends zu Dr. Jims Blake sagen. Sie wollte sich nicht einmischen, brachte das Thema jedoch später zur Sprache.
»Niall scheint es auf der Universität zu gefallen, er arbeitet ziemlich hart«, begann sie.
»Davon hört und sieht man nur leider überhaupt nichts.«
»Väter sind doch alle gleich. Na, jedenfalls läuft das Geschäft. Es wird 'ne Menge für ihn zu tun geben, wenn er zurückkommt.«
»Ach, ich weiß nicht recht. Was ist dann mit Richard …?« Er klang unsicher.
»Aber Richard bleibt doch nicht für immer, oder?« fragte Nessa unschuldig.
Bill Hayes sah ihr ins Gesicht. »Es gibt etwas, was ihn hier hält. Ich dachte, vielleicht Sie?«
»Nein, Mr. Hayes, ich bin nicht die Richtige für Richard.« Sie sagte das nicht kokett oder wehmütig – nein, es war eine sachliche Feststellung.
»Nun, irgendwas hält ihn hier, Nessa. Die Bezahlung kann es nicht sein und das gesellschaftliche Leben erst recht nicht.«
»Ich denke, eines Tages wird er weiterziehen, wie er

einst hergekommen ist«, erwiderte sie mit gleichgültiger Stimme.
»Ja, das denke ich auch.« Mr. Hayes klang, als mache er sich Sorgen.

In der Woche darauf kam Niall nach Hause.
»Ich habe gehört, daß du zu deinem einundzwanzigsten Geburtstag ein Auto bekommst«, sagte er zu Nessa.
»Pst, es soll eine Überraschung sein«, zischte sie.
»Entschuldigung, das wußte ich nicht. Ist das nicht großartig? Ein Auto ganz für dich allein!«
»Du könntest auch eins haben.«
»Und wie, bitte, wenn ich fragen darf? Ich bin nicht die Lieblingstochter des Hauses.«
»Nein, aber du bist der älteste Sohn, und trotzdem zeigst du nie das geringste Interesse an der Arbeit deines Vaters.«
»Ich werde bloß auch einer von diesen blöden Anwälten, weiter nichts.« Niall war beleidigt.
»Aber was für ein Anwalt wirst du? Du hast deinen Vater noch nie gefragt, was hier draußen los ist. Du weißt nichts über die Konkurrenz.«
»Richard, nehme ich an.«
»Nein, du Dummkopf. Richard gehört zur Familie, er ist auf deiner Seite. Ich meine die echte Konkurrenz. Du kennst doch Gerry O'Neill, den Auktiona-

tor in der Stadt? Nun, sein Bruder ist Notar, und er geht selbst hier draußen auf Mandantenfang. So etwas mußt du verhindern.«

»Das wußte ich nicht.«

»Du hast nie gefragt.«

»Wenn ich gefragt habe, ob ich helfen kann, hat man mich Akten zerreißen und Etiketten auf Umschläge kleben lassen.«

»Das war vor drei Jahren, du Dummerchen.« Sie legte ihm den Arm um die Schultern. »Lade deinen Vater auf einen Drink hierher ein, behandle ihn wie einen Kollegen.«

»Das wird ihm nicht gefallen.«

»So etwas habe ich auch immer geglaubt. Meine ganze Kindheit habe ich damit verbracht, mir einzubilden, daß meiner Mutter dies oder jenes nicht gefällt. Ich habe mich geirrt. Eltern wollen, daß ihre Kinder eigene Ansichten entwickeln.«

»Nein, sie wollen, daß sie zuverlässig sind«, widersprach Niall.

»Ja, das auch. Aber du und ich, wir sind zuverlässig, das haben sie schon mitgekriegt. Jetzt wollen sie, daß wir selbständig sind, eine eigene Meinung haben und uns um das Gemeinwohl bemühen.«

Bewundernd sah er sie an.

»Hast du …?« setzte er an.

Sie wußte, daß er sie wegen Richard fragen wollte.

»Ja?« sagte sie so scharf, daß er lieber nicht weitersprach.
»Ach, nichts«, meinte Niall.
»Dann bis heute abend, wenn du mit deinem Vater kommst.«

Als Nessa an ihrem einundzwanzigsten Geburtstag ihr Auto bekam, lud sie als erstes ihre Mutter und ihren Vater zu einer Rundfahrt durch den Ort ein. Sie winkte jedem, dem sie begegneten, und mehr als einmal fing sie den Blick ihrer Mutter im Rückspiegel auf. Beide lächelten. Sie waren Freundinnen. Menschen, die einander verstanden. Nessa tat genau das Richtige. Sie bedankte sich bei ihren Eltern in aller Öffentlichkeit, sie zeigte Shancarrig, daß Breda O'Connor, die vor zweiundzwanzig Jahren hierher gekommen war, es in ihrem Leben zu etwas gebracht hatte.
Um sechs Uhr abends beim Angelusläuten fuhr Nessa ihre Eltern wieder nach Hause. Jetzt würden die Einwohner von Shancarrig auf einen Drink in Ryan's Shancarrig Hotel vorbeischauen, und die Touristen der Herbstsaison wollten ihre Zimmer beziehen – die Reisebusse kamen immer abends an.
Als sie an Eddie Bartons Haus vorbeifuhr, sah sie Eddie mit seiner schottischen Freundin Christine

draußen im Garten. Mit kreischenden Bremsen brachte sie den Wagen zum Stehen.
»Ich hol euch später ab. Und dann machen wir mit Leo, Niall und Maura zusammen eine Spritztour«, rief sie ihnen zu.
»Nur Eddie«, sagte Christine. »Dann ist es wie in alten Zeiten.«
»Nein, komm mit.«
»Danke schön, lieber nicht.«
»Sie weiß, was sie tut«, nickte Nessas Mutter beifällig.
»Wie alle Frauen, scheint mir«, sagte Conor Ryan.
Nessa wußte jetzt, daß sein Seufzen glücklich war und nicht ergeben. Früher einmal hatte sie geglaubt, daß ihr Vater sich nach Freiheit sehnte, jetzt wußte sie, daß er das Leben führte, das er sich gewünscht hatte.
Maura würde nicht mitkommen, das wußte Nessa. Aber sie würde sich freuen, wenn Nessa sie einlud. Sie wäre sicher begeistert, wenn der Wagen an ihrer Kate vorfuhr und eine Gruppe feiner Pinkel – wie Mrs. Brennan sie nennen würde – ausstieg, um sie zu einer kleinen Rundfahrt aufzufordern.
Doch sie würde dort bleiben und auf Michael aufpassen, den kleinen zweieinhalbjährigen Jungen, ein liebes Kind – ein Kind, das seinen Vater nicht kannte. Denn die Zuverlässigkeit von Gerry O'Sullivan,

dem gutaussehenden Barkeeper, hatte zwar ausgereicht, um Maura zu heiraten, aber nicht, um bei ihr zu bleiben, als sie ein behindertes Kind zur Welt brachte.

Nessa rannte die Stufen vom Terrace Nummer fünf hinauf. Die Eingangstür war nie verschlossen.

»Hallo, Mr. Hayes. Ich will Ihnen Ihre rechte Hand entführen und eine Spritztour in meinem neuen Wagen mit ihm machen«, sagte sie.

»Meinen Glückwunsch, Nessa. Ich habe von dem Geburtstagsgeschenk gekört. Richard wird in einer Minute da sein.«

»Ich meine Niall«, erwiderte sie.

»Oh, selbstverständlich«, sagte er.

»Ich weiß eigentlich gar nicht, warum Sie nicht den ganzen Tag Golf spielen, Mr. Hayes, bei all der Hilfe, die Sie hier haben.«

Nessa fühlte sich ausgelassen, selbstbewußt, und sie wußte, daß Mr. Hayes sie gut leiden konnte. Vor drei Jahren hätte sie in seiner Anwesenheit kaum gewagt, den Blick zu heben, geschweige denn, mit ihm zu reden.

»Das würde meiner Frau nicht gefallen«, antwortete er.

Nessa dachte an Nialls Mutter, eine kräftige Frau mit finsterem Gesicht, stets in Braun oder Olivgrün gekleidet. Kein Funken Lebensfreude. Mr. Hayes wäre

es mit einer Frau wie Nessas Mutter – oder auch Nessa selbst – sicher viel besser ergangen.
Niall hatte ihre Stimme gehört. »Ist der Wagen da?«
»Ja. Und ich bin gekommen, um dich abzuholen.«
Sie hakte sich bei ihm unter und tat so, als bemerke sie Richard gar nicht, der aus dem anderen Zimmer gekommen war, seine Krawatte gerade zog und selbstverständlich annahm, daß der ganze Wirbel in der Halle ihm galt.
Als Nessa Niall auf den Beifahrersitz bat, stand Richard Hayes oben an der Treppe.
»Wolltest du nicht …?« fing Niall an.
»Ja, ich wollte schon früher kommen, hab aber lieber bis nach sechs gewartet, damit dein Vater nicht schimpft. Laß uns jetzt zu Eddie fahren.«
Falls Niall etwas wegen Richard hatte sagen wollen, überlegte er es sich jetzt anders. Glücklich lehnte er sich in seinem Sitz zurück. Eddie kam aus dem Haus – allein. Christine hatte etwas mit seiner Mutter zu besprechen. Sie fuhren die lange Auffahrt zum Glen hinauf. Leo stand schon an der Tür und wartete auf sie.
»Soll ich deinen Eltern den Wagen vorführen?« fragte Nessa.
»Nein. Nein, lieber nicht«, erwiderte Leo.
Vielleicht konnten es sich Leos Eltern nicht leisten, ihr ein Auto zu schenken. Oder ihre Mutter war

krank. Man hatte Mrs. Murphy seit Ewigkeiten nicht gesehen, und Leos Brüder Harry und James kamen nie nach Hause. Biddy, ihr Mädchen, war verschwiegen wie ein Grab, ganz als müßte sie die Familie beschützen. Nun, sollten sie ihre Geheimnisse haben. Nessa störte sich nicht daran.

Jetzt nicht mehr.

Was Maura betraf, hatte sie richtig gelegen. Sie wollte nicht mit ihnen fahren, aber sie schnitt einen Kuchen auf, den sie kameradschaftlich teilten und in ihrer Kate verzehrten. In der Vitrine lagen ein paar Sachen – ein Löffel in einer mit purpurfarbenem Samt ausgeschlagenen Schachtel, ein Stück Connemara-Marmor und eine von Eddies gepreßten Blumen unter Glas, ein Taufgeschenk für den kleinen Michael.

Auf dem Kaminsims stand in einem kleinen Rahmen ein Bild von Gerry O'Sullivan.

»Ist es nicht toll, wie wir immer noch zusammenhalten?« meinte Maura. Die anderen nickten stumm, sie brachten vor Verlegenheit kein Wort heraus. »Fehlt nur noch, daß Foxy heimkommt, dann wären wir wieder komplett.«

»Ihm geht es sehr gut«, erklärte Leo unerwartet. »Wenn er so weitermacht, kann er bald ganz Shancarrig kaufen.«

»Will er das denn?« fragte Niall.

»Nun, auf jeden Fall möchte er hier ein einflußreicher Mann werden, das steht fest«, antwortete Leo.
»Wollen wir das denn nicht alle?« meinte Niall.
»Du bist es ja schon. Du bist ein Anwalt. Wenn ich mal was zu regeln habe, komme ich zu dir«, versprach Maura.
Alle lachten, Maura am lautesten.
»Vergiß nicht, Maura, als wir uns damals die Zukunft vorhergesagt haben, warst du es, die ein Vermögen machen sollte, und nicht Foxy. Da kann es gut sein, daß du mal was zu regeln hast«, erinnerte sie Eddie Barton. Und alle dachten an ihren letzten Schultag in der Schule von Shancarrig zurück, an diesen Tag vor sieben Jahren – es schien eine Ewigkeit her zu sein.
Nessa fuhr sie hinauf zum alten Fels. Am Ende der Straße stiegen alle aus und rannten das letzte Stück, wie sie es schon so oft getan hatten.
Es war schwer, in ihren Gesichtern zu lesen, aber Nessa glaubte, daß Eddie eine ziemlich sichere Zukunft erwartete, zusammen mit Christine, dem Mädchen aus Schottland, das – man wußte nicht, wie – in sein Leben getreten war.
Und Maura würde sich sicher nie als Pechvogel fühlen. Sie wollte ein besseres Haus, vielleicht sparte sie sogar darauf – eben in der Kate war von ihrem hart verdienten Lohn nichts zu sehen gewesen.

Leo würde wohl immer so unergründlich bleiben, wie sie war, aber vor allem war es Niall, der gute, zuverlässige Niall, der Nessas Gedanken heute beschäftigte. Leo und Eddie kletterten hinauf auf den Felsen, von dem aus man in vier Grafschaften sehen konnte, vor allem gegen Abend. In der einen sah man eine Kirchturmspitze, in einer anderen einen Berg. Niall saß neben ihr, in seinem zu klein gewordenen Jackett und einem zerknitterten Hemd. Sein Haar war genauso seidig dunkelbraun wie das seines Cousins Richard, aber es war verschnitten und stand ab. Er sah sie sorgenvoll an.

»Wir werden sehr glücklich sein, Niall«, sagte sie und tätschelte ihm die Hand.

»Das wünsche ich dir von Herzen.« Seine Stimme klang rauh, aber man merkte, wie wichtig es ihm war, daß es ihr gutging, und wie einsam er sich fühlte. Das alles hörte Nessa – wie ihre Mutter vor all den Jahren das Begehren in Conor Ryans Stimme gehört hatte –, und sie ließ sich ebensowenig beirren.

»Du und ich«, sagte sie. »Wir werden heiraten, nicht wahr? Eines Tages wirst du mich fragen, ja?«

»Mach dich nicht lustig über mich, Nessa.«

»Mir war noch nie etwas so ernst.«

»Aber Richard?«

»Was ist mit ihm?«

»Bist du nicht …?«

»Nein.«

»Ich habe gedacht, du würdest mich nicht einmal bemerken«, meinte er.

»Ich habe dich immer bemerkt. Seit unserem letzten Schultag, als du gesagt hast, ich hätte hübsches Haar.«

»Ich hab deinen Namen in den Baum geschnitzt«, sagte er.

»Du hast was?«

»Ich habe geschrieben, ›JNH liebt VR‹, ziemlich weit unten, bei einer Wurzel. Das hab ich damals getan, und ich tue es heute.«

»John Niall Hayes, Vanessa Ryan. Das kann nicht wahr sein!«

»Soll ich es dir zeigen?« fragte er. »Als Beweis?«

Den ersten Kuß tauschten sie an Nessas einundzwanzigstem Geburtstag bei Sonnenuntergang auf dem Hügel über dem Dorf. Nessa wußte, daß ihr noch einiges bevorstand. Sie würde gegen die Apathie seiner schwermütigen Mutter kämpfen müssen und gegen die beharrliche Weigerung seines Vaters, etwas von seiner Macht an seinen Sohn abzutreten. Sie würde entscheiden müssen, wo und wie sie leben wollten. Richard würde früher oder später verschwinden. Wie die Dinge jetzt standen, wahrscheinlich früher.

Im Lauf der Jahre würde sie Niall davon überzeugen,

daß er von Richard nie etwas zu befürchten gehabt hatte; er war nicht ihr Geliebter gewesen, nicht einmal eine Liebe. Er war lediglich zum richtigen Zeitpunkt aufgetaucht und hatte ihr das Selbstbewußtsein gegeben, das ihrer Mutter versagt geblieben war.

Und doch hatte dieses Gefühl der Sicherheit, das sie empfand, eine Menge damit zu tun, daß sie die Tochter ihrer Mutter war.

Richard

Richard haßte den Anblick des alten Felsen. Denn das bedeutete, daß sie wieder einmal in Shancarrig waren, um dort ihre schäbigen Sommerferien zu verbringen. Wieder einmal in dem dunklen, düsteren Haus von Onkel Bill und Tante Ethel, mit der Kanzlei im Erdgeschoß. Die Wohnräume lagen im ersten Stock: Schlafzimmer mit schweren Möbeln; und es gab nichts zu sehen, nichts zu tun. Ein Provinznest, und noch dazu ein ziemlich armseliges.

Solange er sich zurückerinnern konnte, waren sie jeden Juli für eine Woche hierher gekommen. In den Kriegsjahren, während des sogenannten Ausnahmezustands, hatten sie von Dublin den torfbefeuerten Zug genommen. Das Wetter war sowieso schlecht, der Torf stank, und die Reise dauerte eine Ewigkeit.

Richards Vater machte jeden Abend endlose Spaziergänge mit Onkel Bill. Die beiden hatten Schlehdornstöcke dabei und zeigten sich die Stellen, an denen sie als Kinder gespielt hatten – die kiesigen Ufer des Grane-Flusses, wo sie früher Fische gefangen hatten, den großen Barnawald, der seit ihrer Jugend soviel kleiner geworden war, den riesigen, häßlichen Steinbrocken, den sie den alten Felsen nannten.

Oft blieben sie vor der Schule von Shancarrig stehen und bewunderten die alte Blutbuche, in die sie 1914 als vierzehnjährige Zwillingsbrüder ihre Initialen geritzt hatten – KH und WH, Kevin und William. Es machte Richard ganz krank, sie so erfüllt von glücklichen Erinnerungen zu sehen – an vollkommen bedeutungslose Ereignisse!

Richard war ein hübscher Junge, und er war ruhelos. Für ihn war diese Woche erzwungener Untätigkeit im Heimatort seines Vaters die reinste Zeitverschwendung. Sogar als er noch sehr klein war, wollte er wissen, ob sie wirklich nach Shancarrig fahren mußten.

»Ja, natürlich müssen wir hinfahren. Es ist doch nur eine Woche von zweiundfünfzig im ganzen Jahr«, hatte seine Mutter geantwortet.

Es tröstete Richard, daß sie Shancarrig auch nicht mochte. Aber in diesem Punkt hatte er nicht so leichtes Spiel mit ihr wie sonst. Sie blieb unnachgiebig.

»Dein Vater verlangt nicht viel von uns. Er bittet uns nur um diese eine Woche. Die werden wir ihm schenken, und wir werden es gern tun.«

»Aber es ist so langweilig dort, und Tante Ethel ist so schrecklich.«

»Sie ist nicht schrecklich, sie ist nur still. Nimm etwas mit, um dich zu beschäftigen – Bücher, Spiele.«

Ihm fiel auf, daß seine Mutter ihr Strickzeug mitnahm. Normalerweise strickte sie in einer Woche in Shancarrig zwei ganze Pullover.

»Du bist eine gute Strickerin«, hatte Tante Ethel einmal gesagt.

»Es macht mir Spaß. Und es ist so beruhigend«, hatte Richards Mutter gemurmelt. Sie verschwieg Ethel, daß sie Nadeln und Wolle fast nie hervorholte, wenn sie in Dublin waren – das entging Richard nicht. Für sie war Shancarrig die Strickzeit – ihre Hölle auf Erden.

Onkel Bills Kinder waren alle noch sehr klein; der Älteste, Niall, war volle sieben Jahre jünger als Richard, ein fünfjähriges Kind, als Richard bereits zwölf war und die Gesellschaft von Gleichaltrigen suchte.

1950 war Richard siebzehn. Es würden seine letzten Ferien in diesem schrecklichen Ort sein.

Während er an einer kein Ende nehmen wollenden Schulweihe mit Bischof, Pfarrer und wichtigtuerischen Leuten aus der Gegend teilnahm, schwor er

sich, nie mehr zurückzukehren. Er bekam Platzangst hier, er fühlte sich, als drücke ihm jemand die Gurgel zu.
Richard Hayes sollte in diesem Jahr die Internatsschule der Jesuiten abschließen. Er würde sein Abschlußzeugnis bekommen und sich an der Universität einschreiben, allerdings nicht in der medizinischen Fakultät wie sein Vater, sondern in der juristischen. Im nächsten Sommer konnte er sein Fernbleiben damit rechtfertigen, daß er irgendein Sommerseminar absolvierte oder ins Ausland reiste. Nie wieder würde es ihnen gelingen, ihn in dieses Dorf zu schleppen. Sollten doch seine Schwestern hinfahren, die anscheinend ganz gern mit den Dorfkindern spielten und ihre Freiheit genossen. Richard Hayes hatte sein Soll erfüllt.
Nur ein einziges gutaussehendes Mädchen nahm an der Weihezeremonie teil. Sie trug ein blauweißes Kleid und einen Strohhut. Ihre Augen schützte sie mit der Hand vor der Sonne, während sie selbstvergessen den Reden lauschte. Sie war schlank, hatte eine schmale Taille und ein hübsches, wenn auch blasses Gesicht.
»Wer ist das, Onkel Bill?« fragte er.
»Madeleine Ross. Ein nettes Mädchen, aber sie steht ziemlich unter der Fuchtel ihrer Mutter, und das wird sich wahrscheinlich nie ändern.«

»Wird sie wohl für immer hierbleiben?« Richard war entsetzt.
»Manche von uns tun das sogar freiwillig«, gab sein Onkel verstimmt zurück.
»Das weiß ich doch, Onkel Bill, ich meinte nur – sie sieht so jung aus.«
»Ich war auch jung, als ich beschloß, wieder hierher zu ziehen. Und wenn der alte Dr. Nolan damals jemanden in seiner Praxis hätte brauchen können, wäre auch dein Vater zurückgekommen. Hier ist unsere Heimat, weißt du.«
Richard schauderte es bei dem Gedanken.

Die Dubliner Hayes-Familie wohnte in der Waterloo Road, was für jeden, der Kinder an der Universität hatte, ideal war. Richard konnte zu Fuß zu den Vorlesungen gehen, und – was ihm noch wichtiger war – er konnte das studentische Nachtleben genießen. Die Pubs in der Leeson Street lagen direkt auf seinem Heimweg, die Tanzsäle des akademischen Nachwuchses waren in der Nähe, und die Partys in der Baggott Street, wo ein paar seiner Kommilitonen wohnten, nur einen Katzensprung entfernt.
Richard Hayes bot an, den ungenutzten Keller seines Elternhauses herzurichten, so daß er dort wohnen konnte. Um zu studieren, sagte er. Um seine Ruhe zu haben.

Sein Vater und seine Mutter hörten oder sahen niemals etwas Unschickliches. Sie waren stolz auf ihren Sohn, der immer sehr charmant war, wenn er sich um sechs Uhr zum Abendessen oder am Wochenende zum Mittagessen an den Tisch setzte. Immer lächelte er höflich, wenn er Lizzie den Beutel mit der schmutzigen Wäsche gab, und er setzte durch, daß seine Eltern bei ihm keinen Zutritt hatten.
»Ihr habt hier oben doch wirklich genug zu tun. Ich halte mein Zimmer schon selbst in Ordnung«, hatte er mit seinem jungenhaften Lächeln gesagt. So schuf er sich unbemerkt sein eigenes kleines Reich im Keller. Mit achtzehn Jahren genoß er bereits eine Freiheit, von der andere Studienanfänger nur träumen konnten.
Seine Eltern hatten keine Ahnung, daß ihr Sohn reihenweise Freundinnen mit nach Hause brachte und daß manche erst im Morgengrauen gingen. Er hatte Plakate an die Wände gehängt, zu Kerzenleuchtern umfunktionierte Chiantiflaschen aufgestellt und bunte indische Decken über Stühle, Sofas und sein Bett gelegt.
Es gab sehr laute Studentenpartys, bei denen die Musik voll aufgedreht wurde. An den Partys von Richard Hayes nahmen gewöhnlich nur zwei Personen teil, manchmal auch vier. Die kleine Kellerwohnung hatte zwei Zimmer, und das einzige, worauf

man achten mußte, war, daß man das Haus stets selbstsicher und erhobenen Hauptes wieder verließ – so, als hätte man jedes Recht der Welt, sich hier aufzuhalten.

»Schleich dich bloß nicht herein und hinaus«, warnte Richard ein Mädchen. »Geh durch das Tor, als hättest du mir nur eine Nachricht hinterlassen. Selbst in ihren kühnsten Träumen würden sie nie auf eine andere Idee kommen.«

Und er glaubte vollkommen zu Recht, daß seine Eltern nichts von seinem Privatleben ahnten. Ihren Freunden und Richards Onkel Bill in Shancarrig erzählten sie, daß ihr Sohn mit seinem Jurastudium gut vorankam und daß er im Gegensatz zu so vielen jugendlichen Nestflüchtern mehr zu den Nesthockern zu zählen schien – und etwas Besseres hätten sie sich kaum wünschen können.

So traf sie die unangenehme Geschichte mit Olive Kennedy und ihren Eltern kurz vor Richards Abschlußexamen wie ein Blitz aus heiterem Himmel.

Es stellte sich heraus, daß Olive schwanger und Richard Hayes dafür verantwortlich war.

Richard kam sich bei der Szene vor wie in einem Theaterstück oder einem Film über eine Gerichtsverhandlung. Keiner schien die Wahrheit zu sagen: Olive nicht, die weinte und behauptete, sie habe geglaubt, es sei alles in Ordnung, weil Richard sie liebte und heiraten würde. Die Kennedy-Eltern nicht, die sagten, ihre Tochter sei ruiniert, und auch nicht Richards Eltern, die weiterhin beteuerten, ihr Sohn könne etwas Derartiges niemals getan haben. Er lebe Gott sei Dank zu Hause, direkt unter ihren wachsamen Augen.

Olive verschwieg die vielen Nächte, die sie im Keller in der Waterloo Road verbracht hatte – vielleicht wollte sie nicht, daß ihre Eltern davon erfuhren. Der Schauplatz der Empfängnis stand nicht zur Debatte, es ging lediglich darum, den Schuldigen zu finden. Und um die Frage, was jetzt zu tun war. Richard war sehr offen. Es tat ihm alles sehr leid. Er leugnete nichts, sagte aber, Olive und er seien viel zu jung, um an Heirat zu denken. Sie hatten sich keinerlei Versprechungen gemacht. Anscheinend ging Richard davon aus, daß das genügte.

Mit seiner zuvorkommenden, ruhigen Art entschied er die Angelegenheit für sich. Der Rest war nur noch Verhandlungssache: Olive würde nach England gehen, das Kind bekommen und dann zur Adoption freigeben; nach ihrer Rückkehr würde sie ihr Studium wieder aufnehmen. Zu diesem Zweck wurde eine finanzielle Unterstützung erwartet, über deren Höhe sich die Väter einigten.

»Olive, ich wollte wirklich nicht, daß so etwas passiert«, sagte Richard beim Abschied.

»Danke, Richard.« Sie senkte den Blick, glücklich, daß er sie immer noch schätzte und liebte, auch wenn sie zu jung waren zum Heiraten.
In diesem Augenblick wurde Richard Hayes, der erleichtert aufatmete, klar, daß er durch Zufall ein Herzensbrecher geworden war.

Nach diesem Ereignis setzte sich Richard einige Monate lang auf den Hosenboden und widmete sich dem Studium. Mehrmals lud er seine Eltern in seine Wohnung ein, so daß sie sich ein Bild vom untadeligen Lebenswandel ihres hart arbeitenden Sohnes machen konnten.
Nach und nach gewannen sie, ohne daß Richard irgendeine Geschichte erfinden mußte, den Eindruck, Olive sei eine intrigante, leichtfertige Person, die sich ihren Sohn Richard hatte angeln wollen. Sie kamen sogar zu dem Schluß, angesichts einer solchen Verführung habe er sich korrekt verhalten.
Voll Stolz sahen die Eltern, wie Richard seine Examensurkunde erhielt, als Rechtsanwalt zugelassen wurde und eine Stelle in einem erstklassigen Anwaltsbüro in Dublin bekam. Bevor sein erstes Gehalt eintraf, gaben sie ihm Geld, damit er sich neu einkleiden konnte. Er ging zu einem guten Schneider, und jetzt konnte wirklich niemand mehr übersehen, wie gut er aussah.

Vor allem Elaine, die in der Kanzlei als Lehrling angestellt war, wurde auf ihn aufmerksam. Als Nichte eines der Teilhaber und Tochter eines Richters trug sie die erlesensten Stricksachen, ihre Perlen waren echt, und ihre Handtaschen und Seidenschals kamen aus Paris. Sie und Richard waren ein hochelegantes Paar. Aber man sah sie selten zusammen, weil Richard behauptete, er sei kein standesgemäßer Begleiter für Elaine. Ein junger Rechtsanwalt am Anfang seiner Karriere, arm wie eine Kirchenmaus …

»Du bist nicht arm wie eine Kirchenmaus, mein Onkel zahlt dir ein Vermögen …« Elaine hakte sich immer bei ihm unter, als sei sie nicht gewillt, ihn aus den Augen zu lassen.

»Aber wir sind jung, du und ich …«, wandte er ein, wohl wissend, daß sie ihn um so unwiderstehlicher fand, je mehr er protestierte.

»Wir könnten älter werden«, sagte sie und sah ihm dabei tief in die Augen.

So traf Richard Hayes sich in der folgenden Zeit oft mit Elaine, aber immer in seiner Wohnung, wo niemand sie beobachten konnte.

Drei Jahre lang lebten sie ein Doppelleben – im Büro gingen sie höchst korrekt miteinander um, während sie die Nächte in leidenschaftlicher Umarmung verbrachten. Es überraschte Richard, wie leicht Elaine

ihren Eltern weismachen konnte, daß sie bei Freundinnen übernachtete.
Während sie ohne Hose, nur mit seiner Pyjamajacke bekleidet, im Sonnenlicht stand und die Frühstückseier briet, staunte er über sein Glück, daß ein so schönes und kluges Mädchen ihn auserwählt hatte.
»Liebst du mich eigentlich, Richard?« fragte sie, während sie die Eier in die Pfanne schlug.
Er lag auf dem Rücken, räkelte sich und wartete auf das Frühstück, das ihm auf einem Tablett ans Bett gebracht wurde, bevor sie aufstanden, sich anzogen und getrennt ins Büro gingen. Er liebte diese Heimlichkeiten, fand es wunderbar, daß niemand im Büro Bescheid wußte.
»Warum fragst du das?« wollte er wissen.
»Es ist immer gefährlich, wenn jemand eine Frage mit einer Gegenfrage beantwortet.« Sie lachte – die schöne Elaine mit dem goldenen Haar und den teuren Kleidern, die achtlos im Zimmer verstreut herumlagen.
»Nein, ganz im Ernst, wir haben uns heute nacht zweimal geliebt, und heute morgen noch einmal … und dann stellst du mir diese seltsame Frage?« Er schien sich das gar nicht erklären zu können.
»Nein, ich meinte echte Liebe.«
»Das ist doch echte Liebe. Mir kam es jedenfalls ziemlich echt vor.«

»Ich bin schwanger«, sagte sie.
»Oh, Scheiße«, sagte er.
»So ist das also.« Elaine warf die gebratenen Eier in den Abfluß und sammelte ihre Klamotten ein.
»Elaine, warte … ich wollte nicht …«
»Du hast ja so verdammt recht, du wolltest nicht. Du hast kein verdammtes Wort im Ernst gesagt«, rief sie aus dem Badezimmer. Dann stürmte sie angezogen und wutentbrannt aus dem Bad. Er ging auf sie zu.
»Ich habe nichts gesagt. Wir müssen miteinander reden.«
»Du hast schon geredet. Du hast gesagt ›Scheiße‹. Das reicht.«
Im Büro fühlte er sich unbehaglich. Sie wich seinem Blick aus und lehnte es auch ab, sich mit ihm zu treffen. Dann kam sie vier Tage lang nicht zur Arbeit.
Zu Hause wagte Richard seine Gedanken nicht zu Ende zu denken. War es möglich, daß sie eine Abtreibung hatte vornehmen lassen?
Solche Dinge waren im Dublin des Jahres 1958 kein Geheimnis mehr. Richard hatte Geschichten gehört – nicht gerade schöne Geschichten – von einer Krankenschwester. Er versuchte nicht daran zu denken. Elaine würde doch so etwas nicht auf eigene Faust tun.
Andererseits, hatte er nicht allzu deutlich gezeigt,

daß er nichts damit zu tun haben wollte? Er rief bei ihr zu Hause an; als er dem Mädchen seinen Namen nannte, hieß es, Elaine wolle nicht mit ihm sprechen.

Diesmal wurde nicht Kriegsrat gehalten wie im Falle von Olive Kennedy. Diesmal bekam Richard von seinem Chef gesagt, daß er zum nächsten Termin gekündigt war.
»Aber warum?« rief er entsetzt.
»Ich denke, das wissen Sie.« Der ältere Mann, Elaines Onkel, stand auf und ging.
So kühl hatte noch niemand Richard behandelt. Wie sollte er die Geschichte seinen Eltern erklären?
Er wollte sich erst eine andere Anstellung suchen, damit er seinen Eltern sagen konnte, er habe sich entschlossen, die Arbeitsstelle zu wechseln. Dann war der Schock vielleicht weniger groß. Aber er hatte nicht mit dem Einfluß seines Chefs, dem Bruder eines Richters, gerechnet und damit, wie klein der Kreis der Juristen in Dublin war. Jeder wußte Bescheid über ihn. Er wußte nicht genau, was man sich über ihn erzählte, aber es war wohl etwas in der Art, daß er unzuverlässig sei, ein Verführer und einer, der nicht einmal für das geradestehen wollte, was er angerichtet hatte.
Es gab keine Stellung für Richard Hayes, dessen

Ruf als Jurist nicht so phantastisch war, daß man darüber andere Überlegungen außer acht gelassen hätte.
Schließlich erzählte er alles seinen Eltern.
Es war kein einfaches Gespräch. Viele Alternativen gab es für ihn nicht, und zu seinem Entsetzen wurde ihm klar, daß die einzig realistische Shancarrig zu heißen schien.

Im Juli 1958 ließ er sich im Terrace Nummer fünf nieder. Verzweifelt streifte er durch den Ort, betrachtete gelangweilt die Kirche mit ihren Ankündigungen kommender Ereignisse – zum Beispiel eine Whistrunde zugunsten irgendwelcher Dorfbewohner in Südamerika, die anscheinend eine Kirche brauchten, und andere gesellschaftliche Höhepunkte dieser Art.
Die Hände in den Taschen, überquerte er den Grane-Fluß und ging hinauf zur Schule, wo er vor Jahren einer, soweit er sich erinnerte, todlangweiligen Zeremonie beigewohnt hatte. Der Ort hatte sich überhaupt nicht verändert und genausowenig die ungepflegte, von ärmlichen Behausungen gesäumte Uferböschung oder die Baumgruppen, die man hier so stolz den Barnawald nannte. Er hatte nicht die geringste Lust, zum alten Fels hinaufzuklettern, wie er es als Kind so oft getan hatte. Müde, mit hochge-

zogenen Schultern, machte er sich auf den Heimweg und überquerte die Brücke zurück ins Dorf.
Eine Gruppe von Kindern spielte auf der Brücke und musterte ihn, als er vorbeiging. Wieder einmal wurde ihm bewußt, daß ihn Hunderte von Augen beobachten würden, was immer er in diesem Ort auch tat. Der Gedanke war entsetzlich.
Alles an Shancarrig deprimierte ihn.
Der kleine, dicke Kaplan mit den glänzenden Augen, der ihn begrüßt und ihm erklärt hatte, es sei ihm eine große Freude, ihn in seiner Gemeinde zu begrüßen – was meinte er damit? Und die gespenstische Pfarrhaushälterin mit ihrem Gesicht wie die Pik-Königin – eine verbitterte Frau namens Mrs. Kennedy, die geradewegs durch ihn hindurchsah und seine geheimsten Gedanken zu lesen schien. Als er ihr vorgestellt wurde, nickte sie knapp, als wollte sie sagen: »Ich kenne diese Art Mann, und ich mag sie nicht.«
Auch bei seinem Onkel zu Hause erwartete ihn wenig Aufmunterung. Onkel Bill war zwar ein recht netter Mensch und ein passabler Anwalt, aber seine Frau war eine entsetzlich trübselige Person. Tante Ethel konnte sich eigentlich über gar nichts freuen. Und die Kinder der beiden eigneten sich auch schlecht als Freunde.
Niall war ungefähr achtzehn, also in einem Alter, in

dem er jugendlichen Übermut hätte an den Tag legen müssen, aber er wirkte ständig traurig und lustlos. Richard kam nicht auf den Gedanken, daß sein Cousin Niall vielleicht einfach nicht genug Selbstbewußtsein hatte – derartige Dinge waren ihm vollkommen fremd. Er fragte sich, warum der Junge seinen Vater nicht bat, ihm den Ford zu leihen, der vor der Tür stand. Auf diese Weise wäre er wenigstens ein bißchen in der Gegend herumgekommen und hätte seinen Horizont erweitert. Es *mußte* auch hier eine Art gesellschaftliches Leben für junge Leute geben, aber anscheinend hatte Niall nie herausgefunden, wo es sich abspielte. Er blieb immer in der Nähe des Elternhauses: zwischen dem Terrace und Ryan's Hotel.
Richard sah sich in dem Schlafzimmer um, in dem man ihn einquartiert hatte. Der riesige, schwere, dunkle Mahagonischrank konnte trotz seiner Größe die Anzüge und Mäntel des jungen Rechtsanwalts aus der Stadt kaum fassen. Tante Ethel hatte ihm stolz das fließend warme und kalte Wasser gezeigt; sein Zimmer hatte als einziges ein Waschbecken. Doch das Bett würde sicher nie eine von Richards Eroberungen zu sehen bekommen. Ein Mädchen diese Treppen hinaufzumanövrieren, vorbei an Büroräumen, Küche, Wohn- und Schlafzimmern, war ein Kunststück, wenn nicht sogar unmöglich. Es sah

so aus, als müßte er zölibatär leben oder eine Frau finden, die eine eigene Wohnung hatte – was in Shancarrig ziemlich unwahrscheinlich schien.
Obwohl es natürlich auch hier ein paar hübsche Mädchen gab.
Zum Beispiel Nessa aus dem Hotel. Er sah das Interesse in ihren Augen, ihren Eifer und ihre Schüchternheit, ihr Bedürfnis zu gefallen, und ihre Angst, sie könnte ihn langweilen.
Er war nicht eingebildet, sondern lediglich realistisch, was diese Art von Aufmerksamkeit betraf. Wenn man nett zu den Mädchen war, wenn man sie anlächelte und ihnen zuhörte, wenn man sie einfach gern hatte, dann öffneten sie sich wie Blumen.
Wahrscheinlich war es hilfreich, wenn man gut aussah, aber Richards Meinung nach war es das wichtigste, sie zu mögen. Vielen Männern in Dublin, die auf seinen Erfolg neidisch gewesen waren, hatte so viel an einem Sieg gelegen, daß sie ganz vergaßen, die allmähliche Eroberung zu genießen. Das mußte wohl das Geheimnis sein, wenn es denn ein solches gab.

Er nahm sich viel Zeit, um Vanessa Ryan den Hof zu machen. Sie war die Beste im Ort. Er hatte sich gründlich umgesehen.
Madeleine Ross, die Lehrerin, war eine sehr gefühls-

betonte und religiöse Frau, die vollkommen darin aufging, irgendeinen Ort mit spanischem Namen – der anscheinend auf peruanisch Shancarrig hieß – zu bekehren. Er hatte den Verdacht, daß sie insgeheim zarte Gefühle für den ziemlich vergeistigt wirkenden zweiten Kaplan hegte, war aber ziemlich sicher, daß sie diese heiße Leidenschaft nie in die Tat umgesetzt hatten – falls wirklich eine solche existierte.

Dann gab es noch das zähe kleine Mädchen aus dem Glen, dem im Verfall begriffenen georgianischen Herrenhaus; sie hatte krauses Haar, wohlgeformte Beine und ein apartes Gesicht. Auch sie umgab ein Geheimnis. Geldprobleme vielleicht, oder ein geistesgestörter Verwandter. Richard hatte sie besucht und war nicht ermutigt worden, diesen Besuch zu wiederholen.

Alle übrigen waren nicht nach seinem Geschmack.

Die hübsche dunkelhaarige Nessa mit ihren hellen Augen war die einzige. Doch zu seiner Überraschung schaffte er es nicht, ihren Widerstand zu brechen. Er war wohl nicht mehr der alte. Seine Dubliner Taktiken griffen hier nicht.

Er drohte ihr, sich nicht mehr mit ihr zu treffen … sanfte, liebevolle Drohungen natürlich, aber sie verstand, was gemeint war. Trotzdem sagte sie nein. Und blieb dabei.

Es war ihm ein Dorn im Auge, sie im Hotel ihrer

Eltern auf der anderen Straßenseite zu sehen und zu beobachten, wie sie von Woche zu Woche reizvoller und selbstbewußter wurde: Das Gesicht eingerahmt von dunklem glänzendem Haar, zu dem die leuchtendgelbe und -rote Kleidung einen schönen farblichen Kontrast bildete. Sie lachte und scherzte mit den Kunden; er hatte bemerkt, daß selbst Amerikaner sie anerkennend musterten.

Die Jahre vergingen nur langsam.

Ganz so schlimm, wie sich Richard sein Exil vorgestellt hatte, war es nicht, aber er verzehrte sich immer noch danach, wieder in Dublin zu sein.

Eines Tages besuchte ihn Elaine.

»Ich werde heiraten«, erklärte sie ihm.

»Liebst du ihn?«, fragte er.

»Vor ein paar Jahren hättest du diese Frage nicht gestellt. Du hast nicht einmal geglaubt, daß es Liebe gibt.«

»Ich weiß, daß es sie gibt. Sie ist mir nur noch nicht begegnet, das ist alles.«

»Das wird schon noch«, meinte sie tröstend.

»Und das Baby …?«

»Es hat nie ein Baby gegeben«, sagte sie.

»Was?«

»Es gab keins. Ich habe es erfunden.«

Alle Farbe wich aus seinem Gesicht.

»Du hast mich hierher verbannt, hast dafür gesorgt,

daß ich aus Dublin verstoßen werde, und das alles für nichts und wieder nichts?«

»Es hätte ein Kind geben *können,* und deine Antwort wäre die gleiche gewesen. ›Oh, Scheiße.‹ Das ist alles, was du gesagt hättest, wenn aus unserer Verbindung ein Kind hervorgegangen wäre.«

»Aber du ... warum hast du allen Leuten gegenüber so getan ... es deinem Vater und deinem Onkel erzählt ... die Leute glauben lassen ...?«

»Ich hatte damals das Gefühl, du hättest es verdient. Aber das ist lange her.«

»Und warum erzählst du es mir jetzt? Ist das Interdikt beendet, der Bann aufgehoben? Kann ich nach Dublin zurückkriechen? Wird man mir dort eine Stellung geben?«

»Nein, ich habe viel eigennützigere Gründe. Ich wollte, daß du weißt, daß es niemals ein Kind gegeben hat – weder geboren noch abgetrieben. Das solltest du wissen, falls ...«

»Falls was?«

»Falls ...« Sie suchte nach Worten. Wollte sie sagen, falls er sich wegen dieses Kindes Gedanken machte, falls er sich schämte? Für ihn hatte es sowieso nie ein Kind gegeben, ob nun wirklich oder eingebildet. »Falls Gerald je davon erfährt. Falls du jemals behaupten würdest ...«

Er merkte, daß sie sich weniger Sorgen um ihn

machte als vielmehr darum, Gerald könnte von ihrer Vergangenheit erfahren.

»Sag Gerald, du bist so rein wie jungfräulicher Schnee.« Wie recht er gehabt hatte, dieses verschlagene Biest nicht zu heiraten! Etwa zur gleichen Zeit fragte ihn sein kleiner Cousin Niall um Rat.

»Du weißt doch immer alles, Richard.«

»Ach ja?«

»Nun, ich weiß, du siehst gut aus und alles, aber du weißt auch, wie man nett zu Leuten ist und sie für sich gewinnt. Gibt es da einen Trick?«

Richard musterte ihn: seine ungekämmten Haare, das teure, aber altmodische Jackett, die viel zu weite Hose. Vor allem aber war es die Haltung des Jungen, die ihn abstieß: Er ließ die Schultern hängen und blickte zu Boden, statt den Leuten, mit denen er sprach, in die Augen zu sehen; schuld daran war seine angeborene Schüchternheit, aber so, wie er jetzt dastand, wirkte er schwach und wenig vertrauenswürdig.

Zu einer anderen Zeit, an einem anderen Ort hätte Richard seinem Cousin vielleicht einen brüderlichen Rat gegeben. Immerhin hatte Niall gefragt, was ihm sicher nicht leichtgefallen war.

Aber es war der falsche Zeitpunkt.

Die Geschichte mit Elaine hatte Richard geärgert. Er begann an seinem Erfolg bei Frauen zu zweifeln,

was auch damit zu tun hatte, daß diese kleine Madame, diese Nessa Ryan aus dem Hotel auf der anderen Straßenseite, viel zu keck und selbstbewußt geworden war. Richard Hayes war nicht in der Stimmung, gute Ratschläge zu verteilen.
»Da gibt's keinen Trick«, sagte er barsch. »Entweder mögen einen die Leute oder nicht. So ist das Leben.«
Er wich Nialls enttäuschtem Blick aus, so gut er konnte.
»Du meinst, man kann nicht lernen, wie man beliebter und erfolgreicher wird?«
Richard zuckte die Achseln. »Ich habe nie jemanden gesehen, der sich verändert hat. Du etwa?«
Niall antwortete nicht.
Bei den Mahlzeiten im Terrace wirkte er immer deprimierter. Richard fragte sich, was für eine Arbeit sich wohl für diesen Burschen würde finden lassen, wenn er für immer nach Shancarrig zurückkam, was er zweifellos tun würde – obwohl es vielleicht für ihn besser gewesen wäre, in einem anderen Anwaltsbüro Erfahrungen zu sammeln. Aber die Kanzlei gehörte seinem Vater. Er mußte zurückkommen und Anspruch auf sein Erbe erheben, sonst würde Richard es ihm wegschnappen. Nicht daß Richard für immer hier zu bleiben gedachte. Nach Elaines Enthüllung hatte er das Gefühl, daß es womöglich an der Zeit war, nach Dublin zurückzukehren.

Aber dann lernte er Gloria Darcy kennen.
Die Darcys waren neu zugezogen, also nicht seit Generationen hier ansässig, hier geboren und aufgewachsen wie die anderen. Als sie gekommen waren, hatte man sie zunächst für Eintagsfliegen gehalten, aber das war, bevor aus ihrem kleinen Lebensmittelladen ein großer Lebensmittelladen geworden war und bevor sie begonnen hatten, auch Glühbirnen, Töpfe und Besteck zu verkaufen, und damit Dunnes Haushaltswarengeschäft einen Teil seines Profits wegschnappten. Mike und Gloria Darcy lächelten immer nur freundlich, wenn jemand sich über sie beschwerte.
»Gibt es hier nicht genug für alle?« fragte Mike dann mit seinem breiten Grinsen.
»Dieser Ort steht noch ganz am Anfang, Mitte der sechziger Jahre werden wir einen enormen Aufschwung erleben«, sagte Gloria, während sie ihre langen dunklen Locken zurückwarf und lachte wie eine Zigeunerin.
Oft trug sie ein Tuch um den Hals, mit dem sie aussah wie ein Zigeunermädchen – nicht wie die hochgewachsenen, stillen Zigeunermädchen, die durch Shancarrig kamen, wenn sie alljährlich im Barnawald kampierten. Nein, sie glich der Illustration in einem Kinderbuch.
Nach und nach wurden die Darcys jedoch akzeptiert.

Gloria benahm und kleidete sich ein bißchen zu auffallend, da waren sich alle Frauen einig. Richard hörte, wie seine Tante Ethel mit Nellie Dunne über sie tuschelte, aber es gab nichts Konkretes, was man ihr hätte vorwerfen können. Ihr Ausschnitt war nicht zu tief, ihre Röcke nicht zu kurz. Es war nur ihre Art, sich zu bewegen: geschmeidig, schwungvoll und selbstbewußt. Wenn sie jemandem begegnete, den sie kannte, leuchteten ihre Augen – an Mrs. Gloria Darcy war nichts Unterwürfiges.

Richard begegnete ihr zum ersten Mal, als er sich ein Päckchen Rasierklingen kaufte. Er mochte Mr. Connors, den wichtigtuerischen Drogisten nicht: ein Mann mit schlechtem Atem, der es darauf anlegte, einen den halben Tag festzuhalten. Deshalb war er froh, als er im Schaufenster der Darcys Rasierklingen entdeckte.

»Darf es sonst noch was sein?« fragte ihn Gloria mit ihrem breiten Lächeln, während sie sich mit der Zunge sacht über die Unterlippe fuhr.

Wenn nicht ihr Mann direkt neben ihr gestanden hätte, wäre Richard überzeugt gewesen, daß sie mit ihm flirten wollte.

»Im Moment nicht«, sagte er im gleichen Tonfall, und ihre Blicke trafen sich.

Als Richard zum Terrace zurückging, ermahnte er sich, keine Dummheit zu machen. Nein, er mußte sich um eine neue Stelle in Dublin kümmern und diesen Ort verlassen, ohne sich irgendein Vergehen zuschulden kommen zu lassen. Während der drei Jahre im Exil hatte er ziemlich besonnen sein Gehalt auf die hohe Kante gelegt. Es hatte wenig Sinn, elegante Sachen zu kaufen, um sie in Shancarrig zur Schau zu tragen; man konnte weder zum Essen ausgehen noch zum Pferderennen. Aber er hatte viel über das Landleben gelernt – ob ihm das in Zukunft von Nutzen sein würde, blieb dahingestellt. Dennoch, die menschliche Natur war überall gleich: Vielleicht war sein Aufenthalt hier eine bessere Lehre für ihn gewesen, als er es je für möglich gehalten hätte.

Es war der Tag, an dem die Kanzlei früher geschlossen wurde, denn Onkel Bill holte gewöhnlich den alten Major Murphy im Glen ab und ging mit ihm spazieren. Man konnte sich schwer vorstellen, was die beiden miteinander zu bereden hatten. Aber heute war Bill Hayes noch in seinem Büro.

»Ich stecke in der Klemme«, sagte er zu Richard.

»Erzähl es mir.« Richard setzte sich, streckte die Beine aus und machte ein erwartungsvolles, gespanntes Gesicht. Er wußte, daß sein Onkel froh war, sich einmal aussprechen zu können.

Außer ihnen war niemand im Haus, weder die mürrische Tante Ethel noch der trübsinnige Niall.

»Es geht um das Glen. Miriam Murphy ruft mich immer wieder an und sagt, sie wolle ihre Angelegenheiten in Ordnung bringen.«

»Und?«

»Nun, Frank sagt, ich soll sie nicht weiter beachten – sie weiß nicht, was sie redet.«

»Sie ist ein bißchen verdreht, stimmt's?« Richard ermunterte seinen Onkel weiterzusprechen.

»Ich nehme es an, aber so was kann man doch nicht fragen. Darüber spricht man doch nicht mit einem Freund.« Bill Hayes machte ein besorgtes Gesicht. Richard war eigentlich der Ansicht, daß es unter Freunden das wichtigste Thema sein sollte, ob die Frau des einen den Verstand verlor – aber je mehr er über die Ehe erfuhr, desto unwahrscheinlicher schien es ihm, daß irgend jemand in einer solchen Verbindung sich normal verhielt.

»Und was gedenkst du nun zu tun?« fragte er – wie immer klug genug, erst die Ansicht des anderen in Erfahrung zu bringen, bevor er mit seiner eigenen herausrückte.

»Weißt du, ich glaube, ihr lastet etwas auf der Seele, vielleicht sogar irgendein Verbrechen … ein eingebildetes natürlich.«

»Na ja, wenn es nur eingebildet ist …«

»Aber stell dir vor, wenn nicht, stell dir vor, es ist etwas, was sie wiedergutmachen will?«

»Du bist nicht Father Gunn, Onkel Bill. Du bist auch nicht Sergeant Keane. Deine Aufgabe ist es lediglich, ihr ein Testament aufzusetzen – oder eben nicht, wenn du dich dann Major Frank gegenüber wohler fühlst.«

»Ich mach mir Sorgen.«

»Vielleicht sollte ich zu ihr gehen? Dann hast du dich beiden gegenüber korrekt verhalten.«

»Würdest du das für mich tun, Richard?«

»Ich gehe heute noch hin, während du und Major Murphy euren Gesundheitsspaziergang macht.« Er schenkte seinem Onkel ein strahlendes Lächeln.

»Ich weiß nicht, was ich ohne dich tun sollte, Richard.«

»Es dauert nicht mehr lang, dann hilft dir dein Sohn. Dann brauchst du mich nicht mehr. Ich gehe bald nach Dublin zurück.«

»Nicht zu bald.«

»Na gut, nicht zu bald, aber ziemlich bald.« Richard stand auf und klopfte seinem Onkel auf die Schulter.

Was war schon eine weitere verrückte alte Schachtel, die Gott weiß was zu beichten hatte!

Er aß im düsteren Eßzimmer des Terrace zu Mittag; sie sprachen über andere Dinge, und er ging erst zum

Glen hinauf, als er sicher sein konnte, daß sein Onkel und der Major schon unterwegs waren.

Er brauchte das Haus gar nicht zu betreten, um sie zu finden. Mrs. Miriam Murphy war im Steingarten, halb saß sie, halb lag sie. Sie trug ein langes weißes Kleid, wahrscheinlich ein Nachthemd; ihr graumeliertes Haar fiel lose über die Schultern.
Sie weinte.
Ein paar Gartenmöbel standen herum. Richard Hayes holte sich einen Stuhl.
»Ich komme im Auftrag von Mr. Hayes. Ich bin sein Neffe. Er sagt, Sie wollen, daß wir etwas für Sie regeln.«
»Sie sind viel zu jung«, erwiderte sie.
»Oh, nein, Mrs. Murphy, ich bin älter, als ich aussehe. Ich bin achtundzwanzig, beinahe dreißig.« Sein Lächeln hätte jede Frau in Irland becirct, aber Miriam Murphys Gedanken waren Lichtjahre entfernt.
»So alt war er auch, achtundzwanzig, falls er die Wahrheit gesagt hat.«
Richard war verdutzt. »Nun, was können wir für Sie tun?« fragte er.
Er wußte, daß es seinem Onkel am liebsten gewesen wäre, wenn die Frau es sich anders überlegte und kein Testament aufsetzen würde. Er mußte also versuchen, sie dahingehend zu beeinflussen.

»Es ist zu spät. Es ist alles schon geschehen«, sagte sie. Er nickte verständnislos.

Dann trat ein langes Schweigen ein. Mrs. Murphy war es anscheinend nicht unbequem, wie sie da zwischen den Pflanzen und harten Felsbrocken lag, aus denen der Steingarten bestand. Er schlug nicht vor, sie solle es sich doch gemütlicher machen – er wußte, daß es für sie keine Rolle spielte.

»Dann sollten wir vielleicht alles so lassen, wie es ist?« Er sah sie an mit einem Blick, der ihr Sicherheit vermitteln sollte.

»Ist das genug?« fragte sie.

»Ich glaube schon.«

»Meinen Sie nicht, wir sollten ihnen das Haus, das Glen, überlassen, wenn sie hier vorbeikommen?«

»Wem denn überlassen?«

»Den Zigeunern.«

»Nein, nein. Auf keinen Fall. Immer wollen alle Leute ihnen ihre Häuser überlassen. Aber sie wollen frei sein«, erwiderte Richard.

»Frei?«

»Ja, das ist ihnen am liebsten.« Er stand auf, weil er den stechenden Blick ihrer vom Wahnsinn gezeichneten Augen nicht mehr ertragen konnte. Für das Mädchen, Leo, war es bestimmt nicht gesund, in einer solchen Umgebung zu leben. Warum fing sie

nicht eine Ausbildung an oder suchte sich eine Stellung?
»Wenn Sie meinen.« Mrs. Miriam Murphy sah nicht erleichtert aus, eher resigniert.
Richard ging die lange Auffahrt hinunter und wollte gerade ins Tal nach Shancarrig zurückgehen. Je eher er einen Ort wie diesen verließ, desto besser. Da kam ihm auf der Straße Gloria Darcy entgegen.
»Gut, sehr gut. Sie haben sich rasiert, wie ich sehe.« Dabei sah sie ihm direkt in die Augen.
»Wie meinen Sie das?«
»Heute morgen habe ich Ihnen Rasierklingen verkauft. Sie wollen mir doch nicht erzählen, daß Sie mich schon vergessen haben?« Es war überdeutlich, daß sie mit ihm kokettierte. Doch ihr Lachen war ungekünstelt, sie wußte, welchen Eindruck sie auf ihn machte.
»Nein, Mrs. Darcy. Ich kann mir nicht vorstellen, daß jemand Sie wieder vergißt.« Er war galant und schmeichelte ihr, so gut er konnte.
»Wollten Sie direkt den Hügel hinunter nach Hause gehen, oder nehmen Sie den schöneren Weg durch den Wald?«
Ihm war klar, daß er an einem Scheideweg stand. Er hätte sagen können, daß er im Büro erwartet wurde, daß er liegengebliebene Arbeit zu erledigen hatte,

daß er nach Dublin telefonieren mußte. Er hätte alles mögliche sagen können.

Aber er sagte: »Ich hatte gehofft, eine attraktive Begleiterin zu finden, die mich durch den Barnawald fährt. Und mein Wunsch ist in Erfüllung gegangen.«

Lachend machten sie sich auf den Weg. Gloria neckte ihn wegen seines Stadtanzugs, er konterte, sie ziehe sich wohl absichtlich an wie eine Zigeunerin aus einem Theaterstück. Sie fragte, was er im Glen zu tun gehabt habe, er erklärte, es gebe eine Art Schweigepflicht über das, was ein Anwalt mit seinem Mandanten besprach. Er fragte, ob den Darcys der Laden gehörte – sie hätten ihn nicht über die Kanzlei seines Onkels erworben ... Sie erwiderte, für geschäftliche Angelegenheiten gelte die gleiche Schweigepflicht.

Als sie wieder in den hellen Sonnenschein hinaustraten und an den Katen vorbei zur Brücke gingen, wußten sie bereits gut übereinander Bescheid. Jeder kannte vom anderen mehr als das hübsche Gesicht und die charmante Art. Sie waren Menschen, die sich gern unterhielten und spielerisch miteinander umgingen. Sie paßten zusammen.

So ging er das nächste Mal also in dem Bewußtsein einkaufen, daß er ihr in gewisser Weise den Hof machte. Er kaufte noch mehr Rasierklingen.

»Sie müssen aber einen starken Bartwuchs haben!« sagte sie. Wieder in Hörweite ihres Mannes.
Als er ein Pfund Tomaten kaufte, fragte sie, ob er ein Picknick im Wald vorhabe. Mike Darcy bediente gerade einen anderen Kunden.
»Nein, meine Tante braucht sie, weiter nichts.«
»Unmöglich – sie war heute morgen hier und hat jede Menge gekauft«, entgegnete Gloria. Ihre Augen glitzerten verschmitzt.
Die Neckerei ging einige Tage so weiter.
»Es ist reizend von Ihnen, daß Sie mich so oft besuchen kommen«, sagte sie und drückte sich an die Theke. Um den Hals trug sie eine Kette, deren Anhänger zwischen ihren Brüsten baumelte – seine Augen wanderten hinab, wie sie es geplant hatte.
»Ja, es ist wirklich reizend von mir, denn Sie kommen mich nie besuchen«, erwiderte Richard.
»Tja, ich habe ja kaum eine Ausrede, ich kann schlecht mit irgendwelchen Steuergeschichten oder Klageschriften kommen«, sagte sie. »Sie hingegen können sich alle Tomaten und Rasierklingen der Welt ausdenken.«
»Dann werden wir uns wohl auf neutralem Terrain treffen müssen«, schlug er vor.
Zwei Tage später trafen sie sich an der Kirche – beide nahmen am Begräbnis von Mrs. Miriam Murphy teil.

An Lungenentzündung sei sie gestorben, sagte Dr. Jims Blake. Die sie sich durch Unterkühlung geholt hatte, behauptete jemand anderes. Mrs. Murphy hatte es sich zur Gewohnheit gemacht, draußen in ihrem Steingarten zu schlafen. Ein Beweis dafür, daß Geld und eine privilegierte Stellung allein nicht glücklich machen.

Richard Hayes betrachtete die kleine, drahtige Leo, die ihren Vater auf dem Weg durch die Kirche stützte. Zwei seltsame Männer, ihre Brüder aus dem Ausland, waren zur Beisetzung gekommen. Sie sahen militärisch aus und kannten kaum jemanden.

Danach traf man sich in Ryan's Hotel. Die junge Nessa hatte einen der Räume im Erdgeschoß als Saal für besondere Anlässe hergerichtet. Und genau den brauchte man jetzt. Es gab Kaffee und belegte Brote und ein paar Drinks. Wer wollte, konnte zur Bar übersiedeln. So etwas hatte es in Shancarrig noch nie gegeben; entweder ging man zu jemandem nach Hause oder in den Pub. Jetzt wurde eine neue Sitte eingeführt.

»Das ist wirklich eine gute Idee, Nessa«, sagte Richard bewundernd. Und er meinte es ehrlich.

»Leo ist meine Freundin. Es ist nicht einfach für sie, bei sich zu Hause Besuch zu empfangen.« Nessa war zu beschäftigt, um sich mit Richard zu unterhalten – sie verstand sich seit einiger Zeit gut mit dem jungen

Niall, was sich auf dessen Aussehen bereits positiv auszuwirken begann. Er hatte einen flotteren Haarschnitt, er trug ein neues Jackett. Irgendwie schien er sogar aufrechter zu gehen.
Gloria und Mike Darcy nahmen ebenfalls an dem Empfang teil, obgleich Richard sich fragte, ob sie im engeren Sinne zu den geladenen Gästen gehörten.
Die Leute gingen umher, sprachen ihr Beileid aus und versuchten, Harry und James mit einzubeziehen, die Shancarrig vor längerer Zeit verlassen hatten; irgendwie kam Gloria neben Richard zu stehen.
»Jetzt befinden wir uns also auf neutralem Terrain«, sagte sie.
»Ja, aber auf ziemlich dicht bevölkertem neutralem Terrain«, erwiderte er und schüttelte in gespielter Besorgnis den Kopf.
»Wissen Sie denn einen Ort, der nicht so bevölkert ist?« Eindeutiger hätte sie es nicht sagen können, selbst wenn sie ihn offen gebeten hätte, mit ihr zu schlafen.
»Nun, da meine Wohnung, Ihre Wohnung und das Hotel nicht in Frage kommen, lassen Sie uns überlegen, wo es im Moment wohl menschenleer wäre.« Er meinte es nicht ernst – einen solchen Ort gab es in Shancarrig nicht.
»Da wäre das Glen«, sagte sie. Sie bemerkte den Widerwillen in seinem Gesicht. Gerade hatten sie ihr

Beileid über den Tod der Frau ausgedrückt, die ihr Leben lang im Glen gelebt hatte; Gloria konnte doch nicht ernsthaft in Erwägung ziehen, das leere Haus als Liebesnest zu benutzen. »Nicht das Haus, das Pförtnerhäuschen«, sagte sie.

»Aber wie sollen wir hineinkommen?« Bei einem Ort, der nur auf dem gleichen Grundstück lag, hatte Richard keine moralischen Bedenken. Das war etwas anderes.

»Das hintere Fenster steht offen, ich habe nachgesehen.«

»In zwanzig Minuten?« schlug er vor. Zehn würde er brauchen, um sich zu verabschieden, weitere zwei, um in seinem Zimmer die Kondome zu holen.

»Fünfzehn«, sagte sie, und wieder fuhr sie sich mit der Zunge über die Unterlippe. Er verabschiedete sich höflich und sehr schnell.

Ein mürrischer alter Bauer wohnte in Richtung Glen. Wenn jemand fragte, konnte Richard sagen, er habe dem Bauern eine Nachricht überbringen wollen, ihn aber nicht angetroffen. Aber warum hielt er überhaupt all diese Vorsichtsmaßnahmen für angebracht? Niemand würde ihn fragen. Niemand würde auch nur im Traum darauf kommen, was er vorhatte.

Gloria war schon vor ihm da und lag unter einer Wolldecke auf einem Diwan. Der Raum roch staubig, aber nicht feucht.

»Hast du etwas mitgebracht?«
»Ja, deshalb hat es ein bißchen gedauert. Ich mußte in mein Zimmer gehen, um sie zu holen. Ich trage sie nicht dauernd für alle Fälle mit mir herum«, lachte er und klopfte sich auf die Tasche.
»Sei nicht so unromantisch. Ich meinte Champagner oder so was.«
»Nein, tut mir leid«, antwortete er geknickt.
»Macht nichts, ich habe daran gedacht.« Ihre weißen Zähne blitzten, als sie die Folie vom Flaschenhals entfernte; auf der Kommode standen Tassen. Sie lachten und tranken zu schnell, so daß ihnen die perlende Flüssigkeit in die Nasen stieg. Dann küßten sie sich.
»Mußtest du deshalb noch mal in den Laden?« Er war erstaunt, wie schnell sie gewesen war.
»Nein. Ich hatte ihn schon in meiner großen Umhängetasche.« Sie lachte über ihre eigene Verruchtheit und ihre Gewißheit, daß sie Champagner brauchen würde.
»Ich möchte dir diese dunklen, ehrbaren Kleider ausziehen. Sie passen nicht zu dir«, sagte er.
»Na, schließlich war es ein Begräbnis. Ich konnte schlecht meinen roten Rock anziehen, aber …« Sie trug einen roten, mit weißer Spitze besetzten Unterrock und anstelle eines Büstenhalters lediglich eine dünne Goldkette um den Hals. Wie sie

so dalag und zu ihm hinauflachte, sah sie so lasterhaft und wild aus, daß er sich kaum zurückhalten konnte.
»Ich habe mich nach dir gesehnt, Richard Hayes«, sagte sie. Und er sank in sie, als hätte er sie schon immer gekannt.

Danach waren ihre Treffen stets voller Dringlichkeit, und nie war es einfach. Wenn die Murphys doch nur ein regelmäßigeres Leben führen würden, haderte Richard bei sich. Wenn man hätte wissen können, daß sie sich im großen Haus oder draußen aufhalten würden, wäre das Pförtnerhäuschen der ideale Ort für seine Schäferstündchen mit Gloria gewesen. Aber sie konnten nie ganz sicher sein; und wenn man sie erwischt hätte, wie sie zum Fenster hinein- oder hinauskletterten, was hätten sie denn als Ausrede vorbringen können?
Es dauerte mehrere Wochen, bis sie die seltsamen Angewohnheiten von Leo und ihrem Vater einigermaßen durchschauten.
Leo begann jetzt eine Ausbildung als Sekretärin und mußte mit dem Bus in die Stadt fahren. Auf diese Weise wurde ihr Tagesablauf berechenbarer. Wann der Major mit seinen alten Hunden, die er Lance und Jessie nannte, die lange Allee entlangkam, war weniger vorhersehbar. Richard versuchte, von seinem

Onkel mehr über Major Murphys Lebensweise zu erfahren, aber anscheinend basierte ihre fünfundzwanzigjährige Freundschaft darauf, daß Bill Hayes rein gar nichts über Frank Murphy wußte. Es war schwer zu begreifen, aber so war es.

Doch dann kam der Zeitpunkt, da Hayes und Sohn, Rechtsanwälte, gebeten wurden, das Pförtnerhäuschen zum Verkauf anzubieten. Unter dem Vorwand, es Interessenten zu zeigen, verbrachten Richard und Gloria viele angenehme Stunden dort. Gloria konnte sich so leicht davonstehlen, daß es beinahe erschreckend war.

»Fragt Mike dich nie, wo du hingehst?«

»Mein Gott, nein. Warum sollte er?«

»Na, wenn ich eine schöne Frau hätte wie dich, würde ich sie nicht einfach losziehen lassen – um weiß der Teufel was zu treiben ...« Er drückte Gloria fest an sich.

»Dann wärst du kein Ehemann, sondern ein Gefängniswärter«, lachte sie. Er dachte darüber nach.

Irgendwie hatte sie recht. Wenn man jemanden heiratet, nur um ihn wie einen Besitz zu bewachen, so war das eine Art Gefangenschaft. Wenn Mike aber fürsorglicher und liebevoller mit seiner Frau umgehen würde, hätte Gloria andererseits sicher nicht das Bedürfnis gehabt loszuziehen – auch wenn sie noch so frei war.

Manchmal fragte er nach ihren Kindern, ihren kleinen Jungen Kevin und Sean.

»Was gibt es da schon zu sagen?«

»Hast du keine Angst, sie könnten es herauskriegen und dich deswegen hassen?«

»Richard, mein Liebling, du bist ja voller Schuldgefühle. Ich finde, wir sollten nach unseren Treffen regelmäßig gemeinsam zu Father Gunn gehen.«

»Nimm mich nicht auf den Arm. Ich sage das doch nur, weil ich dich liebe.«

»Nein, das tust du nicht.«

»Doch. Und ich habe das noch nie zu jemand gesagt.«

»Wir sagen es, wenn wir miteinander schlafen, weil in diesem Moment jeder Mensch Liebe empfindet. Aber du liebst mich nicht auf eine Art, die im Alltag bestehen könnte.«

»Das könnte ich aber.«

»Nein, Richard.« Sie legte ihm den Finger auf die Lippen und steckte ihn dann in seinen Mund; dann küßten sie sich, und bald waren die Worte vergessen.

Sie war die perfekte Geliebte. Selbst in seinen kühnsten Träumen hätte Richard nicht für möglich gehalten, einmal eine so leidenschaftliche, aufgeschlossene und schöne Frau in den Armen zu halten, die ihn begehrte und sich auch nicht scheute, ihm das zu sagen. Eine geistreiche, lebhafte Geliebte, deren dunkle Augen blitzten, wenn sie sich heimlich in Ryan's Hotel, in einem Laden oder in der Kirche trafen.

Nach all den Jahren, in denen Mädchen mehr von Richard gewollt hatten, als er zu geben bereit war, stellte eine Frau keine derartigen Ansprüche an ihn. Sie verlangte keine öffentliche Anerkennung, keinen Treueschwur und – ganz augenscheinlich wegen des schweren Traurings, den sie bereits am Finger trug – auch keinen Verlobungsring. Eine ziemlich lange Zeit war es die vollkommene Liebesaffäre.

Doch irgendwann bemerkte Richard Veränderungen in seinem eigenen Verhalten. Er konnte nicht behaupten, daß Gloria anders war – sie war schon immer unbeschwert und mutig gewesen, hatte keine Angst vor Entdeckung gehabt ... und sie war glücklich über die große Leidenschaft, die sie miteinander erlebten.

Nein. Es war Richard, der sich veränderte.

Er konnte es nicht ertragen, sie mit ihren kleinen Jungen an der Hand zu sehen. Er mußte an seine eigene Mutter und seinen Vater denken, den ehrbaren Dubliner Arzt und seine geschäftige, bridgespielende Frau. Das Haus in der Waterloo Road, in dem er aufgewachsen war, war der Inbegriff der Stabilität gewesen. Seine Mutter war immer für sie dagewesen. Und wenn sie sich nun hinausgeschlichen und einem Liebhaber in die Arme geworfen hatte, während sein Vater arbeitete? Er schob den Gedanken als ein von Schuldgefühlen verursachtes Hirngespinst beiseite.

Nie zuvor hatte er sein Leben mit dem seiner Eltern verglichen – warum erschien ihm ihre ruhige, eintönige Existenz jetzt plötzlich erstrebenswert? Gloria war für Kevin und Sean eine wunderbare Mutter. Was sie mit Richard tat, spielte sich auf einem anderen Planeten ab.

Zudem begann sich Richard Mike gegenüber unbehaglich zu fühlen: dem großen, gutaussehenden Mike Darcy, dessen Zähne weiß und ebenmäßig waren wie die seiner Frau und der täglich Stunde um Stunde in dem Laden stand, den sie gemeinsam aufbauten. Mike, der sich unendliche Mühe gab, etwas zu finden, was Richard bestellt hatte, der stirnrunzelnd darüber nachdachte, wo er das ganz spezielle Sämischleder herbekommen könnte, das Richard haben wollte. Es war ihm unangenehm, daß dieser Mann ihm so großzügig seine Zeit und Energie widmete. Mikes unschuldige Miene war für Richard Hayes ein lebender Vorwurf.

Gloria lachte nur, wenn er darüber sprach. »Was Mike und mich verbindet, hat nichts damit zu tun, was uns beide verbindet. Wir sollten diese Dinge auseinanderhalten«, sagte sie.

»Aber ich weiß von ihm, und er weiß nicht von mir.«

»Warum glauben die Männer immer, alles sei ein Spiel mit festen Regeln?« lachte sie.

Und dann gab es Momente, in denen er sich fragte, ob er er wirklich wußte, was Mike und Gloria verband. Er sah zum Beispiel, wie sie sich im Laden aneinanderlehnten, wenn sie sich unbeobachtet glaubten. Er sah, wie Mike Darcy seine Frau manchmal streichelte.

Ein bislang unbekanntes Gefühl rasender Eifersucht packte ihn, wenn er sah, wie sie sich berührten.

»Mit Mike tust du das nicht, oder?« flehte er eines Nachmittags in ihrem Pförtnerhäuschen.

»Niemand kann tun, was du und ich tun. Es gehört allein uns.«

»Aber will er … Ich meine, macht ihr …?«

»Du bist hinreißend, wenn du dir Sorgen machst«, sagte sie.

»Ich muß es wissen!«

Plötzlich setzte sie sich auf, und ihre Augen funkelten. »Nein, du mußt es nicht wissen. Es gibt kein Muß dabei. Wir sind nicht Herr und Sklave. Du hast kein Recht, etwas zu wissen, was ich dir nicht erzählen will. Stelle ich dir etwa derartige Fragen?«

»Aber von mir gibt es nichts zu wissen.« Er fühlte sich elend.

»Das liegt an meiner Art, die Dinge zu sehen. Ich bin nicht neugierig oder mißtrauisch und stelle keine Fragen, die ich lieber nicht stellen sollte.« Er hörte das Ultimatum in ihrer Stimme.

Richard mußte die Dinge nehmen, wie sie waren, sonst würde es nichts mehr zu akzeptieren geben. Er brannte darauf zu wissen, ob sie seit ihrer Heirat andere Männer gehabt hatte, die diese Prüfung nicht bestanden hatten und die sie fortgeschickt hatte.

Er hätte jeden Mann getötet, jeden Reisenden, der in Ryan's Hotel abstieg, wenn er gesagt hätte, er habe das Bett mit Gloria Darcy geteilt. Ja, er wäre diesem Mann an die Gurgel gesprungen und hätte ihn so lange geschüttelt, bis der den letzten Lebensfunken aushauchte, gleichgültig, was andere Menschen oder das Gesetz dazu sagten und mit welchen Konsequenzen er rechnen mußte. Warum also war Mike in der Lage, ruhig dazustehen und Zucker und Kartoffeln in Tüten zu füllen, ohne sich zu fragen, wohin seine schöne Frau nachmittags verschwand?

Für Richard wurde es sehr viel schwieriger, sich nachmittags freizunehmen, seit auch der junge Niall in die Kanzlei eingetreten war. Der Junge war eindeutig selbstbewußter geworden; Richard hatte den Verdacht, daß das auf die Freundschaft – oder war es bereits mehr? – mit der strahlenden jungen Nessa aus dem Hotel zurückzuführen war.

Vorbei die Tage, da Niall Hayes sich mit Handlangerdiensten zufriedengegeben hatte. Jetzt wollte er lernen, wollte sich beteiligen, Richards Umgehensweise mit Klienten studieren. »Kann ich dich zu dem Klienten begleiten, bei dem es den ganzen Ärger um den Eigentumstitel gibt?« fragte er beispielsweise.

Das war eine von Richards geheimnisvollen Ausreden, um dem Büro fernzubleiben. Er hatte einen starrsinnigen alten Bauern erfunden, dem man Honig um den Bart schmieren mußte, damit er seine Dokumente herausrückte.

»Nein. Niall. Das wäre nicht gut ... dieser Typ ist unberechenbar wie ein Hornissenschwarm. Man kann nie wissen, wozu er fähig wäre, wenn ich jemanden mitbringe. Ich bin mit ihm nur so weit gediehen, weil ich allein gehe und ihm unendlich viel Zeit widme.«

»Nun, kann ich mir wenigstens seine Akte ansehen?« fragte Niall.

»Warum? Warum willst du dich mit diesem alten Arschloch belasten, wo es doch jede Menge andere Arbeit gibt?«

»Aber wir müssen doch Bescheid wissen, wenn ...« Er sprach den Satz nicht zu Ende, die Worte blieben im Raum stehen – wenn ... Richard nach Dublin zurückkehrte. Jeder wußte, daß es passieren würde. In der Kanzlei war kein Platz für zwei Juniorpartner. Es gab einfach nicht genug zu tun; selbst zwei Gehälter überschritten Bill Hayes' Möglichkeiten. Und Niall war der Sohn des Hauses.

Jeden Moment konnte Richard jetzt Shancarrig verlassen.

Nur Richard wußte, daß er Shancarrig und die Frau, die er liebte, nicht verlassen würde.

»Aber ich liebe dich doch«, verteidigte er sich Gloria gegenüber, als sie eines kalten Abends im Pförtnerhäuschen vor dem Kanonenofen saßen und rauchten.

»Ich weiß.« Sie umschlang ihre Knie mit den Armen.

»Nein, du weißt es nicht. Du hast gesagt, wir sollen nicht von Liebe sprechen und daß ich sie nur in dem Moment fühle, in dem ich dich nehme. Das hast du gesagt.«

»Red nicht wie ein Schuljunge, Richard.« Sie sah wunderschön aus, wie sie so im flackernden Lichtschein saß.

»Worüber denkst du nach?« fragte er.

»Über dich und über die Gefühle, die du in mir weckst.«

»Was sollen wir tun, Gloria?«

»Na, uns anziehen und heimgehen, denke ich.«

»Ich meine, überhaupt?«

»Wir können nicht alle Probleme lösen. Wir können

nur dafür sorgen, daß die Fenster hier keinen Lichtschein herauslassen, der uns verrät, oder daß wir uns in diesem entsetzlichen Regen nicht den Tod holen.«

»Was wirst du sagen … wo du gewesen bist?«

»Das geht dich nichts an.«

»Doch, denn du gehst mich etwas an.«

»Laß mich nur machen.« Wieder sah er die Warnung in ihren Augen, und er bekam Angst.

Sie hatten sich im Spätsommer kennengelernt, und ihre Affäre hatte bereits den Herbst und einen kalten, nassen Winter überdauert; jetzt nahte der Frühling. Zweifellos würde sich eine Lösung finden.

Für Gloria bedeutete der Frühling, daß sie gelb und weiß geblümte Kleider und Sandalen tragen und ihren Liebhaber in versteckte Winkel des Barnawaldes führen konnte, auf Lichtungen mit Glockenblumen und weichem Frühlingsgras. Wieder übermannte ihn der Schmerz. Woher kannte sie diese Plätze? Sie war nicht hier aufgewachsen. Hatten andere Männer sie hierher geführt? Nicht nur, daß er nicht fragen durfte – er durfte nicht einmal daran denken. Es quälte ihn, daß der Laden so gut lief. Wie gern hätte er für sie gesorgt und ihr Geschenke gemacht, aber sie wollte nichts annehmen.

»Was sollte ich denn erzählen, Richard? Ich kann ja wohl kaum sagen, daß dieser gutaussehende junge

Rechtsanwalt, der immer ungeheure Mengen von Rasierklingen kauft, mir einen silbernen Armreif geschenkt hat, oder?«

Aber ihr Wohlstand wuchs, und Mike Darcy kaufte seiner Frau Schmuck. Einen Smaragdanhänger, Diamanten. Niemand in Shancarrig hatte je so extravagante Sachen gesehen. Reichlich unpassend, sagte Richards Tante Ethel kopfschüttelnd.

Im Grunde seines Herzens war Richard der gleichen Ansicht, aber er hütete sich, das zu sagen.

Doch zu seiner Überraschung war der junge Niall ganz anderer Meinung.

»Warum arbeiten die Leute, wenn nicht, um sich das zu kaufen, was sie wollen?« fragte er.

»Ich hoffe nur, daß du nicht eines Tages dein Geld für Smaragde rauswirfst, um sie Gloria Darcy oder ihresgleichen zu schenken«, sagte sein Vater auf seine übliche herablassende Art zu seinem Sohn.

Aber Niall ließ sich längst nicht mehr alles gefallen.

»Ich weiß nicht, was du mit ›ihresgleichen‹ meinst, aber wenn ich eine Frau liebe und ehrlich mein Geld verdiene, würde ich mich sehr wohl berechtigt fühlen, damit Geschenke für sie zu kaufen«, sagte er.

Plötzlich herrschte düsteres Schweigen im Raum. Tante Ethel sah ihren Sohn verwundert an. Sie trug keinen Schmuck auf ihrer Strickjacke; für sie hatte es nie Schmuck gegeben – außer dem Verlobungsring, dem Ehering und einer guten Uhr. Vielleicht wäre das Leben hier angenehmer verlaufen, wenn Bill Hayes gelegentlich in einen Laden gegangen wäre und sich Schmuck angesehen hätte.

»Laß uns unseren Jahrestag feiern«, sagte Richard zu Gloria.
»Und wie zum Beispiel? Sollen wir zu zweit in Ryan's Hotel zu Abend essen? Bei einer Flasche Wein?«
»Nein, aber laß uns etwas Festliches machen.«
»Ich finde, was wir machen, ist schon ziemlich festlich.« Sie lachte ihn an.
»Du mußt doch mehr wollen, du mußt mehr wollen, als immer nur heimlich zu mir zu schleichen.«
Sie seufzte. Es war das müde Seufzen einer Mutter, die es einfach nicht schafft, ihrem Kind zu erklären, wie man Schuhe bindet. »Nein, ich will nicht mehr«, sagte sie ergeben. »Aber du willst es. Also werden wir an unserem Jahrestag tun, was du willst.«
Es war schwer, sich etwas auszudenken. Daß sie ein Jahr lang eine Affäre gehabt hatten, ohne entdeckt zu werden, in einem kleinen Ort und mit so neugierigen Leuten, war an sich schon ein Wunder.
Vielleicht konnten sie nach Dublin fahren. Richard konnte eine Ausrede erfinden, und Gloria würde

sicher auch ein Grund einfallen, weshalb sie wegfahren mußte.

Doch bevor er den Vorschlag machte, wollte er planen, was sie tun würden, denn sonst würde sie einfach die Achseln zucken und sagen, dann könnten sie ebensogut hierbleiben. Er wollte sie in die Bars und Restaurants von Dublin ausführen, er wollte, daß die Leute sie bewunderten und sich von ihrem schönen Gesicht und ihrem perlenden Lachen bezaubern ließen. Er wollte sie vor einem anderen Hintergrund sehen als hier vor der grauen, eintönigen Silhouette von Shancarrig. In all den Jahren, die er hier verbracht hatte, war es Richard nie gelungen, den Ort zu mögen; nur Gloria hatte ihm Glanz verliehen, und deshalb wollte er sie wegbringen.

Richard plante die Reise nach Dublin ganz genau: Er wollte sie in Kingsbridge mit dem Auto vom Zug abholen – er würde einen Tag früher fahren, so daß sie sich weniger verdächtig machten, und ihr alle Sehenswürdigkeiten zeigen. Sie kannte Dublin nicht sehr gut, hatte sie gesagt. Er würde ihr Führer sein.

Sie würden sich in einem der besseren Hotels einmieten. Er würde den Raum zuvor auskundschaften und sicherstellen, daß er ideal war … Dann würden sie Arm in Arm die Grafton Street entlangschlendern. Falls sie irgend jemanden aus Shancarrig trafen, würden sie in aufgeregtes Gelächter ausbrechen und sagen, es sei doch wirklich eigenartig – man brauchte nur nach Dublin zu fahren und schon liefen einem alle möglichen Leute von zu Hause über den Weg.

Je länger er darüber nachdachte, desto klarer wurde Richard, daß er Gloria nicht nur für eine Nacht in Dublin haben wollte – er wollte sie für immer. Und er wollte nicht in einem verschwiegenen Hotelzimmer mit ihr wohnen, sondern in einem eigenen Zuhause. Für immer mit ihr zusammen.

Aber es türmten sich scheinbar unüberwindliche Hindernisse vor ihm auf. Das größte war der lächelnde, naive Mike Darcy, der keine Ahnung hatte, daß seine Frau einen anderen liebte.

Und dann die Kinder. Sie gefielen Richard: dunkelhaarige Jungen mit Glorias großen Augen und dem schiefen Grinsen ihres Vaters. Aber es war lächerlich, Eigenschaften herauszufiltern und sie dem einen oder dem anderen Elternteil zuzuschreiben.

Er hätte die Kinder gern kennengelernt, aber das war unmöglich. Wenn sie sich kennenlernten, würde es ihnen vielleicht leichterfallen, als Familie nach Dublin zu kommen und mit ihm zu leben. Richard wurde plötzlich bewußt, daß er längst nicht mehr eine ehebrecherische Reise zur Feier ihres Jahrestages plan-

te, sondern ein neues Leben. Er mußte die Sache langsamer angehen!
Er durfte nichts überstürzen und damit riskieren, sie zu verlieren.

Der Jahrestag übertraf seine kühnsten Erwartungen. Im Hotel wurden sie als Mr. und Mrs. Hayes begrüßt; niemand schöpfte Verdacht. Glorias schwere Ringe sahen nicht aus, als seien sie eigens für diese Gelegenheit übergestreift worden – sie hatten ein Recht, an ihrer Hand zu sein.
Sie tranken in ihrem Zimmer Champagner und bummelten dann durch die Stadt. Er zeigte ihr die Stellen, die er als Junge geliebt hatte: das Kanalufer, von der Baggot Street bis zur Leeson Street. Es erregte ihn, in die Nähe der Waterloo Road zu kommen. Denn es war gut möglich, daß ihnen sein Vater auf dem Weg zum Buchladen an der Baggot Street Bridge begegnete oder seine Mutter auf dem Weg zum Metzger, dem sie mitteilen wollte, daß der letzte Sonntagsbraten nicht so zart wie erwartet gewesen war, was den Doktor sehr enttäuscht hatte.
Seine Eltern traf er nicht, aber er sah Elaine, schwanger und zufrieden, als sie aus dem Auto ihrer Mutter stieg. Sie bemerkte ihn nicht, und unter normalen Umständen hätte er sie nicht aufgehalten. Aber dies waren keine normalen Umstände. Er wollte ihr Glo-

ria zeigen, er wollte, daß sie die wunderbare Frau an seiner Seite sah.

Also rief er sie, und sie watschelte herüber.

»Oh, Mama wird so enttäuscht sein, daß sie dich verpaßt hat«, sagte sie. Er hatte absichtlich gewartet, bis ihre Mutter davongefahren war, denn er glaubte nicht, daß sein Name in der Gunst dieser Familie besonders hoch stand.

»Ich möchte dir Gloria Darcy vorstellen.« Der Stolz in seiner Stimme war nicht zu überbieten.

Sie kamen leicht ins Gespräch. Gloria fragte Elaine, ob es ihr erstes Kind sei. Elaine sagte, ja, sie sei sehr aufgeregt, und sah Richard dabei direkt in die Augen.

Gloria erzählte von ihren beiden Jungen und daß man sich wünschte, sie würden nie erwachsen – und doch war man so stolz über jede Kleinigkeit, die sie dazulernten. Sie sagte genau das, was Elaine gern hörte. Sie erklärte ihr auch, daß die Altweibergeschichten über die Geburt schrecklich übertrieben seien – wahrscheinlich wollte man die Leute damit nur davon abbringen, vor der Ehe Kinder zu kriegen.

»Ach, nur wenige von uns wären dumm genug, so etwas zu tun«, winkte Elaine ab und sah wieder Richard an.

Mit einem Schlag wurde ihm bewußt, was für ein Ausbund an Egoismus er gewesen war. Plötzlich war

er froh, daß Elaine ihn angelogen hatte, daß sie nie mit seinem Kind schwanger gewesen war. Aber Olive Kennedy hatte ihm nichts vorgemacht. Sie war nach England gegangen und hatte ihr gemeinsames Kind zur Welt gebracht. Wo war dieses Kind jetzt? Ein Junge oder ein Mädchen in einem Waisenhaus, in einer Pflegefamilie, ein Adoptivkind.
Wieso hatte er sich bisher nie darum gekümmert? Er fühlte, wie ihm Tränen in die Augen stiegen.
Sie tranken etwas in der Shelbourne Bar. Nahe der Grafton Street, in einem kleinen Restaurant, von dem er nur Gutes gehört hatte, aßen sie zu Mittag.
Er begegnete noch drei Leuten, die er mehr oder weniger flüchtig kannte. Das war nicht schlecht für einen Mann, der vier Jahre lang im Exil gelebt hatte – der Schauplatz war geschickt gewählt. »Hast du Elaine sehr geliebt?« fragte Gloria.
»Nein. Vor dir habe ich keine Frau wirklich geliebt«, antwortete er schlicht.
»Ich hatte das Gefühl, du seist traurig, als wir gingen, du hattest Tränen in den Augen … Aber das geht mich nichts an. Ich bin sehr hart mit dir gewesen, wenn du mir neugierige Fragen gestellt hast«, sagte sie und drückte zärtlich seine Hand.
Er konnte kaum sprechen.
»Ich werde sterben, wenn ich nicht immer mit dir zusammensein kann, Gloria«, sagte er.

»Psst.« Sie tauchte ihren Finger in das kleine Glas irischen Whiskey, das sie trank, und ließ ihn daran saugen. Bald stellte sich das gewohnte körperliche Begehren ein und verbannte einen Augenblick lang die Verlustängste und die Furcht vor der Rückkehr in das Alltagsleben von Shancarrig. Sie gingen zurück ins Hotel und feierten ihren Jahrestag, wie sich das gehört.

Er fragte nie, welche Ausrede sie Mike gegenüber gebraucht hatte – ob sie vorgab, einkaufen zu gehen oder einen Krankenbesuch zu machen oder sich mit einer alten Freundin zu treffen. Er wußte, daß sie ihre Lügen für sich behalten wollte. Es war wohl nicht schwer, Mike anzulügen; seine Naivität verschloß ihm die Augen vor der Unaufrichtigkeit seiner Umwelt: daß seine Frau ihn betrog und der flüchtige Bekannte Richard Hayes nicht wegen der Einkäufe, die er vorschützte, im Laden ein und aus ging, sondern um Gloria mit den Augen zu verschlingen, um sich an das letzte Mal zu erinnern und auf das nächste Mal zu freuen.

Kevin Darcy besuchte die Schule von Shancarrig. Manchmal hielt Richard ihn auf der Straße auf und fing ein Gespräch an.

»Wie geht's Mami und Papi?« fragte er.

»Gut.« Kevin zeigte wenig Interesse.

»Was hast du in der Schule gelernt?« fragte Richard manchmal noch.
»Nicht viel«, antwortete Kevin dann.
Eines Tages sah Richard, daß Kevin eine Kopfwunde hatte. Er sei von einem Baum gefallen, erklärte Christy Dunne. Richard ging in den Laden, um gute Besserung zu wünschen. Mike war draußen im Hof und überwachte die Arbeit an dem neuen Anbau. Darcys Laden war inzwischen beinahe dreimal so groß wie damals, als sie ihn erworben hatten.
»Um Himmels willen, Richard, es ist doch nur ein Kratzer. Führ dich nicht auf wie eine Glucke«, sagte Gloria.
»Er hat stark geblutet, ich habe mir Sorgen gemacht.«
»Na schön, du brauchst dir keine Sorgen mehr zu machen, es geht ihm gut. Ich habe ihm ein großes Pflaster draufgeklebt und ihm zwei Schokoriegel gegeben – einen für ihn und einen für Christy. Es ist wirklich nicht so schlimm.« Richard sah sie bewundernd an. Wie konnte sie zu allem anderen auch noch eine so ruhige, gute und kluge Mutter sein?
Noch tiefere Bewunderung nötigte sie ihm ab, als in der folgenden Woche Einbrecher den Schmuck stahlen, den Mike Darcy seiner Frau geschenkt hatte. Sergeant Keane kam und ging, überall wurden Nachforschungen angestellt, in Johnny Finns Pub hatte

man Zigeuner gesehen, man konnte ja den Ort nicht ständig überwachen.
Gloria nahm die Sache ganz gelassen. Es war schrecklich schade, vor allem um den kleinen Smaragd – sie hatte sein Funkeln geliebt. Aber was sollte man machen? Die Schmuckstücke Tag und Nacht bewachen, das Haus zu einem kleinen Fort Knox umgestalten? Es wäre ein Leben wie im Gefängnis, meinte sie schaudernd. Richard erinnerte sich daran, wie sie einmal gesagt hatte, mit einem mißtrauischen Ehemann verheiratet zu sein, der sie ständig kontrollierte, wäre wie ein Leben mit einem Gefängniswärter. Sie brauchte ihre Freiheit.
Maura O'Sullivan, die sich um die Kinder der Darcys kümmerte und das Haus putzte, arbeitete auch im Haus von Richards Tante. Er versuchte, mehr über die Familie in Erfahrung zu bringen, aber im Gegensatz zu den übrigen Bewohnern von Shancarrig tratschte Maura nicht gern.
»Was genau möchten Sie denn wissen?« fragte sie in einem Ton, bei dem einem jede weitere Frage im Hals steckenblieb.
»Ich habe mich nur gefragt, wie die Familie mit dem Verlust fertig wird«, erklärte er – nicht sehr überzeugend.
Maura nickte zufrieden. Sie brachte immer ihren Sohn mit, einen lieben Jungen namens Michael, der

mongoloid war. Richard mochte ihn und die Art, wie er auf jeden zurannte, der das Zimmer betrat.

»Papi?« sagte er hoffnungsvoll zu Richard.

Als er es zum ersten Mal sagte, erklärte Maura, daß der Vater des Kindes nach England gegangen war und er folglich jeden, den er kennenlernte, für seinen Vater hielt.

»Papi, mein Papi?« fragte der kleine Michael immer wieder.

»So was Ähnliches, wir alle sind Väter und Mütter anderer Menschen«, erklärte ihm Richard.

Niall hatte zugehört.

»Du bist sehr nett, Richard, anscheinend liegt dir das im Blut. Ich meine es ernst – du bist immer schrecklich nett zu den Leuten, darum bist du auch so erfolgreich.« Richard war verblüfft, Niall hatte noch nie so eine lange Rede gehalten.

»Nein, ich bin nicht nett. In Wirklichkeit bin ich ziemlich selbstsüchtig. Es überrascht mich, daß man es nicht merkt.«

»Das ist mir nie aufgefallen. Natürlich war ich wegen deiner Erfolge bei Frauen eifersüchtig auf dich, aber ich habe dich nie für selbstsüchtig gehalten.«

»Und jetzt bist du nicht mehr eifersüchtig?«

»Tja, ich liebe nur eine Frau, und sie versichert mir, daß sie deinem Zauber nicht erlegen ist … also …«

Niall Hayes strahlte.

»Das stimmt. Ich fand sie schön, wie jeder andere auch, aber ich habe sie nur aus der Ferne bewundert, das kann ich dir versichern.«

»Dasselbe sagt sie auch«, bestätigte Niall selbstgefällig und zufrieden.

»Bin ich dir eigentlich bei der Arbeit hier im Weg?« Dieses Thema wollte Richard schon länger zur Sprache bringen. Jetzt schien ein günstiger Augenblick.

»Nein. Nein, natürlich nicht, es ist nur so, daß wir wohl erwartet haben … Wir haben alle gedacht, daß du früher oder später …«

»Ja, und eines Tages wird das auch der Fall sein, aber jetzt noch nicht.«

»Du sparst Geld, ich weiß«, meinte Niall verständnisvoll.

»Woher weißt du das?«

»Na, du gehst nie aus, du hast ein Schrottauto. Du kaufst dir keine schicken Anzüge.«

»Das stimmt«, gab Richard zu. »Ich spare.« Und er merkte, daß ihm das als Tarnung dienen konnte. Er hielt das Geld zusammen, um in Dublin eine Kanzlei zu kaufen.

Die Monate vergingen. Gloria kaufte ihm eine Seidenkrawatte.

»Du hast gesagt, keine Geschenke.« Liebevoll streichelte er die creme- und goldfarbene Krawatte.

»Ich hab nur gesagt, du darfst mir keine machen, weiter nichts.«
»Ich möchte dir aber ein Schmuckstück kaufen. Keinen Smaragd, einen Rubin – einen ganz kleinen Rubin. Bitte laß mich«, bettelte er.
»Nein, Richard. Im Ernst, wann könnte ich ihn tragen? Sei vernünftig.«
Er kaufte ihn trotzdem. Und gab ihn ihr im Pförtnerhäuschen.
Ihre Mittwochnachmittage dort waren inzwischen gesichert. Major Murphy ging bei Wind und Wetter mit Richards Onkel spazieren, und Leo hatte eine Stellung im Büro einer Baufirma in der Stadt angenommen. Es schien irgendwie eine unpassende Arbeit zu sein, aber Gloria erzählte ihm, sie habe gehört, daß Leo immer noch mit diesem verrückten Foxy Dunne in Verbindung stand, der auf den Baustellen Englands von Erfolg zu Erfolg eilte. Es hieß, daß er zurückkommen und seine eigene Firma gründen wollte. Es hieß, er und Leo seien sich einig.
»Foxy Dunne, der Sohn von Dinny Dunne?«
»Ach, Foxy Dunne ist im Vergleich zu seinem Vater ehrbar wie der päpstliche Nuntius. Der Vater ist doch der, der fast jeden Abend aus Johnny Finns Pub heraustorkelt.«
»Aha, aha.« Richard merkte, wie sehr er sich bereits der provinziellen Denkweise angepaßt hatte; er

konnte sich nur schwer vorstellen, daß Major Murphy aus dem Glen es billigte, daß seine Tochter einen der Dunnes aus den Katen in Betracht zog. Trotzdem war er froh, denn es hieß, daß Leo weit entfernt arbeitete. So war wenigstens die Luft rein.
Gloria sah den Rubin lange Zeit an.
»Du bist nicht böse?«
»Wie könnte ich böse sein, wo du soviel Geld für mich ausgegeben hast? Ich bin gerührt, aber ich werde ihn niemals tragen.«
»Könntest du nicht sagen …«
»Wir beide wissen, daß es nichts gibt, was ich sagen könnte.«
»Aber du könntest ihn tragen, wenn du hier mit mir bist.«
»Ja, das werde ich tun.«
Sie nahm den Rubin mit und ließ eine Krawattennadel daraus machen; dann gab sie ihn Richard zurück.
»Ich werde ihn an einer Kette tragen, wenn ich mit dir zusammen bin, aber für die übrige Zeit behalte du ihn. Trag ihn auf der Krawatte, die ich dir geschenkt habe, dann wirst du an mich denken.«
»Ich denke immer an dich«, entgegnete er.
Vielleicht zu oft.
Es war der Anfang vom Ende. Richard merkte es und wollte es nicht wahrhaben. Er fürchtete, ein anderer sei ins Dorf gekommen, aber er wußte, daß das nicht

sein konnte. Sie erfand keine Ausreden mehr, um ihn für fünf Minuten zu treffen, und obwohl sie sich ihm willig hingab, flehte sie ihn nicht mehr an, sie zu nehmen, wie sie es früher getan hatte – als sie ihn derartig ermutigt und erregt hatte, daß er Dinge tat, die er nie für möglich gehalten hatte.

Richard glaubte, es liege alles an Shancarrig. Es hatte endlose Schwierigkeiten mit den Zulieferern der Bauunternehmer und mit dem Ausbau gegeben, und die Dunnes verhielten sich weiterhin feindselig – sie sagten, sie hätten nicht die Absicht, sich ausgerechnet an der Erweiterung ihrer Konkurrenz zu beteiligen. Die Versicherung zögerte die Schadensersatzzahlungen für den gestohlenen Schmuck hinaus. Und auch wegen des geplanten Zeitungsverkaufs gab es Probleme mit Nelly Dunne.

In der Kanzlei seines Onkels drängte Niall darauf, bei mehr Fällen mitzuarbeiten, mehr Gespräche mit Mandanten und Anwälten zu fahren – eben ganz allgemein sein Metier zu lernen. Richard hatte das Gefühl, ihm überall im Wege zu stehen.

Es war an der Zeit, Gloria wegzuholen.

Er begann es ihr zu erklären, und zum ersten Mal sprach er weiter, obwohl sie versuchte, ihn zum Schweigen zu bringen. »Nein, ich habe lange genug den Mund gehalten. Wir müssen nachdenken. Es geht jetzt schon fast zwei Jahre so. Wir müssen unser eigenes Heim, unser gemeinsames Leben haben. Ich will Mike nicht weh tun, aber er muß es erfahren, wir müssen es ihm sagen. Er ist ein anständiger Mensch, er wird dem zustimmen, was wir vorschlagen. Das ist für alle das beste. Er kann nach Dublin kommen und die Jungen besuchen, wir werden ihren richtigen Vater nie vor ihnen verleugnen ... sicher wäre es ihm lieber, wir hätten ihn gleich eingeweiht ... nein, nicht gleich am Anfang, aber von jetzt an ...« Seine Stimme erstarb, als er ihr ins Gesicht sah.

Sie saßen im Pförtnerhäuschen. Sie hatten sich nicht ausgezogen. Ihre Zigaretten lagen auf dem Tisch zwischen ihnen samt der kleinen Dose, die sie als Aschenbecher benutzten und nach jedem Besuch saubermachten. Es war ein merkwürdiger Ort, um über die Zukunft zu sprechen. Und Glorias Gesicht nahm einen merkwürdigen Ausdruck an, während sie ihm zuhörte. Sie sah bestürzt aus, verwirrt und erschrocken.

Zuerst glaubte er, es liege daran, daß sie so etwas Ungeheuerliches vorhatten, und daran, daß sie die Kinder aus ihrer gewohnten Umgebung würden herausreißen müssen. Wie konnte er sie wieder beruhigen? »Ich habe mich in Dublin nach Häusern umgesehen, ein bißchen außerhalb, wo wir unsere Ruhe hätten und Kevin und Sean eine Schule in der Nähe besuchen könnten, nicht ein riesiges Institut wie das der Christian Brothers in der Stadt …« Er hielt inne. Er hatte ihren Blick mißverstanden.

Sie wollte nicht beruhigt werden, sie wollte einfach nur, daß er schwieg. »Nichts von alledem wird passieren, das weißt du, Richard, das *mußt* du wissen!«

»Aber du liebst mich doch …«

»Nicht auf diese Weise, nicht so, daß ich mit dir durchbrennen würde …«

»Warum haben wir dann all das getan …?« Er machte eine heftige Handbewegung über den Raum hinweg, in dem sie sich so oft geliebt hatten.

»Das steht in keinerlei Zusammenhang damit, daß ich von hier weggehe. Ich habe nie etwas Derartiges versprochen, das stand überhaupt nie zur Debatte.«

Jetzt war er erschrocken und verwirrt. »Was hatte das alles dann für einen Sinn?« fragte er flehend.

Sie erhob sich und ging im Zimmer auf und ab. Nie hatte sie schöner ausgesehen. Sie sprach von einer wundervollen Zeit mit Richard, wie er ihr das Gefühl gegeben hatte, etwas Besonderes zu sein und gebraucht zu werden, und davon, daß sie ihm gegenüber keine Verpflichtung eingegangen war, keine Versprechungen gemacht hatte.

Sie sagte, ihre Zukunft liege hier in Shancarrig oder in einer anderen kleinen Stadt. Vielleicht würden sie an die Dunnes verkaufen und weiterziehen. Sie und

Mike fingen gern ganz von vorn an. Sie hatten das bereits in anderen Orten getan. Es war jedesmal eine Herausforderung, und so werde es ihnen nie langweilig.

Richard Hayes hörte überrascht, mit wieviel Respekt und Liebe Gloria von Mike sprach.

Zwischen Gloria und Mike gab es eine Verbindung, die Richard nie verstanden hatte. Ihre Sorge hatte nichts mit der Angst zu tun, Mike könnte verletzt sein oder leiden. Nein, es war ein tiefes Gefühl für ihn – sie versetzte sich ganz in das hinein, was er tat, was er plante und sich ersehnte.

»Aber du liebst ihn doch nicht!« keuchte er.

»Natürlich liebe ich ihn. Ich habe nie einen anderen geliebt.«

»Aber warum …?« Richard brachte den Satz nicht zu Ende.

»Er konnte mir nicht alles geben, was ich mir wünschte. Das kann niemand. Ich liebe ihn, weil er mir meine Freiheit läßt.«

Richard spürte, daß sie die Wahrheit sagte. »Und weiß er …?«

»Weiß er was?«

»Von mir, von uns. Erzählst du ihm davon?« Seine Stimme war jetzt wütend und laut. »Erregt es ihn, wenn du heimkommst und ihm erzählst, wie wir beide es getrieben haben?«

»Du brauchst nicht so widerlich zu werden«, wies sie ihn zurecht.
»Widerlich bist höchstens du, streunst herum wie eine rollige Katze und spielst den anderen die mustergültige Ehefrau und Mutter vor.«
Sie sah ihn vorwurfsvoll an. Er wußte, daß es aus und vorbei war. In all den Jahren, als er sich aus Beziehungen davongestohlen und nach Affären die Flucht ergriffen hatte, war er niemals so ehrlich gewesen wie sie jetzt; er hatte gern ein Doppelspiel getrieben und persönliche Begegnungen vermieden, außer wenn sie unumgänglich waren. Sein Herz wurde schwer, wenn er an Olive Kennedy dachte und an die Art, wie er sie vor den Augen ihrer Eltern verstoßen hatte.
Hätte er doch noch einmal von vorn anfangen können! Er ließ den Kopf hängen.
»Richard?« sagte Gloria leise.
»Das mir der rolligen Katze hab ich nicht so gemeint.«
»Ich weiß.«
»Was soll ich denn jetzt tun, Gloria, Liebste? Ich weiß es einfach nicht.«
»Geh fort von hier und mach dir in Dublin ein schönes Leben. Eines Tages werden wir uns dort begegnen und uns nett unterhalten wie du und das schwangere Mädchen in der Baggot Street.«

»Nein.«
»Doch, das wirst du tun.« Sie klang sanft, aber bestimmt.
»Und wenn du in eine andere Stadt ziehst, wirst du dir dann einen anderen suchen?«
»Jedenfalls werde ich nicht nach jemandem Ausschau halten, das verspreche ich dir.«
»Und wird er … wird er damit zurechtkommen, falls es doch passiert?« Er brachte es nicht über sich, Mike Darcys Namen auszusprechen.
»Er wird wissen, daß ich ihn liebe und nie verlassen werde.«
Weiter gab es nichts zu sagen.
Aber viel zu tun.
Richard mußte ins Büro zurückgehen und ein paar Anwaltskanzleien in Dublin anrufen. Er würde seine Mutter fragen, ob er wieder in die Kellerwohnung in der Waterloo Road einziehen könnte. Er würde Tag und Nacht arbeiten, um seine Akten in Ordnung zu bringen und alles in tadelloser Ordnung an Niall übergeben. Er konnte seine Jahre hier abschütteln und noch einmal von vorn anfangen.
Sie räumten das kleine Haus auf, das sie heute zum letzten Mal besucht hatten. Wie immer leerten sie Zigarettenstummel und Asche in einen Briefumschlag. Sie schoben die Möbel wieder zurecht, wie sie sie bei ihrem ersten Treffen vorgefunden hatten.

Danach verschwanden sie durchs Fenster, wie immer, und arrangierten die Efeuranken wieder so, daß sie es verdeckten.
Gloria würde nach seiner Abreise keinen anderen hierher bringen, dessen war er sich sicher. Bei dem Gedanken, ob sie vor ihm mit jemandem hiergewesen war, zuckte er innerlich zusammen.

Aber das waren sinnlose Spekulationen.
»Jetzt, wo wir nichts Verbotenes mehr tun, könnten wir ja zusammen nach Hause gehen«, schlug er vor.
»Warum nicht?« Sie war freundlich und nett, wie sie es zu jedem war.
»Den langen Weg oder den kurzen?« Er ließ ihr die Wahl.
»Den Panoramaweg«, entschied sie.
Sie gingen zusammen über die Lichtung, die zum alten Felsen führte, und dann zurück durch den Wald, an Maddy Ross' Haus vorbei, wo sie an ihrem kleinen Schreibtisch saß – vielleicht schrieb sie einen Brief an den Kaplan, der zu den Missionaren gegangen war, an den, den sie vielleicht geliebt hatte. Richard spürte tiefes Mitleid mit dieser Frau in sich aufsteigen. Was für eine aussichtslose Liebe im Vergleich zu seiner eigenen großen Leidenschaft!
Sie kamen an die Brücke, wo immer noch Kinder

spielten, wie an dem Tag, als Richard Hayes vor fünf langen Jahren nach Shancarrig gekommen war.
Es waren andere Kinder, aber sie spielten das gleiche Spiel.

Unvorstellbar, daß er vor einer Stunde noch geplant hatte, wo Glorias Kinder in Dublin zur Schule gehen sollten … Daß er geglaubt hatte, eine Familie zu übernehmen …
Und jetzt war alles vorbei.
Jetzt, da sie frei miteinander sprechen konnten, gab es nichts mehr zu sagen. Seine Gedanken wanderten die Straße hinauf zu dem alten Schulhaus und der großen Buche, deren Stamm bedeckt war mit Initialen und Namen.
In den ersten Wochen seiner Liebe zu Gloria hatte er sich zu dem Baum geschlichen und *Gloria in excelsis* in die Rinde geschnitzt.
Es kam ihm nicht blasphemisch vor, es war sehr feierlich gemeint. Wenn später einmal jemand diese Worte las, so würde er denken, es handle sich um eine Hymne zur Ehre Gottes. Vielleicht würde man glauben, ein Priester habe es geschrieben. Er würde nicht hingehen und es wegkratzen. Es wäre kindisch. Natürlich konnte er die Geschichte auch zu Ende bringen. Er könnte hinzufügen, daß die Glorie der Welt verloschen war: *Sic transit gloria mundi.* Nur

wenige würden es verstehen, und selbst diese würden es nie mit Gloria Darcy, der liebenden Ehefrau des Ladenbesitzers Mike Darcy, in Zusammenhang bringen.

Aber auch das wäre kindisch gewesen.

Maura O'Sullivan kam mit ihrem Sohn Michael vorbei, wie die beiden so auf der Brücke standen: Gloria und Richard, die nie wieder miteinander sprechen würden.

»Guten Tag, Mrs. Darcy, guten Tag, Mr. Hayes«, sagte sie.

»Mein Papi?« Michael rannte auf Richard zu und umarmte sein Bein.

Richard kniete nieder, um die Umarmung zu erwidern.

»Gehen Sie nach Hause, Gloria«, sagte er.

Sie ging ohne ein Wort. Er hörte ihre hohen roten Absätze auf der Straße zum Zentrum von Shancarrig davonklappern.

»Wie geht es dir, Michael? Du bist schon ganz schön groß geworden«, sagte er und verbarg sein Gesicht an der Schulter des Jungen, damit keiner seine Tränen sah.

Leo

Als Leo noch ganz klein war, setzte ihr Vater sie oft auf seine Knie und erzählte ihr von dem kleinen Mädchen mit der kleinen Locke *mitten* auf der Stirn. Und wenn er *mitten* sagte, stupste er mit dem Zeigefinger auf ihre Stirn, um ihr die genaue Stelle zu zeigen. Dann fuhr er fort: War das Mädchen brav, dann war es sehr, sehr brav, war das Mädchen böse, dann war es *schrecklich böse.* Bei den letzten Worten verzog er das Gesicht zu einer Grimasse und schrie sie an: *schrecklich böse.* Da bekam Leo Angst, obwohl sie wußte, daß die Geschichte gut ausging und ihr Vater sie am Ende fest an sich drük- ken und manchmal sogar in die Luft werfen würde.

Sie hatte keine Angst vor ihrem Daddy, nur vor diesem Vers. Etwas Bedrohliches lag darin, als handle er von einem anderen Menschen.

Außerdem traf er sowieso nicht auf sie zu, denn sie hatte weit mehr als nur eine kleine Locke. Sie hatte den ganzen Kopf voll rotblonder Locken. Wenn jemand versuchte, ihre Haare zu bürsten, verfilzten sie sich, so daß ihre Mutter es manchmal nach eini-

gen erfolglosen Versuchen aufgab. »Wie ein Ginsterbusch, wie bei einem Zigeunerkind.« Leo wußte, das war eine Beleidigung. Denn die Leute fürchteten sich ein wenig vor dem fahrenden Volk, das manchmal auf dem Weg zu den Galway-Rennen hinter dem Barnawald kampierte.
Wenn Leo einmal ungezogen war und ihren Reis nicht essen oder ihre Schnürsenkel nicht ordentlich binden wollte, sagte Biddy zu ihr, sie würden sie dem nächstbesten Zigeuner, der vorbeikam, mitgeben. Das schien eine schreckliche Drohung.

Später aber, als sie älter war und auf eigene Faust ihre Umgebung erkunden konnte, fand Leo Murphy, es könnte durchaus reizvoll sein, mit den Zigeunern durchs Land zu ziehen. Sie machten Lagerfeuer, die Kinder durften halbnackt herumlaufen, und sie jagten in den Wäldern nach Hasen.
Oft schlich sie sich mit ihren Schulkameraden Nessa Ryan, Niall Hayes und Eddie Barton an die Zigeunerlager heran. Sie wagten kaum zu atmen, wenn sie mucksmäuschenstill durch die Bäume und Sträucher spähten und diese Menschen beobachteten, die ein so wunderbar ungebundenes Leben ohne Gesetze und Vorschriften führten.
Leo wußte gar nicht mehr, warum sie sich so vor ihnen gefürchtet hatte.

Aber damals war sie ein Kind gewesen. Als sie elf Jahre alt und in ihren Augen erwachsen war, sah sie die Dinge anders. Sie begriff, daß es einiges gab, was sie in jüngeren Jahren nicht richtig verstanden hatte.

So war ihr beispielsweise nie bewußt geworden, daß sie im größten Haus von Shancarrig wohnte. Das Glen war ein georgianisches Haus mit einer großen Eingangshalle, von der aus man zur Küche und zur Vorratskammer gelangte. Links und rechts von der Eingangstür befanden sich geräumige, schön geschnittene Zimmer – das Speisezimmer, dessen Tisch mit Papieren und Büchern bedeckt war, da sie selten Gäste zum Essen hatten, sowie der Salon, in dem ein seit Jahren nicht mehr gestimmtes Klavier stand und die Hunde auf ihren Kissen hinter den Feuerholzkörben schliefen.

Dahinter lagen das Frühstückszimmer, in dem sie ihre Mahlzeiten einnahmen, und ein Geräteraum, in dem Gummistiefel, Flinten und eine Angelausrüstung aufbewahrt wurden. Hier stellte Leo auch ihr Fahrrad ab, wenn sie daran dachte; sonst blieb es oft draußen vor der Küche stehen. Gelegentlich kamen die streunenden Katzen, die Biddy gern am Küchenfenster fütterte, und machten es sich auf dem Fahrrad bequem. Einmal hatte eine Katzen sogar ihre Kleinen – eins nach dem anderen – hereingeschleppt und

in den Fahrradkorb gesetzt, den sie anscheinend für ein sicheres Plätzchen hielt.
Und noch am selben Tag mußte Leo fassungslos mit ansehen, wie ihr Vater die Kätzchen in der Regentonne ertränkte.
»Es ist besser so«, hatte er erklärt. »Man muß im Leben immer versuchen, das Beste zu tun, auch wenn es einem nicht behagt.«

Leos Vater war Major Murphy; er hatte in der britischen Armee gedient. Ja, und er war im Krieg gewesen, als Leo geboren wurde. Das wußte sie, weil er ihr an jedem Geburtstag erzählte, wie sie vor Dünkirchen gelegen hatten und er nicht wußte, ob das Neugeborene ein Junge oder ein Mädchen war. Da er schon zwei Jungen hatte, war er hocherfreut gewesen, als ihn die Nachricht schließlich erreichte.
Leos Brüder wohnten nicht im Glen. Sie gingen nicht wie andere Jungs auf die Dorfschule von Shancarrig, sondern lebten schon seit frühester Kindheit in einem Internat in England, wo auch Leos Großvater zu Hause war. Großvater wollte jemanden aus der Familie in seiner Nähe haben und bezahlte auch die Schulgebühren, die enorm hoch waren. Denn es war eine berühmte Schule, aus der schon Premierminister hervorgegangen waren.
Wie Leo wußte, war es zwar keine katholische Schu-

le, aber Harry und James gingen jeden Sonntag zur Messe. Sie wußte auch, daß sie aus irgendeinem Grund mit niemandem darüber reden durfte, weder mit ihrer Freundin Nessa Ryan noch mit Miss Ross oder Mrs. Kelly und schon gar nicht mit Father Gunn. An der Sache war nichts Falsches oder Unanständiges, aber man redete einfach nicht darüber.

Sie wußte, daß sie nicht nur in dieser Hinsicht anders war. Major Murphy ging nicht arbeiten, wie das die meisten anderen Väter taten. Er hatte kein Geschäft und keinen Bauernhof, nur das Glen. Im Gegensatz zu anderen Männern ging er abends weder in Ryan's Hotel noch zu Johnny Finns Pub. Statt dessen machte er manchmal Spaziergänge mit Niall Hayes' Vater oder fuhr mit dem Zug für einen Tag nach Dublin. Eine Arbeit hatte er jedoch nicht.

Leos Mutter ging auch nicht jeden Vormittag einkaufen; man sah sie weder in Dunnes Laden noch beim Metzger. Sie ließ sich ihre Blusen und Röcke nicht von Eddie Bartons Mutter schneidern, befaßte sich weder mit den Blumenarrangements für Father Gunns Altar, noch half sie beim Wohltätigkeitsbasar in der Schule. Leos Mutter war sehr schön, und man hatte stets den Eindruck, sie habe schrecklich viel zu tun, während sie so von Zimmer zu Zimmer schwebte. Sie war bildschön, das sagte jeder. Wie ihre

Tochter hatte Mrs. Murphy rotblondes Haar, doch nicht deren widerspenstige Locken. Ihr Haar war glatt und schimmernd und legte sich ganz von selbst in eine natürliche Innenwelle. Einmal im Monat fuhr Mutter nach Dublin zu einem Friseur bei St. Stephen's Green.

Irgendwie wußte Leo, daß Harry und James nach ihrem Schulabschluß nicht nach Shancarrig zurückkehren würden. Soweit sie zurückdenken konnte, war immer von der Offiziersschule Sandhurst die Rede gewesen. Zum Entzücken ihres Vaters waren sie nun beide dort angenommen worden.

»Alle sollen es erfahren«, sagte er, als der Brief ankam.

»Wem willst du es denn sagen?« Ein wenig verträumt blickte ihn seine Frau über den Frühstückstisch hinweg an.

Leos Vater sah enttäuscht aus. »Hayes wird sich freuen.«

»Dein Freund Bill Hayes ist aber auch der einzige, der je von Sandhurst gehört hat«, erwiderte Miriam Murphy in scharfem Ton.

»Ach, hör auf. Die Leute hier sind gar nicht so übel.«

»Doch, Frank. Schließlich habe ich immer hier gelebt; du bist nur ein Zugezogener.«

»Achtzehn Jahre, und immer noch ein Zugezogener …« Er lächelte sie liebevoll an.

Leos Mutter war im Glen geboren und hatte als Kind selbst im Barnawald gespielt. Unten am Grane hatte sie geangelt, und oben am alten Felsen, von dem der Name Shancarrig herrührte, hatte sie Picknicks gemacht. Hier hatte sie die unruhigen Zeiten nach dem Osteraufstand und während des Bürgerkriegs verbracht. Wegen der großen Umwälzungen in jener Zeit hatten ihre Eltern sie dann nach England auf eine Klosterschule geschickt.

Kurz nachdem sie von der Schule gegangen war, hatte sie Frank Murphy kennengelernt. Inmitten der Krocket- und Tennisturniere, die für das Südengland der frühen dreißiger Jahre typisch waren, hatten sie, die beiden Iren, sich zueinander hingezogen gefühlt. Franks Vorstellungen von Irland waren vage, aber sehr romantisch gewesen. Er hatte immer schon gehofft, sich eines Tages dort niederlassen zu können. Miriam Moore dachte praktischer. Sie besitze ein Haus, das allmählich verfiel, sagte sie. Um es in ein Traumhaus zu verwandeln, bräuchte man mehr Geld, als sie je haben würden.

Miriams Eltern waren schon alt, sie empfingen den klugen Schwiegersohn mit offenen Armen. Sie hofften, es würde ihm gelingen, ihr wunderschönes,

wenn auch etwas heruntergekommenes Haus in Stand zu halten und ihre wunderschöne, aber ruhelose Tochter glücklich zu machen.
Doch sie starben, ehe sie sich ein Urteil darüber bilden konnten, ob ihm wenigstens eins von beidem gelungen war.

»Liegt Sandhurst am Meer?« fragte Leo interessiert. Wenn Harry und James nächstes Jahr ans Meer kamen und nicht zur Schule zurück mußten, dann war sie in der Tat sehr neidisch.
Ihre Eltern lächelten nachsichtig und erklärten ihr, daß es in Surrey liege und nichts mit Sand zu tun habe – wie Sandycove, Sandymouth oder die anderen Küstenorte, in denen sie gewesen war. Es sei eine große Ehre, an dieser Schule aufgenommen zu werden. Ihre Brüder würden einmal zu den höchsten Offizieren zählen.
»Haben sie dann einen höheren Rang als Daddy, wenn es wieder Krieg gibt?« wollte Leo wissen.
»Es wird keinen Krieg mehr geben, nicht nach dem letzten«, antwortete ihr Vater.
Er sah traurig aus, als er das sagte. Leo wünschte, sie hätte nicht davon angefangen. Ihr Vater ging am Stock und litt unter starken Schmerzen. Das wußte sie, weil sie ihn manchmal stöhnen hörte, wenn er sich allein glaubte. Vielleicht wollte er nicht an den

Krieg erinnert werden, dem er seine Wirbelsäulenverletzung verdankte.

»Du solltest ihnen schreiben, Leo«, meinte ihre Mutter. »Sie würden sich bestimmt über einen Brief von ihrer kleinen Schwester freuen.«

Es kam ihr vor, als schreibe sie an wildfremde Leute, aber sie tat es trotzdem. Sie erzählte, daß sie gerade im Salon sitze und Lance und Jessie sich vor dem Kaminfeuer räkelten. Sie erwähnte das Schulkonzert, bei dem sie alle »Ich hab 'nen hübschen Haufen Kokosnüsse« singen wollten, aber Mrs. Kelly habe gemeint, das sei ein unanständiges Lied. Außerdem habe Eddie Barton ihr beigebracht, verschiedene Arten von Blättern, Fischen und Vögeln zu zeichnen, und wenn ihre Brüder wollten, würde sie ihnen zu Weihnachten ein besonders hübsches Bild malen. Sie schrieb, sie sei froh, daß ihre Brüder hochrangige Offiziere in der Armee würden, auch wenn es nie mehr Krieg gab. Und es würde sie sicher freuen zu hören, daß Daddy das Gehen ein bißchen leichter falle und Mutter gar nicht mehr so traurig aussehe. Zu ihrer Überraschung erhielt sie von beiden postwendend Antwort. Sie schrieben, sie freuten sich sehr, von ihr zu hören, und manchmal wüßten sie selbst nicht genau, wo sie eigentlich hingehörten.

Leo hatte ein großes Zimmer mit Blick auf den Garten. Es war eines der vier geräumigen Zimmer, die von dem großen Treppenabsatz abzweigten, den Nessa Ryan immer so bewunderte.
»Er ist beinahe wie ein eigenes Zimmer, dieser Treppenabsatz«, schwärmte sie. »Der im Hotel ist so langweilig, mit den numerierten Zimmertüren drum herum.«
Leo erzählte, daß früher, als ihre Mutter noch jünger gewesen war, dort gefrühstückt worden sei. Man stelle sich vor: Die Dienstboten hatten das ganze Essen hinaufgebracht, damit die Herrschaften sich nicht herunterbemühen mußten! Manchmal habe man sogar im Morgenmantel gefrühstückt, hatte ihre Mutter erzählt.

Nessa fand es sehr interessant, daß der Major und Mrs. Murphy in verschiedenen Zimmern schliefen; ihre Eltern teilten sich ein Bett.
»Stimmt das wirklich?« Leo war fasziniert. Später fragte sie Biddy danach.
Doch irgendwie schien es nicht richtig zu sein, dieses Thema so unverblümt anzusprechen.
»Was geht es dich an, wo und wie jemand schläft? Sei nicht so neugierig, sonst bekommst du nur Scherereien.«
»Aber wieso denn, Biddy?«

»Ach, jeder schläft nun mal, wo er will. Dein Vater schläft am einen Ende, deine Mutter am anderen Ende vom Haus, so gefällt es ihnen eben. Das muß dir genügen.«
»Aber wo haben denn deine Eltern geschlafen?«
»Mit uns allen in einem Raum.« Da war Leo auch nicht schlauer als vorher.

Als Harry und James zu einem kurzen Besuch nach Hause kamen, beschloß Leo, die beiden danach zu fragen. Ihre Brüder tauschten bedeutungsvolle Blicke.
»Na ja, weißt du, mit Papas Verletzungen und so …«
»… da hat sich das alles geändert«, ergänzte James.
»Was hat sich geändert?« fragte Leo.
Verlegen sahen sich die Brüder an.
»Alles. Und nichts«, antwortete Harry, und da wußte sie, daß das Thema abgeschlossen war.
Mutter erzählte Leo nie etwas von den Geheimnissen des Lebens. Wenn Biddy und Nessa nicht gewesen wären, wäre sie ziemlich erstaunt gewesen, als sie mal ihre erste Periode bekam. Obwohl sie wußte, wie Kätzchen, Hundebabys, Hasen und folglich auch Menschenkinder zur Welt kamen, hatte sie keine Ahnung von der Empfängnis. Sie hoffte inständig, daß es nichts mit diesem eigenartigen Verhalten zu tun hatte, das Hunde und Katzen bisweilen an den

Tag legten. Daß so etwas bei Menschen möglich sein sollte, selbst wenn sie es wollten, konnte sie sich beim besten Willen nicht vorstellen. Sie war sauer, daß Nessa Ryan soviel besser Bescheid wußte, deshalb fragte sie sie nicht. Und wie ihr aufgefallen war, lief Biddy in der Küche knallrot an, wenn man auf solche Sachen zu sprechen kam …

Mit vierzehn Jahren hatte sich Leo Murphy Klarheit über das Thema verschafft, wenn auch nicht in völlig befriedigendem Umfang. Zumindest aber hatte sie den Eindruck, daß sie sich aus Broschüren und Zeitschriften alle Kenntnisse über die technischen Aspekte angeeignet hatte.

Ganz und gar unglaublich war – darin war sie sich mit Nessa und Maura Brennan einig –, daß ihre eigenen Eltern so etwas je getan haben sollten. Andererseits liefen überall die lebenden Beweise herum.

Maura Brennan konnte die Erkenntnis beisteuern, daß es ziemlich oft passiere, wenn der Mann betrunken sei. Darauf meinte Leo, es sei ungerecht, daß sich die Frauen nicht auch betrinken dürften, weil es bestimmt ganz schrecklich sei.

Maura war sehr nett. Sie drängte sich nie jemandem auf. In gewisser Hinsicht mochte Leo sie lieber als Nessa Ryan, die oft schlecht gelaunt war, wenn nicht alles nach ihrer Nase ging. Doch Maura wohnte in der ärmlichsten Kate. Nicht selten sah man ihren Vater Paudie mit einer Flasche in der Hand auf einer Türschwelle sitzen, wenn er wieder die ganze Nacht durchgezecht hatte.

Während Leo und Nessa im nächsten Jahr täglich mit dem Bus in die Klosterschule in die Stadt fahren würden, konnte Maura keine höhere Schule besuchen. Und doch schien sie mit vierzehn Jahren mehr über das Leben zu wissen als all die anderen in ihrem Alter.

Leo fand es ziemlich ungerecht, daß Familien wie die von Maura Brennan oder Foxy Dunne in solchen Bruchbuden am Fluß leben mußten und nur so schäbige Kleider hatten. Foxy Dunne war viel schlauer als Niall Hayes und hatte viel schneller die Antwort parat, wenn in der Schule eine Frage gestellt wurde. Aber Foxy besaß kein Fahrrad und nichts Ordentliches anzuziehen und hatte sein Lebtag keine Schuhe gehabt, die ihm paßten. Maura Brennan war viel netter und freundlicher als Nessa Ryan, aber sie bekam zum Geburtstag nie ein Kleid geschenkt wie Nessa, und sie hatte auch keinen Wintermantel.

Leo wußte, daß sie die Katen nicht betreten sollte, deshalb tat sie es auch nicht. Zwar hatte es ihr nie jemand ausdrücklich verboten – es war ein unausgesprochenes Tabu.

Nur Foxy wagte es zu brechen.
»Willst du nicht vorbeikommen und sehen, wie die Familie Dunne ihre Mußestunden verbringt ...?« fragte er.
Das Wort »Mußestunden« hatten sie heute in der Schule gelernt. Mrs. Kelly hatte es an die Tafel geschrieben und erklärt.
»Nein, danke. Ich muß nach Hause«, erwiderte sie.
»Aber ich könnte ja mal sehen, wie die Familie Murphy ihre Mußestunden verbringt«, schlug er vor.
Leo wußte mit der Situation umzugehen. »Sicher, wenn du willst ...«
Doch das war eine Art Ablehnung.
Dabei bewunderten sie einander – schon seit dem ersten gemeinsamen Schuljahr in der »Gemischten Klasse« ...

Als die Sommerferien zu Ende gingen, fuhren Leo und Nessa mit dem Bus zur Klosterschule. Dort würden sie die ehrwürdige Mutter Oberin kennenlernen, eine Liste bekommen, was sie an Büchern und sonstigem benötigten, Einzelheiten über die Schuluniform erfahren und sich wahrscheinlich ausführliche Belehrungen über die Schulordnung anhören müssen. Sie dachten, man würde ihnen auch das Kloster zeigen, doch das war nicht der Fall. So waren sie versucht, die Zeit zu vertrödeln und die Freiheit zu genießen, welche ihnen dieser Ort bot, der zehnmal so groß war wie Shancarrig. Doch sie befürchteten, es könnte herauskommen, irgend jemand könnte Ryan's Hotel zutragen, daß sie auf offener Straße mit einem Jungen herumgealbert und gelacht oder Eiskrem geschleckt hatten.

Da war es doch viel gescheiter, den früheren Bus nach Hause zu nehmen und sich als zuverlässig zu erweisen.

Als Nessa ins Hotel zurückkam, hatte sie den Eindruck, daß man ihre frühe Rückkehr nicht im geringsten zu schätzen wußte.

»Schon zurück?« meinte Mrs. Ryan wenig begeistert.

»Ich hoffe, du hast auch wirklich alles erledigt«, sagte ihr Vater.

Leo grinste ihre Freundin an. »Das wird bei mir nicht anders sein«, meinte sie kameradschaftlich. »Sie werden die Hunde gefüttert haben, ohne was für mich übrig zu lassen.«

Sie schlenderte den Hügel hinauf und schaute kurz bei den Bartons vorbei, um mit Eddie zu plaudern und ihm vom Kloster zu erzählen. Er würde zu den Ordensbrüdern gehen. Darauf freue er sich gar nicht, sagte er, die hätten nur Sport im Kopf.

»Bei uns haben sie nur Beten im Kopf«, brummte

Leo. »Aus jeder Nische springt dich irgendeine Heiligenstatue an.«
Die Schultasche hinter sich herschleifend, erreichte sie das alte Pförtnerhaus, das früher einmal vermietet gewesen war. Die letzten Bewohner hatten es wie einen Schweinestall hinterlassen, und jetzt war alles mit Brettern vernagelt, damit niemand einbrechen konnte.
Es war Donnerstag, und als Leo zu Hause war, fiel ihr ein, daß das natürlich Biddys freier Tag war. Im Fliegenschrank würde sie bestimmt etwas zu essen finden. Wenn Biddy nicht da war, wurde abends gewöhnlich kalt gegessen. Leo wußte, daß sie sich selbst bedienen mußte, weil niemand kam, um sie zu begrüßen. Major Murphy war schon frühmorgens mit dem Zug nach Dublin gefahren. Und ihre Mutter ging wohl gerade im Barnawald spazieren. Leo überlegte sich, daß sie das Essen auf ihr Zimmer nehmen und eine Platte auf ihrem Plattenspieler hören könnte. In einem Brief an James und Harry hatte sie von dem Lied »I Love Paris in the Springtime« erzählt, das sie am liebsten dauernd gehört hätte. Eines Tages würde sie nach Paris fahren, im Frühling oder im Herbst, wie es im Lied hieß, und zwar mit jemandem, der ihr dieses Lied vorsingen würde. Es würde niemals aus der Mode kommen, meinte sie. Sie schloß ihre Zimmertür ab, und bevor sie sich ihrer Milch

und dem Brot mit Huhn widmete, legte sie die Platte auf und sang aus voller Kehle mit.
Als sie sich in den Sessel am Fenster plumpsen ließ, hörte sie zu ihrer Überraschung eine Tür zuschlagen, dann eilige Schritte auf der Treppe. Kamen sie oder entfernten sie sich?

Da sie dachte, die Musik sei zu laut, stand sie auf, um den Tonarm abzuheben – und dabei erblickte sie einen jungen Mann im Garten, der über den Rasen in Richtung Gebüsch flüchtete. Im Laufen machte er sich an seinem Hemd zu schaffen.
Leo fuhr der Schreck in die Glieder. Das mußte ein Einbrecher gewesen sein! Waren unten womöglich noch mehr? Sie wußte nicht, ob sie um Hilfe schreien oder so tun sollte, als sei sie nicht da.
Ihre Gedanken überschlugen sich. Die Diebe mußten wissen, daß sie da war, wenn sie die Musik gehört hatten. Vielleicht stand schon einer vor ihrem Zimmer! Ihr Herz pochte wild. Da hörte sie, wie quietschend eine Tür aufging. Sie hatte recht gehabt. Da draußen lauerte tatsächlich jemand. Sie betete so inbrünstig wie nie zuvor.
Als hätte Gott sie augenblicklich erhört, erscholl die Stimme ihrer Mutter: »Leo? Leo, bist du da?«
Vor ihrer Zimmertür stand Mrs. Murphy mit gerötetem, bestürztem Gesicht.

Leo rannte auf sie zu. »Mutter, da waren Einbrecher … ist dir etwas passiert?«
»Psst, nur ruhig. Was sollte mir denn passiert sein … wovon redest du eigentlich?«
»Ich habe gehört, wie sie die Treppe hinuntergelaufen sind … sie sind durch den Garten geflohen.«
»Unsinn, Leo. Hier hat niemand eingebrochen.«
»Doch, Mutter. Ich hab sie gehört und gesehen … einen von ihnen hab ich gesehen.«
»Was hast du gesehen?«
»Ich hab gesehen, wie er ein Hemd an- oder ausgezogen hat. Wirklich, Mutter, er ist dort hinter den Flieder gerannt und über den Zaun gesprungen.«
»Warum um alles in der Welt bist du eigentlich schon zu Hause … wolltet ihr nicht die Schule besichtigen?«
»Doch, aber sie haben sie uns nicht gezeigt. Ich hab ihn gesehen, Mutter. Vielleicht sind noch mehr im Haus.«
So entschlossen hatte Leo ihre Mutter noch nie gesehen. »Komm, wir gehen jetzt auf der Stelle runter und bereiten diesem Spuk ein Ende.« Sie stieß die Türen aller Zimmer auf. »Was für Einbrecher waren das, die nicht mal das Silber und die Gläser mitgenommen haben? Oder da, im Geräteraum, all die Gewehre deines Vaters, nichts angerührt. Schau,

sogar unser Abendessen ist noch da, was soll also dieses Gerede von Einbrechern?«

»Aber die Schritte auf der Treppe?« Mittlerweile war Leo sich nicht mehr so sicher über die Gestalt im Garten.

»Ich bin selbst runtergegangen und wieder hinauf in mein Zimmer. Ich habe nicht gewußt, daß du schon zurück bist …«

»Aber ich hab doch den Plattenspieler laufen lassen …«

»Ja, deshalb bin ich aus dem Zimmer gekommen, um nach dir zu sehen. Ich wollte wissen, was los ist, da du erst so laut aufgedreht und dann plötzlich abgeschaltet hast.«

Leos Mutter wirkte sehr aufgeregt. Aber auf eine andere Art als sonst.

Leo wußte nicht, warum, aber sie spürte deutlich eine Gefahr. Sie mußte sich genauso umsichtig verhalten, als wäre wirklich noch ein Einbrecher im Haus.

Weder ihrem Vater noch Biddy erzählte sie etwas von dem Vorfall. Und als Nessa Ryan fragte, ob Leo zu Hause herzlicher empfangen worden sei als sie selbst im Hotel, erwiderte Leo nur, sie habe sich ein Brot gemacht und »I Love Paris« gehört.

Nessa Ryan beschwerte sich über die Ungerechtigkeit des Lebens. Denn kaum war sie zurückgekommen, hatte man sie zum Silberpolieren eingespannt. Was für eine Vorstellung, in einem so großen Haus wie dem Glen zu wohnen und so viele Freiheiten zu genießen.

Was für eine Vorstellung! Nessa merkte nicht, wie Leo schauderte, als ihr bewußt wurde, daß sie ihre Angst verleugnet hatte und daß die Angst dadurch noch größer wurde als zuvor.

Am nächsten Tag kam Foxy Dunne die Auffahrt herauf. Sein stolzer Gang zeugte von einer Selbstsicherheit, die so mancher, der doppelt so alt war wie er, nicht aufrechterhalten konnte, wenn er sich dem Glen näherte.

Doch Foxy strapazierte sein Glück lieber nicht; er ging zur Hintertür.

Biddy verhielt sich äußerst abweisend.

»Ja?« sagte sie kühl.

»Oh, vielen Dank, Biddy. So ein traditionell herzlicher irischer Willkommensgruß ist doch immer wieder was Schönes.«

»Du und deine Sippe habt immer nur Spott für andere Leute übrig, die sich mit ehrlicher Arbeit durchschlagen.«

Foxy zuckte nicht mit der Wimper.

»Ich bin anders als meine Sippe, wie du sie nennst,

Biddy. Ich habe sehr wohl vor, es mit ehrlicher Arbeit zu versuchen.«

»Da wärst du allerdings der erste von den Dunnes.« Es ärgerte sie immer noch, daß er so selbstsicher in ihre Küche marschiert war.

»Einer muß immer der erste sein. Wo ist Leo?«

»Was geht dich das an?«

In diesem Augenblick kam Leo in die Küche. Sie freute sich, Foxy Dunne zu sehen, und bot ihm etwas von Biddys Teegebäck an, das auf einem Gitterblech auskühlte.

»Meinst du, es wird dir bei denen gefallen?« Er sprach von der Klosterschule.

»Ich glaube schon. Alles ein bißchen arg fromm – aber na ja.«

»Ein bißchen mehr Frömmigkeit würde vielen Leuten hier nicht schaden«, mischte Biddy sich ein.

Leo lachte – das war Biddy, wie sie leibte und lebte.

»Du wirst viel büffeln müssen, nicht wahr?« fragte Foxy interessiert.

»Woher will einer von Dinny Dunnes Burschen denn eigentlich wissen, was das überhaupt bedeutet?« schnaubte Biddy.

Foxy beachtete sie nicht. »Es ist wichtig, daß du ebenso hart arbeitest wie ich«, sagte er zu Leo. »Ich muß es, weil ich nichts habe. Du mußt es, weil du alles hast.«

»Ich weiß nicht, was du meinst«, entgegnete Leo.
»Es wäre für dich schrecklich einfach, nichts zu tun, dich nur treiben zu lassen und nichts zu tun und am Ende einfach zu heiraten.«
»Bis dahin dauert's noch 'ne Weile.« Leo war empört.
»Irgendwann nicht mehr. Du solltest dir eine Arbeit suchen.«
»Aber vielleicht will ich später wirklich heiraten.«
»Ja, schon. Aber wenn du Arbeit hast, bist du besser dran, egal, ob du heiratest oder nicht.«
»So einen Blödsinn hab ich ja noch nie gehört.« Biddy hantierte lautstark mit den Pfannen herum, um ihre Mißbilligung auszudrücken.
»Komm, Foxy, wir gehen in den Obstgarten«, schlug Leo vor.
Sie pflückten kleine Stachelbeeren und legten sie in einen Korb, den Leos Mutter unter einem Baum stehenlassen hatte.
»Weißt du, hier wird auch nicht alles bleiben, wie es ist«, meinte Foxy.
»Nein. Bald fängt die Schule an, und ich hab eine ellenlange Bücherliste.«
»Nein, ich habe das Haus gemeint, diese Art zu leben.«
Leo stutzte und sah ihn an. Die Angst vom letzten

Abend überkam sie wieder; alles veränderte sich, nichts war mehr sicher. »Was soll das heißen?«
Sie sah auf einmal so erschrocken aus. Das war Foxy ganz und gar nicht recht, und er versuchte sie zu beruhigen. Er sagte, wenn er sich für sechzehn oder älter ausgeben könnte, würde ihn einer einstellen, der für ein Unternehmen in England einen Bautrupp zusammenstellte – das seien alles Leute von hier, Landsleute … Anfangs würde er nur Gelegenheitsarbeiten bekommen, aber er würde sich hocharbeiten.
»Ich wünschte, du würdest nicht fortgehen«, meinte Leo. »Ich weiß, es klingt verrückt, aber ich habe das ungute Gefühl, daß irgend etwas Schreckliches passieren wird.«

Es passierte drei Wochen später, an einem warmen Sommerabend. Im Haus war es still. Biddy hatte Urlaub; sie war wie jeden Sommer auf den elterlichen Bauernhof gefahren. Leo hatte ihren Brief an Harry und James beendet, in dem sie erzählte, daß Daddys Rücken anscheinend besser geworden war und Dr. Jims gesagt hatte, es würde ihm nicht schaden, wenn er sich mehr bewegte – es wäre sicher nicht schmerzhafter als die Verletzung, die er sich damals im Krieg zugezogen hatte. Und der Arzt meinte auch, wenn der Major ständig wie ein alter

Mann mit einer Decke über den Knien im Sessel sitze, würde er bald tatsächlich einer sein.
Deshalb unternahm er nun ausgedehnte Spaziergänge mit Mr. Hayes, manchmal sogar bis zum alten Felsen – wie heute. Leo beschloß, in den Ort zu gehen und den Brief zur Post zu bringen. Nachdem sie ihn geschrieben hatte, wollte sie, daß er auch gleich befördert wurde. Sonst lag er manchmal tagelang auf dem Tisch in der Eingangshalle, wo Biddy sorgfältig um ihn herum Staub wischte. Als Leo eine Briefmarke gefunden hatte, machte sie sich auf den Weg. Mrs. Barton bügelte gerade, das konnte sie durchs Fenster erkennen. Man sah sie nie draußen in ihrem kleinen Garten sitzen. Dabei hätte sie an einem so schönen Abend ihre Näharbeiten doch auch im Freien machen können. Leo schaute nach oben, ob Eddie hinter seinem Fenster zu sehen war. Er schrieb fast so viele Briefe wie sie. Manchmal traf sie ihn auf dem Postamt, und Katty Morrissey meinte, ohne die beiden würde die Post bankrott gehen.
Doch von Eddie keine Spur. Vielleicht war er gerade unterwegs, um irgendwelche merkwürdig geformten Äste und Wurzeln oder Blumen zu suchen, die er nachzeichnen wollte. Allerdings begegnete sie dann Niall Hayes, der in tiefer Verzweiflung vor dem Terrace auf und ab ging.
»Mein Gott, die Schule, auf die ich gehen soll, ist

wie ein Gefängnis«, jammerte er. »Wie im *Graf von Monte Christo.*«

»Das Kloster ist ganz in Ordnung. Aber vollgestopft mit Statuen, und alle sehen aus, als ärgerten sie sich.«

»Ach, es würde mich nicht stören, wenn es nur die Statuen wären, aber du solltest mal sehen, wie finster diese Kerle dreinschauen. Alle in langen schwarzen Röcken, ein schrecklicher Anblick.«

»Na, Father Gunn trägt doch auch so einen langen Rock und Father Barry auch. Bei denen bist du es eben gewöhnt.« Leo fand, daß Niall Hayes ein bißchen viel Wind darum machte.

»Aber die sehen einen nicht an, daß man das Gefühl kriegt, der leibhaftige Satan hat es auf einen abgesehen.«

»Ist dein Vater auch da zur Schule gegangen?«

»Klar, und alle meine Onkel. Und sie haben vergessen, wie furchtbar es dort ist. Ständig erzählen sie mir, was sie für einen Mordsspaß gehabt haben.«

Leo hatte genug von dieser düsteren Stimmung. »Dein Vater ist mit meinem Vater spazierengegangen.«

»Na, dann kann es aber nur kurz gewesen sein. Mein Vater ist nämlich schon wieder im Haus und setzt für einen Bauern ein Testament auf. Leo, ich glaube, ich könnte es nicht aushalten, Anwalt in Shancarrig zu sein.«

»Du könntest ja auch woanders hingehen«, erwiderte sie. Niall wollte sich heute um keinen Preis aufheitern lassen.
Es tat Leo leid, daß ihr Vater seinen Spaziergang hatte absagen müssen, aber vielleicht saß er ja mit Mutter im Obstgarten. Manchmal sah sie die beiden da sitzen, mit einem großen Krug selbstgemachter Limonade, und dann schienen sie ein bißchen glücklich zu sein.
Sie traf Father Gunn, der meinte, es sei doch erstaunlich, wie schnell die Zeit verging. Jetzt war es schon wieder soweit, daß eine ganze Klasse Shancarrig verließ und in die weite Welt hinauszog. Merkwürdig, daß Erwachsene fanden, die Zeit vergehe schnell. Leo fand, daß eher das Gegenteil der Fall war.
Als sie das Tor des Glen erreichte, hörte sie Lärm aus dem Pförtnerhaus, und im selben Augenblick sah sie, wie ihr Vater, so schnell er konnte, die Auffahrt herunterrannte. Leo überlief es kalt, als sie Schreie und ein Krachen hörte, als würden Möbel zerschmettert.
Doch es gab für sie nicht den geringsten Zweifel, daß es ihre Mutter war, die da schrie. »Nein! Nein! Tu's nicht! Nein!«. Darauf ein langgezogenes, klagendes Heulen.
»O Gott, o Gott. Miriam. Miriam!«

Ihr Vater stolperte. Er hatte seinen Stock verloren und bückte sich danach.
Leo sah alles wie in Zeitlupe.
Dann hörte sie die Schüsse. Drei hintereinander. Und in diesem Moment erschien Leos Mutter an der Tür, schwankend, mit verstörtem Blick, die Bluse blutbespritzt, das Haar zerzaust.
»Mein Gott … er hat versucht … er wollte mich … er wollte mich umbringen«, schluchzte sie. Dabei sah sie immer wieder hinter sich auf eine am Boden liegende Gestalt.
»Frank!« kreischte Leos Mutter. »So tu doch was, Frank. Um Himmels willen, er hätte mich fast umgebracht!«
Leo wich zurück vor dem, was sich da vor ihren Augen abspielte. Es war unfaßbar.
Ihr Vater ging ganz langsam zur Tür und nahm seine Frau in den Arm.
Er sprach tröstend auf sie ein, wie auf ein Baby.
»Es ist vorbei, Miriam, es ist vorbei«, sagte er.
»Ist er tot?« Leos Mutter wollte nicht hinsehen.
Voll Entsetzen beobachtete Leo, wie ihr Vater sich über die Gestalt am Boden beugte und sie umdrehte.
Da, auf dem Boden im Pförtnerhaus, lag ein dunkelhaariger Mann. Ein großer roter Fleck breitete sich auf der Vorderseite seines Hemdes aus.
Es war der Mann, den sie drei Wochen zuvor auf das

Gebüsch hatte zulaufen sehen, an jenem Tag, als sie glaubte, Einbrecher seien im Haus.
Und nun weinten beide, ihr Vater und ihre Mutter.
»Es ist vorbei, Miriam, mein Liebling. Es ist vorbei. Er ist tot.« Das sagte ihr Vater immer und immer wieder.

Später bekam auch Leo einen Brandy, mit etwas Wasser verdünnt. Aber erst, nachdem sie sich schon eine ganze Weile wieder im Haus eingefunden hatten.
Ihr Vater hatte die Tür des Pförtnerhauses verschlossen. Arm in Arm gingen sie dann zusammen die Auffahrt hinauf, und Mutter hatte gesagt, sie wolle sich waschen.
»Nun, weißt du, es könnte wichtig sein, daß du dich nicht umziehst«, hörte Leo ihren Daddy sagen, doch ihre Mutter starrte ihn mit weit aufgerissenen Augen an.
»Du meinst … ich soll das anbehalten? *Das* noch länger auf dem Leib tragen? All das Blut? Wozu? Frank, denk doch mal nach! Wozu?« Sie war am Rand eines Nervenzusammenbruchs.
»Ich wasche dich«, bot er an.
»Nein. Laß mich bitte für einen Augenblick allein.«

Mutter hatte eine Waschschüssel in ihrem Zimmer, mit einem Spiegel und einer Lampe darüber, und einem kleinen, rosa geblümten Vorhang.
Leo wollte nicht allein sein und folgte ihrer Mutter ins Zimmer.
Ihre Blicke begegneten sich im Spiegel.
»Ist alles in Ordnung, Mummy?« So redete sie ihre Mutter selten an.
Das Gesicht ihrer Mutter entspannte sich. »Alles in Ordnung, Leo. Es ist vorbei.« Sie plapperte die Worte des Majors nach wie ein Papagei.
»Was sollen wir tun? Was wird jetzt passieren?«
»Psst. Laß mich erst mal das Zeug loswerden. Wir werden den Vorfall aus unserem Gedächtnis streichen. Es wird uns bald nur noch wie ein böser Traum vorkommen.«
»Aber …«
»Es ist nur zu unserem Besten, Leo, glaub mir.«
Mutter sah sehr jung aus, wie sie so in Rock und Unterrock dastand. Mit einem eingeseiften Waschlappen und warmem Wasser schrubbte sie Hals und Arme, obwohl dort gar kein Blut war. Nur die gelbe Bluse, die Mutter in den Papierkorb geworfen hatte, wies Blutflecken auf, die allmählich trockneten.
Leos Mutter putzte sich die Zähne, dann streute sie etwas Talkumpuder auf die Hand und massierte ihn ein.

»Komm, Liebling, geh runter zu deinem Vater. Ich möchte mich fertig anziehen.«
Brauchte ihre Mutter nicht nur noch eine Bluse anzuziehen? Und natürlich einen Büstenhalter. Gerade erst war es Leo aufgefallen, daß ihre Mutter aus irgendeinem Grund keinen angehabt hatte, als sie vor der Waschschüssel stand. Sie trug nur einen Unterrock, den pfirsichfarbenen aus Seide.
Es war alles so seltsam und unwirklich. Daß ihre Mutter sie bat, jetzt den Raum zu verlassen, war nur ein weiterer merkwürdiger Umstand in dieser ganzen Sache.

Leo ging in den Salon. Irgendwie hatte sie das Gefühl, daß so etwas nicht im Frühstückszimmer besprochen werden sollte, wo sich der Alltag abspielte. Ihr Vater mußte ähnlich empfunden haben. Er hatte den Kamin angezündet, sehr zur Freude der beiden Hunde, Lance und Jessie, die sich mit ihren langen cremefarbenen Gliedern vor dem Kaminrost räkelten.
Plötzlich kam Leo der Gedanke, daß Lance und Jessie nicht wußten, was geschehen war. Und dann fiel ihr ein, daß es keiner wußte – weder Niall Hayes, mit dem sie sich noch vor einer halben Stunden unterhalten hatte, noch Mrs. Barton, die ihr beim

Bügeln zugewinkt hatte, noch Father Gunn, der gemeint hatte, die Zeit vergehe so schnell.
Father Gunn? Warum war er nicht hier?
Wenn jemand starb, holte man doch einen Priester. Und Dr. Jims, der Vater von Eileen und Sheila, der sollte auch da sein. Es war doch immer so, daß Father Gunn und Dr. Jims mit ihren Autos kamen, wenn jemand krank war oder starb.
An der Tür stand Leos Mutter. Sie zitterte und umschlang die Schultern mit den Armen.
»Das ist nett, daß ihr ein Feuer angezündet habt«, sagte sie.
Beide, Leo und ihr Vater, sahen auf. Mutter klang so normal – so alltäglich. Als wäre all das nicht passiert, unten im Pförtnerhaus. Vater schenkte sich und seiner Frau Brandy ein.
»Gib Leo auch ein bißchen.« Mutter hörte sich an, wie wenn sie beim Mittagessen fragte, wer noch Suppe wollte.
»Komm, setz dich an den Kamin, wärm dir die Hände. Ich rufe Sergeant Keane an, er wird in fünf Minuten hier sein.«
»Nein«, kam es da wie ein Peitschenknall.
»Wir müssen ihn holen, wir hätten ihn gleich anrufen sollen.«
Leo nippte an dem Brandy, den sie nicht gewohnt war und der scheußlich schmeckte. Sie begriff nicht,

warum Leute wie Maura Brennans Vater immer Alkohol trinken wollten. Widerliches Zeug.

»Das stehen meine Nerven nicht durch, Frank. Ich hab schon genug durchgemacht.«

»Sergeant Keane ist sehr einfühlsam. Er wird es so kurz wie möglich machen. Es geht doch nur um Formalitäten.«

»Die Formalitäten sind mir egal. Ich werde nichts dazu sagen.«

»Ein Mann hat versucht, dich umzubringen, er hat eines meiner Gewehre gehabt. Um ein Haar wärst du tot gewesen …« Mr. Murphys Stimme brach bei diesem Gedanken.

Leos Mutter wirkte nun noch kühler und gelassener.

»Bin ich aber nicht. Statt dessen habe ich ihn umgebracht.«

»Du hast dich gegen ihn zur Wehr gesetzt … dann ist die Waffe losgegangen. Er hat sich selbst umgebracht.«

»Nein. Ich habe das Gewehr genommen und ihn erschossen.«

»Du weißt gar nicht, was wirklich geschehen ist. Du stehst unter Schock.«

Major Murphy machte Anstalten, in die Halle hinaus zum Telefon zu gehen.

Mutter mußte nicht einmal die Stimme heben, um zum Ausdruck zu bringen, wie ernst sie es meinte.

»Wenn du ihn anrufst, Frank, dann gehe ich hier zur Tür hinaus, und du wirst mich nie wiedersehen. Keiner von euch.«

Da streckte er die Arme nach ihr aus, als wolle er sie umarmen, ihr beistehen und sie trösten, wie vorhin auf der Auffahrt, als er sie an sich gedrückt und ihr versichert hatte, daß alles vorbei war.

Mutter schien tatsächlich zu glauben, daß es vorbei war.

Leo ließ ihr Glas unablässig von einer Hand in die andere wandern, während sie zuhörte, wie ihre Eltern sich über den Mann unterhielten, der tot im Pförtnerhaus lag.

Die Stimme ihrer Mutter klang sonderbar und unnatürlich, nicht wie eine Stimme, sondern eher wie ein Geräusch, ein dünnes, monotones Geräusch ohne Höhen und Tiefen.

Sie sprach wie jemand, der absolut vernünftig ist.

Frank hatte ihr gesagt, es sei vorbei, Schluß, aus, sie sollten alles vergessen. Warum trampelige Polizisten ins Haus holen und alles tausendmal durchkauen, Fragen über Fragen, die sie beantworten mußten ...? Der Mann hatte sie bedroht. Er hatte sich selbst erschossen. Auge um Auge. Der Gerechtigkeit war Genüge getan. Dabei sollten sie es belassen.

Bei jeder Unterbrechung drohte Leos Mutter mit ihrer seltsamen, geisterhaften Stimme: »Sonst verschwinde ich aus diesem Haus, und ihr werdet mich nie wiedersehen.«

Es war, als hätten die Eltern vergessen, daß Leo da war. Wie gebannt sah sie mit an, wie ihre Mutter allein durch hartnäckiges Wiederholen der immer gleichen Phrasen jedes vernünftige Argument zunichte machte. Und wie ihr Vater sich von einem starken Mann, der seine von einem schrecklichen Ereignis heimgesuchte Frau trösten will, in ein gehetztes, verunsichertes Wesen verwandelte. Sie sah, wie er sich auf die Unterlippe biß und seine Augen sich vor Schreck weiteten, wenn Miriam Murphy wieder damit drohte, auf Nimmerwiedersehen zu verschwinden.

Leo hätte die beiden gern unterbrochen und ihre Mutter gefragt, wohin sie denn gehen wolle, warum sie ihre Familie und ihr Heim im Stich lassen wollte. Doch sie wagte sich nicht zu rühren.

Schließlich sagte ihr Vater: »Ich könnte nicht ohne dich leben, Miriam, und weil du das weißt, wirst du uns nicht verlassen …«

»Frank, bitte …« Sie warf ihrer vierzehnjährigen Tochter einen Blick zu, als hätte ihr Gatte sich im Ton vergriffen. In Gegenwart eines Kindes hatte ein Mann nicht über seine Bedürfnisse und Schwächen zu sprechen.

Major Murphy kam zu Leo an den Fenstersessel.

»Leo, mein liebes Kind.«
»Was geschieht denn nun, Daddy?«
»Es wird alles gut. Wie deine Mutter gesagt hat – es ist vorbei, alles vorbei. Wir dürfen nicht …«
»Werden wir Dr. Jims rufen? Und Father Gunn …?«
»Komm, Leo, ich bringe dich ins Bett.«
»Ich möchte hierbleiben, Daddy, bitte …«
»Wenn du uns helfen willst, dann mußt du ein großes, tapferes Mädchen sein und das Richtige tun …«
»Ich will dableiben. Ich habe Angst.«
Draußen hatte sich die Dunkelheit über den Garten gesenkt. Die Büsche waren große schwarze Schatten, nicht mehr voller Farbe wie zuvor, als sie zu dritt heraufgekommen waren und sich hier zusammengedrängt hatten angesichts der Schrecken im Pförtnerhaus.
Mr. Murphy schob Leo zur Tür hinaus und in die Küche, wo er ihr in einem Topf Milch heiß machte. Nachdem er die Milch in eine Tasse gegossen hatte, streute er ein wenig Pfeffer darüber.
Er ging mit ihr die Treppe hinauf zu ihrem Zimmer.
»Zieh dein Nachthemd an, sei ein braves Mädchen«, meinte er.
Als er ihr den Rücken zukehrte, zog Leo ihr grünes Baumwollkleid, ihr Sommerunterhemd und den Schlüpfer aus und holte ihr rosafarbenes Halbwoll-

nachthemd aus der Häschentasche, in der sie es aufbewahrte. Mit Entsetzen erinnerte sie sich daran, daß heute morgen, als sie das Nachthemd dort hineingestopft hatte, all das noch nicht geschehen war. Da hatte der Alptraum noch nicht begonnen.

Sie schlüpfte unter die Bettdecke und trank ihre Milch.

Ihr Vater setzte sich aufs Bett und strich ihr über die Stirn. »Es wird alles gut werden, Leo«, sagte er.

»Wie kann es denn gut werden, Daddy?«

»Ich weiß nicht. Ich habe mich das im Krieg auch oft gefragt, aber es ist doch alles gut geworden.«

»Eigentlich nicht. Du wurdest verwundet und kannst nicht richtig gehen.«

»Das kann ich sehr wohl.« Er stand auf.

Er sah so traurig aus, daß Leo am liebsten losgeheult hätte. Sie wollte ihr Fenster aufreißen, sich auf den Sessel davor knien und hinausschreien, damit irgend jemand in Shancarrig ihnen zu Hilfe kam.

Doch sie biß sich nur auf die Lippe.

»Ich muß wieder nach unten, Leo«, meinte ihr Vater. Es war, als wären sie Verbündete. Verbündete, die eine seltsame, schweigende Mutter beschützen mußten, die dort unten saß und nicht mit ihrer normalen Stimme sprach.

Damals spielte Leo gern das »Wenn-dann«-Spiel. Wenn ich es schaffe, die Treppe raufzurennen, ehe die Oma-Standuhr in der Halle zu schlagen aufhört, dann wird Mrs. Kelly morgen keine schlechte Laune haben. Wenn bis Dienstag die Krokusse vor dem Haus aufgehen, dann kriege ich einen Brief von Harry und James.
Jetzt saß sie in ihrem dunklen Zimmer und hielt die Knie umschlungen. Wenn ich nicht aufstehe, dann wird alles in Ordnung sein. Dr. Jims wird kommen und sagen, daß der Mann gar nicht tot ist. Wenn er doch tot ist, dann wird Father Gunn sagen, daß es nicht Mutters Schuld war.
Und wenn ich überhaupt nicht aufstehe und so wie jetzt sitzen bleibe, ohne mich zu rühren, dann wird sich herausstellen, daß alles überhaupt nicht passiert ist.

Mit steifen Gliedern wachte sie morgens auf. Sie hatte es nicht geschafft, wach zu bleiben. Jetzt wirkte der Zauber nicht. Es war tatsächlich geschehen, all das …
Es hatte keinen Sinn mehr, die Knie noch umschlungen zu halten. Nichts davon würde mehr helfen.
Wie konnte dies ein Tag wie jeder andere sein? Die Sonne schien, Lance und Jessie tollten draußen her-

um, Mattie, der Briefträger, radelte die Auffahrt herauf, Frühstücksduft drang von unten in ihre Nase.

Leo stand auf und betrachtete ihr Gesicht im Schrankspiegel. Es war grau und blaß, unter ihren angstvollen graugrünen Augen hatten sich dunkle Ringe gebildet. Ihre Locken standen wild um den Kopf ab.

Dann zog sie die Kleider an, die sie am Abend vorher auf den Boden geworfen hatte, gestern abend, als Daddy ein so banges Gesicht gehabt hatte.

In diesem Augenblick ging die Tür auf, und ihre Mutter kam herein. Eine ganz andere Mutter als gestern abend. Sie trug ein blaues Leinenkostüm, hatte sich die Haare frisiert, rosafarbenen Lippenstift aufgetragen und wirkte munter und aufgekratzt.

»Ich habe eine ganz wunderbare Neuigkeit für dich«, sagte sie.

Leo spürte, wie ihr das Blut in die Wangen schoß. Der Mann war nicht tot. Dr. Jims hatte ihn geheilt.

Ehe sie etwas sagen konnte, hatte ihre Mutter schon den Kleiderschrank geöffnet und begann einige von Leos Kleidern herauszunehmen.

»Wir machen Urlaub, wir drei«, erklärte sie. »Dein Vater und ich sind plötzlich zu dem Schluß gekommen, daß wir das alle nötig haben. Na, ist das nicht eine schöne Überraschung?«

»Aber …« Leo blieben die Worte im Hals stecken.
»Wir müssen gleich nach dem Frühstück los, es wird eine lange Fahrt.«
»Müssen wir fliehen?« Leos Stimme war ein Flüstern.
»Wir werden eine ganze Woche … sag mal, wo sind denn deine Badesachen? Wir fahren zu einem hübschen Hotel an der Steilküste, und wir können jeden Morgen vor dem Frühstück runterlaufen und baden. Stell dir das vor!«
Beim Frühstück wich Daddy Leos Blick aus, und sie wußte, daß sie die Ereignisse vom Vortag besser nicht erwähnte. Irgendwie hatte ihr Vater für sie beide das Recht erwirkt, mit Mutter wegzulaufen. Denn darum ging es doch.
Es klopfte an der Hintertür. Alle drei sahen sich erschrocken an, doch es war nur Ned, der Gärtner. Leo hörte, wie ihr Vater ihm von dem kurzfristig beschlossenen Urlaub erzählte … und ihm Anweisungen gab.
Die Treibhäuser seien in einem furchtbaren Zustand – wenn Ned sich ganz darauf konzentrieren könne, sie in Ordnung zu bringen, und was dort sonst noch alles zu tun sei …
»Und was ist mit dem Steingarten, Major, Sir?«
»Es ist äußerst wichtig, daß Sie dort nichts verändern. Jemand vom Botanischen Garten in Dublin

wird vorbeikommen und ihn sich ansehen. Er hat gemeint, wir sollen nichts anrühren, bis er da war.«

»Schön.« Ned klang erleichtert. »Soll ich das Loch auffüllen, das wir gegraben haben?«

»Ach, das haben wir schon gemacht ...«

Falls Ned erstaunt darüber war, daß ein Kriegsversehrter und seine zarte Frau ein Loch zugeschüttet hatten, das er zwei Tage lang ausgehoben hatte, ließ er es sich jedenfalls nicht anmerken. »Dann bleibt also alles, wie es ist, Major, Sir?«

»So wie es ist, Ned. Kümmern Sie sich einfach nicht darum.«

Blankes Entsetzen überkam Leo.

Die Erinnerung an die letzte Nacht, wie sie mit angezogenen Knien im Dunkeln gesessen hatte. Schritte, leise, hektische Stimmen, ein Geräusch, als würde etwas über den Boden geschleift oder geschoben. Doch ihre Mutter lauschte dem Gespräch an der Hintertür, ohne mit der Wimper zu zucken, und als Daddy ins Zimmer zurückkam, lachte sie sogar.

»Na, wenn das nicht eine willkommene Nachricht für unseren guten Ned war! Er war sicher angenehm überrascht, daß er mal etwas nicht tun muß.«

Leo versuchte ihre panische Angst hinunterzuschlucken.

Oft kamen ihr ihre Träume wie die Wirklichkeit vor – wirklicher als der Alltag. Und das war wohl

gerade der Fall. Wieder klopfte es an der Tür, und wieder tauschten sie beunruhigte Blicke.
Diesmal war es Foxy Dunne.
»Was gibt's, Foxy?« fragte Leos Vater lustlos.
»Guten Tag, wie geht es Ihnen?« Foxy redete nie jemanden mit seinem Titel an. Nicht einmal den Priester sprach er mit »Father« an, und bei Leos Vater kam ihm das »Major« erst recht nicht über die Lippen.
»Danke, gut, Foxy. Und dir?«
»Bestens. Ich bin gekommen, um mich von Leo zu verabschieden.«
Vaters Stimme klang plötzlich argwöhnisch. »Woher, wenn ich fragen darf, weißt du, daß sie wegfährt?«
»Das hab ich gar nicht gewußt«, erklärte Foxy unschuldig. »Ich gehe selbst fort, deshalb wollte ich ihr auf Wiedersehen sagen.«
»Na, dann komm rein.«
Foxy ging gemächlich durch die Küche ins Frühstückszimmer. »Wie geht's?« sagte er und nickte Leos Mutter beiläufig zu.
Sie lächelte den rothaarigen, sommersprossigen Jungen an, der sich als einziger von den Dunnes nicht von der Armut hatte unterkriegen lassen.
»Und wohin willst du gehen?« erkundigte sie sich höflich.

Doch Foxy beachtete sie nicht, sondern wandte sich an Leo. »Ich gehe nach London, Leo. Ich hätte nie gedacht, daß ich es doch noch schaffen würde. Ich hab immer gemeint, ich würde hier wie ein Trottel versauern und im Laden von irgend jemanden den Besen schwingen.«

»Du bist doch noch zu jung, um nach England zu gehen.«

»Die fragen nicht lang. Sie wollen bloß jemanden, der ihnen auf der Baustelle Tee kocht.«

»Hast du denn keine Angst?«

»Nach allem, was ich mit meinem Alten oder dem von Maura Brennan erlebt hab? Dauernd sind die beiden besoffen heimgekommen und wollten mich dann verprügeln, alle beide … vor was sollte ich da noch Angst haben?«

Er sprach, als ob Leos Eltern nicht anwesend wären. Es war keine vorsätzliche Grobheit, sie interessierten ihn einfach nicht.

»Wirst du nach Shancarrig zurückkommen?«

»Ich werde jedes Weihnachten heimkommen, die Taschen voller Pfundnoten, so wie alle anderen auf dem Bau auch.«

Major Murphy fragte, ob Foxy ein Handwerk erlernen würde.

»Ich werd alles lernen«, antwortete Foxy.

»Nein, ich meine ein richtiges Handwerk, weißt du,

einen anständigen Beruf – Maurer zum Beispiel. Es wäre klug, etwas von der Pike auf zu lernen, eine Lehre zu machen.«

»Wird schon so was sein.« Foxy sah Leos Vater nicht einmal an.

»Wirst du mir schreiben und erzählen, wie es so ist?« Leo wußte, daß ihre Stimme zittrig klang und nicht so begeistert, wie es Foxy gerne gehabt hätte.

»Ich war nie eine Leuchte im Schreiben, aber, wie gesagt, wir sehen uns jedes Weihnachten. Dann erzähle ich dir alles.«

»Viel Glück in England.« Leos Mutter erhob sich vom Frühstückstisch, um die Unterhaltung zu beenden.

Foxy sah sie lange an.

»Ja, ich schätze, ein bißchen Glück kann ich brauchen. Aber es kommt mehr darauf an, zu arbeiten, zu beweisen, daß man arbeiten kann.«

»Du bist noch ein Kind. Setz nicht deine Gesundheit aufs Spiel. Sag ihnen, daß du keine schweren Arbeiten verrichten kannst«, riet ihm der Major freundlich.

Davon wollte Foxy jedoch nichts wissen. »Ich sag ihnen, daß ich siebzehn bin. Dann schaff ich's. Siebzehn, und noch im Wachstum.« Er ließ sich nicht von Mrs. Murphy vorschreiben, wann er zu gehen hatte.

»Wir sehen uns dann an Weihnachten, Leo«, meinte er und verließ das Haus.
Leo beobachtete ihn, wie er Lance die Ohren kraulte und Jessie ein Stöckchen warf.
Andere Leute fürchteten sich vor den beiden Labradoren, die so laut bellten. Aber nicht Foxy Dunne.

Ein paar Mal während ihres merkwürdigen Urlaubs in jenem abgelegenen Hotel dachte sie an ihn, hier, wo sie nichts zu tun hatte, als Bücher aus der Bibliothek zu lesen. Gelegentlich ging sie mit Vater und Mutter am Sandstrand entlang und sammelte Kaurimuscheln. Doch für gewöhnlich ließ sie ihre Eltern allein gehen, zusammen mit den Hunden. Die beiden schienen sich sehr nahe zu sein; manchmal hielten sie sich sogar an den Händen, wenn ihr Vater so neben ihrer Mutter daherhumpelte. Und manchmal bückte sich Mrs. Murphy nach einem Stück Treibholz, das sie ins Meer hinauswar£ Augenblicklich sprangen Lance und Jessie hinterher und versuchten es zurückzubringen.
Leo schlief nachts nicht besonders gut in dem kleinen Zimmer mit den rautenförmigen Fensterscheiben. Das Tosen des Atlantiks, der an die Klippen brandete, konnte einem ziemlich auf die Nerven gehen. Die Sterne sahen hier anders aus als in Shancarrig, wenn sie am Fenster saß und in die Nacht

starrte – der vertraute Garten des Glen, der Flieder, die Büsche bis zum großen Eisentor hinunter, das Pförtnerhaus.
Beim Gedanken an das Pförtnerhaus lief ihr eine Gänsehaut über den Rücken. Als sie am Morgen ihrer Abreise daran vorbeigefahren waren, mußte sie den Blick abwenden. Sie fürchtete sich davor, es bei ihrer Rückkehr wiederzusehen. Aber sie wollte auch fort von diesem eigenartigen, traumähnlichen Ort, in dem sie einen Urlaub verbrachten, den es nie hätte geben sollen.
Inzwischen war Biddy bestimmt schon wieder zu Hause im Glen. Was mochte geschehen sein? Was hatte sie wohl entdeckt? Doch weder Vater noch Mutter riefen sie an oder schienen auch nur im geringsten besorgt zu sein.
Leo war die Kehle wie zugeschnürt. Sie brachte von dem Essen, das man ihr vorsetzte, keinen Bissen hinunter.
»Meine Tochter fühlt sich nicht ganz wohl. Aber das hat nichts mit Ihrem köstlichen Essen zu tun.«
Ungläubig starrte Leo ihre Mutter an. Wie konnte ihr diese Lüge so glatt und in einem so sachlichen Ton über die Lippen gehen? Wenn sie das fertigbrachte, dann war sie zu jeder Lüge fähig. Nichts war mehr wie früher.
Leo hatte Angst. Sie sehnte sich nach einem Freund.

Aber nicht nach Nessa, die nur entsetzt die Augen aufreißen würde. Nicht nach Eddie Barton, der sich in seine Wälder und zu seinen Blumen und Zeichnungen flüchten würde. Und nicht nach Niall Hayes, der sagen würde, das sei typisch für die Erwachsenen – auf nichts, was sie taten, war Verlaß.

Auch Father Gunn konnte sie nichts davon sagen, nicht einmal bei der Beichte. Und Maura Brennan würde noch mehr Angst haben als sie selbst.

Einen Augenblick lang dachte sie an Foxy Dunne, aber selbst wenn er zu Hause gewesen wäre, hätte sie ihm so etwas nicht anvertrauen können. Sie fragte sich, wie er auf einer großen Baustelle in London wohl zurechtkommen würde. Glaubte er allen Ernstes, man würde ihm abnehmen, daß er siebzehn war? Andererseits trat er immer so großspurig und selbstsicher auf, daß es ihm vielleicht tatsächlich gelingen würde.

Sie sah durchs andere Autofenster, als sie durch das Tor des Glen fuhren – als befürchtete sie, die Tür des Pförtnerhauses würde plötzlich aufspringen, und dahinter warteten schon Sergeant Keane und eine Schar Polizisten.

Doch alles war wie immer. Die Hunde rannten umher, glücklich, nicht mehr im Kombiwagen eingesperrt und wieder zu Hause zu sein. Biddy eilte geschäftig hin und her und war neugierig, von dem Urlaub zu erfahren, der so kurzfristig beschlossen worden war. Und der alte Ned, der rauchend im Gewächshaus gesessen hatte, wurde plötzlich munter.

Es gebe nichts Neues, meinte Biddy, es sei alles in Ordnung. Ein Brief von den jungen Herrschaften Harry und James sei gekommen, außerdem ein Paket, das nicht ausreichend frankiert gewesen sei und für das Mattie Geld verlangt habe.

Mit dem Metzger habe es ein bißchen Ärger gegeben, weil er den üblichen Sonntagsbraten liefern wollte und sich aufregte, als er erfuhr, daß die Familie verreist sei. Und Sergeant Keane sei dagewesen und habe gefragt, ob jemand etwas von einem Zigeuner gehört habe, der vermißt wurde.

Biddy hatte mit allen kurzen Prozeß gemacht.

Sie hatte Mattie gesagt, daß dieses Haus genug Geld für Briefmarken ausgegeben habe. Ob er sich nicht schäme, auch nur anzudeuten, daß das Paket nicht ausreichend frankiert sei? Er hatte sich kleinlaut davongeschlichen, und das war sein Glück gewesen. Dann hatte der Metzger Biddys scharfe Zunge zu spüren bekommen: Sie wies ihn darauf hin, daß seine neue Ladenfassade schließlich mit dem Geld bezahlt worden sei, das Major Murphy und seine Familie für

sein bestes Fleisch ausgegeben hätten, er solle sich bloß nicht so aufblasen.
Und von Sergeant Keane wollte sie wissen, wie er überhaupt auf die Idee käme, ein Zigeunerjunge könne sich auf das Gelände des Glen wagen.
Zuerst wollte Leo niemanden sehen. Halb sitzend, halb kniend blieb sie auf ihrem Fenstersitz und sah nach draußen, wo die Hunde spielten, der alte Ned mit mäßigem Eifer den Boden hackte, ihr Vater sich hinkend auf den Weg zu Mr. Hayes machte und ihre Mutter mit dem Strohhut in der Hand zwischen den Sträuchern und Fliederbüschen herumspazierte.
Es kam niemand vom Botanischen Garten in Glasnevin, um sich den Steingarten anzusehen, den sie über der großen, mittlerweile zugeschütteten Grube anlegen wollten.

Als Mr. O'Neill, der Immobilienauktionator aus der Stadt, erschien und sich erkundigte, ob sie an einer Vermietung des Pförtnerhauses interessiert seien, sagten Leos Eltern, vorläufig nicht; wahrscheinlich irgendwann einmal, aber im Augenblick sei alles noch in der Schwebe – vielleicht würde einer der Jungen nach Hause kommen und dort wohnen wollen.
Dabei war es nie ein Thema gewesen, daß Harry oder James zurückkommen würden. Leo merkte, daß

das wieder eine dieser Lügen ihrer Mutter war, wie damals im Hotel, als sie gesagt hatte, Leo fühle sich nicht wohl und wolle deshalb nichts essen.
Eines Tages erschien Maura Brennan aus der Schule bei ihnen und fragte nach einer Stelle als Dienstmädchen. Sie meinte, da sie nun einmal irgendwo arbeiten müsse, warum dann nicht für jemanden wie Leo, die sie gern hatte? Leo war an diesem Tag ungeschickt und ängstlich gewesen. In ihren Augen war das ein weiteres Beispiel für die Verrücktheit der Welt: Maura, die in der Schule neben ihr gesessen hatte, wollte in ihrem Haus die Böden schrubben, weil das eben der Gang der Dinge war.
Doch als aus den Tagen Wochen wurden, brachte Leo endlich den Mut auf, das Haus zu verlassen. Sie besuchte Eddie Barton und seine Mutter, und sie unterhielten sich, als wäre alles wie immer. Inzwischen fing sie an, selbst daran zu glauben. Aus London kam eine Postkarte, auf der in krakeliger Schrift stand: »Ich wünschte, Du wärst hier.« Sie wußte, daß sie von Foxy war, obwohl kein Absender darauf stand. Und eines Samstags fragte Father Gunn sie bei der Beichte, ob irgend etwas ihr Sorgen mache.
Leo schlug das Herz bis zum Hals.
»Warum fragen Sie, Father?« flüsterte sie.
»Du wirkst so nervös, mein Kind. Wenn es etwas

gibt, was du mir sagen möchtest, dann denke daran, daß du es durch mich auch Gott anvertraust.«
»Ich weiß, Father.«
»Also, wenn dich etwas bedrückt …«
»Mich bedrückt schon etwas, aber es geht nicht um mich selbst, sondern um jemand anderes.«
»Ist es eine Sünde, die du begangen hast?«
»Nein, Father. Nein, überhaupt nicht. Ich verstehe es nur nicht. Wissen Sie, es hat mit Erwachsenen zu tun.«
Sie schwiegen.
Father Gunn mußte das Gesagte erst verdauen. Er vermutete, daß es um die Geschlechtlichkeit der Erwachsenen ging, die Kindern abstoßend und peinlich erscheinen konnte.
»Vielleicht wird dir all das später einmal klar«, tröstete er sie.
»Sie meinen, ich soll mir deshalb keine Gedanken machen, Father?«
»Nicht wenn es etwas ist, worauf du keinen Einfluß hast, mein Kind, etwas, mit dem du nichts zu tun haben willst«, antwortete der Priester.
Leo fühlte sich sofort viel wohler. Sie betete ihre drei Ave-Maria, die Buße für ihre anderen kleinen Sünden, und verbannte das, was ihr den größten Kummer bereitete, aus ihren Gedanken, so gut es ging. Schließlich hatte der Priester gesagt, daß Gott

es ihr später klarmachen würde; jetzt war nicht der richtige Zeitpunkt, sich darüber den Kopf zu zerbrechen.

Während sie sich darauf vorbereitete, auf die Klosterschule in der Stadt zu gehen, in der sie die nächsten Jahre verbringen würde, versuchte sie dem Leben im Glen den Anstrich des Alltäglichen zu geben. Sie spielte das Spiel ihrer Eltern mit. Sie tat so, als sei nichts geschehen an jenem Sommerabend, als ihre Welt zusammengebrochen war.

Leo fing wieder an, sich von ihrem Hügel herab zu wagen und ihre alten Schulkameraden aufzusuchen: ihre Freundin Nessa Ryan vom Hotel, deren Mutter jeden mit Arbeit eindeckte, der gerade nichts zu tun hatte; Sheila und Eileen Blake, die von ihrem piekfeinen Internat nach Hause gekommen waren und dauernd fragten, ob sie im Glen Tennis spielen dürften. Leo sagte ihnen, der Tennisplatz müsse erst instand gesetzt werden; und dabei wurde ihr bewußt, daß sie inzwischen genauso unverfroren log wie ihre Mutter. Sie traf Mall Hayes, der ihr erzählte, daß er sich wohl verliebt habe.

»Alle machen sie Sachen, für die sie zu jung sind«, meinte Leo mißbilligend. »Foxy ist zu jung, um nach England zum Arbeiten zu gehen, du bist zu jung, um dich zu verlieben. Wer ist es denn?« Doch er wollte

nichts verraten. Leo vermutete, daß es Nessa war. Andererseits ... er wohnte gegenüber von Nessa, sie kannten sich schon ihr ganzes Leben. Das konnte Verliebtsein nicht bedeuten. Es war alles viel zu verwirrend.
Dann traf sie auch Nancy Finn vom Pub. Nancy war, was man in Shancarrig eine freche Göre nannte. Man warf ihr vor, daß sie für ihre fünfzehn Jahre recht frühreif war und den Männern schöne Augen machte. Manchmal half sie hinter der Theke aus – ein ziemlich rauher Arbeitsplatz.
Nancy träumte davon, nach Amerika zu gehen und als Serviererin in einer Cocktailbar zu arbeiten. Das war ihr Ziel, doch ihr Vater tat es als Hirngespinst ab. Nancy erzählte, daß ihr Vater, der Wirt Johnny Finn, es allmählich satt hatte. Seit drei Wochen kam jeden Abend die Polizei vorbei und wollte wissen, ob sich irgendeiner mit einem Zigeuner angelegt hatte, dabei ließ ihr Vater erklärtermaßen einen Zigeuner erst gar nicht über die Türschwelle. Sergeant Keane meinte, das sei aber keine sehr christliche Einstellung, worauf Nancys Vater konterte, der Polizei würde es doch noch weniger passen, wenn er Zigeuner reinlassen und ihnen ihr Geld abknöpfen würde. So waren einige harte Worte gefallen mit dem Ergebnis, daß die Polizisten den Pub Abend für Abend im Auge behielten, jederzeit bereit zum

Zuschlagen, falls einer dreißig Sekunden nach der Sperrstunde noch ein Glas in der Hand hatte.

Der Sommer ging vorbei, und ein neues Leben begann, was auch bedeutete, daß man jeden Morgen den Bus in die Stadt erwischen mußte. Der Bus holperte über Landstraßen, durch Dörfer und Wälder und hielt an Kreuzungen und Gabelungen, wo die Leute über lange, schmale Wege zur Hauptstraße kamen. Während der Bus durch die ländliche Gegend schaukelte, lernten Leo und Nessa Ryan für die Schule. Sie hörten einander Gedichte ab und grübelten über Lehrsätze und Algebra. Oft schauten sie überhaupt nicht aus dem Fenster auf die vorüberziehende Landschaft.

Manchmal sah es allerdings so aus, als sei Leo in den Anblick der Landschaft vertieft. Man hätte angenommen, ein verträumtes Schulmädchen betrachte die Felder mit dem weidenden Vieh, die Hecken und Buschreihen, deren Farben je nach Jahreszeit wechselten.

Doch Leo Murphy nahm von alldem wohl kaum etwas wahr. Ihre Gedanken kreisten oft um ihre Mutter, ihre blasse, zierliche Mutter, die immer öfter und bei jedem Wetter durch den Garten des Glen streifte, während sie mit leerem Blick vor sich hin murmelte.

Leo hatte gesehen, wie ihre Mutter unter dem Fliederbusch saß, geistesabwesend die großen violetten Blüten auf ihrem Schoß zerrupfte und dabei vor sich hin summte: »Du hattest tiefblaue Augen, Danny. Augen wie dunkler Flieder. Jetzt sind sie für immer geschlossen.«

Von Danny sprach sie auch, wenn sie sich halb sitzend, halb liegend im Steingarten aufhielt. Ob Sonne oder Regen – jeden Tag war Mrs. Murphy dort und jätete Unkraut, kaum daß es aus der Erde herausspitzte.

»Zumindest kümmere ich mich um dein Grab, Danny, mein Junge«, weinte sie dann leise. »Du kannst nicht sagen, du hättest keine Blumen auf deinem Grab. Kein Mann in Irland hat je mehr gehabt.«

Als Leo ihre Mutter zum ersten Mal so reden hörte, erstarrte sie vor Schreck. Jedermann wußte, daß der vermißte Zigeuner Danny hieß. Seine Angehörigen sagten, er habe wohl ein Mädchen in Shancarrig gehabt. Oft war er für längere Zeit aus dem Lager verschwunden, und wenn er zurückkam, lächelte er vor sich hin, wollte aber nichts erzählen. Man fragte sich, ob er vielleicht mit einer Ortsansässigen durchgebrannt war. Aber Sergeant Keane hatte den Kesselflickern versichert, keines der hiesigen Mädchen sei auf unerklärliche Weise verschwunden; er habe sich erkundigt, und es werde niemand aus der Gegend vermißt.

»Niemand außer Danny«, sagte Mrs. McDonagh, die traurig aussehende Frau mit dem dunklen, faltigen Gesicht, die Dannys Mutter war.

All das erfuhr Leo von anderen Leuten. Nessa Ryan hörte im Hotel oft jemanden darüber reden und gab alles wortgetreu an Leo weiter. Es war das einzig Aufregende, was im Leben der Mädchen je passiert war. Nessa begriff nicht, warum ihre Freundin sich so wenig dafür interessierte und nicht wie alle anderen wilde Vermutungen anstellte, was geschehen sein mochte.

Die Monate vergingen, und Leos Mutter verlor zusehends den Bezug zur Wirklichkeit.

Leo hatte aufgehört, ihr von der Schule oder sonstigen Alltäglichkeiten zu erzählen. Statt dessen redete sie mit ihrer Mutter wie mit einer Kranken.

»Wie geht es dir heute, Mutter?«

»Nun … ich weiß nicht, ich weiß es wirklich nicht«, erwiderte sie teilnahmslos. Die Frau, die so elegant und anmutig gewesen war, die Mutter, die Picknicks vorbereitet hatte, die entsetzt aufgeschrien hatte, wenn jemand einen Grammatikfehler machte oder ein Wort falsch aussprach … Sie gab es nicht mehr. Ihr Essen rührte sie kaum an, sie lächelte ihren Mann, Leo und Biddy nur vage an, als wären sie

Leute, die sie früher einmal gekannt hatte. Sie redete mit den Hunden, Lance und Jessie, die nun keine großen, quietschfidelen Welpen mehr waren, sondern im Lauf der Jahre zu stattlichen Tieren heranwuchsen. Sie fragte die Hunde, ob sie sich noch an Danny erinnerten, über dessen Grab sie wachen sollten.

Es war unmöglich, daß Biddy davon nichts mitbekam. Sie hätte taub sein müssen, um nicht zu hören, wovon Mrs. Murphy sprach.

Doch die Verschwörung dauerte an.

Mrs. Murphy sei nicht ganz auf der Höhe gewesen, aber jetzt, wo die Tage länger wurden oder das Wetter so schön war oder die Winterluft so klar und rein … egal, welche Jahreszeit herrschte: mit Mrs. Murphy würde es schon wieder aufwärts gehen.

Der alte Ned war in den Ruhestand versetzt worden. Manchmal kam Eddie Barton und mähte den Rasen, aber eigentlich kümmerte sich niemand mehr um den Garten. Leo und ihr Vater unternahmen gelegentlich einen Versuch, Ordnung zu schaffen, doch es überstieg ihre Kräfte. Nur der Steingarten stand in voller Blüte. Mrs. Murphy wanderte mit der Gartenschere in der Tasche um das Glen herum und schnitt Ableger ab, oder sie grub Pflänzchen aus, von denen sie annahm, daß sie im Steingarten gedeihen würden.

Im zunehmend dschungelartigen Garten des Glen

erstrahlte der Steingarten wie ein Monument, wie eine Gedenkstätte.

Während sie sich bemühte, ihre Mutter davor zu bewahren, daß andere sie sahen oder hörten, fügte Leo die Bruchstücke der schrecklichen Geschichte zusammen, die sich in jenen Wochen zugetragen hatte, als sie vierzehn gewesen war und nichts von der Welt verstanden hatte. In jenen Wochen, ehe sich ihre Welt veränderte.

Mutter erinnerte sich nicht nur an Dannys tiefblaue Augen, sondern auch an seine kräftigen Arme und seinen jugendlichen Körper. Auch sein Lachen und sein ungestümes, unersättliches Verlangen nach ihr hatte sie nicht vergessen. Leo wurde flau im Magen, wenn sie hörte, wie ihre Mutter in ihren Erinnerungen schwelgte und um ihren verlorenen Liebhaber weinte. Sie haßte diese kindische, kokette Begeisterung, die ihre Mutter überkam, wenn sie von dem Mann erzählte, den sie auf bemoostem Waldboden, auf dem Bettvorleger in ihrem Schlafzimmer, unter den Fliederbüschen oder im Pförtnerhaus empfangen hatte.

Wenn sie jedoch auf das Pförtnerhaus zu sprechen kam, verhärteten sich ihre Züge, und ihre sonderbaren Fragen gingen in eine andere Richtung. Warum war er so habgierig gewesen? Wozu brauchte er das Silber? Warum wollte er die Wertgegenstände des

Hauses haben? Was ging in seinem Kopf vor, daß er unbedingt etwas haben wollte, was er verkaufen konnte, Gegenstände, mit denen er auf dem Weg nach Galway Handel treiben konnte? Er hatte doch sie besessen, den größten Schatz von allen. Miriam Murphys Blick wurde starr, wenn sie jenen Teil der Geschichte wiedergab, als sie sich das letzte Mal sahen … wie er das Silber in ein Tischtuch einwickelte, wie er im Haus herumstöberte, alles mögliche anfaßte, dies oder jenes mitnahm, anderes daließ. Sie hatte ihn beschworen, ihn angefleht.

»Sag doch, daß eingebrochen worden ist … sag, daß alles weg war, als du zurückgekommen bist«, hatte er sie mit seinen tiefblauen Augen angelacht.

»Ich habe zu ihm gesagt, daß er nicht fortgehen darf, Gott hat uns füreinander bestimmt, er kann mich nicht verlassen.«

Leo kannte diese Leier längst auswendig, sie hätte sie gemeinsam mit ihrer Mutter aufsagen können, die dabei den erdigen Grund des Steingartens streichelte.

»Aber du wolltest nicht hören, Danny. Du hast gesagt, ich bin alt. Du hast gesagt, ich hätte mein Vergnügen gehabt und sollte dir dankbar sein. Dann wolltest du ein paar Gewehre mitnehmen, die wir ohnehin nicht benötigten, wie du gesagt hast, aber du könntest sie zum Jagen in den Wäldern brau-

chen … ich habe dich gebeten, mich mitzunehmen … und du hast gelacht und mich alt genannt. Ich konnte nicht zulassen, daß du fortgehst, ich mußte dich hierbehalten, und das war der Grund …«
An dieser Stelle lächelte ihre Mutter stets und strich wieder mit der Hand über die Erde. »Und du bist hier, Danny, mein Lieber. Jetzt wirst du mich nie mehr verlassen.«
Leo wußte, warum ihr Vater sich an jenem Abend so abgemüht hatte, sie wußte, was er trotz seiner schmerzenden Verwundungen und dem steifen Bein über den Boden geschleift und geschoben hatte. Er kannte den Grund, warum man diese Frau davor bewahren mußte, ihre Singsang-Geschichte der Polizei zu erzählen. Und Leo kannte ihn auch.

In der Schule hielt man sie für nervös. Die Lehrerinnen sprachen ihren Vater darauf an, da Mrs. Murphy, die Mutter, ja nie erschien.
Oberin Dorothee, eine weise Frau, die den Lauf der Welt kannte, kam zu dem Schluß, daß Leos Mutter wahrscheinlich Alkoholprobleme hatte. Das mußte der Grund sein. Sonst würde sie doch gelegentlich vorbeikommen. Sehr rücksichtslos gegenüber dem Kind, das ein recht nettes Mädchen war, aber einen stahlharten Panzer um sich herum trug.

Leo erzählte Father Gunn, ihrer Mutter gehe es nicht allzugut, und wenn er sie nicht bei der Messe sehe, solle er bitte keine falschen Schlüsse daraus ziehen. Father Gunn fragte, ob sie wolle, daß er die Sakramente im Glen erteile.
»Ich weiß nicht recht, Vater.« Leo biß sich auf die Lippe.
Auch Father Gunn kannte den Lauf der Welt.
»Na, dann belassen wir es doch erst einmal dabei«, schlug er vor. »Wenn sich diesbezüglich etwas ändern sollte, dann müßt ihr mir nur Bescheid sagen.«
In Shancarrig etwas geheimzuhalten war im Grund ganz einfach, dachte Leo bei sich.
Vielleicht aber nur dann, wenn man zufällig im Glen wohnte, einem großen Haus, umgeben von hohen Mauern, mit eigenem Garten, viel Buschwerk und einem Pförtnerhaus.
Lebte man dagegen in den Katen am Fluß oder im Terrace, wo der Vordereingang für jedermann einsehbar war, oder im Hotel, wo jeden Tag halb Shancarrig ein und aus ging, war es bestimmt nicht so einfach, ein Geheimnis zu wahren.
Zwar hatte Leo ein wachsames Auge auf ihre Mutter, doch sie war deshalb nicht ständig unruhig. Kein Mensch hätte eine so lange andauernde Beklemmung unentwegt als solche empfunden. Oft dachte Leo viele Stunden lang gar nicht an ihre Mutter und

ihre endlos wiederholte Geschichte. Es gab Schulausflüge, Feste, Augenblicke wie denen, als Niall Hayes sie küßte und ihre Nasen zusammenstießen oder als sie später ganz unverhofft von Richard Hayes, Nialls älterem Cousin, geküßt wurde, ganz ohne daß sich ihre Nasen in die Quere kamen.

Richard Hayes sah sehr gut aus, und seit seiner Ankunft hatte er viel Aufsehen im Ort erregt. Leo empfand Mitleid mit Niall, denn insgeheim glaubte sie, Niall habe noch immer eine Schwäche für Nessa. Aber Nessa hatte natürlich nur Augen für den Neuankömmling.

Und man mußte schon sagen, daß Richard Nessa sehr viel Aufmerksamkeit zuteil werden ließ. Die beiden unternahmen gemeinsame Spaziergänge und Ausflüge oder gingen ins Kino in der Stadt. Leo hielt ihn für ziemlich gefährlich, doch sie tat diesen Gedanken achselzuckend ab. Wie wollte sie so etwas wissen? Ihren Ansichten über Liebe und gegenseitige Anziehung traute sie überhaupt nicht.

Ein paar von den Mädchen in der Schule wollten Krankenschwestern werden; sie hatten sich bereits in den Krankenhäusern von Dublin beworben.

»Soll ich auch Krankenschwester werden, Daddy?« fragte sie.

Leo und ihr Vater gingen spazieren, was sie abends oft taten. Ihre Mutter war in eine Unterhaltung

mit dem Steingarten vertieft, und außer Biddy, die hoffentlich so verschwiegen blieb wie die letzten drei Jahre, war niemand in der Nähe, der hören konnte, wenn Mutter wieder ihren Singsang anstimmte.
»Möchtest du denn Krankenschwester werden?«
»Wenn es etwas hilft.«
Ihr Vater sah alt und fahl aus. Einen Großteil seiner Zeit verbrachte er damit, seinen Söhnen die Rückkehr nach Shancarrig auszureden und ihnen mitzuteilen, daß es um den Geisteszustand ihrer Mutter sehr schlecht bestellt war.
Natürlich hatten sie in ihren Briefen gefragt, warum nichts dagegen unternommen wurde. Auch an Dr. Jims hatten sie geschrieben, was Major Murphy als eine unerhörte Einmischung betrachtete. Glücklicherweise hatte Jims Blake ihm beigepflichtet – die jungen Leute dachten wohl in ihrer Überheblichkeit, sie wüßten alles besser. Wenn Frank Murphy sagte, daß mit Miriam alles in Ordnung sei, dann war die Sache erledigt. Der Arzt hatte das schmale, blasse Gesicht und die unnatürlich glänzenden Augen von Miriam Murphy gesehen; eine Frau, die er immer schon für etwas zwanghaft gehalten hatte und die jetzt dauernd die Lichtschalter kontrollierte und sich weigerte, altes Papier wegzuwerfen. Das war ihm bei seinen Besuchen im Glen aufgefallen, und er nahm

an, daß wie so oft bei nervösen Frauen keine Fragen gestellt wurden und somit auch keine beantwortet werden konnten. In diesem Haus würde man ihn nicht bitten, sie zu einem Psychiater zu überweisen, um herauszufinden, was ihr fehlte. Wenigstens bat man ihn aber auch nicht, ständig neue Rezepte für immer stärkere Beruhigungsmittel und Schlaftabletten auszuschreiben. Allein dafür mußte man schon dankbar sein.

Foxy Dunne kam wie versprochen jedes Weihnachten nach Hause. Als er bei seinem ersten Besuch zu Hause in einer neuen Jacke mit Reißverschluß und Tartanfutter an der Hintertür des Glen anklopfte, war er erstaunt über den frostigen Empfang. Nicht, daß er jemals herzlich begrüßt worden wäre, aber das war der Gipfel ... »Nun, sagen Sie meiner Freundin Leo Bescheid. Sie weiß ja, wo ich wohne«, sagte er in herablassendem Ton zu Biddy.

»Ich bin sicher, daß sie wie wir alle nur zu gut weiß, wo die Dunnes wohnen, und ihnen lieber aus dem Weg geht«, erwiderte Biddy.

Leo hatte das Gespräch gehört und besuchte am Nachmittag die Kate der Dunnes.

»Ich wollte dich fragen, ob du im Barnawald spazierengehen möchtest«, sagte sie.

Foxy strahlte übers ganze Gesicht. Er war um Worte

verlegen – weder eine knappe, lässige Bemerkung fiel ihm ein noch ein schlagfertiger Witz.

»Na, ich wollte dich auch gar nicht hereinbitten«, grinste er schließlich. »Gehen wir wie Hänsel und Gretel in den Wald.«

Er erzählte Leo, daß er mit elf Männern – samt und sonders Iren – in einem Haus wohnte, daß viele tranken und so mancher alles, was er im Schweiße seines Angesichts verdiente, in Alkohol umsetzte.

»Warum bleibst du denn dort?« fragte sie.

»Weil ich lernen will … und sparen. Aber vor allem lernen.«

»Was kann man denn von Männern lernen, die sich um den Verstand saufen?«

»Nun, ich denke, man kann lernen, was man nicht tun darf oder wie man es besser macht.«

Foxy saß auf einem umgestürzten Baum und erzählte ihr von den Möglichkeiten, von den Leuten, die es geschafft hatten, den kleinen Unternehmern, die alles schnell und ordentlich erledigten. Er meinte, es sei wichtig, die Augen offenzuhalten nach einem guten Elektriker, einem ordentlichen Klempner, ein paar aufgeweckten Maurern und einem fähigen Zimmermann. Dann brauchte man nur noch jemanden, der sie zusammenbrachte, und schon hatte man einen eigenen Bautrupp – dazu mußte man allerdings mit

Zahlen umgehen, kalkulieren und Verträge abschließen können.
»Und wer, meinst du, könnte das für dich tun?« fragte sie mit aufrichtigem Interesse.
»Meine Güte, Leo, *ich* werde das tun. Darum geht es doch.«
Sie schämte sich, daß sie ihm das nicht zugetraut hatte.
»Hast du gewußt, daß mein Vater im Knast war?« fragte er unvermittelt und ging gleich in Verteidigungsstellung.
»Ich habe davon gehört. Ich glaube, Biddy hat es mir erzählt.«
»Natürlich, wer sonst …«
Leo war hin- und hergerissen, ob sie ihm ihr Mitgefühl zeigen oder ihm sagen sollte, daß das doch nicht so schlimm sei.
»Fand er es sehr schrecklich?«
»Ich weiß nicht, er spricht nicht mit mir. Sie hätten ihn dort länger behalten sollen. Er hat auf einen Typen mit einem Brett eingeschlagen, in dem Nägel steckten. Er ist wirklich gefährlich.«
»Aber du bist nicht so«, sagte sie plötzlich.
»Ich weiß, aber ich möchte nicht, daß du vergißt, woher ich komme.«
»Du bist, was du bist – wie ich.«
»Hast du mir auch was zu erzählen?« fragte er.

»Nein. Wieso?« erwiderte sie knapp.
Er zuckte die Achseln. Es war, als hätte er ihr die Gelegenheit geben wollen, sich auch etwas von der Seele zu reden.
Doch er wußte nicht, daß ihre Bekenntnisse ganz anderer Natur waren. Was sein Vater getan hatte, war lang und breit in der ganzen Grafschaft herumgetratscht worden. Aber was Leos Mutter getan hatte, wußten nur drei Personen.
Eine Weile sah er sie an, als ob er auf etwas wartete. Dann meinte er: »Ach, nur so. Nur so.«
Sie spürte, wie sein Blick auf ihr ruhte. In ihrem Regenmantel, die Hände tief in den Taschen vergraben, saß sie da. Vom Wind hatte sie rote Backen, und ihre zerzausten rotblonden Locken standen wild vom Kopf ab. Sie spürte, daß er sie durchschaute, daß er alles sah, alles wußte.
»Ich finde meine Haare unmöglich«, sagte sie plötzlich.
»Wie ein Heiligenschein«, meinte er.
Und sie grinste.

Jedes Weihnachten kam er nach Hause. Dann holte er sie vom Glen ab, und sie gingen zusammen spazieren. In der Woche, die er daheim verbrachte, trafen sie sich jeden Tag.
Nessa Ryan nahm es mißbilligend zur Kenntnis. »Du

weißt doch, daß sein Vater im Gefängnis war«, erinnerte sie Leo.

»Ja.« Leo seufzte. Damit lag ihr schon Biddy ständig in den Ohren.

»Dann wundert es mich noch mehr, daß du mit ihm spazierengehst.«

»Ich weiß.« Dasselbe hatte Leo von ihrem Vater zu hören bekommen. Doch dieses eine Mal hatte sie ihm die Stirn geboten. »Wenn alle über uns Bescheid wüßten, Daddy, würde vielleicht auch keiner mehr mit uns spazierengehen wollen.« Ihr Vater sah sie an, als hätte sie ihm ins Gesicht geschlagen, und augenblicklich bereute sie ihre Worte. »Es tut mir leid, ich habe es nicht so gemeint … ich denke nur, daß Foxy sich einsam fühlt, wenn er nach Hause kommt. Ich bitte ihn auch nie ins Haus. Daddy, ich bin jetzt siebzehn, fast achtzehn. Warum lassen wir die anderen nicht in Ruhe? Gerade wir.«

Ihrem Vater standen Tränen in den Augen. »Geh spazieren, mit wem du willst«, sagte er mit erstickter Stimme.

Das war an jenem Weihnachten, als Foxy ihr mitteilte, er sei auf dem besten Weg, das große Geld zu machen. Er arbeitete zusammen mit zwei anderen; sie schlossen ihre eigenen Verträge ab, wollten selbst Arbeiter anheuern und einen Bautrupp zusammenstellen. Nie mehr für Halsabschneider arbeiten oder für Kerle, die den ganzen Gewinn einstrichen.

»Ich habe bald genug Geld gespart, daß ich als reicher Mann zurückkehren kann«, meinte er. »Dann fahre ich in einem großen Wagen eure Auffahrt hinauf, lasse mir von Biddy Mantel und Handschuhe abnehmen und halte bei deinem Vater um deine Hand an. Deine Mutter wird den Sherry holen und sich überlegen, wie dein Brautkleid aussehen soll.«

»Ich werde nie heiraten«, entgegnete Leo.

»Jedenfalls hat dich mein Rat, eine Ausbildung zu machen und einen Beruf zu erlernen, offensichtlich wenig beeindruckt«, sagte er.

»Ich kann das Glen nicht verlassen.«

»Sagst du mir, warum?« Sein Blick war noch immer so durchdringend, als könne er sie durchschauen, als wisse er alles.

»Ja, eines Tages«, versprach sie, und sie wußte, daß sie ihr Versprechen halten würde.

In diesem Jahr hatte sie immerhin eine Adresse, unter der sie Foxy schreiben konnte. Als er ihren Brief bekam, schickte er sogar ein paar Zeilen zurück: »Warum lernst du nicht Schreibmaschine schreiben, Leo? Deine Handschrift ist ja noch

schlimmer als meine. Wenn wir mal Großverdiener sind, geht es nicht an, daß keiner von uns einen ordentlichen Brief zustande bringt.«
Sie lachte.
Sie sagte Nessa Ryan nicht, daß ihr Foxy Dunne gerade eine Art Heiratsantrag gemacht hatte.
Auch ihren Eltern verschwieg sie es.

Leos Mutter starb in einer Herbstnacht. An Unterkühlung, hieß es. Sie hatte die feuchte, kühle Nachtluft eingeatmet, und das bei ihrem Lungenleiden … Es gab keine Hoffnung für die Frau, die schon immer von schwacher Gesundheit gewesen war.
Man fand sie, nur mit ihrem Nachthemd bekleidet, im Steingarten liegen.

Die Kirche war voll. Major Murphy bat die Trauergäste, nach dem Gottesdienst auf einen Drink und einen Imbiß in Ryan's Hotel zu kommen. Das war sehr ungewöhnlich, so etwas hatte es in Shancarrig noch nie gegeben. Doch der Major sagte, das Glen sei für ihn und Leo im Augenblick zu bedrückend. Und er sei sicher, daß die Leute das verstehen würden.

Von nun an fuhr Leo täglich mit dem Bus in die Stadt, wo sie an der großen Sekretärinnenschule, in der auch Nessa einen Kurs gemacht hatte, Maschineschreiben lernte.

»Warum hast du das denn nicht zusammen mit mir gemacht?« brummte Nessa.

»Es war nicht der richtige Zeitpunkt.«

Von Foxy Dunne war kein Beileidsschreiben zum Tod ihrer Mutter eingetroffen.

Zwar hatte sie ihm nichts darüber geschrieben, aber es war doch anzunehmen, daß er mit einem Mitglied seiner Familie in Kontakt stand und erfahren hatte, daß man Mrs. Murphy vom Glen tot aufgefunden hatte, nur mit einem Nachthemd bekleidet. Alles deutete darauf hin, daß sie geistig umnachtet war. Das wußte jeder.

Doch als Foxy zu Weihnachten zurückkam, merkte Leo, daß er nichts davon erfahren hatte. Er war betroffen und voller Mitgefühl.

Leo bat ihn herein, und zwar nicht ins Frühstückszimmer, sondern in den Salon, wo sie ein Feuer im Kamin anzündeten.

Die alten Hunde legten sich davor und freuten sich, daß ihnen das Zimmer wieder offenstand.

Inzwischen hatte Biddy aufgehört, sich zu beschweren. Zu vieles war in diesem Haus geschehen. Daß

Foxy Dunne in den Salon des Majors eingeladen wurde, erschien ihr in diesen Zeiten kaum der Rede wert.

Foxy erzählte Leo von seinen Plänen. In England hatte er oft mitbekommen, was sich aus einem Grundbesitz alles machen ließ. Beispielsweise aus dem Glen: Sie könnten den größten Teil des Grundstücks verkaufen, ungefähr acht Häuser bauen und trotzdem ihr eigenes Haus behalten.

»Ich schätze, das würde deinem Vater gefallen«, meinte er.

Draußen sahen sie Major Murphy, eine traurige, einsame Gestalt, die in der einbrechenden Dunkelheit zum Tor und wieder zurück zum Haus wanderte.

»Wir können den Grund nicht verkaufen«, sagte Leo.

»Hängt es mit dem zusammen, was du mir eines Tages erzählen wolltest?«

»Ja.«

»Bist du jetzt bereit, es mir zu erzählen?«

»Nein. Noch nicht, Foxy.«

»Hat sich das durch den Tod deiner Mutter nicht geändert?« Wieder hatte Leo das Gefühl, daß er alles durchschaute.

»Nein. Weißt du, Daddy lebt noch hier. Es darf nichts … dazwischenkommen.«

Sie dachte an die großen Bagger und Grabmaschinen, an den Steingarten, den sie zerstören würden. Eines Tages würde es so kommen, eines Tages würde das Glen wie so viele Häuser in Irland vom Erdboden verschwinden, um Wohnraum zu schaffen für die Iren, die sich nach jahrelanger harter Arbeit im Ausland in ihrer Heimat niederlassen wollten. Menschen wie Foxy, die zu ihren Wurzeln zurückkehrten.

Dann würde man die Leiche von Danny McDonagh entdecken, die so lange unter einem Mausoleum aus Blumen gelegen hatte. Und man würde Fragen stellen.

»Wir sind über einundzwanzig. Wir können tun und lassen, was wir wollen«, meinte er.

»Das konnte ich schon immer – ob es mir gutgetan hat oder nicht.«

»Ich auch«, erwiderte er eifrig. »Und mir hat es viel gebracht. Leo, ich wollte nie eine andere als dich, schon seit unserer Kindheit. Und was wolltest du?«

»Ich wollte Ruhe und Geborgenheit«, sagte sie.

Er versicherte ihr, daß er ihr genau das geben würde. An jenem Abend unterhielten sie sich noch eine Weile und führten ihr Gespräch dann am nächsten Tag im Barnawald fort. Als Foxy sich am Tor des Glen verabschiedete, bemerkte er, daß sie es vermied, zum Pförtnerhaus zu sehen.

»Irgend etwas ist hier passiert«, sagte er ruhig.

»Ich habe schon immer gewußt, daß du das zweite Gesicht hast.«
»Erzähl es mir, Leo. Wir beide sollten keine Geheimnisse voreinander haben.«
Durch das Fenster des Glen sahen sie Leos Vater vor dem offenen Kamin des Salons sitzen. Nachdem er die beiden tags zuvor in dem Zimmer am Feuer gesehen hatte, fand er offenbar, daß auch er das wieder tun konnte. Und jetzt erzählte Leo Foxy die Geschichte.
»Laß uns den Schüssel holen«, schlug er vor.
Sie gingen durch die Küche in die Halle und nahmen den Schlüssel vom Bord. Mit Kerzen in der Hand betraten sie zusammen das Pförtnerhaus. Es sah makellos aus, nichts deutete darauf hin, was sich hier einmal abgespielt hatte.
Foxy legte die Hand unter Leos Kinn und sah ihr in die Augen. »Deine Haare sehen schon wieder aus wie ein Heiligenschein. Das tust du absichtlich, um mich verrückt zu machen«, meinte er.
»Siehst du denn nicht all die Probleme, all diese schrecklichen Probleme?«
»Ich sehe keines, das sich nicht mit einer Fuhre Zement lösen ließe, die man dorthin kippt, wo jetzt der Steingarten ist«, erwiderte Foxy Dunne.

Ein Haus aus Stein und ein großer Baum

Daß die Schule geschlossen werden sollte, hatte sich bereits 1969 herumgesprochen; überall in Irland stellten Dorfschulen zugunsten der größeren Schulen in den Städten ihre Arbeit ein. Und doch war es ein Schock, als das Gebäude im Sommer des Jahres 1970 zum Verkauf inseriert wurde.

ZU VERKAUFEN
Traditionelles gemauertes Schulhaus, erbaut 1899. Die Schule selbst besteht aus drei großen Klassenzimmern, Toiletten und einer Turnhalle. Der angrenzende Wohntrakt verfügt über zwei Schlafzimmer und eine Wohnküche mit Kohlenherd. Das Objekt wird am 24. Juni öffentlich versteigert, falls es bis dahin nicht anderweitig einen Käufer gefunden hat.
Angebote bitte richten an: Maklerbüro O'Neill und Blake

Nessa und Niall Hayes lasen es beim Frühstück. Sie konnten von ihrem Eßzimmer aus sehen, wie die Reisebusse vor Ryan's Shancarrig Hotel schon früh zu ihren Tagesfahrten aufbrachen. Nessa arbeitete

stundenweise im Familienunternehmen auf der anderen Straßenseite mit. Von ihren Schwestern hatte keine Interesse am Hotelgewerbe gezeigt.
»Das kommt noch, wenn sie sehen, daß Geld damit zu machen ist«, hatte Nessas Mutter düster prophezeit.
»Stell dir nur vor, die Schule steht zum Verkauf. So etwas hätten wir nie für möglich gehalten. Unglaublich.« Niall war jetzt dreißig. Keiner nannte ihn mehr den jungen Mr. Hayes; sein Vater hatte sich fast völlig aus den Kanzleigeschäften zurückgezogen.
»Was ist unglaublich?« Danny Hayes war vier und sehr wißbegierig. Er liebte lange Wörter und sprach sie sehr sorgfältig nach.
»Daß du nicht in dieselbe Schule gehen wirst wie wir damals.« Mit geübter Hand wischte ihm Nessa flüssiges Eigelb vom Kinn. »Du wirst in einem großen gelben Bus zur Schule fahren. Und nicht wie wir über die Brücke gehen.«
»Darf ich heute gehen?« bettelte Danny.
»Nach Weihnachten«, versprach Nessa.
»Ist er nicht noch ein bißchen klein?« Niall machte ein besorgtes Gesicht.
»Wenn deine Mutter ihren Willen durchgesetzt hätte, wärst du das erste Mal mit zwanzig die Straße zur Schule hinaufgestiefelt.« Nessa lachte, aber es klang ein wenig bitter.

Der Einzug ins Terrace hatte sich nicht so harmonisch gestaltet, wie sie erwartet hatte. Zwar hatte ihr Schwiegervater seinem Sohn bereitwillig die Zügel überlassen, aber Ethel wollte ihr düsteres Regiment über die Geschicke des Hauses nicht abgeben.

Sie stieß unheilvolle Warnungen aus – vor Lungenentzündung, vor Rheuma, vor verzogenen Kindern und Trotzanfällen –, und alle waren sie gegen Nessa gerichtet. Danny und Brenda würden ihren Leichtsinn einmal büßen müssen, prophezeite sie – die Kinder hätten zuviel Freiheit, lernten keinerlei Disziplin und bekämen entschieden zuwenig Lebertran.

»Sollen wir es kaufen?« fragte Nessa plötzlich.

»Wozu, um Himmels willen?« Niall war ehrlich überrascht.

»Um dort zu wohnen. Es ist für Kinder ein großartiger Platz zum Spielen … mit dem Baum und allem. Es wäre herrlich.«

»Ich weiß nicht recht.« Niall biß sich auf die Unterlippe. Das war seine übliche Reaktion auf einen neuen Vorschlag oder eine unerwartete Wendung der Ereignisse.

Aber Nessa kannte ihn.

»Na ja, wir sollten nichts überstürzen. Die Versteigerung ist ja erst in einem Monat«, meinte sie besänftigend.

Geschickt brachte sie Danny dazu, seinen Toast mit

Ei aufzuessen, indem sie das Brot in winzige Würfel schnitt und abwechselnd mit Danny einen davon aß. Als sie Brenda in die Tragetasche legte, saß Niall noch immer wie vom Donner gerührt auf seinem Stuhl und dachte über ihr ungeheuerliches Ansinnen nach.

»Es war ja nur so eine Idee«, sagte sie leichthin. »Aber wenn du sowieso mit Declan Blake sprichst, frag ihn doch, mit welchem Preis er etwa rechnet.«

Niall sah aus dem Fenster und beobachtete, wie Nessa ins Hotel ihrer Eltern ging. Die Tragetasche wurde ihr an der Tür vom Portier abgenommen. Danny war schon hinters Haus in den Hof gerannt, wo Nessa und ihre Mutter einen Sandkasten, Schaukeln und eine Wippe hatten aufstellen lassen, damit die Kinder der Gäste einen Spielplatz hatten.

Ein weiterer werbewirksamer Pluspunkt für Ryan's Shancarrig Hotel.

Jim und Nora Kelly lasen es in Galway, wo sie bei Maria und Hugh zu Besuch waren. Sie hatten sich gewünscht, es nicht zu Hause in der Zeitung lesen zu müssen, und so war es ein glücklicher Zufall, daß man sie ausgerechnet jetzt dringend brauchte: Marias erstes Baby sollte in Kürze zur Welt kommen, und sie wollte ihre Eltern bei sich haben.

»Es ist das Ende einer Epoche«, sagte Maria. »Bestimmt sagen das gerade viele Leute in ganz Irland.«
»Nicht nur in Irland – schließlich sind unsere Landsleute in alle Welt gezogen«, erwiderte Jim Kelly.
Er war jetzt fünfzig und hatte in der Schule der Stadt eine neue Anstellung gefunden. Natürlich war das nicht dasselbe; nichts würde je wieder so sein. Aber er kannte bereits eine Menge der Kinder, und man begegnete ihm mit großem Respekt. Denn ein Mann, der selbst einmal eine Schule geleitet hatte – auch wenn nur in einem kleinen Ort –, war ein Mann, den man ernst nehmen mußte.
Nora war in den Vorruhestand getreten, und seither reiste sie ziemlich oft mit dem Zug zu Maria an die Atlantikküste. Dort wanderten sie dann zusammen den Strand entlang, das schwangere Mädchen und die Frau, die praktisch ihre Mutter war. Sie hatten sich so viel zu sagen. Jim war froh, daß sich seine Frau gut mit der Schließung der Schule abgefunden hatte. In der Stadt weiter zu unterrichten wäre eine zu große Umstellung für sie gewesen.
Maria tätschelte ihren dicken Bauch. »Irgendwie merkwürdig, daß sie die Schule nie als Schule kennenlernen wird«, sagte sie nachdenklich.
»Oder er. Denk daran – es könnte auch ein Junge sein.« Jim Kelly wußte, daß das Geschlecht des Kindes für keinen eine Rolle spielte.

Sie waren so glücklich, daß Maria nach mehreren ziemlich wilden Freundschaften den zuverlässigen Hugh gefunden hatte. Hugh schien zu wissen, wie wichtig Shancarrig für Maria war, und er fand ständig irgendwelche Ausreden, um sie hinzufahren. »Trotzdem, wenn das Baby da ist, bringe ich sie … oder ihn im Kinderwagen zur Schule hinauf und sage: ›Schau, da haben Opa und Oma gelebt – und jedes Kind hat hier einen Teil seines Lebens verbracht.‹« Maria sah traurig aus. »Ach, stell dich nicht so an«, ermahnte sie sich selbst und schüttelte den Kopf. »Und seid ihr nicht viel besser dran mit diesem tollen Haus, wo ihr alles in der Nähe habt, als wenn ihr euch immer diesen Hügel rauf und runter quälen müßtet?«

Die Kellys waren in eine der restaurierten und enorm modernisierten Katen gezogen. Die Häuserreihe am Grane-Fluß, einst Obdach der ungehobelten Brennans und Dunnes, war jetzt – wie der junge Declan Blake es nannte – eine erstklassige Wohngegend.

»Hoffentlich wohnen dann auch Kinder dort«, sagte Nora Kelly. »Obwohl ich nicht glaube, daß jemand mit Kindern sich das Anwesen leisten kann; aber irgendwie ist es einfach wie geschaffen dafür. Oder bin ich jetzt zu sentimental?«

»Im Ort gibt es jedenfalls niemanden, der in Frage käme.« Jim ging in Gedanken die Einwohner durch.

»Vielleicht kaufen wir es selbst, wenn Hugh ein Vermögen macht. Und die kleine Nora spielt dann unter der Blutbuche, wie ich es früher getan habe.«

Die Kellys spürten plötzlich einen Kloß im Hals. Bisher war nie erwähnt worden, daß Maria ihr Kind nach Nora Kelly nennen wollte.

»Ich dachte, vielleicht Helen, nach deiner Mutter.« Nora hatte das Gefühl, daß sie das ihrer Schwester schuldig war.

»Die zweite wird eine Helen!« erwiderte Maria.

Und damit war das Thema vom Tisch.

Chris Barton las das Inserat ihrer Schwiegermutter vor. Sie nannte Eddies Mutter Una, was die Verbundenheit der beiden zum Ausdruck brachte, denn die ältere Frau war wie eine Schwester für Chris.

»Was meinst du, Una? Ist das unsere große Chance?« fragte sie. »Ist das die berühmte einmalige Chance, die sich uns hier bietet? Ein Zentrum für Kunsthandwerk, alles schon fix und fertig … Foxy müßte nur noch ein paar Nebengebäude bauen, die wir als Ateliers vermieten könnten … Ist es das, oder ist es Wahnsinn?«

»Du bist hier diejenige mit Courage. Ich würde heute noch Kleider säumen oder Winterröcke auslassen, wenn du nicht gekommen wärst.« Mrs. Barton versicherte, daß sie jeden Abend einen zusätzlichen Rosenkranz betete, um Gott und der Jungfrau Maria zu danken, daß sie Chris nach Shancarrig gesandt hatten.

»Ich weiß es nicht, ich weiß es wirklich nicht. Ich werde Eddie fragen. Er hat ein gutes Gespür für solche Dinge. Vielleicht übernehmen wir uns ja damit und bereuen es dann unser Leben lang. Ich vertraue bei so etwas auf Eddies Nase.«

Das stimmte. Mrs. Barton wußte, daß ihre Schwiegertochter sich wirklich auf Eddies Instinkt verließ. Sie tat nicht nur so wie Mrs. Ryan, die im Hotel scheinbar den Rat ihres Mannes suchte, oder wie deren Tochter Nessa, die sich bemühte, Niall Hayes irgendwie mit einzubeziehen. Chris hielt Eddie tatsächlich für den Kopf ihres Unternehmens. Der Gedanke ließ Una Bartons Herz höher schlagen.

Sie dachte immer seltener an den Ehemann, der sie vor all den Jahren – inzwischen war es schon ein Vierteljahrhundert – verlassen hatte; manchmal allerdings wünschte sie sich, daß Ted Barton erfahren möge, wie erfolgreich sein Sohn war und wie hervorragend sie ohne ihn zurechtkam.

Eddie trat mit den Zwillingen an der Hand herein. Er lachte, als er sah, wie seine Frau und seine Mutter die Sachen auf dem Tisch automatisch nach hinten schoben, damit die Kleinen nichts auf den Boden warfen.

»Dürfen wir sie bei dir lassen, Una? Ich möchte mit Eddie in den Barnawald gehen und alles besprechen.«

»Das letzte Mal, als wir das getan haben, hast du mir einen Antrag gemacht. Ich will doch nicht hoffen, daß du mich diesmal verlassen willst?« Eddie lachte selbstbewußt, denn das erschien ihm nicht sehr wahrscheinlich.

Die Kinder wurden in ihre Hochstühle gesetzt und von ihrer Oma bemuttert. Chris und Eddie wanderten Schulter an Schulter nebeneinander her, wie sie es oft zu tun pflegten; dabei führten sie Gespräche, bei denen jeder die noch unausgesprochenen Gedanken des anderen in Worte faßte – sie waren mit sich und der Welt im Einklang. Keinem in Shancarrig fiel noch auf, daß Chris einen schottischen Akzent hatte, niemand sah mehr ihr nachgezogenes Bein und den Schuh mit der dicken Sohle. Sie wohnte hier seit ihrem achtzehnten oder neunzehnten Lebensjahr. Sie gehörte dazu.

Die beiden setzten sich auf einen Baumstamm, und Chris fragte Eddie, was er von der Idee hielt. War es der richtige Zeitpunkt? Oder war es töricht? Fragend blickte sie ihn an und bemerkte, wie seine Augen zu leuchten begannen. Er hätte nie daran gedacht, meinte er … für ihn wäre es immer die Schule geblieben, in die man sommers wie winters gegangen war, wo man gespielt und gelernt hatte. Aber natürlich war das die Lösung.

»Würden wir dort auch wohnen oder nur arbeiten?« fragte Chris. »Es wäre toll für die Kinder.«

»Wir könnten das rosa Haus verkaufen.« So hatte Chris es vom ersten Moment an genannt.

»Aber was ist mit Mutter?«

»Sie hat gesagt, sie würde es uns schenken.«

»Ja schon, aber wohin soll sie gehen? Sie ist so daran gewöhnt, in unserer Nähe zu sein …« Mrs. Barton wohnte in einem eigenen kleinen Trakt des rosafarbenen Hauses, ganz in der Nähe, aber unabhängig.

»Sie kommt natürlich mit uns, du Schafskopf. Wir werden mehrere Gebäude haben, da kann sie sich aussuchen, in welchem sie wohnen will. Der Hügel dort ist auch nicht steiler als der, den sie ihr Lebtag hinaufgestiegen ist.«

Eddies Augen funkelten noch mehr. »Wir könnten Leute einladen … wie das Töpferehepaar oder die Weber …«

»Und wir könnten die Arbeiten in einem kleinen Laden verkaufen. Nicht nur deine, die Arbeiten von allen.«

»Nessa könnte die Gäste vom Hotel zu uns schicken,

das wäre ein Anfang, und Leo kennt alle möglichen Leute in der Umgebung.«
»Sollen wir es wagen?«
Sie umarmten sich, wie sie sich in diesem Wald schon einmal vor Jahren umarmt hatten, als sie an die Heirat dachten und die vielen glücklichen Jahre, die vor ihnen lagen.

Auch Richard las die Annonce.
Er fragte sich, ob derjenige, der das Anwesen kaufte, wohl den Baum fällen würde. Was würde dann mit den Inschriften geschehen? Er wäre jede Wette eingegangen, daß seine nicht die einzige war, die eine Geschichte erzählte.
In der Kanzlei dachte er den ganzen Tag an die Schule.
Sein Heimweg war anstrengend, denn es herrschte dichter Verkehr. Es war heiß, und Richard war müde. Er hoffte, daß Vera für heute abend keine Pläne gemacht hatte. Denn was er wirklich gern getan hätte … er hielt inne. Er wußte nicht, was er wirklich gern getan hätte. Zu lange war es schon her, daß er sich einen derartigen Gedanken überhaupt gestattet hatte.
Allerdings wußte er, was er überhaupt nicht wollte – er hatte nicht die geringste Lust, in den Club zu gehen. Eventuell hatte Vera dort einen Abend im

kleinen Kreis arrangiert: ein paar Drinks an der Bar, ein gemeinsames Abendessen. Er würde es wissen, wenn er sie sah. Denn wenn sie beim Friseur gewesen war, hatte sie genau das vor.

Vorsichtig parkte Richard den Wagen in der Garage neben Veras Auto.

Jimmy, der Gärtner, mähte den Rasen. »Guten Abend, Mr. Hayes«, sagte er und tippte sich grüßend an die Mütze.

»Das sieht großartig aus, Jimmy. Gute Arbeit.« Richard wußte, daß er gleichgültig klang; denn er sah weder, was der Mann getan hatte, noch, was getan werden mußte. Und er hielt einen ganztägig beschäftigten Gärtner in einem Dubliner Garten auch für ein bißchen übertrieben.

Aber das war Veras Sache. Letztlich hatte sie das Haus gekauft und mit Kostbarkeiten bestückt. Es war Vera, die die tagtäglichen Entscheidungen traf, wofür das Geld ausgegeben wurde, das hauptsächlich ihr Geld war.

Sie saß im Wintergarten. Bedrückt stellte er fest, daß sie beim Friseur gewesen war.

»Du siehst hinreißend aus«, begrüßte er sie.

»Danke, Liebling. Ich habe gedacht, wir könnten uns mit den anderen im Club treffen – besser, als hier den ganzen Abend dumm rumzusitzen und uns anzustarren.« Sie lächelte.

Vera sah sehr attraktiv aus mit ihrem limonenfarbenen Kleid, dem hochtoupierten blonden Haar und der gleichmäßigen Bräune, nicht wie Ende Dreißig – genausowenig wie er. Doch im Gegensatz zu ihm fand sie ihr Leben nicht schal und leer. Sie füllte es aus mit Bekannten, Partys und einer Gruppe von Leuten aus dem Golfclub, die sie »Gleichgesinnte« nannte.

Ihre Kinderlosigkeit hatte Vera nach Richards Meinung mit erschreckender Gleichgültigkeit hingenommen. Immer, wenn das Thema zur Sprache gekommen war – gleichgültig, ob im Gespräch mit ihrem Mann oder mit anderen Leuten –, hatte sie dasselbe geantwortet. Wenn es passierte, dann passierte es eben, wenn nicht, dann nicht. Kein Grund, sich deshalb all diesen strapaziösen Untersuchungen zu unterziehen, nur um festzustellen, wessen Schuld es war …

Als ob man jemandem daraus einen Vorwurf machen könne.

Wie Richard aus der Vergangenheit und dem Drama mit Olive nur allzugut wußte, konnte es nicht an ihm liegen; und so hätte er es gern gesehen, wenn Vera sich hätte untersuchen lassen. Aber sie weigerte sich strikt.

Vor ihr lag die aufgeschlagene Zeitung.

»Sieh mal! Da steht ein ganz himmlisches Plätzchen

zum Verkauf, in diesem Shancarrig, wo du so lange gewesen bist.«

»Ich weiß. Ich hab's gesehen.«

»Sollen wir es kaufen, was meinst du? Es bietet endlose Möglichkeiten. Und es wäre ein toller Landsitz, wir könnten jede Menge Leute einladen. Das würde bestimmt Spaß machen.«

»Nein.«

»Was soll das heißen: *nein?*«

»Es heißt *nein*, Vera!« wiederholte er.

Sie wurde rot. »Ich weiß wirklich nicht, was du jetzt wieder an mir ausläßt. Ich habe gedacht, es würde dir gefallen. Ständig tu ich irgendwas, weil ich denke, es gefällt dir vielleicht. Aber inzwischen ist es unmöglich geworden, dir was recht zu machen.«

Er ging zu ihr und wollte sie in den Arm nehmen, aber sie stand auf und entzog sich ihm.

»Ernsthaft, Richard. Man kann es dir einfach nicht recht machen. Es gibt auf der ganzen Welt keine Frau, die mit dir auskommen könnte. Vielleicht hättest du dein Leben lang ein begehrter Junggeselle bleiben und niemals heiraten sollen.« Vera war verletzt, das war nicht zu übersehen.

»Entschuldige. Bitte verzeih mir. Ich hatte einen schrecklichen Tag, und ich bin müde, das ist alles. Bitte. Ich weiß, daß ich ein Scheusal bin.«

Vera ließ sich besänftigen. »Nimm ein Bad und trink

etwas, bevor wir gehen. Danach wirst du dich gleich besser fühlen.«

»Ja. Ja, sicher. Es tut mir leid, daß ich dich angefahren habe.« Der ausdruckslose Klang seiner Stimme hallte in seinen Ohren nach. »Und du meinst wirklich, daß wir uns dieses kleine Haus nicht zulegen sollten, als Wochenendsitz?«

»Nein, Vera. Ich war nicht glücklich dort. Und es würde mich nicht glücklich machen, dorthin zurückzukehren.«

»In Ordnung. Ich werde kein Wort mehr darüber verlieren«, versprach sie.

Und Richard wußte, daß sie sich nach etwas anderem umschauen würde, nach einem Landsitz, auf den sie Leute übers Wochenende einladen und mit noch mehr Halbfremden ihr Leben ausfüllen konnten. Vielleicht sogar in dem Ort, in dem Gloria heute lebte. Denn wie er erfahren hatte, waren die Darcys kurz nach seiner Abreise ebenfalls aus Shancarrig weggezogen.

Leo saß in der Küche des Glen und unternahm einen aussichtslosen Versuch, Moores Haare zu kämmen. Er hatte den Krauskopf seiner Mutter und die Haarfarbe seines Vaters geerbt. Jetzt war er sechs Jahre alt; er hatte in dem letzten Festspiel, das die Schule von Shancarrig veranstaltet hatte, den brennenden

Dornbusch dargestellt. Offensichtlich hatte er sich die Rolle selbst ausgesucht.
Foxy war hellauf begeistert gewesen, Leo weniger.
Moore Dunne entwickelte sich zu einem schlimmeren Lausebengel, als man es je für möglich gehalten hätte. Sein Name war Foxys Wunsch gewesen, denn damals in England hatte er festgestellt, daß es als sehr schick galt, einen Familiennamen als Vornamen zu wählen. Und Leos Mutter war eine Moore gewesen.
Moores jüngere Schwester Frances war im großen4 und ganzen etwas fügsamer. »Wir werden sie schon noch zum Leben erwecken«, meinte Foxy unheilvoll.
Im Gegensatz zu vielen Bauunternehmern, die in der Blütezeit der üppigen sechziger Jahre mit ihren Ersparnissen und ihren Vorstellungen vom schnellen Geld aus England zurückgekehrt waren, hatte sich Foxy Dunne entschieden, die Architekten nicht vor den Kopf zu stoßen, sondern ihnen entgegenzukommen.
So hatten die acht kleinen Häuser auf dem Grundstück des Glen einen Stil und Charakter, der ähnlichen kleinen Siedlungen andernorts eindeutig fehlte. Eine lange Reihe halbhoher Bäume war gepflanzt worden, damit man die neuen Häuser nicht einsehen

konnte; zudem blieb so die Allee an der langen Auffahrt zum Glen erhalten.
Major Murphy hatte noch lange genug gelebt, um seine Enkelkinder zu sehen, doch jetzt lag auch er auf dem Friedhof neben seiner Frau.
Vom großen Salon des Glen aus führte Leo die Geschäfte des ständig wachsenden Imperiums, das Foxy geschaffen hatte. Alle seine Cousins im Ort arbeiteten jetzt für ihn, dieselben Cousins, die seinem Vater einst verwehrt hatten, auch nur einen Schritt über die Schwelle ihrer Läden zu tun. Brian und Liam spitzten die Ohren, wenn Foxy ihnen etwas zu sagen hatte, und sein Onkel behandelte ihn geradezu mit Ehrerbietung.
Foxys Vater erlebte nicht mehr, welche Früchte es trug, daß er sich nie auch nur im geringsten um seinen Sohn gekümmert hatte. Der alte Dinny war schon vor Jahren in einer Anstalt gestorben. Und Foxys Brüder, allesamt keine Freunde von geregelter Arbeit – dafür aber meist mit einem erklecklichen Vorstrafenregister –, bekamen jetzt eine Art Familienrente. Sie wurde von Foxy unter der Bedingung gezahlt, daß sie sich nie mehr in Shancarrig blicken ließen.
Die großen Restaurierungen – und der Grund, weshalb Ryan's Shancarrig Hotel auf den Touristenkarten eingezeichnet war – hatte Foxy Dunnes Firma

durchgeführt. Er war es gewesen, der die Katen am Grane-Fluß umgebaut hatte, und sein einziges Zugeständnis an eine sentimentale Ader – oder war es Rache gewesen? – war seine persönliche Anwesenheit, als das Haus, in dem er aufgewachsen war, dem Erdboden gleichgemacht wurde.

Das Pfarrzentrum, der größte Stolz von Father Gunn, war von Foxy zu einem so niedrigen Preis gebaut worden, daß man es auch als seine Spende an die Pfarrei bezeichnen konnte.

Foxy war ein reeller Geschäftsmann. Die Bücher, die Leo führte, wurden regelmäßig geprüft. Und alle Verträge, die beim Kauf und Verkauf seiner Anwesen erforderlich waren, wurden von seinem Freund Niall Hayes aufgesetzt. Maura kam jeden Tag vom Pförtnerhäuschen; sie erledigte, was im Haushalt anfiel, und paßte auf die Kinder auf. Wie immer kam ihr Sohn Michael mit ihr; Michael, der groß und stark geworden war, aber noch immer den Verstand und das liebende Herz eines kleinen Kindes besaß.

Moore Dunne hatte ihn besonders ins Herz geschlossen. »Er ist viel interessanter als die anderen großen Leute«, verkündete er.

Leo erzählte es Maura.

»Das denke ich auch immer«, stimmte Maura zu.

Bevor Leo und Maura morgens an die Arbeit gingen,

tranken sie immer eine Tasse Tee zusammen. Dann beschäftigte sich Leo mit Foxys Geschäften, und Maura brachte das Glen auf Hochglanz. Doch heute sahen sie sich gemeinsam die Anzeige an, in der ihre alte Schule zum Verkauf angeboten wurde.

»Wer wird schon so was kaufen, außer um wieder eine Schule draus zu machen?« fragte Maura.

»Ich fürchte sehr, daß Foxy Interesse daran hat«, erwiderte Leo. Zwar hatte er noch nichts davon gesagt, aber sie wußte, daß er sich mit dem Gedanken trug. Denn Foxy schien die Erinnerung daran, wie die Dinge früher gewesen waren, auslöschen zu wollen, indem er den ganzen Ort zu seinem Besitz machte.

Vor der Tür hörten sie seinen Wagen. »Na, wie geht's, Squire Dunne?« fragte er seinen Sohn.

»Ganz gut«, antwortete Moore unschlüssig.

»Ganz gut? Dir sollte es prächtig gehen«, meinte Foxy.

»Ja schon, aber ich glaube, da wächst eine andere Katze in Flossie drin«, erklärte Moore.

»Das ist doch großartig«, sagte Foxy. »Ein kleines Kätzchen, oder vielleicht sogar fünf.«

»Aber wie kommen sie da raus?« fragte Moore. Maura kicherte.

»Dafür ist deine Mutter zuständig«, sagte Foxy und verschwand in Richtung Büro. »Ich muß mich um

andere Dinge kümmern, mein Sohn, beispielsweise um Baugenehmigungen.«
»Für das Schulgelände?« fragte Leo.
»Aha, du bist mir einen Schritt voraus.«
Sie sah ihn an: klein, schnell und ungeduldig wie eh und je. Obwohl er Maßanzüge trug, war er immer noch der liebenswerte alte Foxy ihrer Kindheit. Leo folgte ihm in den Raum, der einst der Salon gewesen war. Hier war ihr Vater früher hin und her geschritten, während ihre Mutter geistesabwesend dasaß und Lance und Jessie unbekümmert am Kamin schliefen.
»Brauchen wir es denn, Foxy?« fragte sie.
»Was heißt schon brauchen?« Er legte ihr die Arme um die Schultern und sah ihr in die Augen.
»Haben wir denn nicht genug?« fragte sie.
»Mein Liebes, das ist eine Goldgrube. Es ist wie geschaffen für uns. Genau die richtigen Gebäude, erstklassige Qualität – um so was reißen sich sogar die reichen Dubliner, als Ferienhaus. Man muß es nur anständig herrichten. Am besten lassen wir Chris und Eddie ran … du weißt schon, mit Schieferboden, so richtig edel.« Er war begeistert. Die Herausforderung lockte ihn.
Vielleicht hatte er ja recht, es war wie geschaffen für sie. Warum glaubte Leo immer, daß er mit allem, was er tat, nur Eindruck schinden wollte? Eindruck

bei irgendwelchen unbekannten Unsichtbaren, die sich überhaupt nicht dafür interessierten?

Sind die Wege des Herrn nicht wunderbar? dachte Maddy Ross.

Man mußte sich nur vor Augen führen, wie er dafür gesorgt hatte, daß die Schule genau zum richtigen Zeitpunkt geschlossen wurde.

Jetzt konnte sie ungehindert ihre ganze Zeit mit der Familie verbringen. Mit der wundervollen »Familie der Hoffnung«. Madeleine Ross war bereits seit drei Jahren ihr Mitglied. Und es war nicht immer leicht gewesen.

Erst einmal waren da all die feindseligen Artikel in der Presse über das Schloß, das man ihnen gegeben hatte, und die Mißverständnisse wegen der Schenkungsurkunde.

Nie war jemand absichtlich betrogen oder getäuscht worden, doch nach dem, was die Zeitungen darüber schrieben, hätte man glauben können, die »Familie der Hoffnung« sei eine Art internationales Betrügerkartell, das die Vertrauensseligkeit der Menschen ausnutzte.

Und dann Father Gunn mit seinem unmöglichen Gehabe. Maddy hatte Father Gunn noch nie recht leiden können, nicht, seit er damals, vor langer Zeit, ihre Freundschaft zu Father Barry so selbstgerecht und überheblich beurteilt hatte. Hätte Father Gunn dem Stellenwert der Liebe in Gottes ewigem Plan verständnisvoller, offener und liberaler gegenübergestanden, dann hätte eine ganze Reihe von Ereignissen einen anderen Verlauf genommen.

Doch seitdem war viel Wasser den Grane hinuntergeflossen.

Und das große Problem war die heutige Einstellung von Father Gunn. Er hatte behauptet, daß die »Familie der Hoffnung« nicht etwa eine wunderbare Möglichkeit sei, Gottes Werk auf Erden zu vollbringen, sondern eine gefährliche Sekte, die Menschen wie Maddy einer Gehirnwäsche unterzog; Gott wolle auf die traditionelle Weise durch die Kirche geliebt und geehrt werden.

Es war genau das, was man von ihm erwartet hätte. Genau das hatten die Leute auch zu Jesus, Unserem Herrn, gesagt, als er in den Tempel gegangen war, um die Pharisäer und Schriftgelehrten hinauszuwerfen. Sie hatten zu ihm gesagt, daß dies nicht der richtige Weg sei. Und sie hatten sich geirrt, wie sich Father Gunn heute irrte. Doch das war jetzt egal. Father Gunn konnte nicht über ihr Leben bestimmen. Man schrieb das Jahr 1970, es waren nicht mehr die alten, schlimmen Zeiten, in denen der arme Father Barry ungefragt zu einer Missionsstation geschickt werden konnte, wo man ihn gar nicht wollte.

Und Father Gunn wußte auch nichts von der Versicherungspolice, die Maddys Mutter ihr hinterlassen hatte. Das Geld, das sie den Menschen von Vieja Piedra hatte schenken wollen, bevor diese mitten in der Arbeit schnöde im Stich gelassen worden waren.

Maddy Ross wanderte allein im Barnawald umher und dachte an all das Geld, das sie der »Familie der Hoffnung« geben konnte.

Denn sie wollten ein Haus kaufen und es zu ihrem Zentrum machen.

Seit langem hatte sich Maddy besorgt gefragt, ob wohl etwas hier in der Nähe in Frage kommen könnte. Denn sie wollte weiterhin im Haus ihrer Mutter leben, nahe dem vertrauten Wald und dem Floß: den Orten, die so viele Erinnerungen für sie bargen. Und nun hatte sie den richtigen Platz gefunden.

Das Schulhaus stand zum Verkauf.

An diesem Abend zeigte Maura in ihrem kleinen Zuhause – dem Pförtnerhäuschen des Glen – Michael ein Bild der Schule.

»Weißt du, wo das ist, Michael?« fragte sie.

Er hielt es mit beiden Händen fest. »Das ist meine Schule«, sagte er.

»Richtig, Michael. Es ist deine Schule«, erwiderte sie und strich ihm übers Haar.
Michael hatte nie an einer Unterrichtsstunde teilgenommen, aber manchmal war er hingegangen und hatte mit den Kindern im Pausenhof gespielt. Oft hatte Maura daneben gestanden und zugesehen, wie er Buchenblätter aufhob, so wie sie und all seine Onkel und Tanten – die vielen Brennans, die in die Welt hinausgezogen waren – es vor ihm getan hatten. Und sie mußte schlucken, denn ein dicker Kloß saß ihr im Hals.
»Vielleicht gehen wir heute abend hinauf und werfen mal wieder einen Blick darauf, Michael? Hättest du Lust?«
»Gibt es den Tee dann früher?« erkundigte er sich besorgt.
»Ja, dann machen wir die Teepause früher«, stimmte sie zu.
Er hatte seinen eigenen Teller und seinen eigenen Becher, beides aus unzerbrechlichem Bakelit, denn manchmal ließ Michael etwas fallen. Doch das Porzellan seiner Mutter faßte er nie an. Einiges davon stand in der kleinen Vitrine, die an der Wand hing, andere Stücke waren in Seidenpapier eingewickelt. Maura O'Sullivan besuchte gern lokale Versteigerungen und erstand dort manchmal günstig hauchzartes Porzellan. Zwar nie ein komplettes Service,

nicht einmal ein halbes, aber das machte nichts, weil sie ohnehin nie jemanden zum Essen einlud. Es war für sie allein bestimmt.

Die beiden wanderten am rosafarbenen Haus vorbei und winkten den Bartons zu.

»Darf ich zu ihnen und mit den Zwillingen spielen?« fragte Michael.

»Wollten wir uns nicht deine alte Schule ansehen?«

Sie überquerten die Brücke, und die Kinder riefen Michael einen Gruß zu, wie sie es seit vielen Jahren taten. Und immer tun würden. So lange, wie es Maura gab, die sich um ihn kümmern konnte. Doch was würde passieren, wenn Maura nicht mehr war? Sie schauderte.

Oben an der Schule sah sie Dr. Jims und seinen Sohn Declan. Das Schild *Zu verkaufen* glänzte in der Abendsonne. An einer anderen Stelle hätte es groß gewirkt, doch unter der Blutbuche schien es winzig.

»Guten Abend, Herr Doktor«, begrüßte sie ihn förmlich.

»Hallo, Declan …« Michael umarmte den Sohn des Doktors, den er schon gekannt hatte, als dieser noch in Windeln lag.

»Tja, die Zeiten ändern sich«, sagte Dr. Jims. »Du meine Güte, ich hätte nie gedacht, daß ich den Tag noch erleben würde.«

»Gönn mir doch das Geschäft, Dad ...«, lachte Declan.
Sie scheinen in letzter Zeit gut miteinander auszukommen, ging Maura durch den Sinn. Es mußte an dieser netten Ruth liegen, die Declan geheiratet hatte. Manche Menschen schöpften großes Glück aus ihrer Ehe. Aber wurde ihr nicht mindestens ebensoviel Liebe und Freude zuteil wie jedem anderen auf der Welt?
Michael sah sich die Namen auf dem Baumstamm an. »Ist mein Name auch dabei, Mammy?« fragte er.
»Wenn nicht, dann gehört er schleunigst hin«, meinte Dr. Jims. »Warst du nicht ebenso hier wie jedes andere Kind aus Shancarrig?«
»Ich schreib ihn für dich, wenn du willst«, bot Declan an.
»Was wirst du schreiben?«
»Wart mal. Ich schreibe ihn in die Nähe von meinen Anfangsbuchstaben. Da, siehst du, DB 1961. Das bin ich.«
»Du hast kein Herz drum rum«, beanstandete Michael.
»Ich habe damals niemanden geliebt«, erklärte Declan, und seine Stimme verriet, wie bewegt er war. Mit viel Getue machten sie sich daran, Declans Taschenmesser herauszuholen und eine geeignete Stelle zu suchen.

»Fühlen Sie sich nicht wohl?« erkundigte sich Dr. Jims bei Maura. »Sie sind ein bißchen blaß.«
»Ach, Sie kennen mich doch. Ich mach mir nun mal leicht Sorgen. Wegen nichts und wieder nichts …«
»Es ist schon eine Weile her, daß sie bei mir in der Sprechstunde waren.«
»Nein, Herr Doktor, es ist nicht wegen meiner Gesundheit. Wegen der Zukunft.«
»O je. Gegen die Zukunft gibt's leider kein Rezept.« Jims Blake lächelte Maura an.
»Es ist nur … ich frage mich manchmal, falls mir etwas zustößt, was dann aus ihm wird … Sie wissen schon.« Maura nickte hinüber zu Michael.
»Kind, Sie sind noch nicht mal dreißig!«
»Ich bin's. Seit letzter Woche.«
»Maura, ich kann Ihnen nur sagen, daß jede Mutter in ganz Irland sich deswegen Sorgen macht. Es ist einerseits ein Wunder, andererseits aber die reinste Zeitverschwendung. Das Leben geht weiter.«
»Für normale Leute, ja.«
Michael stieß einen Freudenschrei aus, kam zu seiner Mutter gelaufen und zupfte sie am Ärmel.
»Schau, was er geschrieben hat, Mammy.«
Declan Blake hatte ein Herz gezeichnet. Auf der einen Seite stand *M O'S.* Auf der anderen Seite ritzte er ein: *Alle seine Freunde in Shancarrig.*
»Sehen Sie, was ich meine?« sagte Dr. Jims.

Maddy Ross lud Schwester Judith von der »Familie der Hoffnung« ein, sie zu besuchen und sich das Schulhaus anzusehen. Schwester Judith sagte, es sei ideal. Und fragte, wieviel es denn kosten solle. Maddy antwortete, sie habe etwas von fünftausend Pfund läuten hören. Mit der Versicherungspolice ihrer Mutter, so erklärte sie, könnten sie sich das leisten, und es würde sogar noch etwas übrigbleiben. Sie würde bei einem Anwalt einen Vorvertrag aufsetzen lassen. Aber nicht bei Niall Hayes. Schließlich hatte sie Niall in der Schule unterrichtet; es hätte sich nicht geschickt.

Marias Kind kam in Galway zur Welt. Es war ein Mädchen, und sie wurde Nora genannt. Nora Kelly rief Una Barton an und teilte ihr die frohe Botschaft mit. Es ist nicht leicht, mit alten Gewohnheiten zu brechen, und deshalb siezten sich die beiden immer noch.

»Mrs. Kelly, ich freue mich ja so, das zu hören. Ich werde dem Baby ein Rüschenkleidchen nähen«, sagte Una Barton.

»Maria wird die Kleine im Triumphzug durch Shancarrig fahren, und Sie werden ihre erste Anlaufstelle sein, Mrs. Barton«, schluchzte Nora Kelly. Dann erkundigte sie sich nach der Schule und ob man schon etwas von möglichen Käufern gehört hätte.

Mrs. Barton überlegte. Sie wußte nicht, ob die Kinder es geheimhalten wollten. Aber schließlich konnte sie eine Frau wie Mrs. Kelly doch nicht anlügen.
»Unter uns, Eddie und Chris versuchen gerade, das Geld aufzutreiben, mit Krediten und dergleichen. Sie wollen ein Zentrum für Kunsthandwerk dort aufbauen.« Am anderen Ende der Leitung herrschte Schweigen. »Freuen Sie sich nicht darüber?«
»O doch, ja. Es ist nur, weil wir gehofft hatten, daß vielleicht Kinder dort wohnen würden.«
»Aber das wär ja der Fall. Sie wollen mit den Zwillingen dort oben wohnen und mich mitnehmen. So ist es jedenfalls geplant, Mrs. Kelly, aber vielleicht wird auch nichts draus.«
»Oh, wie schön, Mrs. Barton. Ich werde ein Gebet zur heiligen Anna sprechen, damit es klappt. Ich würde Ihre und meine Enkel nur zu gern zusammen dort unter dem Baum spielen sehen.«

Die Dixons waren auf der Durchreise, als sie das Schulhaus sahen. Und sie waren hellauf begeistert. Bei Niall Hayes versuchten sie, Näheres darüber in Erfahrung zu bringen.
Doch sie mußten feststellen, daß er nicht sonderlich hilfsbereit war.

»Auf dem Schild steht der Name und die Telefonnummer des Maklers«, meinte er unwirsch.
»Aber Sie sind doch der hiesige Anwalt, und da haben wir gedacht, nun ja, daß Sie die Sache vielleicht etwas abkürzen könnten.« Die Dixons waren reiche Dubliner, die ein Wochenendhaus suchten; sie waren es gewohnt, daß Dienstwege für sie abgekürzt wurden.
»Dann bestünde für mich die Gefahr eines Interessenkonflikts«, entgegnete Niall Hayes.
»Wenn Sie es kaufen wollen, warum steht dann noch das Verkaufsschild da?« fragte Mr. Dixon.
»Guten Tag«, sagte Niall Hayes.
»Entsetzlich, diese Bauern«, murmelte Mrs. Dixon, noch gut in Nialls Hörweite.

»Wir haben uns doch bisher nie gestritten, Foxy, stimmt's?« fragte ihn Leo abends im Bett.
»Was soll das heißen? Ist nicht unser Leben ein einziger Kampf?«
»Ich möchte nicht, daß wir die Schule kaufen.«
»Sag mir einen vernünftigen Grund.«
»Wir brauchen sie nicht, Foxy. Wirklich. Und es wird ein entsetzliches Gerangel darum geben«, meinte Leo.
Er streichelte ihr Gesicht, aber sie setzte sich auf und rutschte zur Bettkante.

»Es gibt doch immer ein Gerangel, Liebes. Das macht doch gerade Spaß. Und darum geht's doch letztlich auch. Du weißt das.«

»Nein. Diesmal ist es etwas anderes. Eine Menge anderer Leute wollen das Haus auch.«

»Na und? Wir werden es kriegen.«

»Nein, Foxy, nicht einfach Konkurrenten. Leute, die wir kennen. Chris und Eddie, Nessa und Niall, Miss Ross, und ich glaube, auch Maura macht sich Hoffnungen.«

»Miss Ross!« Er wälzte sich im Bett vor Lachen. »Miss Ross schwebt doch längst in höheren Gefilden. Es ist buchstäblich ein gutes Werk, wenn wir sie ausstechen.«

»Ja schon, aber die anderen. Du, ich meine es ernst.«

»Sieh mal, Mall und Nessa sind Geschäftsleute, sie kennen sich aus mit so was. Niall beschäftigt sich schließlich tagtäglich damit. Und bei Chris und Eddie ist es das gleiche, sie wissen, wie der Hase läuft. Manche Dinge, die man haben will, kriegt man, andere eben nicht.«

Leo fing an, im Zimmer hin und her zu gehen. Das weckte in ihr die Erinnerung an ihre Eltern, die das auch oft gemacht hatten. Der Gedanke ließ sie frösteln. Besorgt sprang Foxy aus dem Bett und legte ihr den Morgenmantel um die Schultern.

»Ich habe dir doch gesagt, nenn mir einen vernünftigen Grund, nur einen einzigen, und ich laß es bleiben.«
»Maura.«
»Mach keine Witze! Maura besitzt keinen Penny. Wir haben ihr das Pförtnerhäuschen praktisch geschenkt. Wo soll sie das Geld hernehmen? Und wozu will sie es überhaupt?«
»Ich weiß es nicht, aber sie geht jeden Abend mit Michael hinauf, und dann stehen sie davor und starren es an. Sie möchte es aus irgendeinem Grund haben.«

»Nessa, komm doch bitte mal einen Moment zu mir, ja?«
»Warum fühle ich mich immer wie ein Kind, wenn du in diesem Ton mit mir sprichst – und nicht wie die beste Hilfskraft, die du in diesem Hotel je hattest?«
Nessa lachte ihre Mutter an.
Breda Ryan goß sich und ihrer Tochter einen Sherry ein, ein untrügliches Zeichen, daß eine wichtige Unterredung bevorstand.
»Schlägt Daddy über die Stränge?«
»Nein, du zynisches Kind.« Gemütlich saßen sie eine Weile beisammen. Nessa wartete. Sie wußte, daß ihre Mutter etwas auf dem Herzen hatte.

Und das stimmte natürlich: Ihre Mutter wollte Nessa einen Rat geben, über den diese in Ruhe nachdenken sollte. Ihr sei zu Ohren gekommen, daß Nessa und Niall überlegten, das Schulhaus zu kaufen und dort einzuziehen. Nein, sie wollte um keinen Preis verraten, über welche Kanäle sie davon erfahren hatte.

Nessa brauche auch gar nicht in die Luft zu gehen, weil sie fand, daß sich ihre Mutter in Dinge einmischte, die sie nichts angingen. Breda Ryan wollte lediglich etwas zur Sprache bringen, ob es Nessa nun gefiel oder nicht, und zwar folgendes: Es wäre ein Akt unverzeihlicher Dummheit, aus dem Terrace auszuziehen, dieses wunderschöne Haus zu verlassen, nur weil die alte Ethel Haare auf den Zähnen hatte und Nessa sich nicht als Herrin des Hauses fühlte.

Die Lösung sei ganz einfach, man müßte Nialls Eltern lediglich ins Erdgeschoß verbannen.

Natürlich müßte man sich eine hübsche Umschreibung einfallen lassen. Vielleicht in der Art, daß Foxy Dunne und seine Architekten auf den hinreißenden Gedanken gekommen seien, Einliegerwohnungen für die ältere Generation zu entwerfen.

Nessa zappelte nervös herum, aber sie hörte zu.

»Es ist nur eine Frage der Zeit«, sagte ihre Mutter. »Stell dir vor, ihr zieht ins Schulhaus, und Nialls

Eltern sterben nächstes Jahr. Wie ärgerlich das wäre! Du hättest dich selbst ausmanövriert. Sichere dir den Besitz, laß nicht zu, daß er zwischen ihm und seinen Schwestern aufgeteilt wird. Es ist das beste Haus im Ort.«

»Vielleicht hast du recht«, sagte Nessa nachdenklich wie zu einer guten Freundin.

»Ganz bestimmt hab ich recht«, erwiderte ihre Mutter.

Eddie kam von seiner Reise zurück. Er hatte genug Leute gefunden, um ein funktionsfähiges Zentrum aufzubauen. Genau die Art Menschen, mit denen sie schon immer hatten zusammenarbeiten wollen; manche von ihnen hatten auch ihre Arbeiten gekannt. Es war schmeichelhaft, wie schnell sich ihre Namen in Irland herumgesprochen hatten.

Jetzt galt es, mit der Bank zu verhandeln.

Und Pläne zu entwerfen.

Eddie hatte die zukünftigen Mieter gebeten, ihre Vorstellungen und Wünsche aufzuschreiben, damit Chris und er eine Kostenrechnung erstellen konnten. Er hatte sie außerdem gebeten, ihre bisherigen Erfahrungen – die Vorteile, aber auch die Nachteile – mit den Orten, wo sie bisher gearbeitet hatten, zusammenzufassen.

Gemeinsam lasen Eddie und Chris die Berichte.

Sie lasen von Standorten, an die sich kein einziger Besucher verirrte, weil sie zu weit von der Ortsmitte entfernt lagen, an denen die Reisebusse vorbeirasten, weil ihre Fahrzeit immer knapp bemessen war. Sie erfuhren, daß es am besten war, wenn man im Zentrum einer Gemeinde lebte und nicht außerhalb. Gemeinsam mußten sie feststellen, daß das Schulhaus in mehrfacher Hinsicht doch nicht der Platz ihrer Träume war.

»Zumindest, wenn wir darauf hören«, sagte Chris.

»Wir müssen diese Erfahrungen berücksichtigen. Das war unsere Recherche.« Eddie sah traurig aus.

»Ist es nicht besser, wenn wir Bescheid wissen, bevor wir auf die Nase fallen?« meinte Chris.

»Ja, schon. Aber es ist hart, einen Traum wie eine Seifenblase zerplatzen zu sehen.«

»Was meinst du damit? Haben wir nicht schon mit Nellie Dunnes Laden geliebäugelt? Sie wird bald schließen. Das Haus ist das reinste Labyrinth.«

Erfreut sah sie, wie sich Eddies Miene aufhellte. »Komm, laß es uns Una sagen.« Sie sprang auf und ging hinüber zum Wohntrakt von Eddies Mutter.

»Mir ist egal, wo ich lebe, solange ich nur bei euch beiden bin«, sagte Una Barton. Sie erzählte ihnen auch, daß ihres Wissens sowohl Foxy Dunne als

auch Niall Hayes ein Auge auf die Schule geworfen hatten.
»Dann steigen wir lieber aus und verprellen nicht gute Freunde, die zufällig auch gute Kunden sind«, meinte Chris. Die beiden Frauen lachten ausgelassen, als hätten sie ein Komplott geschmiedet.

Schlaflos drehte und wälzte sich Father Gunn in seinem schmalen Bett herum. In Gedanken setzte er einen Brief an den Bischof auf, einen Brief, der ihm eine Handhabe gegen die »Familie der Hoffnung« geben sollte. Denn jetzt schien sicher, daß Madeleine Ross diesen finsteren Gestalten das notwendige Geld verschafft hatte, um im Schulhaus von Shancarrig ein Zentrum zu eröffnen. Sie würden im Herzen seiner Gemeinde leben, seine Herde auf Abwege fahren und am Flußufer in langen Gewändern zu ihr predigen.
Bitte, laß den Bischof wissen, was zu tun ist.
Warum hatte er nur vor all den Jahren diese vielen Winkelzüge gemacht, um einen Skandal zu vermeiden? Wäre es für Gott und die Gemeinde nicht viel besser gewesen, diesen übergeschnappten Brian Barry mit dieser Närrin Maddy Ross zusammen durchbrennen zu lassen? Dann hätte er jetzt nicht das Theater mit dieser verdammten »Familie der Hoffnung« am Hals.

Terry und Nancy Dixon schauten auf dem Heimweg von ihrem Ausflug bei Vera und Richard Hayes vorbei.

»Wir haben ein einfach zauberhaftes Schulhaus gesehen. Vielleicht sollten wir es zusammen kaufen?« schlug Terry vor. »Es ist in diesem Ort, wo du eine Zeitlang gearbeitet hast, in Shancarrig.«

»Wir haben das Inserat gelesen«, sagte Vera und warf Richard einen schnellen Blick zu.

»Na und?« Die Dixons blickten von einem zum anderen. Richard sah weg.

»Richard hat gesagt, er sei in Shancarrig nicht glücklich gewesen«, antwortete Vera an seiner Stelle.

»Das überrascht mich nicht«, meinte Nancy Dixon. »Aber man müßte ja nicht viel mit den Leuten dort zu tun haben. Es wäre einfach ein idealer Ort, um mal von allem abzuschalten. Und es steht ein traumhafter Baum dort.«

»Eine Blutbuche«, murmelte Richard.

»Ja, stimmt. Es ist sicher für einen Spottpreis zu haben. Wir haben mit dem dortigen Anwalt gesprochen, aber er war nicht gerade entgegenkommend.«

»Das ist mein Onkel«, sagte Richard.

Verlegen sahen sich die Dixons an. Nein, es sei ein jüngerer Mann gewesen, meinten sie, wahrschein-

lich sein Sohn. Nicht gerade ein umwerfender Typ, oder?
Richard ging nicht darauf ein. »Sie haben alle ihre Namen in den Stamm geritzt«, sagte er.
»Aha! Vielleicht steht dein Name auch dort, und wir können deshalb nicht hin?« neckte ihn Vera.
»Nein. Ich hab das nie getan.« Richards Blick verlor sich in der Ferne.

»Gibt es viele Interessenten aus Dublin?« erkundigte sich Dr. Jims bei seinem Sohn.
»Nein, ich hatte mit mehr gerechnet. Vielleicht, wenn wir es noch mal in die Zeitung setzen.«
Die beiden Männer machten regelmäßig gemeinsame Spaziergänge durch Shancarrig. Declan und Ruth ließen sich jetzt sogar ein Haus hier bauen. Ins Terrace wollten sie nicht ziehen, weil es ihnen nicht geräumig genug war. Sie wollten Platz haben für Kaninchen und einen Esel und die Kinder, die sie bekommen würden. Ruth war schwanger. Außerdem fanden sie, es sei an der Zeit, daß das Maklerbüro O'Neill und Blake eine Filiale in Shancarrig eröffnete. Denn viele der Besucher, die in Ryan's Shancarrig Hotel übernachteten, wollten hier ein Grundstück kaufen. Und Foxy Dunne war nur allzu bereit, es für sie zu bebauen.
»Für wieviel geht sie wohl über den Tisch?« Dr.

Jims beschäftigte sich in Gedanken viel mit der Schule.
»Wir haben ein Angebot über fünf. Du weißt schon ...« Declan Blake machte mit dem Kopf eine Bewegung hin zu Maddy Ross' Haus.
»Die wollen wir nicht, Declan.«
»Ich kann nicht den lieben Gott spielen, Dad. Ich muß für meinen Kunden den besten Preis rausholen.«
»Dein Kunde ist doch nur die alte Schulbehörde, Sohn. Ob man sie übers Ohr haut oder einen fetten Gewinn für sie rausholt, ist letztlich doch völlig egal.«
»Du bist ein Ehrenmann in deinem Beruf – und ich in meinem.«
»Ich bin aber auch ein Mensch.« Darauf schwiegen sie beide.
Falls einer von ihnen daran zurückdachte, wie großzügig Dr. Jims, damals vor vielen Jahren, die Standesregeln ausgelegt hatte, um seinem Sohn zu helfen, dann erwähnte er es jetzt zumindest nicht.
»Vielleicht werden sie ja überboten.« Declan klang nicht sehr zuversichtlich.
»Ist Niall Hayes raus?«
»Ja. Und Foxy Dunne auch – was in gewisser Hinsicht sein Gutes hat. Und auch Eddie ist nicht

mehr im Rennen. Es hätte mir nicht gefallen, wenn sie den Preis gegeneinander hochgetrieben hätten.«
»Siehst du, du hast also doch ein Herz«, meinte Dr. Jims erfreut. »Und sonst kein Angebot?«
»Kein ernst zu nehmendes.«
»Wissen wir denn, was ernst zu nehmen ist?«
»Na gut, Dad. Maura, Michaels Mutter. Sie sagt, sie will, daß ein Heim daraus wird, ein Heim für Kinder wie Michael, mit jemandem, der es leitet. Und sie würde auch mithelfen. Für Menschen wie Michael, die keine Mütter haben … das ist ihr großer Wunsch.«
»Nun, wäre das nicht in unser aller Sinn?« fragte Dr. Jims. »Und wenn wir alle es so wollen, dann schaffen wir es auch.«
Niemand sollte je erfahren, welche Verhandlungen hinter den Kulissen geführt wurden und wie man die »Familie der Hoffnung« davon überzeugte, daß ihr Ruf sehr darunter leiden würde, wenn sie sich mit einer Gemeinde anlegte, die ein Heim für mongoloide Kinder errichten wollte – und das Geld dafür bereits gesammelt hatte. Angeblich sagte Maddy Ross, sie sei nur froh, daß Schwester Judith sich nun nicht mit der kollektiven Beschränktheit, dem Aberglauben und der Selbstgerechtigkeit von ganz Shancarrig herumschlagen mußte.

Foxy und Leo hatten Moore und Frances eine Schwester geschenkt, Chris und Eddie den Zwillingen einen kleinen Bruder, Nessa und Niall ihren beiden Kinder Danny und Breda einen Bruder; Mr. und Mrs. Hayes waren auf eigenen Wunsch ins Erdgeschoß des Terrace gezogen und hatten dort ihren eigenen Eingang; Declan und Ruth Blake hatten ihr eigenes Haus bezogen und ihren Sohn James genannt; Nora, die Enkelin der Kellys, begann gerade zu laufen.

Da wurde das Shancarrig-Heim eröffnet.

In allen Zeitungen erschienen Fotos und wohlwollende Artikel darüber.

Doch es war schwer, der Sache gerecht zu werden, denn alles, was man sehen konnte, war ein Haus aus Stein und ein großer Baum.

KNAUR XXL
Die besonders lesefreundlich ausgestatteten Taschenbücher

Maeve Binchy
Jeden Freitagabend

Maeve Binchys großer Erfolg in Großbritannien und auch in Deutschland – ein Roman, erfüllt von irischer Landschaft und Lebensart.

KNAUR XXL

Die besonders lesefreundlich ausgestatteten Taschenbücher

Maeve Binchy
Silberhochzeit

Die Silberhochzeit der beiden Doyles – nicht nur für das Jubelpaar ein großes Ereignis, sondern für alle geladenen Gäste eine Rückschau auf das vergangene Vierteljahrhundert.

KNAUR XXL

Die besonders lesefreundlich ausgestatteten Taschenbücher

Benoîte Groult
Leben will ich

»Ein witziger, kritischer Frauenroman über drei Generationen hinweg. Ein Buch, das man mit dem Bleistift in der Hand lesen sollte, weil viele Stellen es wert sind, angestrichen zu werden!«

Freundin